中国社会科学院老年学者文库

水浒论集

刘世德 ◎ 著

社会科学文献出版社
SOCIAL SCIENCES ACADEMIC PRESS (CHINA)

目 录
CONTENTS

卷一 《水浒》总论

论《水浒传》
　　——北方文艺出版社校点本前言 ………………………………… 3
一　《水浒传》的时代 …………………………………………………… 3
二　《水浒传》的作者 …………………………………………………… 4
三　《水浒传》的版本 …………………………………………………… 7
四　《水浒传》的性质 ………………………………………………… 12
五　《水浒传》的内容 ………………………………………………… 16
六　关于校点 …………………………………………………………… 20

关于《水浒传》的几个问题
　　——在"中国古代小说讲授班"（1984年）的演讲 ………… 23
一　时代问题 …………………………………………………………… 23
二　作者问题 …………………………………………………………… 27
三　《水浒传》是根据大量的民间传说而由伟大作家创作出来的 …… 30
四　版本问题 …………………………………………………………… 33
五　思想内容问题 ……………………………………………………… 38
六　描写和反映农民起义问题 ………………………………………… 43
七　在文学史上的地位问题 …………………………………………… 47

卷二 《水浒》作者论

施耐庵文物史料辨析 ·· 53
  一 ··· 53
  二 ··· 60
  三 ··· 66
  四 ··· 75
  五 ··· 79
  六　几点简短的结论 ··································· 86
施耐庵即施惠说 ·· 88
关于张凤翼的《水浒传序》 ································· 90
读张凤翼《水浒传序》 ······································· 93
金圣叹的生年 ·· 95
金圣叹的后人 ·· 98

卷三 《水浒》版本论

论《京本忠义传》的时代、性质与地位 ················ 103
  一　《京本忠义传》刊刻于什么时代？ ············ 105
  二　《京本忠义传》是繁本，还是简本？ ········· 108
  三　《京本忠义传》是一种什么样的简本？ ······ 120
  四　《京本忠义传》在《水浒传》版本演变史上的地位 ······ 125
  五　简短的结论 ·· 130
《全像水浒》残叶考论 ······································· 131
  一　要重视残叶的研究 ································ 131
  二　《全像水浒》残叶 ································ 132
  三　五本行款比较 ····································· 135
  四　删节与脱文
     ——五本文字比较之一 ···························· 137
  五　独异
     ——五本文字比较之二 ···························· 138

六　牛本与余、刘、熊三本关系疏远
　　——五本文字比较之三 ························· 140
七　牛本与梵本关系亲近
　　——五本文字比较之四 ························· 142
八　相近不等于相同
　　——五本文字比较之五 ························· 144
九　怎样看待"道"与"曰"的差别？ ················· 145
十　《全像水浒》残叶在海外流传的经过 ················· 146
十一　《全像水浒》残叶的刊行年代 ···················· 147
十二　结语 ······································ 148
十三　附论
　　——《水浒传》残本保存在海外的原因 ············· 149

《水浒传》黎光堂刊本与双峰堂刊本异同考 ················ 151
一　两种简本的选择与比较 ························· 151
二　书名 ······································· 153
三　作者署名与序文 ······························· 155
四　版式 ······································· 156
五　总目·回次·回目 ····························· 157
六　以第31、第32、第33回回目为例 ················· 160
七　引头诗的有无 ································ 161
八　从"围魏救赵之计"说起 ························· 165
九　四类例子 ···································· 166
十　此有彼无或此多彼少 ··························· 168
十一　共同的来源 ································ 172

《水浒传》双峰堂刊本：叶孔目改姓与余呈复活 ············ 178
一　从叶孔目改姓说起 ····························· 179
二　余呈何许人？ ································ 181
三　改写·美化 ·································· 181
四　不死鸟 ······································ 182
五　加塞儿 ······································ 183
六　李代桃僵 ···································· 184
七　挽诗与祭文 ·································· 185

八　结语 …… 186
谈《水浒传》双峰堂刊本的引头诗问题 …… 188
　　一　引头诗 …… 188
　　二　删弃 …… 189
　　三　移置（上） …… 191
　　四　移置（下） …… 195
　　五　异文 …… 197
　　六　不押韵 …… 199
　　七　不讲究对仗 …… 200
　　八　改动原文的原因 …… 201
　　九　田虎、王庆的有无 …… 202
　　十　从异文判断来源 …… 203
　　十一　结论 …… 205
《水浒传》袁无涯刊本回目的特征 …… 207
　　一　关于袁无涯刊本 …… 207
　　二　第26回回目 …… 207
　　三　第75回回目 …… 209
　　四　第90回回目 …… 211
　　五　第72回回目 …… 212
　　六　第8、第37、第43、第69、第85回回目 …… 213
　　七　第50、第64回回目 …… 214
　　八　第81回回目 …… 215
钟批本《水浒传》的刊行年代和版本问题 …… 217
　　一　钟批本《水浒传》的刊行年代 …… 217
　　二　钟批本的版本问题 …… 220
　　三　"积庆堂"与"四知馆" …… 222
　　四　补刊的书叶 …… 224
　　五　回首书名和批评者的署名 …… 228
　　六　回目与插图 …… 229
　　七　简短的结论 …… 231
谈《水浒传》刘兴我刊本 …… 232
　　一　刘兴我刊本的书名和刊行者 …… 232

  二　刘兴我刊本的序文和刊行年代 …………………… 234
  三　从分卷和分回上看刘兴我刊本 ………………… 235
  四　与其他简本回目异同的比较（上）……………… 238
  五　与其他简本回目异同的比较（下）……………… 240
  六　目录与正文两歧的回目 ………………………… 242
  七　独异的回目 ……………………………………… 243

《水浒传》刘兴我刊本与藜光堂刊本异同考 …………… 246
  一　刘兴我与刘荣吾是一个人 ……………………… 246
  二　书名与作者、出版者 …………………………… 247
  三　版式与图像 ……………………………………… 249
  四　图中的人数 ……………………………………… 252
  五　总目与回目 ……………………………………… 254
  六　回次与回目的歧异 ……………………………… 255
  七　第六回结尾 ……………………………………… 256
  八　二本同误 ………………………………………… 258
  九　人名的歧异 ……………………………………… 259
  十　其他文字的歧异 ………………………………… 262
  十一　先有刘兴我刊本，还是先有藜光堂刊本？…… 267
  十二　这说明了什么？……………………………… 270

雄飞馆刊本《英雄谱》与《二刻英雄谱》的区别 ……… 272
  一　初刻本与二刻本 ………………………………… 272
  二　雄飞馆初刻本的概况 …………………………… 273
  三　版刻的不同 ……………………………………… 274
  四　文字的改动 ……………………………………… 275
  五　诗句的删略 ……………………………………… 278
  六　统计表说明了什么？…………………………… 282

谈《水浒传》映雪草堂刊本的概况、序文和标目 ……… 284
  一　前言 ……………………………………………… 284
  二　要把宝瀚楼刊本和映雪草堂刊本区别开来 …… 285
  三　映雪草堂刊本的概况 …………………………… 286
  四　五湖老人的序文 ………………………………… 289
  五　序文的几个值得注意的地方 …………………… 290

六　一篇序文，两个刊本 …… 291
七　映雪草堂刊本的标目 …… 294
八　卷一至卷二十一的标目 …… 295
九　卷二十二、二十九、三十的标目 …… 299
十　卷二十三至二十八的标目 …… 300
十一　小结 …… 305
十二　年代问题和金圣叹名字的出现 …… 306

《水浒传》映雪草堂刊本——简本和删节本 …… 308
一　字数：映雪草堂刊本乃是简本 …… 308
二　对照：映雪草堂刊本乃是删节本 …… 313
三　为什么说映雪草堂刊本是来源于繁本的删节本？ …… 320

谈《水浒传》映雪草堂刊本的底本 …… 331
一　前言 …… 331
二　底本不是贯华堂刊本 …… 332
三　底本不是袁无涯刊本 …… 333
四　底本不是天都外臣序本，而是容与堂刊本 …… 338
五　底本是容与堂刊本甲本，还是乙本？ …… 342
六　再举五十一例 …… 345

《水浒传》无穷会藏本初论 …… 350
一　问题的提起 …… 350
二　无穷会与织田文库 …… 353
三　解剖麻雀：从第七十二回看无穷会藏本 …… 354
四　"三大寇"与眉批 …… 361
五　纸张、墨色、扉页与序言 …… 365
六　简短的结论 …… 367

《金瓶梅》与《水浒传》：文字的比勘 …… 369
一　前言 …… 369
二　《水浒传》与《金瓶梅》 …… 370
三　《金瓶梅》文字与《水浒传》天本、容本异同之一 …… 371
四　《金瓶梅》文字与《水浒传》天本、容本异同之二 …… 373
五　《金瓶梅》文字与《水浒传》容甲、容乙的异同 …… 374
六　四种答案 …… 377

七　剩下两种答案 …… 378
八　只剩下一种答案 …… 379
九　《金瓶梅》的创作年代 …… 381

卷四　《水浒》识小录

姓王的铁匠 …… 385
林冲娘子之死 …… 388
阎婆出场的移置 …… 390
阎婆惜的居室 …… 396
阎婆的一声喊 …… 399
武松还乡 …… 403
张三、郓城虎与刘丈 …… 407
梁山头领中有没有四川人？ …… 409
宋江发配 …… 412

附　录

文学所召开施耐庵文物史料问题座谈会纪要 …… 417
　一　关于文物史料中几个问题的鉴定 …… 418
　二　关于这些材料的总体研究 …… 420
　三　关于研究方法的一些问题 …… 422
《水浒源流新证》序 …… 424
　一 …… 424
　二 …… 426
　三 …… 427
　四 …… 428
　五 …… 428

后　记 …… 429

卷一 《水浒》总论

《水浒》总论

卷一

论《水浒传》

——北方文艺出版社校点本前言

人们曾感叹地说：说不完的《红楼梦》！

其实，《水浒传》何尝不然：说不完的《水浒传》！

是的，关于《水浒传》的问题，永远也说不完。

不过，有些基本的问题却是必须说到的，也是首先应该说到的。

哪几个基本问题呢？就是：《水浒传》是什么时代的作品？《水浒传》的作者是谁？《水浒传》有哪些版本问题？《水浒传》是不是"累积型集体创作"的作品？《水浒传》表现和反映了什么样的内容？

述说这些基本问题，便是这篇"前言"的任务。

一 《水浒传》的时代

《水浒传》是什么时代的作品？

有人说过，《水浒传》是宋代的作品。

此说见于明代中叶以后的个别文人的笔记[①]。这不过是一种"想当然耳"的臆测。倡立此说者只是信笔写来，并没有提出什么根据，表明他在事先并没有对这个问题做过深入的研究。即使《水浒传》果真产生于宋代，充其量，也只能算是南宋时期的作品。因为书中所写到的宋江其人其事，是历史上实

---

① 田汝成：《西湖游览志馀》卷25；《绣谷春容》卷6。

有的。其人其事的时限都可以框定在北宋的末年①。

何况,在宋代,也不可能产生这样一部艺术上成熟的长篇小说。那不符合中国文学史、中国小说史发展进程的实际。

在目前的学术界,此说没有得到认可,也没有引起任何的反响。

还有人说,《水浒传》是明代中叶的作品②。

此说却是当代的一些学者倡立的。他们或者认为,书中所写到的宋江、卢俊义等人悲惨的失败的结局,只有到了历史上发生了明太祖朱元璋大肆杀戮功臣的事情之后,方可能见之于小说家的笔下;或者认为,《水浒传》是嘉靖年间武定侯郭勋或其门客托名而写的,或者认为,书中出现了明代的地名。

由于此说的说服力不大,没有被目前学术界的大多数人士接受。

我认为,《水浒传》是元末明初的作品。这其实也是目前学术界大多数人士共同的看法。

为什么说《水浒传》是元末明初的作品呢?这个问题,和它的作者问题有着密不可分的关系。

二 《水浒传》的作者

《水浒传》的作者是谁?

和时代问题一样,这也存在着几种不同的说法。抛开那几种后起的、显然不可靠的、缺乏依据的说法③不计,最主要的说法有三种:

(1)罗贯中撰。

(2)施耐庵、罗贯中合撰。

(3)施耐庵撰。

第一种说法,散见于明人、清人的笔记④、书目⑤。

---

① 宋江事迹散见于《东都事略》卷11、卷103、卷108,《三朝北盟会编》卷52、卷88、卷212,《续宋编年资治通鉴》卷18,《通鉴长编纪事本末》卷141,《皇宋十朝纲要》卷18,《宋史·侯蒙传》及《张叔夜传》。

② 例如,戴不凡:《疑施耐庵即郭勋》,见《小说见闻录》,浙江人民出版社,1980。

③ 例如,藜光堂刊本题"清源姚宗镇国藩父编"。

④ 郎瑛:《七修类稿》卷23、卷25;田汝成:《西湖游览志馀》卷25;王圻:《续文献通考》卷177;王圻:《稗史汇编》卷103;许自昌:《樗斋漫录》卷6;阮葵生:《茶馀客话》卷21。

⑤ 钱曾:《也是园书目》卷10。

而罗贯中乃《三国志演义》的作者,这是确定无疑的,也是大家公认的。说罗贯中是《水浒传》作者,实际上是认为,《三国志演义》和《水浒传》这两部小说出于同一位作者的笔下。

好在这两部小说今天都能够看到,不难把它们放在一起进行比较。它们的语言形式不同,一个是浅近的文言,一个却是通俗的白话。它们对待历史上的农民起义的态度不同,一个是反对黄巾军的,一个却是同情和拥护宋江等人的。二者的差别,如胡应麟所说,"若霄壤之悬"①。这就很难令人相信,它们的作者竟会是同一个人。

第二种说法见于明人的书目②,同样见于《水浒传》的一些明刊本的题署和序文③。

这种说法的缺点在于,没有交代清楚施、罗二人在创作上处于什么样的合作关系:他们之中,谁是主,谁是次?据常理来判断,不可能是50%对50%,没有那么凑巧。

也有人坐实了二人的具体的分工,把前70回给予施耐庵,把后50回给予罗贯中④。这依然是出于一种凭空的猜测,而且出现的时间太晚:只有120回本、70回本流行之后,它才可能在人们的头脑中形成。

明、清两代笔记的作者中,有不少人持第三种看法,把《水浒传》的著作权归之于施耐庵一人⑤。有的明刊本《水浒传》在作者题名处明确地只署施耐庵一人的名字⑥。其中尤以胡应麟、金圣叹为代表。

我的意见,既接近于第三种看法,也接近于第二种看法。

不妨分析一下明人的题署。明人的题署,已知最早的有二,一是高儒《百川书志》所记录的"施耐庵的本,罗贯中编次",一是国家图书馆藏残本("嘉靖本")、天都外臣序本、袁无涯刊本所题署的"施耐庵集撰,罗贯中纂

---

① 胡应麟:《少室山房笔丛》卷41。
② 高儒:《百川书志》卷6("施耐庵的本,罗贯中编次")。
③ 国家图书馆藏残本("嘉靖本")、天都外臣序本、袁无涯刊本均题署"施耐庵集撰","罗贯中纂修"。容与堂刊本的李卓吾序、映雪草堂刊本的五湖老人序、芥子园刊本的大涤徐人序均以施耐庵、罗贯中二人为作者。
④ 徐渭仁:《徐钫所绘水浒一百单八将图题跋》。
⑤ 胡应麟:《少室山房笔丛》卷41;徐复祚:《三家村老委谈》;徐树丕:《识小录》卷1;周晖:《金陵琐事》卷1引李贽语;钱希言:《戏瑕》卷3;刘仕义:《玩易轩新知录》卷19;曹玉珂:《过梁山记》(康熙《寿张县志》卷8引);王士祯:《居易录》卷7;金埴:《巾箱说》;梁玉绳:《瞥记》卷7;焦循:《剧说》卷5;李超琼:《柜轩笔记》。
⑥ 例如雄飞馆刊本、贯华堂刊本。

修"。所谓"的本",即"真本";"集撰"则含有"撰写"之意。这表明,施耐庵是作者,是执笔人。"纂修"可解释为"编辑",和"编辑"是一个意思。这等于说,罗贯中是编者、整理者。因此,第一,施耐庵的著作权应该得到不含糊的承认;第二,罗贯中参与了创作,是施耐庵的合作者,应该得到公正的对待。

基于上述认识,我认为,从狭义上说,施耐庵是《水浒传》的作者;从广义上说,《水浒传》是施耐庵、罗贯中二人合作的产物。

施耐庵生平事迹不可考。据明人的记载,他是钱塘(今浙江杭州)人。

近人有一些关于施耐庵的说法,例如,说他是今江苏兴化、大丰一带的人,中过进士,和刘基是同年,又说他和张士诚的关系如何如何,这都不可靠,显然出于晚近某些好事者的虚构;有人还把出土的施某人的墓志铭以及施姓的家谱和《水浒传》作者施耐庵拉上关系,也缺乏足够的证据和必要的说服力。

值得注意的倒是明人的另一个说法。徐复祚《三家村老委谈》称《水浒传》的作者为施君美。其后,无名氏《传奇汇考标目》也说,"施耐庵,名惠,字君承"。他们的记载如果可靠,则施耐庵即施惠。

施惠是元末明初的戏曲家,钱塘人,字君美,一作均美、君承,"巨目美髯,好谈笑","世居吴山,以贾为业","诗酒之暇,唯以填词和曲为事,所著有《古今诗话》"[①]。他的戏曲作品,有《拜月亭》、《芙蓉城》、《周小郎月夜戏小乔》[②]。

施耐庵和施惠,他们同时、同地、同姓,一个写小说,一个写戏曲,他们为同一人,委实有这种可能性。徐复祚的记载提供了宝贵的线索。

至于罗贯中,他也是元末明初的戏曲家,号湖海散人,太原人,著有《赵太祖龙虎风云会》、《三平章死哭蜚虎子》、《忠正孝子连环谏》等杂剧[③]。

《水浒传》的作者,施耐庵也好,罗贯中也好,他们是同时代人,都生活于元末明初。这就决定了《水浒传》的时代:它是元末明初的作品。

---

① 钟嗣成:《录鬼簿》卷下(天一阁旧藏抄本)。
② 无名氏:《传奇汇考标目》。
③ 贾仲明:《录鬼簿续编》。

三 《水浒传》的版本

《水浒传》有哪些版本问题呢？

《水浒传》的版本问题比较复杂。大体说来，有这样几个主要的问题：

(1) 现存最早的《水浒传》版本是什么？

(2) 过去最流行的《水浒传》版本是什么？

(3) 《水浒传》的版本可以划分为几个系统或几种类型？

(4) 怎样区别繁本和简本？

(5) 繁本和简本的产生，谁在先，谁在后？

（一）现存最早的《水浒传》版本是什么？

现存的《水浒传》版本甚多。仅以明刊本而论，就已不下十余种。

其中最早的，当推藏于上海图书馆的《京本忠义传》。惜乎它已严重地残缺不全，仅仅保存着残纸两叶。一为卷10第17叶，一为卷10第36叶。从正文看，前者相当于繁本的第47回，后者相当于繁本的第50回。

从残叶的版口、字体和墨色、纸张等等方面考察，可以判断出，它大约刻印于16世纪上半叶，即正德（1506～1521）、嘉靖（1522～1566）年间。现存其他《水浒传》版本，在刻印年代上，还没有比它更早的。

它可能是闽刊本，刻印于福建建阳。它的底本是一种刻印于南京的、以"忠义"为书名的繁本[①]。

它虽然只留下了残叶，却有着十分重要的意义，不容小视。它的存在，证明《水浒传》不可能是迟至明代中叶方始呱呱坠地的婴儿。它的正文比繁本略简，又比简本略繁。这表明，它的性质属于源自繁本的删节本。它产生的年代当然介于繁本与简本之间。它是一种早期的简本，是从繁本向其他简本发展之间的过渡本。

《京本忠义传》残叶发现于20世纪70年代。而在这之前，有的学者曾认为：藏于国家图书馆的《忠义水浒传》残本是现存最早的《水浒传》版本，

---

① 参阅刘世德《论〈京本忠义传〉的时代、性质和地位》，《小说戏曲研究》第4集（联经出版事业公司，1993，台北）。

即传说中的郭勋刊本。有人称之为"嘉靖本"。

国家图书馆藏残本，共八回，系由两部分构成，一为郑振铎旧藏残本，一为朱氏敝帚斋旧藏残本。郑振铎藏本残存五回（卷11第51回至第55回），朱氏敝帚斋藏本残存三回（卷10第47回至第49回）。

这一看法是郑振铎首先提出的。他认为，"今所知之《水浒传》，此本殆为最古、最完整之本矣"。他将此本先定为"嘉靖间刻本"，后又改称为"嘉靖间武定侯郭勋刻本"①。但，他的这两个判断，恰恰只有结论，而没有道出他的结论所赖以建立的任何证据。而他本人又正是那五回残本的收藏者。于是，学术界对他的结论抱怀疑态度者甚多。

我认为，此本的刊行年代当在万历（1573～1620）之前，但要晚于《京本忠义传》。但，此本有很多地方和传说中的郭勋刊本的特征不符合，二者焉可相混！

（二）过去最流行的《水浒传》版本是什么？

在清代，以及在20世纪上半叶，最流行的《水浒传》版本是70回本，即金圣叹评本。

它问世于明末清初，书内附有金圣叹的大量的评论文字。它实际上是保留了前70回，而删弃了后30回（这是就100回本而论；若拿120回本来说，则是删弃了后50回）。金圣叹杜撰了一个"惊噩梦"的结局，安插在全书的末尾。他还按照他自己对农民起义所持的立场和观点，以及他自己对宋江等人物形象的看法和感情，对前70回的文字做了多方面的、大大小小的修改。由于他的评语有许多独到的、精辟的见解，对一般读者的阅读富有启发和引导的作用，同时由于他所保留的前70回已网罗了《水浒传》全书中最精彩、最动人、最值得传诵的片段，遂奠定了70回本在当时广大读者心目中的地位。在漫长的300年间，它独占鳌头，几乎是把其他的《水浒传》版本排斥在市场之外。

公平地说，在《水浒传》传播史上，金圣叹和70回本起到了双重作用：既是有功劳的，也是有过失的。

---

① 前者见郑振铎《劫中得书续记》第45（古典文学出版社，1956）；后者见郑振铎《水浒全传·序》（人民文学出版社，1954）。

（三）《水浒传》的版本分为几个系统或几种类型？

《水浒传》的版本，以回数来区分，有 100 回本、120 回本、70 回本（71 回本），有 104 回本（25 卷本）、110 回本（106 回本）、115 回本（113 回本或 114 回本）、124 回本，此外还有分卷本（分回，但无回数的顺序号）等多种类型。

100 回本，有国家图书馆藏残存 8 回本、天都外臣序本、容与堂刊本、日本林九兵卫刊本、钟伯敬评本（四知馆刊本、积庆堂刊本）、大涤馀人序本、芥子园刊本等。120 回本，有袁无涯刊本、郁郁堂刊本等。70 回本，有贯华堂刊本等。104 回本，有双峰堂刊本。110 回本，有雄飞馆刊本。115 回本，有刘兴我刊本、藜光堂刊本、文星堂刊本、聚德堂刊本、兴贤堂刊本等。124 回本，有大道堂刊本、恒盛堂刊本等。分卷本有映雪草堂刊本等。

若以文字的繁缛、简略而论，则可以把《水浒传》的各种版本区分为繁本和简本两大系统。

100 回本都是繁本。120 回本、70 回本基本上也是繁本。简本则包括 104 回本、110 回本、115 回本、124 回本等等。

最接近于《水浒传》原本面貌的是 100 回本。现存的天都外臣序本、容与堂刊本等都属于 100 回本的行列。

天都外臣序本有天都外臣[1]撰写于"万历己丑（十七年，1589）孟冬"的序文，但此本却不是万历年间的原刊本。"其中有不少篇页，是清康熙间石渠阁补刻的。有的补刻篇页，似更在其后。"[2] 再加上此本序文末幅年月署题一行不知被何人裁去，已一字不存，仅据未裁净的几点笔画收尾处，仿佛尚可看出是"万历……"等字。有人怀疑这是书商做的手脚，想用清刊本冒充明刊本[3]。

容与堂刊本卷首载有李贽序，序文末尾有一行字，题署"庚戌（万历三十八年，1610）仲夏，虎林孙朴书于三生石畔"。由此可知，容与堂刊本当刊行于万历三十八年，或此后的不久。因此，它是现存的刻印年代最早的 100 回本的繁本。

现存的简本，无论是完整本，还是残本、残叶，大多收藏于海外。国内

---

[1] 据沈德符《万历野获编》卷 5，"天都外臣"是明人汪道昆的化名。
[2] 郑振铎：《水浒全传·序》。
[3] 参阅聂绀弩《〈水浒〉五论》，见《中国古典小说论集》（上海古籍出版社，1981）。

的学者对它们尚缺乏足够的研究。诸如它们彼此之间的关系、它们各自与某一特定的繁本之间的渊源、它们各自在《水浒传》版本演变史上的地位和作用等等问题，都有待于我们做深入的探讨。

除《京本忠义传》（早期的简本）残叶外，现存的有刊印年代记载的简本以双峰堂刊本为最早。它的正式的书名是：《忠义水浒志传评林》，刊行于"万历甲午（二十二年，1594）季秋月"。

（四）什么叫作繁本？什么叫作简本？

《水浒传》的版本分为繁本、简本两大系统。那么，怎样来区别繁本和简本呢？区别的标准是什么呢？

唯一的标准，是看文字的繁缛或简略，而不是看情节的多或寡。

这要先从《水浒传》的情节构成说起。

《水浒传》各种版本都涉及的故事内容，如果加以提炼、简化，大体上可以拆分为以下六个部分：

（1）聚义：从"误走妖魔"到"排座次"
（2）招安：从"元夜闹东京"到"全夥受招安"
（3）征辽
（4）征田虎
（5）征王庆
（6）征方腊

从第一部分到第六部分，包罗最全的是 120 回本和形形色色的各种简本。100 回本没有第四部分和第五部分。70 回本则只有第一部分。而 100 回本、120 回本、70 回本却是繁本。请看，繁本的情节比简本少，简本的情节反而比繁本多。这说明了，繁本、简本之分是不能以上述内容的多寡为标尺的。

有的学者把《水浒传》的版本分为三类，"文繁事简"本、"文简事繁"本、"事文均繁"本[①]。所谓"文繁事简"本，相当于我们所说的繁本；所谓"文简事繁"本，相当于我们所说的简本；所谓"事文均繁"本，即指 120 回

---

① 孙楷第《中国通俗小说书目》卷6将《水浒传》版本分为"古佚本"、"文繁事简本"、"文简事繁本"、"杨定见改编本"及"金圣叹要删本"等类。郑振铎《水浒全传·序》则没有提到"古佚本"，也没有给予70回本以分类的称呼，并将"杨定见改编本"改称为"'事文均繁'的本子"。

本。这种三分法有着明显的缺陷:第一,它的标准是双重的,既看"文",又看"事"。结果,变成了正反两个方面的组合,繁的简,简的繁。第二,它的涵盖面有限,不能把所有的版本一网打尽。例如70回本,放在这三类之中的任何一类都不合适。

所谓"事",即故事情节,有大有小,有主有次。聚义、招安、征辽、征田虎、征王庆、征方腊等等,都是全书的重大关目。除此之外,书中还有不少的细节,大而至于可以自成段落的插曲、小故事,小而至于某个人物的抬手举脚、嬉笑怒骂。所谓文字的繁缛、简略,正是指后者而言的。它恰好画出了一条分界线,使繁本和简本各自退居于两边的营垒中,而互不相犯。

所以,我采取两分法,只运用单一的标准。

(五)繁本和简本的产生,谁在先,谁在后?

从版本发展的历史顺序看,是简本早于繁本呢,还是繁本早于简本?

这需要用具体的例子做具体的说明。

试举一个大家非常熟悉的例子,"浔阳楼宋江吟反诗"中的一段文字,以繁本和简本做对比(繁本选用容与堂刊本的文字,简本选用双峰堂刊本的文字):

容与堂刊本	双峰堂刊本
独自一个,一杯两盏,倚栏畅饮,不觉沉醉,猛然蓦上心来,思想道:"我生在山东,长在郓城,学吏出身,结识了多少江湖上人,虽留得一个虚名,目今三旬之上,名又不成,功又不就,倒被文了双颊,配来在这里。我家乡上老父和兄弟,如何得相见?"不觉酒涌上来,潸然泪下,临风触目,感恨伤怀,忽然做了一首《西江月》词调,便唤酒保,索借笔砚,起身观玩,见白粉壁上,多有先人题咏。宋江寻思道:"何不就书于此?倘若他日身荣,再来经过,重睹一番,以记岁月,想今日之苦。"乘其酒兴,磨得墨浓,蘸得笔饱,去那白粉壁上,挥毫便写道:……	宋江自饮,不觉沉醉,猛然想曰:"我生在山东,出身,虽留得一个虚名,目今三旬之上,功名不就,父母、兄弟几时相见?"不觉泪下,睹物伤情,作《西江月》词,唤酒保,借笔砚,写向粉壁,以记岁月。当下宋江写曰:……

两者一对比,不难看出,繁本的文字通顺、流畅、无懈可击;简本的文字却不通顺、不流畅,有差错,以致有的地方简直不知所云。

简本文字存在的问题,以及它们产生的原因,可以列举如下:

(1)"出身"——孤零零的二字一句,和上下的文句都不衔接,令人摸不着头脑(原来是简本误删了"出身"前面的"学吏"两个字)。

（2）"留得一个虚名"——为什么会"留得一个虚名"？又留得了什么样的"虚名"？统统没有交代（繁本说得很清楚：由于宋江"结识了多少江湖上人"，才在江湖上留得了"虚名"。简本删去了前面的一句，造成了叙事的模糊）。

（3）"父母"——宋江刚上场时，书中介绍过，"母亲丧早"。难道他本人连这样的大事也都丢在脑后了（简本把繁本的"老父"随意地窜改为"父母"，遂使宋江患上了健忘症）？

（4）"睹物伤情"——所"睹"究为何"物"？上下文都没有片言只语做出必不可少的说明（繁本写的原是"临风触目，感恨伤怀"，却被简本无端窜改为"睹物伤情"。宋江并没有"睹物"，他只不过是醉后想起了往事和眼前的处境）。

（5）"以记岁月"——"以"字的用法，在这里，是表示目的。那么，宋江为什么要"记岁月"？他"记岁月"的目的到底是什么？他"记"的又是什么"岁月"？读者们看到这里，不免心生疑惑，不得要领（繁本的"记岁月"的目的是十分明确的："倘若他日身荣，再来经过，重睹一番，以记岁月，想今日之苦。"完整的五句，被简本简化成一句，意思因之走了样）。

简本的这些问题，在繁本中，根本就不成其为问题。合理的结论在于：繁本之所以不成为问题，是因为它保持了原文的面貌，它是全的、完整的；简本之所以成为问题，是因为它删节了原文，窜改了原文。删节中的错误，窜改中的过失，正好证明了简本来自繁本。简本的文字是从繁本的文字删改而来的。也就是说，繁本在先，简本在后。繁本早于简本。

总之，《水浒传》版本发展的历史顺序，可以图示如下：

```
                      ┌─ 早期的简本 ── 简本
稿本    ── 初刊本  ───┼─ 繁本 ──────── 简本
(繁本)    (繁本)      │              ┌─ 繁本
                      └─ 繁本 ───────┤        ── 120回本
                                     └─ 简本
```

四 《水浒传》的性质

《水浒传》是不是"累积型集体创作"的作品？

有人断言，《水浒传》是"累积型集体创作"的作品。

我认为，它不是"累积型集体创作"的作品。

《水浒传》的作者施耐庵在创作过程中无疑曾参考、借鉴和吸收了很多的素材。这些素材，既包括史籍、笔记中的零星的记载，也包括某些完整的小说、戏曲作品或其中的某些片段。所谓"累积"，大体上指此而言。但，素材甲＋素材乙＋素材丙＋素材丁＋…≠《水浒传》。这个道理是至为浅显的。好比有了几块布料，并不等于有了一套合身的衣服。那完全是两码事。要把布料变成衣服，离不开裁缝师傅的巧手。作家更和成衣匠有本质的不同。把若干素材变成一部思想艺术上成熟的、完整的作品，要求作家付出创造性的劳动。

施耐庵的创造性劳动是不容抹杀的。

试举两个例子。

例一，关于林冲的形象和故事。

林冲是《水浒传》中的一个重要的人物。在全书主角中，除鲁智深外，他出场最早。从他在岳庙间壁墙缺边喝彩起，到雪夜上梁山止，他的故事一直是精彩的、扣人心弦的。他的遭遇，正好最集中地、最强烈地、最深刻地反映了封建社会中的"官逼民反"的现实。所谓"逼上梁山"，如果说奏响了全书的主题曲，那么，它在林冲的故事情节上得到了最准确的体现。没有了林冲这个人物，没有了林冲的故事情节，也就使《水浒传》一书失去了灵魂，从而大为减色。

请问，今天我们大家所熟知的林冲的形象，是谁塑造的？今天我们大家所熟知的林冲的故事情节，又是谁创作的？

在《水浒传》成书之前，在今天能够看到的所有的文献资料（文学的与非文学的）中，包括宋元话本、宋元笔记、宋元南戏、金元杂剧在内，我们只能找到林冲的名字，却找不到像《水浒传》中的那样的林冲的栩栩如生的形象和惊心动魄的故事情节。这就从侧面说明了，林冲的形象、林冲的故事情节，都是施耐庵自己创造的。没有现成的素材作为依傍，更增添了他的写作劳动的艰辛性。林冲形象之具有立体感，林冲故事之具有撼人的力量，充分反映了施耐庵的非同凡响的艺术工力。

从林冲的例子上，我们只看到了作家——施耐庵的创造性劳动。我们既没有看到"累积"，也没有看到"群众创作"的影子。

例二，关于宋江杀阎婆惜的情节。

宋江是《水浒传》中最重要的主人公，也是书中所描写的农民起义队伍的领袖。他和林冲不同。他的某些生动的故事倒是有"累积"的。这就给了我们一个比较的机会，来考察素材与《水浒传》之间有什么不同之处，这些不同又属于什么样的性质。

宋江杀阎婆惜，见于《水浒传》第21回、第22回。这是书中的著名的精彩情节。白描的手法，细腻的刻画，日常生活的场面，个性突出的人物形象。平静，隐伏着火山的爆发，缓慢，预示着暴风骤雨的来临。宋江的忍气吞声—忍无可忍—怒火中烧—手起刀落，性格转变过程历历分明。阎婆惜得寸进尺的狠毒劲，阎婆的乖巧，无不写得淋漓尽致，如闻其声，如见其人。在在显示出施耐庵塑造人物形象、编织故事情节的艺术工力已达到炉火纯青的地步。

在《水浒传》成书之前，有一些文学作品已写到了宋江杀阎婆惜的情节。它们是以什么样的面貌、什么样的状态出现的呢？

且看看元人杂剧和《大宋宣和遗事》。

元人杂剧中以水浒故事为题材的作品，例如高文秀的《黑旋风双献功》、李文蔚的《同乐院燕青博鱼》、康进之的《梁山泊黑旋风负荆》、李致远的《大妇小妻还牢末》、无名氏的《争报恩三虎下山》及无名氏的《鲁智深喜赏黄花峪》等，在宋江的开场白中，都提到了杀阎婆惜之事。彼此的字数有多有少，意思却是基本上一样的。以《黑旋风双献功》为例：

> ……幼年曾为郓州郓城县把笔司吏，因带酒杀了阎婆惜，脚踢翻蜡烛台，沿烧了官房，致伤了人命，被官军捕盗，捉拿的某紧，我自首到官，脊杖六十，迭配江州牢城去……

这里的叙述，和《水浒传》歧异之处甚多。值得注意的是两点：第一，宋江杀阎婆惜的起因；第二，宋江的罪名。

宋江为什么要杀死阎婆惜呢？——"带酒"。酒醉而误杀，如此而已。也就是说，其中不存在什么是非、善恶、美丑之别。

至于宋江的罪名，则可以从他本人的自述中数出四条：其一，杀死了阎婆惜；其二，烧了官房；其三，烧死了人；其四，潜逃。如果其中没有别人的诬陷，没有官吏的威逼，那么，我们应该承认，宋江罪有应得。案中起码有两条人命，杖打六十和发配江州的判决还算是不重的。

照这样写来，宋江还有什么令人同情、怜悯的地方呢？！

《水浒传》和这完全不同。宋江刀杀阎婆惜是迫不得已的。阎婆惜不但掌握着晁盖送给他的金子和书信——他私通梁山的物证，而且威胁他，若不答允她三个苛刻的条件，便要到公厅去告发他。他别无选择，只能一刀了事。

梁山的事业是正义的，宋江是正面的英雄形象，阎婆惜则站在对立面，她一方面和张文远通奸，背叛了宋江，另一方面又捏住宋江的把柄，步步紧逼，威吓勒索，无所不用其极。读者自然而然地接受了《水浒传》作者的爱憎观，把同情给予宋江，把谴责给予阎婆惜。

《大宋宣和遗事》分作两处叙述了宋江杀阎婆惜的情节。一处是在晁盖等二十人在梁山泊"落草为寇"之后：

> 一日，思念宋押司相救恩义，密地使刘唐将带金钗一对，去酬谢宋江。宋江接了金钗，不合把与那娼妓阎婆惜收了，争奈机事不密，被阎婆惜知得来历。

另一处是在宋江归家省亲，以及送索超、董平等四人上梁山泊之后：

> 宋江回家，医治父亲病可了，再往郓城县公参勾当，却见故人阎婆惜又与吴伟打暖，更不睬着。宋江一见了吴伟两个正在偎依，便一条忿气，怒发冲冠，将起一柄刀，把阎婆惜、吴伟两个杀了……

两处的叙述都十分简略、潦草，只有骨头，没有肉。故事缺乏吸引力，人物形象干瘪、苍白。和后来的《水浒传》一比，立刻显出了它的诸多的疵病。问题依然出在杀死阎婆惜的起因上。由于没有写到晁盖给宋江的书信，所谓"私通梁山"的物证也就不复存在。没有捏住宋江的把柄，阎婆惜更构不成对宋江生命的威胁。在这样的情况下，宋江自然也就失去了非杀阎婆惜不可的理由。起因被设计为目睹吴伟和阎婆惜的"打暖"和"偎依"，遂使得案件带上了情杀的色彩。这怎么能够唤起读者们对宋江的同情、对阎婆惜的谴责呢？

《水浒传》和《大宋宣和遗事》大异其趣。它重新设计了人物形象以及他们之间的错综复杂的、微妙的关系，加入不少生动的细节描写。它安排了宋江施恩的情节，增添了阎婆惜之母阎婆这个小人物，让她往来奔走于宋江、阎婆惜的身侧，使宋、阎二人濒于破裂的感情得以勉强地维系着。阎婆惜也由娼妓变成了宋江的外室。阎婆惜的情人不再是吴伟（读者对他一无所知），而换成了宋江的同事张文远，这更加深了宋江不能忍受的程度。晁盖等人送给宋江的礼物，由小小的一对金钗改成了一百两黄金（晁盖派刘唐送到了宋江的手边，宋江却坚决不肯接受，刘唐只好又带了回去），这使得阎婆惜的性格不再单纯是淫荡，更凸显了她的另外两个特点：贪婪和狠毒。一百两黄金，书信,再加上挂在阎婆惜嘴边的"公厅"二字,这才引发了宋江的杀机。

不难看出,从《大宋宣和遗事》到《水浒传》,人物形象和故事情节都起了质的变化。《水浒传》从《大宋宣和遗事》所继承下来的,只是"宋江"、"阎婆惜"这两个人名,"杀阎婆惜"这件事,如此而已,其余的一切全出于施耐庵的创造。

以上所举的是两种类型的例子。例一是,人物形象、故事情节不是"累积"下来的,而是施耐庵自己创造性地写作出来的。例二是,人物形象、故事情节虽有点滴的"累积",经过施耐庵用创造性的劳动加工后,却已有了质的区别和提高。它们都同样地表明,用一顶"累积型群众创作"的帽子套在施耐庵的《水浒传》的头上,是多么的不合适!

总之,《水浒传》一书之所以能在中国文学宝库中占据一席重要的位置,最主要的功劳应归于作者施耐庵,而不应归于"群众"。

把《水浒传》归入"累积型集体创作"作品的行列,这种做法实际上就是对《水浒传》这样一部伟大的作品,对施耐庵这样一位伟大的作家的艺术成就和历史地位的轻视和贬低。

一般来说,在群众集体创作和作家个人创作之间,是不能画">"号,更不能画"="号的。

同时,"累积型"和"群众创作"之间也没有必然的联系。有"累积型"素材,可以是作家个人创作,而非"群众创作"。反之,没有"累积型"素材,照样可以是"群众创作",而非作家个人创作。作家个人创作就是作家个人创作,群众创作就是群众创作。二者的区别绝不在于它们是不是什么"累积型"的。

至于长篇小说,则无数的历史事实已经证明:伟大的、第一流的、经受了千百年时间考验的作品,从来就是作家个人的创作,而不会是"累积型集体创作"的作品。《水浒传》只不过是再一次为这个结论提供了一个例证而已。

五 《水浒传》的内容

《水浒传》表现和反映了什么样的内容?

它又是怎样去表现和反映这些内容的?

《水浒传》生动而深刻地描写了北宋末年一支以宋江为领袖、有众多英雄豪杰参加的农民起义队伍的可歌可泣的事迹。

它表现和反映的内容,它歌颂、同情并为之惋惜的对象,是农民起义。它不像有些人所说的,是在为"市民"写心,更不像有些人所说的,是在为"强盗"、"小偷"立传,为"流民"画像。

从总体上看,这自然是一支农民起义队伍。这支队伍的参加者,绝大多数都程度不同地受到过封建统治阶级的各种各样的迫害。为了树起反抗的大旗,他们走到了一起。共同的目标把他们团结起来。他们开辟了根据地,组建了军队。他们有严密的组织和严明的纪律。他们所进行的,是武装的斗争,而不是和平的、合法的斗争。他们的矛头所向,是地主恶霸,是贪官污吏(上至太尉、太师,下至知府、知县),是封建官府(中央的,地方的),而不是哪一个特定的个人。

"强盗"、"小偷"这两个名词,在我们今天,是含贬义的。宋江杀过阎婆惜,武松"血溅鸳鸯楼"后也曾在粉壁上题写"杀人者,打虎武松也",难道我们能给他们戴上一顶杀人越货的江洋大盗的帽子吗?鲁智深在桃花山席卷了金银酒器,并从后山溜之大吉,时迁伏在房梁上,盗走了徐宁的雁翎甲,我们能把他们归入鼠窃狗偷之辈的行列吗?

无论是在书中人物宋江等所处的北宋末年,或是在作者施耐庵所置身的元末明初,市民阶层的力量还没有强大到足以建立像梁山起义队伍那样规模的、和政府军英勇作战的、常胜的军队。所以,施耐庵不可能超前地作为市民阶层的代言人出现在当时的文坛上。

施耐庵笔下的梁山好汉,在上山以后,他们是有组织的队伍中的成员,与"流"无干,而在上山之前,他们大多有职业,或有产业,或有固定的住所,也和"流"字沾不上边儿。

的确,在这支起义队伍中,纯粹农民出身的头领不多。但,我们要看到,梁山起义队伍的构成,和历代农民起义比较起来,并没有什么殊异的地方。在梁山起义的队伍中,一般的、基本的群众是农民,除此之外还有其他阶级、阶层的人参加,领导集团则由一些文化水平较高的、有领导工作能力的、能团结大多数群众的、善于和封建统治阶级周旋的人组成。历史上多少次的农民起义队伍的构成,往往如此。这已成为一般的规律。

梁山起义队伍中,自然有"市民"出身的人,而且鱼龙混杂,不免也有做过"强盗"和"小偷"的人,但那只是个别的,不占主导的地位。以片面充当全面,常常容易得出错误的结论。

《水浒传》着重地剖析了农民起义的起因。它把王进和高俅的故事安排在正文的开端，紧接着叙述朱武、杨春、陈达被官司逼迫而上山落草，史进弃家逃亡的故事，然后又是鲁智深和镇关西郑屠的故事，林冲和高衙内、高俅的故事，这都不是偶然的。一方是压迫者，另一方是被压迫者，营垒分明。步王进之后尘，史进、鲁智深、林冲……一条条英雄好汉无不被迫改变了原先的正常生活道路，陆续地走到了起义大纛之下。施耐庵一开始就用艺术的手段触发了读者的爱憎观。他引导读者得出了结论：封建统治阶级是腐朽的、残暴的；乱由上作，官逼民反。

农民起义的发生、发展，这是《水浒传》向读者展示的最精彩的波澜壮阔的画面。由个人的单枪匹马的反抗到集体的、有组织的反抗，由众多的、零散的小山头（少华山、桃花山、二龙山、白虎山、清风山、对影山等）最后百川归海地集中到一个大山头（梁山泊），反抗的规模逐步由小到大，反抗的程度也逐步由弱到强，终于成为一支完全可以和官军相抗衡，并且能够战而胜之的不容轻视的武装力量。

在早先的《水浒传》的书名上，冠有"忠义"二字。这突出地体现了施耐庵所要表达的重要思想。

义是起义军团结的手段。从第2回少华山结义时的"不求同日生，只愿同日死"写起，一直写到第71回梁山泊大聚义时的"死生相托，吉凶相救，患难相扶"，种种誓言，都围绕着"义"字而来。《水浒传》强调了义在农民起义队伍中所起的凝固剂的作用，这对后世的起义者，甚至江湖中人或患难者，都有着不可估量的影响。它提倡的一句话，"四海之内，皆兄弟也"，业已成为深入人心的一句处世格言。

忠是梁山起义军所追求的另一个更大的目标。

我们知道，历史上的农民起义基本上可以分为比较激进的和比较保守的两种类型。激进派主张推翻整个朝廷和各级地方官僚机构，准备取而代之。保守派则只反对朝廷和各级地方官僚机构中的个别人物，尤其是不反对最高封建统治者皇帝。

《水浒传》中的梁山起义军属于后一种类型。在起义军决策者（例如宋江、吴用等）的心目中，他们所反对的只是像高俅、蔡京、童贯……那样的奸臣、贪官污吏，而不是皇帝。甚至像宿元景那样的高官，也不被列为他们打击的对象，只因为他被看作是清官、忠臣。他们有浓厚的封建皇权思想。他们要么拥护好皇帝，要么就是自己想做皇帝（这一点恰恰是激进派和保守派的主要区别)。他们并不想长期扮演造反者的角色。他们梦寐以求的,是建功立业、封妻荫子、光宗耀祖。他们给自己定下的奋斗目标是尽忠报国。也就是说,对内,要惩治腐化堕落的贪官污吏,消除"蒙蔽圣聪"的奸臣;对外,要立功于边陲。他们之所以会接受朝廷的招安,原因即在于此。

历代封建统治阶级,对付农民起义,向来实行两手政策:剿、抚。有时剿,有时抚,有时剿、抚兼施。抚,换一个说法,就是招安。

招安符合和满足双方的心意。于是,一拍即合。梁山起义军离开了根据地,开拔到京城,接受检阅和升赏,然后又不得不再踏上征途,去执行朝廷下达的征辽、征方腊的命令。

综观历代的农民起义,逃不脱三种结局:第一,获取彻底胜利,推翻旧的王朝,建立新的王朝,某一领导人登上皇帝的宝座;第二,被封建统治阶级的武装力量残酷地镇压下去,彻底失败;第三,接受朝廷的招安,并根据朝廷的旨意,出兵去镇压另一支农民起义队伍,结果两败俱伤,最大的胜利者反而是朝廷。

《水浒传》中的梁山起义军正是上述第三种结局。结果,死的死,伤的伤,逃的逃,躲的躲,再不然,便是被害了,被贬了,被杀了,大部分英雄好汉不得善终。一场轰轰烈烈而起的农民起义,没有多久,便瓦解了。这个悲惨的结局,是必然的。它不是外加的,也不是另一位执笔者续写的。它本是全书有机的组成部分之一,是作者施耐庵着意要展示给读者的。

施耐庵写农民起义,不是写农民起义的一个或几个片段,一个或几个插曲,而是意图描绘农民起义的全过程。从发生、发展开始,到衰败、瓦解为止,全都收入他笔底。他的创作意图正在于要形象地表现和反映历史上的一场农民起义的从首至尾的全过程,把经验和教训总结出来,让人们进行深入的思考。

处于全书高潮的,是第71回到第81回。十一回的篇幅,反映出农民起义事业的发展已经达到了鼎盛的顶点。"英雄排座次",以及随后的光荣战史,"两赢童贯","三败高太尉",都发生在此时。在这之前,农民起义事业蒸蒸日上。在这之后,农民起义事业则每下愈况。施耐庵把这前、后两个阶段划分得十分清晰。

两个阶段,他分别使用了两种不同的笔调来写,投入了两种不同的感情。在前一阶段,基调是喜悦的、高昂的,充满了轰轰烈烈的声势;在后一阶段,基调却变成了悲伤的、低沉的,笼罩着凄凄凉凉的气氛,给人以苦涩的感觉。

他这样写，和他的亲身经历有关。他生活于元末明初。相传他曾参加过元末的农民大起义。从《水浒传》的创作实践看，这个传说有一定的可信性。正因为他接受了元末农民大起义的洗礼，才能够把农民起义的题材运用得如此的纯熟，如此的得心应手，才能够把这场起义事业描写得如此的生动，如此的真实和深刻。

事过境迁，施耐庵进行了冷静的思索。他意图将第一手资料（他在元末农民大起义中的种种见闻）和第二手资料（他所看到的前人有关以宋江为首的农民起义的种种记载）结合起来，用艺术的手法，长篇小说的形式，来表达他对历代农民起义的反思和总结。这就是施耐庵的创作意图。

不过，从《水浒传》可以看出，施耐庵虽然参加过元末的农民大起义，却显然只是在领导层（例如，司令部或参谋部之类）的圈子里活动或任职。他对起义军的士兵，对普通老百姓（农民），毕竟缺乏接触和了解。因此，《水浒传》里没有写到他们，也没有直接表现和反映他们的生活、思想和感情。这不能不说是一大缺憾。

如果说，《水浒传》是一篇农民起义的史诗，那么，应当更准确地说，它是一篇农民起义的悲壮的史诗。

如果说，《水浒传》是一曲农民起义的颂歌，那么，应当更全面地说，它同时也是一曲农民起义的挽歌。

六　关于校点

此书乃《水浒传》的校点本。它既可以作为一种普及性的读物，供一般读者阅读，也可以作为一种有版本价值的参考本，供研究工作者使用。

此校点本以容与堂刊本（100回本）为底本，校以天都外臣序本（100回本）。遇有疑难之处，再用袁无涯刊本（120回本）参校。偶尔也用到了贯华堂刊本（70回本）。凡改动底本文字的地方，我们都写出校记，说明版本的依据。

在校勘时，我们使用的工作本是：容与堂刊本——上海人民出版社1973年影印本；天都外臣序本——以国家图书馆藏本为底本的校录本；袁无涯刊本——用北京大学图书馆藏本校录过的《万有文库》本；贯华堂刊本——上海中华书局1934年影印本。

为了尽量保持底本的原貌，在一般的情况下，我们都不去改动它的文字。文字可通者，不改。可改可不改者，亦不改。

试举一个比较特殊的例子。在容与堂刊本中，"引首"有这样一段文字：

> 太宗皇帝在位二十二年，传位与太子即位。这朝皇帝，乃是上界赤脚大仙……。这朝皇帝，庙号仁宗天子，在位四十二年……。

经查，天都外臣序本的文字与容与堂刊本的上述引文全同；但，袁无涯刊本、贯华堂刊本却作：

> 太宗皇帝在位二十二年，传位与真宗皇帝，真宗又传位与仁宗，这仁宗皇帝，乃是上界赤脚大仙……。这朝皇帝在位四十二年……。

这里涉及三代皇帝之间的皇位继承关系，涉及他们的血统关系。显然，袁无涯刊本、贯华堂刊本的文字，与历史事实相符。容与堂刊本、天都外臣序本的文字，则把宋太宗和宋仁宗之间的祖孙关系说成了父子关系，与历史事实相悖。然而，这两种歧异的文字，各自却是文通字顺的。更何况，容与堂刊本、天都外臣序本的文字可能出自作者的原文，袁无涯刊本、贯华堂刊本的文字却可以肯定是后人的改文。

怎么处理这段文字呢？我们的做法是，正文采用容与堂刊本（底本）、天都外臣序本的文字，同时，在校记中既交代这段文字的版本依据，也列出袁无涯刊本、贯华堂刊本的异文。因为我们校勘的目的只在于订正底本文字的讹误，向广大读者提供《水浒传》这部小说的一个可阅读的、可使用的有版本价值的读本，而不在于考订这部小说直接或间接涉及的某些历史事实的正误、是非。

为了便利于阅读，我们对正文施加了今天通行的标点符号。在原则上，不使用破折号、省略号；尽可能不使用感叹号；少使用问号。此外，我们还对正文适当地划分了段落，使得叙事文字更醒豁，头绪更清楚。

我们在标点工作中，力求仔细、慎重。对一些疑难之处，经过反复揣摩、推敲后，方才定局。这里不妨举一个例子。第四回写鲁智深到铁匠铺去打刀，有这样一段文字：

> 待诏笑道："重了，师父。小人打怕不打了，只恐师父如何使得动？便是关王刀，也则只有八十一斤重。"智深焦燥道："俺便不及关王？他也只是个人。"王待诏道："小人好心，只可打条四五十斤的，也十分重

了。"智深道:"便依你说,比关王刀也打八十一斤的。"……王待诏接了银两道……

先说校勘。容与堂刊本、天都外臣序本的文字都和上述引文一致。袁无涯刊本无"也则"的"则"字;"好心"作"据常说"。最重要的异文是:前面一个"王待诏"的"王"字,袁无涯刊本无,贯华堂刊本作"那";后面一个"王待诏"的"王"字,袁无涯刊本、贯华堂刊本都作"那"。

再说标点。现今的许多标点本(包括郑振铎标点本在内)基本上都是按上述引文的式样标点的。

仔细地、反复地玩味这段文字,总觉得有些蹊跷。问题出在"王待诏"三字上。在这个情节的叙述文字之中,一共出现了八个"待诏"的字样(不包括一开始时鲁智深嘴里所叫唤的那个"兀那待诏")。其中,一个冠以"那"字,两个冠以"王"字,五个光秃秃的,没有戴任何"帽子"。无论是在这之前,或是在这之后,这位铁匠师傅并没有再登过场。如此次要的小人物,作者为什么要不吝惜笔墨地非给他一个姓不可呢?姓张、姓李似乎都可以,作者为什么非要叫他姓"王"呢?

原来问题出在标点上。如果把鲁智深的那句话改换一下标点,变成:

……智深焦燥道:"俺便不及关王?他也只是个人王。"待诏道……

使"王"字属上读,而和"待诏"二字脱离关系,再删去后面那个"王待诏"的"王"字,就算是解决了疑难的问题。

所谓"人王",是指由凡人变成了王,以区别于"神王",即又是神仙又是王。关云长属于前者,而不属于后者——我们认为,鲁智深是这样看的,而且他更看重后者。

后面的那个"王"字,则很可能是后人因误读上文而增添进去的。

在这个问题上,我们相信,我们的标点更符合作者的原意。

我们的校勘、标点工作容或存在这样、那样的缺点和错误,期望着能得到诸位读者和专家学者的指正。

关于《水浒传》的几个问题

——在"中国古代小说讲授班"（1984 年）的演讲

一　时代问题

　　《水浒传》产生于什么时代，这是我们首先必须予以明确的问题。

　　《水浒传》是元末明初的作品，它不是宋代的作品，也不是明代中叶或明代中叶以后的作品。

　　《水浒传》描写和反映了以宋江为首的农民起义队伍的事迹。宋江是历史上实际存在过的、有名有姓的人物。全书故事发生的时间，作者又把它安排在宋代，是北宋倒数第二个皇帝宋徽宗时候的事。所以，书中有一些内容，反映了宋代的风俗、人情，反映了宋代社会生活真实。

　　但，这部书产生在元末明初，作者在处理以宋江为首的农民起义队伍的英雄事迹这样一个历史题材时，却有着明显的元末明初的时代色彩。他为什么要写农民起义的题材，他怎样处理这样的题材（包括增添了什么，删减了什么，改造了什么，创造了什么），他在做这样或那样的处理时是以什么作为指导思想的，所有这些比较重要的问题，都需要探讨它们的时代背景，才能获得比较正确的解答。而这个时代背景，不能求之于故事所发生的北宋末年，而必须到作者所置身的元末明初去寻找。

　　举例来说，为什么要写征辽这个情节，这就和元末明初的时代背景分不开。又如，宋江在历史上是被秘密捉拿、处死的，《水浒传》却改变了他的结局，这样处理的原因，也仍然是需要到元末明初的时代背景中去寻找的。

说《水浒传》是元末明初的作品，原本不成其为问题，向来就是这么看的，20世纪60年代以前的绝大多数文学史专著都是这样的主张，后来出现了不同的说法。因此，有必要把《水浒传》的时代问题提出来加以探讨。

学术界极个别的同志曾主张《水浒传》是宋代的作品，这是不符合实际情况的。

第一，这种说法的根据是错误的。有的明朝人，因为不了解《水浒传》的具体情况，所以在自己的著作中提到《水浒传》的时候，随意地把它的作者说成是"南宋时人"。有的《水浒传》的版本，例如崇祯年间的富沙刘兴我刊本（简本），作者题为"宋施耐庵"。这完全是一种想当然的说法，没有任何史料的依据。我们不能把明朝人的错误说法作为自己立论的唯一的根据。

第二，这种说法不符合中国文学史、中国小说史发展的实际。在宋代，还不可能出现像《水浒传》这样的鸿篇巨制的作品。宋代固然已经有了话本，但它们是短篇的，而不是长篇的。另外，宋代虽然已经有了讲史小说，篇幅要比一般的话本长，但它们主要是口头的，而不是书面的。从文学发展的历史看，长篇小说《水浒传》根本不可能产生在宋代，不论是南宋，还是北宋。

所以，我们不能把《水浒传》看成是宋代的作品。同时，我们也不能把《水浒传》看成是明代中叶或明代中叶以后的作品。

现在，学术界有《水浒传》成书于明代中叶或明代中叶以后的主张。这些学者之所以会有这样的看法，主要是看到了两个现象。一个现象：今天保存的《水浒传》的版本，最早的出现于明代中叶，明代中叶以前的版本则一部也没有流传下来。对这个现象，人们可以给予不同的解释。有人认为，在明代中叶以前，根本就没有《水浒传》这部书的存在。另一个现象：在现存的《水浒传》版本中，有一些官职和地理的名称，经查历史书籍的记载，发现它们是明代中叶或明代中叶以后才产生的。有人把这当成证据，企图用以证明《水浒传》写成于明代中叶或明代中叶以后。

我觉得，不能这样看。

《水浒传》的版本保存到今天，最早的是明代中叶的刊本，这有种种原因。一种可能是明代中叶以前的版本没有保存下来，或者虽然保存下来了，但迄今还没有被我们发现。另一种可能是，在明代中叶以前，它根本没有刻印过，只以抄本的形式流传，或者虽有抄本，但没有普遍流传，到了明代中叶才第一次刻印出来。这些可能性都是存在的。由于我们现在对明代初年的小说、戏曲的研究还处于一片空白，对它们发展的情况还不了解、不熟悉，所以今天对这个问题进行探索，存在着一定的困难。为什么《三国志演义》和《水浒传》今天保存下来最早的版本是明代中叶的？为什么在明初一百多年中，它们没有被刻印过？它们当时是怎么流传的？除了《三国志演义》和《水浒传》之外，当时有没有其他的小说创作出来和流传着？这些问题对于今天的学术界，基本上还是空白点。我们掌握的材料不够，我们对大量的明代初年的诗文集和历史书籍还没有下功夫去查阅和钻研，所以对这些问题不能做出令人满意的回答。这算是客观的原因。但不能排除前面所讲的几点可能性。

至于有的论者发现《水浒传》里个别的官名、地名不是明代初年或明代初年以前所有过的，从而断定它不是元末明初的作品，这个看法也是值得商榷的。不妨提出三点来谈。

第一，这些地名、官名，如果是明代的，那么，这与我们所说的《水浒传》写于元末明初并不矛盾。

第二，这些地名、官名，如果千真万确是明代中叶或明代中叶以后才开始产生的，那么，很可能它们经过了后人的修改、更换，或者是在刊刻这几个字时出现了差错。我们知道，在明代，《水浒传》是一部畅销的读物；一直到今天，还保存着为数众多的《水浒传》明刊本。从这些明刊本来看，它们之间，在文字上并不完全相同，互有出入，只不过有的出入大，有的出入小，程度不同而已。因此，我们可以推想，在《水浒传》刊行和流传的过程中，有一两个字被修改，被有意或无意地更换掉，或者被刻错，这样的可能性非常大。修改者是谁呢？可能是书商，也可能是评点家，评点家有一定的文字水平和历史知识，他可能会想当然地动笔修改。修改的原因，则可能是有的地名、官名发生了变动，需要做相应的更换，使它们符合于当时实际上使用的名称。

第三，有的论者举出的一些地名、官名，究竟是否到了明代中叶才开始产生，那是很难说的。这些说法虽有书面的依据，但并不能排斥两种可能性。一种可能性是：他所看到的那个书面记载本身有错误，记载的年代晚于这些官名、地名实际上变动的年代。另一种可能性是：这些官名、地名虽说是到了明代才有的，但这仅仅相对于明初或元代而说，而在元代之前已可能存在这样的官名、地名了。明初不是这样，元代不是这样，不等于宋代也不是这样。既然宋代存在，元末明初人就可以用。知识分子喜欢用古地名、古官名，在生活中，是普遍的习惯，也是常见的事情。

因此，仅仅根据《水浒传》中出现了几个明代中叶或明代中叶以后才有的地名、官名，还不能否定它是元末明初的作品。

这并不是说，这种方法不能运用。这种方法，即从作品中出现的官名、地名来判断该作品产生的年代，不失为一种可行的研究方法。有的作品的时代可以依靠这种方法来加以判断。但运用这种方法的时候有两点需要引起注意。

一要排除反证。任何考据方法，要想一项结论得以成立，首要的、必需的条件就是要排除反证。现在有的论者对这一点不大重视。

二不能孤立地看问题。列宁曾在《统计学和社会学》指出：

> 在社会现象方面，没有比胡乱抽出一些个别事实和玩弄实例更普遍更站不住脚的方法了。罗列一般例子是好不费劲的，但这是没有任何意义的或者完全起相反的作用，因为在具体的历史情况下，一切事情都有它个别的情况。如果从事实的全部总和、从事实的联系去掌握事实，那么，事实不仅是"胜于雄辩的东西"，而且是证据确凿的东西。如果不是从全部总和，不是联系中去掌握事实，而是片断的和随便挑出来的，那末事实就只能是一种儿戏，或者甚至连儿戏也不如。[①]

列宁的这番话很值得我们深思。像《水浒传》这样一部篇幅很长的作品，里面两三个地名、官名有问题，一共四五个字，不能仅仅根据这个下结论。书中出现的地名、官名，成百上千，不能只看一两个例子。任何东西，你想列举一两个例子来表示反对或赞成，都是很容易做到的。我们必须把《水浒传》中出现的所有地名、官名加以综合的研究，它们总体的情况如何，有无写错的可能，在这样做的前提下，再来考虑一两个特殊的例子，所得出的结论说服力就大了。

总之，我既不同意说《水浒传》是宋代的作品，也不同意说《水浒传》是明代中叶或明代中叶以后的作品。我认为，《水浒传》是元末明初的作品。这样说，有没有根据呢？有的，最主要的根据在于《水浒传》的作者，作者的时代是可以判断的。他是元末明初人。

[①] 《列宁全集》第23卷，人民出版社，1958，第279页。

二　作者问题

《水浒传》的作者是谁呢？

提出这样一个问题，也许有人会觉得多此一举，因为新中国成立后出版的书上明明写着作者的姓名：施耐庵。实际情况也是这样的。近几年来，有人提出《水浒传》的作者究竟是谁的问题，如是罗贯中等等。我们认为，首先应该肯定一点，即施耐庵是确实存在于世间的一个人的名字，而不是化名。因为，其一是，历史上文人写小说用化名或假名开始较晚，元末明初时还没有这种现象；其二是，如果书中的内容不是关系到作者本身的安全或声誉受到损毁，作者一般是不用化名的。新中国成立前流行的《水浒传》版本主要是金圣叹的 70 回本，这个本子出现于明末清初，它明确题署作者是施耐庵。金圣叹尽管是一个善于造假的人，但他说《水浒传》作者是施耐庵，却无疑是接近事实的。

金圣叹的说法符合于明朝人的记载。

明朝人的著作提到《水浒传》的作者问题，主要有六条材料。

一是高儒《百川书志》卷 6，"史部·野史类"：

> 忠义水浒传一百卷，钱塘施耐庵的本，罗贯中编次。

这是最早的记载。书前之序系嘉靖十九年（1540）。

二是郎瑛《七修类稿》卷 23，"辨证类·三国宋江演义"：

> 三国、宋江二书，乃杭人罗本贯中所编。予意旧必有本，故曰"编"。宋江又曰：钱塘施耐庵的本。

据卷首陈善序文，其书作于嘉靖四十五年（1566）。

三是田汝成《西湖游览志余》卷 25：

> 钱塘罗贯中本者，南宋时人，编撰小说数十种，而《水浒传》叙宋江等事。

田汝成是嘉靖五年（1526）进士，书当成于嘉靖年间。

四是王圻《续文献通考》卷177,"经籍考·传记类":

《水浒传》,罗贯著。贯,字本中,杭州人。

王圻是嘉靖四十四年(1565)进士。

五是胡应麟《少室山房笔丛》卷41,"山岳委谈"下:

元人武林施某所编《水浒传》,特为盛行。……其门人罗本亦效之,为《三国志演义》。

胡应麟生于嘉靖三十年(1551),死于万历二十八年(1600)。

六是天都外臣《水浒传序》:

故老传闻:洪武初,越人罗氏,诙诡多智,为此书,共一百回。

据沈德符《野获编》卷5,天都外臣即汪道昆。此序作于万历十七年(1589)。

上述六条材料的说法可以归纳为三种,即施作罗编(高儒、郎瑛)、施作(胡应麟)、罗作(田汝成、王圻、天都外臣)。我认为,第一种说法是最早的,也是最可靠的。

另外,从现存明刊本《水浒传》的题署来看,共有四种。

一是题施耐庵集撰,罗贯中纂修。这有三种版本,即嘉靖刊本(20卷残本)、万历十七年天都外臣序本和万历四十二年(1614)袁无涯刊本(120回)。

二是题罗贯中编辑,这有万历二十二年(1594)双峰堂刊本(评林本)。

三是题施耐庵编辑,这有崇祯间雄飞馆刊本(英雄谱本)。

四是题施耐庵撰,这有崇祯间富沙刘兴我刊本和崇祯间贯华堂刊本。从这里也可以得出同样的结论,即施作罗编说是最早的,也是最可靠的说法。

因此,我认为,施耐庵是《水浒传》的作者,罗贯中也曾参与编写的工作,是施耐庵的合作者,详细情况则不得而知。

除了上述原因外,还因为,罗贯中是《三国志演义》的作者,这已为明代的各种记载和版本所证实,而从《三国志演义》、《水浒传》这两部小说的思想和语言风格来看,它们不可能出于同一作者的笔下,在文字上,《水浒传》用的是民间口语,而《三国志演义》基本上是文言文。在思想上,《水浒传》肯定农民起义,《三国志演义》反对农民起义,一个作者能写出具有如此完全不同的思想与风格的作品，是难以想像的。因此，《水浒传》的作者只能是施耐庵，而不大可能是罗贯中。

现在介绍一下施耐庵的情况。

施耐庵的生平事迹流传下来的极少，我们能够肯定的事实有两点：其一，他是元末明初人；其二，他是浙江钱塘（今杭州）人。

在这里需要指出的是，有些关于施耐庵的材料是假的、伪托的，是不可相信的。

这些材料计有：《吴王张士诚载记》中的袁吉人《耐庵小史》；《兴化县续志》中的李恭简《施耐庵传》、《施耐庵墓记》和王道生《施耐庵墓志》；《施氏族谱》中陈广德《施氏族谱序》、《施氏族谱》及杨新《故处士施公墓志铭》。

这七篇材料发表于《文艺报》1952年第21期，是当时全国文联组织的调查团会同苏北的文联组织到苏北调查有关施耐庵的材料和传说之后发表的，过了不久，作为调查团负责人之一的聂绀弩曾做过几次报告，宣布这些材料不可靠。根据我们的研究，也认为这些材料不可靠。

所以在"文化大革命"之前，几乎所有的有关著作和论文都不引用这些材料，大家认为这些材料是假的已不成其为问题，所以也没有人写文章来揭露这些假材料。结果到了1975年"评《水浒传》""批宋江"时，又有人把这些材料翻出来，一些不明真相的人就把它们当作真实材料来使用。1982年，在江苏兴化、大丰又掀起纪念施耐庵、收集施耐庵文物的小浪潮。我奉中央领导同志之命，参加了对兴化、大丰发现施耐庵文物一事的调查，经过研究，也已证明这里所谓施耐庵的种种传说都是站不住脚的，我另有专文论述，此处不赘。

这里主要讲一讲，为什么说施耐庵是元末明初钱塘人。

首先来看，施耐庵是浙江钱塘人，这一点大概不错，根据有三。

第一，施耐庵是江南一带的人，足迹似乎没到过北方，所以在《水浒传》的具体描写里，常常发生地理上的错误。

例如第5回写鲁智深从五台山前往东京，路过桃花村，且明言桃花村在山东青州。但五台山在山西，到东京（今河南开封）为何要经过山东？

第3回写史进离少华山前往延安府，路过渭州。少华山在今陕西华阴附近，而渭州在甘肃陇西县附近。从华阴到延安，相距450里左右，为何要向西绕1000里路经过渭州？

第 36 回写宋江发配江州，路过梁山，亦不合理，因梁山在郓城北边，从郓城到江州（今江西九江），为何要绕道向北？

第 39 回写戴宗由江州往东京，路过梁山，也不可能。

第 58 回、第 59 回写梁山大队人马前去攻打华州，路途遥远，还要经过东京附近，为什么一路畅通无阻，没有受到官军的任何抵御？

这些例子说明施耐庵对北方山东、陕西等地的地理情况是不熟悉的，而这和他是钱塘人的身份是符合的。

第二，《水浒传》中运用了杭州一带的方言土语。例如第 26 回中，武大郎说：

我的老婆又不偷汉子，我如何是鸭？

鸭，相当于今天的"乌龟"之义，这是宋元时杭州一带的俗语。宋庄季裕《鸡肋编》云："浙人以鸭儿为大讳。"仇远《稗史》亦记有此语。这样的词语被施耐庵采用，只能说明他是钱塘人，熟悉这类词。

第三，根据明清时代的一些记载，杭州有许多水浒人物的传说和遗迹。如六和塔下有鲁智深像，江边有武松墓，涌金门外有张顺庙，清泰门外有时迁庙，赤山埠有武松庙，石屋岭有杨雄、石秀庙。这说明在施耐庵编写《水浒传》之前，杭州一带已有梁山英雄的故事传说，施耐庵创作和编写《水浒传》，可能也受到了这些民间传说的影响。这可以作为施耐庵是杭州人的一个旁证。

我们说施耐庵是元末明初人，根据还在于罗贯中是元末明初人。贾仲明《续录鬼簿》有罗贯中的小传，说他是元末明初人，施耐庵是他的合作者，是同时代的，当然他也是元末明初人。

关于施耐庵的生平事迹，我们能知道的仅以上两点。他的名字也已不可知，"耐庵"是号而不是名。有人说他就是《幽闺记》（即《拜月亭》）的作者施惠，我认为这是很可能的。

三 《水浒传》是根据大量的民间传说而由伟大作家创作出来的

关于水浒故事的演变过程，前人有不少记载，主要有宋代的历史传记、画赞、说话（小说）及元代的《宣和遗事》与诗文、杂剧等。这些材料，在不少研究《水浒传》的论文或著作中都有所介绍，这里就不再一一列举。我要讲的是，从这些材料里我们可以得出两点结论。

第一，水浒故事在宋元两代是非常流行的，无论在民间传说里，或是在文人的著作里，都是很热门的。许多伟大的文学作品，都采用了人民群众喜闻乐见的传说、故事作为题材，从而获得了很大的成功。中外古今文学史上的无数事例都说明了这一点，《水浒传》也是这样的。

第二，从这些传说、记载发展到施耐庵的《水浒传》，其间有着质的差异，而不是量的差异。有人说，《水浒传》是人民群众的创作；也有人说，《水浒传》是无数民间传说相加的结果。我想，这些看法恐怕都是不正确的。表面上看起来，这些说法像是在抬高《水浒传》的地位，把它说成是民间文学；实际上，这些说法是对《水浒传》的贬低。《水浒传》是一部文学作品，一部完整的、由许多有机的结构组成的艺术品，一部思想上与艺术上都比较成熟的文学作品。它绝不是一部你说几句，他说几段，或者你写几句，他写几段，而拼凑起来的故事集。

我们必须承认，施耐庵吸收了以往的民间传说、话本、杂剧中的有关故事，把许多不相联系的故事集中起来，对它们做了一个总结。同时，我们也必须承认，施耐庵并没有停留于此，而是在这个基础上，经过自己的加工和再创作，才写成了这部反映在他之前200年的一场农民起义运动的作品。不能认为，《水浒传》是根据旧有的素材编纂而成的故事集。《水浒传》是作家笔下的产物，是由一位伟大的文学家创作的一部伟大的、完整的、成熟的作品，我们不能否定或抹杀作家的创造性劳动。

为了说明这一点我们可以举两个人物的例子，一个是林冲，一个是宋江。

先说林冲。

林冲是施耐庵在《水浒传》中精雕细琢地塑造出来的一个典型人物形象，有关他的故事情节也是施耐庵创造出来的。林冲的遭遇，说明了封建社会中官逼民反的现实，很打动人心，也具有代表性的意义。林冲的故事脍炙人口，从明代开始，一再被改编为戏剧，较早的有李开先的《宝剑记》，直到京剧《野猪林》和《逼上梁山》。这些戏剧长期在舞台上演出，受到了广泛的欢迎。后世在生活中流行一句成语"逼上梁山"，就是由此而起的，可见林冲的形象和林冲的故事对社会所产生的深远的影响。但是，对林冲形象的突出的塑造，对林冲性格的真实动人的刻画，应该归功于施耐庵的创造性劳动。在施耐庵之前，在宋元时代的有关记载中，只能见到林冲的名字，而见不到关于他的性格、经历的任何描写，也见不到有关林冲事迹的话本的名目，即是说，《水浒传》中林冲的形象，林冲的性格，林冲的故事，我们到现在为止，还没有找到它的出处。因此，我们把林冲说成是施耐庵的创造，这大概是不会有什么问题的。

再谈宋江。

在施耐庵之前，宋元的记载中已有关于宋江的描写，但把它们与《水浒传》中的描写进行比较，可以看出，后者是经过了加工、创造，在思想和艺术方面都有所提高。

我们以宋江杀阎婆惜这一情节为例略做分析。

对于宋江来说，杀阎婆惜是他进行反抗的开端。在此之前，他虽然对封建势力的迫害保持着一定的警惕，但是只要封建势力不直接压迫到头上，他是不会有反抗的想法的。杀阎婆惜以后，他开始了亡命的生活，开始了反抗。施耐庵对这个情节很重视，在描写时表现了创造的才能。在《水浒传》以前，对宋江杀阎婆惜的描写很简单。《大宋宣和遗事》写道：宋江从县里回来，见阎婆惜与吴伟正在依偎，便怒发冲冠，拿起一把腰刀，把阎婆惜与吴伟二人都杀了，然后在墙上写了四句诗。这样的写法很平常，没有什么精彩的地方。对于宋江的形象的塑造，并没有增加什么。元人杂剧中没有流传直接描写宋江杀阎婆惜的作品，但在宋江的上场白中提到了此事。这段上场白，在好几部杂剧中都是一模一样的，几乎成了一个定式：

曾为郓城县把笔司吏，因带酒杀了，迭配江州牢城。

有个别作品，在"杀了（阎婆惜）"之后，多出几句：

一脚踢翻烛台，延烧了官房，被官军拿某到官，脊杖了六十。

根据这种描写，杀阎婆惜只是因为喝醉了酒，而被定罪的理由则是杀人和烧官房。这样的描写意义不大，使人觉得宋江不值得同情，官府对他判罪似乎没有什么不对的地方。而到了施耐庵的笔下，情况变得大不相同，增加了许多具体、细致的描写，使人物形象鲜明，故事情节生动，并把这件事同梁山泊晁盖等人联系起来，扩大了思想内容。阎婆惜得到了招文袋，拿到了写给宋江的信，因而对他进行威胁，要告发他私通梁山，并提出三个条件，宋江低声下气，接受了条件。只因阎婆惜进一步威胁，要打官司，到"公厅"

上去，宋江这才忍无可忍，动手夺取招文袋。这时他还没有杀人的念头，只是想夺回书信而已。快要夺回时，阎婆惜大喊："黑三郎杀人也！"这才引起了宋江杀人的念头。施耐庵写出了宋江杀人是被迫的、不得已的，是慢慢地、渐渐地才发展到那一步的。这和全书所写的宋江的性格是协调的、一致的，也是有说服力的。

上面两个例子，充分说明了施耐庵在写作《水浒传》时付出了创造性的劳动。

所以《水浒传》是作家的创作，不是民间传说的单纯的积累。

施耐庵的贡献应予以肯定。

四　版本问题

在我国古代小说中，版本又多又复杂的，有两部作品，一部是《红楼梦》，一部是《水浒传》。两相比较，《水浒传》的版本问题更多、更复杂。所以，《水浒传》的版本，可以成为一门专门的学问。

如果按照回数的多少来分，《水浒传》的版本则有六种，即71回本、100回本、110回本、115回本、120回本、124回本。另外还有一些版本，不分回，只分卷，每一种分卷的情况又彼此不同。

如果按照文字的详略来分，《水浒传》的版本则可分为两类，一类叫作繁本，一类叫做简本。属于繁本的有71回本、100回本、120回本中的一大部分。属于简本的有110回本、115回本、124回本等。另外，简本中还包括120回本中的一小部分，以及不分回本和分回混乱本。

这里所说的"繁"和"简"，都是指文字的繁简而说的，不是指故事情节内容的详和略、多和少。如按故事情节内容来说，则繁者不一定详，简者不一定略。

繁本和简本的不同，主要表现为以下四点：

第一，分回不同，这在上面已经谈过了。

第二，回目不同，例如120回本的第10回回目是"林教头风雪山神庙，陆虞侯火烧草料场"，而在115回本中，此为第9回，回目是"豹子头刺陆谦富安，林冲投五庄客向火"。其他的例子不再多举。

第三，情节的叙述不同。例如，在简本中，林冲发配的时候，他的娘子到酒店哭别，回家后就自缢身死。而在繁本中，林冲在火并王伦后，派人到东京去接家眷，才知道娘子早已自缢身死。

第四，故事内容的详略不同。这一点是最重要的区别。《水浒传》的故事内容，根据内容最详细的120回本来分，包括六个部分，即：

（1）从洪太尉误走妖魔到梁山泊排座次（第1回至第71回），共71回。

（2）从李逵闹东京到受招安（第72回至第82回），共11回。

（3）征辽（第83回至第90回），共8回。

（4）征田虎（第91回至第100回），共10回。

（5）征王庆（第101回至第110回），共10回。

（6）征方腊（第111回至第120回），共10回。

这六个部分，几种简本都有；而在繁本中，只有120回本都有；71回本只有第（1）部分；100回本则没有第（4）、第（5）部分。

需要提到的是，繁本和简本究竟哪个在先？《水浒传》原本究竟有多少回？这两个问题是互相关联的。

首先看繁本和简本的先后问题。

关于这个问题，已有一些权威学者发表过意见，共有三种：

（1）繁本在先，简本在后。

（2）简本在先，繁本在后。

（3）简本在先，繁本在后，但简本是从原本删节而来的。

持第一种意见者，有明人胡应麟，他在《少室山房笔丛》卷41中谈到这种意见。同意这种意见的有今人孙楷第。他们都认为先有繁本，后有简本，简本是从繁本删节而来的。但他们没有谈到繁本和原本的关系，对繁本是否就是原本的问题没有提出明确的看法。

持第二种意见者，以鲁迅为代表。他在《中国小说史略》中说：

> 若百十五回简本，则成就殆当先于繁本。

同意鲁迅意见的有郑振铎。他们认为，简本就是原本，而繁本是以简本为基础加以改写和增写而形成的。

持第三种意见者，有何心（陆澹安）。他在《水浒研究》一书中发表的意见，基本上和鲁迅相同，所不同的只有一点，即在简本之先，另有一个原本。

我认为，第一种意见是正确的，即繁本先于简本。根据是，我们用繁本、简本互校，可以校出大量的异文，然后再根据这些异文来判断是简本删节了繁本的原文，还是繁本依据简本而加以改动和增加。当然，我们在判断时，不能选那些模棱两可的例子，而必须选那些非此即彼的有说服力的例子。根据这个原则，我们举两个例子来证明繁本先于简本。

第一个例子是朱贵的绰号，繁本中为"旱地忽律"，而简本中作"旱地葱"。很显然，简本的制造者不知道"忽律"就是鳄鱼，而凭主观臆断将四个字改为三个字，成为"旱地葱"，但这样一改，这个词就不通了。出现这种情况，绝不是繁本将简本中的"旱地葱"增为四字而成"旱地忽律"。

第二个例子是一段话，即双峰堂刊本《水浒志传评林》第8卷中，宋江吟反诗后的自白：

> 宋江自饮，不觉沉醉，猛然想曰："我生在山东，出身虽留得一个虚名，目今三旬之上，功名不就，父母兄弟几时相见？"不觉泪下。睹物伤情，作西江月词。唤酒保，借笔砚，写向粉壁，以记岁月。

这段话，文字存在五个问题：

（1）"出身"二字，上下都没有连接，造成语句不通。
（2）"虚名"指的是什么？
（3）父母兄弟何以不能相见？
（4）"父母"的提法和前面的交代有矛盾。宋江初出场时，明明说"上有父母在堂，母亲丧早"，这在繁本和简本中是一致的，既已指明宋江已没有母亲，为什么这个地方又冒出"父母"两个字？
（5）"以记岁月"，目的是什么？

这五个问题，令人不解。

再看繁本第39回，这段话是这样写的：

> 独自一个，一杯两盏，倚栏畅饮，不觉沉醉。猛地蓦上心来，思想道："我出生在山东，长在郓城，学吏出身，结识了多少江湖上人，虽留得一个虚名，目今三旬之上，名又不成，功又不就，倒被文了双颊，配来在这里。我家乡老父和兄弟，如何得相见？"不觉酒涌上来，潸然泪下。临风触目，感恨伤怀，忽然做了一首西江月调，便唤酒保，索借笔砚。起身观玩，见白粉壁上，多有先人题咏。宋江寻思道："何不

就书于此？倘若他日身荣，再来经过，重读一番，以记岁月，想今日这苦。"

看了繁本的文字，才知道简本这一段所存在的五个问题，并不成其为问题。

由此可见，简本基本上是删节繁本的原文而来的。个别的文字则经过了修改。这个删节、修改的人是谁呢？是书商或书商所雇用的文人。他有一点文化，但文化水平不高，删改的目的是图省事省钱，为了快印书，多牟利，而不是从思想上、艺术上使原著更加完美。

还要补充指出的一点是，繁本并不等于原本。因为繁本有71回、100回、120回三种版本，只有其中的100回本才是原本。

前面已经说过，120回的《水浒传》包括六个部分，那么，《水浒传》原本究竟包括其中的哪几部分呢？

我认为，原本应包括第一部分，即第1回至第71回。这是全书写得最精彩的部分，也是全书的主体部分。原本包括第二部分，即第72回至82回。现在大家都已公认，金圣叹腰斩《水浒传》，他的这一刀就斩在第71回和第72回之间。从第1回到第82回，本来是一个完整的内容，有机的整体。原本应包括第六部分，即征方腊的部分。理由很简单。宋江等人的悲惨结局都安排在这一部分里，把这一部分作为全书的结尾部分处理，是十分自然的。这样，以上三个大部分共92回。

原本不包括第四、第五部分，即征田虎、征王庆部分。理由有两条：

（1）在这两次大战役中，梁山泊一百零八将一个也没有死，死去的人都在一百零八将范围之外。这是因为：一百零八将的悲惨结局，原作者早已安排在征方腊战役之中，为了不打乱原作者的安排，为了不改动后面的情节，所以只好不让一百零八将之中的人在征田虎、征王庆时阵亡。

（2）有的版本在书名上明确点出这两部分内容是后来增加的，不是原本所固有的。例如，法国巴黎国家图书馆所藏的一种版本即命名为《新刻京本全像插增田虎王庆忠义水浒全传》。

以上几点，大部分研究者都能接受。有一些专家学者认为，《水浒传》原本是92回，即包括前面所说第一、第二、第六三部分。例如，郑振铎的《水浒全传序》可以作为代表。但是我的意见却和他们不同。我认为，原本还应包括第三部分，即征辽的部分，也就是第83回至第90回，共8回。这样，原本为 100 回。理由有以下五点：

第一，原本不会是 92 回。这有一个前提，我们必须先确定，施耐庵的水浒传是一部已经完成的、完整的、有头有尾的小说。它不是一部没有写完的、缺少一部分的小说，既然这样，说它是 80 回、90 回、100 回，都是常见的，唯独 92 回这个数字是罕见的。在中国小说史上，恐怕还寻不出第二个例子。

第二，书商的"插增"，如同书名所显示的，只限于田虎、王庆两个部分。应该说，除了插增的以外，都是原本所有的。

第三，现在所能见到的最早的《水浒传》刊本是 100 回本。

第四，主张征辽部分不属于原本所有的人有一个看法，认为征辽是在明代中叶边患严重的背景下创作的，就是说，这一部分是明中叶加进去的。这种看法恐怕是错误的，我已在前面提到了。由于作者生活在元末明初，这是农民大起义的时代，是民族矛盾、民族斗争激烈的时代。这时写征辽是很自然的。征辽这部分的创作，和作者的民族思想有关系，和元末明初的历史背景有关系，它应该是原本所固有的内容。我们没有充分的理由去怀疑它。

第五，最重要的理由，是《水浒传》的正文中一再提到了破辽。例如第 42 回中，九天玄女说：

北幽南至睦，两处见奇功。

第 51 回的回前诗说：

施功紫塞辽兵退，报国清溪方腊亡。

第 81 回的回前诗也说：

二十四阵破辽国，大小诸将皆成功。清溪洞里擒方腊，雁行零落悲秋风。

第 100 回的回前有一首满庭芳词说：

扫清辽国传名香，奉诏南收方腊。

结束时的挽诗也说：

> 一心征腊摧锋日，百战擒辽破敌年。

这些地方，都是把征辽和征方腊相提并论，可见征辽部分和征方腊部分一样，同是《水浒传》原本所固有的内容。

另外，还有一个证据，第54回中罗真人对公孙胜说：

> 逢幽而止，遇汴而还。

这也说明征辽是原书的组成部分之一。

综上所述，可知《水浒传》原本是100回。

这里，我按时代顺序介绍一下《水浒传》各主要版本的概况。

（1）16世纪（明代嘉靖年间）的《水浒传》是100回本。这见于晁瑮《宝文堂书目》著录，共三种。一名《忠义水浒传》，一名《水浒传》（武定版）。这两种版本都没有流传下来。

（2）17世纪初期（明代万历年间）有三种《水浒传》的版本在流传。其一是100回本在继续刊印。如今保存下来两种，即天都外臣序本和容与堂刊本。其二是这时开始出现了一些简本（《水浒传》的简本，有110回本、115回本、124回本等）。这些简本当时印行于作为出版业中心之一的福建建阳，称为闽本。书中大量删节原文，并插增田虎、王庆部分。可惜这些本子在国内没有保留下来，而存于欧洲、日本等地。其三是120回本，它以100回本为基础，加上闽本已有的田虎、王庆部分，但加以很大的改写。现存的有万历四十二年（1614）袁无涯刊本，新中国成立前商务印书馆、新中国成立后中华书局都曾排印过。

（3）17世纪中期（明末）出现了71回本，这就是金圣叹贯华堂刊本，它腰斩了原本，砍掉了20多回，加了一个结局，表示要对农民起义队伍斩尽杀绝。新中国成立初期流传的主要是这个本子。

五　思想内容问题

《水浒传》是一部描写和反映我国封建社会中的农民起义和农民战争的长篇小说。小说所描写的农民起义，它发生的时间被安排在宋代；农民起义队伍的领袖宋江是历史上有名有姓的人物。从这个意义上说，我们认为，《水浒传》描写了北宋末年的一次以宋江为首的农民起义运动。但是，从《水浒传》的全部内容来看，它并不是两百年前历史上发生过的那一场农民起义运动的单纯的再现。拿宋江来说，除了姓名相同以外，书中所描写的他的一切具体的经历、具体的遭遇，都和我们今天能看到的有关历史记载的文字材料不同。这里边有很大的虚构成分。

这些虚构的成分是从哪里来的呢？是以什么为基础的呢？当然，在作者的笔下，虚构并不等于胡编乱造，这些都是以生活真实为基础的。第一，是作者生活年代以前的一切历史记载、民间传说以及有关的文学艺术素材，都是作者所看到的、听到的间接的材料。第二，是作者自己在生活中的经历或经验。这两方面的来源缺一不可。但我想，更重要的是第二点。在封建社会，这样一部大规模的作品，里面所写的又是这样一次大规模的农民起义，作者如果没有亲身的生活经验，如果没有亲自经历过、接触过农民起义的生活，是不可能写得这样成功、这样动人的。

作者生活在元末明初，而元末明初正是一个爆发农民大起义的时期。这个时期的农民大起义有几个特点：其一，是规模大，是全国性的，不是一个省、两个省，不是局部的，而是波及广大地区。其二，是时间长。1351年，起义首先爆发于淮河流域，直到1368年明朝建立，前后18年之久。能持续这么长时间，它要有准备的过程，要经历很长的准备阶段。其三，是和民族矛盾、民族斗争结合在一起的。例如朱元璋北伐时，提出的口号是"驱除胡虏，恢复中华"。其四，斗争是有成果的。这就是农民起义中的一支队伍——以朱元璋为首的一支队伍推翻了蒙古族的统治，建立了明朝，统一了全国。这些特点都是很突出的，同以前的农民起义相比，它带有新的色彩，是历史上少见的。

这场农民大起义，规模庞大，波及的范围广泛，这中间又有许许多多曲折动人的事迹产生。因此，它给当时各阶层的人们留下了深刻的印象。事情过后，就产生了用长篇小说来描写和表现农民起义运动的客观要求。而《水浒传》的出现，正是完成了一次重要的历史使命。

尽管施耐庵的生平事迹我们所知道的很少，也没有什么真实可靠的资料保存下来，但从各方面的迹象来判断，完全可以断定，施耐庵经历了这场农民大起义，参加过这场农民大起义，至于他是怎样具体参加的，干过什么具体的事情，我们就不清楚了。

施耐庵以他的生活经验为基础，描绘了农民起义队伍中众多的英雄人物，通过这些英雄人物的种种遭遇，通过他们的可歌可泣的英雄事迹，描写了一场农民起义运动的发生、发展过程。应该说，这就是长篇小说《水浒传》的内容。

说《水浒传》描写和反映了农民起义、农民战争，这对于我们今天的广大读者来说，是能够理解的，也是可以普遍接受的。当然，在《水浒传》研究中出现了一些新说法，例如"市民说"等。我认为，说《水浒传》是描写和反映了市民的生活和斗争，是不正确的。因为这不符合书中描写的实际，也不符合中国市民运动的实际情况。

中国历史上的市民运动从来也没有壮大到像《水浒传》所描写的程度，即他们可以聚众起义，占领城市和山寨，竖起造反的大旗，与官府对立。这是没有的，尤其是在元末明初以前没有。既然生活中不存在，小说中怎么能够反映呢？根据马克思主义的认识论来判断，这是不难理解的。之所以出现"市民说"，是由于马列著作流传到中国后，马列著作中提到的关于市民的说法，由于翻译不够准确，人们对其中市民的概念发生了误解，马克思与列宁著作中提到的市民，是根据西方资本主义社会创立以前的情况提出来的，他们不了解也没有研究过中国封建社会的情况，我们不能拿他们的话来套中国封建社会的事。中国封建社会的主要矛盾，还是如毛泽东同志所论述的，是地主与农民的矛盾。市民根本不能成为一支很坚强的政治力量。马克思、列宁讲的市民究竟是什么意思，我们一些人的理解也许不正确。所谓市民有两种意思：一是指城市的居民；一是指资产阶级的前身。马列著作中有的地方讲得很清楚，有的地方则不太清楚，这也许是翻译的原因。我国学术界一些研究历史的学者对中国历史上的市民评价过高，对市民运动过分夸大了。我觉得，《水浒传》研究中出现的"市民说"，很可能是受到了史学界一些观点的影响。

在国外，有那么一些不同意我们关于《水浒传》是描写农民起义和农民战争的作品这种观点。西方国家的学者自不必说，一些自称是用马克思主义观点研究中国文学的学者也不同意我们的观点。远的不必说，近的可以举两个例子。其一是匈牙利的仲科尔，其二是苏联的 A. H. 热洛霍夫采夫和 A. H. 罗加切夫。

仲科尔是匈牙利科学院东方研究所的学者，写有《论〈水浒〉的人民性》一文。

其中有几个片段这样写道：

梁山盗贼是由彼此截然不同的两个阶层所组成。

仔细分析梁山英雄们的出身，就可看出，其中既没有官吏，也没有农民。

没有一个英雄从事农业劳动。

传统的官位等级依然被保留着；地主和读书人占据重要地位，而小偷和妇女们得到的却是较低的位置。

这是一个建立在战争基础上的独立的自给自足的社会，它的统治集团由中国社会的下层阶级所组成，而它的最高领导则是一些中等阶级出身的人。

他们所代表的社会阶级是不成熟的，因而不能、永远不能卓有成效地掌握自己的权力。因此，在传统中国，他们是不能进行真正的社会革命的。

他讲了许多话，中心的意思是，反对《水浒传》是反映农民起义的书。

罗加切夫是《水浒传》俄文版的翻译者，他和热洛霍夫采夫合写了一篇《中国围绕〈水浒〉掀起的一场运动》的文章，发表于苏联《亚非民族》1978年第1期。他们认为：

《水浒》描写了一群逃亡的强盗的事业，一群诚实公正、顽强不屈的勇士们的英雄事迹。刚毅、勇敢、诚实……，这对于欧洲读者，除了罗宾汉的传说，或大仲马的著名小说《三剑客》而外，很难找到类似的《水浒》这样的作品的。

他们还进一步污蔑说：

那种认为《水浒》似乎描写了农民起义的论点，是伪科学的毛派观点。

这些看法都是错误的。为什么说是错误的呢？可以分作三点来谈。

第一点，他们违反了马克思主义的阶级分析的观点。仲科尔等说梁山英雄是强盗，是不正确的。因为强盗或盗贼是有阶级性的，尤其是在阶级社会里，要看他们出身于什么阶级、出于什么原因去做强盗，他们反对的是些什么人。在封建社会里，统治阶级这样称呼他们本身就带有一种阶级偏见。封建社会的基本矛盾是农民与地主的矛盾，二者的斗争贯穿了封建社会的始终。

《水浒传》所写的，明明是占山为王、反对地主、反对政府这样一场军事斗争，这正是两大对立阶级的殊死斗争。梁山起义军有根据地，有武装队伍，有严密的组织，有鲜明的政治口号。他们反对的不是一般的人民，而是有着特定的目标，即地主阶级的政权——从中央到地方的政府，以及一些地方上的地主武装。他们起义的原因是不堪忍受地主阶级的政治压迫和经济剥削。所有这些，都规定了梁山起义军的基本性质：他们是农民起义，不是强盗、盗贼。

第二点，看一支队伍是不是农民起义，除了前面的第一点以外，还要看它的基本队伍、基本群众。梁山队伍的基本群众显然是农民。有一个例子可以证明，第七回结尾时说：

> 不因此等，有分教：大闹中原，纵横海内；直教：农夫背上添心号，渔父身中插认旗。

可见《水浒传》所写的是以农民和渔民为主体的农民起义、农民战争。

判断一支起义队伍的主体是否为农民，也不能只看领袖人物的阶级出身。这里有两个问题要搞清楚。

其一，中国的农民起义和农民战争有一个突出的特点，基本群众虽然是农民，但由于革命的对象往往是地主阶级的政权、官府，革命的口号又往往是反对暴政，强调所谓"官逼民反"，因此被发动起来而参加起义队伍的，就不只限于农民，还包括手工业工人甚至经常包括城市贫民、知识分子、中下层地主等，形成了一条广泛的联合战线。

其二，农民起义的领袖固然有时候就是农民，但有时候也可以不是农民，例如项羽本是贵族，但并不妨碍他成为农民起义领袖。同样道理，马克思和恩格斯是无产阶级革命的领袖，但他们的出身并不是无产阶级。怎样理解这种情形呢？列宁在《做什么？》一文中指出：

> 工人本来也就不能发生社会民主主义的意识。这种意识只能从外面灌输进来，……而社会主义学说是由有产阶级出身的那些受过教育的分子，即知识分子所制定的哲学理论、历史理论以及经济理论中长成的。现代科学社会主义的创始者马克思和恩格斯两人，按其社会地位来讲，也是资产阶级的知识分子。

又说：

社会主义思想体系只有在深刻的科学知识的基础上才能产生出来，是从外面灌输到工人中间去的。

这是马克思列宁主义的一个著名的观点。它讲的是无产阶级革命和工人阶级，但把这个观点用于农民、农民起义和农民阶级，我想，也是一样适用的。所以，不能因为看到一些领袖人物不是农民出身，就否定它是农民起义。

第三点，《水浒传》所写的梁山农民起义队伍中的一些领袖人物，也有农民或劳动人民出身的。如李逵，他的哥哥是打长工的，可见他是农民出身。陶宗旺是"庄稼田户出身"，即农民出身。解珍、解宝是猎户，三阮是渔民，这也可看成是劳动人民出身。雷横、汤隆、金大坚、郑天寿、侯健等是手工艺人，石秀"卖柴度日"，王英"车家出身"，李俊"撑船艄公为生"，武松是城市贫民，这些也都应承认是下层劳动人民出身。

根据上面所讲的三点理由，我们说，那种认为《水浒传》不是描写农民起义的观点是不符合实际情况的。

六　描写和反映农民起义问题

首先，作者生动而深刻地写出了农民起义发生的原因：官逼民反。

林冲是最典型的例子。大家很熟悉，这里就不再分析了。

杨志是另外一个例子。他本是一个封建军官，即使他愿意为封建统治者服务，只要他一旦犯下丢失花石纲、生辰纲这样的过失，他就要丢官，就要逃亡。这就促使他去另找出路，投身到农民起义队伍中去。杨志参加起义军，是经历一番曲折的。他先丢官再得官，再丢官，先上二龙山，后上梁山。杨志是杨家将的后代。他的事例说明，连那些当年曾为宋朝效力尽忠的功臣名将的后裔都走到农民起义队伍中去了，可见农民起义队伍声势巨大，更可见宋朝封建统治集团的不得人心和孤立。

鲁智深和武松的例子说明了地主恶霸对人民的压迫，这是促使一些英雄好汉投向农民起义队伍的原因。

通过这些描写，作者表现了农民起义发生的基本原因不是别的，是阶级压迫和政治压迫。而且这种压迫不是个别地存在的，而且是普遍地发生着。大地主、大官僚、贪官污吏、土豪恶霸，通过各种渠道、线索连接在一起，共同组成了残暴的、凶恶的封建势力。他们的所作所为，不是个人的行为，而是一种社会问题、政治问题。小说这样的描写和处理，是相当深刻的。

其次，作者生动地描写和反映了人民群众形形色色的反抗，这里有个人的反抗，集体的反抗，合法的反抗，非法的反抗，武装的反抗。这些反抗不是孤立的、静止的，而是互相关联的、一步一步向前发展的。从个人反抗到小山头，再到大山头，最后形成一场波澜壮阔的、声势浩大的农民起义运动。

再次，作者通过梁山英雄的故事，艺术地再现了一场农民起义的全过程：兴起，发展，高潮，失败，瓦解，消灭。作者怀着由衷的喜悦，写了农民起义波澜壮阔的展开，写了农民革命事业的兴旺发达，歌颂了梁山英雄的"八方共域，异姓一家"的理想，颂扬了他们两赢童贯、三败高俅的胜利。同时作者也以凄凉的笔调写了他们在接受朝廷招安之后不得善终的下场。

这样的描写，对当时和后世的读者都有着巨大的认识意义。它促使人们去思考，一场波及广大地域的农民起义、农民战争是怎样发生的？它经历了一些什么样的过程？它怎样由弱到强，由小到大？又怎样由成功而转为失败？其间有什么可供借鉴、总结的经验教训？有人说，《水浒传》是一部农民起义的教科书，我看，这是并不夸大的。

这里，还要顺便谈一下怎样看待《水浒传》描写的招安的问题。

在封建社会的历史上，许多次农民起义、农民战争，都是因为没有新的阶级力量，没有先进的政党，而宣告失败。失败过程有时表现为：领袖动摇，受统治阶级利诱而投降，朝廷收编了他们的军队，再利用他们去攻打其他的农民起义队伍；自相残害的结果，或胜或败，或互有伤亡、不分胜负，或两败俱伤。《水浒传》所反映的就是这样的失败的过程。受招安，投降，失败，这是历史上客观存在的农民起义的悲剧。作者写《水浒传》，有反映农民起义的全过程的用意，写了招安，无非是把这一过程典型地再现出来而已，这本身并不构成缺点。

问题在于，作者并没有歌颂投降，美化投降，而歌颂的是反抗，是革命。《水浒传》是一部完整的作品，它的主题思想也基本上是完整、统一的，它不可能在前面歌颂反抗，到后面又歌颂投降。可以看出，作者在对待反抗、起义和对待招安、投降的问题上，思想与态度是一致的。它写反抗、起义，是歌颂与赞扬，而写招安、投降，是惋惜与悲愤。我们在字里行间是可以感觉出来的。人们常常不愿看七十回以后的内容，这正是受了作者思想情绪的感染。如果作者歌颂招安与投降，他就没有必要把结局写得那么凄凉，而应写他们一个个高官厚禄、封妻荫子、光宗耀祖。书中写梁山英雄走的走，散的散，死的死，而且有些人还是被害死的。这样的结局，难道能起到号召起义者接受招安的作用？天下哪有这样笨拙、愚蠢的宣传？所以，我们不能认为，《水浒传》是在宣扬和歌颂投降。

还有一点必须说清楚：我们谈论的对象是几百年前的古人，至于我们自己，要和古人之间有一个明确的界限。古人对待及接受招安、投降的看法受到了历史和时代的限制，我们不能对他们加以苛责，但是，我们要站在今天的思想高度对招安与投降进行分析批判，而不能盲目地歌颂或一味地美化。

下面再谈谈作者在描写和反映农民起义时存在什么缺点。

作者同情受剥削、受压迫的人民群众，拥护农民起义，这是他的进步思想的表现，但是，这只是作者思想的一个方面。另一方面，作者可能是一个出身于地主阶级的没落的知识分子，尽管他曾投身于农民起义的洪流之中，他的阶级偏见并未完全消除，他的世界观里也还保留着封建道德观念等落后的成分。这不可避免地影响和限制了他对农民起义、农民战争的理解和认识，使《水浒传》全书在表现和反映这一重大题材的时候存在一些缺点，有的甚至是非常严重的缺点，这些缺点主要有四点：

第一，作者漠视了农民起义队伍中的普通群众的作用。他成功地塑造了一系列农民起义领袖人物的形象，书中描写的也主要是这些英雄人物的活动，对于那些在农民起义队伍中占绝大多数、起重要作用的普通群众，作者没有给予他们一定的篇幅，去反映他们的思想和情绪，也没有表现他们的生活。其原因之一可能是作者有英雄创造历史的唯心主义观点，他根本没有把普通群众放在眼中，对他们的作用估计不足。另一个原因可能是，作者在他所参加的农民起义队伍中，由于地位和生活圈子的限制，他接触得较多的是一些领袖人物，对他们的思想、性格和生活比较熟悉，因而拿起笔来写这类人物时左右逢源，得心应手，相反的，他很少或没有接近过一般的士卒，对他们的思想、性格和生活比较陌生，没有具体的感性素材可资利用，因而在书中只好不写。

第二，作者对农民起义领导集团的组成抱有错误的看法。这非常明显地表现在对卢俊义的描写上。在梁山聚义的事业已经非常兴旺发达的时刻，为什么非要千方百计地到大名府去拉一个家财万贯的员外上山入伙呢？为什么卢俊义上山后非要他坐第二把交椅不可呢？作者这样写的原因，应在世界观方面去找。

第三，作者对个别地主阶级出身的领袖人物加入农民起义阵营，也抱有错误的看法。像孔明、孔亮兄弟等人，他们在上山之前的所作所为，与社会上那些胡作非为、肆虐害民的地主并无二致。他们怎么会真心实意地放弃封建庄园主的生活而跑上山去造反？农民起义阵营为什么要接纳这类人物，并奉为领袖？作者这样安排情节，显然违反了生活逻辑，违反了生活真实。

第四，作者固然反对欺压人民的贪官污吏、反对腐朽透顶的官府，但他对皇帝和朝廷还存有幻想，即只反贪官，不反皇帝。所以，他笔下的宋江等几个主要领袖人物，时时刻刻在盼望着朝廷招安。而另一支以方腊为首的农民起义队伍是要推翻皇帝的，作者则对此竭力加以丑化。当然，只反贪官、不反皇帝的思想，对封建时代的作家来说是普遍的，李白、杜甫、陆游、辛弃疾、曹雪芹、吴敬梓等没有一个是反皇帝的。我们没有必要对施耐庵苛刻要求，并大加挞伐。但我们用今天的观点来看《水浒传》，不能不说这是此书的一个缺点。

第五，我们再谈谈怎样看待宋江这个人物。

对宋江这个人物的评价，历来分歧很大。我的看法是，在宋江身上，既有革命性的一面，又有妥协性的一面。宋江性格的两面性，即反抗性和妥协性，是紧紧地结合在一起的。随着社会地位的变迁，这种两面性也随之发生了不同程度的变化。有时候反抗性占上风，有时候妥协性占上风。宋江的两面性对农民起义产生了重要的影响，他的反抗性使梁山事业兴旺发达，而他的妥协性导致梁山起义走上了招安、投降的道路。《水浒传》对宋江的双重性格的描写，是成功的，也是深刻的。

需要指出的是，宋江是封建时代作家塑造的人物形象，而封建时代作家的思想中不可避免地存在着严重的封建道德观念，并要按照这种观念来描写他所肯定的正面人物。而这样描写同我们今天的认识有很大的差距。比如说，宋江的忠和孝，在我们今天看来，是愚忠和愚孝，不足为训，应该批判；但在作者看来，这都是高尚的道德，不是一般的人所能具有的，又是一个领袖人物所不可缺少的，应该受到表扬。这是可以理解的。因为我们和作者生活的时代不同，世界观不同，思想体系不同。一个封建时代的作者奉为理想典型的正面人物，到了今天，我们却并不觉得他可爱、可敬、可亲。作者认为光彩四射的，我们却觉得苍白无力，作者认为是值得表扬的，我们却觉得是应该批判的；作者认为是真诚的，我们却觉得是虚伪的。分析宋江的形象、宋江的性格，一定要看到这一点。

七　在文学史上的地位问题

一部文学作品在文学史上占据什么样的地位，除了看它的思想价值和艺术成就之外，还必须考察它究竟是否给文学发展的历程增添了什么新的内容。正像列宁所指出的：

> 判断历史的功绩，不是根据历史活动家没有提供现在所要求的东西，而是根据他们比他们的前辈提供了新的东西。①

另外，也必须考察它究竟是否推动了文学发展历史的进程，是否对当时和后世的社会生活产生了积极的影响。

《水浒传》究竟有没有给文学发展历史的进程增添了新的内容呢？

如前所述，《水浒传》是一部描写和反映农民起义和农民战争的古代小说。成功地采用这样的题材，集中地、深入地表现这样的政治内容，这样的社会生活，这本身就是文学史上的一个不容忽视的突出的现象。而且《水浒传》第一次圆满地反映了我国历史上的农民起义和农民战争，这更是应该大书特书的。《水浒传》之前，诗、词、散文且不必说，在小说方面，无论唐宋传奇，或是宋元话本，在流传下来的作品中，都还没有一篇像《水浒传》这样专门把农民起义、农民战争当作正面描写和反映的对象。有的作品虽写了农民起义，但农民起义不是书中的主要内容或主要线索，而且对农民起义也总是采取否定的态度。

比如，《京本通俗小说》卷16的话本《冯玉梅团圆》（《警世通言》改名为《范鳅儿双镜重圆》）写到了南宋初年建州范汝为起义，但这场著名的历史事件却是作为故事的背景来叙述的，作者放置在全篇中心的是一个农民起义队伍中的叛徒和一个官宦人家的小姐的悲欢离合的故事。作者认为，范汝为造反是"造下弥天大罪"；他还斥骂范汝为领导的起义队伍是"贼兵"、"贼军"、"贼党"。显然，作者是完全反对农民起义的。

又如《古今小说》第39卷的《汪信之一死救全家》写了汪革造反的故

---

① 《列宁全集》第2卷，人民出版社，1958，第150页。

事,然而作者把这归结为"又有文武全材、出名豪侠,不得际会风云,被下人诬陷,激成大祸,后来做了一场没挞煞的笑话"。在作者笔下,主人公汪革"有财有势"、"武断乡曲"、"把持官府"、"骑从如云",是一个靠剥削起家的大土豪,汪革的暴动是被迫的,是因小嫌小隙而被人诬告的结果。他所要擒拿的只不过是一个小小的县尉,没有什么更大的目标;他所率领的暴动队伍,虽然也包括一部分在他统治势力范围以内的手工业工人和渔民,但主要的却是他的家庭成员,包括他的家奴。从这些方面来看,《汪信之一死救全家》所描写的汪革造反并不属于农民起义、农民战争的性质。

再如宋元话本中的那类"讲史"小说,其主角都是历代帝王将相,而农民起义的领袖人物在这些书中从来没有做主角或正面人物的资格。《五代史平话》中的黄巢就是一个例子。《三国志演义》中写到黄巾起义时的情形也是如此。

举出这些例子并不是要否定那些作品,而只是要强调,在描写农民起义方面,它们没有做到的,《水浒传》做到了。要说《水浒传》高出于它们,首先表现在这一点上。

文学作品应该成为时代的晴雨表,应该反映时代脉搏的跳动。在文学史上,一部伟大作品应该对封建社会的阶级矛盾和阶级斗争正面地或侧面地、直接地或间接地有所反映、有所表现;否则,它就将不成其为伟大了。这是时代提出的要求,历史赋予的使命。

从我国文学发展的历史来看,在种种文学形式中,小说,尤其是长篇小说,最适合于反映和表现规模巨大的农民起义运动。而这一点,到了元末明初,条件才发展成熟。鲁迅在《中国小说史略》中说:唐人传奇"始有意为小说"。这使虚构——这一小说创作必不可少的重要条件——正式地进入了中国小说的领域。但它们都是用文言文写成的,在反映社会生活、在和广大读者的接近方面,都有一定的局限。宋元话本克服了这个缺陷,向前跨进了一大步,但其篇幅却没有很大的扩展,对于表现那些把千百万群众都裹进去的重大历史事件,仍然存在一定的困难。这时,作为中国文学史上的第一部纯粹用白话文写成的长篇小说《水浒传》出现了。它回答了时代提出的要求,完成了历史赋予的使命,它是第一部全面而深入地反映和描写规模巨大的农民起义、农民战争的白话长篇小说。这就奠定了它在我国文学史上的地位。它以深邃的思想和精湛的艺术屹立在文学史上,和后来的《红楼梦》并列为小说史上的两大高峰。它的成就,从真实地表现和反映封建社会的农民起义、农民战争这一点来说，在世界文学史上也是罕见的。

《水浒传》对当时和后世社会现实生活产生的积极影响，主要表现在对农民起义的影响和作用上，不计其数的例子都说明了明清两代的农民起义队伍曾从这部伟大的作品中，或多或少地汲取到精神的力量。

明清两代，《水浒传》多次受到封建统治者禁毁。崇祯十五年（1642），在张献忠破襄阳、李自成取河南，明末农民起义军获得巨大胜利之后，明毅宗朱由检下诏"严禁《浒传》"："凡坊间家藏《浒传》并原版，速令尽行烧毁，不许隐匿"，"勒石山巅，垂为厉禁。"① 清乾隆十九年（1754），全国性的反清大起义被镇压下去不久，清高宗弘历下诏，在全国"严禁"《水浒传》②。嘉庆七年（1802），川楚农民大起义已经坚持了六年之久，清仁宗颙琰下令"严禁"《水浒传》，"已刊播者，令其自行烧毁，不得仍留原板"③。咸丰元年（1851），即太平天国起义的第二年，因"湖南各处坊肆皆刊刻、售卖"《水浒传》，清文宗奕詝下诏，"严行查禁，将书板尽行烧毁"④。这些材料说明，正因为《水浒传》对明清两代的农民起义、农民战争确实产生过有效影响，封建统治阶级才把它看成是洪水猛兽一般而严加查禁。

可以说，《水浒传》的革命思想内容对现实中人民群众的反抗运动具有一定的推动作用。一些农民起义的领袖人物往往从《水浒传》中得到启发，并把它当作学习的资料，在思想上和行动上模仿其中所写的一切。

首先，我们可以看到，一些农民起义的领导者对《水浒传》中所描写的战术战策进行模仿。清代的《五石瓠》说：

献忠之狡也，日使人说《三国》、《水浒》诸书，其埋伏、攻袭咸效之。

张德坚《贼情汇纂》说，太平天国军队的策略：

采稗官野史中军情仿之，行之往往有效，遂宝为不传之秘诀。其裁取《三国演义》、《水浒传》为尤多。

---

① 《明清内阁大库史料》，上册。
② 《定例汇编》，卷3。
③ 《清仁宗实录》，卷104。
④ 《清仁宗实录》，卷38。

清末醒醉生《庄谐杂录》引胡林翼的话说：

> 草野中全以《水浒传》为师资，故满口英雄好汉，所谓奇谋秘策，无不粗卤可笑。

这些记述都是符合实际情况的。

其次，人民反抗运动的一些领袖人物还直接采用了《水浒传》中表现起义队伍的政治口号，如李自成、洪秀全都自称"奉天倡义"，太平天国旗帜为"顺天行道"，义和团的旗帜亦为"替天行道"等。另外，一些农民起义的领袖把水浒英雄的姓名、绰号作为自己的绰号，如宋江、雷横、燕青、柴进的名字，一丈青、混江龙、黑旋风、没遮拦等绰号，都被某些起义者袭用过，有的还被称为"宋大哥"、"小宋公明"等。

还有，农民起义军喜爱《水浒传》，痛恨反对《水浒传》的《荡寇志》，1860年太平天国军队攻入苏州时，曾把《荡寇志》的版片烧毁。

从以上几点可以看出，对于封建社会的人民群众来说，《水浒传》不但是精神的食粮，也是斗争的武器。

谈到《水浒传》在文学史上的地位，还要看到它对后世文学创作的影响。《水浒传》盛行之后成为后世许多文学艺术作品汲取题材的来源。在戏曲方面，传奇有李开先《宝剑记》、沈璟《义侠记》、许自昌《水浒记》、李渔《偷甲记》、金蕉云《生辰纲》、无名氏《鸳鸯楼》，杂剧有凌濛初《宋公明闹元宵》、张韬《蓟州道》、唐英《十字坡》，清代宫廷大戏尚有周祥钰《忠义璇图》；在小说方面，《金瓶梅》利用了《水浒传》的部分情节，《水浒传》的各种续书不断出现，《说岳全传》也写到了水浒英雄后代的事迹；在京剧和其他地方剧中，也有不少取材于水浒故事的剧目。

另外，《水浒传》的艺术成就，构成了我国小说史的优良传统。人物形象的塑造，性格的刻画，语言的运用，情节和结构的安排等，都给后世的作家提供了学习和借鉴的范例。

以上几个方面足以说明，对《水浒传》在文学史上的地位必须充分肯定，任何贬低或否定《水浒传》的观点都是片面的、不正确的。

（根据录音整理）

卷二 《水浒》作者论

施耐庵文物史料辨析

一

讨论的前提

"千秋万岁名，寂寞身后事。"

这是杜甫的名句①。短短的十个字，寄寓着诗人的深沉的感叹。我们可以借用这两句诗来概括文学史上这样一种常见的现象：历史上有一些著名的文学家，尽管创作出了一些永垂不朽的杰构，生前或许也曾名噪一时，但是，在那个封建社会里，离他们的逝世才不过几十年或一两百年的光景，由于种种原因，他们的生平事迹已不为一般的人们所知晓，甚至他们的姓名也开始在人们的记忆中逐渐地淡漠起来。

今天，许多伟大的古代文学作品上蒙覆着的尘土已被拭净，重新闪耀出它们的光辉，许多伟大的古代作家的历史地位也获得了一致的确认。可惜的是，他们的生平事迹却很少能完整地、系统地保存和流传下来。

一些诗人是这样，一些小说家更是这样。

而在小说家中，《水浒传》作者施耐庵在这方面的情形最为突出。他的生平事迹不详，他的名字也已佚失不传②。过去，我们确实知晓于他的，除了他是一位伟大的小说家这一点之外，实在不算多。约略地说来，不外是这样两点：

---

① 杜甫《梦李白》第二首末句。
② "耐庵"大概是号，而不是名字。请参阅下文。

第一，他是元末明初人。在元末明初戏曲家贾仲明的《录鬼簿续编》[1]中，有施耐庵的合作者罗贯中的小传：

> 罗贯中，太原人，号湖海散人。与人寡合。乐府隐语，极为清新。与余为忘年交。遭时多故，各天一方。至正甲辰复会，别来又六十余年，竟不知其所终。

至正甲辰，即元末的至正二十四年（1364）。罗贯中既为编者贾仲明的友人，则这段记载当然有它的可靠性。而罗贯中是元末明初人，这一点间接地证明了施耐庵同样也是元末明初人。

第二，他是钱塘（今浙江省杭州市）人。现存最早的关于施耐庵的记载见于明代嘉靖间（1522～1566）人高儒的《百川书志》[2]，其中写道：

> 《忠义水浒传》一百卷，钱塘施耐庵的本，罗贯中编次。[3]

其后，胡应麟（1551～1600）也说过：

> 元人武林施某所编《水浒传》特为盛行。[4]

武林即钱塘。另外，嘉靖间人郎瑛、田汝成、王圻和万历间人天都外臣等，也有《水浒传》的作者是"杭人"[5]、"钱塘人"[6]、"杭州人"[7]和"越人"[8]的说法。从《水浒传》来看，它的作者对山东、河南、陕西、甘肃等地的地理环境显得不熟悉[9]；他还在书内运用了宋元时期杭州一带流行的方言土语[10]。这都和他是钱塘人的身份符合的。

---

[1] 关于《录鬼簿续编》的编者，一说为无名氏。无论是贾仲明，或是无名氏，他们所生活的时代都可以肯定为元末明初。

[2] 《百川书志》序系嘉靖十九年（1540）。

[3] 《百川书志》卷6，史部，野史类。

[4] 《少室山房笔丛》卷41。

[5] 《七修类稿》卷23，辩证类。

[6] 《西湖游览志余》卷25。

[7] 《续文献通考》卷177，经籍考，传记类。

[8] 天都外臣：《水浒传序》。按：此序作于"万历己丑"，即万历十七年（1589）。据沈德符《万历野获编》卷5说，天都外臣乃汪道昆的化名。

[9] 参阅何心《水浒研究》（上海文艺联合出版社，1954年）第19章"水浒传中的错误"。

[10] 请参阅拙文《鸭》，香港《文汇报》1979年9月24日。

对于判断后世出现的有关施耐庵家世和生平事迹的"新材料"或"文物史料"的真伪问题，以上两点是至关重要的。它们出于明人的手笔，时间距施耐庵生活的时代较近，有它们的可靠性。凡后世出现的说法，如果和以上两点有所违背的话，那都是值得怀疑的，需要加以剖析和辨别真伪的。例如，有人说，施耐庵可能是明代正德、嘉靖间人郭勋（1475～1542）的化名。又如，有人认为，施耐庵是苏北的兴化县或大丰县人。这显然与上述两点相左，正像《九辩》上所说的："圆凿而方枘兮，吾固知其龃龉而难入。"

问题的提出

施耐庵是否确有其人，老实说，这本来是一个不成问题的问题。四五百年以来，《水浒传》这部伟大的文学作品始终在人们的手上不停地传阅着。难道作品的存在，还不能证明作者的存在？所以，今天提出施耐庵是否确有其人的命题，并加以论证，在我看来，是没有多大的实际意义的。

断言"施耐庵实无其人"的仅仅是极个别的学者。随着《水浒传》研究的进展，这种发表于几十年前的意见已很少有人再坚持，也不为人们所普遍接受。据我所知，新中国成立以来，在学术界，首先是戴不凡同志在《疑施耐庵即郭勋》一文[1]中，仍坚持这种见解。戴不凡同志的论文标有副题："据1975年秋在学习小组会上的发言整理"。正标题中用了一个"疑"字。论文中带有结论性的词句又是这样的："因而，我怀疑这个'施耐庵'会不会是郭勋（准确地说，该是郭勋所雇用的文人）的托名？""施耐庵其实并无其人，极可能就是郭勋门下御用文人的托名。"连续使用了"疑"、"怀疑"、"会不会是"、"极可能"等词，表明戴不凡同志下断语时比较谨慎，没有流露出十分肯定的语气。何况，后来戴不凡同志对这一问题的看法也有了变化[2]。还

---

[1] 《小说见闻录》，浙江人民出版社，1980年2月。
[2] 1980年2月间，戴不凡同志当面惠赠他刚出版的《小说见闻录》，并嘱我读后提些批评性的意见。次月，我有一长信给他，信中详谈了我对施耐庵问题、《金瓶梅》作者问题和天花藏主人问题的看法。不久，戴不凡同志来到舍下，在谈论关于《红楼梦》的几个问题之后，提到了施耐庵问题。他表示，基本同意我的看法；他不再坚持"施耐庵实无其人"及"施耐庵即郭勋"的见解，准备将来在《小说见闻录》再版时，增添一则"附记"，以表明对原见解的修正。

有，张国光同志也认为"施耐庵只是《水浒》繁本作者的托名"[1]。此外似无他人在公开发表的论文中支持"托名"说。

相反的，断言施耐庵是江苏兴化或大丰人的却大有人在。尤其是自1980年以来，陆续发表了这样一些论文：

刘冬：《施耐庵生平探考》[2]

张惠仁：《施耐庵墓志的真伪问题》[3]

萧相恺、刘冬：《关于施耐庵生平的通讯》[4]

王春瑜：《施耐庵故乡考察散记》[5]

张袁祥、陈远松：《施耐庵家世的新佐证——新发现施氏家谱简介》[6]

欧阳健：《国贻堂施氏家谱世系考索》[7]

刘冬：《施耐庵四世孙施廷佐墓志铭考实》[8]

卢兴基：《关于施耐庵文物史料的新发现》[9]

何满子：《施耐庵之谜——江苏兴化、大丰施氏家族文物考察记》[10]

王春瑜：《施让地券及云卿诗稿考索——施耐庵史料研究之一》[11]

此外，1982年2月至5月间，在《人民日报》、《光明日报》、《文汇报》、《新华日报》、《盐阜大众报》、《兴化报》等报纸上先后发表了许多消息和报道，它们几乎一致断言苏北的施耐庵就是《水浒传》的作者，只不过有的结论十分肯定，有的语气稍显游移而已。

---

[1] 张国光：《鲁迅的"施耐庵"为繁本作者之托名说无可置疑——兼析关于施耐庵的墓志、家谱、诗文、传说之俱难征信》，《水浒争鸣》第一辑（长江文艺出版社，1982年4月，武汉）。

[2] 《中华文史论丛》1980年第4辑。按：《中华文史论丛》1982年第2辑又发表徐朔方同志《施耐庵生平探考质疑》一文，对刘文的一个论点提出质疑，并指出："由于资料不足，要研究施耐庵的生平困难很大。如果对仅有的若干记载，又不认真对待，仔细参照，纵然一时得出结论，恐怕也难以令人信服。"

[3] 《群众论丛》1981年第3期。

[4] 《群众论丛》1981年第3期。

[5] 《光明日报》1982年4月25日。

[6] 《江海学刊》1982年第3期。

[7] 《江海学刊》1982年第3期。

[8] 《江海学刊》1982年第3期。

[9] 《文汇报》1982年6月21日。

[10] 《光明日报》1982年7月8日。

[11] 这篇论文经过删节后刊载于《文艺报》1952年第21号（11月10日出版）。

三次调查的经过和学术界的反响

把施耐庵说成是苏北人,非自今日始。早在 20 世纪 20 年代,就已有人提出了这个问题。但是,信者寥寥。

新中国成立以后,为了研讨这个问题,曾在苏北兴化、大丰等地进行过三次调查。

第一次调查是在 1952 年进行的。当时《文艺报》收到了刘冬、黄清江两位同志的论文《施耐庵与〈水浒传〉》①,里面提出了有关施耐庵的新材料。《文艺报》当即转请有关方面设法在苏北进行调查。9 月中旬,苏北文联派了丁正华、苏从麟两位同志到泰州、兴化、施家桥、白驹镇、海安镇等地调查施耐庵的家世和生平,历时 10 天。调查中发现了更多的新材料,结果写成《施耐庵生平调查报告》②。在这之后,文化部又派人民文学出版社聂绀弩、《人民日报》徐放等同志赴苏北做进一步的调查,事后写出了几万字的调查报告,但不知出于何种原因,该调查报告没有公布。

刘冬、黄清江的论文断定苏北的施耐庵即《水浒传》的作者。丁正华、苏从麟的调查报告没有直接说出他们的结论,但从行文语气可以看出,他们实际上倾向于刘冬、黄清江的观点,至于聂绀弩等人的看法,则可以从聂绀弩当时在北京大学等处所做的几次关于《水浒传》的学术报告中获知。他在报告中公开宣布:那些材料不可靠,全是假的③。后来,他又在《中国古典小说论集》"自序"中分析宋江造反问题时说:

> 《水浒》决不是什么思想家、革命家的创作,我到苏北调查过施耐庵的材料,所有关于施耐庵参加过张士诚的起义的传说,以及别种传说,全是捕风捉影,无稽之谈,连施耐庵的影子也没有,还参加什么起义呢?④

第二次调查是在 1962 年进行的。6 月至 8 月间,兴化县委宣传部派赵振宜等同志,大丰县文教局派陈安智、倪云飞等同志,江苏省文化局、文联派

---

① 这篇论文经过删节后刊载于《文艺报》1952 年第 21 号(11 月 10 日出版)。
② 这篇调查报告的全文,发表于《文艺报》1952 年第 21 号(11 月 10 日出版)。
③ 例如,他于 1953 年 5 月 19 日在北京大学俄文楼为中文系同学所做的学术报告中就这样说过。
④ 《中国古典小说论集》,上海古籍出版社,1981。

周正良、尤振尧、丁正华等同志，参加调查工作。9月17日，赵振宜、周正良、尤振尧、丁正华、陈安智、倪云飞等同志写出《清理施让残墓文物及继续调查施耐庵史料报告》①。调查中，清理了施让（相传为施耐庵之子）墓文物，查访和搜集到其他一些材料。这些调查的参加人员仅限于江苏省和兴化、大丰两县，加以调查报告又没有公开发表，所以在全国范围内知者甚少。

从1952年的第一次调查开始，经历了1962年的第二次调查，直到1966年的"文化大革命"为止，在这十余年间，几乎所有的关于《水浒传》的论文和专著都不引用这些材料，也就是说，它们的作者都不相信这些材料，或持存疑的态度。

在这里，我为什么要用"几乎所有"这样的字词呢？因为1952年调查报告的作者之一丁正华同志还在坚持原先的看法，他在1961年发表了一篇题为《施耐庵为兴化施族祖先应非假托辨》②。此外，我再也想不起这一时期在国内的报刊上还公开发表过哪一篇持这种观点的论文了。

至于专著，例如，何心《水浒研究》③、严敦易《水浒传的演变》④，都表明了他们对这些材料持否定的态度。连《水浒研究论文集》⑤这样一本已发表的论文的汇编性质的书，也拒不收录刘冬、黄清江和丁正华、苏从麟的调查报告。几部重要的文学史著作，例如中国科学院文学研究所编写的三卷本《中国文学史》、游国恩等同志主编的四卷本《中国文学史》、北京大学中文系1955级同学编写的四卷本《中国文学史》等等，在论述《水浒传》作者施耐庵生平时都毫无例外地摈弃苏北施耐庵之说。

而在当时新出版的《水浒传》各种版本中，例如70回的《水浒》、120回的《水浒传》、会校本《水浒全传》等，无论是序言或出版说明，也都没有一字一句采用这些新材料所提供的说法。

上述事实，无可辩驳地说明，从1952年到1966年之间，关于施耐庵的新材料的真伪问题，尽管存在着不同的意见，但在学术界，怀疑或不相信这

---

① 这个调查报告是由丁正华同志执笔写成的，见《施耐庵资料》（一），兴化县施耐庵文物史料陈列室编印。
② 见《江海学刊》1961年第5期。文中有云："所以，仅从现有的可靠资料看，我认为施耐庵为兴化施祖祖先也是基本可信的，应非慕名假托。"
③ 上海文艺联合出版社，1954年7月。
④ 作家出版社，1957年3月，北京。
⑤ 作家出版社，1957年7月，北京。

些新材料的显然占压倒性的多数。当时并没有人撰写并公开发表专门的论文来讨论这些新材料的不可靠性和可疑之点。原因很简单，这些新材料不能作为论述或研究《水浒传》作者施耐庵的依据——在大家的心目中，以为这是不成其为问题的。

谁知到了"文化大革命"之时，学术界许多人失去了发言权。1975年掀起所谓"评论《水浒》"的高潮以后，有的作者找到了1952年的《文艺报》，又把这些新材料翻了出来。一些不明底细的人跟着就把它们视为真实、可靠的史料，而在自己的文章中加以援引了。最突出的是两个例子：

《水浒资料汇编》[①]、

《水浒传资料汇编》[②]。

这两部书，我觉得编得不错，对于治小说史或专攻《水浒传》的研究者十分有用。但这两部书却收录了这些新材料，让它们混杂在其他大量的真实的、可靠的史料之中，有损于资料工具书所应具有的"翔实"。随后，不少论文又不加抉择地抄录这些新材料，用以考证施耐庵的身世，甚至阐述施耐庵的思想。

1981年底和1982年初进行了第三次调查。结果在兴化、大丰两地发现了一些新的文物史料。1982年4月18～25日，江苏省社会科学院文学研究所邀请国内十余位《水浒传》研究工作者对这些文物史料进行考察和参观，并举行座谈。会后发表了《江苏新发现的施耐庵文物史料考察报告》和《施耐庵文物史料考察座谈纪要》[③]。从考察报告和座谈纪要本身，再结合报纸上发表的有关消息报道看，这次考察和座谈基本上肯定了《水浒传》作者施耐庵就是苏北的施彦端。随后，报刊上发表的一系列论文，也持这样的观点。

至此，施耐庵问题遂引起了国内外学术界的广泛注意。

施彦端是不是《水浒传》的作者施耐庵？或者说，从新发现的文物史料中能不能肯定施彦端、施耐庵、《水浒传》作者这三者是同一个人？——这就是我们需要探讨的中心问题。怎样分析和评价这些新发现的文物史料？他们的发现，是不是像某些人所说的，"解决了几百年没有解决的悬案"，是《水

[①] 《马蹄疾辑录》，中华书局，1977年6月，北京。
[②] 朱一玄、刘毓忱编，百花文艺出版社，1981年8月，天津。
[③] 均见《江海学刊》1982年第4期。

浒传》研究中的"重大突破"？——这也有必要加以商榷。

我相信，只要遵循"百家争鸣"的方针，本着追求真理的精神和实事求是的态度，大家充分发表和交换意见，关于施耐庵文物史料问题的探讨一定能获得科学的、有说服力的、明确的结论。

二

《文艺报》1952年第21号（11月10日出版）发表了两篇文章：刘冬、黄清江的《施耐庵与〈水浒传〉》，丁正华、苏从麟的《施耐庵生平调查报告》。这两篇文章介绍和列举了一些新材料，在当时引起了学术界和一般读者的注意。

它们介绍和列举了一些什么样的新材料呢？

为了便于说明问题和剖析疑点，同时也为了使读者能有完整的印象，以做出比较准确的判断，我在这里不得不花费一些篇幅，再一次移录这些新材料，供读者参考。

1952年公布的新材料

刘、黄一文共分两个部分。第一部分的标题就叫做"几种新材料"。它所介绍的"新材料"，计有四项：

（一）神主

大丰县白驹镇施家舍村上施姓家中有祭祀祖先用的神主。上面写着他们的祖宗共十八世。他们的始祖，神主上这样写着：

```
            考　公耐庵府君
元辛未进士始祖　施　　　　之位
                  季
        妣　门　太孺人
                  申
```

（二）墓碑

兴化县施家桥有施耐庵的坟墓。坟上有碑和牌坊各一，为1943年所立。碑文的作者是当时兴化县人民政府的县长蔡公杰。关于碑文，请参阅丁、苏调查报告所引的全文。这里仅仅抄录其中的两句：

> 水浒传作者施耐庵先生为苏人。
> 考施氏族谱所载，先生元末避张士诚之征而隐于此。

（三）墓志

《兴化县续志》载有明代淮安人王道生所撰写的《施耐庵墓志》，全文如下：

> 公讳子安，字耐庵。生于元贞丙申岁，为至顺辛未进士。曾官钱塘二载，以不合当道权贵，弃官归里，闭门著述，追溯旧闻，郁郁不得志，赍恨以终。公之事略，余虽不得详，尚可缕述：公之面目，余虽不得亲见，仅想望其颜色。盖公殁于明洪武庚戌岁，享年七十有五。届时余尚垂髫，及长，得识其门人罗贯中于闽，同寓逆旅，夜间施烛畅谈先生轶事，有可歌可泣者，不禁相与慨然。先生之著作，有《志余》、《三国演义》、《隋唐志传》、《三遂平妖传》、《江湖豪侠传》（即《水浒》）。每成一稿，必与门人校对，以正亥鱼，其得力于罗贯中者为尤多。呜呼！英雄生乱世，则虽有清河之识，亦不得不赍志以终，此其所以为千古幽人逸士聚一堂而痛哭流涕者也。先生家淮安，与余墙一间，惜余生太晚，未亲教益，每引为恨事。去岁其后述元（文昱之字）迁其祖墓而葬于兴化之大营焉，距白驹镇可十八里，因之，余得与流连四日。问其家世，讳不肯道，问其志，这又唏嘘叹惋；问其祖，与罗贯中所述略同。呜呼！国家多事，志士不能展所负，以鹰犬奴隶待之，将遁世名高。何况元乱大作，小人当道之世哉！先生之身世可谓不幸矣！而先生虽遭逢困顿，而不肯卑躬屈节，启口以求一荐。遂闭门著书，以延岁月。先生之立志，可谓纯洁矣。因作墓志，以附施氏之谱末焉。

（四）小传

《兴化县续志》还在"文苑"中记载了施耐庵的小传。全文如下：

施耐庵原名耳，白驹人，祖籍姑苏，少精敏，擅文章。元至顺辛未进士，与张士诚部将。士诚擅甲兵，将窥窃元室，以卞元亨为先锋。元亨以之才荐士诚，屡聘不至。迨据吴称王，乃造其门，家人不与见。士诚入内，至耐庵室，见耐庵正命笔为文，所著为《江湖豪侠传》，即《水浒传》也。士诚笑曰："先生不欲显达当时，而弄笔以自遣，不虚糜岁月乎？"耐庵闻而搁笔，顿首对曰："不佞他无所长，惟持柔翰为知己。大王豪气横溢，海内望风瞻拜。今枉驾辱临，不佞诚死罪矣。然志士立功，英贤报主，不佞何敢固辞？奈母老不能远离，一旦舍去，则母失所依。大王仁义遍施，怜悯愚孝，衔结有日。"言已，伏地不起。士诚不悦，拂袖而去。耐庵恐祸至，乃举家迁淮安。明洪武初，征书数下，坚辞不赴。未几，以天年终。

丁、苏的调查报告所搜集的新材料，计有十四项，可分为两类，一类为民间传说，一类为文字记载。前者三项，后者十一项。现仅介绍文字记载部分。

（一）《施耐庵传》

原载《兴化县续志》卷十三，即刘、黄一文所引的第（四）项材料。

（二）王道生《施耐庵墓志》

原载《兴化县续志》卷十四，即刘、黄一文所引的第（三）项材料。

（三）关于施耐庵墓的记载

施隐士墓，在县境东合塔坽内施家桥，葬元隐士施耐庵，淮安王道生撰志。

这些文字原载《兴化县续志》卷一。

（四）袁吉人《耐庵小史》

施耐庵白驹场人，与张士诚部将卞元亨友善。士诚初缮甲兵，闻耐庵名，征聘不至。士诚造其门，见耐庵正命笔写《江湖豪侠传》，士诚曰："先生不欲显达当时，而弄文以自遣，不亦虚糜岁月乎？"耐庵逊谢，以母老妻弱、子女婚嫁未毕辞之，因避去。其孙述元，应士诚聘，至麾下奉命招募，因见士诚骄矜，亦逸去。

这段"小史"原载《吴王张士诚载记》卷四。文前冠有"袁吉人编《耐庵小史》云"字样。这段引文是不是袁吉人的原文，有没有删节或改动，均不详。

（五）《施氏族谱》世系

第一世：彦端，字耐庵（行一）。元配季氏，继配申氏。

第二世：让，字以谦（生于明洪武癸丑，没于永乐辛丑，隐居不仕，另有处士墓志）。元配顾氏、陈氏。

第三世：文昱，字景胧（明，文学）。文颢，字景顺。文晔，字景明。文旺，字景华。文晖，字景清。文昇，字景旸。文鉴，字景昭。

第四世：芸曙，字海霞（明、礼部儒士）。芸士，芸霞。芸觞。芸恭。芸靖。芸钛。芸芳。芸祥。

世系表原载《施氏族谱》。这里仅仅移录了其中的四世。第一世和第二世是全引。第三世略去了各人配偶的姓氏，第四世的芸曙也略去了配偶的姓氏。据调查报告说，此《施氏族谱》"系咸丰四年所修，无刻本。白驹镇西北二里港施氏后裔施莲塘（已死）家曾藏有手抄本，连年战争中已散失无存。我们调查所得者为施氏十八世孙施熙及施氏二十世孙施祥珠根据施莲塘藏本所抄之摘录本。两人所录大体相同。据施熙谈：凡原本有关施氏生平史料均已抄录无遗"。

（六）杨新《故处士施公墓志铭》

处士施公，讳让，字以谦。鼻祖世居扬之兴化，后徙海陵白驹，本望族也。先公耐庵，元至顺辛未进士，高尚不仕。国初，征书下至，坚辞不出。隐居著《水浒》自遣。积德累行，乡邻以贤德称。生以谦，少有操志。续长，先承家业。父母以孝，兄弟以友，朋友以信，人无间焉。自以耕学扁斋，潜德弗耀。娶孺人顾氏妙善暨陈氏妙真，皆自名门，淑德昭著。永乐辛丑岁，公上章因敦，甫及四十，以疾终。远近闻者，罔不悼念，以为仁而弗寿，天佑不肖。浮柩于本场高源，未卜寿藏。今年以通利，遂为安厝。士人顾蘩，行状请铭，以志悠久。予惟处士，生于太平文运之时，礼俗敦厚之乡。素与友善，更相姻娅。其为人也，读书尚礼，邪僻不干于心，出处不卑其志，理乱不闻黜陟不预。忘形林泉之下，娱情诗酒之间。此亦命之所得耶？厥后，孺人顾氏、陈氏悲慕弗忘，渐忽弃世，且二孺人与公结发后，相敬如宾。其为处子，闺门之间，女仪妍洁，敦持妇道，上下无忌。综理家事，各从俭约。至时祭祀，调合涤濯，必尽丰美。孝养舅姑，始终弗怠。生子七：长文昱，字景胧，文学；次文颢，字景顺，国学生；次文晔，字景明；次文旺，字景华；次文晖，字景清；次文昇，字景旸；次文鉴，字景昭。文晔、文晖，不幸早逝。而文昱等皆有能声，□理家务，炽盛逾归。女三：长适里人刘仲衡子镒，次适邵文乂子钱，次适刘宏乂子坚，皆着故之后也。公生于洪武癸丑，没于永乐辛丑。顾氏生于洪武辛亥，没于正统丙辰。陈氏生于洪武戊辰，殁于正统丙辰。呜呼，生寄死归，人之常也；信德既立，人之行也。故处士、孺人，各得其道焉；子文昱等又能继述。请铭曰：嗟彼哲人，如金如璧。处士之贤，孺人之德。胡为不寿？遂致窀穸。父道母仪，乡邻是则。佳城苍苍，既松且柏。勒石志铭，千载弗易。景泰四年，岁次癸酉，二月乙卯十有五日壬寅立，淮南一鹤道人杨新撰，里人顾蘩书，陈景哲篆盖。

这篇墓志铭原载《施氏族谱》。

（七）陈广德《施氏族谱序》

序文写于咸丰四年（1854），原载《施氏族谱》。略。

（八）施埁《建祠记述》

记述写于咸丰五年（1855），原载《施氏族谱》。文中说到了两次建立祠堂的经过。第一次在乾隆戊申（乾隆五十三年，1788），"先君文灿公与族伯美如公尽族祖奠邦公宅所改建者也"。第二次在咸丰壬子至乙卯（咸丰二年至五年，1852～1855），由施埁本人倡捐，他的族侄永昌、儿子铎共襄其事。

（九）胡瑞亭《施耐庵世籍考》

这篇文章系施氏十八世孙施熙、二十世孙施祥珠二人所抄。施祥珠认为是族谱所载，施熙则说是录自《申报》的"快活林"栏。文内有一节题为《施氏族谱》，全文如下：

> 据施氏后人云：家本淮安籍，自耐庵公因避张士诚曾引去东京寻旧，无疾终。至十七世祖述元公，迁于现里。并谓：述元公出身武士，张士诚亦聘征之，效命麾下，后以故亡去。又施氏族谱云：随士诚效命，奉命招募。因见士诚骄矜，不久必败。述元公重返故墟，迁其祖墓而葬焉；更出所积，购置田亩。后人名其地为大营，距白驹可二十里。因述元公曾欲在此地招募也。径由小溪驾桥达道衢，即名其地为施家桥。

另外，该文还有两节，一题《耐庵小史》，一题《耐庵墓志铭》。前者引录的也是袁吉人的《耐庵小史》，但和前第（四）所引录的略有差异。后者引录的实即王道生《耐庵墓志铭》。和刘、黄一文所引录的第（三）项比较起来，有这样几点重要的不同：

（1）刘、黄所引，有云"生于元贞丙申岁"，"殁于明洪武庚戌岁"，而胡瑞亭所引，则无此二语。

（2）关于中进士的年份，刘、黄所引明确地指出，"为至顺辛未进士"；而胡瑞亭所引，改成了一句笼统的话："元末赐进士出身"。

（3）末句，刘、黄所引作"因作墓志，以附施氏之谱末焉"；而胡瑞亭所引，则无此句，而代之以它的小注："墓志只此，下已剥蚀"。

（十）施耐庵墓碑

正面题曰："大文学家施耐庵先生之墓"。上款："民国三十二年（1943）春兴化人民公建"；下款："陈同生敬书"。反面为碑文，略。

（十一）施熙祭文

祭文作于"中华民国十五年（1926）二月谷旦"，作者系施氏十八世孙。祭文中关于施耐庵的几句话，抄自陈广德《施氏族谱序》和施塝《建祠记述》。其余全是浮辞的堆砌。

以上便是《文艺报》1952年第21号发表的两篇文章所引录的关于施耐庵家世和生平的文字材料。

三

这些新材料能不能作为《水浒传》作者施耐庵是苏北人的证据呢？

我认为，不能。

如果我们把"《水浒传》作者施耐庵是苏北人"看作学术研究中的结论，那么，引出这个结论的那些新材料，作为学术研究工作中正常使用的证据，是远远不够的。甚至某些材料是否可以被称为"证据"，某些材料有没有出于后人伪造或附会的可能，那都是大可怀疑的。

新材料的破绽和疑点

从这些新材料的内容来说，它们各自表现出众多的矛盾和混乱的现象，存在着种种的破绽和疑点。不妨指出以下六点，并做些粗浅的说明和分析。

第一，关于施耐庵的名字。

它们所说的施耐庵的名讳不同，彼此不一致。

王道生《施耐庵墓志》说是："公讳子安"。《兴化县续志》的文苑传说是："原名耳"[①]。《施氏族谱》则说他名"彦端"。仅仅名讳一项就出现了三种不同的说法，令人莫知所从。

对于同一个人的名讳有不同的说法，这在口头传说和某些无关紧要的文字资料中出现，是不难理解的；但在墓志、族谱中出现两歧的记载，却是不可理解的。在墓志和族谱中，一个人的名讳恐怕算是头等重要的一个项目了吧，照理应该明确而不容许半点儿含混，应该一致而不容许产生巨大的歧异。退一步说，即使有抄错、写错的可能，那也不至于会错成读音、字形都不大相同的"子安"和"彦端"。

大概由于"耐庵"二字是唯一能使人联想到《水浒传》作者身上去的线索，所以"字耐庵"的说法，在这些新材料中倒还是比较一致的。但是，根据种种情况来判断，"耐庵"恐怕是号，而不是名或字。

---

① 按原文作"施耐庵原名耳"。人们对此有两种解释：第一，施耐庵的名字叫"耳"；第二，耐庵是原名，即"耳"字作虚词解。

在我国封建社会，在通常的情况下，男子取名有着一般的规律。当他诞生的前后，他的父亲或祖父要给他取一个正式的学名；当他成年之时，他的父亲或祖父又要给他取一个和学名在意义上有一定联系的表字；在这之后，他又可能会给自己取一个或几个表明志向、意趣的别号。这是就一般情况而说的，当然会有例外。

施耐庵作为一个著有文学杰作的知识分子，相信他的取名不会有异于这一般的情况。而"耐庵"二字，实际上不像是表字。试想，有哪个父亲或祖父会让自己的孩子以什么"庵"之类的为表字呢？况且，这个"耐"字，如果不是人到中年以后，"翻过筋斗"①，怎么会单单选择上它呢？据杨新《故处士施公墓志铭》和《施氏族谱》世系，施耐庵之子名让，字以谦，孙名文昱，字景胧，曾孙名芸曙，字海霞，玄孙名孟兰，字湘浦。他们的名字和字，正互相有所关合，完全符合于那时取名的一般规律。回过头来再看施耐庵的名字，在"彦端"、"耳"、"子安"和"耐庵"之间，很难找到它们之间在意义上的联系，竟和他的子孙取名的情形大相径庭，岂非怪事！

"子安"之名，见于王道生《施耐庵墓志》，极为可疑。在《施氏族谱》世系上，确有一位施子安，但他却被列于第十二世，而施耐庵则为第一世。如果施耐庵名子安，则他的十二世孙不可能再名子安，否则将在施氏家族中被视为大不敬之事。而《施氏族谱》世系止于第十二世，说明其时与族谱的纂修靠近，则第十二世之名似不应出现舛错，揆诸情理，第十二世名子安比较可靠，第一世施耐庵名子安不大可靠。

第二，关于施耐庵的籍贯。

它们所说的施耐庵的籍贯也不同，这方面记载的矛盾和混乱不亚于施耐庵的名字。

袁吉人《耐庵小史》说施耐庵是"白驹场人"，没有指出县名。《兴化县续志》的文苑传也说是"白驹人"，但又说他"祖籍姑苏"。陈广德《施氏族谱序》、施垞《建祠记述》和施熙《祭文》的说法相同。《序》说："白驹场施氏耐庵先生，于明洪武初由苏迁兴化，复由兴化徙居白驹场。"《记述》说："吾族始祖耐庵公，明初自苏迁兴，后徙居白驹场。"《祭文》同样说："粤之我祖，于明初自苏迁兴，后徙海陵白驹。"三者同出一辙，辗转抄袭，字句几乎全同。此外，王道生《施耐庵墓志》则没有明确交代他的籍贯，而仅仅说

---

① 这是借用《红楼梦》第2回贾雨村的话语。

他"家淮安","葬于兴化之大营"。胡瑞亭《施耐庵世籍考》引述"施氏后人"的话说,"家本淮安籍","自十七世祖述元公,迁于现里(按:指兴化白驹镇施家桥)"。杨新《故处士施公墓志铭》:"鼻祖世居扬之兴化,后徙海陵白驹,本望族也",说的是施让,当然包括他的父亲施耐庵在内。

这些说法彼此全不一致。籍贯有兴化、淮安二说,一见于族谱,一见于墓志。族谱为本族、本房之人自修,或请人主持纂修,墓志一般由死者之子孙请著名的文人撰写,还要亲送行状等具体资料供撰写时参考。因此,在族谱或墓志中,同一个人的籍贯万无讹错之理。

第三,关于施耐庵的科第和宦历。

白驹镇施姓家中的神主上写明施耐庵是"元辛未进士"。只有纪年的干支,没有年号。元代以辛未纪年的不外两年,一为世祖至元八年(1271),一为文宗至顺二年(1331)。前者远在宋亡之前,当指后者而言。王道生《施耐庵墓志》、《兴化县续志》文苑传、杨新《故处士施公墓志铭》果然都说是"元至顺辛未进士"。

查《元史·选举志》,元太宗"始得中原"之时,曾"以科举选士";世祖"既定天下"之后,"事未果行";后至仁宗延祐年间,"始斟酌旧制而行之"。一共开科七次:延祐二年(1315),延祐五年(1318),至治元年(1321),泰定元年(1324),泰定四年(1327),天历三年(即至顺元年,1330),元统元年(1333)。施耐庵中进士的年份,至顺辛未(1331),恰恰不在其内。我们可以发现,这七次开科的年代是有一定的规律可循的,即每科相隔三年,而毫无例外。所以,在这方面不存在记载有遗漏的问题。

再查《兴化县志》等书,其中记载了当地人士中进士的年份和全部名单,根本就没有"元至顺辛未"一科,也找不到施耐庵姓名的踪影[①]。

这雄辩地说明了施耐庵为"元至顺辛未进士"的说法是没有根据的,因而也是不足凭信的。

还有两点,也很值得注意。

一点是,在中国封建社会,小说和小说作家并不受到重视。宋、元、明、清四代,还没有发现过进士撰写白话通俗小说的记录。为什么唯独《水浒传》

---

① 据赵景深教授说,在《文艺报》材料发表后,上海文联召开了一个《水浒传》作者问题座谈会。有的到会者曾查过《元史·选举志》、咸丰《兴化县志》、光绪《淮安县志》,否定了施耐庵为元辛未进士的说法。见《关于水浒传的作者问题》,载《中国小说丛考》,齐鲁书社,1980年10月,济南。

作者施耐庵会变成例外？

另一点是，施耐庵如果真是进士出身，那么，他应该是一个"诗书继世"的家族的始祖。可是，我们从《施氏族谱》世系中仔细检索，结果发现在他的众多子孙中，连个举人也没有，更不要说是第二个进士了。

这两点都可以作为施耐庵不可能有进士身份的旁证。

王道生《施耐庵墓志》还说，施耐庵"曾官钱塘二载，以不合当道权贵，弃官归里"。这个记载同样十分可疑。我们在《钱塘县志》和《杭州府志》、《浙江通志》等书中也查不到在元代至顺二年之后的官员名单中有施耐庵其人。另外，《施氏族谱》对"礼部儒士"、"邑庠庠生"之类的头衔都不肯轻易放过，为什么纂修者对"曾官钱塘二载"这样更大的头衔、令子孙们感到更光荣的事情却很吝惜笔墨呢？

况且，施耐庵曾出任钱塘地方官员的说法也和杨新《故处士施公墓志》所说的"高尚不仕"显然不合。

第四，关于施耐庵的儿子。

据《施氏族谱》，施耐庵之子名让，字以谦。杨新《故处士施公墓志》也这样说。它们还明确地记载着施让的生卒年："生于洪武癸丑，没于永乐辛丑。"洪武癸丑即洪武六年（1373），永乐辛丑即永乐十九年（1421）。

从这个生卒年可以推算出，施让享年四十九岁。然而《墓志铭》却说，"永乐辛丑岁，公上章乞致，甫及四十，以疾终。"相差九岁之多。这是一个很大的矛盾。

有人解释说，"四十"可能是"五十"的讹误，也许勉强可通。但我们要指出另外一个更大的矛盾，那恐怕就很难强为之说了。

王道生《施耐庵墓志》指出，施耐庵"生于元贞丙戌岁"，即元贞二年（1296）；"殁于明洪武庚戌岁"，即洪武三年（1370）；"享年七十有五"。这三个数字本身倒是吻合一致的。问题不在这里。问题在于，若把施耐庵的卒年和施让的生年放在一起，奇怪的现象立刻迎目而生：父亲在洪武三年（1370）已然离开了人世，儿子却在洪武六年（1373）呱呱坠地！这样的事理恐怕是无法令人相信的。

又有人解释说，施让不是施耐庵亲生的儿子，而是过继的。这个解释，在我看来，是不能成立的。

首先，在宗法制的封建社会里，对亲生子和继子的区别是相当重视的，一般不容混淆。在家谱或族谱上按照通例，过继的关系也是要特别注明的。

现在从族谱上看不出在施耐庵和施让之间有过继关系的痕迹，施让本人的墓志铭上也无只字提及，反而说是"生以谦"。这只能有一种合理的解释：施让是这位施耐庵亲生的儿子。

其次，杨新《故处士施公墓志铭》中有一句"兄弟以友"，不应忽略。这句话是用来赞美施让生前的操行的。如果施让根本没有"兄弟"，那么，赞美就落了空，这句话自然失去了存在的依据，既然施耐庵的儿子不止一人，则施让为过继之说就更加不能成立了。

在墓志铭中，和"兄弟以友"并行，还有一句"父母以孝"，同样也是赞美施让生前操行的话。可见施让在他的父亲、母亲跟前尽过孝道。换句话说，当施让出生后，他的父母依然健在。《故处士施公墓志铭》下文还称颂了施让之妻顾氏、陈氏的美德，其中有云："孝养舅姑，始终弗怠。"所谓"舅姑"，当然是指施耐庵夫妻。所以，直到施让结婚之后，这位施耐庵即施彦端还顽强地活在世上。

《施氏族谱》世系和杨新《故处士施公墓志铭》中关于施让生年的记载，和袁吉人《耐庵小史》也是抵牾的。袁吉人说，张士诚曾登门拜访施耐庵，准备加以征聘，而施耐庵"以母老妻弱、子女婚嫁未毕辞之"。其事发生于张士诚"初缮甲兵"之际，当是元末至正（1341～1368）年间。此时施耐庵已有"子女"，而且到了即将议论"婚嫁"之事的年龄。袁吉人所说的施耐庵的"子女"，理所当然地不可能包括《施氏族谱》和杨新《故处士施公墓志铭》所说的生于洪武六年（1373）的施让在内。

第五，关于施耐庵的孙子。

对施耐庵之孙的说法，几篇新材料互相矛盾，彼此无法合拢。袁吉人《耐庵小史》说是"其孙述元"。胡瑞亭《施耐庵世籍考》引施氏后人的话说，在"耐庵公"之后，有他们的"十七世祖述元公"。王道生《施耐庵墓志》含糊地提到"其后述元（文昱之字）"，没有明说是施耐庵之孙，而下文又把施耐庵称为"其祖"。可是在《施氏族谱》世系和杨新《故处士施公墓志铭》中，无从寻觅述元之名。它们都说施耐庵有孙七人。长孙虽名文昱，其字却是景胧，与"述元"了不相涉。

关于施耐庵之孙，还有一个年代的问题。这涉及施耐庵祖孙二人和张士诚的关系，《兴化县续志》的文苑传、袁吉人《耐庵小史》都说到了张士诚曾亲临施家，聘请施耐庵出山，遭到了施耐庵的拒绝。袁吉人《耐庵小史》接着又说："其孙述元，应士诚聘，至麾下奉令招募，因见士诚骄矜，亦逸去。"胡瑞亭《施耐庵世籍考》引施氏后人之语:"述元公出身武士,张士诚亦征聘之,效命麾下,后以故亡去。"又引《施氏族谱》说:"述元公随士诚效命,奉令招募,因见士诚骄矜,不久必败,述元公重返故墟,迁其祖墓而葬焉。"它们把施耐庵的孙子说成是张士诚的同时代人,言之凿凿,似乎真有那么一回事似的。

张士诚在历史上实有其人。他的生平事迹是有具体、确切的年代可考的。现根据有关的历史资料,将他一生中的重大事件列一简明的年表于下:

至治元年(1321)生。

至正十三年(1353)起兵,攻下高邮等地。

至正十四年(1354)称诚王,国号周;后渡江,攻下常熟、湖州、松江、常州等地。

至正十六年(1356)定都平江(苏州)。

至正十七年(1357)降元。

至正二十三年(1363)攻安丰,杀刘福通,自称吴王。

至正二十七年(1367)平江城破,为朱元璋军队所俘,至金陵,自杀而死。

试用这个可靠的时间表去检验袁吉人的《耐庵小史》和胡瑞亭的《施耐庵世籍考》,就不难发现,它们的说法大有问题,虚构和捏造的痕迹非常明显。据《兴化县续志》文苑传,张士诚拜访施耐庵的时间是在"据吴称王"之后。而张士诚的称王,在至正十四年(1354);据吴,则在至正十六年(1356)。其时,按照王道生《施耐庵墓志》关于施耐庵生卒年的说法来推算,施耐庵为五十九岁或六十一岁。而袁吉人《耐庵小史》说他当时的情况是:"母老妻弱,子女婚嫁未毕"。从这两句话看,施耐庵的儿子尚未娶妻,他当然不会是已经抱了孙子。退一步说,纵令他有了孙子,最多也不过是个不懂事的童子。由至正十六年往后数,再过十一年,张士诚就自杀了。而这十一年之中,施耐庵的孙子生长的速度再快,也达不到有资格接受张士诚聘请的年龄。

第六,关于施耐庵的著作。

施耐庵的著作,我们目前仅知有《水浒传》一种。王道生《施耐庵墓志》却提供了多达五种的名单:《志余》、《三国演义》、《隋唐志传》、《三遂平妖传》、《江湖豪客传》。最后一种注明"即《水浒传》"。

我们不能不承认,《江湖豪客传》这个名称是生平第一次在王道生的笔下见到的。现存各种明代的《水浒传》的版本,没有一种以《江湖豪客传》为书名,现存所有的关于《水浒传》的文字记载,也没有一处提到它有这么一个罕见的别名。至于"水浒",用作《水浒传》一书的简称,那也是晚明以后的事。施耐庵去世之际,王道生已届"垂髫"之年。如果世上真有这么一位姓王名道生的作者,而他的时代又确与施耐庵相及,他当为明初洪武(1368~1398)时人。而据我们所知,在明代万历之前,《水浒传》的正式书名是《忠义水浒传》或《京本忠义传》。

《志余》不知为何种书?施耐庵的这部著作也是我们生平第一次在王道生的笔下见到的。

《三国演义》的书名同样是晚起的。现存各种明刊本,它们的作者都署罗贯中之名①。《隋唐志传》现存明万历姑苏刊本,《三遂平妖传》现存明万历钱塘刊本,它们的作者也都署名罗贯中,我们从来还没有见到这三种小说的任何一个版本曾把它们的著作权归之于施耐庵,也没有见到过任何一则文字记载这样说。有之,则自王道生始。

仅凭单文孤证,坐实施耐庵为《志余》、《三国演义》、《隋唐志传》、《三遂平妖传》等书的作者,那是欠慎重的,而且不免要上当的。

新材料能成为施耐庵是苏北人的证据吗?

把这些新材料放在一起加以考察,可以发现其中有许多的矛盾、混乱,也有不少的破绽、疑点。此外,还必须指出,在学术研究工作中,这些新材料绝大部分不是信史,是不能被当作坚强的证据来使用的。

拿神主来说,它到底写于什么时候?它这样写的根据又是什么?——这些都是令人难以释怀的问题。如果它竟像"施耐庵第十八代孙施熙"的祭文那样,作于"中华民国十五年"(1926),那还有什么考据的价值可言呢?②

胡瑞亭的《施耐庵世籍考》一文,同样也是20世纪20年代的产物。据查,它原载1928年11月8日上海《新闻报》的"快活林"副刊③。

袁吉人《耐庵小史》的一段文字,出于《吴王张士诚载纪》一书所引。

---

① 也有题作"罗道本"的。
② 据1952年的目击者说,神主上墨色新,笔迹清,显然写于晚近时期。
③ 参阅《施耐庵资料》(一),兴化县施耐庵文物史料陈列室编印,1982年5月。

《吴王张士诚载纪》又是什么时候的书呢？它现存民国年间铅印本，共五卷。卷首有韩国钧民国十九年庚午（1930）2月序，卷2署"泰县韩止叟鉴定，丹徒支伟成辑"，卷3、卷4署"泰县韩止叟鉴定，旌德任致远述"。此书原为支伟成所编，支伟成1929年去世后，由任致远续编。

至于施耐庵的牌坊，则为1943年所建，蔡公杰撰写的碑文也作于同一年。

这些材料的年代距离《水浒传》作者施耐庵如此遥远，不能用为考证生平事迹的凭据，自不待言。

《兴化县续志》的年代比"施耐庵墓"的牌坊、碑文早不到哪里去。它有关于"施隐士墓"的记载，补撰了施耐庵的小传，并且收录了王道生的《施耐庵墓志》全文。单纯作为材料来看，是相当重要的。可是，它是什么时候成书的呢？刘冬、黄清江的《施耐庵与〈水浒传〉》一文对此没有做丝毫的交代。丁正华、苏从麟的《施耐庵生平调查报告》仅仅笼统地说为兴化汪伪县长李恭简所修。考《兴化县续志》现存20世纪40年代印本，它实由兴化李详（字审言，1859~1931）于1919~1927年间主纂，因经费问题当时未能刊行；1942年，由邑人魏隽（字克三，1878~1949）主持完成。他们的助手为刘麟祥（字仲书，1880~1955）。刘麟祥1927年任县志编修，1942年任兴化续修县志委员会坐办。据当地人士说：

> 他（按：指李详）主持修撰《兴化县续志》时，委托邑人刘仲书住刘庄、白驹采访古迹人物，发现有关施耐庵的史料、传说。李详先生在兴化修志局听刘汇报后，便说："施耐庵以著《水浒传》获罪，也以著《水浒传》得名，其生平事迹不独前志所不能载；即其子孙亦讳不肯言，进民国成立，无所顾忌，可以补遗。"遂将施耐庵生平载入《兴化县续志》。①

可见这些材料是经刘麟祥之手入书的。由于它们属于"补遗部分"，非原书所有，所以实际写定和入书的时间当在1942年他出任"坐办"以后。

出现在20世纪20~40年代、根据民间传说写成的材料，恐怕是不会被治学谨严的专家、学者当作研究14世纪伟大作家施耐庵生平事迹的确凿史料

---

① 以上说法，据《施耐庵墓志（王道生作）及施耐庵传收入兴化县续志的经过》，载兴化《施耐庵资料》（一）。

使用的吧。

在这批新材料中，最奇怪的要算那篇王道生的《施耐庵墓志》了。除了上文已经揭示的几点之外，还可以指出：它违反了一般墓志的体例和写法，内容空洞无物，闪烁其词，有些议论和牢骚不是明初洪武年间的人所能有的；篇末两句："因作墓志，以附施氏之谱末焉。"仅仅附在族谱后面，怎么能叫做"墓志"？由种种情况来判断，不能不得出这样的结论：它是后人杜撰出来的游戏笔墨。在明代历史上，到了嘉靖、万历年间，通俗小说方始普遍地、大量地印刷、流行。我认为，王道生的《施耐庵墓志》不会出现在这之前。它很可能是金圣叹评点的《水浒传》流行之后的产物。

1952年公布的《施氏族谱》是一个辗转抄录的本子，内容庞杂，甚至收录了1926年所写的祭文、1928年发表在报纸上的文章。对它的真伪或可靠与否的问题，必须细加甄别。大体说来，世系表、杨新《故处士施公墓志铭》基本上是可信的，但其中羼入了后人的一些附会之词，特别是关于施耐庵的记载。剔去这些附会之词后，可以运用它们来检验其他材料真实、可靠与否。例如，陈广德《施氏族谱序》所说"于明洪武初由苏迁兴化"，施垿《建祠记述》所说"明初自苏迁兴"，都与杨新《故处士施公墓志铭》所说"鼻祖世居扬之兴化"不符，因而不能信从。王道生的《施耐庵墓志》是一篇伪作，所以它和族谱世系、杨新《故处士施公墓志铭》矛盾之处也就更多、更显眼。

在《施氏族谱》中，明确地把施耐庵和施彦端联系在一起的，是族谱世系：陈广德《施氏族谱序》和施垿《建祠记述》只提到"耐庵"，意思是指彦端其人，它们都没有联系到《水浒传》。只有杨新《故处士施公墓志铭》中提出了唯一的把施彦端、施耐庵、《水浒传》作者三者合为一人的说法[①]。因此，我认为，杨新文中这一段话是探讨施耐庵问题的关键。但《施氏族谱》系咸丰四年（1854）所修，原抄本已佚，丁正华、苏从麟二人1952年见到的摘录本原件也已散失不存。这给我们的探讨带来了困难。只有等到发现了更多的真实可靠的新材料之后再来下进一步的结论了。

[①] 杨新的这篇收在族谱中的墓志铭，其实也没有提到"彦端"，但它的意思是指彦端，这在上下文还是表达得非常清楚的。

四

自 1952 年以来，在兴化、大丰两地又继续发现了一些有关施耐庵问题的文物史料。兴化县施耐庵文物史料陈列室于 1982 年 5 月编印了《施耐庵资料》（一），大丰县施耐庵纪念馆筹建委员会于 1982 年 5 月 20 日编印了《施耐庵文物、史料调查报告》（校正本）。

近年来发现的文物史料

那些口头传说可以不计在内，同时，那些和施耐庵问题无直接关联的也可以暂且撇开，文物史料主要有以下五项。

（一）《处士施公廷佐墓志铭》

墓志铭系砖刻，1978 年秋天出土，1979 年 8 月在兴化县新垛公社施家桥发现。正文 19 行，每行 21 字至 23 字不等，共四百余字。此墓志铭出土后，未能及时征集保管，以致损伤严重，字迹模糊。铭语除一二字依稀可辨外，都已磨灭。正文可辨认者，有一百六十余字。据"施耐庵文物史料参观考察座谈会"1982 年 4 月 23 日的校录①，前五行如下：

施公讳□，字廷佐，□□□□□□祖施公元德于大元□□生（曾）祖彦端，会元季兵起，播浙，（遂）家之。及世平，怀故居兴化，（还）白驹。生祖以谦。以谦生父景□。至宣德十九年辛丑，生公□（施）亮（风）□□于公历□□户使，官台州同知施锦□□□公之兄弟也。公□□□□之□生男八、女一□□□

中间十行已难辨认，最后四行如下：

公□□仁者之□也，先于弘治岁乙丑四月初二日老（病）□而卒，

---

① 见兴化《施耐庵资料》（一）及大丰《施耐庵文物、史料调查报告》（校正本）。又见《江苏新发现的施耐庵文物史料考察报告》，载《江海学刊》1982 年第 4 期。

后于正德丙寅岁二月初十日归葬未成，迄今□卜吉（露）丘久矣□□亡穴□善□□风水悲思孝心感切□□嘉靖岁甲申仲冬壬申月朔□葬于白驹西□（落）湖。

文末所署的嘉靖甲申，即嘉靖三年（1524）。从墓志铭可知，施廷佐生于宣德十九年辛丑，卒于弘治乙丑四月。弘治乙丑，即弘治十八年（1505）。宣德为明宣宗（1426～1435）年号，首尾十年，无十九年，其中亦无辛丑之年。此前的辛丑为永乐十九年（1421），此后的辛丑为成化十七年（1481）。"宣德"二字当为"永乐"之误。则施廷佐生于宣德十九年（1421），享年85岁。

另据曹晋杰同志说，1979年8月间，他见到此墓志铭时，曾随手记下其中的一些字句①：

公讳翔，字廷佐，祖籍姑苏。生高祖公元德，字大元。生曾祖彦端，会元季兵起，乱及苏，……故迁兴化遂白驹，生祖让，字以谦，生父文昱，字述元……

凡行下标有着重点的字句，都是和上述座谈会的校录文字不同的地方。

（二）《施氏家簿谱》

有人称此谱为《施氏长门谱》，或《施氏家谱》。现根据"名从主人"的原则，仍用该谱封面所写的名称。

此谱为民国七年（1918）抄本，1981年10月征集，共56页。封面左上侧："施氏家簿谱"。右下侧："国贻堂"。中间两行："中华民国七年桃月上旬吉立，十八世释裔满家字书城手录于丁溪丈室"。封面之前的外皮上书"设其上裔"四字。封面之后，第2页为空白页，第3页至第4页为施封《施氏长门谱序》，第5页至第10页为杨新《故处士施公墓志铭》，第11页至第56页为世系。

施封《施氏长门谱序》全文如下：

族本寒微，谱系未经刊刻，而手抄家录，自明迄清，相延不坠。继以雷夏、甘涛二公纂修增订，料应详备无遗。雷夏公没，谱传康侯，康

---

① 见大丰《施耐庵文物、史料调查报告》（校正本）。

侯传圣言。奈何遭家不造，圣言被禄，而因销亡。维时为有继述之人，封系长门，出自文昱公之裔，访诸耆老，考诸各家实录。亟从而修辑之。迄于今，废坠已久，盖阖族之谱难以考证，惟长门之谱尚属可稽。自文昱公以后，分派支别，秩然有序。诚恐日复一日，又将远而易失，谨为序次略迹，藏诸一家，以候后之有志者从而搜辑之云尔。乾隆四十二年，岁次丁酉，桂月中浣，第十四世孙封敬序。

《施氏家簿谱》上所载的杨新《故处士施公墓志铭》和1952年公布的《施氏族谱》上所载的杨新《故处士施公墓志铭》实际上是同一篇文章。不过，两者在字句上有一些出入，约20处。有的出入甚至是非常关键的。最大的出入在于，《施氏族谱》本提到施让之父时写道：

先公耐庵，元至顺辛未进士，高尚不仕，国初，征书下至，坚辞不出，隐居著《水浒》自遣。积德累行。乡邻以贤德称。

而《施氏家簿谱》本却是这样的：

先公彦端，积德累行。乡邻以贤德称。

根本没有出现"耐庵"其人，同时也根本没有提及"著《水浒》"其事。除此之外，两个抄本还有重要的出入多处。这里不一一列举。

《施氏家簿谱》的主要内容是世系。从第一世起，至第十八世止。现从第一世到第十七世各列举一人，移录如下：

元朝辛未科进士。第一世：始祖彦端公，字耐庵。元配季氏、申氏。生让。

第二世：讳让，字以谦。彦端公子。元配顾氏、陈氏。生文昱、文颢、文晔、文旺、文晖、文昇、文鉴。

第三世：讳文昱，字。以谦公长子。元配陆氏。生芸曙①、芸士。

第四世：讳□□②，字芸曙。景胧公子。元配季氏。生孟兰。

第五世：讳□□，字孟兰。芸曙公子。元配夏氏。生咏棋。

第六世：讳□□，字咏棋。孟兰公子。元配陈氏。生德润、德照、

---

① 原作"睹"，现改正，下同。
② 原缺，下同。

德履。

第七世：讳□□，字德润。咏棋公长子。元配吉氏。生古泉。

第八世：讳□□，字古泉。德润公子。元配陈氏、李氏。生奉桥、隆桥、石桥、板桥、柳桥。

第九世：讳□□，字奉桥。古泉公①长子。元配葛氏。生翊明、惟明。

明乡饮大宾。第十世：讳□□，字翊明。奉桥公长子。元配杨氏。生雷夏、甘涛、景素、结士、二仪。

廪膳生，大清。

第十一世：讳泽，考名正辂，字雷夏。翊明公长子。元配冀氏。生康侯、建侯。

第十二世：讳□□，字康侯。雷夏公长子。元配陈氏。生圣言。

第十三世：讳□□，字圣言。康侯公子。元配□氏。生雍如。

第十四世：讳□□，字雍如。圣言公子。元配陈氏。

第十五世：讳□□，字天彩。兆先公子。元配杨氏。生文忠。

第十六世：讳□□，字树生。占魁公长子。元配朱氏。生真全、万全。

第十七世：讳□□，字真全。树生公长子。元配许氏。生恒远、僧满家。

（三）施让地券

施让地券②为方砖一块，1958年出土。原物已于"文化大革命"中佚失，现存拓印本。有关字句节引如下：

维大明景泰四年，二月乙卯朔，越十有五日③壬寅，祭主施文昱等，伏缘父母奄逝，未卜莹坟，夙夜忧思……

施文昱即施让的长子，见族谱和家谱世系。施让则为施彦端之子。

---

① "公"字原脱。
② 施让地券，在兴化《施耐庵资料》（一）及大丰《施耐庵文物、史料调查报告》（校正本）中称为施让地照。
③ 原作"越有十五日"，现改正。

（四）施奉桥地券

施奉桥地券为方砖一块，1955 年出土，1981 年 10 月征集。字迹基本上完整、清晰，一小部分模糊难认。现将有关字句节引如下：

> 大明国直隶扬州府高邮州兴化县白驹场街市居住……孝子施应昌等……故先考施公奉桥存日□年五十一岁，丁卯□三月二十二日戌时生，大限不禄，卒于万历四十五年，十二月初七日丑时身故……今卜万历四十七年十二月十二日午时开山破土，二十一日辰时发□，午时安葬……万历四十七年，岁次己未，季冬月庚午吉旦立券。

施奉桥之名，见于《施氏族谱》和《施氏家簿谱》，系第九世。从地券可知，他生于隆庆元年丁卯（1567）三月，卒于万历四十五年（1617）十二月。

（五）"施子安"残碑

残碑 1954 年发现于白驹施氏宗祠遗址，1981 年 9 月征集。残碑上，"子安"二字完整无缺，"施"字少右上方①，篆书。

五

近年来新发现的文物史料本身是否可靠呢？

它们能证明什么，又不能证明什么呢？

回答这些问题，需要对它们进行具体的、分别的考察。

它们可以分为两大类：一类为文物；另一类为文字记载。前者或是出土的，或是历代保存下来的实物。后者大都是晚近的手抄本。简单地说，前者是真实可靠的，可以作为考证施耐庵问题的依据，但要细致地审读文字；后者往往存在矛盾和可疑的情况，需要进行甄别真伪的工作，去伪存真，然后才能用为研究问题的证据。

鄙见以为，《处士施公廷佐墓志铭》属于前者，《施氏家簿谱》属于后者。

---

① 见大丰《施耐庵文物、史料调查报告》（校正本）。

施廷佐墓志铭能证明什么和不能证明什么

《处士施公廷佐墓志铭》作为出土文物,它的真实性是不容怀疑的。文中写出墓主的高祖元德至施廷佐本人五代的世系:

元德—彦端—以谦—景□—廷佐

这就证明了《施氏族谱》和《施氏家簿谱》世系中关于第一世施彦端、第二世施让(以谦)、第三世施文昱(景胧)兄弟的记载的真实性。同时,这也证明了《施氏族谱》和《施氏家簿谱》世系的不完整性。因此,我们可以发现,它们有很大的缺漏。它们都以施彦端为"始祖",殊不知施彦端之父施元德的名字在明代嘉靖三年(1524)左右还为施姓族人所熟知。《施氏族谱》世系所记载的第四世共有芸曙(海霞)、芸士、芸霞、芸觞、芸恭、芸靖、芸钛、芸芳、芸祥九人,《施氏家簿谱》世系中的第四世只举了芸曙一人。两者都失载施廷佐之名。仅仅从一篇墓志铭来比较,仅仅从五代来对照,就已使它们显露出这样重大的差异,可知它们的缺漏远不止此。

有人认为,"施耐庵四世孙施廷佐墓志铭刻砖,乃是施耐庵确有其人,是兴化、大丰两地施氏始祖的铁证;也是1952年《文艺报》所公布的有关施耐庵一系列资料如《施耐庵墓志铭》(王道生作)、《施让墓志铭》(杨新作)、《施氏族谱世系表》等待真实可信的铁证"①。这话未免是失之夸大的。

在文物史料的考证中,我们所下的任何结论都必须要有根据,要有真实可靠的根据。证据有本证与旁证之分,应以本证为主,以旁证为辅。没有证据,或证据不足,就不必匆促下结论,更无必要轻易地指为铁证。

试想,施廷佐墓志铭没有出现"施耐庵"的字样,怎么它就变成了"施耐庵确有其人"的铁证呢?它虽然提到了施彦端,但没有指明他就是施耐庵,更没有指明他就是《水浒传》的作者施耐庵。如果要想论证施彦端即施耐庵的话,那必须另寻途径,施廷佐墓志铭本身并未为此问题提供任何"铁证"。

至于说到"施氏始祖"的问题,我在上文已经指出,彦端之上还有元德一世。施元德似比彦端更有资格充当施氏的"始祖"。所以,在我看来,施廷佐墓志铭倒恰恰是施耐庵非"兴化、大丰两县施氏始祖"的"铁证"。

---

① 刘冬:《施耐庵四世孙施廷佐墓志铭考实》,《江海学刊》1982年第3期。

施廷佐墓志铭是不是证明王道生《施耐庵墓志》"真实可信"的"铁证"呢？我看也不是。王道生《施耐庵墓志》开头第一句话就说得十分明白："公讳子安，字耐庵"。而在施廷佐墓志铭中，既无"耐庵"二字，又无"子安"二字。它何从证明王道生的话"真实可信"呢？退一步说，即使承认施耐庵即施廷佐的曾祖施彦端，仍然无法证明王道生《施耐庵墓志》的"真实可信"。因为王道生笔下关于施耐庵的几乎所有的事迹，在施廷佐墓志铭中都寻不见踪影，找不到呼应。

有人说，其中第 2 行"会元季兵起"五字之后，有"播浙"二字，证明"元末明初在江苏兴化白驹一带，有一位施耐庵的存在是可信的"，"年代与地望亦均吻合"①。这是大可商榷的。我在 1982 年 6 月下旬曾专程前往兴化目验施廷佐墓志铭砖刻的原文，发现把这两个字指实为"播浙"是缺乏根据的。上一字由左右两部分构成，左部为"扌"偏旁，右部一片模糊，可以猜是"播"字，也可以猜是其他的字。下一字由左、中、右三部分构成，左部是"氵"偏旁，右部磨损不清，中部依稀可辨，但绝对不是"浙"字中部的"扌"，因为当中一竖只到一横为止，上边呈"六"形，下边看不清。既然难说"播"，又肯定不是"浙"，这无异于切断了它在"地望"上和明人记载中的"钱塘施耐庵"、"武林施某"的联想。

尽管有些同志所辨识的"播浙"二字，非原文所有，但上文"曾祖彦端，会元季兵起"，以及下文"家之，及世平，怀故□兴化，□白驹"，都清晰可认。把这几句联系在一起，意思是说：在元末兵荒马乱之际，曾离乡外出，天下太平之后，方才回到了故里。这段话符合于元朝末年社会动乱、人民饱受颠沛流离之苦的情况。反之，我们看王道生《施耐庵墓志》，它虽也同样说施耐庵为元末人，却有这样的话："曾官钱塘二载，以不合当道权贵，弃官归里……"把离乡外出的原因，归结为到钱塘去做官，这是完全和施廷佐墓志铭的说法矛盾的。由于施廷佐墓志铭是出土文物，它的文字记载是可靠的。既然如此，则来路不明、破绽百出的王道生《施耐庵墓志》更是伪作无疑。

那么，施廷佐墓志铭中的"彦端"是不是施耐庵呢？墓志铭本身没有提供任何线索，只有对《施氏家簿谱》详加考察，才能做出正确的回答。

---

① 见《江苏新发现的施耐庵文物史料考察报告》。

施氏家谱能证明什么和不能证明什么

《施氏家簿谱》全书只有一个地方提到了"耐庵",即世系部分在"始祖彦端公"下写着"字耐庵"三字。而在其他地方再也没有重复出现过。这三个字极为可疑。我在1982年6月下旬曾专程前往大丰查阅家谱的原文,发现"字耐庵"三个字不是正文,而是添写在行侧的。字形比正文小,墨色较正文淡而浮,笔迹似与正文不同,当非一人一时所写。这不能不令人怀疑到,它是在民国七年(1918)以后羼入的。

在上文第三节里,我已指出,从封建社会取名的通例来看,耐庵可能是号而不是字。现在看到了《施氏家簿谱》,更坚定了我的这种看法。

家谱世系第一世:"始祖彦端公"。值得注意的是,这里没有写出他的名讳,又在"彦端"二字之后加了"公"字。第二世、第三世,都写出了他们的名讳。第四世至第十一世、第十六世、第十七世,都作"讳□□",表示阙名。第十二世至第十五世,有的写出了名讳,有的作"讳□□"。另外,第二世施让(字以谦)注明为"彦端公子",第三世施文昱(字景胧)注明为"以谦公长子",第四世施□□(字芸曙)注明为"景胧公子"……按照家谱世系体例,"公"前冠以字,不冠以名。

如果"彦端"是名,家谱上自会写明"讳彦端",并称之为"耐庵公"。由此可见,"彦端"是字而不是名。把"字耐庵"三字添写在行侧的那位先生没有悟出这层道理,误以"彦端"为名,所以给我们留下了作伪的破绽。

把施彦端和施耐庵捏合成一人的,还有1952年公布的《施氏族谱》所载杨新《故处士施公墓志铭》一文。可惜族谱原件已佚失,无从验定它的真伪。所幸近年来发现的《施氏家簿谱》中也收录了这篇墓志铭,给我们提供了两篇对校的机会。上文第四节,我已指出有三十个字为前者所有,而为后者所无。有没有这三十个字,对于探索和考订施耐庵生平事迹来说,是带关键性的、至关重要的。因为这三十个字蕴含着这样的内容:

    施让之父(彦端) = 施耐庵 = 《水浒传》作者

一个有,一个没有。我们到底相信哪个呢?

我认为,应该相信《施氏家簿谱》中的没有这三十个字的施让墓志铭。而不能相信《施氏族谱》中有这三十个字的施让墓志铭。在后者,插入这三十个字以后,使上下文的语气减弱了原有的连贯性,有失衔接。而且"先公耐庵"的称呼也没有"先公彦端"的称呼来得合理。因此,这三十个字是后人故意增添出来的。故意增添的目的则在于,使本来互不相干的施耐庵和施彦端二人合为一人。

有的论者对此持相反的解释,认为不是《施氏族谱》中的施让墓志铭添出了这三十个字,而是《施氏家簿谱》中的施让墓志铭在抄录的过程中删去了这原有的三十个字,并且这是"出于某种考虑"①,或说"手抄者满家系一僧徒,从其'出世'的观点来看,上述诸事是应该'为亲者讳'的"②,或说"此谱的抄写者施满家因家贫,自小即出家为僧,恪守佛门戒规。佛门戒规甚多,……但最重要的是五戒:不杀生、不偷盗、不邪淫、不贪酒、不妄语。此点在《水浒》中亦有描写。在施满家看来,《水浒》是与五戒格格不入的,在家谱中保留祖宗施耐庵著《水浒》的文字,显然不妥,故删去"③。

这样去解释,其实是欠圆满的。试分四点来做分析。

第一,在字数有限的情况下,在儿子的墓志铭中似无必要对父亲的生平事迹说得这样多,这样具体。相反的,这篇墓志铭中对墓主施让本人的生平事迹的叙述倒不多,并且也不具体。

第二,下文紧接着说施让长大后"克承家业"。克承什么家业呢?如果上文只有"积德累行,乡邻以贤德称"十个字,而没有那三十个字,则"克承家业"只不过是一句抽象而泛指的话而已。这和全文的内容和写法是吻合的。如果上文果有那三十个字,那么,从文意的逻辑和语气上来理解,"著《水浒》"之类的事显然也应包括在施让所能继承的家业之内,而这恰恰不符合作者的原意以及他对施让作出的一系列评价。

第三,由于害怕惹祸或其他的原因而删去"著《水浒》"的话,也许还勉强可以理解,但为什么要删去"元至顺辛未进士"的字样呢?须知,在那个时代,在杨新或施满家这些人的心目中,中进士一事是增添光彩的,而不是带来灾祸的。施满家所抄录的家谱世系第一世"始祖彦端公"的上方添写着"元朝辛未科进士"几个字,在以后几世人名的上方也添写了

---

① 张袁祥、陈远松:《施耐庵家世的新佐证——新发现施氏家谱简介》,《江海学刊》1982 年第 3 期。
② 欧阳健:《〈国贻堂施氏家谱〉世系考索》,《江海学刊》1982 年第 3 期。
③ 王春瑜:《施让地券及云卿诗稿考索——施耐庵史料研究之一》,《学术月刊》1982 年 7 月号。

"明朝邑庠生"、"明乡饮大宾"、"廪膳生，大清"、"文庠生，大清"、"国学生"、"邑庠生"、"恩赐迪功郎"，等等，表明他非常重视这等头衔，添之唯恐不及，又怎么会略去"始祖"的进士身份呢？难道祖先中进士也算是违反佛门五戒吗？

第四，原文当是"先公彦端"，而非"先公耐庵"。因为正像我在上文已经指出的，彦端是字非名，耐庵是号非字。在这里，理应用字，而不能用号。改"彦端"为"耐庵"，有两个原因。一个原因是，增添者误以为彦端是名，遂以耐庵为字。另一个原因，也是更大的原因，如不改用"耐庵"，则如何给人以彦端、耐庵本为一人的印象？

杨新《故处士施公墓志铭》收录于《施氏家簿谱》之中，且紧贴地排列在世系之前。墓志铭中提到了施让的父亲彦端，却没有指明他就是施耐庵，也没有说他中过进士，这可以从侧面证明家谱世系中"始祖彦端公"右侧添注的"字耐庵"三字，以及上方添注的"元朝辛未科进士"七字，并非原有，而是后人故意增添的。

把施让墓志铭和家谱世系关于施彦端的记载两相比较，我认为，没有经过窜改的墓志铭是真实可信的，世系中为施彦端增添的十个字既不是来源于施廷佐墓志铭，也不是来源于施让墓志铭，因而是不可靠的。

在《施氏家簿谱》中，除了这极为可疑的后人旁添的"字耐庵"三字以外，其他所有的地方都没有提到人名"施耐庵"和书名《水浒传》。因此和出土的《处士施公廷佐墓志铭》一样，单凭抄本《施氏家簿谱》全书也不能下施彦端即《水浒传》作者的结论。

其他文物史料也和施耐庵无直接关系

近年来发现的其他文物史料，都和《水浒传》作者施耐庵无直接的关系，但都各有其本身的不同的史料价值。

出土的施让地券有"祭主施文昱等，伏缘父母奄逝……"等字句，可以证明《施氏族谱》和《施氏家簿谱》世系中的施文昱兄弟和他们的父亲施让都确有其人，证明《施氏家簿谱》所载杨新《故处士施公墓志铭》是真实可信的。而地券所署的时间"大明景泰四年二月，乙卯朔，越有十五日[①]壬寅"

[①] 当作"越十有五日"。

和墓志铭所署的时间"景泰四年,岁次癸酉,二月乙卯望日①壬寅吉立",年、月、日都完全相同,更清楚地显示了没有经过后人故意增添三十个字的施让墓志铭的真实可靠。

施让地券本身的文字,没有提到施耐庵,也没有提到《水浒传》。有的论者说,"两种家谱都清楚地表明了施耐庵、施让、施文昱是祖孙三代,现在有了施让地券相验证,是无可怀疑的"②。我认为,不是无可怀疑,而是大可怀疑。因为我们应当老老实实地承认,施让地券顶多坐实施让、施文昱两代,而"施彦端"三个字在施让地券上是根本寻觅不到的,更不要说是"施耐庵"三字了。至于族谱、家谱上出现的"字耐庵"三字,更是不足为据的。这一点,我已在上文作过一番辨析了。

出土的施奉桥地券有第九世施奉桥之名,可证族谱和家谱世系关于施奉桥的记载是真实可靠的。地券上说,施奉桥之子为"施应昌等"。而族谱世系记施奉桥有二子,长子翊明,次子惟明;家谱世系相同,但注明翊明、惟明是字,名讳不详。地券上所说的应昌当即翊明之名,这可补族谱、家谱的阙失。但施奉桥地券的文字本身并没有提到施奉桥的上世,当然也就没有提到施耐庵和《水浒传》。

"施子安"残碑也是一件值得重视的文物。据王道生《施耐庵墓志》说,施耐庵名子安。查家谱世系,知第十二世有名讳不详而字子安者,族谱世系也在第十二世记下了子安的名字。这证明了家谱和族谱关于第十二世施子安的记载是真实可靠的。但,无论是家谱,或是族谱,都没有说过施彦端或施耐庵名子安。看来,子安不像是彦端之名。如果彦端名子安,那么,不言而喻,他的第十二世孙不会再以子安为字。王道生《施耐庵墓志》中的"子安"之名,估计不会是墓志作者自己臆造出来的。恐怕是在他从族谱或家谱上,甚至从碑刻上,了解到有"子安"其人的存在以后,才杜撰出那么一篇墓志的。如果这个推测能够成立的话,则王道生《施耐庵墓志》的完稿当在第十二世施子安身后。我们知道,第九世生于明代隆庆元年(1567)③。按三十年为一世推算,第十二世施子安约生于清代顺治十四年(1657)。他如享年60岁,则约卒于康熙五十六年(1717)。所以,王道生《施耐庵墓志》的问

---

① 此据《施氏家簿谱》引。按:"望"系后改,原作"五"。当是误夺"朔,十有"三字,因而添改。《施氏族谱》作"景泰四年,岁次癸酉,二月乙卯,十有五日壬寅立"。
② 王春瑜:《施让地券及云卿诗稿考索——施耐庵史料研究之一》,《学术月刊》1982年7月号。
③ 这个记载见于施奉桥地券。

世约在雍正、乾隆之后。我认为,最大的可能,是在施封《施氏长门谱序》所署的乾隆四十二年(1777)之后。

六 几点简短的结论

第一,在考证施耐庵问题时,任何结论如果不是建立在真实可靠的证据的基础上,都是缺乏说服力的。对有关的文物、史料,都无例外地要进行细致的考察和鉴定,去伪存真。

第二,关于施耐庵的民间传说,对施耐庵研究有一定的参考价值,但不能作为考证施耐庵家世和生平事迹的依据。

第三,民国《兴化县续志》中的关于施耐庵的材料(包括施耐庵小传、王道生《施耐庵墓志》等),支伟成、任致远《吴王张士诚载记》一书所引录的袁吉人《耐庵小史》,时间晚近,来源不详,内容可疑,如果作为考索施耐庵生平事迹的本证,是无法令人首肯的。

第四,王道生《施耐庵墓志》是后人杜撰的游戏笔墨,其出现约在清代乾隆以后。

第五,现代人撰写的文章(例如胡瑞亭的《施耐庵世籍考》、蔡公杰的施耐庵墓碑文),同样不能作为考证施耐庵家世和生平事迹的依据。

第六,《处士施公廷佐墓志铭》本身的文字不能证明施彦端即施耐庵。

第七,《处士施公廷佐墓志铭》"会元季兵起"底下有两个字,磨损不清,不易辨认,但前一字难说是"播",后一字则肯定不是"浙"。

第八,《施氏家簿谱》世系中的"字耐庵"(写在行侧)和"元朝辛未科进士"(写在天头)十个字,极为可疑。它们非原文所有,而是后添的。

第九,除开这后添的十个字以外,《施氏家簿谱》世系基本上是真实可靠的,但有很大的缺漏。这可由施让地券、施廷佐墓志铭、施奉桥地券等出土文物的发现而得到证实。

第十,除开世系中旁添的"字耐庵"三字以外,《施氏家簿谱》中的其他地方都没有提到施耐庵。

第十一,《施氏家簿谱》所载杨新《故处士施公墓志铭》是真实可靠的,其中没有提到施耐庵。相反的,《施氏族谱》所载杨新《故处士施公墓志铭》中有关施耐庵的一段话("先公耐庵,元至顺辛未进士,高尚不仕。国初,征书下至,坚辞不出,隐居著《水浒》自遣")出于后人的窜改和插增,不足为凭。

第十二,1952年公布的《施氏族谱》的原件已佚失,目前无法对它的真伪做出明确的判断。其中,陈广德《施氏族谱序》、施垹《建祠记述》多夸饰之语,多传闻之辞,与《施氏家簿谱》所载杨新《故处士施公墓志铭》不合,不能视为信史。

第十三,到目前为止,还没有一项真实可靠的、能排斥任何反证的文物、史料可以证明施彦端即《水浒传》作者施耐庵。

第十四,从《水浒传》一书所使用的语言及其中所反映的风土人情,看不出它的作者是苏北地区人。

第十五,希望能有更多的新的文物史料继续发现,这将有助于施耐庵问题的进一步探讨和考索。

施耐庵即施惠说

《水浒传》的作者为施耐庵，这是大家都已知道的了。但是，关于他的生平事迹，过去几乎没有留下什么可靠的记载（有几篇所谓"墓志"、"族谱"之类的文字，显系伪托，自当别论）。甚至他的真名也不可考。"耐庵"，大概是字或号，而不会是名。

有人说，施耐庵即《幽闺记》（《拜月亭》）传奇的作者施惠。

我认为，这是很可能的。

这个说法最早引起人们注意，是由于吴梅的《顾曲麈谈》。吴梅说：

《幽闺记》为施君美作。君美名惠，即作《水浒传》之作者耐庵居士也。

鲁迅《中国小说史略》引了吴梅的这几句话以后，说：

案惠亦杭州人，然其为耐庵居士，则不知本于何书，故亦未可轻信矣。

因为不知道这个说法的出处，所以表示怀疑。后来，何心（陆澹安）《水浒研究》也引了吴梅这几句话，并说：

耐庵便是施君美，这话从前似乎没有人讲过。我曾经问过吴梅，此话从何而来？他说："根据钟嗣成《录鬼簿》。"但是《录鬼簿》上……根本没有说施惠便是耐庵，也没有说施惠曾经编撰《水浒传》。吴梅的话，仅凭臆测，其实不能相信。

引吴梅的话,还有严敦易的《水浒传的演变》,他说:

> 吴先生如此说,在他大概是想当然的,……实则并没有文献上的依傍。所以,这也早经为人所指摘,不予置议。

鲁、陆、严三家代表了许多研究中国小说史和《水浒传》的学者的意见。他们不相信吴梅的话,认为吴梅的话没有根据。

其实,吴梅的话是有根据的。根据在于《传奇汇考标目》。《传奇汇考标目》是一部记载曲目的书,编者不详,成书年代约在清初康熙、雍正年间。这部书没有刊本,一向只有抄本流传。其中说:

> 施耐庵,名惠,字君承,杭州人。拜月亭旦,芙蓉城,周小郎月夜戏小乔。

既然找到了出处,所以,我认为这个说法当是可信的。

施惠是个什么样的人呢?这在钟嗣成《录鬼簿》中有记载。《录鬼簿》一书记载了元代戏曲、散曲作家的生平事迹和作品目录。作者钟嗣成(约1279~1360)也是一位戏曲作家。原籍大梁,寄居杭州。他的师友有很多都是杭州人。其中就有施惠。他记载说:

> 施惠。惠字君美,杭州人,居吴山城隍庙前,以坐贾为业。公巨目美髯,好谈笑。余尝与赵君卿、陈彦实、颜君常至其家。每承接款,多有高论。诗酒之暇,惟以填词和曲为事。有《古今砌话》,亦成一集,其好事也如此。

可知施惠巨目美髯,好谈笑,常有高论,会写戏曲。

值得注意的是,他还著有一部《古今砌话》。"砌话"二字费解。天一阁抄本《录鬼簿》此句作"所著有《古今诗话》"。"诗话"即小说的别名之一。《大唐三藏取经诗话》便是一个证据。可见施惠也能写作小说。

施耐庵和施惠,同姓、同时、同地,又都能写小说。说他们为同一人,是有这种可能的。但要完全把它落实下来,则还有待于新材料、新证据的发现。

关于张凤翼的《水浒传序》

张凤翼的《处实堂集》续集卷6有一篇《水浒传序》，全文如下：

予读《春秋》而知圣人不得已之心矣。夫仲尼之门，羞称五伯，故孟氏以为三王之罪人也。而葵丘之会，首止之盟，仲尼汲汲与之者何？以为春秋之世，王迹息矣。有五霸，名分犹有存也。是固礼失而求诸野，非得已也。论宋道，至徽宗，无足观矣。当时，南衙北司，非京即贯，非球（俅）即勔，盖无刃而戮，不火而焚，盗莫大于斯矣。宋江辈遁逃于城旦，渊薮于山泽，指而鸣之曰：是鼎食而当鼎烹者也，是丹毂而当赤其族者也！建旗鼓而攻之，即其事未必悉如传所言，而令读者快心，要非徒虞初悠谬之论矣。乃知庄生寓言于盗跖，李涉寄咏于被盗，非偶然也。兹传也，将谓诲盗耶，将谓弭盗耶？斯人也，果为寇者也，御寇者耶？彼名非盗而实则盗者，独不当弭耶？传行而称雄稗家，宜矣。刻本惟郭武定为佳，坊间杂以王庆、田虎，便成添足，赏音者当辨之。

这篇序文，在过去，《水浒传》的研究者还没有在论文和专著中论述或引用过它。但它显然是研究《水浒传》的一项重要资料。

我们知道，自从《水浒传》刊本出现以来，替它写序文的人不在少数。根据我们今天掌握的资料，就有天都外臣、李卓吾、五湖老人、郑大郁、大涤餘人、钟伯敬、熊飞等等。其中，除了李卓吾、钟伯敬以外，都没有什么名气。有的人不愿显露自己的真实姓名而用化名，或者甚至假托别人的名字（署名钟伯敬的序文就是这样的情形）。读了张凤翼的《水浒传序》，稍微改变了一些我们的原来的这种印象。

张凤翼（1527～1613），字伯起，长洲（今苏州）人。他是嘉靖年间的举人，在当时，颇有才名。人们称他和他的弟弟献翼、燕翼为"三张"。他对小说、戏剧有着强烈的爱好。他本人是一位戏剧家，创作了《红拂记》、《窃符记》、《灌园记》、《祝发记》等传奇九种，和许多著名的戏剧家（例如汤显祖）、艺人建立了亲密的友谊，在明代的剧坛上占有一定的地位。

像他这样的人，来给《水浒传》刊本写序文，自然会在当时扩大这部作品的社会影响。同时，这也从侧面说明了《水浒传》在当时的文人之间流行的情况。

在他那个时代，小说被认为是"小道"、"末流"，一向被排斥在正统文坛之外。加以《水浒传》又是一部反抗意识强烈的作品，更受到了卫道者的敌视。排斥、诋毁、诬蔑、歪曲、禁止，所有的伎俩几乎全部施加到它的头上。处于这样的情况之下，要给《水浒传》刊本撰写序文，并在序文中对它有所肯定，如果没有进步的观点，没有足够的勇气，是不大可能的。

事实上，据我所知，明代文人在自己的文集中公然收录《水浒传》序文的，也只有李卓吾和张凤翼二人而已。其他的例子，到目前为止，还没有发现。

更重要的是，张凤翼在这篇序文中提出了他对《水浒传》全书的思想内容，对书中所描写的农民起义的看法，而这在当时无疑有着一定的进步意义。

张凤翼指出，以宋江为首的农民起义军的对立面是以蔡京、童贯、高俅、朱勔为代表的封建统治集团；后者才是真正的"盗"、"寇"。他把自己的同情给予了以宋江为首的农民起义军，对以蔡京、童贯、高俅、朱勔为代表的封建统治集团表示了憎恨和斥责。

用这样的眼光来看待《水浒传》，在当时是罕见的。封建文人，包括那些《水浒传》刊本的序文作者在内，一般都欣赏和强调它的文字和艺术技巧。对于它的主题思想，或者避而不谈，或者从封建的观点、立场出发，进行恶毒的攻击和谩骂。李卓吾的思想比他们进步，但他依然把梁山泊好汉看作"强人"，并且直接用"忠"和"义"等封建道德来解释和评价《水浒传》的思想内容。就这一点而论，李卓吾是比不上张凤翼的。

张凤翼的这篇序文作于万历十六年（1588）、十七年（1589）间。除了天都外臣的序文（写于万历十七年）之外，这是今天流传下来最早的《水浒传》序文了。

可惜，载有张凤翼序文的《水浒传》刊本没有流传下来，也未见其他任何有关的著录，以致我们无法进一步了解这个刊本在《水浒传》版本演变史上所处的地位。

不过，从张凤翼的序文中，我们还是可以知道两点有关《水浒传》版本方面的情况。

一点是：他说"刻本惟郭武定为佳"。这和后来沈德符在《野获编》所说的有关的话可以互相印证。以郭武定本为"善本"，恐怕是代表了当时一般人的看法。

另一点是：它说，"坊间杂以王庆、田虎，便成添足"。现存有年代可考的最早的插增王庆、田虎的刊本是《京本增补校正全像水浒志传评林》，刊行于万历二十二年（1594）。张凤翼的序文则证明了，在万历十六年之前，便已存在插增王庆、田虎故事的"坊本"了。

读张凤翼《水浒传序》

明代嘉靖、万历时期的著名文学家、戏剧家张凤翼（1527~1613）写有一篇《水浒传序》，我已在1965年9月5日的《文学遗产》专刊上介绍过了。据我所知，这篇序文仅载于张凤翼的《处实堂续集》卷6，不见于已知的传世的《水浒传》任何刊本。所以，他的序文究竟为哪个本子撰写的，一直是个有待于揭晓的谜。

张凤翼的文集是编年的，《处实堂续集》也不例外。《水浒传序》作于戊子、己丑间，即万历十六至十七年（1588~1589）。

这个年代值得注意。我们知道，年代较早的《水浒传》序文有天都外臣的《水浒传叙》和李贽《忠义水浒传叙》。天都外臣序作于"己丑孟冬"，即万历十七年（1589）。李贽序撰于何年不详，但据袁中道《游居柿录》卷9，李贽于万历壬辰（二十年）夏批点《水浒传》，则李贽序当作于万历二十年（1592）之后的不久。而张凤翼序的撰写年代要比它们都早。

为《水浒传》这样的通俗小说撰写序文，公开题署自己的真实姓名，并且全文收录进自己的诗文集，这在万历前期是罕见的。张凤翼序的出现，可以从侧面说明，当时《水浒传》已非常流行，不仅受到人民群众的欢迎，而且也获得一些文人学士的喜爱。

张凤翼序中谈到了《水浒传》的版本问题，有这样的话：

> 刻本惟郭武定为佳，坊间杂以王庆、田虎，便成添足，赏音者当辨之。

这几句话的重要意义在于：第一，肯定了郭武定刻本的存在；第二，提到了插增征田虎、征王庆故事的坊刻本。

现存最早的有年代可考的插增田、王故事的简本，当推双峰堂刊本《水浒志传评林》。它约刊行于万历甲午（二十二年，1594），卷首有一篇《水浒辨》说道：

《水浒》一书，坊间梓者纷纷。偏像者十余副，全像者止一家。前像板字中差讹。其板蒙旧，惟三槐堂一副，省诗去词，不便观诵。

可知在它之前出版了许多的坊本《水浒传》。其中的三槐堂本，"省诗去词"，大概属于简本系统；其余的，是简本，还是繁本，遽难断定。它们有没有田、王故事，也无法得到证实。

张凤翼却告诉我们，远在万历十六年之前，田、王故事就已进入《水浒传》，成为它的组成部分了。而三槐堂本等很可能便已插增了田、王二章回。

金圣叹的生年

金圣叹的卒年，我们大家是习知的。无名氏《辛丑纪闻》早有明文，说他死于顺治十八年（1661）七月十三日。至于他的生年，我们过去所见到的记载一般都没有提到。《辞海》试行本在"金圣叹"条下也只能把他的生卒年写作"？~1661"。

其实，金圣叹的生年是可以考定的。

无锡嵇永仁（1627~1676）是金圣叹的朋友①，著有《抱犊山房集》。全书6卷。其第4卷为《葭秋堂旧刻杂诗》，卷前有金圣叹的《葭秋堂诗序》，略云：

> 同学弟金人瑞顿首：弟年五十有三矣。自前冬一病百日，通身竟成颓唐。……弟自端午之日，收束残破数十余本，深入金墅大湖之滨，三小女草屋中，对影兀兀，力疾先理唐人七律六百余章，付诸剞劂，行就竣矣。……夫足下论诗，以盛唐为宗，本之以养气息力，归之以性情。旨哉，是言！但我辈一开口，而疑谤百兴，或云立异，或云欺人。即如弟解疏一书，实推原三百篇两句为一联，四句为一截之体。伧父动云割裂，真坐不读书耳。……

作序之时，金圣叹说他自己已经53岁了。可惜，序文没有撰写年月。因此，我们不得不细绎文意，并借助其他的材料来加以考定。

金圣叹的族兄金昌在《第四才子书小引》一文中曾说，圣叹"临命寄示

---

① 嵇永仁在金圣叹死后曾作《纪梦诗》、《追悼诗》。见《赖古堂尺牍新钞》卷2所载嵇永仁《与黄俞邰》书。

一绝，有'且喜唐诗略分解，庄骚马杜待何如'之句"。由此可见，金圣叹之评唐诗，必在其死前不久。

金圣叹的唐诗分解现存顺治刊本，书名《贯华堂选批唐才子诗甲集七言律》，共8卷。卷1载圣叹自序，其中说：

> 顺治十七年春二月八之日，儿子雍强欲予粗说唐诗七言律体。予不能辞，既受其请矣。至夏四月望之日，前后通计所说过诗，可得满六百首……

卷2载金雍《鱼庭闻贯》，其中说：

> 雍既于今年二月吉日，力请家先生上下快说唐人七言律体，得五百九十五首，从旁笔受其语，退而次第成帙矣……

卷2又载圣叹《与开云、云在二法师书》，其中说：

> 弟子即日新分唐七律诗，得六百首，缮写已竟，便欲于七月解夏之晨，敬告释伽文佛大师，望共加被，广作欢喜。仰祈法师过我共读。

《与顾尼备嗣曾》书也说：

> 一夏所说唐诗分解，共成八卷，今先以钞本奉致。

卷八附金雍跋语，其中说：

> 顺治十七年四月十八日说唐人七言律诗竟，男雍释弓笔受并附注。

这几条材料告诉我们，金圣叹说解唐诗的时间是在顺治十七年（1660）的春天和夏天。

如果把这几条材料同《葭秋堂诗序》摆在一起加以考察，就可以看出，《葭秋堂诗序》所说的"端午之日"，实际上就是《唐才子诗甲集七言律》序、跋中所说的"夏四月望之日"、"四月十八日"以后的端午，也就是包括在《与顾尼备嗣曾》书所说的"一夏"中的一个具体的日期。

因此，我们可以断定，这几个日期都在一年之中。换句话说，金圣叹53岁的那一年正是顺治十七年（1660）。由此再往上推，可知圣叹生于明万历三十六年（1608）。他死时，年54岁。

最后，附带提一下，金圣叹的生日也可考见。杨保同《金圣叹轶事》说：

> 俗传三月三日为文昌生日，而圣叹亦于是日生，故人称圣叹为文曲星。圣叹虔祀文昌，或亦因此欤？

如果这项记载可靠的话，我们不但可以知道金圣叹生于明万历三十六年，而且可以进一步知道他生于3月3日了。

金圣叹的后人

金圣叹有没有后人呢?
廖燕撰《金圣叹先生传》①,其中并无片言只字提及此事。
梁拱辰《劝戒录》卷四载:

> 汪棣香曰:施耐庵成《水浒传》,奸盗之事,描写如画,子孙三世皆哑。金圣叹评而刊之,复评刻《西厢记》等书,卒陷大辟,并无子孙。盖《水浒传》诲盗,《西厢记》诲淫,皆邪书之最可恨者。

这段记载,出于封建卫道者的手笔,对《水浒传》、《西厢记》的作者、评点者表现出深仇大恨,充满了咬牙切齿的咒骂之声。必须指出,他所说的施耐庵"子孙三世皆哑",以及金圣叹"并无子孙",纯系造谣,毫无事实根据。
据采蘅子《虫鸣漫录》说:

> 金临刑时,其子泣送之。金曰:"有一对,尔属之:莲子心中苦。"子方悲痛,久而未答。金曰:"痴儿,是何足悲乎?吾代儿对:梨儿腹内酸。"

由此可见,圣叹在临刑时已有子。
按贯华堂刊本《水浒传》卷首有金圣叹《与释弓叙》,可知释弓即圣叹之子。又按金圣叹《唐才子诗叙》②说:

---

① 廖燕:《二十七松堂集》卷14。
② 金圣叹:《贯华堂选批唐才子诗甲集七言律》卷1。

> 顺治十七年春二月八之日，儿子雍强欲予粗说唐诗七言律体。

可知金圣叹之子名雍。

释弓和雍，究竟是一个人还是两个人？

《贯华堂选批唐才子诗甲集七言律》卷8末页署：

> 顺治十七年四月十八日说唐人七言律诗竟，男雍释弓笔受并附注。

可证此子名雍，字释弓。

释弓的生年也能考知。《与释弓叙》说：

> 汝昔五岁时，吾即容汝出坐一隅；今年始十岁，便以此书相受。

金圣叹此序作于崇祯十四年（1641）2月。这时释弓年方10岁，则他生于崇祯五年（1632）无疑。

释弓生平事迹不详。据无名氏《哭庙纪略》说：

> 及圣叹获罪，妻、子流宁古塔。

看来，他当在流放之列。

金圣叹有一孙，名德云，后来出家当了和尚，曾流落广州一带。顾贞观有《题金别峰乞言卷，呈张见阳太守、王培庵州牧》[①]，后附其子开陆跋语，内称：

> 释别峰，名德云，金姓，苏州人，圣叹孙也。圣叹临命时，德云尚幼，生母以患难他适，流转六安。己卯冬，先君子客羊城，旅次遇别峰，询其颠末，为题乞言，卒借太守张公俾得母子团聚。

估计德云即释弓之子。

金圣叹还有一个女儿，为释弓之妹，名法筵，工诗文。《松陵女子诗征》有她的小传，可惜比较简略：

> 金法筵，吴县人，人瑞女，沈重熙室，著有《惜春轩稿》。

《吴江沈氏诗集》卷11则对她的生平做了比较详细的介绍：

[①] 顾贞观：《徵纬堂诗》卷下。

硕人名法筵,六书公配,吴县诸生圣叹公人瑞(一名采)季女也。七岁能诗,圣叹爱之,为赋"左家娇女惜馀春"之句。于归后,遂以"惜春"名其轩。纺绩之余,辄事吟咏。有《惜春轩稿》一卷,词意老成,时有道气,惜零落,仅存十一。

《吴江沈氏诗集》还收录了她的诗作八首。

法筵有《家兄归自辽左感赋》诗,当是为释弓而作。诗中说:

　　廿载遐荒客,飘零今始归。相看疑顿释,欲语泪先挥。
　　郁塞千秋恨,蹉跎万事非。不如辽左月,犹得梦慈闱。

自注:"兄归时,慈母已见背数日矣。"从首句"廿载遐荒客",可知释弓在宁古塔流放了二十年之久。他归家之时当在康熙二十年(1681)左右,年约50岁;他的母亲也死于此时。

法筵另有《悼二侄女》七绝一首。诗说:

　　贯华堂畔长青苔,寂守孀闱扃不开。梁燕旧时曾作伴,不胜哀怨一飞来。

其中出现了"贯华堂畔"的字样,表明哀悼的对象是她娘家的二侄女。这位"二侄女",大约就是释弓之女,德云之妹。

金圣叹的女婿,法筵的丈夫,姓沈,名重熙,字明华,即所谓"六书公"。他是吴江人,著有《珠树堂集》。《吴江沈氏诗集》卷十载有他的小传。

重熙、法筵夫妇育有子女数人。这从法筵的《勖诸儿》诗题中可以窥见。在金圣叹的几位外孙之中,比较著名的为沈培福,表字元景。《吴江沈氏诗集》收录了沈培福的诗作16首,并有小传介绍他的生平事迹:

　　元景名培福,六书公幼子。国子监生。七岁能属文,弱冠师事戴褐夫。褐夫贵,招之入都。未几,褐夫见法,无以敛,元景与其所亲酿金棺敛而归葬之。尝辑先代诗文稿若干卷,将编次总集,以客游未果,竟卒于蜀。诗有《东溪稿》,多清稳可诵。

他是沈重熙的"幼子",当然也就是金圣叹最小的外孙了。

卷三 《水浒》版本论

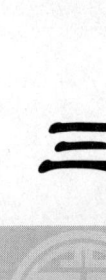

论《京本忠义传》的时代、性质与地位

《水浒传》的作者施耐庵或罗贯中是元末明初人。然而现今传世的确凿可信的《水浒传》版本，最早的不过是明代嘉靖或万历年间的。那么，从明初到万历之前的二百年间，《水浒传》的版本和流传究竟处于怎样的一种状态呢？这就是我们长期以来在探索的一个难题。

由于史料的匮乏，我们暂时还无法对这个难题求出明晰的答案。我们目前只能进行一点一滴的准备和积累，从已知的情况（包括那些曾被认为是万历之前的版本）入手，逐步去接近问题的核心。

而《京本忠义传》尤其引起了我们的注意。它的全书已佚失不传，仅仅留下了残叶二纸。但它却在现存《水浒传》各种版本中具有特殊的重要性。所以，本文选择它作为论述的对象，对有关它的种种问题进行研讨和考察。

介绍和论述《京本忠义传》残叶的论文，已发表者，有这样四篇：

顾廷龙、沈津：《关于新发现的京本忠义传残页》[1]
宏烨：《上海图书馆善本书一瞥》[2]
刘冬、欧阳健：《关于京本忠义传》[3]
李骞：《京本忠义传考释》[4]

---

[1] 此文原载《学习与批判》1975年第12期，后又收于《水浒评论集》（上海人民出版社，1976年）一书中。
[2] 《书林》1980年第3期。
[3] 《文学遗产》1983年第2期。
[4] 《明清小说研究》第1辑（1985年8月）。

《京本忠义传》残叶之一

《京本忠义传》残叶之二

此外，马蹄疾（陈宗棠）的《水浒书录》①也著录了它。

我已详细了解到这几位学者和专家的见解，在这个基础上，我准备作进一步的研讨。研讨将集中于三个问题：《京本忠义传》的时代、性质和地位。

时代——它刊刻于什么时代？或者说，它是不是正德、嘉靖年间的刊本？

性质——它是繁本，还是简本？或者说，它是原本，还是增补本或删节本？

地位——它在《水浒传》版本演变史上起了什么样的作用？或者说，它在《水浒传》版本演变史上处于何等地位？

一 《京本忠义传》刊刻于什么时代？

《京本忠义传》之名，见于残叶版心的中缝。从常理看，出现在这个地方的书名，往往是这部《水浒传》刊本的简称。估计它的全名应该是《京本……忠义水浒传》或《京本……忠义水浒志传》之类。在不知晓全名或正名的情况下，我们暂以《京本忠义传》作为这一版本的代称。

关于《京本忠义传》的刊刻时代，现有两种不同的看法。一种可称为"正德、嘉靖说"，另一种可称为"嘉靖说"。

《京本忠义传》残叶是 1975 年在上海图书馆发现的。当时，上海图书馆的顾廷龙、沈津两位先生首先报道了这个消息。他们说，"经鉴定，《京本忠义传》可能是明代正德、嘉靖间书坊的刻本"②。五年以后，宏烨先生也说，"从残页的字体、纸张等风格来看，应为明正德、嘉靖间书坊所刻"③。这就是"正德、嘉靖（1506~1566）说"。

马蹄疾先生在 1986 年出版的《水浒书录》中提出了"嘉靖（1522~1566）说"。他断定《京本忠义传》是"明嘉靖间刻本"④。

"正德、嘉靖说"的提出者是《京本忠义传》残叶的收藏单位的图书馆学家和版本学家。"嘉靖说"的提出者则是一位水浒学专家。"正德、嘉靖

---

① 《水浒书录》，上海古籍出版社，1986。
② 《水浒评论集》，105 页。
③ 《书林》1980 年第 3 期，35 页。
④ 《水浒书录》，50 页。

说"发表在前,"嘉靖说"发表在后。令人纳闷的是,"嘉靖说"舍正德而取嘉靖,不知它依据什么而做出了这样的判断?

残叶本身并没有显示《京本忠义传》的刊刻时代是直接、明确而肯定的标志。这个问题目前只能依靠人们在版本学范围内的常识来获得解决。顾廷龙、沈津先生和宏烨先生分别使用"可能是"和"应为"等词,表明了一种审慎的态度。照我看,在发现直接、明确而肯定的证据之前,他们的判断基本上可以成立。因为残叶的款识以及纸张、墨色等方面提供了有力的佐证。

古人刻书,不同的时代有不同的风气,并不可避免地要在版本的款识上有所反映。

以版口而论,有白口、黑口、花口之分。元代版本流行黑口,明初仍然继承了元代的遗风,一直沿袭到成化、弘治年间。到了正德、嘉靖年间,才发生巨大的变化,白口几乎完全取代了黑口。明初黑口本因之而被后世藏书家视为珍本。黄丕烈就说过:"向闻钱听默言没,书籍有明刻而可与宋元板埒者,惟明初黑口板为然,故藏书家多珍之。""明刻黑口宋人集,世以为珍。"①

再以字体而论,它和版口变化的情况非常类似。元代盛行赵孟頫的书法,世称赵体、吴兴体或松雪体。影响所及,元代刻书也大多采用圆转遒丽的赵体。徐康说:"元代不但士大夫竞学赵书,其时为官本刻经史,私家刻诗文集,亦皆摹吴兴体。至明初,吴中四杰高启、杨基、张羽、徐贲尚沿其家法。即刻版所见,如《茅山志》、《周府袖珍方》,皆狭行细字,宛然元刻,字形仍作赵体。"② 可知明初版本仍用赵体字。

其后,明刊本所反映的字体的变化,发生了三次。第一次变化发生在正德、嘉靖年间,一种僵硬呆滞的方体字替代了赵体字。隆庆、万历年间,发生第二次变化,专业的书工所追求的是,字形整齐方正,字体横轻竖重。这体现出肤廓的气派。版本学家称之为"宋字"、"宋体"、"匠体"或"明匠体"。第三次变化,在天启、崇祯年间,字体仍是横轻竖重,字形却改而以狭长为尚了。

明刊本版口和字体演变的历史告诉我们,正德、嘉靖时代构成了一个独

---

① 《荛圃藏书题识》卷9,"周职方诗文集二卷。明刻本";卷8,"武溪集二十卷,明成化本"。
② 《前尘梦影录》。

立的单元，它和以前的洪武至成化的时代不同（从版口、字体看），也和以后的隆庆、万历时代不同（从字体看），而有着自己的突出的特征。

《京本忠义传》残叶表现出两个特征：其一，白口；其二，方体字。这两个特征都具体地提供了《京本忠义传》刊刻时代的上限和下限的线索。前者表明，《京本忠义传》不会刊刻于洪武至成化时代。后者表明，既不会刊刻于正德、嘉靖时代之前，也不会刊刻于正德、嘉靖时代之后。

另外，从纸张、墨色等方面加以考察，也可以得出近似的结论。

因此，我认为，顾廷龙、沈津、宏烨等先生提出的"正德、嘉靖说"是具有说服力的。

《京本忠义传》的时代问题，实际上包含着它的刊刻时代问题以及它的创作时代问题两个方面。后者又和它在《水浒传》版本演变史上的地位有所关联。

顾廷龙、沈津两位先生认为，《京本忠义传》"早于郭勋本"，"比今天所见其他《水浒》各本更接近于原本面貌"[1]。宏烨先生也说，《京本忠义传》"较之现存传世最早的郭勋本为尤早，至内容方面与现在所能见到的其它《水浒》相比，也更接近于原本"[2]。他们的看法，可以归纳为：《京本忠义传》是现存《水浒传》各种版本中最早的一个本子；它最接近于《水浒传》原本的面貌。

刘冬、欧阳健两位先生，在刊刻时代问题上，同意"正德、嘉靖说"。他们强调说，"《京本忠义传》产生的年代，还可以再向前推"，"此书之成就，当应更早，甚至是元末明初之际"[3]。从论文所表达的意思来看，他们似乎认为，《京本忠义传》即《水浒传》原本，产生于"元末明初之际"。

李骞先生的看法和刘冬、欧阳健两位先生近似，但他的意见表达得更为明确和直率："《京本忠义传》早于嘉靖刻水浒残本，它是一切《水浒传》版本的祖本，是作者编写《水浒传》的原始本"[4]。

他们的这几种意见，能不能成立呢？

这就牵涉到《京本忠义传》的性质问题了。

---

[1]《水浒评论集》，106 页、105 页。
[2]《书林》1980 年第 3 期，35 页。
[3]《文学遗产》1983 年第 2 期，85~86 页。
[4]《明清小说研究》第 1 辑，55 页。

二 《京本忠义传》是繁本,还是简本?

《京本忠义传》是繁本,还是简本呢?

顾廷龙、沈津两位先生和宏烨先生认为,《京本忠义传》"应属《水浒》的繁本系统"和"属于繁本系统"①。刘冬、欧阳健两位先生没有涉及繁本、简本问题。李骞先生认为,"《京本忠义传》是繁本,而不是简本"②。马蹄疾先生将《京本忠义传》归于"文繁事简本"一类,可见他同样视《京本忠义传》为繁本。

然而我却认为,《京本忠义传》是简本,而不是繁本。

试从分卷、字数和书名等几个方面展开商榷和论证。

(一) 从分卷看繁简

讨论《京本忠义传》的繁简问题,我想,不应运用模棱两可、似是而非的证据和判断。例如分卷问题。

《京本忠义传》残叶,一为卷10第17叶;一为卷10第36叶。从正文看,前者相当于繁本的第47回,后者相当于繁本的第50回。于是有的学者就认为《京本忠义传》系五回一卷,故其第10卷恰为第46回至第50回,并因此而推断《京本忠义传》是二十卷的百回本、繁本③。

这种推断含有很大的危险性。如果单纯从分卷的角度出发,它最大的限度也只有50%的可能性。理由如下。

第一,《京本忠义传》仅仅残存卷10的两叶,怎么能够断定它必然是20卷或100回?这最多只能证明50回之前分为10卷,并不能证明50回之后有有10卷或50回,更不能证明全书的最后一卷是卷20,最后一回是第100回。

第二,卷10包括了第47回和第50回的内容,怎么能够断定它必然是全书五回一卷的格局?这最多只能证明卷10包括四回(第47回至第50回)或四回以上,并不能证明卷10只有五回(第46回至第50回),更不能证明从卷1到卷9,以及从卷11起,必然每卷都是五回。

---

① 《水浒评论集》,106页;《书林》1980年第3辑,35页。
② 《明清小说研究》第1辑,50页。
③ 顾廷龙、沈津、宏烨、李骞、马蹄疾等先生都持这样的见解。

这里存在着不能排除的两种可能性。

一种可能性：卷 10 从第 45 回开始。试想，第 17 叶是第 47 回，第 36 叶是第 50 回，两者相隔两回或 18 叶，这 18 叶既包括第 48 回和第 49 回两个正回，还包括第 47 回和第 50 回的一部分。那么，在第 17 叶之前，从第 1 叶到第 16 叶，难道仅仅有第 46 回一个整回和第 47 回的一部分吗？难道不能从第 45 回开始吗？

另一种可能性：卷 10 从第 47 回开始。《京本忠义传》每叶 728 字，容与堂刊本每叶 484 字①。前者约为后者的 1.5 倍。现在，容与堂刊本第 46 回有 14 叶；第 47 回在"爷指教出去的路径"（即《京本忠义传》卷 10 第 17 叶所保存下来的开端的文字）之前，有 12 叶又 7 行 2 字，约 12.3 叶。按 1.5 倍计算，14×1.5 = 21 叶；12.3×1.5 = 18.45 叶。两者相加，21 + 18.45 = 39.45 叶。也就是说，《京本忠义传》卷 10 如从第 46 回开始，则在第 17 叶之前还应有将近 39 叶半的篇幅，而事实上，在第 17 叶之前只有 16 叶。18.45 叶，这个数字，大于 16 叶，说明它和第 17 叶之前的篇幅大致相当。换句话说，《京本忠义传》卷 10 系从第 47 回开始，这有着最大的可能性。如果是这样，则它的格局完全违背了五回一卷、全书一百回的规律。

不妨指出，双峰堂刊本《水浒志传评林》是典型的简本，它和《京本忠义传》残叶相应的正文恰巧也都处于卷 10 的位置。但它的全书共 25 卷，每卷三、四、五、七回不等，并非整整齐齐的五回。它的回数也超过了 110 回。如果它只残存卷 10 两叶，其他卷、叶佚失不传，按照同样的推断，不是也会被误认为五回一卷的二十卷百回本吗？

由此可见，《京本忠义传》残叶的分卷问题本身，并不足以说明《京本忠义传》的繁简性质。

那么，作为判断《京本忠义传》的繁简性质的依据应该是些什么呢？

（二）从字数看繁简

字数问题可以作为判断《京本忠义传》的繁简性质的依据之一。

不过，字数的统计必须以准确性为前提，否则是毫无意义的。

李骞先生曾统计了《京本忠义传》残叶的字数，并把它和容与堂刊本相

---

① 关于字数的计算，请参看下文"从字数看繁简"。容与堂刊本，本文所使用的为上海人民出版社 1973 年影印本《明容与堂刻水浒传》。

应的字数做了比较,指出前者的总字数为 22736 字,后者的总字数为 15972 字,"《京本忠义传》文字在量上却大于容与堂刊本《水浒》或与其大致相等",得出结论说,"《京本忠义传》不是属于简本系统,而应属于繁本系统"①。

我认为,李骞先生的比较方法是可行的;但,李骞先生的统计是奇怪的、有严重缺陷的;李骞先生统计的字数是不准确的;因之,李骞先生的结论是难以成立的。

先看《京本忠义传》的字数。

它的行款是每半叶 13 行,每行 28 字。每叶 728 字。

现存两个残叶。一为卷 10 第 17 叶的后半叶,以及前半叶的末三行,自"爷指教出去的路径"至"全付披挂了弓箭"止。一为卷 10 第 36 叶的后半叶,以及前半叶的末三行,自"兵府调他来镇守此间"至"军人们道那厮"止。各是 16 行,448 字。

两者之间,相距有多少字呢?从第 18 叶到第 35 叶,共 18 叶,计 468 行,13104 字。可知从卷 10 第 17 叶前半叶的第 11 行"爷指教出去的路径"起,到卷 10 第 36 叶最后一行"军人们道那厮"止,总计 500 行,14000 字(448 + 13104 + 448 = 14000)。

李骞先生的统计字数却是 22736 字,比我的统计多出了 8736 字。这是怎么一回事呢?

原来李骞先生在统计上有三点失误。

第一,点错了行数。《京本忠义传》每半叶 13 行,每叶 26 行,他说成"每页②是 28 行"③,多出了两行。因此,每叶的字数便平白地由 728 变成 784,多出 56 字。

第二,算错了叶数。卷 10 第 17 叶至第 36 叶,应为 20 叶,他说成"由开头至结尾两叶相距是二十九页"④,多出了 9 叶。

第三,把残叶当作整叶计算。第 17 叶和第 36 叶都是残叶,各存 16 行,各缺 10 行。如把它们当作整叶(26 行)计算,则又多出了 20 行,计 560 字。

---

① 《明清小说研究》第 1 辑,51 页。
② 李骞先生所说的"每页",即"每叶"的意思。
③ 《明清小说研究》第 1 辑,51 页。
④ 《明清小说研究》第 1 辑,51 页。

（56×29）+（728×9）+560=8736——这就是李骞先生统计的字数比实际的字数多出来的字数。

再看容与堂刊本的相应的字数。

容与堂刊本的行款是每半叶11行，每行22字，每叶484字。

与《京本忠义传》卷10第17叶相应的文字，在容与堂刊本第47回，系从第13叶前半叶第8行的第5字开始（"爷指教出去的路径……"），至第14叶前半叶第9行的第19字止（"……全付披挂了弓箭"）。准确地说，容与堂刊本这段文字共占22行又37字，即521字。

与《京本忠义传》卷10第36叶相应的文字，在容与堂刊本第50回，系从第3叶前半叶第7行的第14字开始（"兵府对调他来镇守此间郓州……"），至第4叶前半叶第8行的第21字止（"军人们道那厮"）。准确地说，容与堂刊本这段文字共占22行又29字，即513字。

第47回中，与《京本忠义传》卷10第17叶相应的文字之后所剩余的篇幅，计有43行20字，共折合966字。第50回中，与《京本忠义传》卷10第36叶相应的文字之前，其篇幅计有两叶6行又14字，共折合1114字。

在这之间，有第48回和第49回两个整回。第48回有10叶11行又4字，折合5086字。第49回有16叶4行又19字，折合7851字。

以上六项数字相加，521+966+5086+7851+1114+513=16051，这就是容与堂刊本中和《京本忠义传》卷10残叶第17叶至第36叶之间的文字相应的总字数。

李骞先生的统计字数却是15972字，比我的统计少了79字。这可能是由于具体的计算方法有所不同，相差有限，不必细究。

现将《京本忠义传》与容与堂刊本的字数列表比较如下：

《京本忠义传》卷、叶数	《京本忠义传》字数	《容与堂刊本》回数	《容与堂刊本》字数	《容与堂刊本》>《京本忠义传》
10/17	448	47	521	73
10/36	448	50	513	65
10/17~10/36	14000	47~50	16051	2051

请看，《京本忠义传》的字数少于容与堂刊本。如果表中的数字在全书中有典型意义的话，则每叶少六七十字，每两回约少一千字。若以百回计算，则共少五六万字。

我们知道，所谓繁本是指天都外臣序本、容与堂刊本等百回本，以及袁无涯刊本（120回本）中的百回部分。而容与堂刊本正是一种典型的繁本。所谓繁本、简本之分，无非视书中文字的繁缛与简略而定。既然《京本忠义传》的字数要比容与堂刊本（繁本）少去数万字，那么，它怎能厕身于繁本的行列呢？

所以，从字数上看，《京本忠义传》自然是一种简本。

（三）从正文看繁简

《京本忠义传》是一种简本，这不仅从字数的比较上，而且还从正文的比较上得到了证明。

首先，我将挑选正文中的几个文句与繁本进行比较。这些文句在字数上显然少于繁本。通过例证的列举，我们可以作进一步的研讨，以确定它们与繁本的文句孰先孰后的问题。下面引录的正文，出自《京本忠义传》；繁本以容与堂刊本、天都外臣序本为代表。

例一：

但有白杨树的转弯，便是活路。没那树时，都是死路。

繁本此下多两句："如有别的树木转弯，也不是活路。"

例二：

只见七八十个军人背绑着一个人过来。石秀看时，却是杨林。石秀看了，只暗暗地叫苦。

在"却是杨林"一句之下，繁本尚有两句："剥得赤条条，索子绑着"。

例三：

人见他走得差了，即报与庄上大人，因此吃拿了。

"即报与庄上大人"，繁本作"来路蹊跷，报与庄上大官来捉他，这厮方才又掣出刀来，手起伤了四五个人，当不住这里人多，一发上去"。

例四：

祝彪道："我自出上马拏此贼。"便出庄门，放下吊桥，引一百余骑马军杀出。早迎见小李广花荣，领军五百，出与祝彪两个斗了十数合，不分胜败。

繁本作:"祝彪道:'我自出上马拿此贼。'便出庄门,放下吊桥,引一百余骑马军,杀将出来。早迎见一彪军马,约有五百来人,首先拥出那个头领,弯弓插箭,拍马轮枪,乃是小李广花荣。祝彪见了,跃马挺枪,向前来斗。花荣也纵马来战祝彪。两个在独龙岗前约斗了十数合,不分胜败。"

例五:

祝彪道:"今日口阵与花荣斗了五十合,吃那厮走了。我却待要赶去追他,军人每道:那厮……"

"今日口阵与花荣",繁本作"这厮们伙里有个甚么小李广花荣,枪法好生了得";"五十合",繁本作"五十余合";"吃",繁本无;"军人每",繁本作"军人们"。

从例一到例五,五个例子有两类情况。

有的例子,一看便知,繁本的文字是原有的,《京本忠义传》的文字是经过删节的。这是大多数,如例一、例二、例三和例四。

例一所引,出于钟离老人的话语。他在向石秀指点走盘陀路的诀窍。"但有白杨树的转弯,便是活路。""没那树时,都是死路。""如有别的树木转弯,也不是活路。"这里包含着三层意思,在逻辑上是非常严密的,缺一不可,否则将会破坏语义的完整性。很难想像缺少第三层意思的《京本忠义传》的文字会是《水浒传》的原文。《水浒传》的作者,写出洋洋百回巨文的艺术大师,他不至于疏忽到这样的地步。

例二中,"石秀看时,却是杨林。石秀看了,只暗暗地叫苦",最后两句,主语都是石秀,中间只隔着一个四字句。相距如此之近,重复出现主语"石秀",阻断了文气的顺畅。这明显地告诉人们,在这里有文字被删节了。繁本所多出的"剥得赤条条的,索子绑着"两句,是对杨林被捉的补充修饰,系石秀眼中所见。有了这两句,下句的"石秀"才有必要作为主语出现。有了这两句,"暗暗地叫苦"——石秀的这种反应才有针对性。所以,这两句应是原有的、被删去的,而不是被增补的。

例三中的"大人"令人费解。"大人"无论是解释为成年人,或是解释为对官员的敬称,都不符合这里的语言环境。这里的几句话语出于钟离老人对石秀所说。以繁本的"大官"为是。钟离老人嘴中的"大官"实指祝氏三杰中的祝龙。

大官、二官、三官即老大、老二、老三的意思。此叶下文有云："只听得前面喝道，说是庄上三官人巡绰过来。""三官人"即指祝彪。蒲松龄《聊斋志异》中有《商三官》的篇名。至今，江浙一带的市镇、村庄中仍有不少以大官、二官、三官……为乳名的人。土著钟离老人不称祝龙为"大官人"，而称为"大官"，众庄客不称祝彪为"三官"，而称为"三官人"，这正符合他们各自不同的身份和年辈。

《京本忠义传》的删削者不了解"大官"一词的含义，信笔改为"大人"。殊不知祝家庄上的居民并不把祝朝奉一家当作政府官员看待而称之为"大人"的，这在《水浒传》"三打祝家庄"几回中是写得一清二楚的。这个例子证明，改"大官"为"大人"的人不会是《水浒传》一书的作者。

例四有不通顺的文句："早迎见小李广花荣，领军五百，出与祝彪两个斗了十数合，不分胜败。"从这里的文意看，战斗的双方，一为花荣，一为"祝彪两个"。除祝彪外，还有一个是谁？文中缺乏明确的交代。一打二，也不符合书中所描写的当时的情景。一查繁本的文字，方知"两个"属下句，指花荣、祝彪二人。删改者在删改过程中产生了不应有的过失，胡乱把上句末尾的"祝彪"二字和下句开头的"两个"二字捏合在一起，并弃去前后数字，露出了删改的痕迹。

另外，有的例子本身一时还不易辨别清楚，究竟何者为先，何者为后。这是个别的，如例五。

例五中的"每"，繁本作"们"。有的学者认为，"每"字作为人称复数代词，"习见于元代书刻，此为残页版本较早的重要证据"①。实不尽然。在明代万历刊本和崇祯刊本的小说中，我们还常常见到"每"、"们"混用的情况。前者例如兰陵笑笑生的《金瓶梅词话》，后者例如金木散人的《鼓掌绝尘》就是。所以，仅凭一个字或词使用的孤证还不足以判定版本产生的早晚，也不足以判定版本的繁简的性质。

接着，我将正文中的几个有特殊意义的字进行比较。所谓有特殊意义，是指它们在繁本和简本中彼此不同，泾渭分明。这就可以根据这个情况来判断《京本忠义传》究竟归属于哪一个阵营了。

下面引录的正文，出自《京本忠义传》；繁本仍以容与堂刊本、天都外臣

---

① 刘冬、欧阳健：《关于京本忠义传》，《文学遗产》1983年第2期。

序本为代表；简本则以双峰堂刊本、雄飞馆刊本为代表①。

例六：

> 若是走差了，蹈着飞签，准定吃捉了。

"蹈"字，繁本作"踏"，简本作"蹈"。

例七：

> 这村里姓祝的最多，惟有我复姓钟离，住居在此。

"住"字，繁本作"土"，简本作"住"。

例八：

> 中间拥着一个年少的壮士，骑一匹雪白马上。

"骑"字，繁本作"坐在"，简本作"骑"。

例九：

> 这两个是登州将来的军官。

"将"，繁本作"送"，简本作"将"。

从以上四个例子，不难看出，《京本忠义传》一律同于简本，异于繁本。可知它确属于简本系统。

（四）从书名看繁简

除了字数、正文之外，书名问题也可以作为判断《京本忠义传》的繁简性质的依据之一。

《京本忠义传》这个书名中，值得注意的是"京本"二字。

"京本"作什么解释呢？"本"当然是版本的意思。"京"包括明代的都城北京和南京，但多指后者。无论官刻书，还是私刻书，南京都是当时的印书中心地之一，尤以刊刻精美著称，受到读者的重视。在明刊本中，所谓"京本"，即指南京刊行的版本。

这样一说，莫非《京本忠义传》竟是刊刻于南京吗？

---

① 雄飞馆刊本，本文用的是崇祯间雄飞馆刊《二刻英雄谱》本。

不是的。《京本忠义传》虽以"京本"为名,却不是真正的"京本"。因为真正的南京刊行的版本,一般来说,并不在书名上以"京本"为标榜。

"京本"二字,在小说书名中常见。以《水浒传》为例,可举五种:

(1)《新刊京本全像插增田虎王庆忠义水浒全传》

(2)《京本增补校正全像水浒志传评林》(余象斗双峰堂刊本,万历二十二年)

(3)《新刻京本全像忠义水浒传》(种德堂刊本,万历二十八年?)

(4)《新刻出像京本忠义水浒传》十卷(文星堂刊本)

(5)《新刻出像京本忠义水浒传》八卷(坊刻本)

此外,《三国志演义》和《西游记》也有以"京本"为名的,例如:

(6)《新刻京本补遗通俗演义三国全传》(熊清波刊本,万历二十四年)

(7)《新刊京本校正通俗演义按鉴全像三国志传》(郑少垣联辉堂刊本,万历三十三年)

(8)《重刻京本通俗演义按鉴三国志传》(杨起元刊本,万历三十八年)

(9)《新锲京本校正通俗演义按鉴三国志传》(郑云林刊本,万历三十九年)

(10)《新镌校正京本大字音释圈点三国志演义》(郑以桢刊本,万历年间)

(11)《新刻京本校正演义按鉴全像三国志传评林》(余象斗刊本)

(12)《鼎锲京本全像西游记》(杨起元刊本,万历年间)

杨起元刊本《西游记》目录题:"鼎锲京本全像西游记"。可知"京本"和"京板"是同一个意思。其他的明代小说,以"京本"或"京板"为名的,还有:

(13)《京本通俗演义按鉴全汉志传》(杨先春清白堂刊本,万历十六年)

(14)《京板全像按鉴音释两汉开国中兴传志》(詹秀闽刊本,万历三十三年)

(15)《新刊京本春秋五霸七雄全像列国志传》(余象斗三台馆刊本,万历三十四年)

(16)《新刊京本编集二十四帝通俗演义全汉志传》(余象斗双峰堂刊本,万历年间)

"京本"二字不仅可以出现在小说书名上,而且还可以在明代的一些书名中找到它:

（17）《新刊京本礼记纂言》（安正堂刊本，嘉靖九年）

（18）《新刊京本校正增广联新事备诗学大全》（叶翠轩刊本，嘉靖十三年）

（19）《新锓京本句解消硝经节图雪心赋》（刘龙田乔山堂刊本，万历二十七年）

（20）《京本音释注解书言故事大全》（郑世豪宗文书堂刊本，万历二十八年）

（21）《新刊张翰林重订京本排韵事类氏族大全》（陈云岫积善堂刊本，万历三十七年）

（22）《京本校正注释音文黄帝内经素问》（詹林所刊本，万历年间）

（23）《新刊京本校正大字医学正传》（刘希信刊本）

（24）《新刊京本校正增广联新事备诗学大成》（刘氏刊本）

（25）《新刻京本性理大全》（刘肇庆刊本）

以上一共列举了二十五种书名。从时代来说，以万历刊本居多，间或有嘉靖刊本。从刊刻地点说，其中第一种是残本，因而无法确定它的刊刻地点，但从版式、行款、插图等等来判断，当为"闽本"或"建本"无疑；第五种刊刻者不详。除此之外，其他二十三种的刊刻地点全在福建建阳，而没有一种是刊刻于南京的版本。

它们为什么要冒"京本"之名呢？这是明代福建建阳刻书行业中的流行风气。

这二十五种都是大受读者欢迎的畅销书。十六种小说，或为名著，或为通俗历史演义作品。另外九种，也显然属于读书人的必读书或必备书。这些书籍，在当时的流通市场上，想来是非常抢手的。如果再在书名上突出地加入"京本"二字，岂不是使它们具有了更大的号召力？

在这方面，建阳的书商们有三种推销术。

一种是直接以"京本"为名，并不交代它所依据的底本或原本。上举二十五例中的绝大多数都是这样的情形。

另一种是书名上并不出现"京本"二字，但尽量想方设法在书上注明它所依据的底本或原本是南京刊本。例如小说《按鉴演义帝王御世盘古至唐虞传》余季岳刊本，封面左下题"金陵原梓"；小说《新镌龙兴名世录皇明开运英武传》杨季峰重刊本，卷一题"原板南京齐府刊行"；《易经开心正解》熊冲宇种德堂刊本，书名另加"新刻金陵原板"六字；《李阁老四书教子正讲》杨素斋刊本，封面题"金陵吴肖川原版"。

再一种是两者的结合，既有"京本"之名，又注明了它所依据的底本或原本。例如上举第十例，《新镌校正京本大字音释圈点三国志演义》郑以祯刊本，封面题"金陵国学原板"。

《新刊京本性理大全》刘肇庆刊本为我们提供了典型的例证。

《性理大全》是当时的应试入仕者的必读书。据查，它至少保留下来二十余种明刊本。其中有北京一种：司礼监刊本；南京三种：唐际云积秀堂刊本（万历二十五年）、应天府学刊本（万历三十一年）、光裕堂刊本（万历年间）；建阳九种：魏氏仁实草堂刊本（弘治十七年）、宗德书堂刊本（正德六年）、郑世豪宗文堂刊本（嘉靖二十四年）、张氏新贤堂刊本（嘉靖三十年）、余氏自新斋刊本（嘉靖三十一年）、双桂堂刊本（嘉靖三十一年）、詹氏进贤堂刊本（嘉靖三十九年）、刘莲台安正堂刊本（万历年间）、刘肇庆刊本；晋江一种：李延机刊本（万历年间）；新安一种：吴勉学刊本（万历年间）；地点待考者有叶氏作德堂刊本（嘉靖十二年）、杨宣刊本（嘉靖二十二年）、熊氏一峰草堂刊本（嘉靖三十年）、程秀民刊本（嘉靖三十五年）、师古斋刊本（万历二十五年）等等。

司礼监刊本、应天府学刊本、唐际云积秀堂刊本、光裕堂刊本的存在，证明了刘肇庆刊本以"京本"为标榜不是没有来由的。而魏氏仁实草堂刊本等九种的存在，也说明在建阳的刻书业中重刊或翻印此类书籍的竞争是相当激烈的。

同一书名或同一内容的畅销书，在建阳，会有几家、甚至十几家书商同时或先后竞先刻印。反之，同一书商，在建阳，也会同时或先后刻印几部书名不同或内容不同的"京本"书籍。例如，余象斗刻印了"京本"的《水浒传》、《三国志传》、《列国志传》、《全汉志传》，杨起元刻印了"京本"的《三国志传》、《西游记》，熊冲宇刻印了"京本"的《水浒传》和"金陵原板"的《易经开心正解》。

因此，在明刊本中，凡书名中标明"京本"字样的，十之八九出于嘉靖、万历前后时期的福建建阳重刊本、翻印本。名为"京本"，实为闽本或建本。根据这个结论，我认为，《京本忠义传》极可能是正德、嘉靖时代的福建建阳刊本。

上述二十五例中，前五例为《水浒传》。它们无一例外地全是《水浒传》的简本。而在现存《水浒传》的各种简本中，又以万历时代的福建建阳刊本为最多，版本学家称之为"闽本"或"建本"。

"闽本"或"建本"的《水浒传》是怎样的情况呢？请看郎瑛、胡应麟和周亮工的论述：

郎瑛说过：

> 我朝太平日久，旧书多出，此大幸也。亦惜为福建书坊所坏。盖闽贾专以货利为计。但遇各省所刻好书，闻价高，即便翻刊。卷数、目录相同，而于篇中多所减去，使人不知。故一部止货半部之价，人争购之。近如徽州刻《山海经》，亦效闽之书坊，只为省工本耳。①

郎瑛生于成化二十三年（1487），卒于嘉靖四十五年（1566）。他的《七修类稿》现存嘉靖刊本。他所说的福建书坊翻刻外省所刻好书以及删减文字，当是嘉靖时代或嘉靖时代以前的情况。

其后，胡应麟也有这样的话：

> 余二十年前所见《水浒传》本，尚极足寻味。十数载来，为闽中坊贾刊落，止录事实，中间游词余韵，神情寄寓处，一概删之，遂几不堪复龋。复数十年，无原本印证，此书将永废。②

胡应麟生于嘉靖三十年（1551），卒于万历三十年（1602）。他所说的闽中坊贾删落《水浒传》文字，是万历初年或嘉靖末年的情况。

周亮工同样说：

> 予见建阳书坊中所刻诸书，节缩纸板，求其易售，诸书多被刊落。此书（指《水浒传》）亦建阳书坊翻刻时删落者。六十年前，白下、吴门、虎林三地书未盛行，世所传者独建阳本耳。③

周亮工生于万历四十年（1612），卒于康熙十一年（1672），曾在福建任官多年，著有《闽小记》等书。他所说的建阳书坊翻刻《水浒传》时删落文字，以及建阳本盛行于世的情况，从"六十年"逆推，其事当在万历年间。

他们三人所说的情况，不仅对一系列的建阳刊本《水浒传》有概括的意

---

① 《七修类稿》卷45，事物类，"书册"。
② 《少室山房笔丛》，卷41，"庄岳委谈"下。
③ 《因树屋书影》卷1。

义，而且也完全符合于《京本忠义传》。

从字数上看，《京本忠义传》少于《水浒传》繁本；从正文上看，《京本忠义传》删节了《水浒传》繁本的文句；而从书名上看，《京本忠义传》实是一种建阳刊本，也实是一种简本。

总之，《京本忠义传》以"京本"为书名，这表明它是简本，而不是繁本。

三 《京本忠义传》是一种什么样的简本？

《京本忠义传》既然属于《水浒传》简本系统，那么，它是一种什么样的简本呢？

这需要从它和繁本的比较，从它和其他简本的比较，来加以考察。上文已通过对它和繁本的比较，论证了它其实是一种删节本。下面着重考察它和其他简本的比较。

从《京本忠义传》和其他简本的比较中，可以看出，它乃是另外一种比较特殊的简本。

《京本忠义传》和其他简本有一致的地方，也有不一致的地方。它们的一致，是因为它们都属于简本系统，当然有共同性。它们的不一致，则是由《京本忠义传》的特殊性造成的。本文的着眼点将放在它们的不一致之处。

在这里，让我们先在字数方面对《京本忠义传》和其他简本做一番比较。其他简本暂以双峰堂刊本和雄飞馆刊本为代表。

双峰堂刊本每半叶14行，每行21字，每叶588字。和《京本忠义传》卷十第17叶相应的文字，也在卷十，从第10叶后半叶末行最后二字"爹指"起，到第11叶第11行"骑匹白马"止，共224字。和《京本忠义传》卷十第36叶相应的文字，在卷十第23叶，从前半叶第9行"兵府对调他来镇守郓州"起，到后半叶第1行"宋江又调军马杀奔庄上来"止，共143字。而从卷十第10叶"爹指"起，到卷十第23叶"宋江又调军马杀奔庄上来"止，前后共7372字。

雄飞馆刊本每半叶12行，每行13字，每叶312字。和《京本忠义传》卷十第17叶相应的文字，在卷七，从第35叶后半叶第11行末字"爹"起，到第36叶前半叶第14行"匹白马"止，共225字。和《京本忠义传》卷十第 36 叶相应的文字，则在卷八第 2 叶后半叶，从第 1 行末三字"兵府对"起，到第 12 行"江又调军马杀奔庄上来"止，共 143 字。而从卷七第 35 叶"爹指教出去路径"起，到卷八第 2 叶"宋江又调军马杀奔庄上来"止，前后共 6415 字。

以上数字，列表与《京本忠义传》比较于下：

《京本忠义传》		双峰堂刊本		雄飞馆刊本	
卷、叶数	字数	卷、叶数	字数	卷、叶数	字数
10/17	448	10/10 ~ 11	224	7/35 ~ 36	225
10/36	448	10/23	143	8/2	143
10/17 ~ 36	14000	10/10 ~ 23	7372	7/35 ~ 8/2	6415

从表中不难看出：第 1 项字数，《京本忠义传》是双峰堂刊本、雄飞馆刊本的 200%；第 2 项字数，《京本忠义传》是双峰堂刊本、雄飞馆刊本的 313%；第 3 项字数，《京本忠义传》是双峰堂刊本的 190%，是雄飞馆刊本的 218%。无论从哪个角度看，《京本忠义传》的字数都多于双峰堂刊本、雄飞馆刊本。

所以，从字数上说，《京本忠义传》比繁本少，但比其他简本多，它是介于繁本和其他简本之间的一个简本。

接下来，让我们再在正文方面对《京本忠义传》和其他简本做一番比较。下面引录的正文，A 出于《京本忠义传》，B 出于双峰堂刊本和雄飞馆刊本。

例一：

  A 但有白杨树的转弯，便是活路。没那树时，都是死路。若还走差了，左来右去，只走不出去。更兼死路里地下埋藏着竹签、铁蒺藜。若是走差了，蹈着飞签，准定吃捉了。

  B 但有白杨树的转弯，便是活路。没那树时，都是死路。若还走差了，左来右去，埋藏着竹签、铁蒺藜。蹈着飞签，准定捉了。

《京本忠义传》所有的"若还走差了，左来右去，只走不出去"几句为其他简本所无。但这几句却很重要，与下文杨林被捉一事有遥相呼应的关系。钟离老人曾告诉石秀一首诗：

好个祝家庄，尽是盘陀路。容易入得来，只是出不去。

此诗形容祝家庄路径曲折、复杂，外人难以辨认。后来杨林被捉，是因为他"只拣大路走"，左冲右撞，走不出去，终于被人发现，而不是因为他踏着飞签、铁蒺藜，受了伤。所以，"若还走差了……"几句，实际上是一种伏笔。它们是原有的。在《水浒传》作者的全局构思中，它们是早已安排妥当的有机的组成部分。

例二：

A　石秀道："蒙赐酒饭，已都吃了，即当厚报。"正说之间，只听得外面炒闹，石秀听得道："拿了一个细作。"石秀吃了一惊，跟那老人出来看时，只见七八十个军人背绑着一个人过来。石秀看时，却是杨林。

B　只听得外面炒闹，听得道："拿了一个细作。"石秀大惊，跟那老人出来看时，只见七八十个军人绑杨林前走。

"绑杨林前走"这种文字，语气急促，又不通顺，哪里像是白话小说中的叙述？在《水浒传》繁本以及《京本忠义传》的描写中，众人押解杨林，是自远而近地向着石秀这边走过来。其他简本却表达得不够清楚。"前走"是什么意思？向前走，还是杨林在前面走？显然，这种败笔是书商在删节过程中造成的。

例三：

A　石秀看了，只暗暗地叫苦，假问老人道："这个拿了的是甚么人？为甚事绑了他？"那老人道："你不见说他是宋江那里来的细作？"石秀又问道："怎地吃他拿了？"那老人说道："这厮也好大胆，独自一个来做细作，打扮做个解魇法师，闪入村里来，却又不认这路，只拣大路走了。左来右去，只是走死路，有不晓的白杨树转弯抹角的消息。人见他走得差了，即报与庄上大人，因此吃拿了。"

B　石秀看了，假问老人①："这个拿的是甚么人？"老人曰："他是宋江差来细作。"他只拣大路走。人见他走差来路，众人拿了。

"人见他走差来路"一句欠通。说"走差路"当然可以；说"走差来路"

---

① 雄飞馆刊本"老人"下有"曰"字，此从双峰堂刊本。

则不知何所云。难道还有"来路"、"去路"之分?查繁本此句作"人见他走得差了,来路跷蹊"。原来"来路"一词在这里不是"道路",而是"来历"的意思。"来路跷蹊",四字一组,来历可疑之谓也。岂可割舍后二字,而独独留存前二字乎?再把上句的"走差"与下句的"来路"误接在一起,遂产生了不通的文句,留下了笑柄。

从这个例子,可知繁本的原文至少已被删节过两次。《京本忠义传》进行了第一次删节。其他简本的删节已经是梅开二度了。

例四:

　　A　说言未了,只听得前面喝道,说是庄上三官人巡绰过来。石秀在壁缝里张时,看见前面摆着二十对缨枪,后面四五个人骑战马,都弯弓插箭,中间拥着一个年少的壮士,骑一匹雪白马上,全付披挂了弓箭。

　　B　说言未了,看见前面摆二十对缨枪,后面四五个骑战马,弯弓插箭,拥着一个年少壮士,骑匹白马。

"说言未了,看见……"这样的句子有两个可疑点。其一,主语是谁?这两句紧紧相挨,它们的主语应该相同。"说言未了"的主语,自然是钟离老人。"看见……"的主语,按文法说也是钟离老人。但,钟离老人系祝家庄的土著,他看见祝彪的"巡绰"怎会有这样的新鲜感,这样的陌生感?如果说,主语本来是石秀,后来被人错误地转换为钟离老人,那么,这些疑问就可以得到合情合理的解释了。其二,怎样看见的?石秀是个惹眼的外来者,他敢站在路边,公然无所畏惧地去"看见"祝彪的队伍从面前经过吗?万一被人认出,他不是要遭到和杨林同样的命运吗?精明、细心的拼命三郎绝不会干出这样卤莽的蠢事。

这两个可疑点,在《京本忠义传》的文字中并不存在。因为在"看见"二字之前,有"石秀在壁缝里"、"张"一句。一来明确地交代出主语是石秀。二来描写出石秀不是站在路边公然无所畏惧地在看,而是躲藏起来,"在壁缝里"、"张"。这样的描写才符合于石秀的性格。否则,石秀就不是石秀,而变成杨林甚至李逵了。

这个例子表明,其他简本的文字是被后人删改过的。

例五:

　　A　祝氏三杰相请众位尊坐。孙立动问道:"连日相杀,征阵劳神。"

祝龙答道："也未见胜败，众位尊兄鞍马劳神不易。"

　　B　祝氏三杰相请众位尊坐。祝龙动问众位来历。"

"动问"的人，《京本忠义传》是孙立，其他简本则作祝龙。从上下文来看，以作孙立为是。孙立问，祝龙答，围绕着"劳神"与否，互相安慰，主人和宾客双方都尽到了礼数。而在其他简本中，大家落座后，孙立一声不吭，显得他是一个不通人情世故的人；祝龙却开门见山地盘问众人的来历，殊非待客之道，这些不合情理的描写，只可能出于学识浅薄者之手；《水浒传》作者的大手笔，断不如此。

例五所引录的文字，《京本忠义传》和繁本相同。"孙立动问"三句，"祝龙答道"三句，已全被其他简本删去。为了和下文衔接，其他简本增加了一句"祝龙动问众位来历"。"动问"二字并非出于其他简本的杜撰，而是摘取自原有的"孙立动问"一句，并把"孙立"换成了"祝龙"。这个例子可以证明，其他简本的这段文字是自《京本忠义传》或繁本删节而来的。

例六：

　　A　只顾杀牛宰马，做筵席管待，众人且饮酒食。过了两日，到第三日，庄客报道："宋江又调军马杀奔庄上来了。"祝彪道："我自出上马擎此贼。"便出庄门，放下吊桥，引一百余骑马军杀出。早迎见小李广花荣，领军五百，出与祝彪两个斗了十数合，不分胜败。花荣卖了个破绽，拨回马便走，引他赶来。祝彪正待要纵马追去，背后有认得的说道："将军休要去赶，恐怕暗器。此人深好弓箭。"祝彪听罢，便勒转马来不赶，领回人马，投在庄上来，拽起吊桥。看花荣时，也引军马回去了。祝彪直到厅前下马，进后堂来饮酒。孙立动问道："小将军今日擎得甚贼？"祝彪道："今日口阵，与花荣斗了五十合，吃那厮走了。我却要赶去追他，军人每道那厮……"

　　B　只顾筵席管待。庄客报曰："宋江又调军马杀奔庄上来。"

简本之简，有时表现为文辞的削减，有时则表现为某些情节的省略或归并。像这个例子，就是比较典型的。这段文字，《京本忠义传》共242字，其他简本仅21字，繁本则有304字。以《京本忠义传》与其他繁本相较，可知这段文字的不同，主要在于祝彪与花荣交战情节的有无。繁本和《京本忠义传》都保留了这一段情节，尽管细节描写有所出入。其他简本芟除了这一段情节，所以要比《京本忠义传》少 221 字，比繁本少 283 字。

在双峰堂刊本中，例六所引录的这段文字见于卷十第 23 叶。必须指出，这里有个奇怪的现象：在正文的叙述中，没有祝彪与花荣交战的情节；但是，第 23 叶前半叶的插图，却以"花荣与祝龙大战"为标题。"祝龙"即"祝彪"的形讹。可知在双峰堂刊本的底本上，是有祝彪与花荣交战的情节的；这段情节是被双峰堂刊本的整理者或刊印者动手删节掉的。不然，插图怎么会绘出正文中所没有的情节呢？

值得注意的是，《京本忠义传》卷十第 36 叶后半叶的标目正是："祝彪与花荣战"。这难道是偶然的巧合吗？焉知《京本忠义传》不是双峰堂刊本等简本的底本或参考本？

以上六个例子说明，《京本忠义传》虽然也是一个从繁本删节而来的简本，但它删节的字数远比其他简本少得多；其他简本不仅删节文句，而且还删节某些情节。

从《京本忠义传》和其他简本的比较看，尤其是从和其他简本的不一致看，《京本忠义传》应是第一次删节本，其他简本则显然是第二次，甚至第三次删节本。我们不能忘记，在其他简本中，双峰堂刊本是目前所知最早的一种，刊刻于万历二十二年；而《京本忠义传》却刻于正德、嘉靖年间。因此，《京本忠义传》是一个早期的简本。

其次，从《京本忠义传》和其他简本的一致性看，凡是《京本忠义传》已删节的，其他简本也几乎完全删节了，这就告诉我们：在其他简本删改成书的过程中，《京本忠义传》如果不是底本，至少也是一种重要的参考本。

明确了《京本忠义传》的性质之后，我们就可以进而探讨它在《水浒传》版本演变史上的地位了。

四 《京本忠义传》在《水浒传》版本演变史上的地位

（一）两种过渡的完成

作为早期的简本，《京本忠义传》在《水浒传》版本演变史上起了过渡本的作用。它完成了两种过渡，第一种过渡是从繁本向简本的过渡。第二种过渡是从白文本①向上图下文本的过渡。

在简本系统中,《京本忠义传》是最接近于繁本的一种简本。它的字数,比繁本少,但比其他简本多;它的正文,删节了繁本的某些词句,但却保留了不少被其他简本删节的词句和情节。在这两方面,它的特征都是距离繁本近,距离其他简本远。然而,它的带有根本性质的特征在于,它是简本和删节本。在这一点上,它和繁本之间有质的区别;至于它和其他简本之间只不过是量的区别而已。

这就是我所说的第一种过渡。

　　繁本————早期的简本————其他的简本
　　（明初） （正德,嘉靖时代） （万历时代）

万历时代的简本,大多刊刻于福建建阳,又大多采取上图下文的版式②。这种版式其实是从《京本忠义传》这种早期的简本演化而来的。

《京本忠义传》的边框是四周单边。每半叶,在边框之内分为上、下两栏。上栏占一字位,横跨13行。下栏每行28字。上栏为标目,下栏为正文。卷十第17叶后半叶的标目为"石秀见杨林被捉",前半叶的标目仅存最后一个"饭"字③。卷十第36叶后半叶的标目为"祝彪与花荣战",前半叶的标目仅存"家"字。可知全书每半叶都有一个标目,六七字不等。每个标目彼此不同,用以概括每半叶的主要情节内容,对读者起提示的作用。我们不妨称之为标目本。

简本属于通俗书籍的性质,它们要迎合特定的读者阶层的文化素养、欣赏趣味和阅读习惯的需要。而《水浒传》作为一部长篇小说,结构宏伟,故事曲折复杂,人物繁多,尽管已经分回,并且设立了回目,但如果让文化水平不高的读者来读,又往往缺乏集中时间一口气读完的条件,那还是会感到不少的困难。标目本在每半叶设立明细的标目,恰恰有助于这批读者的困难的解决。通过标目,他们可以了解内容的大概,提高阅读的兴趣。甚至通过标目,他们还可以做出哪几叶精读、哪几叶粗读、哪几叶一翻而过或哪几叶略而不读的抉择。

---

① 白文本,即无插图本。"白文",原指不附加评点或注释的正文;这里是借用,指不附插图的正文。
② 包括上评、中图、下文的版式。
③ "饭",马蹄疾辑《水浒书录》误作"饮"字,见该书50页、51页。

现存几种《水浒传》繁本的万历刊本都有插图。万历以前的刊本有没有插图，我们一时尚无法详知。《京本忠义传》有没有插图，仅凭两个残叶，也很难探知究竟。但《水浒传》繁本的插图本对建阳简本的模仿肯定起到了一定的刺激作用。上图下文本因之而涌现。

在《水浒传》刊本的演变中，标目本和插图本的结合，导致了上图下文本的产生①。上图下文本虽然增加了大量的图，却同时也删节掉大量的文。所以，它的篇幅和标目还是大致相当的。标目本的正文，在字数上，比上图下文本的正文要多得多，原因恐怕就在这里。

有时，标目本的标目也被上图下文本所袭用。双峰堂刊本卷十第23叶插图的标题"花荣与祝龙（彪）大战"，其渊源就应当追溯到《京本忠义传》卷十第36叶后半叶的标目"祝彪与花荣战"。

第二种过渡可以图示如下：

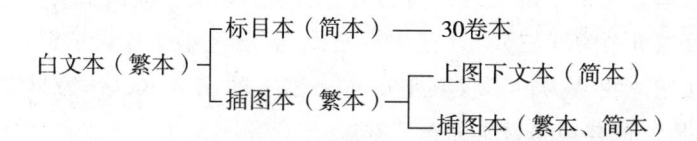

$$\text{白文本（繁本）}\begin{cases}\text{标目本（简本）}—— 30卷本\\ \text{插图本（繁本）}\begin{cases}\text{上图下文本（简本）}\\ \text{插图本（繁本、简本）}\end{cases}\end{cases}$$

从历史上看，不论是第一种过渡，还是第二种过渡，《京本忠义传》都在引导着其他的简本朝更普及的方向发展。在这个过程中，它功过参半。它对《水浒传》的普及和传播，起了不容忽视的作用。但同时它和其他简本又因对《水浒传》原著的肌体动了或大或小的删节的"手术"，致使这部伟大的文学作品失去了大部分的血肉，基本上只剩下了骨头。

在讨论《水浒传》刘兴我刊本的时候，我曾说过：

> 如果我们称之为粗制滥造的出版物，甚或一种文学作品商品化的产儿，包括刘兴我刊本在内的简本恐怕是难辞其咎的。今天，它们仅仅被当作文物或研究资料而受到我们的高度重视，它们已在很大的程度上丧失了古典文学作品读本的作用。②

我想，这大体上也适用于《京本忠义传》这种早期的简本。

---

① 这是仅就《水浒传》简本的建阳刊本而言。小说书籍采用上图下文形式，由来已久。例如元代至元三十一年的《三分事略》。
② 刘世德：《谈〈水浒传〉刘兴我刊本》，《中华文史论丛》1986年第4辑，268页。

（二）解决两个问题的线索

过去，我们所知道的《水浒传》刊本，繁本中除去一种有争议的嘉靖残本①外，以几种万历刊本为最早；简本中最早的是万历二十二年的双峰堂刊本。《京本忠义传》的发现，由于它是正德、嘉靖年间的刊本，把现存的《水浒传》刊本的时代大为提前了。

到目前为止，《京本忠义传》是现存最早的《水浒传》刊本。这一点使它在《水浒传》版本演变史上占据一席重要的位置。

在《水浒传》版本演变史的研究中，一直存在着两个争议不休的问题。

第一个问题是：到底是简本出于繁本呢，还是繁本出于简本？

第二个问题是：在嘉靖、万历之前，或者说，在明初，究竟有没有《水浒传》的刊本？

而《京本忠义传》的发现，为这两个问题的解决，提供了宝贵的线索。

本文第二节中的（三）"从正文看繁简"，已经举例探讨了繁本、简本孰先孰后的问题。我认为，不仅其他简本是繁本的删节本，作为早期的简本，《京本忠义传》同样也是繁本的删节本。

因此，《京本忠义传》的发现，再一次证明了简本晚于、出于繁本的结论的正确性。这就是第一个问题的解决。

《京本忠义传》的书名中，有"京本"二字。本文第二节中的（四）"从书名看繁简"已经举例论证了它并非真正的京本，而是福建建阳刊本，即前人所称的"建本"或"闽本"。它既以"京本"为标榜，则在它刊刻之前，必然有真正的京本存在。这个真正的京本的刊刻地点当是南京。否则，《京本忠义传》的书名就变成不根之言了。

周亮工曾在《因树屋书影》中提到了"六十年前"的"白下、吴门、虎林三地"的《水浒传》刊本②。"白下刊本"即南京刊本。不过，周亮工是明末清初人，他所说的白下刊本，系指万历年间所销售者。而作为《京本忠义传》底本的南京刊本的刊刻年代要早得多。其时必然在正德、嘉靖之前，或正德、嘉靖年间。可惜的是，这种南京刊本没有保留下来。

虽已佚失不传，但从《京本忠义传》约可推知以下几点有关它的情况：

---

① 此本残存第47回至第49回，第51回至第55回，共八回。关于它的刊刻时代，以及它是不是"郭勋本"，在学术界尚有不同意见。
② 《因树屋书影》卷1。

(1) 它是繁本。

(2) 它的书名中当有"忠义"二字。

嘉靖时代的高儒《百川书志》[①] 和晁瑮《宝文堂书目》[②] 都著录了《忠义水浒传》。可知嘉靖年间或嘉靖之前的《水浒传》刊本已以"忠义"为名。袁无涯刊本所载《出像评点忠义水浒全书发凡》第三条说,"忠义"二字为李卓吾所加。事实证明,这完全是信口开河的说法。《水浒传》书名中有"忠义"二字,很可能在正德、嘉靖之前就已经是这样了。

(3) 它不是郭勋刊本,与新安刊本或天都外臣序本非出一源。

晁瑮《宝文堂书目》列有《忠义水浒传》和《水浒传》两个书名,并在《水浒传》书名下注明:"武定板"。武定即指武定侯郭勋。可知郭勋曾刊刻《水浒传》,但郭勋刊本的书名是《水浒传》,不是《忠义水浒传》。所以,这种南京刊本不是郭勋刊本。

另外,沈德符《万历野获编》说:

> 武定侯郭勋,在世宗朝号好文,多艺,能计数。今新安所刻《水浒传》善本,即其家所传,前有汪太函序,托名天都外臣者。[③]

可知新安刊本或天都外臣序本和郭勋刊本是同出一源。南京刊本既然不是郭勋刊本,也就不会和新安刊本或天都外臣序本有血缘关系了。

总之,这个南京刊本是《水浒传》较早的刊本,其刊刻时代在正德、嘉靖之前,或在正德、嘉靖年间,其刊刻地点在南京。它一定是在当时流传比较普遍,名气也比较响亮,这样才会产生了一部福建建阳书商以"京本"为标榜的《京本忠义传》。

南京刊本和《京本忠义传》在《水浒传》版本演变史上的地位,可以列图示如下:

原本(稿本或抄本)─┬─南京刊本(繁本)— 早期简本(《京本忠义传》)—其他简本
　　　　　　　　　└─其他的繁本 —其他简本

---

① 《百川书志》卷6,史志三,野史。
② 《宝文堂书目》,子杂类。
③ 《万历野获编》卷5,"武定侯进公"。

五　简短的结论

本文所提出的见解，可以概括为以下十点：

一、《京本忠义传》刊刻于正德、嘉靖年间。

二、它极可能是福建建阳刊本。

三、它不是繁本，而是简本。

四、它是早期的简本，正文的字数比其他简本多。

五、它不是"原本"、"原始本"、"祖本"，而是来源于繁本的删节本。

六、它再一次证明了简本出于繁本的结论。

七、作为早期的简本，它是从繁本向其他简本发展之间的过渡本。

八、作为标目本，它又是从白文本向上图下文本发展之间的过渡本。

九、它的底本是一种刊刻于南京的、以"忠义"为名的繁本。

十、这种南京刊本与郭勋刊本、新安刊本或天都外臣序本有别。

《全像水浒》残叶考论

一 要重视残叶的研究

在研究古代小说名著的版本问题时,既要重视对完整的版本的研究,也要重视对残叶的研究。

像《三国志演义》(上海残叶)和《水浒传》(《京本忠义传》)的明刊残叶,就分别在《三国志演义》和《水浒传》版本演变史上占有重要的地位①。《三国志演义》上海残叶刊刻于嘉靖八年(1529)之前,甚至有可能刊刻于成化(1465~1487)、弘治(1488~1505)年间。《京本忠义传》残叶属于《水浒传》的早期简本,其刊刻年代早于今所知一般的简本。它们充当着从繁本到简本、从抄本到刊本发展过程的重要的中间环节。

我在《古本小说丛刊》第2辑前言中曾说:

> 在《水浒传》诸版本中,(一)、(二)两种②都属于简本系统。目前我国学术界对《水浒传》简本的研究尚不充分,一个重要的原因就在于明代的《水浒传》简本绝大部分藏于海外,一般的研究者不易见到。这两部书的影印,无疑将会提供新的重要的资料,并促进对《水浒传》版

---

① 请参阅拙文《〈三国志演义〉残页试论》(《南京师范大学文学院学报》2002年第3期)和《论〈京本忠义传〉的时代、地位和性质》,《小说戏曲研究》第四集,联经出版事业公司,1993年2月,台北。前文已收入拙著《三国志演义作者与版本考论》,中华书局,2010。
② 这两种版本指的是刘兴我刊本《水浒忠义志传》和法国国家图书馆藏《插增田虎王庆忠义水浒全传》。

本的演变以及繁本与简本的关系等问题的深入研究。①

根据这一认识，现选择《全像水浒》残叶，对它进行初步的研究。

二 《全像水浒》残叶

《全像水浒》残叶收藏于英国牛津大学卜德林图书馆。

《全像水浒》残叶的正式书名不详。"全像水浒"四字见于版心所题。《水浒传》其他版本的版心也有以这个书名为简称的。为了避免重复和混乱，本文径以"牛津残叶"作为此残叶的代称②。

《全像水浒》残叶之一

---

① 《古本小说丛刊》第 2 辑，中华书局，1990。
② 聂绀弩称此残叶为"单页本"；马幼垣改称"牛津残叶"，现从之。

牛津残叶现存卷 22 第 14 叶的前半叶和后半叶。

牛津残叶，孙楷第《中国通俗小说书目》、柳存仁《伦敦所见中国小说书目提要》失载，仅见于马蹄疾（陈宗棠）《水浒书录》的著录。

在 20 世纪 70 年代末，聂绀弩《论〈水浒〉的繁本和简本》一文①曾对牛津残叶（文中称为"单页本"）做了介绍，并将其中一部分文字和另外两种版本"出像本"（《新刻出像忠义水浒传》）"英雄谱本"列出了"对照表"。其后，马幼垣《牛津大学所藏明代简本水浒残叶书后》一文②又对牛津残叶的价值、庋藏、版本继续做了更深入的论述。

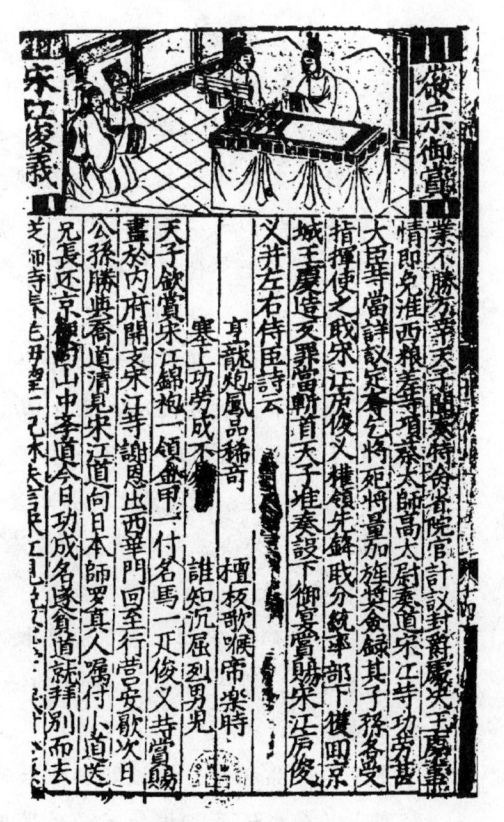

马幼垣《呼吁研究简本水浒意见书》③援引了牛津残叶的文字；其后，马幼垣《水浒论衡》书中又刊载了牛津残叶的书影④。马蹄疾（陈宗棠）《水浒书录》也引录了牛津残叶的文字⑤。

现根据《水浒论衡》所发表的书影，对牛津残叶文字施加标点，移录于下：

"……此决不敢相负也。"宋江拜谢。张招讨⑥设筵席与宋江诸将贺

《全像水浒》残叶之二

---

① 此文先发表于《中华文史论丛》1980 年第 2 期，后收入聂绀弩《中国古典小说论集》，上海古籍出版社，1981，作为《〈水浒〉五论》的第五篇。
② 马幼垣《水浒论衡》（联经出版事业公司，1992 年 6 月，台北）。马幼垣兄于 1992 年 10 月 25 日惠赠此书，在此再一次向他表示感谢。
③ 《水浒论衡》，第 47 页。
④ 《水浒论衡》，插图一。
⑤ 马蹄疾（陈宗棠）：《水浒书录》，上海古籍出版社，1986。
⑥ "张招讨"，马幼垣引录文始自此处。

功,尽醉方散。宋江停留①数日,待事务完日,即赴面君。张招讨依其言②,遂将人马分拨出城,宋江与吴用商议,就在石祁城东门龙仙观,命本观道士修设大醮,超度阵亡将军,三日三夜完满,时有柏森、卞祥患病,不能行。宋江遂留其子卞江看视。鄂全忠不愿朝京,就在宋江面前拜辞,回乡奉母,宋江苦留不住,多赠金帛而去。宋江军马离了石祁城,回到京师,屯军于丰佐门外候圣旨③。宣和八年,张招讨将宋江等功绩奏闻,圣旨即宣宋江、庐④俊义面君。天子云:"卿等征游劳苦,乎⑤复淮西剧寇,功勋不小,寡⑥重加封爵。"宋江奏道:"臣赖陛下洪福,擒获王庆,囚监军中,听候处决。臣此回出军,损将甚⑦多,比征大辽、河北不同。乞圣恩旌奖为国死将⑧臣等。有淮西一路,经王庆之乱,民不聊生,乞圣恩,免其粮差,使逃亡之民得以复业,不胜万幸!"天子闻奏,特命省院官计议封爵,处决王庆事情,即免淮西粮差等项。蔡太师、高太尉奏道:"宋江等功劳甚大,臣等当详议定夺。乞将死将量⑨加旌奖,金录其子孙,各受指挥使之职。宋江、庐⑩俊义权领⑪先锋职分,统率部下、获回京城。王庆造反,罪当斩首。"天子准奏,设下御宴,赏赐宋江、庐⑫俊义并左右侍臣。诗云:

烹龙炮凤品稀奇,檀板歌喉帝乐时。

塞上功劳成不易,谁知沉屈烈男儿!

天子钦赏宋江锦袍一领、金甲一付⑬、名马一匹。俊义等赏赐,尽于内府开支。宋江等谢恩,出西华门,回至⑭行营安歇。次日,公孙胜与乔

---

① "留",此是原文,《水浒书录》误作"歇"。
② 《水浒书录》引文,于"张招讨"三字之前,误增"见"字。
③ "看",此乃"旨"字的形讹,《水浒书录》、马幼垣引文已改正。
④ "庐",此是原文,马蹄疾《水浒书录》、马幼垣引文已改正为"卢"。
⑤ "乎",此乃"平"字的形讹,《水浒书录》、马幼垣引文已改正。
⑥ "寡",在此字之后,《水浒书录》补一"人"字。
⑦ "甚",马幼垣引文误作"众"。
⑧ "将",原文有此字,《水浒书录》误脱。
⑨ "量",《水浒书录》误作"重"。
⑩ 同⑤。
⑪ "领",原文有此字,《水浒书录》误脱。
⑫ 同⑤。
⑬ "付",此是原文,《水浒书录》改作"副"。
⑭ "至",原文有此字,《水浒书录》误脱。

道清见宋江道："向日本师罗真人嘱付①小道，送兄长还京便回山中学道。今日功成名遂，贫道就拜别而去②从师，侍奉老母，望仁兄休失言。"宋江见说，口然下泪，对公孙……

从文字的内容可以断定，牛津残叶是简本，而不是繁本。

残叶的文字提及"河北"之役（征田虎）、"淮西"之役（征王庆），而这两个故事是繁本中的 100 回本所没有的。繁本中的 120 回本虽然有征田虎、征王庆故事，但情节内容却和简本中的征田虎、征王庆故事不同。因此，不难看出，牛津残叶是简本，而不是繁本。

那么，作为《水浒传》的一种简本，它和《水浒传》的其他简本，在行款和文字上有没有什么不同？它们之间的关系又是怎样的？

试将牛津残叶与另外四种简本（梵本、余本、刘本、熊本）的行款和文字做一比较，以回答上述问题。

本文所使用的简称，"牛"或"牛本"代表英国牛津大学卜德林图书馆藏《全像水浒》残叶，"梵"或"梵本"代表梵蒂冈教廷图书馆藏残本③，"余"或"余本"代表日本内阁文库、日本日光轮王寺慈眼堂藏《忠义水浒志传评林》余象斗刊本④，"刘"或"刘本"代表《水浒忠义志传》刘兴我刊本⑤，"熊"或"熊本"代表《二刻英雄谱》熊飞刊本⑥。

三　五本行款比较

牛本、梵本、余本、刘本、熊本的行款格式，彼此全然不同。

牛本的版式是上图下文。图占版面的四分之一，有八字标目："宋江解押王庆回京"、"徽宗御赏宋江俊义"。正文每半叶 13 行，每行 23 字。版口题书

---

① "付"，原文有此字，《水浒书录》误脱。
② "去"，《水浒书录》引文至此字为止。
③ 梵蒂冈教廷图书馆藏残本，原书未见。其文字，据马幼垣校点本引。
④ 余象斗刊本《忠义水浒志传评林》，日本内阁文库、日本日光轮王寺慈眼堂藏。轮王寺藏本有文学古籍刊行社影印本，1956。
⑤ 刘兴我刊本《水浒忠义志传》，日本东京大学东洋文化研究所双红堂文库藏，影印本见于《古本小说丛刊》第 2 辑。
⑥ 雄飞馆刊本《二刻英雄谱》，日本内阁文库、日本京都大学藏。京都大学藏本有《京都大学汉籍善本丛书》第 18 卷至第 20 卷影印本（株式会社同朋舍，昭和 55 年）。

名"全像水浒"。

梵本的版式也是上图下文，但每叶仅一幅图，或在前半叶，或在后半叶①。正文每半叶 14 行，有图的半叶每行 23 字，无图的半叶每行 30 字。版口题书名"全像水浒全传"。

余本的版式是上评中图下文。图之两侧有标目，六字至十字不等，例如"宋江卢俊义"、"面见宋天子"。正文每半叶 14 行，每行 21 字。版口题书名"全像评林"。

刘本②的版式依然是上图下文。但与牛、梵、余三本不同，是一种嵌图的形式，图占 11 行、八字位。图框之上，横列八言标目，例如"宋江更衣见宿太尉"。每半叶 15 行。正文每行 35 字、27 字。

熊本的版式比较特别。它的正文，每叶分为上、下两栏。上栏是《水浒传》，下栏则是《三国志演义》。《水浒传》每半叶 16 行，每行 13 字。版口题书名"二刻英雄谱"。无图。

《水浒传》简本征王庆部分的回次比较紊乱。因此，牛、梵、余、刘、熊五本的回次不一致。牛本文字置于第几回不详③。梵本在第 108 回。刘本则在第 106 回。余本中的与牛本相应的文字正好处于无回次之处，其回目则为"公孙胜辞别归乡，宋江领敕征方腊"；此回目与刘、梵二本相较，有"归乡"与"居乡"、"宋公明敕"与"宋江领敕"的歧异。熊本与牛本相应的文字，总目列为第 98 回，但在正文中却是第 101 回。其回目上联作"公孙胜辞别居乡"。下联则比较可笑，作"宋头领敕征方腊"，那个"头"字完全是因下文"领"字而误改；总目下联一样可笑，多了一个"目"字，作"宋头目领敕征方腊"。

从行款看，牛、梵、余、刘、熊五本彼此迥然不同，这似乎表明它们之间没有承袭的关系。

接着，让我们再从五本文字比较的角度，来考察它们之间有没有承袭关系，以及有何等样的亲疏关系。

---

① 马幼垣《水浒论衡》载有梵本书影五幅。从这五幅可以看出，图全在后半叶。
② 请参阅拙文《谈〈水浒传〉刘兴我刊本》，《中华文史论丛》1986 年第 4 辑。
③ 牛津残叶版心有叶码而无回次。

四 删节与脱文

——五本文字比较之一

在牛、梵、余、刘、熊五本的文字比较中,有四个删节之例,两个脱文之例。先举删节之例①。

例1:梵本、余本、刘本和熊本在"宋江苦留(鄂全忠)不住,多赠金帛而去"两句之后,多出了四句。引刘本于下:

> 后来卞祥病重,死在石祈城,其子卞江扶父灵柩归葬。只有柏森未知所终。

牛本无此四句。梵本、余本无"其子"二字,"石祈城"作"石祁城","扶"作"带"。熊本同于刘本。

这四句是对书中人物(卞祥、柏森)结局的交代,乃小说家常用的手法。牛本无此四句,不似无心的脱漏,更像是有意的删节。

例2:牛本有下列诗句:

> 烹龙炮凤品稀奇,檀板歌喉帝乐时。塞上功劳成不易,谁知沉屈烈男儿!

梵本、余本、刘本均有此诗,仅三个字词微异于牛本。熊本无此诗,显然是此诗不能见容于熊本的整理者,遭遇了被驱逐的命运。

例3:熊本有下列文字:

> 次日,公孙胜与乔道清直至行营中军帐,见宋江……

"直至行营中军帐",牛本、梵本、余本、刘本无。

例4:熊本有下列文字:

> 宋江见公孙胜说起前言,不敢翻悔……

---

① 需要说明的是,这里所列举的"删节之例"只包括整句的或接连众多字词的删节,而不包括个别的字词的删节。后者将归为"异文"一类。

此二句，牛本、梵本、余本、刘本作"宋江见说"。
再举脱文之例。
例1：牛本有下列文字：

（屯军于丰佐门外候）圣旨。宣和八年，张招讨将宋江等功绩奏闻，圣旨即宣宋江、卢俊义面君。

梵本、余本、熊本同之。但刘本却作"（屯军于丰丘门外听候）圣旨，即宣宋江、卢俊义面君"，缺少了其中的十七个字。
这显然不是删节，而是因"圣旨"二字前后重见，造成了脱文的现象。
例2：熊本有下列文字：

当日天子钦赐御宴已罢，钦赏宋江锦袍一领，金甲一副、名马一匹。

"钦赐御宴已罢"一句，牛本、梵本、余本、刘本无。
（此外，牛本、梵本、余本无"当日"二字。）
这依然不是删节，而是因"钦"字前后重见，造成了脱文的现象。
短短一叶就存在着四个删节之例和两个脱文之例，这在《水浒传》简本中是常见的现象，但在《水浒传》繁本中却是不多见的。

五　独异
——五本文字比较之二

牛、梵、余、刘、熊五本有没有各自独异之例呢？有的。
独异之例，刘本最多，牛本次之，熊本又次之，梵本、余本最少。
现各举数例，以概其余。
牛本独异，共二十一例：
例1："尽醉方散"（牛）。
"方"，梵本、余本、刘本、熊本作"而"。
例2："时有柏森、卞祥患病，不能行"（牛）。
"行"，梵本、余本、刘本、熊本作"起行"。
例3："宋江军马"（牛）。

在"宋江"和"军马"之间，梵本、余本、刘本、熊本有"收拾"二字。

例4："有淮西一路，经王庆之乱，民不聊生，乞圣恩……"（牛）

在"乞圣恩"三字之前，梵本、余本、刘本、熊本有"再"字。

例5~6："蔡太师、高太尉奏道……"（牛）

"蔡太师、高太尉"，梵本、余本、刘本、熊本作"太师蔡京、太尉高俅"。

"奏道"之前，梵本、余本、刘本、熊本有"出班"二字。

另有十五例，略。

梵本独异，共五例：

例1："宋江遂留下其子"（梵）。

"下"，牛本、余本、刘本、熊本无。

例2："录其子孙，各受指挥使之职"（梵）。

在"录"字之前，牛本、余本、刘本、熊本有"金"字。

另有三例，略。

余本独异，共五例：

例1："依言"（余）。

此二字，牛本、梵本、刘本、熊本作"依其言"。

例2："即诣面君"（余）。

"诣"，牛本、梵本作"赴"，刘本作"议"，熊本作"请"。

另有三例，略。

刘本独异共三十例：

例1："寡人重加封官爵"（刘）。

"官"，牛本、梵本、余本、熊本无。

例2~3："臣赖陛下洪福，擒捉王庆，囚槛车中"（刘）。

"擒捉"，牛本、梵本、余本、熊本作"擒获"。

"槛车"，牛本、梵本、余本、熊本作"监车"。

例4~5："臣此回出征，损将甚多，比征河北、大辽不同"（刘）。

"出征"，牛本、梵本、余本作"出军"，熊本作"出师"。

"河北、大辽"，牛本、梵本、余本、熊本作"大辽、河北"。

以《水浒传》简本（包含刘本在内）叙事次序而论，征辽在前，征田虎在后。当以牛、梵、余、熊四本为是。

例6:"王庆造反,凌迟处死"(刘)。

"凌迟处死",牛本、梵本、余本、熊本作"罪当斩首"。

例7:"免其粮差二年"(刘)。

"二年",牛本、梵本、余本无。

例8:"阵亡之将量加旌奖"(刘)。

"阵亡之将",牛本、梵本、余本作"乞将死将"。

另有二十二例,略。

熊本共十二例:

例1:"天子准奏,设下御宴赏赐宋江、卢俊义并侍臣"(熊)。

"侍臣"之前,牛本、梵本、余本、刘本有"左右"二字。

例2:"宋江等谢恩,……回到行营安歇,听候朝廷委用"(熊)。

"听候朝廷委用",牛本、梵本、余本、刘本无。

例3:"公孙胜与乔道清直至行营中军帐"(熊)。

"直至行营中军帐",牛本、梵本、余本、刘本无。

例4:"宋江见公孙胜说起前言,不敢翻悔"(熊)。

此二句,牛本、梵本、余本、刘本"宋江见说"。

另有八例,略。

从以上的文字比较,可以看出明显的一点:就此残叶文字而论,牛、梵、余、刘、熊五本彼此之间的异文,比比皆是。因此,可以得出的初步的、可信的结论:五本之间,彼此不存在父子关系。

牛本和刘本独异的文字都很多,大大地超过了熊、梵、余三本独异的文字。这无疑说明,牛、刘二本的关系比较疏远。

问题在于,在五本之中,谁和牛本的关系比较亲近?除了刘本之外,还有谁和牛本的关系比较疏远?

六 牛本与余、刘、熊三本关系疏远

——五本文字比较之三

问:除了刘本之外,还有谁和牛本的关系比较疏远?

答:余本、熊本。

这一点也可以在余本、刘本、熊本三本的亲近关系上得到证明。

独异之例最少的余本偏偏和独异之例较多、最多的熊本、刘本关系亲近。

这里所说的"亲近",包含着两个意思:一是指它们的文字有相同之处;二是兼指它们的文字有相近之处。

余、刘、熊三本相同、相近而与牛、梵二本相异的文字,可以举出八例。

例1:"是日,张招讨设筵贺功"(余、熊)。

此二句,刘本基本上同于余本、熊本("筵"作"宴")。而牛本作"张招讨设筵席与宋江诸将贺功",梵本作"张招讨设筵与宋江诸将贺功"。

例2:"干完事务"(余、刘、熊)。

此句,牛本作"待事务完日",梵本作"待等事务完日"。

例3:"命道士修设大醮,超度阵亡将士"(余、刘、熊)。

在"道士"之前,牛本、梵本有"本观"二字。

"将士",牛本、梵本作"将军"。

例4:"宋江遂留其子卞江看视医治"(余、刘、熊)。

"医治",牛本无。

例5:"有鄂全忠不愿朝京,却来拜辞宋江"(余、刘、熊)。

"有",牛本、梵本无。

"却来拜辞宋江",牛本、梵本作"就在宋江面前拜辞"。

例6:"回到京师　屯军于丰丘门外听候圣旨"(刘、熊)。

"丰丘门",余本作"丰左门",牛本、梵本作"丰佐门"。

按:汴京此门的正名是"封丘门"①。牛、梵、余、刘、熊四本的"丰"乃"封"字的音讹。余本的"左"乃"丘"字的形讹,牛本、梵本的"佐"则又是"左"字的形讹。

例7:"平复淮西寇虏"(余、刘、熊)。

"寇虏",牛本、梵本作"剧寇"。

例8:"宋江奏曰"(余、刘、熊)。

"曰",牛本、梵本作"道"。

上一节已举出刘本独异之例多达三十个,熊本独异之例有十二个,余本独异之例也有五个,再加上这里所举的八例,刘本共有三十八例,熊本共有二十例,余本共有十三例。这三本的独异,也意味着它们同牛本的歧

---

① 参阅《东京梦华录》卷1中"东都外城"、"旧京城"。

异。因此，这些例子更进一步充分地说明刘本、熊本、余本与牛本关系之疏远。

在五本之中，余本、刘本、熊本关系比较亲近，这正从另一个角度表明它们与牛本关系之比较疏远。

七　牛本与梵本关系亲近
——五本文字比较之四

那么，谁和牛本的关系比较亲近呢？

文字和牛本关系比较亲近的是梵本。

请先看牛本残叶的开端。

牛本的第一句，同于梵本，异于余本、熊本、刘本，如下：

　　……此，决不敢相负也（牛）

　　（有下官在）此，决不敢相负也（梵）

　　（下官在）此，决不相负耳（余、熊）

　　（下官之言）决不相负（刘）

接下去的第三句至第四句，牛本仍和余本、刘本不同，而和梵本接近，如下：

　　张招讨设筵席与宋江诸将贺功，尽醉方散（牛）

　　是日张招讨设筵与宋江诸将贺功，尽醉而散（梵）

　　是日张招讨设筵贺功，尽醉而散（余、熊）

　　是日张招讨设宴贺功，尽醉而散（刘）

所谓"和梵本亲近"，是说：牛本无"是日"、"张"三字，"而"作"方"；梵本无"席"字；其余字句，二本完全相同。这有着代表性的意义。从整个残叶看来，可以得出这样的结论：牛本的文字，或同于梵本，或近于梵本。这符合实际的情况。

再有一种壁垒分明的、突出的表明牛、梵二本相同的例子，即"道"和"曰"的两歧。也就是说，牛本、梵本作"道"，而余本、刘本却作"曰"。

短短一叶，竟出现三例，如下：

> 宋江奏道（牛、梵）——宋江奏曰（余、刘、熊）
> 奏道（牛）、出班奏道（梵）——出班奏曰（余、刘、熊）。
> 见宋江道（牛、梵）——见宋江曰（余、刘、熊）。

还有一类例子是，牛、梵二本相同，和余、刘、熊三本不同，而余、刘、熊三本彼此也不同。例如：

> 宋江停歇数日，待事务完日，即赴面君，见张招讨，依其言，遂将人马分拨出城（牛）
>
> 宋江停歇数日，待等事务完日，即赴面君，见张招讨，依其言，遂将人马分拨出城（梵）
>
> 宋江停了数日，干完事务，即诣面君，见张招讨，招讨依言，遂将人马分拨出城（余）
>
> 宋江停歇数日，干完事务，即议面君，来见张招讨，招讨依其言，遂将人马分拨出城（刘）
>
> 宋江停了数日，干完事务，即诣面君，见张招讨，招讨依其言，遂将人马分拨出城（熊）

余本、刘本的不同，表现为"了"和"歇"的歧异，两个同音的字"诣"和"议"的歧异，"来"、"其"二字的有无。而牛本和梵本的不同，仅仅表现在"等"字的有无上。

在这个例子中，余、刘、熊三本文字有误。试从牛、梵二本来看，"见张招讨"的主语是宋江，"依其言"的主语仍然是宋江，"其"字则是指张叔夜（张招讨）。"遂将人马……"的主语同样是宋江。余、刘、熊三本的错误就在于，把"依言"或"依其言"的主语改为张叔夜，"其"字因之变成了指宋江。须知，"将人马分拨出城"的指挥官是宋江，而不可能是张叔夜。

以上所举之例，无不证明，牛本文字近于或同于梵本。而这也同样证明，牛本文字异于余本、刘本、熊本。

八　相近不等于相同

——五本文字比较之五

牛本和梵本的文字，除了二本相同或相近之外，除了牛本独异和梵本独异之外，还有没有相异的地方？

有的。

可举出以下二十例：

(1)"尽醉方散"（牛），"尽醉而散"（梵）。

(2)"待事务完日"（牛），"待等事务完日"（梵）。

(3)"不能行"（牛），"不能起行"（梵）。

(4)"留其子"（牛），"留下其子"（梵）。

(5)"看视"（牛），"看视医治"（梵）。

(6)"宋江军马"（牛），"宋江收拾军马"（梵）。

(7)"听圣旨"（牛），"听候圣旨"（梵）。

(8)"此回出军"（牛），"此向出军"（梵）。

(9)"为国死臣"（牛），"为国死将臣"（梵）。

(10)"乞圣恩"（牛），"再乞圣恩"（梵）。

(11)"蔡太师"（牛），"太师蔡京"（梵）。

(12)"高太尉"（牛），"太尉高俅"（梵）。

(13)"奏道"（牛），"出班奏道"（梵）。

(14)"重加旌奖"（牛），"量加旌奖"（梵）。

(15)"佥录其子孙"（牛），"录其子孙"（梵）。

(16)"权先锋职分"（牛），"权领先锋职分"（梵）。

(17)"获回京城"（牛），"获卫京城"（梵）。

(18)"出西华门"（牛），"出到西华门上马"（梵）。

(19)"嘱小道"（牛），"嘱付令小道"（梵）。

(20)"就"（牛），"就今"（梵）。

牛本、梵本文字相异之例多达二十个，这说明：牛本和梵本虽然有众多相同的文字，但仍然有不少相异的文字。

相异的文字的存在，有两种可能性。

可能性之一：牛本或梵本在刊印之前各自进行了较多的修改，因此出现了异文。

可能性之二：早在它们各自的底本上，异文就已存在。

九　怎样看待"道"与"曰"的差别？

上文第八节已举出了牛、梵、余、刘、熊五本中的"道"与"曰"歧异之例。怎样看待"道"与"曰"的差别？

这牵涉到《水浒传》繁本、简本孰先孰后的争议。

何心（陆澹安）先生持"简本早于繁本"说，他在《水浒研究》一书中的第四章"各种版本的不同"中说：

> 我必须郑重提出，百十五回本叙述任何人讲话，总是用"曰"字，如"宋江曰""李逵曰"等等，但是百二十回本却用"道"字，如"宋江道""李逵道"等等。这一点对于研究各种本子成立的先后，以及《水浒传》演变的过程，很有可供参考的价值……①

他继而在同书第五章"水浒传的演变"中又说：

> 百十五回叙述任何人讲话都用"曰"字，各繁本则都用"道"字。我曾经仔细检查百二十回本，发现第一回中，还保留着两个"曰"字：（1）"只见班部丛中宰相赵哲、参政文彦博出班奏曰。"（2）"天子看时乃是参知政事范仲淹拜罢起居奏曰。"这两个"曰"字，在七十回本中，也都改为"道"字了。此种演变的痕迹，显然可见。可知用"曰"字的本子在先，用"道"字的本子在后。百十五回本的成立，应当在各繁本之前。②

我认为，他的看法其实是有偏颇的，也是不符合事实的。

在牛本、梵本、余本、刘本、熊本以及其他简本中，既有用"曰"字的，也有用"道"字的，并非一律作"曰"。例如牛本、梵本一叶之内就出现了

---

① 何心《水浒研究》（上海文艺联合出版社，1955），第75页。
② 《水浒研究》，第79页。

三个"道"字①，而这三个"道"字在余本、刘本、熊本中都作"曰"字。此其一也。

根据我检查的结果，在牛本之外的四本中，绝大多数作"曰"的是余本、刘本和熊本，绝大多数作"道"的是梵本；但在余本、刘本和熊本中，有极少数的地方作"道"，在梵本中，同样也有极少数地方作"曰"。这说明，作"道"抑或作"曰"，并非整齐划一的。此其二也。

"曰"字比"道"字笔画少，在刊刻时用"曰"而不用"道"，省工省时。这应是简本编辑者、整理者和刻工们以"曰"代"道"的主要原因之所在。类似的例子，有以"千"代"籤"等等。因此，如果说作"道"（笔划多）者在先，作"曰"（笔画少）者出于其后，这更有说服力。此其三也。

十 《全像水浒》残叶在海外流传的经过

牛津残叶在海外披露和流传的经过，据马幼垣教授介绍②，情况如下：

在 1949 年 2 月，荷兰汉学家戴闻达（J. J. L. Duyvendak, 1894～1979）在《卜德林图书馆所藏的一纸中国旧书残叶》③ 一文中首先提到了牛津残叶的存在。其后，在 1956 年，法国汉学家戴密微（Paul Demieville, 1894～1979）又对牛津残叶做了进一步的论述④。据戴闻达说，牛津残叶系荷兰人侯文（Cornelis de Houtman, ca. 1540～1599）于 1595～1597 年第一次远航东印度群岛时，得自爪哇的某中国商人。其后，英国人某氏（姓名失考）访问荷兰莱顿大学时，将此残叶作为纪念品赠予莱顿大学图书馆馆长墨路腊教授（Paullus Merula, 1558～1607）。

牛津残叶在海外流传的经过，可以图示如下：

[中] 某商人──→[荷] 侯文──→？──→[英] 某氏──→
[荷] 墨路腊──→？──→[英] 牛津大学卜德林图书馆

---

① 这三个"道"字（专指其字义同于"曰"的"道"，其他"道"字不在内），参见上文所引之例，此处从略。
② 《水浒论衡》，第 4 页。
③ 《卜德林图书馆记录》，第 2 卷第 28 期。
④ 戴密微的文章见于《通报》第 44 期。

其中有两个环节不详。第一个环节：残叶怎样从侯文手里转到了英国人某氏的手里？不详。第二个环节：残叶又怎样从荷兰人墨路腊手里变成了英国牛津大学卜德林图书馆的藏品？亦不详。这都有待于新资料的发现，方能知晓。

不妨作个大胆的推测：

牛津残叶在以上几位人士之间的易手，或许不是出于友好的馈赠，而是一种类似商品交易的性质。那位中国商人在东印度群岛出让此残叶时，他手上可能还保存着此《水浒传》刊本的残册、残卷或其他残叶。他只向侯文出让一纸残叶，但在此前后，他可能还曾向其他欧洲人士作过同样的出让。他有商人的身份，他将此残叶出让给异国人，目的很可能是为了获得钱财的回报。像侯文这样的购得残叶的人士，也许并非看中这是什么《水浒传》小说的残叶，他们看中一点：这是中国某个古书的残叶，可以作为中国古代版画的收藏品。

有朝一日，可能再度在欧洲某处发现同样的或类似的《水浒传》残叶。让我们等待着那一天吧。

当然，这仅仅是我的一种猜测而已。

十一　《全像水浒》残叶的刊行年代

梵本、余本和刘本的刊行年代，可从它们的序文或木记得到判断。

梵本末叶有木记云："万历仲冬之吉，种德书堂重刊。""仲冬"不知属于哪一年，但可以确定它刊行于万历（1573～1620）年间。

"种德堂"乃福建建阳著名的出版家熊成冶（冲宇）刊印书籍时所用的堂名。而"种德书堂"则是其胞兄熊成建使用的书坊名。熊成建曾在万历二十九年（1601）使用这个名称刊行过《精摘古史粹语举业前茅》[①]。

余本的刊行年代有明确的记载。它的卷首有"万历甲午岁腊月吉旦"序，卷末有木记云："万历甲午季秋月，书林双峰堂余文台梓。"甲午即万历二十五年（1597）。

[①] 请参阅拙文《〈三国志演义〉熊成冶刊本考论》（《文献》2004年第2期）。此文已收入拙著《三国志演义作者与版本考论》，中华书局，2010。

刘本卷首有汪子深"叙水浒忠义志传",作于"戊辰长至日"。戊辰即崇祯元年（1628）。长至乃夏至的别称。可知刘本的刊行时间在崇祯元年前后。

熊本的刊行者熊飞乃熊成冶之子、熊成建之侄。他的《二刻英雄谱》刊行于崇祯年间。

那么，牛本的刊行年代呢？

侯文卒于万历二十七年（1599）。他得到牛津残叶，是在他第一次远航东印度群岛之时，即万历二十三年（1595）至二十五年（1597）之间。这就限定了牛津残叶的刊行时间只有四种可能：

第一，刊行于万历二十三年之前；

第二，刊行于万历二十三年；

第三，刊行于万历二十四年；

第四，刊行于万历二十五年。

我认为，第一种可能性最大，第四种可能性最小。

如果第一种可能性符合于实际情况，则牛本的刊行时间要早于余本的刊行时间。

因此，牛本、梵本、余本、刘本、熊本五种版本刊行的先后次序，可图示如下：

牛本→余本→梵本→刘本→熊本

十二 结语

第一，在牛本、余本、刘本、梵本、熊本之间，文字有同有异。而且异文甚多。因此，可以断定，它们彼此之间不存在父子关系。

第二，四本虽有异文，但其情节和主体字词却是基本上相同的。这说明，它们有着共同的底本（或底本的底本），但删节的取舍却是相异的。

第三，从牛本残叶的文字看，它和梵本的关系比较亲近。

第四，从牛本残叶的文字看，它和余本、刘本、熊本的关系比较疏远。

第五，余本、刘本、熊本关系比较亲近。但在这三本之中，熊本又和余、刘二本的关系比较疏远。

第六，牛、梵、余、刘、熊五本在《水浒传》简本王庆传中的演变，图示如下：

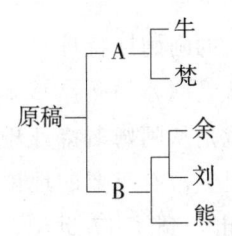

```
         ┌─ 牛
      ┌A─┤
      │  └─ 梵
原稿──┤
      │  ┌─ 余
      └B─┼─ 刘
         └─ 熊
```

需要说明的是，此表不涉及牛、梵、余、刘、熊五本之外的其他简本，也不涉及简本中的田虎传。

十三　附论
——《水浒传》残本保存在海外的原因

我们在这里探讨《水浒传》残本保存在海外的原因时，有两点需要说明：

第一，我们说的是"残本"，不是指完整的《水浒传》刊本。

第二，我们所说的"海外"，主要指欧洲各地，不包括日本在内。

在海外，《水浒传》残叶、残卷、残册基本上保存在欧洲各地。这和保存在日本的《水浒传》的情况不大相同。保存在日本各图书馆的《水浒传》基本上是完整的书，很少是残叶、残卷、残册。这应该和东西文化背景的不同有很大的关系。日本当年曾把《水浒传》当作汉语（"唐话"）教科书使用。在专门的学习班上，教师逐字逐句进行细致的讲解，并写出了字词解释的讲义。所以，他们对《水浒传》是相当重视的。而在欧洲的情况有所不同。西方的传教士、商人们来到中国时，《水浒传》一度也是他们学习中国语言，以及通过书中故事情节了解中国风俗人情的中介物。因此，他们回国时，携带物品中自然会有《水浒传》之类的书，完整的或残缺的。

保存在欧洲各地图书馆的残本（残叶、残卷、残册），据查基本上都是简本，保持着明代建阳刊本小说特有的上图下文的版式。而带有插图的残本（残叶、残卷、残册）无疑更能吸引某些异国人的眼球。

在叙述牛津残叶在海外流传的经过时，有一个关键词：荷兰。

请看：当年从某个中国商人手中得到牛津残叶的是一位荷兰人侯文；后来，荷兰莱顿大学图书馆馆长墨路腊又从某个英国人手中得到了这张残叶；

不知是什么原因，这张残叶并没有成为莱顿大学图书馆的藏品，反而进入了英国牛津大学卜德林图书馆的书库。

这不禁使我们想到了荷兰的阿姆斯特丹。

这个阿姆斯特丹实际上就是《水浒传》残本流入欧洲的中转地。

侯文的航海旅程可能也就是从阿姆斯特丹开始，最后又返回阿姆斯特丹。

阿姆斯特丹在中西交通史上占有重要的地位。在16世纪末，阿姆斯特丹是荷兰重要的港口和贸易城市。到了17世纪，阿姆斯特丹成为世界上最大的、最繁荣的城市之一，并且一度成为世界金融、贸易、文化中心。许多欧洲的传教士和商人们回国时都要经过阿姆斯特丹。而阿姆斯特丹有若干个拍卖市场。那些传教士和商人便到拍卖市场上去出售自己直接或间接地从中国带回的书籍。其中有些是被他们视为已没有使用价值的剩余物资，有些是被他们视为有利可图的商品。这里面便包含着那些残缺的《水浒传》（有的是残叶，有的是残卷，有的是残册）。

由于《水浒传》建阳刊本绝大多数采取"上图下文"的版式，残叶带有图像，因而在某些外国人的心目中便有了保存的价值。从购买者的角度说，起码可以作为美术品保存。从出售者的角度说，将已对自己没有使用价值的东西处理掉，还能换回钱钞，何乐而不为？

《水浒传》残叶、残卷、残册当时在阿姆斯特丹市场上的出现，有一个特殊的情况：它们有时是被故意拆散出售或转让的，以致产生了一种奇怪的现象：分别收藏在欧洲两个国家的图书馆的两个残册、残卷，居然是原来衔接在一起的同一部书。

对此，我们既感到悲哀，又感到庆幸。悲哀的是，在那个时代，我们的古典文学作品竟被某些商人、某些欧洲人士当成了拆零出售或转让的商品。但，庆幸的是，这些残册、残卷、残叶一直保存到今天，保存在欧洲的几个公共图书馆里，给我们提供了研究《水浒传》版本演变史的宝贵资料。

塞翁失马，焉知非福？

《水浒传》黎光堂刊本与双峰堂刊本异同考

一　两种简本的选择与比较

　　《水浒传》的简本，今所知者，已有多种。它们是否同出一源？或者说，它们彼此之间是否大体相同？如果互有歧异，甚至是巨大的歧异，那么，它们彼此之间有无关系，它们各自的来源又是什么？——这些问题，邃难作答。

　　因为现存各种简本，绝大多数保存于海外各地，要想把它们聚集在一起，进行比较研究，确非易事，需要忍耐和等待。

　　然而，对《水浒传》版本的研究者来说，无论你主张繁本出于简本，或者主张简本出于繁本，这些问题迟早都是无法规避的。

　　所以，我选择了"黎光堂刊本与双峰堂刊本异同考"这样一个题目，在这里作些尝试性的探索。我想，先逐个地摸清情况，然后再从总体上进行综合的考察，一定能做出比较准确的回答。

　　之所以首先选择黎光堂刊本、双峰堂刊本这两个版本来作为研究的对象，原因如下：

　　双峰堂刊本现存两种。一为全本，藏于日本日光轮王寺慈眼堂；一为残本（阙卷一至卷七），藏于日本内阁文库。它刊刻于万历二十二年甲午（1594）秋冬之际，是现存简本中有明确的刊刻年代可知的最早的一种。国内已出版了它的影印本。

　　在一般人们的印象中，它似乎是最早的简本。于是它变成了一种常用的有一定代表性的版本，人们经常拿它来和别的简本进行比较研究，并用它来判断别的简本刊刻年代的早晚。

黎光堂刊本，国内许多专家学者都误以为它已佚失。其实，它仍旧完整地保存在日本东京大学。20多年前，伊藤漱平教授知悉我当时在研究《水浒传》版本问题，特意将黎光堂刊本的复印本赠送给我。

有的专家学者认为，黎光堂刊本和双峰堂刊本有着密切的关系。

例如，日本学者神山闰次断定，它"大约同京本"[1]。他所说的"京本"即双峰堂刊本。这个说法后来为孙楷第和严敦易两位学者所承袭。孙楷第说，它"大致同《评林》本"[2]。他所说的"《评林》本"也是指双峰堂刊本。严敦易同样说，它"大致和闽刻评林相同"[3]。

马蹄疾（陈宗棠）援引了神山闰次的说法，没有发表自己的评论，当可视为他同意这样的判断[4]。

此外，范宁先生指出，黎光堂刊本"分卷起迄大致同《水浒志传评林》，每回标题除少数回目外，多数亦与《评林》相同，这部书和《评林》有一定关系"[5]。他从"分卷起迄"和"每回标题"两方面进行比较，意见比较具体，但他的结论仍嫌抽象。

他们的说法引起了我的怀疑。

粗看起来，黎光堂刊本和双峰堂刊本有一些相似的地方。例如：

（1）它们都是分为25卷。

（2）它们都应当有第9回，但在正文中，却第8回和第9回连而不分，既没有第9回的回次，又没有第9回的回目。

（3）第11回和第12回，"大刀闻达"都误作"大刀关达"。

（4）第16回，曹正的绰号"操刀鬼"，同误为"标刀鬼"。

（5）第18回，"旱地葱朱贵"，"葱"字乃"忽律"二字之误，它们错得一模一样。

（6）第53回，王义的女儿，繁本均作"玉娇枝"，它们却都是"王娇枝"。

（7）第50回，罗真人赠给公孙胜的八个字，同为"逢淮而止，遇汴而还"，"淮"字繁本却作"幽"。

---

[1] 神山闰次原文载《斯文杂志》12编3号，未见，此据孙楷第《中国通俗小说书目》及马蹄疾《水浒书录》转引。

[2] 《中国通俗小说书目》，作家出版社，1957。

[3] 《水浒传的演变》，作家出版社，1957。

[4] 《水浒书录》，上海古籍出版社，1986。

[5] 《东京所见两部〈水浒传〉》，《明清小说研究》1985年第1辑。

凡此种种，似乎可以作为它们有密切关系的证据。所以，有的学者专家断定两本大致相同。

其实不然。

作为简本，藜光堂刊本和双峰堂刊本，它们之间有一些相同或相似的地方，那是不足为奇的。它们相同或相似的地方显而易见地大大地少于它们不相同或不相似于其他简本的地方。

因此，说它们"大致相同"，当然与事实不合。

我认为，藜光堂刊本和双峰堂刊本是两种不同的版本，它们之间不存在直接的血缘关系：它们既非母子，亦非兄弟。

下文试从书名、回目和正文几个方面来加以论证。

二 书名

书名好比是人的眼睛。

当你看到一部书的时候，首先吸引你注意的往往就是组成书名的那几个字。

而藜光堂刊本和双峰堂刊本这两部书的书名迥然不同。

在藜光堂刊本的扉页上，框内分为上、下两半截。上半截为忠义堂聚义图，下半截含左、中、右三栏；右栏、左栏各三个大字："全像忠"、"义水浒"；中栏五小字："藜光堂藏板"。

藜光堂刊本版心题"忠义水浒"。

藜光堂刊本各卷卷首所题书名如下：

新刻全像水浒传（卷2~4、6~8、11、13~17、19~25）

新刻全像水浒忠义传（卷5、12）

新刻全像水浒志传（卷9、18）

新刻全像忠义水浒传（卷10）

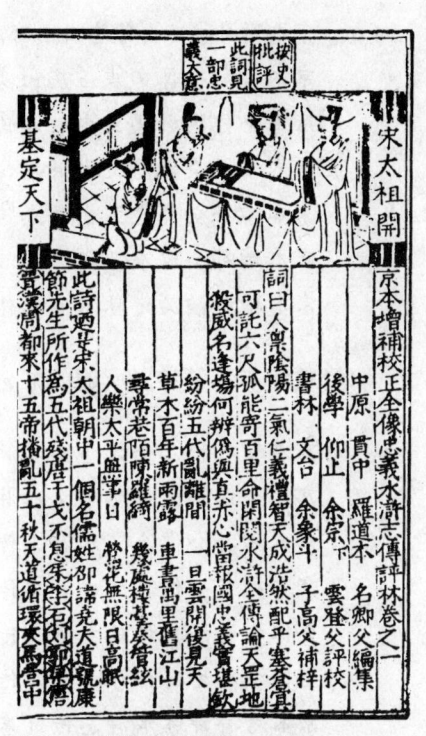

双峰堂刊本卷一首页

藜光堂刊本各卷卷尾所题书名如下：

忠义水浒传（卷1、16）

全像水浒传（卷4、13、19、22）

忠义水浒（卷7）

新刻全像水浒传（卷17）

全像忠义水浒志传（卷20）

全像忠义水浒传（卷25）

（无：卷2、3、6、8、10、11、14、15、18、21、23、24）

（末页残缺，有无书名不详：卷5、9）

双峰堂刊本缺失扉页。

版心题"全像评林"。

双峰堂刊本各卷卷首所题书名如下：

京本增补校正全像忠义水浒志传评林（卷1~10、13~15、17、22~25）

京本增补全像田虎王庆出身忠义水浒志传（卷11）

京本全像增补忠义水浒志传评林（卷12）

京本增补全像忠义水浒志传（卷16）

京本增补全像忠义水浒志传评林（卷17、18）

京本增补全像演义评林水浒志传（卷19、20）

京本增补演义评林水浒志传（卷21）

双峰堂刊本各卷卷尾所题的书名如下：

京本增补校正全像忠义水浒志传评林（卷1、2、6）

京本全像演义评林忠义水浒全传（卷12）

京本增补全像忠义水浒志传评林（卷16）

京本校正全像忠义水浒志传（卷17）

全像增补演义评林水浒志传（卷19）

全像演义增补评林水浒四传（卷20）

京本增补评林水浒志传（卷21）

京本全像忠义评林水浒志传（卷22）

京本全像忠义水浒志传评林（卷24）

新锲京本增补校正全像忠义水浒志传评林（卷25）

（无：卷3～5、8、11、13、15、23）

（末页残缺，有无书名不详：卷7、9、10、14、18）

二者书名最大的不同在于，后者有"京本"、"增补"、"校正"等字样，为前者所无。而后者独有的"田虎王庆出身"、"水浒四传"等字尤为突出。

三　作者署名与序文

藜光堂刊本和双峰堂刊本书名的歧异还不算巨大，作者的署名却令人惊诧。

藜光堂刊本卷一卷首有作者、校订者、出版者的题名：

清源姚宗镇国藩父编

武荣郑国扬文甫父仝校

书林刘钦恩荣吾父梓行

清源地属广东。姚宗镇名不见经传，他的身份忽然变成了《水浒传》的作者，委实令人摸不着头脑，不知葫芦里卖的是什么药。而范宁先生则对此做出了另外一种解释："姚氏或者就是一个删繁就简的改编人。"①

武荣乃福建泉州的古名。郑国扬不详为何许人。

藜光堂刊本扉页

书林乃福建建阳的镇名，是当时国内印刷出版业中心的所在地。

刘钦恩字荣吾，此人当即刘兴我。"荣吾"正与"兴我"相应。刘兴我是另一部《水浒传》的刊行者②。

双峰堂刊本卷1卷首也有作者、评校者、出版者的题名：

---

① 《东京所见两部〈水浒传〉》。

② 参阅拙文《谈〈水浒传〉刘兴我刊本》（《中华文史论丛》1986年第4辑）。关于刘兴我刊本和藜光堂刊本的关系，我将另撰专文探讨。

中原　贯中　罗道本　名卿父编辑
后学　仰止　余宗下　云登父评校[①]
书林　文台　余象斗　子高父补梓

其中关于罗贯中的题署有三误。它以"中原"为罗贯中的籍贯，不知有何根据？罗贯中的籍贯，有"太原"、"东原"等说[②]，此处的"中原"说别具一格。余象斗另刊行有《按鉴批点演义全像三国评林》[③]，其卷一卷首作者题署为"东原贯中罗道本编次"。"罗道本"之名与此双峰堂刊本全同，故知"中原"可能是"东原"的讹误。此其一也。罗贯中不闻有"道本"之名，此其二也。以"名卿"假充罗贯中的表字，显然出于向壁虚造，此其三也。

二本作者的题署不同，而其荒谬的程度则几乎是相同的。

藜光堂刊本有"水浒忠义传叙"，署"温陵云明郑大郁题"。温陵即福建泉州。郑大郁是一位在明末出版界相当活跃的人士。他编纂了很多书。比较有名的如《经国雄略》（隆武元年序刊本，内容包括天经考、畿甸考、省藩考、河防考、海防考、江防考、赋徭考、赋税考、屯政考、边塞考、四夷考等）、《边塞考》6卷另有顺治二年观社刊本，《奇门考》3卷有明末三槐堂刊本。其中有的在清初被列为禁书。值得注意的是，他编著的《篆林肆考》15卷，有崇祯十四年刘钦恩藜光堂刊本，可知他和刘钦恩之间有密切的合作关系，难怪刘钦恩要请他来为自己的《水浒传》刊本撰写序言了。

双峰堂刊本则有"题水浒传叙"，作者未署名，年月则署"万历甲午岁腊月吉旦"。甲午即万历二十二年。在此序文的上栏，有"水浒辨"。其中写道："水浒一书，坊间梓者纷纷。偏像者十余副，全像者止一家，前像板字中差讹，其板象旧惟三槐堂一副，省诗去词，不便观诵。"寥寥数语，可供研究《水浒传》版本的学者参考。

四　版式

建阳刊本一般采取上图下文的版式。但藜光堂刊本和双峰堂刊本的版式

[①]　"下"系小字，且偏于右侧，不知何意。
[②]　参阅拙文《罗贯中籍贯考辨》，《三国演义作者与版本考论》，中华书局，2010。
[③]　此书影印本收入《三国志演义古版丛刊五种》，中华全国图书馆文献缩微复制中心，1994。

却有所变化，而且彼此不同。

黎光堂刊本每页①分上、下两栏。下栏是正文，上栏是图像。

正文每页15行，每行28字或35字。

图像呈"嵌图式"，仅占9行7字位。

双峰堂刊本每页分上、中、下三栏。下栏是正文，中栏是图像，上栏是评语（书名称"评林"即由此而来）。

正文每页14行，每行21字。

图像占14行8字位。

评语占14行3字位。

五 总目·回次·回目

黎光堂刊本有总目（"鼎镌全像水浒忠义志传目录"）。计25卷，114回。但"百十三回"的"三"字被后人涂改为"四"，"百十四回"的"四"字被涂改为"五"。后人附有眉批，补出第113回的回目。因此，它实际上有115回。

双峰堂刊本无总目。影印本的总目系今人所加。

黎光堂刊本和双峰堂刊本二者虽然分卷相同，都是25卷，但其中有8卷所包含的回次却不相同。兹先列出黎光堂刊本的分卷、回次，以资比较：

卷1：1～5回　　　　卷2：6～9回　　　　卷3：10～14回
卷4：15～19回　　　卷5：20～24回　　　卷6：25～29回
卷7：30～33回　　　卷8：34～37回　　　卷9：38～42回
卷10：43～46回　　 卷11：47～51回　　 卷12：52～55回
卷13：56～60回　　 卷14：61～66回　　 卷15：67～73回
卷16：74～77回　　 卷17：78～80回　　 卷18：81～84回
卷19：85～88回　　 卷20：89～94回　　 卷21：95～99回
卷22：100～103回　 卷23：104～107回　 卷24：108～110回
卷25：111～115回

---

① 线装书一"叶"包含前半叶和后半叶。为了避免辞费，拙文这里沿用一般平装书所称的"页"来代替"半叶"，也有人称"半叶"为"面"。

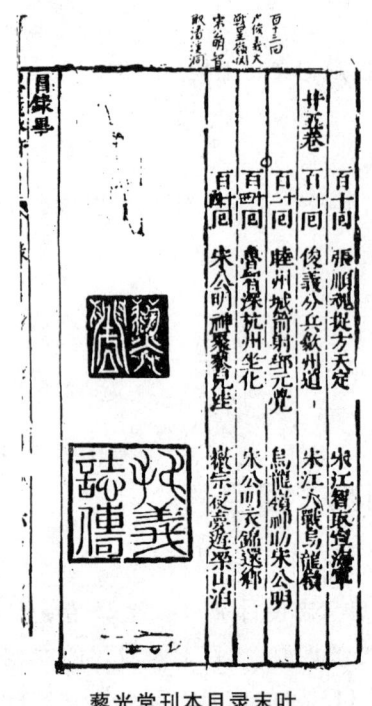

藜光堂刊本目录末叶　　　　　　双峰堂刊本木记

双峰堂刊本的不同，表现在卷 8 至卷 11，卷 20 至卷 23。
和藜光堂刊本相较，双峰堂刊本缺少以下八个回目：

卷 8 ：（第 37 回）梁山泊好汉劫法场，白虎庙英雄小聚义

卷 9 ：（第 39 回）还道村受三卷书，宋江遇九天玄女

卷 10 ：（第 44 回）杨雄石秀投晁盖，宋江一打祝家庄

卷 11 ：（第 48 回）李逵拳打殷天锡，柴进失陷高唐州

卷 20 ：（第 92 回）乔道清法迷五千兵，宋公明义十八将

卷 21 ：（第 96 回）王庆遇龚十五郎，满村嫌王达闹场

卷 22 ：（第 102 回）燕清（青）潜入越江城，李雄败死白牛岭

卷 23 ：（第 105 回）宋江攻打秦州城，王庆战败走胡朔

有的学者说，藜光堂刊本"每回标题除少数回目外，多数亦与《评林》相同"。

我认为，在这里，所谓少数和多数，不应该是抽象的、笼统的概念。

我们是在讨论版本问题。我们所面对的是同一部小说《水浒传》的若干

不同的版本。既然是同一部小说，尽管版本不同，它们的回目一定是多数相同的。因此，抽象地、笼统地谈论《水浒传》的某一版本每回的标题，除少数回目外，多数与《水浒传》的另一版本相同，从而证明两者之间有某种关系，这种做法没有什么实际的意义，也没有什么科学性可言。

因为《水浒传》尽管有好多种不同的版本，但它们毕竟是同一部小说，它们的回目的标题多数是相同的或基本上相同的。所以，说藜光堂刊本每回标题多数与双峰堂刊本相同，实际上不啻是说多数亦与其他的版本相同。这样，说了岂不等于没说？

在比较藜光堂刊本和双峰堂刊本回目的异同时，应该撇开以下三种情况：

（1）二本均无者。

（2）二本均同者。

（3）二本基本上相同者。

它们不具有特征性，若用作比较异同的重要依据，不足以使此一简本和彼一简本区别开来。因此，我们将着眼于藜光堂刊本、双峰堂刊本相互有出入的那些回目。

有两点需要说明：第一，这里所用以进行比较的回目，都是指正文中的回目（可称为"分目"），而不是指目录表上的总目。第二，这里所说的回次，都是指藜光堂刊本的回次（下同），而不是指双峰堂刊本的回次。双峰堂刊本在第30回之后，只有回目，没有回次。

按藜光堂刊本的回目说，共115回。双峰堂刊本自第30回后仅有回目而不编制回次。现以二本的回目相较，可知藜光堂刊本的回目完整无缺，比双峰堂刊本的回目要多出12回，如下：

第9回　豹子头刺陆谦富安，林冲投五庄客向火

第31回　孔家庄宋江救武松，清风山燕顺释宋江

第37回　梁山泊好汉劫法场，白龙庙英雄小聚义

第39回　还道村受三卷书，宋江遇九天玄女

第44回　杨雄石秀投晁盖，宋江一打祝家庄

第48回　李逵拳打殷天锡，柴进失陷高唐州

第63回　宋江平伏曾头市，晁盖显圣捉文恭

第92回　道清法迷五千兵，宋江义释十八将

第 96 回　王庆遇龚十五郎，满村嫌黄达闹场
第 102 回　燕青潜入越江城，李戎智取白牛镇
第 105 回　宋江火攻秦州城，王庆战败走胡朔
第 113 回　卢俊义大战昱岭关，宋公明智取清溪洞

这十二个回目的有无显示出了藜光堂刊本和双峰堂刊本的区别。

六　以第 31、第 32、第 33 回回目为例

在第 31 回之前，双峰堂刊本均有回次（即"第某回"）和回目。但自第 31 回起，却只有回目，而没有回次。

奇怪的是，一开始，第 31 回至第 33 回这三回的回目却发生了舛误。

藜光堂刊本这三回的回目是：

第三十一回　孔家庄宋江救武松　清风山燕顺释宋江
第三十二回　宋江夜看小鳌山　花荣大闹清风寨
第三十三回　镇三山大闹青州道　霹雳火走瓦砾场

而双峰堂刊本在第 30 回"都监血溅鸳鸯楼，武行者夜走蜈蚣岭"之后，相应的三回却变成了两回，其回目依次是：

宋江夜看小鳌山　花荣大闹清风寨
镇三山闹青州道　霹雳火走瓦砾场

这是怎么一回事呢？

请看藜光堂刊本第 30 回的结尾：

武行者见不来开门，只一脚踢开了，走出一个道童来，喝曰："是谁半夜敢打开门？"武行者大喝一声，把道童杀了。只见那个先生大叫曰："谁敢杀我道童？"跳将出来，轮起双剑，直取武行者。武行者轮起双戒刀来迎。两个月明之下斗了良久，只听得岭上一声响亮，两个里倒了一个。不知倒的是谁？且听下回分解。

再看藜光堂刊本第 31 回的开端：

> 风波世事不堪言，莫把行藏信手拈。投药救人翻成恨，当场排难每生嫌。
>
> 婵娟负德终遭辱，谲诈行凶独被歼。列宿相逢同聚会，大施恩惠及闾阎。
>
> 那先生与行者斗了三十合，被武松卖个破绽，只一戒刀，头滚落下地。武行者大叫：
>
> "婆娘快出来，我不杀你。"那妇人出来便拜。

这里的两段描写明明是分作两回处理的。而双峰堂刊本第 30 回却把它粘接在一起，并删掉了回目：

> 那先生听得，便把后窗关上，武行者拿起石头打开门，走出一个道童，喝曰："是谁半夜敲门？"武行者大喝一声，把道童杀了。只见先生大叫曰："谁敢杀我道童？"跳将出来，轮起两口宝剑，武松轮起双戒刀来迎。两个月明之下斗了良久，只听得山岭傍边一声响亮，两个里倒了。那先生被武行者卖个破绽，只一戒刀，头滚落地。武行者大叫："婆娘出来，我不杀你。"只见庵里走出个妇人，出来便拜。

这三回相当于繁本的第 32 回至第 34 回。

藜光堂刊本这三回的回目与起讫和繁本基本上保持着一致，仅有一点不同：在第 31 回回目上，把上联"武行者醉打孔亮"改成了"孔家庄宋江救武松"。双峰堂刊本和繁本、藜光堂刊本的不一致却在于，它巧妙地把这三回缩减为两回。简本之为"简"，有时就表现在这种地方。

我甚至怀疑，这是不是双峰堂刊本自第 31 回起隐瞒回次的一个诱因？

七　引头诗的有无

上一节，进行了回次与回目的比较。从这一节开始，将转入正文的比较。在比较正文的异同时，同样需要撇开上文第 5 节所说的三种情况（二本均无者，二本均同者，二本基本上相同者）。我们将着重注意藜光堂刊本正文和双峰堂刊本正文歧异的地方。我们还将进一步探讨这些异文和繁本相应的正文之间的种种关系。

比较《水浒传》两种版本的正文的异同，最容易察觉，也最容易下判断的是引头诗①的有无。

在繁本中，天都外臣序本、容与堂刊本等每回都有引头诗，袁无涯刊本、芥子园刊本等又一律没有引头诗。而在简本中，则情况比较复杂，不像繁本那样单纯。

藜光堂刊本和双峰堂刊本都是：有的回有引头诗，有的回没有引头诗。但在哪一回有、哪一回没有的问题上，不尽相同。

两本都有引头诗的，例如第1回、第2回，等等；两本都没有引头诗的，例如第3回、第7回，等等；还有一种情况，藜光堂刊本有引头诗，而双峰堂刊本已将引头诗移置于上栏的②，例如第32回、第33回等。这些都不在我们的比较范围之内。

以下两点，是值得我们注意的：

第一点，藜光堂刊本有引头诗，而双峰堂刊本没有引头诗的，计八回：

> 25　30　41　46　72　74　76　98

例如第41回，藜光堂刊本有引头诗七言八句一首：

豪杰遭逢信有音，连环豹锁共相寻。矢言一德情坚石，歃血同心义断金。

七国争雄今继迹，五湖云扰振遗音。汉庭将相鯀屠钓，莫怪梁山错用心。

此为双峰堂刊本所无。又如第98回，藜光堂刊本有引头诗七言四句一首：

运转三段英雄地，时到红桃处处新。更名改姓自此发，结果终身在河清。

此亦为双峰堂刊本所无。

---

① 双峰堂刊本卷首的"三国辨"说："今双峰堂余子改正增评，有不便览者芟之，有漏者删之。内有失韵诗词欲削去，恐观者言其省漏，皆记上层。"

② "引头诗"是某些《水浒传》明刊本中所使用的名词，也就是有的学者所说的"回前诗"。

第二点，藜光堂刊本没有引头诗，而双峰堂刊本有引头诗的，计四回（24、26、64、73）。

例如第 24 回，藜光堂刊本无引头诗，双峰堂刊本却有七言八句：

可怪狂夫恋野花，因贪淫色受波渣。亡身丧己皆因此，破业倾资总为他。

半晌风流有何益，一般滋味不须夸。谁知祸起萧墙内，血污芳魂更可嗟。

其实，藜光堂刊本已将此诗移置于第 25 回的回首。这可算是个特殊的例子。

又如第 73 回，双峰堂刊本有著名的五言诗：

去时三十六，回来十八双。若然少一只，定是不还乡。

此亦为藜光堂刊本所无。

其中，第 26 回、第 64 回和第 73 回双峰堂刊本的引头诗已移入上栏。它们是天都外臣序本、容与堂刊本等繁本原有的引头诗，分别见于第 27 回、第 69 回和第 78 回。

另一个特殊的例子是第 30 回。藜光堂刊本有引头诗七言四句：

暗室从来不可欺，从来奸恶尽诛夷。金凤未动蝉先觉，暗送无常死不知。

双峰堂刊本回首没有这首诗，但在正文叙述武松在鸳鸯楼听得蒋门神和张都监二人的对话时，插进了这首诗。仅有二字不同："从今"作"古今"，"诛夷"作"诛移"。

这两首诗也能在繁本中找到。"可怪狂夫恋野花"一首，见于天都外臣序本、容与堂刊本等的第 25 回的回首。"暗室从来不可欺"一首，见于天都外臣序本、容与堂刊本、袁无涯刊本、芥子园刊本等的第 31 回的正文之中。

第 41 回、第 72 回、第 74 回和第 76 回，共四回，为藜光堂刊本所有，而为双峰堂刊本所无的引头诗，亦为天都外臣序本、容与堂刊本等繁本所有。

另外，第 46 回有引头诗：

人强马壮夸英豪，虎噬狼吞满四方。妙计良谋惟学究，时雨高明羡宋江。可笑廷玉无计策，三庄人马世无双。天教孙立来相助，三村尸首满如荒。

第 98 回有引头诗：

运转三段英雄地，时到红桃处处新。更名改姓自此发，结果终身在河清。

它们不但为双峰堂刊本所无，亦为天都外臣序本、容与堂刊本等繁本所无。

从以上所举的 16 个例子来看，在引头诗的有无上，黎光堂刊本和双峰堂刊本的区别，是相当清晰、相当突出的。

黎光堂刊本独有的引头诗共 12 首。其中 6 首为繁本所有，一首为繁本所无（另外 5 首，属于征田虎、征王庆部分，当然亦为繁本所无）。双峰堂刊本独有的引头诗共 4 首，则全为繁本所有。这说明了以下问题：

第一，两本的引头诗，都有共同的来源：繁本。这可以间接地证明繁本先于简本存在。

第二，双峰堂刊本更近于繁本。它的引头诗，没有一首超出了繁本的范围。

第三，黎光堂刊本更远于繁本。它至少有一首引头诗是繁本所没有的。至于这首诗，是出于黎光堂刊本的整理者之手，抑或是另有来源，则尚有待于新资料的发现以及我们的深入研究。

而在简本所特有的征田虎、征王庆部分的二十余回中，除了五回是因双峰堂刊本不分回而缺少以外，两本的引头诗都是基本相同的。这也说明，它们的征田虎、征王庆部分有共同的来源。

这几点认识，是在比较了两本引头诗以后获得的。那么，当我们进一步比较两本正文的字词、文句和情节以后，会不会也同样获得这几点认识呢？

请读者继续耐心地阅读下文吧。

八 从"围魏救赵之计"说起

"围魏救赵"是古代一个著名的战役,即"桂陵之战"。

后来,这四个字又成为一句常用的成语。典出《史记·孙子吴起列传》。说的是赵国都城遭受魏国围攻,齐国田忌、孙膑出兵救赵,直攻魏国。魏军闻讯撤回,半途为齐军截击,大败,赵围于是得解。

在《水浒传》中,紧挨着的两回,繁本的第 63 回和第 64 回,提到了这个典故。

第 63 回,"宋江兵打北京城,关胜议取梁山泊"。关胜奉调进京,谒见蔡京。蔡京问关胜有何妙策,以解北京之围。关胜回答说:"若救北京,虚劳神力,乞假精兵数万,先取梁山,后拿贼寇,教他首尾不能相顾。"蔡京听了大喜说:"此乃围魏救赵之计,正合吾心。"

次回,宋江和吴用商议军情。吴用说:"我等众军围许多时,如何杳无救军来到?城中又不敢出战。眼见的梁中书使人去京师告急。他丈人蔡太师必然有救军到来。中间必有良将,倘用围魏救赵之计,且不来解此处之危,反去取我梁山大寨,此是必然之理。兄长不可不虑。"

这两个地方的"围魏救赵之计",在双峰堂刊本中,都是一样的。

然而在藜光堂刊本中却不一样了。

第 58 回(相当于繁本第 64 回),"此乃围魏救赵之计"一句变成了关胜自己的话,"围魏救赵"也变成了"围魏救韩"。

第 59 回(也相当于繁本第 64 回),吴用所说的"围魏救赵"又变成了"围韩救魏"。

"赵"被取消了,代之而出的是"韩"。赵和韩都是战国七雄之一。但这个新出现的"韩",在藜光堂刊本中,身份变幻不定,一会儿是被救者,一会儿是被围者。

当然,说"围魏救赵"是正确的,无疑也是原本就这样刊刻的;而藜光堂刊本的"围魏救韩"或"围韩救魏"是错误的,无疑也是后改的。看他忽而"围甲救乙",忽而"围乙救甲",可知这位修改者对战国时期的史实所知不多,落笔时心中无底,完全抱着一种兴之所至、随意而为的态度。

这个例子有典型意义。它正表明了藜光堂刊本和双峰堂刊本在字词上的歧异。

九　四类例子

类似"围魏救赵"那样的例子甚多。试再从四个方面择要列举于下：

（一）专门名词的歧异

第1回，洪信奉命到江西龙虎山上清宫去宣请张天师，在宫中同他谈话问答的，黎光堂刊本作"道官"，双峰堂刊本作"真人"。

第4回，鲁智深在五台山下铁匠铺中所遇到的打铁的，黎光堂刊本作"博士"，双峰堂刊本作"待诏"。

按："待诏"是宋元时代对手工艺工人的一种尊称，而"博士"则是宋代对茶馆、酒坊中的伙计的一种称呼。称打铁工人自应以"待诏"为是。

第43回，王公在蓟州府公堂上的陈诉，黎光堂刊本作"小人卖药营生"，双峰堂刊本作"小人卖粥营生"。

卖药和卖粥，是两种不同的职业。

第98回，裴宣分拨征进人员时，宋江和卢俊义的官衔，黎光堂刊本作"正元帅"、"副元帅"，双峰堂刊本作"先锋使"、"副先锋"。

元帅和先锋，可不是同一个层次的官职。

按：同回上文说："天子闻奏，即颁旨封宋江仍为征西大元帅，卢俊义为副元帅"。这段文字，在黎光堂刊本和双峰堂刊本是基本上一致的（仅双峰堂刊本无第二个"为"字）。可见黎光堂刊本上下文一致，而双峰堂刊本则上下文失却照应。

（二）人名的歧异

黎光堂刊本第6回，瓦罐寺老和尚告诉鲁智深："道人姓丘，名小一，绰号飞天夜叉"。"小一"，双峰堂刊本作"一郎"。

黎光堂刊本第34回："宋江和公人到了江州府。公人取出文书，直入府中。正值府尹升厅，知府姓蔡，名德彰，是当朝太师蔡京的儿子，为官贪滥。"双峰堂刊本"德彰"作"得彰"。

第96回写张世开陷害王庆，黎光堂刊本作"世开暗使金莲每匹剪去三尺"，双峰堂刊本作"世开暗交梅香每匹剪去五尺三尺的"。

金莲，可以理解为这个妇女的名字；梅香，则不妨看作是丫环的通称。

第107回，吕师囊部下有十二统制，号称十二君。其中二人，藜光堂刊本作"丧门神润州万里"、"黄幡神苏州沈能"，而双峰堂刊本作"黄幡神润州万里"、"丧门神苏州沈"。

丧门神和黄幡神，两本互调；双峰堂刊本的丧门神则有姓无名。

（三）武器的歧异

藜光堂刊本第30回："武松寻思半晌，怨恨冲天曰：'若不杀张都监，如何出得这口气！'便去尸上解下一把尖刀，再回孟州城来。""解下一把尖刀"，双峰堂刊本作"取下二把好朴刀"。

第50回，高太尉保奏呼延灼时，藜光堂刊本说他"使两条铁鞭，有万夫不当之勇"。"铁鞭"，双峰堂刊本作"铜鞭"。

第89回，金真和凤翔交战。藜光堂刊本："二人战上五合，金真卖个破绽，勒马便走。凤翔赶来，金真探取飞枪标去，把凤翔标死马下。"金真的武器，在双峰堂刊本中，是"飞刀"，而不是"飞枪"。

第90回杨林使用的武器，两本也有区别，藜光堂刊本是"枪"，双峰堂刊本作"刀"。

（四）数字统计的歧异

第82回，宋江点将破阵。其中，攻打土星阵的将官，藜光堂刊本作"差副将七员：花荣、张清、李应、柴进、宣赞、郝思文、施恩"。双峰堂刊本却作"差副将八员"。一个是"七员"，一个是"八员"；后者名单上多出薛永一名。

又，攻打太阴阵的将官，据双峰堂刊本说是"大将七员：扈三娘、顾大嫂、孙二娘、王英、孙新、张青、蔡庆"。藜光堂刊本也说是"大将七员"，但名单上却没有张青，结果使得孙二娘不能像扈三娘、顾大嫂那样夫妻双双成对。

又，攻打木星阵的将官，藜光堂刊本作"副将七员：徐宁、穆弘、黄信、孙立、李逵、杨春、杨林"，而李逵又名列下文"护送雷车至中军"的"大将五员"之中，以李逵的地位衡量，自然是后者的安排比较适当。查双峰堂刊本的名单，则该人不是李逵，而是陈达，位列孙立、杨春之后。

黎光堂刊本第 104 回，雷应春夫妻把守红桃山："部下有五员大将，尽是绿林中出身，勇不可当，绰号五通神，俱封都统制之职，一个叶从龙，号通烈神；一个张应高，号雄通神；一个景臣豹，号文通神；一个吕成能，号武通神。这五人，不知那里人氏。"细细数去，只有四通。双峰堂刊本却是完完整整的五通，比黎光堂刊本多出一个"苏捉虎，号力通神"。而且叶从龙的绰号也不是通烈神，而是烈通神。

第 113 回回末，有阵亡人数的统计。黎光堂刊本作"此回折将廿四人"，双峰堂刊本却是"此回折了三十人"。

这个名单，两本有三点不同。

第一，为什么会有六个人的出入呢？原来黎光堂刊本第 113 回为双峰堂刊本所无。后者把第 112 回和第 113 回两回并作一回，所以统计数多出了六人。

第二，黎光堂刊本第 113 回回末的统计名单，最末一名是"一丈青"，而第 112 回回末的统计名单也有"扈三娘"。她不可能死两次。查书中正文的叙述，扈三娘的阵亡见于第 112 回。所以第 112 回回末的"扈三娘"是对的，第 113 回回末的"一丈青"是错的。再和双峰堂刊本的名单核对一下，可以发现，黎光堂刊本漏掉了李云。大概是刻完以后，发现名单只有 23 人，与"廿四人"不符，便胡乱补刻"一丈青"三字凑数。

第三，黎光堂刻本名单中的"张清"，在双峰堂刊本中作"张青"。他乃是孙二娘的丈夫，以"张青"为是。

总之，字词上的歧异不在少数。

事实胜于雄辩，黎光堂刊本和双峰堂刊本绝非"大致相同"。

十　此有彼无或此多彼少

双峰堂刊本第 6 回结尾说："只教智深脚尖起处，山前猛虎心惊，拳头落时，海内蛟龙丧胆。正是：方圆一片闲园圃，目下排成小战场。且听下回分解。"

黎光堂刊本也有以上的文字，基本上相同；但在"小战场"之下、"且听"之上，却有一大段文字，为双峰堂刊本所无：

后人有《西江月》一首为证：

慢进厅前三五步，仁眸蓦见伙村驴，心中藏毒，意里似勤渠。我这里，抚心自忖；他那里，默默踟蹰。算他形势要坑予，踏步驾空天地阔，轮拳劈杀小侏儒。

后人又有诗一首，单道破落户不量高低，不识时务，要与鲁智深用强。有诗云：张李痴呆欲作王，假装雅意甚周全。错意撞凶花太岁，灾星照命险儿亡。

不知智深后来如何应付？

这一大段文字，同样也为繁本所无。一诗一词的艺术水平低下，大约出于藜光堂刊本整理者的笔下。

藜光堂刊本第115回说："且说柴进在京师见朝廷追夺阮小七官职，寻思曾在方腊处做驸马，日后奸臣谗夺我的诰命，岂不受辱，不如推称疯疾，纳还官诰，往沧州横海郡为民。一日，因病而终。关胜在北京大名府总管兵马。一日，操练回来，因大醉坠马得病身亡。"

双峰堂刊本也有这两段介绍柴进、关胜二人结局的文字，基本上相同；但在中间插进一段介绍李应结局的文字，为藜光堂刊本所无：

李应在任半年，闻知乐（柴）进求闲去，亦自诈称疯疾，纳还官诰，复还故乡，与杜兴俱得善终。

这一段大体相似的文字，在繁本中也能找到。

以上两个例子代表了两本情节、文句此有彼无或此多彼少的两种类型。它们不是个别的，而是比较普遍地存在于全书。试再列举八例于下，两种类型各居其半：

例一：第12回，杨志与周谨比箭。藜光堂刊本：

梁中书曰："武夫比试，但有本事，射死勿论。"李成又禀曰："乞赐各人一面遮箭牌。"

这里，话语分属梁中书和李成二人，文字表达得十分清楚。双峰堂刊本却作：

梁中书曰："武夫比试，但有本事，射死勿论。各人与一面遮箭牌。"

话语全出自一人之口了。

例二：第 23 回，武松与潘金莲叔嫂二人对话。藜光堂刊本：

> 妇人曰："莫不有婶婶接来相会？"武松曰："不曾婚娶。"武松曰："只想哥哥在清河县，不料搬在这里。"

这番对话，理应一问一答，一来一往。这里却连续两个"武松曰"，非常奇怪。想来其间必然有已被删节的文字。一查双峰堂刊本，在"不曾婚娶"四字之下，果然有：

> 妇人问："叔叔青春多少？"武松曰："虚度二十五岁。"妇人曰："长奴三岁。"

因"不曾婚娶"而询问年龄，衔接得十分自然而流畅，可证原文确系如此。

例三：第 38 回，宋江等人从白龙庙回到穆太公庄上。双峰堂刊本：

> 穆弘排下筵席，管待众头领。穆太公曰："你等如何却打从那条路上来？"李逵曰："我自只拣兵多处杀将去，你们自要跟我来。"众人听了都大笑。

自"穆太公曰"以后，藜光堂刊本均无。

例四：第 43 回，杨雄、石秀在客店中遇见杜兴。藜光堂刊本：

> 杜兴问曰："恩人因公干到这里？"杨雄附耳低言，把前事说了一遍。杜兴曰："既然如此，恩人放心，我教放时迁还你。"

而双峰堂刊本的叙述却比较详细：

> 杜兴问曰："恩人为何公干来到这里？"杨雄附耳低言，把他事情说了一遍，曰："我在蓟州杀了人命，欲要投梁山泊去，昨晚在祝家店投宿，因伙伴时迁偷了他鸡吃，与店小二闹将起来，性起，把他店屋放火烧了，背后赶来，我兄弟杀翻了他几个。不想乱草中舒出两把挠钩，把时迁搭去。我两个到此，不想遇得贤弟。"杜兴曰："恩人不要慌，我叫放时迁还你。"

可以看出，藜光堂刊本只用了一句"把前事说了一遍"，一笔带过，而双峰堂刊本则让杨雄把详情一一告知杜兴，多出九十余字。

例五：第 91 回，关于沈安仁向卞祥讨救兵的叙述，藜光堂刊本比双峰堂刊本多出 69 字。藜光堂刊本是这样的：

却说余呈因见宋军势大，令沈安仁去取救兵。沈安仁连夜来见卞祥曰："告元帅得知，今有宋军势大，不能抵敌。前者余先锋胜了两阵。夜来劫寨，又中了他计。今宋江自领兵在悬缠井，余先铁（锋）与他拒住，令小人来讨救兵。"卞祥见说，遂领众将数十员、大兵十万，与沈安仁连夜前进。

而双峰堂刊本却作：

却说余呈因见宋军势大，令沈安仁去讨救兵。卞祥遂集众将四十员、大兵十万，与沈安仁连夜前进。

一个有 108 字，一个只有 39 字。为什么字数会相差悬殊？这有两种可能。一种可能是无意的脱漏。因"取救兵"和"讨救兵"二语在两处重复出现，因而跳行，造成了错误的衔接。另一种可能是有意的删削。被删削的恰是沈安仁的追叙前事的话语。

例六：第 93 回，关于卞祥等人到沁州去见范世权、田虎的叙述，藜光堂刊本多达 141 字，双峰堂刊本却只有 26 字。藜光堂刊本作：

却说卞祥和李胜等径到沁州来见枢密范世权。世权便问曰："招讨镇守龙蟠，如何回朝？"卞祥曰："告枢密，今被宋江统兵三十万、大将二百员，席卷而来，白虎岭、魏州城、石羊山、苏林岭、狮子岭尽行取去了。如今围住龙蟠州，小官杀开一条大路，同李胜等回来。欲请主上亲征。"范枢密有儿子范简同守龙蟠州，听知此语，天明同卞祥入内，启奏田虎。卞祥山呼礼毕，奏曰……

双峰堂刊本则作：

却说卞祥和李胜等径到沁州来见田虎。卞祥山呼礼毕。卞祥告曰……

原来是删去了卞祥见范世权的情节，结果节省下 104 字。

例七：第 106 回，关于吴用劝宋江留兵镇守梁州的叙述，藜光堂刊本要比双峰堂刊本简略得多。前者作：

> 吴用劝宋江留兵镇守，宋江遂留步兵一万，同刘衡都监镇守。

前者仅 24 字。后者却是它的四倍：

> 吴用劝宋江留兵镇守梁州。宋江曰："一路不留兵，如何梁州要留兵镇守？"吴用曰："地势有不同，人心有变异。秦州、兆（洮）阳等处，离京都已远，若不留兵镇守，恐防侵扰。必要兵守，方为上策。"宋江曰："公之言，深得权宜之法。"遂留下步兵一万，同刘衡都监镇守。

被删削者，是宋江、吴用二人的对话。

例八：藜光堂刊本第 112 回有咏万松林乌龙大王庙诗：

> 万松林里乌龙王，梦显阴功助宋江。为报将军莫惆怅，方腊不日便投降。

此诗为双峰堂刊本所无。

上举各例，通过情节、文句的比较，具体说明了藜光堂刊本和双峰堂刊本此有彼无以及此多彼少的情况。例证之众多，差距之明显，怎么能够说两本"大致相同"呢？

若问两本为什么会存在如此众多、如此巨大的歧异，这就涉及它们和繁本的关系，或者说，它们是不是删节本，以及它们是什么样的删节本的问题了。

十一　共同的来源

在《水浒传》版本的繁本和简本关系问题上，我认为，繁本先于简本。

至于藜光堂刊本和双峰堂刊本这两种简本，我认为，它们都是从繁本删节而来的。

下面试举几个例子，来说明我的这些看法的依据。

第 15 回，藜光堂刊本：

公孙胜曰："贫道听知，在黄泥岗东十里路，地名安乐村，有个闲汉，叫做白日鼠白胜，也会（曾）来投奔我，我曾助他银两。"

这段文字，令人不解。

公孙胜明明是蓟州人，他怎么会知道遥远的济州有这样一个小村庄，这样一个闲汉？

公孙胜是个道士，白胜为什么要去投奔他？

他为什么会像一个富豪似的慷慨解囊帮助旁人？

这些疏漏，造成了作品和读者之间的严重的隔阂。

而在繁本第 16 回上，这段文字却是这样的：

公孙胜道："这一事不须去了。贫道已打听知他来的路数了。只是从黄泥岗大路上来。"晁盖道："黄泥岗东十里路，地名安乐村，有一个闲汉，叫做白日鼠白胜，也曾来投奔我。我曾赍助他盘缠。"

上述几个疑问，原来不是发生在公孙胜身上，而是发生在晁盖身上，这就合情合理了。

晁盖是当地人，当然熟悉安乐村这个小地方，以及白胜这样的闲汉；晁盖又是本县本乡富户，"平生仗义疏财，专爱结识天下好汉。但有人来投奔他的，不论好歹，便留在庄上住。若要去时，又将银两赍助他起身"。所以，他收留和资助过白胜，是可信的。

公孙胜此行系专为送"一套富贵"而来，他当然要在事先打听好有关生辰纲的行走路线。由于他提到了黄泥岗，才引发了晁盖关于安乐村、白胜的话头。

这一切，在原书的叙述中，自然而又妥帖，不料却遭到了像藜光堂刊本这样的简本人为的破坏。

藜光堂刊本为了节省文字，作了错误的删节。它把富户、保正晁盖的话嫁接到道士公孙胜的头上，因此显得不伦不类，使读者感到困惑。

第 67 回，宋江安排与柴进、史进、穆弘、鲁智深、武松、朱仝、刘唐等人下山，进京看灯：

李逵曰："我也同去。"宋江曰："你去，不许惹事。教燕青和你同去。但碍你是黑面的人，如何去得京师？却得安道全上山，把毒药与他点去了，方可同行。"美玉碾末，每日涂茶（搽），自然消了。

藜光堂刊本的这段文字，大有问题。

首先，文字有疵病。

宋江的话，到哪一句为止？写得含混，一时不易分清。因有"你"字出现，从"但碍"到"京师"两句自然是宋江的话。"方可同行"，这不像是作者在叙述的口气，理应也属于宋江的话。

但在这句之前，出现了"他"字，用以代称李逵，这就产生了矛盾。在宋江嘴里，用人称代词说到李逵，为什么在毗邻的两句中，忽而第二人称，忽而第三人称？

最后两句，是宋江的话，还是作者的叙述，简直令人莫名其妙。

其次，叙事于情理不合。

为什么"黑面的人"就不能去京师？——难道只有皮肤白皙的人才有资格在京师居住或停留？

又，满脸的黑色（注意，不是一颗黑色的痣）怎样用毒药"点去"？涂搽美玉的细末，为什么会使满脸的黑色消失？

一部好作品，如果它的某些叙述文字充满了解不开的疙瘩，几乎每一句都要求读者停顿下来，进行思索，那岂不败坏读者的胃口？

这些疑团，一读繁本，涣然冰释。原文如下：

李逵便道："说东京好灯，我也要去走一遭。"宋江道："你如何去得？"李逵守死要去，那里执拗得他住。宋江道："你既然要去，不许你惹事。打扮做伴当跟我。"就叫燕青也走一遭，专和李逵作伴。看官听说，宋江是个文面的人，如何去得京师？原来却得神医安道全上山之后，却把毒药与他点去了。后用好药调治，起了红疤。再要良金美玉，碾为细末，每日涂搽，自然消磨去了。

宋江的话语，起讫分明，不容混淆。

"他"字是指宋江，根本与李逵无干。

不能去京师的，也不是"黑面的人"，而是"文面的人"。"黑面"只是一种生理现象，"文面"却是罪犯的特殊标识，两者之间有本质的区别。

而且这是作者在说宋江，不是宋江在说李逵。因此，用毒药"点去""文面"之处，以及用良金美玉的细末去涂搽红疤，使之消退，也就是完全可以理解的了。

藜光堂刊本的错误，一是把作者的叙述（以"看官听说"引起）改成了宋江的话，二是把"文面"改成了"黑面"，并自作聪明地栽到了李逵的头上。

以上两个例子，无可辩驳地证明了藜光堂刊本的文字来源于繁本。施行删节手术的结果，使它变成了一种简本。

仍以第15回为例，双峰堂刊本的开端作：

> 却说当时揪住公孙胜吴用晁盖笑曰……

其中连用三个人名，现在没有施加标点，因为可以有不同的标点法。这涉及：

（1）被揪住的是谁？
（2）谁在"笑曰"？

从引用的文字看，可以标点为："……揪住公孙胜、吴用，晁盖笑曰"；也可以标点为："……揪住公孙胜，吴用、晁盖笑曰。"

到底哪一种标点法是正确的呢？

后一种标点法显然是错误的。如果把这段文字引全，则它的下文是这样的：

> 吴用、晁盖笑曰："先生休慌，且请相见。"吴用曰："久闻人说入云龙公孙胜、一清大名，不期今日此处得会。"

不可能吴用和晁盖一同"笑曰"之后，紧接着又自己一个人"曰"。所以，"吴用"二字应属于上句所有，像前一种标点法那样。

但，前一种标点法无疑也是错误的。从第十四回结尾看，被揪住的明明只有公孙胜一个人；而揪住公孙胜的人，恰恰不是别人，就是吴用。所以，被揪住的不可能是"公孙胜、吴用"两个人；况且，吴用更不可能同时充当揪人者和被揪者两种角色。

问题其实非常简单，是双峰堂刊本在删节时发生了错误。请看繁本原文：

> 话说当时公孙胜正在阁儿里对晁盖说："……"只见一个人从外面抢将入来，揪住公孙胜道："……"那人却是智多星吴学究。晁盖笑道……

一丝不乱，层次分明：

揪人者	被揪者	笑者
吴　用	公孙胜	晁盖

再看藜光堂刊本的文字：

却说当时揪住公孙胜的是吴用，晁盖笑曰……

可知双峰堂刊本由于缺少"的是"二字，才呈现出一篇纠缠不清的糊涂账。

双峰堂刊本第四十九回回末，在"公孙胜向前跪听真人指教一遍"之下，有一首七言诗：

无影炼丹在石屋，云房飞走去蓬瀛。满怀济世安邦愿，未作乘鸾跨凤人。

接着就是"且听下回分解"。这诗十分蹩脚。末两句还算通顺，头两句简直不知所云（藜光堂刊本无此诗）。

繁本第 53 回回末是这样的：

只因罗真人说了那几句话，传授秘诀，有分教：额角有光，日中无影。炼丹在石屋云房，飞步去蓬莱阆苑。正是：满怀济世安邦愿，来作乘鸾跨凤人。毕竟罗真人说教公孙胜怎地下山？且听下回分解。

双峰堂刊本七言诗的"娘家"就在此处，是再也明显不过的了。它的整理者的文化水平实在难以令人恭维，居然读破句，肢解了"无影炼丹"、"石屋云房"等词句。

以上两个例子，既具体而又有代表性，证明了双峰堂刊本也像藜光堂刊本那样，是一种来源于繁本的简本。

作为简本，藜光堂刊本和双峰堂刊本的故事情节比百回本繁本多出了征田虎、征王庆两部分的内容，即第 84 回至 105 回。关于两本的这两部分，我的看法如下：

第一，藜光堂刊本和双峰堂刊本都不是最早的插增征田虎、征王庆两部分内容的版本。

第二，两本的这两部分文字有许多歧异之处。关于这一点，已在上文列举了一些例证。现再补充一例。第 92 回，藜光堂刊本：

> 马灵曰："卞祥平生诚实，可退兵十五里。"宋江遂传令："可退兵十五里下寨。"

而双峰堂刊本却作：

> 马灵曰："卞祥为人，平生诚信，并无诡谲。元帅可速退兵。"宋江遂传令，退兵二里下寨。

它们的歧异是显著的，也是容易察觉的。因此，说两本"大致相同"，和全书其余部分一样，是完全不符合实际的。

第三，双峰堂刊本的刊行年代早于藜光堂刊本。但一系列例证表明，藜光堂刊本的这两部分文字并非直接来自双峰堂刊本。

第四，如果藜光堂刊本这两部分文字的底本的刊行年代早于双峰堂刊本，那么，一系列例证也同样表明，双峰堂刊本并非自藜光堂刊本的底本抄袭或删节而来。

第五，藜光堂刊本和双峰堂刊本（D、E），或两本的底本（B、C），仍然有着共同的来源。也就是说，它们都来自一个共同的祖本——最早的插增征田虎、征王庆部分的版本（A）。

图示如下：

$$A\begin{cases} B-D \\ C-E \end{cases}$$

从 A 发展到 D、E，其间经历了增删或修改的过程。因此，不仅在 D、E 和 A 之间有着或多或少的歧异，而且在 D 和 E 之间也存在着或大或小的歧异——这一点，上文已经举例加以说明了。

《水浒传》双峰堂刊本：
叶孔目改姓与余呈复活

　　在《水浒传》中，"叶孔目改姓"和"余呈复活"本是两件互不相干的事，为什么要把它们捆绑在一起来谈呢？只因为一个人，才使得他们发生了内在的联系。

　　这个人便是余象斗，即福建建阳双峰堂书坊主人。

　　是他一人制造了"叶孔目改姓"和"余呈复活"两桩事件。

　　"叶孔目改姓"见于《水浒传》双峰堂刊本（也有人称之为"志传评林本"或"评林本"）第30回"都监血溅鸳鸯楼，武行者夜走蜈蚣岭"。"余呈复活"则见于《水浒传》双峰堂刊本卷21的"宋公明兵度吕梁关"、"公孙胜法取石祁城"和"李逵受困于骆谷"、"宋江智取洮阳城"①。

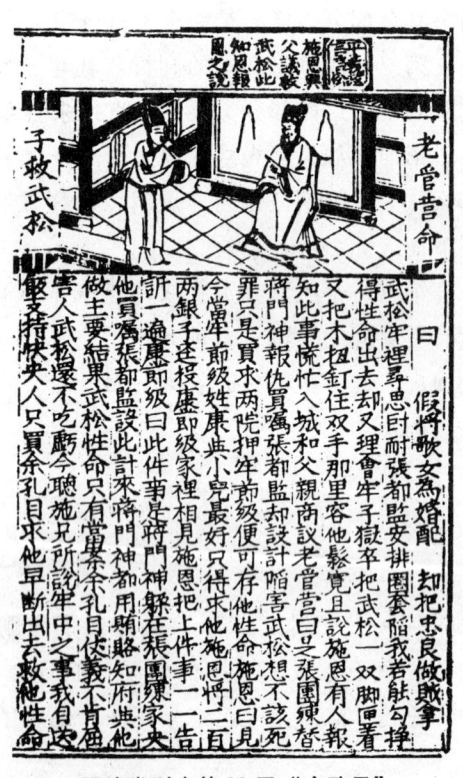

双峰堂刊本第30回"余孔目"

---

① 在双峰堂刊本中，大部分回仅有回目而没有标明回次。

一 从叶孔目改姓说起

孔目是唐宋时期官府衙门中的高级吏员，掌管狱讼、账目、遣发等事。《资治通鉴》胡三省注说："孔目官，衙前吏职也。唐世始有此名，言凡使司之事，一孔一目，皆须经由其手也。"①

《水浒传》出场人物中有好几位孔目。其中最有名的当然是梁山泊第47位头领铁面孔目裴宣。另外还有三位，黄孔目、孙孔目和叶孔目。尤其是孙孔目和叶孔目都给读者留下了比较深刻的印象。

孙孔目出现在第8回"林教头刺配沧州城，鲁智深大闹野猪林"。他名叫孙定，"为人最鲠直，十分好善，只要周全人，因此人都唤作孙佛儿"。他知晓林冲的冤屈，在他的力主下，林冲被轻判脊杖二十，发配沧州牢城营。

叶孔目出现在第30回"施恩三入死囚牢，武松大闹飞云浦"。书中只留下他的姓氏，却没有留下他的名字。

容与堂刊本第30回"叶孔目"

当时，张都监为了替蒋门神报仇，栽赃陷害武松，捉住武松，不容分说，看押于机密房里，次日送至官府，蒋门神对衙门上下官吏②都使用了钱，务要结果武松性命。

以下有几个地方提到了叶孔目，引容与堂刊本于下：

（康节级告诉施恩说：）"只有当案一个叶孔目不肯。因此不敢害他。

---

① 胡三省此注见于"唐玄宗天宝三载"。
② 包括知府、押司、孔目。

> 这人忠直仗义，不肯要害平人，亦不贪爱金宝。只有他不肯要钱，只此武松还不吃亏。……你却快央人去，只买叶孔目，要求他早断出去，便可救得他性命。"

> （施恩）又寻一个和叶孔目知契的人，送一百两银子与他，只求早早紧急决断。那叶孔目已知武松是个好汉，亦自有心周全他。已把那文案做得活着。只被这知府受了张都监贿赂嘱托，不肯从轻勘来。武松窃取人财，又不得死罪。因此互相延挨，只要牢里谋他性命。今来又得了这一百两银子，亦知是屈陷武松。却把这文案都改得轻了。尽出豁了武松，只待限满决断。有诗为证：赃吏纷纷据要津，公然白日受黄金。西厅孔目心如水，海内清廉播德音。

> 施恩附耳低言道："这场官司，明明是都监替蒋门神报仇，陷害哥哥。你且宽心，不要忧忧念。我已央人和叶孔目说通了，甚是周全你的好意。且待限满断决你出去，却再理会。"

以上几处的"叶孔目"，今所见众多《水浒传》刊本均同于容与堂刊本，唯独余象斗的双峰堂刊本是个例外，它把"叶孔目"一律改为"余孔目"。

值得注意的还有，双峰堂刊本上栏"评林"中还以"评余孔目"为题，赞扬余孔目说：

> 孔目有怜武松之心，于知府处说明松屈之由。此段见一知府乃一黄堂正印，不若一孔目到有救人之心。如孔目者，罕矣。羞杀张都监、知府不知人之小人也。

问题在于，第一，叶孔目不是历史上实有的人物，而是作者笔下虚构的一个不重要的角色，甚至连名字都没有赐予他（我们记得，第8回的孔目孙定，不但有姓有名，还有外号），对这样不起眼的小人物，余象斗为什么要改动他的姓，不让他姓叶？第二，他为什么不改成其他的姓，偏偏要改为和自己相同的姓？有意欤？无意欤？

我们将从余象斗的双峰堂刊本本身寻找原因。

这就牵涉到余呈的问题了。

二　余呈何许人?

余呈是《水浒传》"田王二传"中的人物。

在"征田虎"之时，他原是田虎龙蟠州河北总兵卞祥手下的一名将领，先后出现于"卢俊义计破（一作'攻'）狮子关，段景住暗认玉栏楼"、"及时雨（一作'宋江'）梦中朝大圣，黑旋风（一作'李逵'）异境遇仙翁"等回，后来投降了宋方。

到了"征王庆"之时，他又出现于"宋公明兵度吕梁关，公孙胜法取石祁城"、"李逵受困于骆谷，宋江智取洮阳城"二回。

他死于哪一回？这在《水浒传》简本毗连的两回中竟有两种不同的说法。两种不同的说法，分别见于法国国家图书馆藏《新刊京本全像插增田虎王庆忠义水浒传》（下文简称"插增本"）和日本内阁文库、日光轮王寺慈眼堂藏《京本增补校正全像忠义水浒志传评林》双峰堂刊本（上文原简称为"双峰堂刊本"，此处和下文改为简称"评林本"，以与"插增本"相对）。

从书名中特意标示的"插增田虎王庆"字样可以看出，这是首先"插增""田王二传"的刊本。其出现的年月当在评林本（万历二十二年甲午秋月）之前。

余呈之死，一见于插增本第 101 回"宋公明兵度吕梁关，公孙胜法取石祁城"。此回，评林本未标示回次，在受评林本影响的刘兴我刊本、藜光堂刊本中则是第 99 回。二见于评林本未标示回次的"李逵受困于骆谷，宋江智取洮阳城"，在刘兴我刊本、藜光堂刊本中则是第 100 回，在插增本则是第 102 回。也就是说，余呈先后死了两次。只不过这不是发生在同一个版本之内。

那么，这究竟是怎么一回事呢？

三　改写·美化

让我们细看余呈的出场描写，以了解他是怎样被逐步地改写、美化的。

插增本第 101 回"宋公明兵度吕梁关，公孙胜法取石祁城"说：

且说吕梁关守将二员，一名鲁成、刘敏，闻知宋江引兵到，鲁成道："宋兵初入吾境，未知虚实，可开关杀去，必能取胜。"刘敏道："只可坚守，不消三个月，他必然食尽，人马自退，何必与他交战。"鲁成不听，即引兵二千，下关迎敌。鲁成出马，大骂："草寇敢来犯境！"余呈出马，喝道："助恶匹夫，敢自夸口！"两马交战到十合，余呈败走，鲁成赶来，孙安便出马敌住，大战二十合，孙安一剑把鲁成斩于马下，刘敏大败，孙安等夺了吕梁关，报知卢先锋与宋公明知，宋江大喜，即引兵到吕梁关驻扎。宋江召孙安等赏赐，即写孙安为首功。

这一段文字写到了余呈。评林本做了两点重要的改动：
第一，鲁成和余呈交战，插增本原作"两马交战到十合，余呈败走，鲁成赶来，孙安便出马敌住，大战二十合，夺了吕梁关"。评林本改为"两马相交，战到十合，被余呈一刀杀了，刘敏大败，弃吕梁关，望石祁城而走"。余呈本是败将，却变成了胜利者。
第二，宋江"写孙安为首功"，却变成了宋江"写余呈为首功"。
不难看出，双峰堂书坊主人处心积虑地在为余呈其人增光添彩。

四　不死鸟

我们在古代希腊和埃及的神话中见到过不死鸟。
没有想到，《水浒传》简本中的余呈也变成了一个不大不小的不死鸟。
依然在插增本第101回"宋公明兵度吕梁关，公孙胜法取石祁城"：

　　却说石祁城守将谢英、丘翔、黄施俊这三员大将，足智多谋，当日刘敏败回来，说："鲁成不听我言，坚要出战，被宋将所杀，失了关隘，小将逃得性命来报，主将可准备。"黄施俊与丘翔商议迎敌。丘翔道："今宋军远来，利在速战，只坚守城池，不过数月，则宋兵自退矣。"黄施俊不听谏，遂引谢英、刘敏出城，列成阵势。孙安道："天兵到，犹敢抗拒！"黄施俊大骂，轮刀便战，斗上三十合，黄施俊败走。谢英举斧来敌孙安。余呈见了，挺枪来战，斗上五合，谢英把余呈斩于马下。任光便来战刘敏，斗上十合，亦被刘敏杀死。孙安见折了二人，大怒，把谢英斩为两截。黄施俊见了，与刘敏走入城。孙安收军，回见宋、卢先锋，诉说折了余呈、任光，宋江不胜悲泣，便令四门围困打城。

插增本在这里明确地先写道，"谢英把余呈斩于马下"，后又说，孙安"诉说折了余呈、任光"。可知插增本是安排余呈在此时阵亡的。

人死岂能复生。然而余象斗大笔一挥，余呈却复活了。

余象斗并没有傻到让死人复活。他施展了巧妙的手段。

第一，他干脆把"余呈见了，挺枪来战，斗上五合，谢英把余呈斩于马下"四句悉数删去，让余呈变相地仍然活在世上。

第二，他把"诉说折了余呈、任光"一句压缩为"诉说折了任光"，这样，就把余呈剔除出了阵亡的名单。

接下去，我们再看插增本：

宋江得了石祈城，令人寻于玉尸首，具棺椁与余呈、任光同埋一处，申文催张招讨移人马镇守石祈城。

"与余呈、任光同埋一处"，当然也被评林本改为"与任光同埋一处"了，没有余呈的份儿。

五 加塞儿

接下去，评林本让余呈继续活在世上。

请再看插增本的同一回：

宋江听折了二将（按即江度、吴得真），悲伤不已，传令交拔寨都起，先令唐斌、相士成、胡远、姚期、姚约引兵直到梁州城下搦战。

评林本让余呈挤进了这张搦战者的名单，使他成为居于末位的第六人，名单因之由单数变成了偶数。

再接下去看插增本：

却说宋江退兵于龙山屯扎，与吴用道："肖引凤兄弟在城中，心必有主意，今可整兵围城，令林冲、关胜引兵攻打东门，白玉、朱达得引兵攻打北门，怀英引兵在南门城下埋伏，各听号炮，一齐进兵。"

为什么不加在别处，而偏偏要加在怀英之侧呢？

原来评林本钻了一个空子。

攻打东门的是林冲和关胜，两个人。攻打北门的是白玉和朱达得，也是两个人。在南门城下埋伏的却只有怀英一个人。给怀英添一个伴侣，岂不显示出人数的整齐，并不会引起读者的任何猜疑？

为了突出余呈的地位，评林本不按照上文名单的排列顺序，反而把余呈放置在怀英之前，在一定程度上彰显出他的重要性。

六　李代桃僵

请继续看插增本的这一回：

> 吴炎道："只宜坚守等救兵到。"上官义不听，即引军出城，正迎着秦明，战上三十合。胡延灼①出马挟战，上官义力战二将，忽后军来报："东门火起，已有宋军杀入城，上官义大惊，望洮阳而走。"

在插增本上述一段文字中，根本不见余呈的踪影。但评林本既作了巧妙的改动，又增添了和余呈结局有关的三句。

改动：评林本把"胡延灼出马挟战"更换为"余呈出马来挟战"，完成了移花接木的步骤。

增添：评林本在上述文字的最后加上了一个结尾："余呈赶去，冤家马失前蹄，被上官义回马活捉去了。"

在这一回的结尾，插增本统计说：

> 此一回折将五员：吴德真、江度、姚期、姚约、白玉。

而评林本的统计却是："此一回折将六员：吴得真、江度、姚期、姚约、白玉、余呈"，改"五"为"六"，多出了"余呈"之名。

---

① "胡延灼"乃"呼延灼"之音讹，《水浒传》简本中常有此误。

七　挽诗与祭文

到了"李逵受困于骆谷，宋江智取洮阳城"这一回，评林本终于让余呈结束了生命。

这是在插增本的第 102 回。请先看插增本是怎样写的：

> 镇守洮阳二将，姓刘名以敬，上党人氏，一个姓黄名仲实，下邳人氏，俱受王庆伪封都督兵马使之职。忽报上官义领败兵走入洮阳，黄仲实令人请来相见。上官义诉说被萧引凤兄弟献诈降计袭了梁州，只得引残兵来投二公，计议复州城之策。

在"黄仲实令人请来相见"一句之后，评林本增写了余呈的结局，如下：

> 上官义诉说被萧引凤兄弟献诈降计袭了梁州，捉得余呈，来见二公，计议再复州城之策。以敬唤解进余呈，余呈不跪，以敬曰："尔今被擒，肯降否？"余呈曰："误遭异手，恨食汝肉，何肯顺贼！"骂不绝口。以敬命推出斩之。年才二十八岁。后仰止余先生观到此处，有诗为证。诗曰：一点忠贞死义心，余呈不跪实堪钦。口骂不移甘受戮，万载闻声泪满襟。

评林本不仅改写了余呈的结局，还竭尽颂扬之能事，把挽歌当作颂歌来唱。

评林本不仅书坊主人自己出面给余呈写挽诗，还让宋江也来给余呈写祭文。

在"仰止余先生""有诗为证"之后，评林本还有两段关于余呈的文字。第一段：先引插增本于下：

> ……李逵与众人结作一团困在谷中。诗云：仲实行兵素有方，李逵莫测恃雄强。这回已中深藏计，外少救兵内绝粮。

再看评林本是怎样在这相连接的文字中突兀地硬插进余呈的：

> ……李逵依其言，与众人结作一团困在谷。却说宋江升帐，忽报余呈不跪受死，宋江哭曰："余将军死不辱君，甘受其戮，是宋某之罪，食

其肉，当报此仇。"哭之不止。又报孙安等回，诉说李逵赚入深山困了……

它不但删掉了那首诗，连带着也把"谷中"的"中"字删掉了。
它完全是一段前后不搭界、孤零零夹插进去的文字。
第二段：评林本的文字位于该回的末尾，正好在插增本残缺之处：

众军报知上官义自刎死，宋江令小军割心肝以祭余呈。宋江自作祭文云：哀哉忠良，丧守纲常。须死不跪，受戮志昂。骂不绝口，魂魄渺茫。宋江功毕，亦便身亡。呜呼哀哉，伏惟尚飨。祭毕，忽空中显现，言曰："蒙兄追祭，令归阴府，亦难报答，兄保贵体，百年之日，再得相会。"言讫而去。宋江揾泪，回入洮阳，捷报张招讨，不胜之喜。且听下回分解。

由于残缺，插增本相应的上下文字不详。但可以断言，插增本不可能有评林本这篇添加出来的祭文以及鬼魂显身的描写。

八　结语

评林本刊行于万历二十二年甲午（1594）秋，有卷末木记为证。
迄今为止，我们还没有在别的比他更早的《水浒传》简本身上发现改写余呈之事。应该承认，改写余呈之事，乃评林本（双峰堂刊本）的刊行者余象斗之所为。
这里有三个问题需要解释。
第一个问题：在评林本出版之后，有没有在其他的《水浒传》简本中也有改写余呈之事？
答：有。至少可以举出两个完整的简本：刘兴我刊本和藜光堂刊本。
刘兴我刊本有"戊辰长至日"汪子深序。戊辰系崇祯元年（1628）。藜光堂刊本有郑大郁序，而郑大郁乃崇祯年间人。它们的出版，自在评林本之后。二者书中的"田王二传"所包含的余呈故事基本上与评林本一致。从出版时间上可以判断，它们的余呈故事是承袭评林本而来的。
第二个问题：刘兴我刊本和藜光堂刊本中的余呈故事，是不是和评林本完全一致？有没有或大或小的差异？

答：不是完全一致，而只能说是基本上一致。换言之，其中存在着差异。差异在哪里呢？

差异之一是，在"宋公明兵渡吕梁关，公孙胜法取石祁城"一回（刘、藜二本是第99回）结尾的人数统计：

刘、藜二本	此一回折将五员	吴得真	江度	姚期	姚约	白玉	余呈
评 林 本	此一回折将六员	吴得真	江度	姚期	姚约	白玉	余呈
插 增 本	此一回折将五员	吴德真	江度	姚期	姚约	白玉	

刘、藜二本的人数"五"，同于插增本，异于评林本的"六"；名单有余呈，同于评林本，异于插增本。

差异之二是，在"李逵受困于骆谷，宋江智取洮阳城"一回（刘、藜二本是第100回）的"有诗为证"：

后人有诗为证：一点忠贞死义心，余呈不跪实堪钦。万古芳名应不泯，至今青史定褒称——刘、藜二本

后仰止余先生关观到此处，有诗为证。诗曰：一点忠贞死义心，余呈不跪实堪钦。口骂不移甘受戮，万载闻声泪满襟。——评林本

"仰止余先生"实即余象斗。在这里，不打自招，承认此诗是他所写。

刘、藜二本为什么要改写余诗的后两句？我认为，可能嫌这两句是消极的惋惜，因而改为正面的、积极的颂扬。

第三个问题：双峰堂书坊主人为什么要美化余呈，让他死而复活？

答：原因很简单。余呈姓余，双峰堂书坊主人余象斗也姓余，这难道是偶然的巧合吗？

在余象斗的头脑里有着浓厚的光宗耀祖的思想。在余氏家族的先人中有一位余呈，岂不引以为荣？

他改"叶孔目"为"余孔目"，应是出于同一种想法。否则，他为什么不让那位孔目姓张或者姓李呢？

可惜余象斗有一点没有做到：如果在余呈名下，再加上一句，"他乃建阳人也"，岂不锦上添花，好上加好？

谈《水浒传》双峰堂刊本的引头诗问题

一　引头诗

　　《水浒传》每回都有引头诗。其地位处于回目之后，正文之前。所谓"引头诗"，只是一个概括性的称呼。除了诗之外，词、赋、箴都包括在内。

　　当代学者中，有的把引头诗叫做"回首诗"，有的则称之为"入回诗"。但，"引头诗"三字见于明人的笔下，也是出现在《水浒传》版本中的一个正式的名称[①]。所以，本文没有采取前者，而沿用了后者。

　　引头诗的有无和歧异，有时是辨别《水浒传》版本的重要标识，研究《水浒传》版本的重要资料。像袁无涯刊本和芥子园刊本，它们各回一律光头秃脑，一首引头诗也没有。在《水浒传》诸版本中，可以说，它们自成一个系统。像双峰堂刊本，它的引头诗没有以一成不变的形式出现，或有、或无，或移、或异，给研究《水浒传》版本的演变提供了重要的线索。

　　本文所要考察和探讨的正是双峰堂刊本的引头诗问题。

　　双峰堂刊本，即《水浒志传评林》，25卷，万历二十二年（1594）双峰堂余象斗刊本。书名的全称，或作"京本增补校正全像忠义水浒志传评林"、"京本增补全像田虎王庆出身忠义水浒志传"、"京本全像增补忠义水浒志传评林"、"京本全像忠义水浒志传"、"京本增补全像忠义水浒志传评林"、"京本增补全像演义评林水浒志传"、"京本增补演义评林水浒志传"等。也有人称之为"评林本"或"京本"。

---

　　① 参阅《水浒传》双峰堂刊本 7/1a（即卷7第1叶的前半叶，下同），8/1a，9/1a，9/22a，10/1a，15/7a 和 16/17a 的上层。

它藏于日本日光轮王寺慈眼堂、日本内阁文库。轮王寺藏本比较完整，仅卷 22 有缺叶。内阁文库藏本残存 18 卷，缺卷 1 至卷 7。现有文学古籍刊行社影印本（1956 年，北京）、中华书局影印《古本小说丛刊》第 12 辑本（1991 年，北京）行世。二者均以轮王寺藏本为底本，但前者缺少了原书所有的卷 9 的 11b 和 12a；后者与原书一致，且已用内阁文库藏本补配了原书卷 22 的缺叶。

双峰堂刊本属于上图下文的刊刻形式。每半叶分为上、中、下三层。上层评语，中层插图，下层正文。

双峰堂刊本实有 104 回。自第 1 回至第 30 回，标有回数。第 30 回以后，无回数（有些用墨笔字书写的回数，均为后世的收藏者或读者所添加)[①]。其中，第 9 回正文没有隔断，第 8 回和第 10 回相接。除去这一回，共计 103 回。

在这 103 回中，有引头诗者 90 回，约占 87%，无引头诗者 13 回，约占 13%。

有引头诗者又分为甲、乙两类。甲类，依照惯例，引头诗置于回目之后、正文之前。乙类，引头诗被移置于上层。甲类共 27 回，占 30%。乙类共 63 回，占 70%。

现在需要探讨的问题，依次为：

（1）双峰堂刊本引头诗的有、无和移、异的情况。
（2）双峰堂刊本为什么要删弃一些引头诗？
（3）双峰堂刊本的许多引头诗为什么要移置于上层？
（4）双峰堂刊本的引头诗有哪些与繁本不同的异文？为什么会产生异文？
（5）这些有助于说明《水浒传》版本演变中的什么问题？

本文由十一节组成。其中，第二节谈删弃引头诗问题，第三节、第四节谈移置引头诗问题，第五节、第六节、第七节谈引头诗异文问题，第八节谈改动的原因，第九节对 51 回引头诗的探究，第十节谈引头诗的来源，最后一节，则归纳出几点简明的结论。

二　删弃

双峰堂刊本无引头诗者共 13 回。

[①] 双峰堂刊本分回很不彻底。第 30 回之后，只有回目，而没有编排回数。为了方便和醒目，本文对第 30 回之后的回数按自行顺序编排。

这 13 回，以及与之对应的繁本的回数，列表于下：

双本	3	7	29	38	42	57	64	65	66	68	70	90	95
繁本	3	7	30	44	49	67	75	76	77	79	81		

其中，第 90 回和第 95 回属于征王庆部分，无法与 100 回繁本对比。其他 11 回，在繁本中，全都有引头诗。

那么，是繁本增加了双峰堂刊本所没有的引头诗呢，还是双峰堂刊本删掉了繁本原有的引头诗？——这个问题，其实就是要求回答：是繁本以双峰堂刊本为底本呢，还是双峰堂刊本以繁本为底本？

双峰堂刊本自己作了坦率的供认：

第 7 回第 1 叶上层说：

"世上无人"八句诗无味，又不切中间之意，故以芟去。

而繁本第 7 回的引头诗正是"在世为人保七句，何劳日夜弄精神……"八句。

第 29 回第 1 叶上层说：

"一切诸烦恼"，此一首诗极无趣味，当原未知何人录上，故而去矣。观到此者莫言省漏，只此评自云耳。

而繁本第 30 回的引头诗也恰恰是"一切诸烦恼，皆从不忍生……"八句。

因此，不难理解，双峰堂刊本的底本就是回回都有引头诗的繁本。而双峰堂刊本这 11 回的缺少引头诗，原因在于它把它们从底本上"芟去"了。

芟除的原因是什么呢？

这 13 回分属于卷 1、卷 2、卷 6、卷 9、卷 10、卷 14、卷 15、卷 16、卷 21 和卷 23。只有第 7 回所在的卷 2，第 29 回所在的卷 6，第 64 回、第 65 回、第 66 回所在的卷 15，这 3 卷的末尾呈现拥挤的状态，几乎没有剩下空行。但其他 7 卷末尾却都有足够的可以容纳引头诗的空白的篇幅。可知芟除引头诗的原因主要不是为了节省纸张。

繁本上被删去的 11 首引头诗中，1 首是五言 8 句（40 字），6 首是七言 8 句（56 字），两首是《西江月》词（50 字）。只有两首字数稍多，一首是七言 16 句（112 字），另一首是七言 20 句（140 字）。然而和全书最长的几首比较起来，仍有小巫见大巫之感。可知芟除这一部分引头诗的原因，也不是嫌它们字数多。

按照双峰堂刊本第 7 回、第 29 回第 1 叶上层的说法，芟除的原因有二：一是这些引头诗"无味"或"极无趣味"；二是"不切中间之意"，即和该回故事情节的发展联系不够紧密。这可能是真正的原因。但，我认为，这不是全部的原因，也不是主要的原因。现存的 90 首引头诗，难道首首都是"有味"或"极有趣味"，首首都是"切合中间之意"的吗？

双峰堂刊本芟除这几首，而不芟除那几首，在这一点上，它恐怕带有很大程度的随意性。不过，这种芟除符合于它的总体要求（删减字数），是为它的主要目标服务的。作为一种简本，它的主要目标就是：把《水浒传》繁本变成删节本、普及本，一部节工省料的、廉价的、畅销的读物。

三　移置（上）

双峰堂刊本有引头诗者共 90 回。

其中，甲类 27 回，占 30%；乙类 63 回，占 70%。

甲类有下列诸回：

1　2　4~6　8　10~24　27　28　36　56　76　104

下列诸回则属于乙类：

| 25　26　30~35　37　39~41　43~55　58~63 |
| 67　69　71~75　77~89　91~94　96~103 |

乙类自第 25 回开始，而第 25 回恰恰位于卷 6 之首。这不是偶然的巧合。这表明，双峰堂刊本的编辑者或整理者对于要不要移置引头诗，在最初还没有拿定主意。直到刊印到第 5 卷时，方才下了决心。

如果把删弃引头诗的情况联系起来，那就更可以看得清楚了。

全部为乙类引头诗者，有以下 9 卷：

| 7 | 8 | 11 | 12 | 13 | 17 | 19 | 20 | 22 |

全部为乙类引头诗以及引头诗遭到删弃者，有以下 6 卷：

| 10 | 15 | 16 | 21 | 23 | 24 |

两者相加，计 15 卷。

一开始，卷 6 还有两回保持着甲类引头诗。到后来，留存甲类引头诗的，在卷 9、卷 14、卷 18、卷 25 等 4 卷中便只有各 1 回了。其他卷（卷 1 至卷 5）中，保留着甲类引头诗的，卷 1 有 4 回（另 1 回删弃），卷 2 有两回（另 1 回删弃），卷 3、卷 4、卷 5 则为全部（各有 5 回）。

这可以看出一条清晰的分界线。甲类引头诗绝大部分集中于前 5 卷，乙类引头诗则主要集中于后 20 卷。而且呈现出一种趋势：越往后，甲类引头诗越来越少，相反的，乙类引头诗（再加上被删弃的引头诗）却越来越多。

试问，为什么要把引头诗移置在上层呢？

双峰堂刊本有的地方根本不作任何解释，有的地方则做出了几种绝妙的正面的回答。

第一种回答是：引头诗所说的，与《水浒传》内容无干。例如：

此八句未见言水浒中句语，故写放上层。（第 31 回 7/11b）

凡引头之诗，皆未干水浒内之事，观之摭（遮）眼，故写于上层，随爱览者览之。（第 33 回 8/1a）

此诗同前，未见干传之意，亦录放上层。（第 34 回 8/10a）

托物比兴，趣味皆全，而未见有切干水浒传之要，故录上层。（第 54 回 13/16b）

诗中未切水浒意味，故录上层。（第 60 回 14/22b）

第二种回答适与第一种回答相反：引头诗所说的内容仅与《水浒传》的人物、故事情节有关。例如：

此八句诗，亦不干水浒之意，止言打青州、救孔明之事，故续上层。（第 48 回 12/9b）

一首诗中，从宋江等入城言起，直到李逵闹皇君止，不可削之，录

于上层。(第 61 回 15/1a)

诗中美赞李逵义勇好处，不该录于引头，故记上层。(第 62 回 15/7a)

二首诗中皆言燕青之事，而美之词句，去之不可，放下层无味，录于上层。(第 63 回 15/12a)

一首引头诗句，单道燕青入花柳，不移其心，又主（?）成功，惟尾句收之太宽，不录于上，遮人耳目，故此录记上层。(第 70 回 16/17a)

言尽水浒一部，奈不该记于此处，故录上层，随便览之云。(第 72 回 17/1a)

一首中见辽主志倒兵衰，削之不可，放下层不干正意，录上随看。(第 74 回 17/21a)

第三种回答是：引头诗所说的内容，有意思，有味或有趣，有妙处，或有可取之处。例如：

此诗一首，觉有意思，录记上层，随便览观。(第 85 回 8/14/b)

一词之中，须（虽）未干水浒中之紧切，亦可取其有味。放下层，则不当；录上层，真得其理。(第 41 回 10/16a)

不切要而可取，录于上层。(第 43 回 11/1a)

一首诗中，意味真切，奈放下层又未见切要，故录上层，随君观览。(第 49 回 12/13a)

一首词中，句句有味，奈不该放下层，摭（遮）掩人耳目，故录于上。(第 53 回 13/12b)

一首诗中，见雪之妙，立处录上层。(第 55 回 13/21a)

第四种回答也正好和第三种回答相反：引头诗所说的内容，缺乏意味，平俗，不见好处，没有存在的必要。例如：

词之事，皆是一引头，何必要？故录上层，随便览观。(第 39 回 9/22a)

各传皆无引头之诗，惟水浒中添此引头诗，未见可取。观传者无非览看词语，观其事实，岂徒看引头诗者矣。放此引头诗反摭（遮）人耳目，故记上层，随人览看。(第 40 回 10/1a)

一句请（诗）中，意味全无美丽，放于下层，摭（遮）人耳目，故录于上层，随便览矣。(第 50 回 12/17b)

诗中未见真切，意味不爽，录上随观。（第 52 回 13/6a）
一首平俗，故律上层。（第 58 回 14/15a）
一首诗中未见美丽，录于上层。（第 59 回 14/19b）
诗须有好处。其意未切，故录上层，随便观之。（第 73 回 17/7b）

以上四种回答，构成了内容完全相反的两组。

另外还有一种回答：引头诗寓有劝诫的内容。例如：

不干水浒内事，其诗人是劝人善事，故以写放上层。（第 25 回 6/1a）
"妙药"诗一首，亦只是劝免（勉）人之意，不可放水浒下层，故以律上层，作评劝之词。（第 32 回 7/16a）

从上面所举的例子不难看出，双峰堂刊本移置的理由同样带有很大程度的随意性。它一会儿说，"未见言水浒中句语"，"未干水浒内之事"，所以移置上层；一会儿又说，写到了"打青州、救孔明之事"，或者赞美了李逵、燕青等人物，甚至"言尽水浒一部"，所以也要移置上层。与《水浒传》内容无关的要移置，与《水浒传》内容有关的也要移置。这算什么逻辑？它一会儿说，诗写得好，所以要移置上层；一会儿又说，诗写得不好，所以也要移置上层。正反两面的理由同时并存，越解释越令人糊涂。

这些都可以说是随手拣来的理由，并非双峰堂刊本的编辑者或刊刻者真意之所在。下面三个例子道破了天机：

例 1，第 44 回 11/11a：

此一首诗中，未见好处，欲去之不录，恐他人不知者言此处落矣，故以只得录于上层，随爱便览。

例 2，第 45 回 11/17b：

一首之中，俗而无味。去之恐观者言而漏削，只得录于上层。

例 3，第 47 回 12/1a：

此一首诗，左（元）不必要，本当略去，恐后人观者言此段①却此

---

① 此处当脱"漏"字。

诗，故以录放作评，随买者爱观则观，爱丢则丢，只此直白而已。

如此"直白"，撕去了所有的遮羞布。

由此可知，"未见好处"，"俗而无味"，以及上面所列举的种种理由，统统不过是掩饰真相的托词而已。真实的理由只有一个：缩减篇幅，节省工料。而这也是和上文第二节已指出的简本所追求的主要目标，保持着完全的一致。

四 移置（下）

在双峰堂刊本中，绝大部分移置至上层的引头诗，位于每回开始的地方。但有六处例外：它们都在上层，其位置却在每回正文的中间，而不在每回的开端。

例如7/5a上层：

"风波"诗一首，未见好处，故律于上层。诗云：风波世事不堪言，莫把行藏信手拈。投药救人翻致恨，当场排难每生嫌。婵娟负德终遭辱，谲诈行凶独被歼。列宿相逢同聚会，大施恩惠及闾阎。

此处之前，7/1a，是第30回"都监血溅鸳鸯楼，武松夜走蜈蚣岭"的开端；此处之后，7/11b，则是第30回的结尾和第31回"宋江夜看小鳌山，花荣大闹清风寨"的开端。这首诗显然属于第30回。但它不是第30回的引头诗。因为第30回另有引头诗："神明监察，难除奸狡之心……"

按照双峰堂刊本全书体例，从下层移置上层，并由编辑者后刊印者出面说明理由者，只有引头诗。除第6回（2/12b）有余仰止咏林冲的七言诗（"豪杰东至鬼门关"）四句，以及第99回（24/11b）咏安道全的七言诗（"安骥家传艺最精"）八句外，其他卷、叶的上层再没有出现过其他的诗篇。可知此处的"风波世事不堪言"一首也是引头诗无疑。

那么，它应当是哪一回的引头诗呢？

双峰堂刊本第30回相当于繁本的第31回。双峰堂刊本的第31回相当于繁本的第33回。繁本第33回的回目"武行者醉打孔亮，锦毛虎义释宋江"则不见于双峰堂刊本。而繁本该回的引头诗恰恰是"风波世事不堪言"一首，七言八句，一字不差。

双峰堂刊本移置上层的"风波世事不堪言"一首是繁本第32回的引头

诗。而繁本第 32 回不见于双峰堂刊本。它和第 31 回一道被双峰堂刊本删并为第 30 回。也就是说，双峰堂刊本取消了繁本第 32 回的回目，把繁本第 32 回的正文并入繁本第 31 回的正文，并使它们变成了自己的第 30 回。

当它这样做的时候，却忘记了一件事：应当同时取消繁本第 32 回的引头诗。这就向我们透露了个中的消息：原来双峰堂刊本所依据的底本是在这里分回、有回目且有引头诗的。

又如 10/6b 上层：

宋公明打祝家庄诗一首，无趣无味，故以去之。

10/12a 上层：

此一首词，不该录为上层。奈观传士子观至此处，恨不得转眼看毕，留为下层，反撼（遮）人耳目。故以律记上层。词云："宋江两打祝家庄，虎噬狼吞满四方……"

这两处互有关联。

据 10/6b，可知该处原有"宋公明打祝家庄诗一首"，已被双峰堂刊本删去。该处在第 40 回"杨雄大闹翠屏山，石秀火烧祝家庄"正文之中，第 41 回"解珍解宝双越狱，孙立孙新大劫牢"回目之前。这毗连的两回相当于繁本的第 46 回和第 49 回。10/6b 的正文则相当于繁本第 46 回的结尾和第 47 回的开端，而繁本第 47 回回目下联为"宋公明一打祝家庄"，引头诗是：

聪明遭折挫，狡狯失便宜。损人终有报，倚势必遭危。良善为身福，刚强是祸基。直饶三杰勇，难犯宋江威。

这实际上就是双峰堂刊本所删去的那一首"宋公明打祝家庄诗"。"宋公明打祝家庄"，在书中，有"一打"、"两打"、"三打"之分。为什么说这里所删去的一定是"一打"那一回的引头诗呢？

第一，从正文看，该处是繁本第 47 回的开端，恰正是该回引头诗所应当占据的位置。而"宋公明一打祝家庄"简称为"宋公明打祝家庄"，也符合于古人行文的习惯。

第二，10/12a 移置上层的诗，有"宋公明两打祝家庄"云云，这反过来证明 10/6b 所删去的"宋公明打祝家庄诗"是指"宋公明一打祝家庄"，即繁本第 47 回的回目，而不是"两打"（繁本第 48 回的回目）。如果两者都是指"两打"的回目，就未免重复了；况且引头诗一删一存，也未免扞格。

第三，它处于"两打"（繁本第 48 回）之前，更不可能是"三打"（繁本第 50 回）。

据 10/12a，该处移置上层的诗，以"宋江两打祝家庄"开头，接下去两句为"虎噬狼吞满四方，三庄人物世无双"。上文已指出，"宋公明两打祝家庄"系繁本第 48 回回目。而繁本该回的引头诗正是以"虎噬狼吞满四方，三庄人物世无双"开头的七言诗八句。两相比较，除"世无双"作"势无双"、"高明"作"高名"、"金精"作"金睛"、"翻娟"作"翻输"、"同娶"作"同聚"、"擅扬"作"擅场"外，其余全同，可知确为同一首引头诗。双峰堂刊本 10/12a 上层引诗以"宋公明两打祝家庄"开头，显然是归并正文并删去第 48 回回目时，误把回目的下联当成引头诗的首句了。

10/6b 和 10/12a 两个例子表明，双峰堂刊本第 41 回实际上包括繁本第 46 回、第 47 回、第 48 回。双峰堂刊本的编辑者或刊行者把三回合并为一回时，保留了繁本第 46 回的回目，删弃了第 47 回、第 48 回的回目；用移置上层的形式保留了繁本第 46 回、第 48 回的引头诗，删弃了第 47 回的引头诗；在这样做的时候，用"宋公明打祝家庄"和"宋江两打祝家庄"的代称透露了被删弃的两回回目。

这也表明，双峰堂刊本第 41 回来源于繁本第 46 回、第 47 回和第 48 回；它所依据的底本，在这里，分为三回，有回目，且有引头诗。

其他三处，情况相似，列表如下：

卷/叶	双峰堂刊本回数	繁本回数	移置之诗（首句）	引头诗在繁本的回数
7/21b	32	34~35	幸短亏心只是贫	35
8/5a	33	36~37	壮士当场展艺能	37
9/6b	36~37	41~43	为人当以孝为先	42

五 异文

如果把双峰堂刊本现存的引头诗，不管是移置过的，或未移置的，共 90 首，和繁本中的天都外臣序本、容与堂刊本对较，可以发现，异文甚多。

异文的情况，各不相同。有的出入较小，仅一两个字不同。有的出入稍大，从字面到内容意义，都有所不同。有的出入更大，有面目全非之感，但，这只占少数。

最突出的，是全书的引头词。繁本（以容与堂刊本为例）作：

> 试看书林隐处，几多俊逸儒流。虚名薄利不关愁，裁冰及剪雪，谈笑看吴钩。评议前王并后帝，分真伪占据中州，七雄扰扰乱春秋。兴亡如脆柳，身世类虚舟。见成名无数，图形无数，更有那逃名无数。霎时新月下长川，江湖变桑田古路。讶求鱼缘木，拟穷猿择木，恐伤弓远之曲木。不如且覆掌中杯，再听取新声曲度。

双峰堂刊本和繁本的引头词则完全不同：

> 人禀阴阳二气，仁义礼智天成，浩然配乎塞苍冥。可托六尺孤，能寄百里命。闲阅水浒全传，论天罡地杀咸名。逢场何辨伪与真，赤心当报国，忠义实堪钦。

两者相较，值得注意的有两点：

第一，繁本的那首词，从开头的"试看书林隐处，几多俊逸儒流"两句，到结尾"不如且覆掌中杯，再听取新声曲度"两句，使用了《水浒传》作者自己的语气，并以读者作为对象。而双峰堂刊本的这首词却是一种从旁加以评论的口吻，它的作者显然模拟着《水浒传》的阅读者或评论者的身份。

第二，这首词称《水浒传》为"水浒全传"，强调一个"全"字。这不仅证明它写于《水浒传》成书之后，而且证明它写于插增田虎、王庆二传之后。从《水浒传》版本演变的历史看，在插增本出现之前，无所谓"全"与"不全"之分。那时出版商的头脑中还没有产生用"全传"标榜的念头。

这首引头词表明，双峰堂刊本出现于繁本产生和流传之后。其他大量的引头诗异文也同样表明了这一点。

异文的产生，有时由刊刻中的差错造成。更多的情况，则是出于后人的改动。改动者的文化素养低下，他还不能细心体察原作者的用意，这些改动因之并不高明。它们和原文的区别，不难一一分辨。

六 不押韵

作为韵文,引头诗应当是押韵的。然而双峰堂刊本引头诗的某些韵脚却不押韵。这和繁本一比,妍媸立见。例如:
(1) 第 25 回 6/1b:

山妻雅(稚)子家常饭,不害相思不损身。

"身",繁本第 26 回作"钱"。其他韵脚:禅、缘、嫌、然。
(2) 第 26 回 6/6a:

善恶到头终有报,高飞远走也难逃。

"逃",繁本第 27 回作"藏"。其他韵脚:殃、伤、苍。
(3) 第 39 回 9/22b:

照见本来心,方便当明镜。

"当明镜",繁本第 45 回作"多竟究"。其他韵脚:咒、豆、救、祐、受。
(4) 第 49 回 12/13a、b:

神机运处良平惧,妙算行时鬼神惊。

"鬼神惊",繁本第 59 回作"鬼魅愁"。其他韵脚:优、仇、头、羞。
(5) 第 76 回 18/7a:

纷纷曜星①当前现,朗朗明星直下凡。

"凡",繁本第 89 回作"横"。其他韵脚:生、行、平。

我认为,在韵脚上不押韵,这不可能出于原作者之手。修改者对别人的创作信笔涂抹,丝毫也不顾及写诗的常识。

---

① "纷纷",繁本作"分分"。"曜星",繁本作"曜宿"。

七　不讲究对仗

引头诗以七言八句居多。这是七律的格式。其中的三、四两句，五、六两句要求对仗。然而双峰堂刊本的引头诗对这一点不注意，也不讲究。例如：

（1）第 27 回 6/8b：

行藏有义真堪美，富贵非常得自羞。

"常"，繁本第 28 回作"仁"。

（2）第 44 回 11/11b：

无义取钱汤泼雪，倘来田地水推沙。

"取钱"，繁本第 53 回作"钱财"。

（3）第 50 回 12/18a：

诸将缟衣先后断，九泉金镜恨难伸。

繁本第 60 回，"先后断"作"魂欲断"，"泉"作"原"，"镜"作"镞"。

（4）第 55 回 13/21a：

隐隐幽休（林）排剑戟，森森竹里摆刀枪。

"幽休（林）"，繁本第 65 回作"林边"。

（5）第 103 回 25/14b：

衲子空中圆寂去，将军功遂锦衣回。

"空中"，繁本第 99 回①作"心空"。

试看"林边"对"竹里"，自然而又妥帖，改为"幽林"后，虽然雅致了一点，无奈却破坏了最起码的对仗规律。这说明，双峰堂刊本的编辑者或

---

① 本文所用以比较的繁本均指 100 回本。

刊刻者在改动《水浒传》原文时，带有一定程度的随意性。

八　改动原文的原因

通过大量的例子，可以看出，双峰堂刊本引头诗异文的绝大多数是因为改动原文而产生的。为什么要改动原文呢？我看，至少有两个明显的原因：

第一，因不懂原文的词语而改动。

第二，想把原文中比较艰深的词语改得比较通俗一些。

例如：

(1) 第27回6/8b：

乡党刚强施小虎，江湖英勇武都头。

"刚强"，繁本第28回作"陆梁"，"英勇"作"任侠"。

(2) 第31回7/11b：

痴聋哑子家豪富，智勇聪明却受贫。

繁本第33回，"痴聋哑子"作"盲聋瘖瘂"，"勇"作"慧"。

(3) 第50回12/17b、18a：

背后之言不可吟，得饶人处且饶人。

"吟"，繁本第60回作"谌"。

(4) 第71回16/17b：

花柳丛中逢妓女，洞房深处遇君王。

"丛"，繁本第82回作"曲"。

(5) 第97回23/19b：

万里长江水似倾，东归大海若雷鸣。

"水似倾"，繁本第91回作"似建瓶"。

其中，有几个词语，意义比较艰深。"陆梁"——嚣张、猖獗；"建"——

倾倒,"似建瓶"比喻自上而下,势不可遏。把它们分别改为"刚强"和"水似倾",勉强可通。"曲"字特指妓院,改为"丛"字,变成了一般的意义。"谌"是相信的意思,改为"吟"字,偏离了作者的原意。至于把"盲聋瘖痖"改为"痴聋哑子",则目的不外乎追求通俗。

这些例子同样都能证明,是双峰堂刊本改动了繁本,而不是繁本改动了双峰堂刊本。换言之,以版本出现的先后顺序而论,应该是繁本在先,双峰堂刊本在后。

九　田虎、王庆的有无

双峰堂刊本第43回相当于繁本100回本的第51回。如果将100回本分为上下两部,那么,处于下半部开端的正是第51回,而第51回的引头诗正是开端的开端。这就使它具有了特殊的意义。它是七言古诗,一共22句。全篇以咏宋江为主,从"龙虎山中走煞罡"一直说到"高名留得万年扬"。其中有六句接连叙述了宋江上梁山后的六大业绩:

　　报冤率众临曾市,挟恨兴兵破祝庄。
　　两赢童贯排天阵,三败高俅在水乡。
　　施功紫塞辽兵退,报国清溪方腊亡。

无疑,这些都是书中的重要关目。一事在上半部,五事在下半部。把它们放在下半部的开端,一一向读者提示,对上半部来说,具有小结的作用,而对下半部来说,则具有预告的作用。

特别引人注目的是"施功"、"报国"两句。这两句在双峰堂刊本中完全相同。以"方腊亡"紧接于"辽兵退"之后,其间没有给予田虎、王庆栖身之地,不正表明双峰堂刊本的底本也像繁本100回本一样,根本就没有田、王二传吗?否则,田、王二传和辽、方二传完全有资格相提并论,它们的重要性不亚于"两赢童贯"和"三败高俅"之类,无论如何是必须在这里提上一笔的。

和这相似的还有双峰堂刊本第104回。它居于全书之末,相当于繁本100回本的第100回。它的引头词有这样几句:

五台山祭（发）愿，洗（扫）清辽国传（转）名香。奉诏南收方腊，催促渡□□（长江）。一自闰（润）州破敌，席卷起（过）钱塘。抵清溪，登昱岭，涉长江（高冈）。蜂巢剿灭，京（班）师衣锦尽还乡。①

它以"奉诏南收方腊"紧接于"洗清辽国"之后，和第43回情况相同。这同样表明，双峰堂刊本的底本应是没有田、王二传的繁本100回本。

另外，"催促渡□□（长江）"一句中的"□□"二字，在双峰堂刊本中，原作"长江"，后经挖改，以致模糊不清。为什么要挖改呢？这涉及下文"涉长江（高冈）"一句。该句在繁本中原作"涉高冈"，"冈"字正在韵脚上。双峰堂刊本的编辑者或刊刻者可能嫌"高冈"二字过于抽象，和上文两个具体的地名"清溪"、"昱岭"不搭配，所以改成了"长江"。但这样一来，又产生了新的问题。不仅颠倒了宋江进军路线的顺序，而且和上文"催促渡长江"犯重。怎么办呢？编辑者或刊刻者大概懒得再动脑筋，就信手挖去"催促渡长江"中的"长江"二字。挖时，又不知该挖何字为好，就采取挖而不改的方式，似挖非挖，造成模糊不清的效果，以搪塞读者。由此可见，繁本的"涉高冈"是原文，双峰堂刊本的"涉长江"则是后人改动过的。

十　从异文判断来源

在《水浒传》中，现存的重要的100回本有天都外臣序本、容与堂刊本、钟伯敬批本和芥子园刊本等。其中，钟伯敬批本源出容与堂刊本，芥子园刊本源出120回的袁无涯刊本。所以，现存100回的繁本以容与堂刊本和天都外臣序本为主。

既然双峰堂刊本的引头诗表明这个简本来源于100回的繁本，那么，能不能进一步探索它来源于哪一个现存的100回繁本呢？

天都外臣序本和容与堂刊本的引头诗存在着若干异文。这为判断双峰堂刊本的来源提供了重要的依据。

请看下面五个具体的例子：

---

① 此引头词，引自双峰堂刊本。括号中是繁本的异文。

第 15 回（繁本第 16 回）："满驮金贝归山寨，懊恼中书老相公。""懊恼"，天都外臣序本同，容与堂刊本作"懊恨"。二者均可通。

第 31 回（繁本第 33 回）："花开不择贫家地，月照山河到处明。""贫家地"，天都外臣序本同，容与堂刊本作"贫家第"。二者均可通。

第 45 回（繁本第 54 回）："试把兴亡重点检，西风搔首不胜情。""点检"，天都外臣序本同，容与堂刊本作"检点"。二者均可通。

第 60 回（繁本第 71 回）："堂前一卷天文字，付与诸君①仔细看。""堂前"，天都外臣序本同，容与堂刊本作"堂堂"。二者均可通。

第 75 回（繁本第 88 回）："红缨棍摆豺狼子（牙），宝雕弓挽马（乌）龙脊。""十万番兵耀英武，虎熊弦动声悲哭（号）②。""豺狼"，天都外臣序本同，容与堂刊本作"豹狼"。上句"豺狼"与下句"乌龙"相对，"豹"字当是"豺"字的形讹。"声悲号"，天都外臣序本同，容与堂刊本作"悲声号"。二者均可通。"哭"字显系"号"字的形讹。

此外，还有五个例子，列表如下：

双本回数	繁本回数	双本原文	天本原文	容本原文
28	29	展	展	转
32	34	短幸	短幸	短行
43	51	介胄	介胄	甲胄
44	53	朝云	朝云	朝霞
63	74	赛搏	赛搏	赛博

以上十个例子表明，凡是天都外臣序本和容与堂刊本有异文的地方，双峰堂刊本一概同于天都外臣序本，而与容与堂刊本相左。这就清楚地告诉人们，双峰堂刊本的底本不是容与堂刊本，而是天都外臣序本。

容与堂刊本有甲种本与乙种本之分。以上所举的十个例子都属于甲种本，或为甲种本、乙种本所共有。它们可以证明，双峰堂刊本的底本不是容与堂刊本的甲种本。

现再举一个例子，来证明双峰堂刊本的底本也不是容与堂刊本的乙种本。第 41 回（繁本第 49 回）："狼心狗倖滥居官，致使英雄扼腕。""狗倖"，天

---

① "诸君"，繁本作"诸公"。
② "红缨"，繁本作"朱缨"；"虎熊弦动"，繁本作"虎筋弦动"。

都外臣序本、容与堂刊本甲种本并同，容与堂刊本乙种本作"狗行"。

那么，有没有不同于天都外臣序本的异文呢？

有的，有一个例子。第49回（繁本第59回）："堪叹梁山智术优，舍身弃命①报冤仇。""堪叹"，容与堂刊本同，天都外臣序本作"堪羡"。从全诗内容来看，"羡"字优于"叹"字。"叹"字可能是"羡"字的形讹。

但仅仅一个孤单的例子，既不足以肯定双峰堂刊本来源于容与堂刊本，也不足以否定双峰堂刊本来源于天都外臣序本。十与一之比，在这里，数字的力量仍是强大的。

当然，在双峰堂刊本的引头诗中，还有一些不同于天都外臣序本、容与堂刊本的异文。

例如第33回（繁本第36回）："为不节而亡家，因不廉而失位。""亡家"，天都外臣序本、容与堂刊本均作"忘家"。二者皆可通。

又如，第67回（繁本第78回）："去时三十六，回来十八双。若然少一只，定是不还乡。"后两句，天都外臣序本、容与堂刊本均作"纵横千万里，谈笑却还乡"。

这两个例子能不能证明双峰堂刊本的底本既不是天都外臣序本，也不是容与堂刊本呢？

关于这个问题，我认为，要分作两层看。一方面，不能说没有这种可能性。另一方面，应该实事求是地承认，这种可能性委实是不大的。上文已指出，双峰堂刊本在编辑和刊刻过程中改动原文的地方不在少数。这两例中的异文，在我看来，非常可能就是修改的结果。第67回引头诗的后两句，大约是双峰堂刊本的编辑者或修改者根据《大宋宣和遗事》的记载加以改动的②。

十一 结论

本文考察和探讨了《水浒传》双峰堂刊本的引头诗问题，得出以下几项结论：

（1）双峰堂刊本无引头诗者，13回。有引头诗者，90回；其中，置于回

---

① "弃命"，繁本作"捐命"。
② 《大宋宣和遗事》利集记此事云："来时三十六，去后十八双。若还少一个，定是不还乡。"

目之后、正文之前者，27 回；移置于回首上层者，63 回。另有 6 首引头诗，置于上层，但却位于正文中间，而不在回目之后、正文之前。

（2）无引头诗之处，概为删弃的结果。双峰堂刊本的编辑者或刊印者随意删弃某些引头诗，是为了节工省料。

（3）许多引头诗被移置于上层，其主要原因也是缩减篇幅，节省工料；同时，这样做，当然也是为了避免被读者指责为无意的遗漏和有意的删节。

（4）繁本原有的引头诗经过双峰堂刊本的整理者或刊印者的修改后，产生了异文。这些异文可以证明，按照版本出现的先后顺序来说，繁本在先，双峰堂刊本（简本）在后。

（5）双峰堂刊本的底本是一种繁本；它在形式上回回都有引头诗；在内容上，没有田虎、王庆二传。

（6）通过引头诗异文的比较，可以看出，双峰堂刊本所依据的繁本，不是容与堂刊本，而是天都外臣序本。

《水浒传》袁无涯刊本回目的特征

一 关于袁无涯刊本

袁无涯刊本，即《李氏藏本忠义水浒全传》，或称《出相评点忠义水浒全传》，120回。也有人称之为"全传本"，或"杨定见本"。

袁无涯刊本的回目，有一些地方明显地区别于《水浒传》其他版本。另外，还有一些地方呈现出某种特征。这有助于我们了解它和《水浒传》其他版本的关系。

当然，从正文到回目，袁无涯刊本与《水浒传》其他版本最大的不同，在于它的征王庆、征田虎部分，即第91回至第110回。这暂时不在本文的探讨范围之内。

除此之外，值得注意和研究的回目尚有12个之多。不妨把它们分作五组来加以探讨。

二 第26回回目

第一组是特殊的3回：第26回、第75回和第90回。

袁无涯刊本最特殊的回目，是第26回："偷骨殖何九叔送丧，供人头武二郎设祭"。这无论和100回本中的天都外臣序本、容与堂刊本、钟伯敬批本，或是和许多简本，都迥然不同。

字数不同，它是八言，其他版本是六言或七言。字句内容也不同。列表对照如下①：

版　　本	回　数	回　　目
袁无涯刊本	26	偷骨殖何九叔送丧，供人头武二郎设祭
天都外臣序本	26	郓哥大闹授官厅，武松斗杀西门庆
容与堂刊本	26	郓哥大闹授官厅，武松斗杀西门庆
钟伯敬批本	26	郓哥大闹授官厅，武松斗杀西门庆
双峰堂刊本	25	郓哥报知武松，武松杀西门庆
雄飞馆刊本	25	郓哥报奸与武松，武松杀死西门庆
黎光堂刊本②	25	总目：郓哥知情报武松，武松怒杀西门庆
黎光堂刊本	25	分目：郓哥报知武松，武松杀西门庆
刘兴我刊本	25	郓哥报知武松，武松杀西门庆
《汉宋奇书》本	25	郓哥报知武松，武松杀西门庆

从内容上看，第26回回目有甲、乙两种类型。袁无涯刊本是乙种类型，其他版本可以归结为甲种类型。

甲种类型有三大缺点。

第一，"郓哥大闹授官厅"，这件事在正文中找不到踪影。是的，作为证人，郓哥曾和何九叔一起，随武松到"县厅"去告状。但书中并没有正面写出郓哥在"县厅"上说过什么话和做过什么行动。何来"大闹"二字？

"郓哥大闹授官厅"的事迹，为什么在第26回正文中不见踪影？推测起来，恐怕存在着以下几种可能性：

（1）原有这样一段细节描写，后来在定稿时割弃了。

（2）作者执笔之初，就定下了回目，但在撰写正文时，却由于某种原因，放弃了原先的构思，写成现在这个样子。事后又忘记在回目上作相应的修正。

（3）作者拟定这个回目时，头脑里产生了错误的联想，把第21回唐

---

① 繁本以天都外臣序本、容与堂刊本和钟伯敬批本三种为例。与袁无涯刊本同属一个版本系统的芥子园刊本、贯华堂刊本，以及标目主要抄袭袁无涯刊本的映雪草堂刊本，均未列入。简本则姑以双峰堂刊本、雄飞馆刊本《二刻英雄谱》、黎光堂刊本、刘兴我刊本、《汉宋奇书》本（务本堂刊本）五种为例。

② 黎光堂刊本、刘兴我刊本和《汉宋奇书》本三种，总目和分目不一致，现均列入，以供参考。

牛儿的事迹搬到这里来了。

（4）作者拟写回目时的情况可能是这样的：这时，回目上联的"大闹授官厅"以及回目下联已经拟好，只等着往上填一个人名了。到"县厅"去打官司的共三个人，武松、何九叔和郓哥。按理，应该填武松。但是，武松之名，已经见于回目下联，照例不能重复。填何九叔吧，只有两个字的地位，无法容纳，而且与下联的"武松"也不对称。无奈只好填上郓哥。尽管他并没有"大闹"，那也顾不得了。

第二，回目上联以郓哥为主，然而正文中有关郓哥的叙述不过七百余字，仅占全回字数的9%。

第三，回目下联以武松杀西门庆一事组成，而此事同样只有七百余字加以铺叙，所占篇幅也是全回的9%。两者相加，还不足1/5，似乎都缺乏上回目的必要的资格。

乙种类型正是甲种类型的改进。上联改以何九叔为主，下联则改以武松供人头设祭一事为中心。改得好不好，以及改得是否恰当，暂且不论。至少在篇幅的笼罩面上要比原来扩大了三倍多。

"郓哥大闹授官厅，武松斗杀西门庆"的回目在先，"偷骨殖何九叔送丧，供人头武二郎设祭"的回目在后——这显然与《水浒传》版本演变的轨迹相符。

第26回回目的变化表明，100回本最早（有缺陷或许正是原始状态的反映），简本次之（它们是在100回本的基础上有所改动），袁无涯刊本最晚（它也是立足于100回本，但作了较大的改动）。

三 第75回回目

第75回回目，"活阎罗倒船偷御酒，黑旋风扯诏骂钦差"，也同样显示了袁无涯刊本的特色。试列表对照如下：

版　本	回　数	回　　目
袁无涯刊本	75	活阎罗倒船偷御酒，黑旋风扯诏骂钦差
天都外臣序本	75	活阎罗倒船偷御酒，黑旋风扯诏谤徽宗
容与堂刊本	75	活阎罗倒船偷御酒，黑旋风扯诏谤徽宗

续表

版　本	回　数	回　目
钟伯敬批本	75	活阎罗倒船偷御酒，黑旋风扯诏谤徽宗
双峰堂刊本		小七破船偷御酒，李逵扯诏谤朝廷
雄飞馆刊本	65	小七倒船偷御酒，黑旋风扯诏谤徽宗
藜光堂刊本	70	小七破船偷御酒，李逵扯诏谤朝廷
刘兴我刊本	70	小七破船偷御酒，李逵扯诏谤朝廷
《汉宋奇书》本	70	小七破船偷御酒，李逵扯诏谤朝廷

问题的关键在于下联最后三个字的异文："谤徽宗"，"谤朝廷"或"骂钦差"。异文有各自不同的含义和启示。

我在讨论《水浒传》映雪草堂刊本的标目"黑旋风扯诏骂钦差"时，曾以容与堂刊本、双峰堂刊本和袁无涯刊本的回目做了比较，并进一步推测异文产生的原因和先后次序，指出："由于涉及最高封建统治者，不得不在原来的基础上稍加调整和改动，以免引起不必要的误解，这恐怕就是产生异文的直接原因。推测起来，径直出现'徽宗'庙号，并把它当做毁谤对象的容与堂刊本的回目大概是原有的。而双峰堂刊本回目的'谤朝廷'，还保留了一个'谤'字，把毁谤的对象从实指的皇帝改为泛指的包括皇帝在内的中央封建统治集团，应当是出于第一次的修改。至于袁无涯刊本回目和映雪草堂刊本标目的'骂钦差'，不仅躲过了皇帝，而且避开了整个的中央封建统治集团，把矛头只限于指向一位具体的官员，这无疑是经过句斟字酌之后所作的第二次修改。"[①]

异文出现的先后次序，当如下图所示：

```
        ┌── 谤朝廷 ──┐
谤徽宗 ──┘           └── 骂钦差
```

在正文中，李逵的"谤"或"骂"只有这样几句：

你那皇帝，正不知我这里众好汉，来招安老爷们，倒要做大！你的皇帝姓宋，我的哥哥也姓宋。你做得皇帝，偏我哥哥做不得皇帝！你莫要来恼犯着黑爹爹，好歹把你那写诏的官员尽都杀了！

[①] 《谈水浒传映雪草堂刊本的概况、序文和标目》，《水浒争鸣》第3辑（长江文艺出版社，1984），151页。

从上下文来看，他的话系针对招安诏书而发。他"谤"或"骂"的对象，主要是皇帝。捎带着，他也提到了"写诏的官员"。

因此，以天都外臣序本、容与堂刊本和钟伯敬批本为代表的100回本，它们的回目写作"谤徽宗"，是和正文的内容合辙的。我相信，第75回成立之初，回目上写着的就是这三个字。

简本双峰堂刊本、藜光堂刊本、刘兴我刊本、《汉宋奇书》本等的"谤朝廷"，如果把"朝廷"作为皇帝的代称（古人偶尔也有这种用法），那也还和原意相去不远。

袁无涯刊本改作"骂钦差"，如上所说，其原因是可以理解的。然而这三个字与正文有悖。书中讲得非常清楚，钦差乃是太尉陈宗善。他来到梁山泊，不曾发一言一语。梁山泊的众头领并没有对他采取敌对的态度。和陈宗善不同，随行的李虞侯和张干办二人，仗着是高太尉和蔡太师的亲信，作威作福，动辄斥骂，对梁山泊众头领说话时一直使用威胁性的口吻。李逵的"骂"，正是当着他们的面发出的。实际上，他们比陈宗善更具备挨骂的资格。但，他们并不具备钦差的身份和地位。

李逵确乎没有骂过钦差。回目中的"骂钦差"三字可以说是完全落了空。

把"谤徽宗"改为"骂钦差"的人，不是原作者。所以，他无法细心地体察到原作者遣词造句的用心。

四 第90回回目

和第26回、第75回一样，第90回的回目也是袁无涯刊本所特有的。为了说明问题的方便，仍列一表于下。

版　本	回　数	回　目
袁无涯刊本	90	五台山宋江参禅，双林镇燕青遇故
天都外臣序本	90	五台山宋江参禅，双林渡燕青射雁
容与堂刊本	90	五台山宋江参禅，双林渡燕青射雁
钟伯敬批本	90	五台山宋江参禅，双林渡燕青射雁
双峰堂刊本	90	五台山宋江参禅，双林渡燕青射雁
雄飞馆刊本	79	五台山宋江参禅，双林渡燕青射雁

续表

版　　本	回　数	回　　目
藜光堂刊本	83	五台山宋江参禅，双林渡燕青射雁
刘兴我刊本	83	五台山宋江参禅，双林渡燕青射雁
《汉宋奇书》本	83	五台山宋江参禅，双林渡燕青射雁

其他版本，不分繁本和简本，第90回回目全都一致。这使得袁无涯刊本第90回的回目格外引人注目，并且不啻告诉人们：袁无涯刊本的这个回目（包括和这个回目相应的正文）是晚出的，经过了后人的改写。

第90回位于征辽故事结束的地方。在100回本中，第91回为征方腊故事的开端。而在120回的袁无涯刊本中，从第91回起，转入了征田虎故事。为了插进已经改写过的征田虎、征王庆故事，必须改写第90回的后半回。而在改写第90回的后半回的过程中，又尽量迁就原来的结构和人物。

因此，从"双林渡燕青射雁"到"双林镇燕青遇故"，人物——燕青还是燕青；地点——"双林"依旧是"双林"，只不过把"渡"改成了"镇"；情节——由射雁改为遇见故人许贯忠。

至于燕青射雁和宋江赋写诗词的情节，则保留下来，放在第110回的上半回，回目的上联变成了"燕青秋林渡射雁"。

其实，"燕青秋林渡射雁"即"双林渡燕青射雁"。第90回把"秋林渡"改成了"双林镇"，这里则是把"双林渡"改成了"秋林渡"。

五　第72回回目

第2组只有一回，即第72回。

在100回本中，第72回的回目作"柴进簪花入禁院，李逵元夜闹东京"。天都外臣序本、容与堂刊本和钟伯敬批本，莫如此。甚至简本系统中的双峰堂刊本、雄飞馆刊本和124回本，亦无异文。

袁无涯刊本的分目也没有异文。但是，它的总目却作"柴进簪花入禁苑，李逵元夜闹东京"。这里，出现了"禁院"和"禁苑"的区分[①]。

[①] 袁无涯刊本总目上的"苑"字，郑振铎序《水浒全传》本（人民文学出版社，1954）失校。

"禁院"和"禁苑",意义差不多。柴进进入东华门后,到了紫宸殿、文德殿、凝晖殿和睿思殿等处。说他"入禁院",本无问题。正文叙述柴进出来时说:

柴进便离了内苑,出了东华门,回到酒楼上。

其中有"内苑"二字。所以,说他"入禁苑",也无不可。

"苑"字的出现,依我看,有两种可能。一种可能,是因为"院"、"苑"二字音同,在抄写和刊刻总目时发生了差错。另一种可能,是出于袁无涯刊本的有意改动,或许因为"苑"字比"院"字更显得文雅些?

巧得很,简本中的藜光堂刊本、刘兴我刊本和《汉宋奇书》本的第67回(相当于袁无涯刊本的第72回)回目的上联也作"柴进簪花入禁苑"。更巧的是,它们在总目上作"禁苑",但在分目上仍然作"禁院"。——在这一点上,它们和袁无涯刊本完全一模一样。

这种雷同的现象当然不可能是偶然的。那么,是袁无涯刊本沿袭了藜光堂刊本、刘兴我刊本或《汉宋奇书》本呢,还是这几种简本依样画葫芦地抄录了袁无涯刊本?这只有等到我们对这几种版本都作了全面的考察之后,才能得出比较明确的、和事实相符的结论来。

六 第8、第37、第43、第69、第85回回目

第3组包括5回:第8回、第37回、第43回、第69回和第85回。

和第2组一样,袁无涯刊本的第三组5回的回目也在总目和分目上有异文。列表如下①:

回数	总目	分目
8	花和尚大闹野猪林	鲁智深大闹野猪林
37	船火儿大闹浔阳江	船火儿夜闹浔阳江
43	假李逵剪径劫单身	假李逵剪径劫单人
69	宋公明义释双枪将	宋公明义识双枪将
85	宋公明夜渡益津关	宋公明夜度益津关

---

① 异文仅见于回目的上联或下联。第43回和第85回,上联。第8回,第37回和第69回,下联。表中仅列入有异文的上联或下联。

以上 5 回总目与分目的歧异，是不是袁无涯刊本的独创呢？

不是的。这 5 回的回目，袁无涯刊本和 100 回本中的天都外臣序本、容与堂刊本、钟伯敬批本完全一致。它们同样存在着"花和尚"与"鲁智深"、"大闹"与"夜闹"、"单身"与"单人"、"义释"与"义识"、"夜渡"与"夜度"等等的歧异。

在这一点上，第三组和第二组不同。

这个现象告诉我们，有两种可能，或是袁无涯刊本来源于 100 回本，或是 100 回本来源于 120 回的袁无涯刊本。如果结合着对袁无涯刊本的其他方面的探索来考虑，则答案只能有一个：袁无涯刊本来源于 100 回本。它以 100 回本为底本，并在这个基础上进行了删节、修改和增补。他照抄了 100 回本这 5 回的总目，也照抄了 100 回本这 5 回的分目。在这个过程中，它少下了一道工夫，没有对总目和分目进行校雠，没有发现它们之间的歧异，因而无意中保留了 100 回本的原貌。

七　第 50、第 64 回回目

第 50 回和第 64 回构成了第四组。

第四组正好和第二组相反。第二组的第 72 回的回目，100 回本的总目和分目没有歧异；袁无涯刊本的分目仍和 100 回本保持着一致，而它的总目却有异于 100 回本。

第四组的回目，袁无涯刊本的总目和分目没有歧异；100 回本的总目和分目却有歧异，只有它的总目仍和袁无涯刊本保持着一致。

第四组也和第三组不同。第三组的总目和分目有歧异，在这一点上，袁无涯刊本和 100 回本完全一致。第四组则 100 回本的分目有异于袁无涯刊本。

现列表于下[①]：

第 50 回：

版　　本	总　　目	分　　目
袁无涯刊本	吴学究双掌连环计	吴学究双掌连环计
天都外臣序本	吴学究双掌连环计	吴学究双用连环计

[①] 表中仅列回目有异文的上联或下联。第 50 回和第 64 回，上联；第 81 回，下联。

版　本	总　目	分　目
容与堂刊本	吴学究双掌连环计	吴学究双掌连环计
钟伯敬批本	吴学究双掌连环计	吴学究双掌连环计

第64回：

版　本	总　目	分　目
袁无涯刊本	呼延灼月夜赚关胜	呼延灼月夜赚关胜
天都外臣序本	呼延灼月夜赚关胜	呼延灼夜月赚关胜
容与堂刊本	呼延灼月夜赚关胜	呼延灼夜月赚关胜
钟伯敬批本	呼延灼月夜赚关胜	呼延灼夜月赚关胜

"双掌"和"双用",意义相差无几。"月夜"和"夜月",互相颠倒,这就牵涉到回目的下联了。因为回目的上、下联有对偶性。下联"宋公明雪天擒索超",与"月夜"或"夜月"相对应的是"雪天"二字。从对偶的角度说,自以总目的"月夜"略胜一筹。袁无涯刊本取"月夜"而舍"夜月",谅必是经过一番思索的。

八　第81回回目

最后一组,也只有一回,即第81回。

它和第四组有同有异。相同的是:袁无涯刊本的总目和分目一致。相异的则是:在100回本系统内部,有的版本总目和分目一致,有的版本总目和分目不一致。

第81回回目,列表于下:

版　本	总　目	分　目
袁无涯刊本	戴宗定计出乐和	戴宗定计出乐和
天都外臣序本	戴宗定计出乐和	戴宗定计赚萧让
容与堂刊本	戴宗定计赚萧让	戴宗定计赚萧让
钟伯敬批本	戴宗定计赚萧让	戴宗定计赚萧让

第四组的第 50 回和第 64 回表明，袁无涯刊本在统一 100 回本原有的总目和分目的歧异时，接受总目，而摒弃分目。它处理第五组的第 81 回回目时，也采取了这种方式。但 100 回系统的三个版本，却迈着不整齐的步伐。结果，第 81 回的回目呈现了这样奇特的现象：天都外臣序本总目作"出乐和"，分目作"赚萧让"；容与堂刊本、钟伯敬批本总目、分目均作"赚萧让"；而袁无涯刊本则总目、分目均作"出乐和"。容与堂刊本、钟伯敬批本和袁无涯刊本，都统一了总目和分目的异文，但各自为政，前者采取了天都外臣序本的分目，后者采取了天都外臣序本的总目。

"出乐和"和"赚萧让"都是第 81 回中叙述的情节。但它们指的不是两件事，而是同一件事。当时，乐和、萧让二人被高太尉软禁在府内。燕青和戴宗奉命到东京来援救他们。戴宗定计，二人假扮公人，买通了小虞侯，在耳房内同乐和匆匆见上一面，暗通消息。当夜，乐和、萧让便在戴宗、燕青的帮助下，逃离太尉府。应该说，回目上面出现"出乐和"或"赚萧让"的字样，都与故事情节相符。燕青和戴宗商议时，燕青说："只是萧让、乐和在高太尉府中，怎生得出？"戴宗说："等他府里有人出来，把些金银贿赂与他，赚得一个厮见，通了消息，便有商量。"后来，同乐和见了面，燕青对他说："我同戴宗在这里定计，赚得你两个出去。"在这些话语里，都使用了"出"字和"赚"字。所以，回目作"出乐和"或"赚萧让"，还是渊源有自的。

不过，回目上的人名，到底出乐和好，还是出萧让好？衡量一下，两者并非难分轩轾的。在这一回正文中，是乐和与燕青、戴宗取得联络，并把消息同报给萧让。而萧让呢，在逃离太尉府之前，他根本没有出过场。因此，在我看来，"出乐和"优于"赚萧让"。

从版本演变的过程来考察，天都外臣序本总目作"出乐和"，分目作"赚萧让"，依违两可；容与堂刊本、钟伯敬批本统一为"赚萧让"，抹掉了总目和分目的歧异，但却选错对象，推出了在这个事件中处于不太重要地位的圣手书生；袁无涯刊本统一为"出乐和"，最为妥帖。

第 81 回的回目，对于判断哪一种版本是袁无涯刊本的底本，十分重要。在此之前，我已经指出，100 回本为袁无涯刊本的底本。但 100 回本现存完整的、在袁无涯刊本之前的版本有三种，即天都外臣序本、容与堂刊本和钟伯敬批本。它们之中的哪一种版本是袁无涯刊本的底本呢？现在，根据袁无涯刊本第 81 回回目和天都外臣序本、容与堂刊本、钟伯敬批本的比较，我认为，结论应当如下：袁无涯刊本的底本应是天都外臣序本，而不是容与堂刊本和钟伯敬批本。

钟批本《水浒传》的刊行年代和版本问题

钟批本《水浒传》，全称为《钟伯敬先生批评忠义水浒传》，100卷，100回。

它刊行于什么年代？

现存三种钟批本《水浒传》，它们是否属于同一版本？

这就是本文所要讨论的两个问题。

一 钟批本《水浒传》的刊行年代

钟批本《水浒传》书上并没有标明刊行的年代。

前辈学者们对钟批本《水浒传》的刊行年代问题，曾发表过他们的见解。孙楷第先生在《中国通俗小说书目》中定为"明季刊本"①。他在《日本东京所见中国小说书目》中进一步指出："书刻当在天启乙丑丁卯间。"② 乙丑为天启五年（1625），丁卯则是天启七年（1627）。郑振铎先生的《水浒全传序》以为是"明末四知馆刻本"③。严敦易先生在《水浒传的演变》中基本上沿袭了孙楷第、郑振铎两位先生的意见④。

惜乎他们所谈过于简略，没有展开详细的论证。在我看来，他们的见解大体上是正确的，但他们的看法需要略加修正和补充。

---

① 《中国通俗小说书目》，人民文学出版社，1982，第213页。
② 《日本东京所见中国小说书目》，人民文学出版社，1981，第109页。
③ 《水浒全传·序》，人民文学出版社，1954，第5页。
④ 《水浒传的演变》，作家出版社，1957，第185页、第200页。

我认为，钟批本《水浒传》刊行于天启四年至五年（1624～1625）之间。

为什么这样推断呢？这有署名"楚景陵伯敬钟惺"的序文为证。序文同样没有标明撰写的年月，但在末段说：

> 噫，世无李逵、吴用，令哈赤猖獗辽东，每诵秋风、思猛士，为之狂呼叫绝，安得张、韩、岳、刘五六辈，扫清辽蜀妖氛，剪灭此而后朝食也！

这里有四点，可供我们展开讨论：
(1)"哈赤"何许人？
(2)"猖獗辽东"何意？
(3)"辽蜀妖氛"何所指？
(4)序文是否钟惺所作？

若对这四点进行钩稽，就不难获得钟批本《水浒传》刊行年代的线索。

"哈赤"即努尔哈赤，清太宗皇太极的父亲。他的先世曾受明室册封，任建州左卫都指挥使。他在万历十一年至十六年（1583～1588）统一了建州各部。后又合并海西各部和东海诸部，并于万历四十四年（1616）即汗位，国号金。他的势力和疆域都在逐渐扩大。万历四十六年（1618）4月，克抚顺。7月，克清河堡。万历四十七年（1619）6月，克开原。天启元年（1621）3月，取沈阳、辽阳。天启二年（1622）正月，取西平堡。天启五年（1625）正月，取旅顺。天启六年（1626）正月，攻宁远，为袁崇焕所败，受伤而死。清朝建立后，他被尊为太祖。

这篇序文内有"哈赤"之称，直呼其名。这种做法以及上下文的语气，都不可能出现在清代臣民的笔下。在清代，如果敢于使公开的出版物中出现"违碍"的明文，那岂非意味着对当朝皇帝的父祖的恶意攻击，恐怕逃不脱杀头的罪名。换言之，这证明了钟批本《水浒传》为明刊本，否定了它是清刊本的可能。

"猖獗辽东"云云，其时必在努尔哈赤势力强盛的阶段。否则，就失去了特指的意义。因此，写下这几句话的时间，当在天启六年（1626）正月努尔哈赤兵败和伤重而死之前。

"辽蜀妖氛"云云，"辽"或"辽东"当然是指努尔哈赤。问题在于"蜀"。而"辽"、"蜀"并举，说明它们所指的对象大致是同时发生的事情。在天启年间，恰恰在四川、贵州一带发生了土司奢崇明、安邦彦等拥兵反抗明代统治者的事件。奢崇明乃永宁宣抚使，安邦彦为水西宣抚使安位的叔父，奢、安世为婚姻，两家关系密切，相互倚为声援。他们起事于蜀，蔓延于黔，前后绵连八年之久。《明史》卷311指出："四川土司诸境，多有去蜀远、去黔近者。"可知序文所说"辽蜀妖氛"的"蜀"即指奢、安之事。

试将奢、安事件的始末列一时间表于下：

天启元年（1621）9月，奢崇明据重庆，破泸州、遵义。

天启元年10月，建国号大梁，设丞相以下官。秦良玉起兵击奢崇明。

天启二年（1622）正月，奢崇明围攻成都百余日。

天启二年2月，水西土目安邦彦响应奢崇明起事，号罗甸大王，陷毕节，围贵阳。

天启二年5月，官军收复重庆、泸州。

天启二年7月，奢崇明又陷遵义。

天启二年12月，官军解贵阳围。

天启三年（1623）正月，安邦彦击败救援贵州官军。

天启三年4月，贵州官军击败安邦彦。

天启三年5月，四川官军及秦良玉大破奢崇明。奢崇明投水西，与安邦彦合。

天启六年（1626）3月，安邦彦犯贵州，总理军务鲁钦战死。

崇祯元年（1628）6月，朱燮元率川、广、云、贵兵击安邦彦。

崇祯二年（1629）8月，朱燮元攻水西，安邦彦、奢崇明败死，余众降。

奢崇明、安邦彦经历了起、盛、衰、亡的诸阶段。到天启六年（1626）为止，他们和官军之间，势力互有消长，战事互有胜负。崇祯元年（1628）是个转折点。从这一年开始，朱燮元被明廷重新起用，他发动和指挥了大战役，决定了奢崇明、安邦彦覆灭的命运。

因此，由这一点来判断，序文当撰写于天启六年（1626）之前，其时，"妖氛"还有待于扫清，朱燮元那样的统帅也还没有施展身手的机会，和序文所反映的形势基本上一致。

序文不见于钟惺的文集，当非钟惺所作。钟惺在诗文创作上开创了重要的流派"竟陵派"。他还是明末著名的选家和批评家。他和谭元春合编的《古诗归》、《唐诗归》曾风靡一时,备受当时读者的欢迎。天启、崇祯间,不少的小说、戏曲书籍都托名为他的演述或评点,而竞相刊印此类书籍,更成为一时的风尚。钟批本《水浒传》就是这个时代的产物。

从一般的情理来推测,托名钟惺之事应发生在钟惺的身后。考钟惺卒于天启四年(1624),则这篇序文当作于天启四年之后。

根据上述几种理由,可以断定,这篇序文约写于天启四年至五年(1624~1625)之间。而这也正是钟批本《水浒传》刊行的年代。

二　钟批本的版本问题

钟批本《水浒传》现存刊本,至少有下列三种:

　　(1)　法国国家图书馆(巴黎)藏本
　　(2)　日本京都大学图书馆藏本
　　(3)　日本神山闰次氏藏本

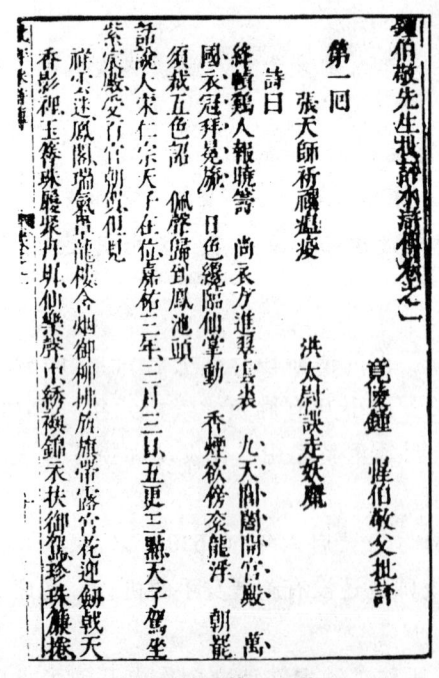

钟伯敬批本第一回首页　　　　钟伯敬批本插图

它们均著录于孙楷第《中国通俗小说书目》①。前一种可简称为"巴黎藏本"。后两种不妨统称为日本藏本。

关于巴黎藏本的情况，郑振铎先生、刘修业先生和曦钟等曾作过报道。郑振铎先生早在1927年就在《巴黎国家图书馆中之中国小说与戏曲》一文中介绍了这部书②。刘修业先生曾把巴黎藏本的全文校录在李玄伯排印本《忠义水浒传》上③。后来，会校本《水浒全传》所使用的钟批本就是刘修业先生的校录本④。但是，据《水浒全传》的校勘记说："刘修业先生传校巴黎图书馆藏四知馆梓行钟伯敬先生忠义水浒传一百卷一百回本，（底本用李玄伯排印百回水浒，惜对校过于简略。又由于四知馆本源出容与堂本，因而本校勘记用四知馆本时亦少。）惜未记出各回格式，无从引证，又原首有钟惺序，次有回目及水浒传人品评，传校本都未迻录，今亦从缺。"⑤ 可知《水浒全传》在校勘时很少引用巴黎藏本。因此，读者无法了解巴黎藏本的全貌，也不可能通过这个会校本使巴黎藏本得到还原。这给《水浒传》的版本研究造成了一定的困难。后来，曦钟同志介绍了巴黎藏本的序文、"水浒人品评"的全文和回末总评的一部分文字⑥。缺陷方始稍有弥补。

孙楷第先生于1931年在日本东京见到了神山闰次藏本，他没有见到京都大学图书馆藏本。不过，从他记载的关于神山闰次藏本的版刻情况来看，京都大学图书馆藏本和神山闰次藏本并无歧异之处，可视为同一版本。然而他也没有见到巴黎藏本。因此，关于日本藏本和巴黎藏本的异同，他谨慎地未置一词。

于是，出现了一个有趣的现象：有的学者见到了巴黎藏本，却没有见到日本藏本；有的学者见到了日本藏本，却没有见到巴黎藏本。当然，有的学者则连巴黎藏本和日本藏本都没有见到。见到巴黎藏本而没有见到日本藏本的学者，如郑振铎先生、刘修业先生，在介绍巴黎藏本的时候，未曾提及日本藏本，见到日本藏本而没有见到巴黎藏本的学者，如孙楷第，在介绍日本藏本的时候，未曾提及巴黎藏本。日本藏本和巴黎藏本是否属于同一版本，

---

① 《中国通俗小说书目》，第213页。
② 《中国文学研究》，作家出版社，1957，下册，1283页至1284页。
③ 《古典小说戏曲丛考》，作家出版社，1958，第3页。
④ 《水浒全传·序》，第5页。
⑤ 《水浒全传》，第10页。
⑥ 《关于钟伯敬先生批评水浒忠义传》，《文献》，书目文献出版社，1983，第15辑。

在一个时期内遂成为猜不透的谜。

刘修业先生和郑振铎先生，先后都把巴黎藏本称为"四知馆刻本"；而孙楷第先生在介绍日本藏本时，没有谈到过"四知馆"。相反的，孙楷第先生指出，日本藏本"卷二十二题'积庆堂藏板'"；而刘修业先生和郑振铎先生在介绍巴黎藏本的时候，却又没有谈到过"积庆堂"。这似乎给予人们一个印象：巴黎藏本和日本藏本，尽管同有钟伯敬的批语，却是两个不同的刊本。无怪曦钟同志得出结论说：孙楷第先生著录的日本藏本"与巴黎国家图书馆藏本并非同一版本"[①]。

问题在于，这个结论是否符合实际的情况？

我想，恐怕只有同时目验日本藏本和巴黎藏本，并直接比勘它们的异同，才能求得唯一的正确答案。

1982年10月，我在日本见到了京都大学藏本。1985年2月，我在法国见到了巴黎藏本。返国后，我又仔细阅读这两部刊本的缩微胶卷，作了进一步的研究。现在，就从具体的考察入手，探讨钟批本的版本问题。

三 "积庆堂"与"四知馆"

孙楷第先生曾指出，神山闰次藏本"卷二十二题'积庆堂藏板'"。我所见到的京都大学藏本也恰恰有此五字。可知两书当为同一版本。

经查，这五个字系保留于卷22的第3叶版心下端。细检全书，可以发现，这五个字，仅见于卷22，不见于他卷；而在卷22，又仅见于此叶，不见于他叶。这确实可以说是一个特殊的标识。

无独有偶。在巴黎藏本上，和日本藏本完全一样，也保留着这五个字，同样的卷叶，同样的地位，同样的款式，同样的情况。不知为什么，这五个字竟躲过了郑振铎先生、刘修业先生和曦钟同志等人的注意？

因此，这个特殊的标识不仅使我们得以判断，神山闰次藏本和京都大学藏本为同一刊本，而且还让我们知道了，日本藏本和巴黎藏本也是同一刊本。

说"日本藏本和巴黎藏本也是同一刊本"，这话还须加以补充和解释。因为，这样说，并不能祛除人们的疑惑：有的学者明明一再指称巴黎藏本为

[①] 《文献》，第15辑，51页。

"四知馆刻本",难道日本藏本也是"四知馆刻本"吗?

我细检京都大学藏本,从头至尾,确实没有发现任何有关"四知馆刻本"的标识,所以,日本藏本本身并没有提供出它是"四知馆刻本"的任何直接和必要的证据。

那么,巴黎藏本呢?

原来巴黎藏本首有扉页,中刊两行大字:"钟伯敬先生批评水浒忠义传";左下段有一行小字:"四知馆梓行。"——这便是有些学者称之为"四知馆刻本"的由来。在全书他处,同样的标识再也没有出现过。

所谓"四知",是指天知、神知(或地知)、我知、你知,出自东汉杨震的故事①。据此,可以揣知,四知馆刊本的书坊主人姓杨。

看来,巴黎藏本存在着两种可能性:

(1) 全书俱为四知馆梓行,仅个别补刊的叶张是积庆堂的旧版。

(2) 仅扉页(至多再加上个别的叶张)为四知馆所刊,其余均系利用积庆堂旧版重印。我主张后一种可能性。为什么呢?细察有"积庆堂藏板"字样的卷22第3叶,它的行款,都和其他卷、其他叶基本上相同,每半叶12行,每行26字;它的字体,也和全书保持着基本上的一致。这说明,它应出于同一版刻,即积庆堂的旧版。

我推测,实际情况大约是这样的:四知馆主人买到(或通过其他途径获得)另一家书坊积庆堂的《水浒传》旧版,就更换了封面或扉页,加以重印。于是,积庆堂刊本就巧妙地变成了四知馆刊本。而在积庆堂旧版上,各卷每叶的版心下端,恐怕都会无例外地刻有"积庆堂藏板"五字。这在改头换面的过程中当然是非划除不可的。由于一时的疏忽,没有划除干净,卷22第3叶竟成漏网之鱼,从而露出了马脚。

日本藏本和巴黎藏本都仅仅在卷22第3叶版心下端保留着"积庆堂藏板"五字,这证明它们属于同一刊本。既然如此,能不能因为巴黎藏本扉页上有"四知馆梓行"五字,日本藏本上没有这张扉页和这五个字,就断定它们不是同一刊本呢?不能。

初看,也存在着两种可能性:

(1) 也是四知馆刊本,但不知在何时和由于何种原因失去了那张有"四

---

① 见《东观汉记》卷54杨震传。清代杨潮观曾谱为《东莱郡暮夜却金》,并在小序中说:"思祖德也。"

知馆梓行"字样的扉页。

（2）不是四知馆刊本，而是积庆堂刊本，根本就没有过那张扉页。思索下来，后一种可能性不大，甚至实际上并不存在，试想，如果是积庆堂刊本，它为什么不在别处标明"积庆堂藏板"字样，而唯独在卷22第3叶这样做呢？为什么四知馆刊本恰恰也是这样，如出一辙？难道是偶然的巧合吗？如果是把其他各卷各叶所刻的这五个字都划除了，那积庆堂主人有什么必要这样做？此与自砍招牌何异，岂是书贾辈所愿为？这些都是很难解释清楚的。

其实，在日本藏本和巴黎藏本两书中，叶张此有彼无的现象还是存在的。例如京都大学藏本内第4回、第19回、第30回和第80回的末叶，第82回的第4叶，均已脱失，而巴黎藏本相应的几叶则完整无损。有的书叶为什么会脱失呢？原因就在于它们大多处于一卷或一册之末。书首扉页的，也可作如是观。所以，不能因为日本藏本脱失了扉页，就断定它不是四知馆刊本。

日本藏本，也和巴黎藏本一样，是四知馆刊本，即四知馆利用积庆堂的旧版重印的刊本——这才是唯一合理的答案。

日本藏本和巴黎藏本在卷22第3叶版心下端都残存着"积庆堂藏板"五个字，我们可以把这看作是它们属于同一版本的第一项证据。

四　补刊的书叶

钟批本中，有个别的叶张，系出于后来的补刊（四知馆刊本），非原刻（积庆堂刊本）所有。在这一点上，日本藏本和巴黎藏本完全一模一样。这构成了它们属于同一版本的第二项证据。

全书这类情形不多。我仅仅发现三处，列举于下：

例1，第18回，第1叶的前半叶，四知馆刊本的正文为[①]：

却说何清去身边招文袋内摸出一个经折儿来，指曰："这伙贼都在上面。不瞒哥哥说，兄弟前日因赌钱输了，有个人引小弟去北门外十五里，地名安乐村，有个王家客店内赌钱。近来官司行下文书，着落各村，但是开店，须要置立文簿，上面用勘合印信。每夜有客商宿歇，须要盘问，

---

① 下文所引，已略去了回前诗七律一首。

抄写上簿。官司查照，每月一次。那小二哥不识字，央我替他抄了半日：那日是六月初三日，有七个贩枣客来歇。我认得为头的客人，是郓城县东溪村晁保正。我写着文簿，问他姓名，他便道：'我等姓李，濠州人，来贩枣去东京卖。'我虽写了，有些疑他。次日，他们去了。店小二邀我去村里赌钱，路口见一个汉子挑一担桶子。我不认得他，店小二叫曰：'白大郎，那里去？'那人应曰：'有担醋，挑在村里卖。'小二哥对弟说，这人叫做白日鼠白胜。后来听道黄泥冈上一伙贩枣客人，把蒙汗药酒麻翻了人，劫了生辰纲。我猜，不是晁保正？如今可捕白胜，便知端

这一段文字，共320字。而在容与堂刊本上。却为483字[1]。两相比较，四知馆刊本少163字，仅占容与堂刊本字数的2/3。我们知道，在总体上说，四知馆刊本属于繁本。为什么这里反而变成了简本？这半叶末行最后的文字为"如今可捕白胜，便知端"。后半叶首行开头的文字则为：

的。这个经折儿是我抄的副本。

两者衔接，还算紧密。问题不在这里。问题在于，从版心的叶码可以看出，四知馆刊本有第1叶和第3叶，而缺少第2叶；第1叶实际上起了兼容第2叶的作用。也就是说，四知馆刊本第1叶的后半叶，即积庆堂刊本第2叶的后半叶；而第1叶的前半叶，却相当于积庆堂刊本的第1叶前半叶、后半叶和第2叶前半叶。钟批本这半叶字数之所以少于容与堂刊本，其奥妙即在此。
四知馆刊本的这半叶显示了几个鲜明的特征：
（1）它的字体与全书迥然有别。
（2）它半叶14行，每行32字；而全书其他各叶均为半叶12行，每行26字[2]。
（3）回数、回目合占一行；而全书其他各回均为回数、回目各占一行。
（4）"第十八回"误刊为"第十七回"。
这在在都向人们揭露了这半叶补刊的真相。
例2，第21回，第13叶至第14叶，四知馆刊本的正文如下：

婆惜道："你说老娘和张三通情，谅罪不至死。原来你私通打劫贼，

---

[1] 钟批本的底本为容与堂刊本。参阅拙文《钟批本〈水浒传〉的来源》。
[2] 补刊的其他两叶例外。

这封书，老娘牢牢收着。若要把此书还你，只依我三件事便罢。"宋江曰："便是三十件也依你。"婆惜曰："要将原典我的文书还我，任从我改嫁张三；第二件，与我首饰用度，要立一纸文书，不许日后来取；第三件，要那晁盖送你一百两金子，快把来与我，我便饶你，天大的官司，便还招文袋。"宋江曰："头二件事，只要手动，依你便是。那一百两金，我果不曾收他的。"婆惜曰："常言：公人见财如蝇见血。他送金与你，你岂有不受之理？你待瞒谁！"宋江曰："你若不信，限我三日，将家私变卖一百两与你，你先还我招文袋。"婆惜曰："招文袋还你，这封书留下三日。等你拿金子来，两相交付。"宋江曰："果然不曾受他金子。"婆惜曰："明日到公所时，你也说不曾拿？"宋江见说"公所"二字，大怒，扯起婆惜被盖，见了鸾带，用力一拽，把压衣刀拿在手里。那婆惜见了，连叫两声"黑三郎杀人"，宋江按住婆惜，一刀砍断，头落枕下了。忙取招文袋内，得书，灯上烧了。那阎婆在楼下，听得女儿叫"杀人"，慌忙穿了衣服，走下楼来。尚未信，正欲抽

这里是，每半叶 10 行，每行 19 字，共 380 字，而按全书其他各叶计算，每半叶 12 行，每行 26 字，应有 1248 字，少掉 868 字，约 2/3，不能不说是相当简约了。和例 1 一样，原因仍然是两叶并作一叶：在这叶之前，是第 12 叶；在这叶之后，却是第 15 叶。

第 12 叶末行最后的文字为：

  宋江道："我须不曾冤你作贼。"婆惜

而这前半叶首行开头的文字则为：

  婆惜道："你说老娘和张三通情

两者的衔接，不够自然流畅，而且还重复了"婆惜"二字。
后半叶末行最后的文字为：

  慌忙穿了衣服，走上楼来，尚未信

写的是阎婆的心理和动作。而第 15 叶首行开头的文字则为：

  身。宋江道："你不信时，去房里看，我真个杀了。"

两者连接起来，令人感到奇怪：阎婆为何要"抽身"？宋江的话语因何而起？他如何知道阎婆"不信"？一查容与堂刊本，满腹疑团涣然冰释。原文却是这样的：

慌忙跳起来，穿了衣裳，奔上楼来。却好和宋江打个胸厮撞。阎婆问道："你两口儿做甚么闹？"宋江道："你女儿忒无礼，被我杀了。"婆子笑道："却是甚么！便是押司生的眼凶，又酒性不好，专要杀人。押司，休取笑老身。"宋江道："你不信时，去房里看。真个杀了。"

四知馆主人补刊此叶时，削足适履，移花接木，把"老身"改为"抽身"，以致造成了文理不通的语句和情节。

例3，第81回，第3叶至第4叶，和前两例相同，这里也是两叶并作一叶，前半叶12行，每行32字。四知馆刊本正文如下：

便向身边取出假公文与看。监守门官曰："既是开封府公人，放他入去。"燕青收下公文，与戴宗两个，径奔开封府前，来客店安下。诗曰：

两挑行李奔东京，昼夜兼行不住程。盘诘徒劳空费力，禁门安识伪批情？

次日，燕青扮作小闲模样。带了金珠，分付戴宗曰："小弟今日去李师师家干事。倘有些撅撒，哥哥快自回去。"戴宗应允，燕青径投李师师家，来到门首，揭起绣帘，行到里面，咳嗽一声。丫嬛一见，便传与李妈妈。出来看见燕青，吃了一惊，问曰："你如何又来我家？"燕青拜罢，曰："特来拜谒娘子，自有话说。"李妈妈曰："前番多被你连负，有话便说。"燕青曰："请娘子相见，方才说得。"李师师在屏风后听了，转将出来，别是一样风韵。但见：

容貌似海棠滋晓露，腰肢如杨柳袅东风，浑疑阆苑琼姬，绝胜桂宫仙子。

当下李师师轻移莲步，款蹙湘裙，行到客位。燕青忙整衣冠，与李师师礼拜已毕。李师师曰："前者惊得我安身无处作，当初瞒我，说是张闲，那两个是山东客人，却弄出

后半叶仍是12行，但每行字数不等。1至9行，23字；10至11行，20字；12行，19字。正文如下：

那大事来。不是我巧言奏过官家时,却不我满门遭祸了。未知前日来者是谁,你须实说与我。"燕青曰:"小弟说出,娘子休得惊怕。前番来,那黑矮为头坐的,正是宋江,第二位便是柴世宗嫡派玄孙柴进;其外的二人,是戴宗、李逵。小弟是北京大名府人氏,人呼做浪子燕青。当初俺哥哥来东京,求见娘子尊颜,非图买笑求欢,实久闻娘子遭际圣天子,以此特来告诉衷曲。望将我等替天行道之心,上达天听,早得招安,不想惊吓娘子。今俺哥哥无可拜送,聊将微物奉敬,伏乞笑留。"燕青道罢,打开帕子,摊在桌上,都是金珠宝贝器皿。那虔婆爱财之人,一见喜之不胜,忙叫收拾起去,便请燕青进小阁儿内坐定,安排酒馔,李师师亲自相陪。师师曰:"久闻义士大名。奈缘中间无有个好人,与你们

最后三行,每行字数越来越少,是因为要将最后"与你们"三字和下文第 5 叶首行"众位作成"四字连缀。但第 2 叶末行最后的文字为:"你颠倒只管盘问,梁山泊"。如按容与堂刊本,则下文应接:"人,眼睁睁的都放他过去了。"现在第 3 叶前半叶首行开头的文字却是:"便向身边取出假公文与看。"遂使上文"梁山泊"三字失去了着落。须知"向身边取出假公文"的,是燕青其人,而非"梁山泊"其地。四知馆主人补刊的粗心大意、不认真,于此可见。

四知馆刊本把两叶合并为一叶(如例 2、例 3),或把一叶半合并为半叶(如例 1),都是当时一些书商所惯用的偷工减料的伎俩。

五 回首书名和批评者的署名

钟批本在每回第 1 叶第 1 行都刊题着此书的全名。但统观全书,发现书名的刊题并不完全整齐划一,而是互有出入,存在着三种不同的情况。

(1)"钟伯敬先生批评忠义水浒传"

这是全称。见于第 7 回至第 17 回,第 19 回,第 23 回,第 25 回至第 34 回,第 40 回,第 43 回至第 50 回,第 56 回至第 66 回,第 71 回,第 73 回至第 78 回,第 82 回,第 95 回,第 99 回,第 100 回。共 54 回。

(2)"钟伯敬先生批评水浒传"

无"忠义"二字。见第 1 回至第 3 回，第 5 回，第 6 回，第 18 回，第 20 回至第 22 回，第 24 回，第 35 回至第 39 回，第 41 回，第 51 回至第 55 回，第 67 回至第 70 回，第 72 回，第 79 回至第 81 回，第 83 回至第 94 回，第 96 回至第 98 回。共 44 回。

（3）"钟伯敬批评忠义水浒传"

无"先生"二字。见于第 4 回，第 42 回。共两回。

此外，钟批本在有的回首刊有批评者的署名，乃"竟陵钟惺伯敬父批评"九字。有的回首则无此题款。

有题款者，为第 1 回，第 8 回至第 16 回，第 25 回至第 34 回，第 43 回至第 50 回，第 56 回至第 68 回，第 71 回，第 75 回，第 82 回，第 99 回，第 100 回。共 46 回。

无题款者，为其余的 54 回。

回首书名刊题的不同和批评者署名的有无，在日本藏本和巴黎藏本毫厘不爽，这构成了表明它们属于同一版本的第三项证据。

六　回目与插图

第五项证据和第六项证据，表现在回目和插图上。

和《水浒传》的其他版本比较起来，钟批本的回目本身倒没有什么独异的地方。但其中有四回的回目，在刊刻时发生差错，脱漏了个别的字词。这却是特殊的现象。

例如，第 12 回"梁山泊林冲落，汴京城杨志卖刀"，"落"下夺"草"字；第 37 回"没遮拦追赶及时，船火儿大闹浔阳江"，"及时"当作"及时雨"；第 39 回"浔阳楼宋吟反诗，梁山泊戴宗传假信"，"宋"下须添"江"字；第 68 回"宋公明夜打曾头市，卢俊活捉史文恭"，"卢俊"乃"卢俊义"之误。"落草"和"及时雨"、"宋江"、"卢俊义"都是专门的词语或人名、绰号，脱漏了其中的任何一个字，都将破坏语词和文句的完整。何况回目的上下联要字数相对，脱漏一个字，就会失去平衡。可见"草"、"雨"、"江"和"义"四字的脱漏，不是出于故意的删节，而是无心造成的差错。

这种偶然的失误，倒成为一种用以检验版本异同的特殊标识。持此逐一查阅日本京都大学藏本和巴黎藏本，两者完全一致，不差累黍。

钟批本卷首有插图 39 幅。每幅插图中,基本上都刻有小字标题。标题五字、六字、七字、八字不等。

关于插图的标题,有两点值得注意。第一,第 29 图、第 39 图无标题。第二,第 36 图和第 37 图相互颠倒放置。按照书中正文叙述的顺序,第 37 图"张顺夜伏金山寺"应在第 36 图"混江龙太湖小结义"之前。

除第 1 图和第 39 图外,其他 37 幅插图,每图都配以题咏,用不同的字体刻成,置于次叶的前半叶。题咏的形式,或诗或词或文,都刻有由三字至八字组成的一行标题。

题咏的标题和插图的标题,有同有异。同者 20,异者 17。其异者,列举于下(同者从略;左列为插图的标题,右列为题咏的标题):

智深怒打镇关西	鲁达打镇关西
花和尚倒拔垂柳	花和尚倒拔杨柳
汴梁城杨志卖刀	汴京城杨志卖刀
吴用智取生辰杠	智取生辰杠
宋江私放晁天王	私放晁天王
金莲毒死武大	毒鸩武大
浔阳楼宋江题反诗	浔阳楼题反诗
梁山泊好汉劫法场	劫法场
假李逵剪径劫单身	假李逵剪径相遇
吴学究双用连环计	双用连环计
时迁盗雁翎锁子甲	时迁盗甲
宋江大破连环马	大破连环马
吴用计赚玉麒麟	吴用赚玉麒麟
燕青救主射公人	燕小乙救主
时迁翠云楼放火	翠云楼放火
(无题)	柴进簪花入禁院
智深夜渡益津关	夜渡益津关

除第 28 图的题咏外,其他 36 首题咏,都没有署作者的姓名。唯独第 28 图的题咏,一首七绝,署"无知子"作。无知子当然是化名。不知他姓甚名谁?

在插图和题咏的标题上所表现出来的几个特殊的标识同样也意味着,日本藏本和巴黎藏本属于同一版本。

七 简短的结论

综上所述，我们可以得出以下几点结论：

（1）钟批本《水浒传》的序文写于明代天启四年至六年（1624～1626）之间。

（2）它的刊行，也在这个时间。

（3）钟批本《水浒传》的日本京都大学藏本和神山闰次藏本可能是相同的两部书。

（4）日本藏本和巴黎藏本属于同一版本。

（5）现存三种钟批本，都是四知馆刊本。

（6）四知馆刊本是利用积庆堂刊本的旧版重印的。

日本藏本和巴黎藏本，从内容到形式，基本上是全同的。但也存在着细微的差别。最重要的差别，就是日本藏本的扉页（标明"四知馆梓行"字样）已然脱失①。此外，至少还有两点差别：

第一，扉页后和正文之前的次序，巴黎藏本为序文、目录、《水浒传人品评》、插图；日本藏本则为：序文、《水浒传人品评》、目录、插图。可以看出，目录和《水浒传人品评》的顺序互为颠倒。这应当是装订上的错乱，不足以推翻日本藏本和巴黎藏本属于同一版本的论证。

第二，日本藏本和巴黎藏本书叶此有彼无的现象，上文第3节已列举过日本藏本缺叶的例子。现再补充一个巴黎藏本缺叶的例子。巴黎藏本第24回第25叶前半叶已脱失，而日本藏本仍保留着。这半叶当为积庆堂旧版所原有，也为四知馆重印时所原有。巴黎藏本脱失的原因恐怕是为后人所撕去。这半叶正好描写西门庆和潘金莲的云雨私情，所以被某位读者或收藏家不容情地消灭了。在巴黎国家图书馆所收藏的其他中国古代小说书籍中，也曾屡屡出现类似的痕迹。

---

① 详见上文第三节的论述。

谈《水浒传》刘兴我刊本

《水浒传》刘兴我刊本，简称"刘兴我刊本"，现藏于日本东京大学东洋文化研究所，国内未见流传。孙楷第《中国通俗小说书目》和《日本东京所见小说书目》都没有著录。日本薄井恭一在《明清插图本图录》中发表了刘兴我刊本的书影。日本长泽规矩也在《家藏中国小说书目》中著录了刘兴我刊本，他们都对刘兴我刊本的基本情况有所介绍。国内一些学者在论著中谈到刘兴我刊本时大都没有超出薄井恭一和长泽规矩也介绍的范围[①]。

现根据我所见到的原书的情况，对刘兴我刊本作进一步的介绍。由于篇幅的限制，本文不能涉及关于刘兴我刊本的所有的问题，例如，从正文看刘兴我刊本和其他简本的关系，刘兴我刊本和藜光堂刊本之间究竟是什么关系，我将另撰专文加以探讨。

一　刘兴我刊本的书名和刊行者

刘兴我刊本佚失了扉页，不知它题在封面上的正式书名以及出版者的堂名是什么。

关于书名，目录之前的题署作："鼎镌全像水浒忠义志传"。序文也冠以"叙水浒忠义志传"的标题。各卷首叶首行的题署，则有两种不同的形式：

---

① 例如严敦易《水浒传的演变》（作家出版社，1957）和聂绀弩《论水浒的繁本与简本》（《中华文史论丛》1980年第2辑；《中国古典小说论集》，上海古籍出版社，1981）。

（甲）《新刻全像水浒传》

（乙）《新刻全像水浒志传》

甲种形式见于卷1至卷3，卷5，卷6，卷14至卷19，卷22至卷25，共15卷。

乙种形式见于卷4，卷7至卷13，卷20，卷21，共10卷。

各卷末叶末行的题署也不一致：

（甲）《全像水浒传》

（乙）《新刻全像水浒传》

（丙）《全像水浒志传》

（丁）《新刻全像水浒志传》

甲种形式见于卷1，卷6，卷14，卷16，卷18，卷19，卷22。

乙种形式见于卷17，卷21。

丙种形式见于卷8至卷10，卷20。

丁种形式见于卷4，卷7至卷13，卷21。

由此可知，刘兴我刊本的全名为《水浒忠义志传》，《水浒志传》或《水浒传》则是它的简称。

卷1首叶次行和第3行的下端有关于作者和出版者的题署：

钱塘施耐庵编辑

富沙刘兴我梓行

这个题署仅见于卷1，其他各卷都没有。

把施耐庵的籍贯定为钱塘，在明代的有关记载中都是这样的。但在万历年间和万历以前出版的各种《水浒传》版本中一般并不把作者归结为施耐庵一人，而是看成施耐庵和罗贯中二人的合作，有的干脆只写罗贯中一人的姓名。像这种只写施耐庵一人为作者的说法，是万历以后，特别是崇祯年间，才兴起的。这一点值得我们注意。

附带需要指出的是，刘兴我刊本并没有指出施耐庵是什么朝代人。薄井恭一在《明清插图本图录》"解说"中介绍刘兴我刊本时说，"旧题宋施耐庵"。这与实际情况不符。刘兴我刊本根本没有把施耐庵看作四百余年前的宋朝人。

薄井恭一还推测富沙是广东省内的地名,这也猜错了。富沙乃福建建阳的古称①。可见刘兴我刊本也属于众多的"闽本"的行列。黎光堂刊本《三国志传》署"明富沙刘荣吾梓行"②。刘荣吾与刘兴我,疑即一人。因为他们的籍贯相同,姓氏相同,兴我和荣吾又可同义互训。这个推测如能成立,则刘兴我当亦明人,他刊行的《水浒忠义志传》自然也就是明刊本了。

二 刘兴我刊本的序文和刊行年代

刘兴我刊本卷首载有汪子深撰写的一篇序文。全文如下:

不佞癖嗜诸传记,忽一日阅《水浒传》,不觉跃然起,而愤然慨。跃者何?盖以一刀笔保义,率三十五人,虎视眈眈,借"忠义"两字以震世,其侠力殆有大过人者。独愤其弄兵潢池,伏戎蓁莽,而勿克奋庸,以熙帝之载耳。向令早克致力王室,力扶宋祚之倾,则亦麟台、云阁之选也。然究能以讨方腊等赎愆,卒不愧"忠义"两字,则亦世间奇男子也。乌得目之一寇?

这篇序文,马蹄疾《水浒资料汇编》和朱一玄、刘毓忱《水浒传资料汇编》均未收录。

序文称赞宋江等人为"世间奇男子",反对把他们当作盗寇看待,但作者的见解并不高明,毕竟是站在封建统治阶级的立场上,要求草莽英雄为王室效力。

在序文的末尾,有"长至日,清源汪子深书于巢云山房"的题记。次行下端,钤方印一枚,文曰"汪子深印"。看来,序文的作者姓汪,名子深,字清源;巢云山房大概是他的书斋或居处的雅称;序文则作于崇祯元年(1628)5月。

为什么说这个"戊辰"是指崇祯元年,而不是指在这以后的康熙二十七年(1688),或在这以前的隆庆二年(1568)呢?

说这个戊辰不是清代的康熙二十七年,有两条理由:

---

① 参阅官桂铨《水浒传的黎光堂本与刘兴我本及其它》,《文学遗产》1984年第2期。按:这篇短文并未对刘兴我刊本提供更多的情况。

② 刘修业:《古典小说戏曲丛考》,作家出版社,1958,第70页;柳存仁:《伦敦所见中国小说书目提要》,书目文献出版社,1982,第100~101页。

第一，上文第 1 节已经说过，本书的刊行者刘兴我疑即刘荣吾，而刘荣吾自称明人。

第二，书中回目和正文，多处出现"玄"字，都不避讳，当然不可能刊印于康熙年间。

说这个戊辰不是隆庆二年，也有两条理由：

第一，上文第一节同样已经指出，以施耐庵单独一人为《水浒传》的作者，兴起于崇祯年间。

第二，在目录上，本书第 67 回回目上联为"柴进簪花入禁苑"。而在繁本中，100 回本"苑"俱作"院"，只有 120 回的袁无涯刊本才作"苑"字。可见此本必出于袁无涯刊本之后，不得早于万历四十二年（1614）。

既然序文作于崇祯元年，则刘兴我刊本刊行于崇祯年间无疑。

三　从分卷和分回上看刘兴我刊本

刘兴我刊本分 25 卷，115 回。每卷以 4 回或 5 回居多，间或有 3 回、6 回或 7 回者。其分卷情况如下：

卷 1：第 1 回至第 5 回　　　卷 2：第 6 回至第 9 回
卷 3：第 10 回至第 14 回　　卷 4：第 15 回至第 19 回
卷 5：第 20 回至第 24 回　　卷 6：第 25 回至第 29 回
卷 7：第 30 回至第 33 回　　卷 8：第 34 回至第 37 回
卷 9：第 38 回至第 42 回　　卷 10：第 43 回至第 46 回
卷 11：第 47 回至第 51 回　　卷 12：第 52 回至第 55 回
卷 13：第 56 回至第 60 回　　卷 14：第 61 回至第 66 回
卷 15：第 67 回至第 73 回　　卷 16：第 74 回至第 77 回
卷 17：第 78 回至第 80 回　　卷 18：第 81 回至第 84 回
卷 19：第 85 回至第 88 回　　卷 20：第 89 回至第 94 回
卷 21：第 95 回至第 99 回　　卷 22：第 100 回至第 103 回
卷 23：第 104 回至第 107 回　卷 24：第 108 回至第 110 回
卷 25：第 111 回至第 115 回

《水浒传》诸版本中，分卷为 25 者，还有双峰堂刊本《水浒志传评林》。

两书分卷情况，在前 6 卷比较一致，自卷 7 起即截然不同。这说明，在分卷上，刘兴我刊本和双峰堂刊本之间没有递承关系。

从目录上看，刘兴我刊本共有 114 回。而从正文上看，它却共有 115 回。正文第 113 回"卢俊义大战昱岭关，宋公明智取清溪洞"，在目录上阙失。目录上的第 113 回和 114 回则分别是正文的 114 回和第 115 回。估计刊刻目录的最后几行时遗漏了一回，又没有经过仔细的校对，匆忙付印，造成差错，以致后人仅仅根据目录上的回数，误以为刘兴我刊本只有 114 回。其实，只要翻阅一下最后三回的正文，事实的真相是很容易查明的。

刘兴我刊本分为 115 回。依据《水浒传》版本常识，这个情况告诉我们：

（1）它不会是繁本，而是属于简本系统；

（2）它在故事的构成上，不仅有征辽、征方腊的情节，还有征田虎、征王庆两部分的内容。

从第 1 回起，到"受招安"止，共 77 回，相当于繁本中的 100 回本前 82 回。从第 78 回到第 83 回，共 6 回，相当于 100 回本第 83 回至第 90 回的征辽部分。从 106 回到 115 回，共 10 回，相当于 100 回本第 91 回至第 100 回的征方腊部分。中间的 22 回，即从第 84 回到第 93 回，以及从第 94 回到第 105 回，则为简本所特有的、故事情节与繁本中的 120 回本歧异的征田虎部分和征王庆部分。

作为简本的一种，刘兴我刊本除了删节正文之外，还删削了一些回目。与 100 回本相比较，它共删去 8 回：

第 8 回　　林教头刺配沧州道，花和尚大闹野猪林

第 35 回　　石将军村店寄书，小李广梁山射雁

第 37 回　　没遮拦追赶及时雨，船火儿大闹浔阳江

第 48 回　　一丈青单捉王矮虎，宋公明两打祝家庄

第 57 回　　徐宁教使钩镰枪，宋江大破连环马

第 85 回　　宋公明夜渡益津关，吴学究智取文安县

第 87 回　　宋公明大战幽州，呼延灼力擒番将

第 93 回　　混江龙太湖小结义，宋公明苏州大会垓①

---

①　这八回的回数，据繁本中的 100 回本；回目，据 100 回本的目录。

这 8 回在其他简本中是否也同样被删掉了呢？
请看表 1：

表 1

回	L	S	X	P	C
8	无	无	有	无	有
35	无	无	无	无	无
37	无	无	无	无	无
48	无	无	无	无	有
57	无	无	无	无	有
85	无	无	无	无	无
87	无	无	有	无	有
93	无	无	无	无	有

注：表中的数字，代表繁本中的 100 回本的回数；其他的代号：L 指刘兴我刊本，S 指双峰堂刊本《水浒志传评林》，X 指雄飞馆刊本《二刻英雄谱》，P 指 115 回本《英雄谱》，C 指 124 回陈枕序本《水浒全传》。

从这张表中可以看出，在其他四种简本中，双峰堂刊本、《英雄谱》本和刘兴我刊本完全相同；至于 124 回本，则大体上不同于刘兴我刊本。

为了进一步研究这五种简本之间的关系，我再列出一张表格，说明有些回目刘兴我刊本仍然保留，而其他简本或删或留的情况（数字和版本的代号均同表 1）：

表 2

回	L	S	X	P	C
10	有	无	无	有	有
32	有	无	无	有	有
40	有	无	无	有	有
47	有	无	无	有	有
52	有	无	无	有	有
68	有	无	无	有	有
98	有①	无	无	有	有

---

① 100 回本的第 98 回即刘兴我刊本的第 113 回。上文已经指出，刘兴我刊本第 113 回回目不见于目录，但在正文中却保留着。

这张表表明，刘兴我刊本异于双峰堂刊本、雄飞馆刊本，而同于《英雄谱》本、124回本。

把表1和表2综合起来加以考察，我们得到的印象是这样的：对于刘兴我刊本来说，《英雄谱》本全同，双峰堂刊本、雄飞馆刊本、124回本则有同有异。

另外，从回数上看，从第1回到第115回，刘兴我刊本和《英雄谱》本每回都互相对应着。这种情况为其他三种简本所无。

由于比较和考察只采取了一个角度，即某些回数、回目的有无，有一定的局限性，我们的结论只能是暂时的、印象式的。它正确与否，还有待于通过从其他角度出发的比较和考察来加以验证。

四 与其他简本回目异同的比较（上）

通过回目异同的比较和考察，来进一步探讨刘兴我刊本和《水浒传》其他版本之间的关系，是有必要的。

在对回目进行比较的时候，对刘兴我刊本和各个繁本回目的异同，我们将不给予专门的讨论。我们的注意力主要放在刘兴我刊本和另外几种简本的比较上。

唯一例外的是第83回（即繁本第90回）回目的下联，需要交代几句。

这一回正位于征辽部分的结束处。下回即将转入的另一部分，在繁本中的100回本是征方腊故事，在120回本却是征田虎故事。作为转折点，这一回应有所照应。100回本回目下联作"双林渡燕青射雁"，而120回本回目下联却改作"双林镇燕青遇故"。故事情节改动了，回目也更易了三个字。这三个字不仅成为它和100回本不同的标识，而且也使它有别于许多简本。这证明了许多简本是自100回本删节而来，不是自120回本删节而来。当然，包括刘兴我刊本在内。

为了探讨刘兴我刊本和其他简本之间的关系，我再制成几张表格来说明它们的回目之间的异同情况（自表3起，表中的数字代表刘兴我刊本的回数；其他的代号则仍指几种简本，请参阅上文关于表1的说明）。

表3

L = S X P C								共9回
41	46	50	55	64	71	88	93	113

表 4

L = S X P	共 6 回
15　19　33　85　89　97	

表3反映出刘兴我刊本和双峰堂刊本、雄飞馆刊本、《英雄谱》本、124回本相同的回目共有9回。它们的文字完全一样。唯有第64回回目上联，《英雄谱》本作"董平误陷九纹龙"，其他四本作："东平误陷九纹龙。"在这里，正确的应是地名东平，而不应当是人名董平。"董"显然是"东"的音误。

我们知道，124回本刊行于清代乾隆年间[①]，时代较晚，明显地出现在刘兴我刊本问世之后。在对简本回目进行比较和研讨的时候，可以暂时不必考虑到它。所以自表4起，都不包括它在内。

表4反映出刘兴我刊本和双峰堂刊本、雄飞馆刊本、《英雄谱》本相同的回目共有六回。由于已不考虑124回本，不妨把表3和表4合并起来，两者相加，共得15回。

也就是说，在刘兴我刊本的115个回目中，和其他三种简本完全相同的，有15回。剩下100个，和其他三种简本中的任何一种的回目，有同有异。当然，也有独异的。这要留待下文再进行讨论。

表3和表4是四本相同和三本相同。表5、表6和表7将分别反映两本相同的情况。

表 5

L = X P	仅 1 回
56	

从表5可以看到，刘兴我刊本的回目，只有第56回一回是和雄飞馆刊本、《英雄谱》本所共有的："吴用智赚玉麒麟，张顺夜闹金沙滩。""滩"字，双峰堂刊本作"渡"。

表 6

L = S X	共 5 回
26　95　100　103　104	

---

① 124回本卷首载有陈枚序，写于乾隆元年（1736）。

表6告诉我们，刘兴我刊本和双峰堂刊本、雄飞馆刊本共同的回目有5回。例如第26回回目"母夜叉坡前卖淋酒，武松遇救得张青"，上联八言，下联七言。刘兴我刊本把"叉"字印成了"丫"字，稍微有点差别。至于《英雄谱》本，则"淋酒"作"药酒"，"武松"作"武都头"。值得注意的倒是5回中竟有4回属于征王庆部分。

表7

L = S P	共 5 回
17 51 65 84 94	

表7提供的信息表明，刘兴我刊本和双峰堂刊本、《英雄谱》本共同的回目有5回，与表6相等。例如第17回回目"美髯公智赚插翅虎，宋公明私放晁天王"。"晁天王"，雄飞馆刊本作"晁盖"，使下联成为七言。

综合表5、表6、表7所列举的情况，可知双峰堂刊本同于刘兴我刊本者10回，《英雄谱》本同于刘兴我刊本者6回，雄飞馆刊本同于刘兴我刊本者6回。

如果仅由表5至表7的统计结果来判断，似乎双峰堂刊本在和刘兴我刊本的亲疏关系上占据有利的地位。这同上文第三节末尾提供的初步结论产生了分歧。

因此，出现了一个仍有待于解决的问题。《英雄谱》本和双峰堂刊本之中，到底哪一个更接近于刘兴我刊本呢？

五　与其他简本回目异同的比较（下）

表3至表7所列举的都是刘兴我刊本和其他两种或两种以上的简本的共同比较。由此得出的印象难免会有不全面的可能。现在我们再列出表8、表9和表10，以检查刘兴我刊本和三种简本中的任何一种独自相同的情况，或许能得出比较完整的印象。我相信，每一种简本的回目独同于刘兴我刊本的亲密关系，将更具有巨大的说服力。

表8

L = X	共 2 回
12 30	

表8指出，刘兴我刊本独同于雄飞馆刊本的回目，共2回。例如第12回"急先锋东廓争功，青面兽北京演武"。其中的"廓"字，《英雄谱》本作"郭"；"演"字，双峰堂刊本作"斗"。

表9

L = S			共4回
23	43	60	70

在表9上，刘兴我刊本和双峰堂刊本共同的回目多于雄飞馆刊本。例如第43回"杨雄大闹翠屏山，石秀火烧祝家庄"。"祝家庄"，雄飞馆刊本作"祝家店"，《英雄谱》本作"祝生店"。

表10

L = P								共19回
9	25	44	47	48	59	63	67	68	79
81	86	90	91	92	96	98	108	111	

表10告诉我们，刘兴我刊本独同于《英雄谱》本的回目竟达19回之多。例如第9回"豹子头刺陆谦富安，林冲投五庄客向火"。双峰堂刊本、雄飞馆刊本均无此回。又如第25回"郓哥知情报武松，武松怒杀西门庆"。双峰堂刊本作"郓哥报知武松，武松杀西门庆"，上、下联都是六言；雄飞馆刊本作"郓哥报奸与武松，武松杀死西门庆"。

从表8至卷十可以看出，独同于刘兴我刊本回目的，《英雄谱》本占19回，双峰堂刊本占4回，雄飞馆刊本占2回。

这些数字改变了上文第四节末尾所指出的双峰堂刊本占据有利地位的印象。独同的回目如此之多，说明了刘兴我刊本和《英雄谱》本之间存在着亲近的血缘关系。如果把这个数字，加上表5至表7的统计，则同于刘兴我刊本回目的，《英雄谱》本有25回，双峰堂刊本有14回，雄飞馆刊本有8回。

如果再加上表3、表4的统计，则《英雄谱》本、双峰堂刊本、雄飞馆刊本三种简本同于刘兴我刊本回目的回数，顺序分别为40个、29个、23个。

因此，表3至表10，和表1、表2的统计结果，是完全一致的：《英雄谱》本独占鳌头。

以上情况表明，以回目的相同的数量来判断，可以认为，在三种简本中，最接近于刘兴我刊本的是《英雄谱》本，距离刘兴我刊本最远的是雄飞馆刊本。

六　目录与正文两歧的回目

在《水浒传》的许多版本中，回目往往存在着和正文两歧的现象。它不但存在于繁本，而且更多地存在于简本。

乍一看，刘兴我刊本正文有三个第50回，经过仔细寻检，方才知道，第一个是第15回之误，第二个是真正的第50回，第三个应为第51回。类似的情况，还有：第4回误为第5回，第17回误为第18回，第80回误为第84回，第93回误为第95回，第94回误为第93回。这些回数的讹误全发生在正文，目录上的顺序倒是有条不紊。相反的情况是最后三回，正文不误，而目录上发生了错漏。

有些回目两歧现象的产生是由于字音或字形的讹误。例如第15回的"生辰損"和"生辰槓"，第23回的"郓歌"和"郓哥"，第99回的"石祈城"和"石祁城"，第112回的"马龙岭"和"乌龙岭"等。这类讹错，绝大多数表现在刘兴我刊本的目录上。

上文第二节已经提到第67回回目上联，目录作"柴进簪花入禁苑"，同于袁无涯刊本。但，"苑"字正文作"院"，同于100回本的繁本。这说明，刘兴我刊本或刘兴我刊本的底本来源于100回本的繁本，但在删改过程中曾参考过120回本的袁无涯刊本。

第109回回目上联也有一字之异。目录作"宁海军"，同于繁本，正文作"宁海郡"，同于雄飞馆刊本。

回目本来是以对偶形式出现的。有时，两歧的现象却破坏了这种对偶的齐整性。例如第86回回目，目录作"众英雄大会唐斌，琼英郡主配张清"，同于《英雄谱》本。同是七言，上联是三四结构，下联却是四三结构，正文上联相同，下联作"琼郡主配合张清"，同于双峰堂刊本。改动以后，使三四结构获得了一致。从这个例子可以看出，刘兴我刊本接近于《英雄谱》本，双峰堂刊本则在修改过程中对它起了或多或少的影响。

对对偶的齐整性造成的破坏，还表现于上下联字数的参差不齐。例如第3回回目，目录作"史大郎逃走华阴县。鲁提辖打镇关西"，上联八言，下联七言。正文上联无"逃"字，一律七言。又如第60回回目，目录作"晁天王梦中显圣，浪里白跳水报冤"，尽管有三四结构和四三结构的区别，上下联都是七言。正文下联在"水"下增加"里"字，变成了八言。其实，这一回的回目，繁本全是八言，简本基本上是七言。简本为了节省字数，要把八言改成七言。上联还好办，"托塔天王"改"晁天王"即可达到目的。下联"浪里白跳水上报冤"八个字却很难再作压缩，以致出现了"浪里跳"（如《英雄谱》本）或"水报冤"（如双峰堂刊本）等捉襟见肘的改法。

更多的情况，上下联整个的字数在目录和正文中不一致。目录七言而正文六言的例子有一回，即第25回回目，目录作"郓哥知情报武松，武松怒杀西门庆"，正文作"郓哥报知武松，武松杀西门庆"。目录七言而正文八言则有七回之多。例如第68回回目，目录作"黑旋风杀黄小二，四柳村除斩淫妇"，正文则"杀"下有"死"字，"除"下有"奸"字。又如第78回回目，目录作"宋江奉诏破大辽，陈桥驿挥泪斩卒"，上下联七言内部的结构不相等；正文"宋江"作"宋公明"，"挥"作"滴"，"卒"上有"小"字，比较整齐。类似的例子，还有第30回、第80回、第92回和第111回的回目。

产生这些两歧现象的原因是不难理解的。我认为，大概有这样几点：第一，校勘不精，错字屡显。第二，底本和参考本非出一源，相沿未改。第三，对底本或参考本有所更改，工作做得不细致、不彻底，两处失却照应。总之，如果我们称之为粗制滥造的出版物，甚或一种文学作品商品化的产儿，包括刘兴我刊本在内的简本恐怕是难辞其咎的。今天，它们仅仅被当作文物或研究资料而受到我们的高度重视，它们已在很大的程度上丧失了古典文学作品读本的作用。

七　独异的回目

在刘兴我刊本的一些回目上，出现了独特的异文。和其他版本比较起来，这些独异的回目并没有达到"面目全非"的地步，它们仅仅有几个字的出入。但这些异文已具有特征意义，足以构成辨认版本的明显标记。

试举六个例证。

例一，第24回回目下联："淫夫药鸩武大郎"。"淫夫"，在其他版本中均作"淫妇"。从书中的故事情节看，直接动手毒死武大郎的，是潘金莲，而不是西门庆。"夫"字可能是"妇"字的音误。否则，也许反映出刘兴我刊本的改订者有这样的看法：对武大郎之死，西门庆要比潘金莲负有更大的责任。

例二，第 31 回回目："孔家庄宋江救武松，清风山燕顺释宋江"。繁本均作"武行者醉打孔亮，锦毛虎义释宋江"。简本不同，124 回本作"孔家庄武松遇救，清风山宋江得释"，《英雄谱》本上联与刘兴我刊本同，下联作"清风山燕顺释义士"。双峰堂刊本、雄飞馆刊本则无此回。

例三，第 36 回回目下联，目录作："梁山泊戴宗传假名"，正文作："梁山泊戴宗报信。"上联没有异文，"浔阳楼宋江吟反诗"，八言，三二三的结构，与目录下联一致。"名"字可能是"信"字的形误。"宋戴宗"，欠通。"宋"字显然是衍文。大约刻版时误刻了一个"宋"字，没有加以挖改，而删去了下面应有的"假"字，仍维持为八字句。原文当作"梁山泊戴宗报假信"。"报"字是特有的。

例四，第 39 回回目："还道村受三卷书，宋江遇九天玄女"。繁本均作八言："还道村受三卷天书，宋公明遇九天玄女"。简本中，雄飞馆刊本、《英雄谱》本与繁本同，双峰堂刊本此处阙叶，回目不详，只有 124 回本也是七言："古庙中遇见玄女，还道村拜受天书"。刘兴我刊本的七言，在对仗上有重大缺陷。把八言改为七言，除了节约字数外，很难再有其他的解释。

例五，第 53 回回目上联："二山聚义打青州"。"二山"，其他版本均作"三山"；只有雄飞馆刊本，也作"二山"，但"聚义"却作"义聚"。三山是指鲁智深、武松、杨志的二龙山，孔明、孔亮的白虎山和李忠、周通的桃花山。减少其中任何一山，均于事理不合。

例六，第 101 回回目："宋公明夜游玩景，吴学究帏幄谈兵。"上联"夜游"，双峰堂刊本、雄飞馆刊本同作"游夜"。124 回本作"宋公开闭游玩景"，"开闭"显系"明闲"之误。下联"帏幄"，双峰堂刊本、雄飞馆刊本作"帐幄"，意义相同；"帏"字，124 回本作"帷"，乃"帏"字的形误。"帏"、"帷"为同一字。刘兴我刊本目录作"帏"，正文正作"帷"。

此外，有的回目在目录上独异的地方，与正文不一致，显见是出于讹误。第 13 回"晁天王聚义东溪村"，"聚"字是"举"字的音误。正文和其他版本均作"举"。第 35 回"黑旋风斗浪里白跃"，"跃"字乃"跳"字之误。正文和其他版本均作"跳"。第 69 回"李逵寻昌乔坐衙"，同样的情况，"寻"字是"寿"字的形误。情况比较复杂一些的是第 18 回回目下联。目录作"晁盖梁山称为主"，正文作："晁盖梁山尊为主。"后三字，繁本均作"小夺泊"，双峰堂刊本、雄飞馆刊本同作"尊为主"，《英雄谱》本则作"私据尊"。表面上看来，刘兴我刊本目录"称"字乃"尊"字之误。但我怀疑，这个"称"字和《英雄谱》本的"私"字之间有一定的渊源关系。

还有个别的回目，情况虽和上述例证有所不同，仍应列入独异一类。如第 73 回回目，目录作："宋江一败高太尉，十节度议收水浒"，对仗不齐；正文作："十节度议收梁山泊，宋公明一败高太尉"，成为一律三二三结构的八言。后者与繁本基本上相同，唯一的不同是"收"字为"取"字所代替；与雄飞馆刊本基本上相同，只不过上下联互相颠倒而已。此回回目，繁本与简本的不同，主要在于上下联的颠倒。在这一点上，双峰堂刊本、雄飞馆刊本、《英雄谱》本均同于刘兴我刊本正文，"一败高太尉"在上，"十节度"云云在下。可知刘兴我刊本此回回目实依违于繁本和简本之间。

刘兴我刊本有一些独异的回目，这个事实说明，在刊印的过程中，它虽然依据了某个底本，参考了某些版本，但它并没有依样画葫芦地照抄直搬，而是在个别的地方多少作了一些修改。

《水浒传》刘兴我刊本与藜光堂刊本异同考

本文主旨在于比较《水浒传》刘兴我刊本和藜光堂刊本的异同。

《水浒传》刘兴我刊本和藜光堂刊本都是海内外仅存的孤本。前者,孙楷第《中国通俗小说书目》失载,现藏于日本东京大学东洋文化研究所,有《古本小说丛刊》影印本[①];后者,也藏于日本东京大学。

可能会有读者发问:你为什么要单单挑选这两个版本来进行比较,而把别的版本搁置一边?

其实原因只有一个:这两个《水浒传》版本是由同一个书坊主人在不同的时间刊刻的。

同一个书坊主人刊刻了两个《水浒传》,这引起了我们的兴趣。

问题在于,这一个《水浒传》版本是不是他的另一个《水浒传》版本的翻版?这两个版本,谁刊印在前,谁刊印在后?它们相同,还是相异?如果相异,那么,他一个人为什么要刊刻《水浒传》的两个不同的版本?这说明了什么?

一　刘兴我与刘荣吾是一个人

《水浒传》刘兴我刊本卷首题"富沙刘兴我梓行"。

曾有人误以为富沙在广东。其实,在这里,富沙即指福建建阳。唐武德中,叶灏为建州刺史,死后,民为之立祠,俗名富沙庙。五代时,王延政任

---

① 《古本小说丛刊》第 2 辑第 1 册、第 2 册,中华书局,1989。

建州节度使，封富沙王。后遂以富沙代指建州。而明代的建阳正在原建州的辖区之内。

《水浒传》刘兴我刊本是典型的建阳刊本。

藜光堂刊本也同样是建阳刊本。

藜光堂刊本卷首题"书林刘钦恩荣吾父梓行"。

书林是建阳当时的一个乡镇名，即现今的书坊乡。

刘兴我刊本有汪子深"戊辰长至日"序。戊辰即崇祯元年（1628）。藜光堂刊本有郑大郁序，郑大郁是崇祯年间人，他的著作《篆林肆考》现存崇祯五年（1632）藜光堂刊本。

刘兴我和刘荣吾，同时、同地、同姓，"兴"与"荣"相对应，"我"与"吾"相对应，当是同一人：刘钦恩，字兴我，一字荣吾，明代崇祯年间福建建阳人。

而藜光堂的命名又与刘姓先人有关。王嘉《拾遗记》：

> 刘向于成帝之末校书天禄阁，专精覃思。夜，有老人着黄衣，植青藜杖，登阁而进，见向暗中独坐诵书，老父乃吹杖端，烟然，因以见向，说开辟以前，向因受洪范五行之文，乃裂裳及绅，以记其言。

刘姓后人遂以"燃藜"、"藜光"等作为自己的堂名。

所以，刘兴我的书坊以藜光堂命名，也是顺理成章的事。

一个人竟印行了两个《水浒传》刊本！

这个现象难道还不值得我们研究吗？

既然是一个人或一家书坊刊印了两个《水浒传》，那么，这两个《水浒传》相同或相异的情况如何？相同也许不奇怪，但是，为什么会相异呢？

这就是我们需要解答的问题。

二　书名与作者、出版者

藜光堂刊本扉页分上、下两栏。上栏是忠义堂聚义图。下栏又细分左、中、右三栏；右栏、左栏各为三个大字："全像忠"、"义水浒"；中栏下端为五个小字："藜光堂藏板。"

刘兴我刊本扉页已失。

刘兴我刊本有汪子深"叙水浒忠义志传",文末署"戊辰长至日,清源汪子深书于巢云山房",有印章一方,阳文:"汪子深印"。戊辰即崇祯元年（1628）。

藜光堂刊本有郑大郁"水浒忠义传叙",文末署"温陵云明郑大郁题"。未署写序的年月。温陵即福建泉州。有印章二方,阳文:"云明之印",阴文:"郑大郁印"。郑大郁乃明末崇祯年间人。我曾在另一篇论文中介绍说:

> 藜光堂刊本有"水浒忠义传叙",署"温陵云明郑大郁题"。温陵即福建泉州。郑大郁是一位在明末出版界相当活跃的人士。他编纂了很多书。比较有名的,如《经国雄略》（隆武元年序刊本,内容包括天经考、畿甸考、省藩考、河防考、海防考、江防考、赋徭考、赋税考、屯政考、边塞考、四夷考等）、《边塞考》六卷另有顺治二年观社刊本,《奇门考》三卷有明末三槐堂刊本。其中有的在清初被列为禁书。值得注意的是,他编著的《纂林肆考》十五卷,有崇祯十四年刘钦恩藜光堂刊本,可知他和刘钦恩之间有密切的合作关系,难怪刘钦恩要请他来为自己的《水浒传》刊本撰写序言了。①

二本同为《水浒传》,但具体的书名却有所不同。

刘兴我刊本各卷卷首的书名如下:

> 新刻全像水浒传（卷1~3,卷5~6,卷14~19,卷22~25）
> 新刻全像水浒志传（卷4,卷7~13,卷20）
> 新刻水浒志传（卷21）

各卷卷尾的书名则是:

> 全像水浒传（卷1,卷5~6,卷14,卷16,卷18~19,卷22）
> 全像水浒志传（卷9~10,卷20）
> 新刻全像水浒传（卷17,卷21,卷23~24）
> （卷4、11、12、25残缺,书名不详）

藜光堂刊本各卷卷首的书名如下:

---

① 《〈水浒传〉简本异同考（上）藜光堂刊本与双峰堂刊本异同考》,《文学遗产》2013年第1期。

新刻全像忠义水浒志传（卷1）

新刻全像水浒传（卷2~4，卷6~8，卷11，卷13~17，卷19~25）

新刻全像水浒忠义传（卷5，卷12）

新刻全像水浒志传（卷9，卷18）

新刻全像忠义水浒传（卷10）

各卷卷尾的书名则是：

忠义水浒传（卷1，卷16）

全像水浒传（卷4，卷13，卷19，卷22）

忠义水浒（卷7，卷9）

新刻全像水浒传（卷17）

全像忠义水浒志传（卷20）

全像忠义水浒传（卷25）

（卷2、3、6、8、10、12、14、15、17、18、24 无书名）

（卷5、11、14、19、21、23 残缺，有无书名不详）

二者版心所题的书名也不同。刘兴我刊本版心题"全像水浒传"，藜光堂刊本版心则题"忠义水浒"。

总之，二本所列出的各种书名有同有异。同者少而异者多。

三　版式与图像

在刘兴我刊本和藜光堂刊本的文字中，有很多相同的地方，这是不足为奇的，因为它们都是同一部小说，只不过是不同的版本而已。

所以，我们侧重于考察它们的版式、图像、文字的歧异。

作为建阳刊本，刘兴我刊本和藜光堂刊本都采用了上图下文的版式。

二本每半叶均有图。

刘兴我刊本每半叶15行，每行35字。它的上图下文系用"嵌图"版式，占11行8字位；标目横列于天头，共8个字，以第22回第2图、第3图为例，其标目分别是"武松入店痛饮美酒"和"景阳冈武松打大虫"，八个字的长度与图的边框相等。

刘兴我刊本在有些叶的天头,在图像标目之右侧,记有数目字:

二（第1卷7a）①	三（第1卷21a）	四（第2卷12a）
五（第3卷11a）	六（第4卷11a）	七（第5卷7a）
八（第6卷4a）	九（第7卷3a）	十（第7卷16a）
十一（第8卷11a）	十二（第9卷7a）	十三（第10卷1a）
十四（第10卷15a）	十五（第11卷9a）	十六（第12卷5a）
十七（第13卷3a）	十八（第13卷17a）	十九（第14卷11a）
二十（第15卷3a）	廿一（第15卷16a）	廿二（第16卷9a）
廿三（第17卷5a）	廿四（第17卷19a）	卅（第22卷5a）

这些数目字想必是把木版分类堆放时以便辨认的符号。值得注意的是,其中没有"廿五"至"廿九"的号码。所缺的号码,正好是与书中的"征田虎"部分相当,不知这是偶然的巧合,还是另有缘故在?

至于藜光堂刊本,则无此类数目字。

藜光堂刊本每半叶15行,每行34字。它的上图下文也用"嵌图"版式,占9行、7字位;标目也是八个字,横列于天头,但嵌于小框之内。仍以第22回第2图、第3图为例,图和标目与刘兴我刊本相同,但标目八个字的长度却比图的边框各长出一行。

二本图像的标目基本上相同,但图基本上不同。

以"引首"、第1回和最后一回的图像为例,对每幅图作比较。

引首有两幅图,二本均异。

第1图是"陈抟处士骑驴下山"。刘兴我刊本的图,陈抟骑驴往右行,左上角的背景有一棵树,而藜光堂刊本的图,陈抟骑驴往左行,左上角背景无树。

第2图是"太白金星下界揭榜"。二本看榜官员、太白金星的服饰不同,墙的厚度、长度也不同。刘兴我刊本墙上潦草地乱写了三行字,藜光堂刊本墙上贴着榜文,上有较大的"榜文"两个字。

第1回刘兴我刊本有7幅图,藜光堂刊本有6幅图,均异。

二本第1图是"仁宗升殿众臣朝贺"。仁宗的帽饰,二本不同。刘兴我刊本左上角有背景,藜光堂刊本无。跪拜的大臣,刘兴我刊本是二人,藜光堂

---

① "7a",指"第7叶前半叶"。下同,可依次类推。

刊本则是三人。刘兴我刊本图右侧站立一大臣，藜光堂刊本无。

第1回刘兴我刊本第2图、藜光堂刊本第1图是"洪信赍诏往龙虎山"。二本左上角的背景不同，洪信和随从的衣帽不同。洪信所骑，刘兴我刊本是杂色马，藜光堂刊本却是黑马。随从所执，刘兴我刊本是细长的棍棒，藜光堂刊本却是棍端有物。

第1回刘兴我刊本第3图、藜光堂刊本第2图是"山中白虎惊试太尉"。二本虎追人逃的方向完全相反，刘兴我刊本向右，藜光堂刊本向左；人和虎的形象、神态也不同。

第1回刘兴我刊本第4图、藜光堂刊本第3图是"山中巨蛇惊洪太尉"。二本左上端、右下角背景不同，官帽、衣饰、左手动作均异。

第1回刘兴我刊本第5图、藜光堂刊本第4图是"道士与太尉游宫殿"。二本人物行走方向相反，衣帽、动作、神态均不同；藜光堂刊本门上贴有封条，刘兴我刊本无。

第1回刘兴我刊本第6图、藜光堂刊本第5图是"洪太尉入殿见石碑"。二本三人衣帽、动作、神态均不同；刘兴我刊本道士立于洪信右侧，藜光堂刊本道士立于洪信左侧；刘兴我刊本碑上空白，藜光堂刊本碑上有字。

第1回刘兴我刊本第7图、藜光堂刊本第6图是"洪信开穴走去天魔"。二本三人衣帽、动作、神态均异；刘兴我刊本随从绘于道士右侧，藜光堂刊本随从绘于洪信、道士下方。

最后一回，刘兴我刊本有11幅图，藜光堂刊本有10幅图。

第1图是"柴进弃官归乡为民"。二本左上角背景不同；刘兴我刊本骑白马，藜光堂刊本骑黑马。

第2图是"蔡京杨戬议害俊义"。二本左、右上角背景不同；蔡京、杨戬二人右袖亦不同。

第3图是"卢俊义中毒坠河死"。刘兴我刊本卢俊义向右坠落，藜光堂刊本卢俊义向左坠落；刘兴我刊本绘随从于图之左侧，藜光堂刊本绘随从于图之右侧。

第4图是"宋江与李逵饮药酒"。李逵面貌、衣袖、座椅均不同。

第5图是"李逵别宋江回润州"。二本左右背景不同，刘兴我刊本宋江拱手相送，藜光堂刊本宋江张开右手指点；刘兴我刊本李逵左袖伸开，右袖收拢，藜光堂刊本李逵右袖伸开，左袖收拢。

第6图是"花荣吴用缢死坟前"。刘兴我刊本图偏左，藜光堂刊本图偏

右。刘兴我刊本碑上写有"公明"二字，藜光堂刊本碑上所写之字是"宋江"。

刘兴我刊本第 7 图是"上皇驾幸李师师家"，藜光堂刊本无。

刘兴我刊本第 8 图、藜光堂刊本第 7 图是"宋江托梦与上皇知"。二本宋江帽不同；刘兴我刊本宋江拱手行礼，藜光堂刊本宋江执笏。

刘兴我刊本第 9 图、藜光堂刊本第 8 图是"宿太尉奏梦与上皇□□"（"上皇"二字，刘兴我刊本为墨丁）。二本宿太尉帽不同，屏风式样不同。藜光堂刊本屏风上绘有树木，刘兴我刊本无。

刘兴我刊本第 10 图、藜光堂刊本第 9 图是"敕封梁山靖忠之庙"。二本几案样式不同，其后之背景亦不同。

刘兴我刊本第 11 图、藜光堂刊本第 10 图是"楚州起建宋公明庙[①]"。刘兴我刊本庙门上有"庙"字，藜光堂刊本无；藜光堂刊本庙内有神像，刘兴我刊本无。

以上所举，证明刘兴我刊本和藜光堂刊本的图像除标目外，图均有或大或小的不同。从这个角度看不出二本彼此之间有移用的痕迹。

四　图中的人数

二本图像内容差异的例子甚多，举不胜举。现特选择其中一类比较突出的例子，以概其余，来说明二本的相异。所谓"比较突出的例子"是指图中人数多寡不同之例。这种例子十分醒目，其差异一望即知，无须再作多余的说明。

这里有一点需要略作交代。刘兴我刊本和藜光堂刊本都是简本，它们的回次大多和繁本不同。因此下文引用图像时，只注明卷次，而不注明回次，以免混淆。

刘兴我刊本图中有一人，而藜光堂刊本图中有二人之例：第 3 卷"林冲山下赶走挑夫"，第 12 卷"吴用差时迁往东京"、"四面伏兵战呼延灼"，第 14 卷"宋公明往东京看灯"，第 18 卷"时迁石秀火烧宝塔"，第 21 卷"洮阳文书申奏秦王"，第 22 卷"李俊率船攻打越江"，第 23 卷"吴用献计擒捉王庆"。

[①] "庙"字，刘兴我刊本残缺。

刘兴我刊本图中有一人，而藜光堂刊本图中有三人之例：第 15 卷 "燕青辞众去泰安州"。

刘兴我刊本图中有二人，而藜光堂刊本图中只有一人之例：第 6 卷 "武松告状知县不准"，第 7 卷 "霹雳火说黄信入伙"，第 8 卷 "戴宗请萧让金大坚"，第 9 卷 "杨雄三人放火烧店"，第 10 卷 "宋江备礼求见李应"，第 11 卷 "晁宋调将迎敌官军"、"韩滔出马大战秦明"，第 14 卷 "吴用调兵打曾头市"，第 17 卷 "宋江分兵攻取蓟州"，第 18 卷 "众头领等领兵打阵"，第 19 卷 "陈旭担羊酒献宋江"，第 25 卷 "使命宣宋江等班师"。

刘兴我刊本图中有二人，而藜光堂刊本图中有三人之例：第 2 卷 "高俅节堂屈捉林冲"、"府尹勘问林冲苦情"，第 5 卷 "阎婆扯婆惜陪宋江"、"武松辞别哥嫂往京"，第 7 卷 "二人绑武松见张青"、"都监家人赴府首告"、"知府差黄信捉花荣"，第 8 卷 "薛永耍拳宋江送银"，第 9 卷 "太公设酒灌醉李逵"、"张保等抢杨雄段匹"、"戴宗石秀酒店叙旧"、"裴如海送物与潘公"、"众僧道场诵念经文"、"潘公同女往寺还愿"，第 10 卷 "宋江调兵攻祝家庄"、"邹渊邹润孙新议事"、"顾大嫂劫二解出牢"、"扈成献礼取一丈青"、"宋江庄上众将献功"，第 11 卷 "公人解朱仝见知府"、"吴用雷横相邀朱仝"、"宋江义释彭玘绑缚"，第 12 卷 "徐宁揪住时迁取甲"、"汤隆赚徐宁上梁山"、"宋江亲解韩滔绑缚"、"俊义力战刘唐李应"、"公人捉俊义见知府"、"董超薛霸解押俊义"、"宋江调拨诸将下山"，第 14 卷 "宋江取金谢何道士"、"宋江分拨头领执事"、"宋江领众拜天盟誓"，第 15 卷 "李逵负荆请罪宋江"、"李逵杀死王江董海"、"李逵送女还刘太公"、"宋江吴用调将迎敌"，第 16 卷 "宋江号令分金买市"、"光禄寺筵宴宋江等"，第 18 卷 "宋江破阵诸将献功"、"宋江饮酒作词示众"、"天子颁赐宋江锦袍"、"太尉保宋江征田虎"，第 19 卷 "唐斌引众归投宋江"，第 20 卷 "宋公明梦中见圣帝"、"李逵下井跟寻智深"、"马灵等归降宋公明"、"宋江城下卞祥打话"；第 21 卷 "宋江入城众将献功"，第 22 卷 "潘迅引光孙见宋江"、"宋江等宴赏望江楼"、"宋江等众各言其志"，第 23 卷 "乡民壶浆迎接宋江"。

刘兴我刊本图中有二人，而藜光堂刊本图中有四人之例：第 8 卷 "宋江遇李俊李立等"，第 16 卷 "天子宣德楼观宋江"，第 20 卷 "道君御驾迎宋江等"，第 22 卷 "宋江等众归听圣旨"，第 25 卷 "宋江见帝奏封众将"。

刘兴我刊本图中有三人，而藜光堂刊本图中只有两人之例：第 1 卷 "端王踢球高俅得宠"、"史太公设席待王进"、"史进别朱武往延安"，第 6 卷

"武松带众到官听审"、"施恩酒店哭别武松",第 7 卷 "宋江劝王英放夫人"、"花荣剜割刘高心肝"、"花荣妹子嫁与秦明",第 8 卷 "张顺江中水淹李逵",第 12 卷 "徐宁教众军使钩枪"、"宋江吴用邀截官船",第 21 卷 "龚正请邻赠王庆钱",第 22 卷 "宋江剖心祭余呈等",第 23 卷 "宋江卢俊义见天子",第 24 卷 "宋江苏州重赏诸将"。

刘兴我刊本图中有三人,而藜光堂刊本图中只有两人之例:第 4 卷 "贩枣客人诈买酒吃",第 14 卷 "萧让誊录地煞姓名"。

刘兴我刊本图中有三人,而藜光堂刊本图中却是四人之例:第 20 卷 "宋江众将饮太平宴"。

刘兴我刊本图中有四人,而藜光堂刊本图中仅有二人之例:第 1 卷 "翠莲诉冤与鲁提辖",第 12 卷 "宋江义释樊瑞三人",第 14 卷 "李逵夺车砍死偏将"。

此外,二本图像此有彼无的现象不少,不详列。仅举一例:刘兴我刊本第 20 卷末图 "蔡京童贯高俅议事",藜光堂刊本无。

二本有少数标目文字不同。仅举二例。第 18 卷刘兴我刊本有 "梁中书宴待宋公明" 图,藜光堂刊本误 "宋公明" 为 "宋明公"。第 20 卷刘兴我刊本有 "马灵金砖打退宋兵" 图,藜光堂刊本作 "马灵金砖打退宋军"。

五　总目与回目

表面上看起来,二本的总目和回目有很多地方是相同的。

二本总目的标题相同,均作 "鼎镌全像水浒忠义志传目录"。

二本空字相同。例如第 1 回 "张天师□祈禳瘟疫,洪太尉□误走妖魔"。

字浅。例如第 3 回 "鲁提辖拳打镇关西",其中那个 "拳" 字过浅。

同误。例如,第 8 回 "林冲捧打洪教头","捧" 乃 "棒" 字的形讹;第 12 回 "急先锋东廓争功","廓" 乃 "郭" 字的形讹。第 69 回 "李逵寻张乔坐筲" 的,"寻" 乃 "寿" 字的形讹。

但,实际上有很多地方是不同的。

个别的字,写法不同。例如,第 13 回 "赤发鬼夜卧灵官殿" 的 "灵" 字。再如,第 17 回 "宋公明私放晁天王" 的 "私" 字,第 23 回 "郓歌不忿闹茶肆" 的 "歌" 字,第 30 回 "都监血溅鸳鸯楼" 的 "楼" 字,第 34 回 "梁山泊吴用举戴宗" 的 "举" 字,第 36 回 "黑旋风斗浪里白跃" 的 "风"、

"里"二字，第37回"梁山泊好汉劫法场"、第40回"假李逵剪径劫单人"、第45回"孙立孙新大劫牢"的"劫"字，第48回"李逵拳打殷天锡"的"锡"字，第51回"高太尉兴三路兵"的"兴"字，第52回"吴用使时迁盗甲，汤隆赚徐宁上山"的"迁"、"隆"、"宁"三字，第56回"张顺夜闹金沙滩"的"滩"字，第61回"时迁火烧翠云楼"的"楼"字，第62回"宋江赏马步三军"的"步"字，第65回"宋江弃粮擒壮士""粮"字，第68回"四柳村除斩淫妇"的"淫"字，第73回"十节度议收水浒"的"收"字，第80回"俊义兵陷青石谷"、第95回"王庆被陷配淮西"的"陷"字，第81回"宋公明梦授玄女法"、第91回"宋江梦中朝大圣"的"梦"字，第111回"宋江大战乌龙岭"的"乌"字等等。

既有写法不同，也有同误。第11回"汴梁城杨志卖刀"，"卖"误作"买"。第21回"阎婆大闹郓城县"，"阎婆"误作"闹婆"。第23回"郓哥不忿闹茶肆"，"郓哥"误作"郓歌"。第24回"淫夫药酖武大郎"，"淫"字写法不同，"夫"乃"妇"字的音讹。第35回"黑旋风斗浪里白跳"，"风"字写法不同，"浪里白跳"误作"浪里白跃"。

也有藜光堂刊本独误之例。刘兴我刊本第21回"朱仝义释宋公明"，藜光堂刊本"朱仝"误作"宋仝"。刘兴我刊本第101回"吴学究帏幄谈兵"，藜光堂刊本"帏"误作"怜"。刘兴我刊本第103回"孙安病死九湾河"，藜光堂刊本作"孙安挪死九湾河"。刘兴我刊本第104回"公孙胜马耳山请神"，藜光堂刊本作"公孙胜马耳山精神"。

六　回次与回目的歧异

刘兴我刊本和藜光堂刊本的回次和回目有同有异。

二本第8回、第9回均不分回。

二本第15回均误作"第50回"。

二本第17回均误作"第18回"。

二本第51回均误作"第50回"。

二本第93回均误作"第九十五回"。

二本第94回均误作"第九十三回"。此回的回目下联，刘兴我刊本作"宋江承命讨淮西"，藜光堂刊本作"宋江承命讨淮南"。

在刘兴我刊本正文中，误将第 4 回标作第 5 回。这样，它就有了两个"第 5 回"。藜光堂刊本不误。

藜光堂刊本第 20 回误作"第二十×回"（"×"被后人以墨笔涂去，不详是何数目字），刘兴我刊本不误。

第 35 回回目下联，刘兴我刊本作"黑旋风斗浪里白跳"，藜光堂刊本作"黑旋风捉浪里白跳"，有"斗"和"捉"的区别。

第 36 回回目下联，刘兴我刊本作"梁山泊宋戴宗假信"，藜光堂刊本作"梁山泊嘱戴宗假信"。此例可证刘兴我刊本在前，藜光堂刊本在后。

第 58 回回目下联，刘兴我刊本作"关胜议取梁山泊"，藜光堂刊本作"关胜义取梁山泊"。

第 60 回，藜光堂刊本误作"第六十六回"，刘兴我刊本不误。

第 65 回回目上联，刘兴我刊本作"张清飞石打英雄"，藜光堂刊本"张清"误作"张青"。

第 80 回，刘兴我刊本误作"第八十四回"，藜光堂刊本误作"第×十四回"（"×"被后人用墨笔涂去，不详是何数目字）。

第 87 回回目上联。刘兴我刊本作"公孙胜再访罗真人"，藜光堂刊本无"再"字。

刘兴我刊本"卷之二十一"，藜光堂刊本误作"卷二十"。

第 111 回回目上联，刘兴我刊本作"卢俊义分兵歙州道"，藜光堂刊本"歙州"误作"打州"。

七　第六回结尾

刘兴我刊本和藜光堂刊本是两个不同的版本。

既然是同一家书坊刊印的《水浒传》的不同的版本，必然有同有异。同也好，异也好，都不出乎我们的意料之外。

因此，考察它们的异同，不妨先从"同"说起。

既然二本都是同一部小说，它们也必然会在内容和文字上有相同的一面。内容和文字上的相同，在二本，比比皆是，举不胜举。

我在这里将举出二本有特征意义的"独异"一例。

所谓"独异"，在这里，是指刘兴我刊本和藜光堂刊本二本共有的相同的文字，而这些文字却又不见于现存其他各本（包括各种繁本和简本）。也就是说，这个"独异"的"独"是指区别于现存其他各本的刘兴我刊本和藜光堂刊本，而不是单指刘兴我刊本或藜光堂刊本。

这个有特征意义的例文，见于《水浒传》第 6 回"九纹龙剪径赤松林，鲁智深火烧瓦罐寺"的结尾。

兹先引容与堂刊本于下：

> 且说智深出到菜园地上，东观西望，看那园圃。只见这二三十个泼皮拿着些果盒酒礼，都嘻嘻的笑道："闻知和尚新来住持，我们邻舍街坊都来作庆。"智深不知是计，直走到粪窖边来。那夥泼皮一齐向前。一个来抢左脚，一个便抢右脚，指望来掀智深。只教智深脚尖起处，山前猛虎心惊；拳头落时，海内蛟龙丧胆。正是：方圆一片闲园圃，目下排成小战场。那夥泼皮怎的来掀智深？且听下回分解。

其他繁本基本上同于容与堂刊本。
再引刘兴我刊本第 6 回结尾于下：

> 智深正出菜园地上看那园圃，只见那二三十个破落户捧着些果酒，迎着笑曰："闻知和尚新到住持，我们邻舍敬来作贺。"智深不知是计，却道是好意，直走到粪窖相迎。那一夥破落户指望来撷智深，谁知智深脚尖起处，山前猛虎心惊，拳头落时，海内蛟龙丧胆。正是：方圆一片闲园圃，目下排成小战场。
>
> 后人有西江月一首为证："慢进厅前三五步，伫眸蓦见夥村驴，心中藏毒，意里似勤渠。我这里，抚心自忖，他那里，嘿嘿踟蹰。算他形势要坑予，踏步驾空天地阔，轮拳劈杀小侏儒。"
>
> 后人又有诗一首，单道破落户不量高低，不识时势，要与鲁智深用强，有诗云："张李痴呆欲作王，假装雅意甚周全。错惹撞凶花太岁，灾星照命险儿亡。"
>
> 不知智深后来如何应对？且听下回分解。

上引文字，包括一词一诗，藜光堂刊本全同于刘兴我刊本。
但在现存其他《水浒传》版本（包括繁本和简本）中却难觅这一诗一词的身影。

八　二本同误

第9卷图像标目"黑旋风奋怒杀李鬼","奋"乃"愤"或"忿"的讹误。

第90回"卢俊义计攻狮子关，段景住暗认玉栏楼"，刘兴我刊本：

> 国舅见说，又折了二子，苦痛伤悲。汝廷器曰："且闭关门，不要出战，火速差人去罢蟠州求取救兵，两下夹攻，可以报这冤仇。"

"罢蟠州"乃"龙蟠州"之误。黎光堂刊本同误。

第96回"王庆遇龚十五郎，满村嫌黄达闹场"，刘兴我刊本：

> 张世开回衙时，日转西，王庆执伞向西边马前行。这张世开要寻王庆之罪，代舅报仇，行到一凉棚街上，王庆转过，伞低过，世开挺起，头巾被伞裙拨落地下，张开大怒，从人慌忙拾起头巾，带上，世开到衙，便问曰："你今日张伞伞把我头巾掀落！"喝直杖的着实打三十，左右的把王庆打了三十，打得皮开肉绽，鲜血迸流。

其中"张开大怒"的"张开"系"张世开"之误。黎光堂刊本同误。

第36回"浔阳楼宋江吟反诗，梁山泊戴宗传假信"[①]，刘兴我刊本先有朱贵的出场诗：

> 臂阔腿长腰细，待客一团和气。梁山作眼英雄，旱地葱肆朱贵。

其后在正文中又说：

> 戴宗听了大惊，便问："足下是谁？愿求大名。"朱贵曰："我是梁山泊好汉旱地葱朱贵。"

这两处的"旱地葱肆"和"旱地葱"，是"旱地忽律"的讹误，黎光堂刊本全同于刘兴我刊本。

[①] 此回的总目、回目有讹误，详见上文。

第 99 回回末：

> 此一回折将五员：吴德真、江度、姚期、姚约、白玉、余呈。

细细数去，不是"五员"，而是"六员"。

这和余呈之事有关。笔者另有专文《叶孔目改姓与余呈复活》论述该事。此处不再赘言。

第 24 卷图像标目"宋江看视徐宁箭枪"，"枪"乃"疮"的讹误，二本同误。

九　人名的歧异

考察刘兴我刊本和藜光堂刊本的文字歧异，不妨先从人名开始。

【萧大观与大观，李益宝与木益宝】

第 84 回① "宋公明大战独鹿山，卢俊义兵陷青石峪"，点述兀颜统军手下二十八宿将军时，刘兴我刊本有"萧大观"、"李益宝"二人。藜光堂刊本丢失了"萧"，仅仅留下"大观"之名，又把"李益宝"的姓遗弃了下半截，变成"木"。

【宋公明与宋明公】

第 84 回，刘兴我刊本：

> 皇甫端曰："目今宋公明哥哥奉天子敕命去征河北田虎，特命小弟敬来相请。"许贯忠曰："久闻宋公明是个大丈夫，蒙贤弟来召，即当赴命。"同到行营来见宋江。

许贯忠所说的"宋公明"，藜光堂刊本作"宋明公"。

【李衮与混】

第 87 回 "公孙胜再访罗真人，没羽箭智伏乔道清"，刘兴我刊本：

> 乔道清即与张清到山后看时，李逵、李衮如醉人一般。

---

① "第 84 回"，乃"第 80 回"之误。下同。

第二句，藜光堂刊本作"李逵混如醉人一般"。它删去李衮之名，并因"衮"而改"混"。

【张青与张清】

第88回"宋江兵会苏林岭，孙安大战白虎关"，刘兴我刊本：

> 分兵五路打白虎岭……第二队，马军一万，大将十一员：卢俊义、张清、琼英、山士奇、秦明、花荣、乔道清、李应、杨雄、石秀、盛本；第三队，军马一万，大将十六员：鲁智深、武松、孔明、孔亮、雷横、朱仝、朱富、朱贵、曹正、施恩、张青、孙二娘、曹洪、冯玘、张顺……

其中的"张青"，藜光堂刊本误作"张清"。

第二队的"张清、琼英"，第三队的"张青、孙二娘"，各自是一对夫妻。藜光堂刊本不但错配了鸳鸯谱，还使得同一个张清竟然同时出现在两个队伍中。

【沙仲义与沙大义】

第89回"魏州城宋江祭祀诸将，石羊关孙安擒勇士"[①]，刘兴我刊本：

> 却说关胜兵到，孙安接入。关胜问曰："将军胜负如何？"孙安把杀凤翔、王远告知。关胜大喜。即亲自引兵出战。葛延开门引马大本、袁恭、沙仲义出城，两军对阵，众将厮杀，不分胜败。

"沙仲义"，藜光堂刊本作"沙大义"，误。

【白胜与白秀】

第91回"宋江梦中朝大圣，李逵异境遇仙翁"，刘兴我刊本：

> 宋江便令拔寨起行，分作三路，前去跟寻鲁智深下落。第一路东行：史进、刘唐、孔明、孔亮；第二路西行：石秀、蔡福、蔡庆；第三路北行，李逵、白胜、郑天寿。

"白胜"，藜光堂刊本作"白秀"，误。

队伍中有"白胜"和"石秀"，但是没有"白秀"。

---

① "勇士"，原误作"勇王"。

【黄达与王达】

第96回，在刘兴我刊本中，除了回目之外，黄达的名字还出现了八次，如下：

> 王庆遇龚十五郎，满村嫌黄达a闹场（回目）
> 此人原来姓黄名达b，绰号满村嫌……
> 王庆便把棒与黄达c斗了数合，黄达d抵敌不住，王庆却将棒头点尿水抹黄达e一口，黄达f输了，走往河下洗口……
> 只见黄达g领三十人，各拿枪棒赶来，大叫："配军休走！"……
> 黄达h大怒，挺刀杀来，王庆闪过，斗了数合，黄达i抵敌不住，便走……

其中两处，即"黄达f"、"黄达h"，藜光堂刊本作"王达"；其余七处，即"黄达a、b、c、d、e、g、i"则同于刘兴我刊本。

第97回"王庆打死张太尉，夜走永州遇李杰"，在刘兴我刊本中，黄达的名字继续出现了八次，如下：

> 王庆住了月余，叫庄客武艺精熟。忽一日，龚正曰："自从相会，不曾与你较量一棒。"便唤庄客打扫麦场，正与王庆较量棒子，不期墙外一个人是黄达a庄客，因来汲水，听得墙内棒声，就在墙缝里望见王庆使棒，忙归报与黄达b，黄达c即引三五十个庄客，围住龚正庄上，叫曰："窝藏王庆，快快缚出！"王庆听了，走入后山去躲了。龚正曰："黄保甲，你在此大惊小怪，我岂不知事理。"黄达d曰："不必支吾。"正曰："任你去搜。"达e即引众入家搜觅不见，走入后门，望山上。王庆听得下面喧闹，伸头来探，被黄达f见了，便叫曰："王庆好好下山受缚，我好生伏事你。"王庆大怒，执棒在手来迎，只一棒把黄达g脑髓打出。众庄客叫曰："黄达h被王庆打死了！这番你却赖不过。"龚正叫苦。

其中的"黄达a、b、c、d、f、g、h"以及"达e"，藜光堂刊本作"王达"。又，"黄保甲"，藜光堂刊本作"王保甲"。

另外，在第21卷的图像标目中，也出现了这个人名。刘兴我刊本：

> 王庆忿怒打死黄达

"黄达"，藜光堂刊本作"王达"。

【梅香与金莲】

第 96 回，刘兴我刊本：

忽一日，张世开又分付王庆讨十疋好紫罗。王庆到彩段铺讨得十疋紫罗，入衙里，世开暗教梅香每疋剪去三尺，却依原束缚与王庆还铺。物主看了曰："这原物手迹动乱，不见原号，又剪去三五尺的。"便曰："王市买这罗都剪去三尺、五尺，坏了我货物。"

"梅香"是丫环之名，藜光堂刊本却作"金莲"。

十　其他文字的歧异

【字词不同】

第 84 回"宿太尉保举宋江，卢俊义分兵征讨"，刘兴我刊本：

石逊被呼延灼打折右臂。

"右臂"，藜光堂刊本作"半臂"。"右臂"没有说明是整条臂，还是半条臂；"半臂"则没有说明是左臂，还是右臂。二者显然有别。

第 84 回，刘兴我刊本：

元仲良曰："我欲修行以终天年，汝欲何如？"答仝美曰："家有老母、妻子在城东，离魏州一百五十里，欲回家养亲。不知元帅容否？"良曰："我亦有老父在上，携父同往天王堂出家。"二人拜别，各洒泪而别。

"天王堂"，藜光堂刊本作"天堂"。

第 87 回回目，刘兴我刊本作"公孙胜再访罗真人，没羽箭智伏乔道清"，藜光堂刊本无回目上联的"再"字。殊不知，这样一来，就使得"访"字和"智伏"二字失去了对称。

第 90 回"卢俊义计攻狮子关，段景住暗认玉栏楼"，刘兴我刊本：

公孙胜立在山顶，披发仗剑作法，俄然黑云四起，战鼓齐鸣，只见半空中天兵四布，轰雷大作，岭上守关军士都吓得呆了。少刻，都放雷炮乱打，打得北军各逃性命，宋军大刀阔斧砍开关门，纵军杀入，杀得北军七段八续，望城内走去了。

"七段八续"，藜光堂刊本作"七断八续"。

第84回"宿太尉保举宋江，卢俊义分兵征讨"回前诗，刘兴我刊本作：

连营铁骑震如雷，一个横刀万寇哀。扫尽边庭烽火息，保全黎庶瘴烟开。羽书奉捷闻金殿，鸾诰褒封下玉台。忠节名题麟阁上，凯歌声里带春回。

藜光堂刊本有两处异文："瘴烟"作"雾烟"，"玉台"作"玉堂"。"堂"字显然不合韵。

第97回"王庆打死张太尉，夜走永州遇李杰"，刘兴我刊本：

王庆也只得收拾回家，肚里好闷。嫂子问曰："叔叔今日利市么？"王庆曰："我怎悔（晦）气！"睁着双眼看嫂子，嫂子曰："叔叔和谁闹来？"王庆曰："不是和人闹。实不瞒嫂嫂说，今早去林子里，有出林虎不与我坐场，只得往前面开了场，坐下一日，并没一人下场，都去别处赌了。今日买点心吃，到去了几十文钱。"

"坐场"，藜光堂刊本作"摊场"。
"开了场"，藜光堂刊本作"开了铺"。

【顺序不同】

第93回（藜光堂刊本第94回）"徽宗降敕安河北，宋江承命讨淮西"，刘兴我刊本：

天子曰："卿等平身。"又问曰："卿今带来这一起却是何人？"宋江答曰："一个乃孙安，一个乃琼英郡主，张清之妻，一个是法师乔道清，一个是卞祥。臣今收伏田虎，皆赖此数人之力也。"

此段文字，藜光堂刊本作：

天子曰："卿等平身。"又问曰："卿今带来这一起却是何人？"宋江答曰:"一个乃琼英郡主,张清之妻,一个乃孙安,一个是法师乔道清,一个是卞祥。臣今收□田虎,皆赖此数人之力也。"

一本先介绍孙安,另一本却是先介绍琼英郡主。

第71回"吴加亮布五方旗,宋公明排八卦阵",刘兴我刊本:

> 那八路军马是:睢州兵马都监段鹏举、郑州兵马都监陈翥、唐州兵马都监韩天麟、许州兵马都监李明、陈州兵马都监吴秉彝、邓州兵马都监王义、洳州兵马都监马万里、嵩州兵马都监周信。

藜光堂刊本这张名单的顺序却是:

> 睢州兵马都监段鹏举、郑州兵马都监陈翥、唐州兵马都监韩天麟、陈州兵马都监吴秉彝、许州兵马都监李明、洳州兵马都监马万里、邓州兵马都监王义、嵩州兵马都监周信。

第73回"十节度议收梁山泊,宋公明一败高太尉",刘兴我刊本:

> 那十个节度使是谁?河南河北节度使王焕、上党太原节度使徐京、京北弘农节度使王文德、颍州汝南节度使梅展、中山安平节度使张开、江夏云凌节度使张温、云中雁门节度使韩存保、陇西汉阳节度使李从吉、琅琊彭城节度使顾元镇、清河天水节度使刘忠。

而藜光堂刊本这张名单的顺序却是:

> 那十个节度使是谁?河南河北节度使王焕、上党太原节度使徐京、京北弘农节度使王文德、颍州汝南节度使梅展、云中雁门节度使韩存保、中山安平节度使张开、陇西汉阳节度使李从吉、江夏云凌节度使张吉、琅琊彭城节度使顾元镇、清河天水节度使刘忠。

不仅十人的顺序不同,而且江夏云凌节度使的名字也有"张温"和"张吉"的两歧。

【删节与脱文】

第97回"王庆打死张太尉,夜走永州遇李杰",刘兴我刊本:

> 王庆在吴太公庄上教演武艺一月有余,众各精熟。太公自与王庆合

棒，王庆胜了，太公大喜。

末句"太公大喜"，藜光堂刊本无"太公"二字，遂使"大喜"二字归于王庆。

"太公大喜"说的是吴太公对王庆的欣赏和喜爱，并对自己的识人表示满意。"王庆……大喜"则变成王庆因打败东家吴太公而沾沾自喜。这完全是两种不同的表达，自以前者为是。

第95回①"卞祥卖阵平河北，宋江得胜转东京"，刘兴我刊本：

北兵大败，退走入城报知，田虎见说心慌，卞祥告曰："我主勿忧，小将引众将出城决一死战。"田虎即令卞祥引众将出阵。宋江见了卞祥，便令花荣与卞祥斗，（斗）到十合，花荣佯败而走，卞祥不追……

在这段文字中，藜光堂刊本有脱文。"田虎即令卞祥引众将出阵，宋江见了卞祥"两句，藜光堂刊本作"田虎即令卞祥便令花荣与卞祥斗"。其中，藜光堂刊本脱漏十一字（"引众将出阵。宋江见了卞祥"）。

第96回"王庆遇龚十五郎，满村嫌黄达闹场"，刘兴我刊本：

张世开曰："明日不要这厮打伞，交在本衙市买。"

第一句和第二句，藜光堂刊本作"张世明不要这厮打伞"，不仅脱文，连带着把人名也改了。

第97回"王庆打死张太尉，夜走永州遇李杰"，刘兴我刊本：

王庆入见范娘子，唱喏曰："尊嫂嫂，小弟敬来看哥哥。"范娘子答曰："你哥哥未归，且请坐下。"少刻，范全回来，见王庆，吃了一惊。原来范全与王庆是姨兄弟。王庆曰："小弟特来探望哥哥。"范全便令妻子安排酒饭与王庆吃了五大碗，全妻曰："汝弟会吃饭，难为打火。"范全曰："他今才到，你且闭嘴。"

"范全便令妻子安排酒饭与王庆吃了五大碗"一句，藜光堂刊本作"范全便令妻子就安排酒饭与王庆吃，王庆一吃就吃了五大碗"。

脱文的原因是"吃"字的重叠造成了误接。

---

① 第95回乃第93回之误。

【结尾不同】

刘兴我刊本第 84 回"宿太尉保举宋江，卢俊义分兵征讨"的结尾：

宋江对吴用曰："今日众兄弟齐心，已得此关，再把许贯忠地图展开观看，离此九十里外，便是玉门关，却有猛将守把。军师有何妙策，可取此关？"吴用附耳低言数句，直教玉门关外变作尸山血海，金乌岭下番成剑树枪林。毕竟如何？且听下回分解。

藜光堂刊本的结尾十分简单：

宋江对吴用曰："今日众兄弟齐心，已得此关，再把许贯忠地图观看，离此九十里外便是玉门关，却有猛将守把。军师有何妙策？"且听分解。

第 113 回"卢俊义大战昱岭关，宋公明智取清溪洞"回末，刘兴我刊本：

此回折将廿四人：

细细数去，没有二十四人，只有二十三人。而藜光堂刊本却是真正的二十四人：多出了"一丈青"。

全书末尾，刘兴我刊本有诗两首：

莫把行藏怨老夫，韩彭当日亦堪怜。一心征猎（腊）推（摧）锋日，百战擒辽破敌年。煞曜罡星今已矣，奸臣贼相尚何然。早知鸩毒埋黄壤，学取鸱夷泛钓舡。

生当庙食死封侯，男子平生志已酬。铁马夜嘶三月暗，玄猴秋啸暮云稠。不须出处求真迹，却喜忠良作话头。千古廖（蓼）洼埋玉地，落花啼鸟总关愁。

藜光堂刊本只有前一首，而没有后一首。

细察藜光堂刊本全书最后一叶，可以发现，它的最后一行是"全像忠义水浒传卷廿五终"，倒数第二行是"煞曜罡星今已矣，奸臣贼相尚何然。早知鸩毒埋黄壤，学取鸱夷泛钓舡"（即第一首诗的五、六、七、八句）。这表明，在这一叶，已没有给第二首诗留下可以容纳的空间了。

这极可能是藜光堂刊本缺少"生当庙食死封侯……"一诗的原因。

十一　先有刘兴我刊本，还是先有藜光堂刊本？

以刊刻时间的先后次序而论，是刘兴我刊本在先呢，还是藜光堂刊本在先？试举五个例子对此一问题加以探讨。

例一是"武大"和"武松"的歧异。

刘兴我刊本第 5 卷有"武大设酒款待武大"图。此标目谬误，哪有自己款待自己的道理？后一个"武大"乃"武松"之显误。藜光堂刊本正作"武松"。我认为，这是藜光堂刊本发现了刘兴我刊本的错讹之后予以改正的结果。

例二是男女形象的歧异。

第 93 回第 3 幅图，刘兴我刊本和藜光堂刊本的标目都是"琼英石子打死天锡"，但是只有刘兴我刊本的图中有琼英和李天锡的形象，藜光堂刊本却画的是两个男人。再看同回第 4 图"卞祥引众投降宋江"，可以发现，二本此二男之图基本上相似，而藜光堂刊本的那幅"琼英石子打死天锡"，其构图竟然也和此幅基本上相似！

这有两种可能性。可能性之一：刘兴我刊本在先。藜光堂刊本发生了差错，误把"卞祥引众投降宋江"图安放在"琼英石子打死天锡"标目之下了。可能性之二：藜光堂刊本在先。刘兴我刊本发现了藜光堂刊本嫁接的错误，遂加以纠正。我认为，可能性之一高于、胜于可能性之二。

例三是"太阳"和"太头"的歧异。

第 85 回"盛提辖举义投降，元仲良愤激出家"，刘兴我刊本：

　　张清取石子望竺文敬打中太阳，落马而死。

"太阳"，藜光堂刊本作"太头"。

"太阳"是指"太阳穴"。《水浒传》第 3 回"史大郎夜走华阴县，鲁提辖拳打镇关西"描写了鲁智深所打的第三拳：

　　又只一拳，太阳上正着，却似做了一个全堂水陆的道场，磬儿钹儿铙儿一齐响。

这里的"太阳"含义完全相同。而"太头"则不是词。

从此例可以看出，藜光堂刊本是后改的。它的原意是要把"太阳"换成"头"，不料却剩下"太"字未动，露出了后改的痕迹。

例四是第36回的总目和回目的歧异。

刘兴我刊本、藜光堂刊本总目第36回均作：

浔阳楼宋江吟反诗，梁山泊戴宗传假名

"假名"，验之于回目和正文，应作"假信"，刘兴我刊本、藜光堂刊本同误。

而此回的回目下联，刘兴我刊本作：

梁山泊宋戴宗假信

"宋戴宗假信"不通。经与众繁本对比，可知"戴宗"二字之上衍一"宋"字，"戴宗"二字之下夺一"传"字。"宋"字殆因回目上联"宋江"而误。

此"宋"字与上联的"宋"字的刊刻字形完全相同。但粗粗一看则易误认为字形近似的"朱"字。

果然，藜光堂刊本就犯了这样一种认朱成碧的错误，它先是把"宋"看成形似的"朱"，接着又把"朱"听作音似的"嘱"，它的回目下联因之变成了"梁山泊嘱戴宗假信"。

这个一错再错的过程证明了藜光堂刊本的刻制晚于刘兴我刊本。

例五是"白龙庙"和"白虎庙"的歧异。

"白龙庙英雄小聚义"是《水浒传》中的重要关目。然而在这个庙名上却使刘兴我刊本和藜光堂刊本产生了两歧的现象。

《水浒传》繁本第40回有五个地方提到了"白龙庙"（在以下的引文中分别以 a、b、c、d、e 表示）：

约莫离城沿江上也走了五七里路。前面望见，尽是淘淘一派大江，却无了旱路。晁盖看见，只叫得苦。那黑大汉方才叫道："不要慌！且把哥哥背来庙里。"众人都到来看时，靠江一所大庙，两扇门紧紧地闭着。黑大汉两斧砍开，便抢入来。晁盖众人看时，两边都是老桧苍松，林木遮映，前面牌额上四个金书大字，写道："白龙神庙 a。"小喽罗把宋江、戴宗背到庙里歇下⋯⋯

当时张顺在船头上看见，喝道："你那夥是什么人？敢在白龙庙 b 里聚众？"宋江挺身出庙前，叫道："兄弟救我！"……

张顺等九人，晁盖等十七人，宋江、戴宗、李逵，共是二十九人，都入白龙庙 c 聚会。这个唤作白龙庙 d 小聚会。当下二十九筹好汉，两两讲礼已罢。只见小喽罗入庙来报道："江州城里，鸣锣擂鼓，整顿军马出城来追赶。远远望见旗幡蔽日，刀剑如麻。前面都是带甲马军，后面尽是擎枪兵将。大刀阔斧，杀奔白龙庙 e 路上来。"……

在繁本中，a 均作"白龙神庙"，b、c、d、e 均作"白龙庙"。

而在刘兴我刊本中，a、c 均与繁本同，有关 b、d、e 的几句则无。

异文出现在藜光堂刊本。在藜光堂刊本中，a 作"白虎神庙"，c 作"白虎庙"，b、d、e 和刘兴我刊本一样没有出现此名。

单从这一点判断，和繁本、我所看到的其他简本在"龙"字上保持一致的刘兴我刊本应早于要"虎"不要"龙"的藜光堂刊本。

然而，不能否认，也许还存在着另一种可能性：藜光堂刊本的"虎"字有更早的其他版本的来源。

依我看来，这种可能性极小极小。

"白龙庙"三字不仅出现于正文中，还出现在图像的标目上，出现在回目和总目上。

试看第 8 卷倒数第二幅图（刘兴我刊本）或最后一幅图（藜光堂刊本）的标目：

白龙庙里众人聚会

"白龙庙"三字，藜光堂刊本和刘兴我刊本完全相同。这反映了藜光堂刊本沿用刘兴我刊本图像标目而没有施加更改的原貌。

再看藜光堂刊本的总目和回目的下联，居然出现了"龙"和"虎"的歧异：

回 目	白虎庙英雄小聚义
总 目	白龙庙英雄小聚义

这无疑都给我的判断增添了很大的分量。

这充分地说明：第一，在藜光堂刊本的底本或参校本上，作"白龙庙"，不作"白虎庙"。第二，藜光堂刊本总目和图像标目中的"白龙庙"承袭自藜光堂刊本的底本或参校本。第三，藜光堂刊本回目和正文中的"白虎庙"是藜光堂刊本自己更改的。更改者当然就是藜光堂刊本的整理者（编辑者）或刊行者。

藜光堂刊本改"白龙庙"为"白虎庙"，显然是有意的，不是偶然的、随意的。其原因目前尚不能详知和确知。但有一点可供思考：在《水浒传》简本的"征田虎"部分，多处提到了"白虎岭"（第85回、第86回、第87回、第88回、第89回、第93回）、"白虎关"（第88回）、"白虎城"（第90回）。这"白虎"二字是不是给予藜光堂刊本的修改者某些启发和影响？

其实，这个更改是失败的。这座庙建在江滨，它的命名自然以"龙"为宜；如果建在深山，那就又当别论了。

十二　这说明了什么？

刘钦恩（刘兴我、刘荣吾）的藜光堂书坊为什么要刊印两种不同的《水浒》刊本（刘兴我刊本、藜光堂刊本）呢？

我想，最主要的原因就是图书市场销售利益的驱使。这是许多书坊为了抢占市场份额而采取的一种手段。

这是明代万历年间和万历之后的小说出版界的一种特殊的现象。

当时，《三国》、《水浒》可算是最热门、最畅销的两种小说。不但多家书坊纷纷印行了《三国》、《水浒》，有的同一家书坊还刊印了两种不同的《三国》、《水浒》版本。《水浒传》刘兴我刊本、藜光堂刊本的先后推出，就是其中的一例。

另一位出版家余象斗，他不仅印行了《水浒》（《水浒志传评林》）[①]，还印行了两部《三国》，一部是《新刊京本校正演义全像三国志传评林》（双峰堂刊本）[②]，另一部是《按鉴批点演义全像三国评林》（桂云馆刊本）[③]。从一

[①] 此本卷1题"京本增补校正全像忠义水浒志传评林"。此本序言上栏有《水浒辨》一文，文末云："士子买者可认双峰堂为记。"每半叶16行，每行27字。

[②] 此本卷1题"新刊校正演义全像三国志传评林"，"闽文台余象斗校梓"。每半叶15行，每行22字。

[③] 此本卷首题"书坊仰止余象乌批评、书林文台余象斗绣梓"，扉页题"桂云馆新绣"。卷末牌记云："万历壬申仲夏月，书林余氏双峰堂。"

家书坊刊行两部《三国》（双峰堂刊本和桂云馆刊本）的角度说，可以称之为"姐妹刊本"。而从一家书坊刊行以"评林"为特征的两部不同的小说的角度说，他的《水浒志传评林》和《三国志传评林》不是也可以称之为"姐妹刊本"吗？

准此而言，刘钦恩刊行的两部《水浒》（刘兴我刊本和藜光堂刊本），同样称之为"姐妹刊本"，也是非常恰当的。

如果在当时的图书市场上，《三国》和《水浒》不是读者和购买者最受欢迎的两种小说作品，何至于同一家书坊却印行了两种不同版的、文字有出入的、行款与图像均有差异的《三国》和《水浒》呢？

这正反映了在广大读者心目中，《水浒》和《三国》长久以来一直是古典小说中的佳品。

雄飞馆刊本《英雄谱》与《二刻英雄谱》的区别

一　初刻本与二刻本

明朝末年，崇祯年间，出现了雄飞馆刊印的《英雄谱》和《二刻英雄谱》。所谓"英雄谱"，实即《水浒传》和《三国志演义》两部小说的合刻。它的另一书名，为《三国水浒合传》。不过，两部小说合刻，其形式不是一前一后，而是一上一下。上层为《水浒传》，约占版面的1/3。下层为《三国志演义》，约占版面的2/3。

大家知道，凌濛初的《拍案惊奇》有"初刻"、"二刻"之分。《英雄谱》和《拍案惊奇》一样，也有"初刻"、"二刻"之分。《拍案惊奇》的"初刻"和"二刻"，是两部不同的书，篇目、内容基本上不同；《英雄谱》的"初刻"和"二刻"，则是同一部书，回目、正文基本上相同。然而，《英雄谱》和《拍案惊奇》却出现在一个共同的时代。

我们以雄飞馆"初刻本"为《英雄谱》一书的简称，以雄飞馆"二刻本"为《二刻英雄谱》一书的简称，并把它们合称为"雄飞馆刊本"。

《二刻英雄谱》，根据已掌握的资料，可知现存者至少有两部：

（1）日本内阁文库藏本
（2）日本京都大学藏本

前者，孙楷第先生已著录于《中国通俗小说书目》[①]，并在《日本东京所见

[①]《中国通俗小说书目》，人民文学出版社，1957，第219~220页。按：孙楷第先生著录时没有标明"二刻"字样。

中国小说书目》一书中作了介绍①。后者，铃木虎雄旧藏，已有影印本出版②。

雄飞馆初刻本，在国内尚未见到学者的专题报道，有关它的情况，几乎是一片空白。

我曾获睹一部雄飞馆初刻本的残本，并曾用以和雄飞馆二刻本（影印本）对校，注意到它们之间的一些异同之处。现在就来简略地介绍一下这个残本的概况，并着重谈一谈雄飞馆初刻本和雄飞馆二刻本的区别。

本文论述的范围仅仅限于《英雄谱》中的《水浒传》部分，暂不涉及《三国志演义》部分。至于有关雄飞馆二刻本的整个情况，将另撰专文加以研讨。

二 雄飞馆初刻本的概况

雄飞馆初刻本的残本，仅存两册。一册包括卷13至卷15，另一册包括卷18至卷20。卷20为全书的最后一卷。

从内容上看，残存的两册正好从受招安开始，包括征辽故事的全部、征田虎故事的一部分、征王庆故事的末尾部分，以及征方腊故事的全部。

全书采取分集的形式，并以天干为名。卷13、卷14为庚集，卷15为辛集，卷19、卷20为癸集。以此类推，可知全书共分十集，每两卷为一集。所缺的卷16当为辛集，卷17当为壬集；卷18因缺首叶，不详为何集，但约可推知，当为壬集。

各卷卷首题署书名："精镌合刻三国水浒全传。"

各卷卷首题署作者："钱塘施耐庵编辑。"

上层《水浒传》和下层《三国志演义》，刊刻的字体迥然不同，上层用楷体，下层则用的是明代的匠体。

正文的行侧，有一些批语。残本两册所保存的批语，共78条③，在各卷分布如下：

　　卷13——9条
　　卷14——11条

---

① 《日本东京所见中国小说书目》，人民文学出版社，1981，第109~111页。
② 《二刻英雄谱》，"京都大学汉籍善本丛书"，株式会社同朋舍，昭和五十五年，日本京都。
③ 初刻本残本有缺叶，其中有无批语不详，暂未统计在内。

卷15——15 条

卷18——23 条

卷19——11 条

卷20——9 条

各卷分回的情况：

卷13——72、73、74、76

卷14——77、75、79、80

卷15——81、82、83、84、85、86

卷18——100、101、102

卷19——103、104、105、106

卷20——107、108、109、110

其中，第76回紧接第74回之后，没有第75回在中间隔开。第84回仅有回目"公孙胜再访罗真人，没羽箭智伏乔道清"，但无回数"第八十四回"字样，回目联语的对仗不甚讲究。第74回"宋江兵打蓟州城，卢俊义大战玉田县"，上七下八，参差不齐。第104回"宁海郡宋江吊孝，涌金门张顺归神"中的地名"宁海郡"三字，在正文中却作"宁海军"，存在着回目与正文文字两歧的现象。

以上所谈的几点，包括各回的回目，在雄飞馆初刻本和雄飞馆二刻本中，都是相同的。

只有第100回、第106回，由于雄飞馆初刻本缺叶，无法知道它们的回目，无法判断和雄飞馆二刻本这两回回目的异同了。

三　版刻的不同

雄飞馆初刻本版框，高22厘米，广12厘米。其中《水浒传》部分的版框，高7.5厘米，广12厘米[①]。

[①] 我手上使用的雄飞馆二刻本是日本影印本。影印本没有注明是否按原书大小影印。所以，我无法知道二刻本版框的高广以及它在这方面与初刻本的异同。

初刻本每半叶 15 行，每行 13 字。而二刻本每半叶 16 行，每行 13 字[①]。这说明，两书的行款是不同的。

初刻本版心上端为"英雄谱"三字，而二刻本版心上端则为"二刻英雄谱"五字。这是区别两书的又一个标识。

还有一点不同：二刻本卷 13 末叶末行有"十三卷终"四字，卷 19 末叶末行有"英雄谱十九卷终"七字，而初刻本两处却没有这样几个字。

回目在两书上基本相同，只有一个例外。第 108 回回目，"卢俊义大战×岭关，宋公明智取清溪洞"，其中的"×"字，初刻本作"昱"，二刻本却错讹为"星"。

这几处不同的特征，构成了初刻本和二刻本在形式上一眼就可看出的区分，为我们对初刻本和二刻本的识别提供了有利的条件。

四　文字的改动

雄飞馆初刻本和二刻本的正文有没有不同的地方呢？

粗粗一看，二刻本似乎是初刻本的复印。绝大部分的字体或字迹基本上一模一样。由于每半叶行数不同，一个是 15 行，一个是 16 行，所以复印时的拼版痕迹依稀可以辨认。但经过进一步的仔细比勘，不难发现，从初刻本到二刻本，有些字确实被改动了。

被改动的情况有两种。

一种情况是，把个别的字从繁体改为简体。例如"龙"、"庙"、"报"、"独"等字。它们在初刻本中原为繁体，到了二刻本却被改刻成简体。这可以说是有意的改动。目的大概在于省工和省时。

另一种情况是，在复印的过程中，察觉到原版个别字迹模糊不清，因而重新刻写，作为补救的手段。可是，在改写、改刻时，却犯了错误。例如，初刻本第 102 回：

如有形影奇异者，随即诛杀。(18/42a)[②]

[①] 孙楷第著录为 17 行，行 14 字，疑系出于一时的误记。
[②] "18/42a"，代表卷八，第 42 叶前半叶。下同。

"影奇"二字，二刻本作"容可"（18/39b）。又如，初刻本同回：

三大王知罡星犯吴地，特差下官领军到来，巡守江面，不想枢密失利，下官与你报仇……

枢密当出助战。（18/45b）

"三"、"下"、"下"、"与"、"出"五字，二刻本分别作"之"、"不"、"不"、"兴"、"来"（18/42a）。细察其犯错误的缘由，约有形讹、臆补数端：

［例 1］初刻本："诏曰"（第 79 回 14/34b）
　　　　二刻本："诰曰"（14/32b）
［例 2］初刻本："亦有天神"（第 84 回 15/26a）
　　　　二刻本："亦清天神"（15/24a）
［例 3］初刻本："见那神人，头戴剪翅，身穿红袍"（第 100 回 18/6a）
　　　　二刻本："见那神人之头戴剪翅，身穿红袍"（18/5b）
［例 4］初刻本："柴进时常奏说"（第 106 回 19/39b）
　　　　二刻本："柴进时当奏说"（19/36b）
［例 5］初刻本："老僧指教你去"（第 108 回 20/11a）
　　　　二刻本："老僧共教你去"（20/10b）

从这五个例证来看，初刻本原文全都是正确的，而二刻本的改文却全都是错误的。臆补则往往是主观地揣测上下文意，从而产生差错。下面五个例证便是很好的说明：

［例 1］初刻本："谢恩辞出回营"（第 73 回 13/17a）
　　　　二刻本："谢恩而出回营"（13/16a）
［例 2］初刻本："四下救应不迭"（第 76 回 13/47b）
　　　　二刻本："四下救应不及"（13/44a）
［例 3］初刻本："今公孙胜要往问落真人求法"（第 84 回 15/26b）
　　　　二刻本："今公孙胜要求问落真人求法"（15/25b）
［例 4］初刻本："取些干粮、烧饼出来吃了，再来江边，望那江景"（第 102 回 18/34b）
　　　　二刻本："取些干粮、糖饼出来吃了，再来江边，望那江中"

(18/32a)

[例5] 初刻本："守住乌龙龙岭大路"（第107回20/8a）
二刻本："屯住乌龙龙岭大路"（20/7b）

这五个例证表明，二刻本的改文还不至于被目为错讹，但从文字的准确性着眼，显然远比初刻本原文逊色。

在以上两类例证中，除了第一类五例之外，二刻本所改动的字全都处于每行顶端第一字的位置。它大概是反映了这样的情况：在原版上，该位置的字最容易受到磨损；磨损造成了字迹模糊不清，甚至残破；因此，需要补刻；于是，产生了形讹和臆补的现象。

有的改动，一时令人难以理解。例如：

初刻本第73回："绞起闸板"（13/24a）
二刻本："一起闸板"（13/22b）
初刻本第86回："若得一人杀出"（13/41a）
二刻本："必得一人杀出"（15/38b）
初刻本第109回偈语："忽间随潮去"（20/21a）
二刻本："忽潮随潮去"（20/19b）

改动的字眼带有很大的随意性，摆在那里很不合适，造成了文句的不畅不通。既不能解释为字形或字义的近似，又不是以上下文的意思为改动的依据，几乎找不出任何正当的理由。我们只能认为，这是一种随心所欲、粗制滥造作风的表现。

同样的例子，见于二刻本第73回：

宋江这伙好了方始归降。（13/14a）

何谓"这伙好了"？令人纳闷。细玩语意，若将"了"字换为"汉"字，方称允当。而在初刻本上，这里的"好"字之后，恰巧是墨钉。所以，"了"字是二刻本的整理者或刊刻者信手胡乱加入的。

有的改动，涉及具体的人名，因而有悖于文理。例如二刻本第103回：

孙立鞭打死张顺。（19/13a）

孙立和张顺都是梁山好汉，在征方腊途中，他们为什么同室操戈，自相残杀？一查初刻本，原来孙立打死的是张威（19/14a），不是张顺。

又如，初刻本第105回，宋江派遣攻打杭州的将领之中有"马麟"（19/30a），到了二刻本，竟变成"马灵"（19/28a）。

再如，二刻本第109回，宋江班师回朝以后，"写录已殁人数"，其中有"阮小七"之名。查本回回末云：

> 又有阮小七往盖天郡就职，未及数月，被王禀、赵谭怀恨，谮谤阮小七曾穿方腊赭黄袍："此人终反，宜早防之。"童贯达之蔡京，奏天子，请圣旨夺阮小七官职，复为庶民。阮小七遂携老母回石碣村，依旧打鱼，以终天年。（20/24a－b）

可见阮小七并非半路上"已殁"，而是一直到最后"终天年"的。那么，他又怎么会被列入"已殁人数"之内呢？初刻本揭破了这个谜。原来名单中实无"阮小七"之名，占据阮小七位置的人名是早在第106回中就已"自刎而亡"的"阮小二"（20/23a）。

总之，当我们考察了二刻本对初刻本文字所作的文字改动的种种情况之后，可以得出下列两点结论：

（1）从版本异同的区别上说，这些文字改动构成了雄飞馆初刻本异于雄飞馆二刻本的特征。

（2）以版本优劣的评价而论，这些文字改动证明了雄飞馆初刻本优于雄飞馆二刻本。

五　诗句的删略

二刻本还对初刻本进行了另一种手术——删节。

但二刻本并没有删节正文。它删节的是正文中间的"有诗为证"的诗。

根据我的初步统计，在这25回中[①]，二刻本共计删去了23首诗，被删去的诗篇列举于下（每首诗，仅引首句，并注明回数以及初刻本中的卷数、叶数）：

（1）招摇旗筛出天京（第73回 13/17b）

[①] 初刻本残本两册，按回数计算，保存了26回，但其中无第75回，故仅存25回。

（2） 大辽国位非天命（同上 13/19a）
（3） 丑虏猖狂犯敌锋（第 74 回 13/33a）
（4） 辽国君臣枉自猜（同上 13/41b）
（5） 峰峦重叠绕周遭（第 76 回 13/49b）
（6） 兵按北风玄武象（第 78 回 14/15a）
（7） 赵括徒能读父书（同上 14/23a-b）
（8） 李靖六花人亦识（第 79 回 14/29b）
（9） 一点忠贞不改移（第 82 回 15/15a）
（10） 一义能敦四海心（同上 15/15b）
（11） 当场比试见高低（第 83 回 15/23a）
（12） 羊酒殷勤慰慕情（第 85 回 15/35a）
（13） 英雄到此实堪怜（第 86 回 15/40b）
（14） 指挥空返卢阳戈（同上 15/43b）
（15） 举众来归义气深（同上 15/44a）
（16） 金戟横空杀气高（第 100 回 18/12b）
（17） 烹龙炮凤品稀奇（第 101 回 18/21b）
（18） 奸党三陈已被伤（第 102 回 18/42b）
（19） 神器从来不可干（第 103 回 29/13b-14a）
（20） 浔阳江上英雄汉（第 104 回 19/23a）
（21） 生前勇悍无人敌（第 106 回 19/36b）
（22） 古睦封疆悉已平（第 108 回 20/10a-b）
（23） 宋江重赏升官日（第 110 回 20/27a）

　　按行数计算，二刻本共计删去了 81 行。
　　被删去的诗，每一首都是七言四句式的，占三行地位，大多以"诗云"二字或"有诗为证"四字引出。
　　总的来说，删节的情况基本上可以分为甲、乙两种。删去诗三行，是两种情况的共同点。它们的不同点则表现为：甲种情况，删节后留下空白，使下文于次行另起一段；乙种情况，删节后没有留下任何空白的地位，上下文紧密地连接在一起。按照全书刊刻的体例，正文一般并不分段，只有在插入诗词赞语以及诏文告示等等之后，方于次行另起一段。所以，前一种情况明显地留下删节的痕迹，令读者生疑。而后一种情况起着弥缝的作用，一时还不易使人察觉。

甲种情况比较简单。有时，删去前一行中的"诗云"二字。至于"诗云"之后的空白，仍旧保留着原貌，例如（1）、（2）、（4）；有时，删去前一行中的"有诗为证"四字，并保留着空白，例如（6）、（7）、（8）、（9）、（10）、（15）；有时，删去前两行中跨行的"有诗为证"四字，并保留着空白，共删去四行，例如（3）、（5）。动这种手术，实际上既方便，又省事。甚至于删这一首诗或那一首诗，带有很大的随意性，并不是经过细致的研究或选择之后才决定的。

乙种情况要复杂得多。如果再加以细分，则又有三种方式可说：删；既有删，又有移；既有删，又有增。

删，这种方式也很方便和省事。它删去正文一行（包括"有诗为证"、其他字句以及空白），再删去诗三行，共删四行。

例如（21），初刻本：

　　特奉圣旨，敕封为金华将军，庙食杭州。有诗为证：生前勇悍无人敌……。再说宋江……（19/36b）

其中，"庙食杭州。有诗为证"占一行地位。二刻本全部删去，使上下文变成了"敕封为金华将军。再说宋江……"（19/34a）。同样的例子，还有（22）。

既有删，又有移。这种方式移动了个别的字词，共删四行。

例如（17），初刻本：

　　天子准奏，设下御宴，赏赐宋江、卢俊义并左右侍臣。有诗为证："烹龙炮凤品稀奇……"当日天子钦赐御宴已罢……（18/21b）

其中，"侍臣。有诗为证"占一行地位，"左右"系前一行最后二字。二刻本删去"侍臣……"一行，又删去"左右"二字，并移用"侍臣"二字来替代它们。这样，二刻本成为："……赏赐宋江、卢俊义并侍臣。当日夫（天）子……"（18/20a）。

有移动，就要有拼接。其间不免会产生文理欠通的现象。

例如（23），二刻本：

　　次日，收方腊于东京市上凌迟处死，割了三日示众。再说宋江……

其中"市上"二字显得勉强。一查初刻本，这里是"市曹上"三个字

(20/27a)。原来二刻本删去诗三行，又删去正文一行，将"众"字移入前一行，并删去"曹"字。

再如（18），二刻本：

> 分付粮船上一个人休放上岸，设宴待使命。却说那三百只船上人……（18/39b – 40a）。

其中"设宴待使命"一句，语气急促。而在初刻本上，却作"设宴管待两个使命，有诗为证……"（18/42b）。"管待两"三字在前一行之末，"个使命"三字在后一行之首。经过删和移的手术，终于拼接成一个别扭的句子。无非是为了多节省一行字的篇幅。

既有删，又有增。这种方式，在删3行诗之外，又删正文一行，并增添几个字，以补足删余的空白。

例如（20），初刻本：

> 可怜张顺英雄，就涌金门外身死。后来人观到此处，有诗为证……

其中，自"张顺"至"后来"13字占1行，"人……"占1行。二刻本删去"人……"1行，又删去"后来"二字，并在"英雄"二字之上增添"一生"二字（19/21b），消灭了因删去"后来"二字而带来的空白。

同样的例子，还有（11）和（12）。它们的"有诗"和"为证"四字，在初刻本上，都分跨两行（15/23a）、（15/35a），二刻本因此都删去后一行，并分别用"那时"（15/21b）、"然后"（15/32b）二字替代了前一行末的"有诗"二字，从而达到了双重目的：多删一行，文字衔接，没有空白。

（16）和（19）初刻本的"有诗为"和"证"四字也分跨两行（18/12b）、（19/13b），二刻本因此各增添"到那日"（18/12a）、"乞当日"（19/13a）三字。值得注意的是，（19）的改文：

> 方貌跃马再走回府。乌鹊桥下，又走出武松，一刀砍死。单走了刘赟，投秀州。乞当日宋江传令，救火安民，诸将请功……

"乞当日"三字塞在这里，非常碍眼。谁在"乞"？为什么要"乞"？从上下文根本找不到一个合情合理的解释。这就是二刻本的整理者或出版者在删去"有诗为证"四字和"神器从来不可干"诗三行的同时所进行的胡乱的加工。

六 统计表说明了什么？

现有两张统计表，可以帮助我们说明一些问题。

表 1 是二刻本各卷各回删诗情况的统计，如下：

表 1

卷	回	删诗代号①	每回删诗数目
13	73	(1)(2)(3)	3
13	74	(4)	1
13	76	(5)	1
14	78	(6)(7)	2
14	79	(8)	1
15	82	(9)(10)	2
15	83	(11)	1
15	85	(12)	1
15	86	(13)(14)(15)	3
18	100	(16)	1
18	101	(17)	1
18	102	(18)	1
19	103	(19)	1
19	104	(20)	1
19	106	(21)	1
20	108	(22)	1
20	110	(23)	1

从表 1 可以看出，删 3 首者有两回：第 73 回、第 86 回；删两首者也有两回：第 78 回、第 82 回；其余 13 回各删去 1 首诗。另有 8 回没有删过诗：第 72 回、第 77 回、第 80 回、第 81 回、第 84 回、第 105 回、第 107 回、第 109 回。从现存的 25 回看来，每回删诗的平均数为 0.92，也就是说，平均每回将近 1 首。

---

① 代号参阅本文的第五节。

由这个平均数字去推求全书 110 回的删诗数字，0.92×110=101.2，则为 100 首左右。

如果按卷计算，删 7 首者为卷 15，删 5 首者为卷 13，删 3 首者为卷 14、卷 18、卷 19，删 2 首者为卷 20。从现存的 6 卷看来，每卷删诗的平均数为 3.83。也就是说，平均每卷将近 4 首。

这样算下来，全书 20 卷，3.83×20=76.6，删诗七十余首。

这两个数字，只是推测，还不够精确。若把它们结合在一起加以考虑，全书删诗数字在 70 首至 100 首之间。这大概是离事实不远的。

表 2 列举了初刻本和二刻本的叶数的对比，以及二刻本所删行数的统计：

表 2

卷	初刻本叶数	二刻本叶数	二刻本所删行数	二刻本节省叶数
13	52	48	17	4
14	45①	42	9	3
15	45②	42（41.5）	23	3
18	46③	43（42.5）	12	3
19	44	41	12	3
20	34④	35（34.5）	8	不详

从表 2 可以看出，二刻本的叶数比初刻本的叶数要少得多。少 4 叶者 1 卷：卷 13；少 3 叶者 4 卷：卷 14、卷 15、卷 18、卷 19；不详者 1 卷：卷 20。从已知的 5 卷看来，每卷所少叶数的平均数为 3.2。

再进一步推求二刻本全书 20 卷所少的叶数，3.2×20=64，当在 64 叶上下。

64 叶约合一卷半的篇幅。印一部书就能节省纸张六十余叶，应该说，这个数字还是相当可观的。因之，我们也就不难理解二刻本整理者或出版者的用心了。他的主要目的正在于节省纸张。而删去插入的诗篇，较之删改正文，显然要省力得多，难怪要被他视作一条捷径了。

---

① 残存至 45a。
② 残存至 45a。但下栏《三国》此叶末行为"英雄谱十五卷终"，可知此叶已是末叶。
③ 残存至 46a。但正文已出现"且听下回分解"字样，末行为"此一回折了四将"，可知此叶已是末叶。
④ 残存至 34a。此卷尚有多少叶不详。

谈《水浒传》映雪草堂刊本的概况、序文和标目

一 前言

　　映雪草堂刊本《水浒传》，从目前所掌握的情况看，它仅藏于日本东京大学图书馆。国内研究《水浒传》版本的学者，似乎只有孙楷第和王古鲁两位见过原书。孙楷第先生在1931年赴日本东京调查公私所藏小说，后著《日本东京所见中国小说书目》（1932）和《中国通俗小说书目》（1933）二书，在其中加以著录[①]。但由于某种原因，孙楷第先生没有对它作比较详细的介绍，也没有对它作比较深入的分析和评论。王古鲁先生继孙楷第先生之后，在东京大学图书馆拍摄了映雪草堂刊本《水浒传》的若干书影，并用大涤余人序本校录了全文，但他的校录并没有公开发表。聂绀弩先生根据王古鲁先生的书影和校录，曾在《论水浒的繁本与简本》一文中对映雪草堂刊本《水浒传》有所论列[②]。

　　承蒙日本学者的热情帮助，我曾获得映雪草堂刊本《水浒传》的复印本。1982年访日时，又有幸在东京大学文学部图书馆目睹原书。这都使我对这部罕见的本子发生了兴趣，并对它进行了初步的考察和研究。现在就来介绍一下映雪草堂刊本《水浒传》，谈谈我的几点粗浅的看法。

　　因为受到篇幅的限制，本文所谈的内容仅仅是：映雪草堂刊本《水浒

[①] 《日本东京所见中国小说书目》，人民文学出版社，1981，卷5，第109页；《中国通俗小说书目》，作家出版社，1957，卷6，186页。

[②] 《中国古典小说论集》，上海古籍出版社，1981，第159~161页。

传》的概况、序文、插图和标目。关于它的正文以及其他问题，将另撰文续谈。

二 要把宝瀚楼刊本和映雪草堂刊本区别开来

名不正，则言不顺。请让我先从书名的简称谈起。

映雪草堂刊本《水浒传》，有的学者称它为"五湖老人序本"，也有的学者称它为"三十卷本"。我却认为，以"映雪草堂刊本"作为它的简称，更为合适些，更为准确些。

《水浒传》各种版本分卷分回的情况错综复杂，有时还会出现分卷或分回完全相同的情况。"三十卷本"之称，不容易突出地反映出来，而且也不容易令人迅速地联想到这个版本在内容和形式上的特点。至于五湖老人的序文，则在目前已知的众多《水浒传》版本中，起码有两种本子的卷首刊载了它，这就是：

(1)《忠义水浒全传》，宝瀚楼刊本[①]，法国巴黎国家图书馆藏。
(2)《水浒全传》，映雪草堂刊本，日本东京大学图书馆藏。

如果笼统地用同一个名词"五湖老人序本"来代表它们，就会模糊了它们之间的区别，引起一些不必要的误解。所以，我建议，分别用"映雪草堂刊本"、"宝瀚楼刊本"来称呼它们。

对于宝瀚楼刊本，郑振铎先生的《巴黎国家图书馆中之中国小说与戏曲》（1927）[②] 和刘修业先生的《中国小说戏曲丛考》[③] 都介绍了它的概况。郑振铎先生还在《水浒传的演化》（1929）一文[④]中分析和论述了它在《水浒传》版本演变历史上的地位和作用。

相形之下，映雪草堂刊本则仅见于孙楷第和聂绀弩两位先生的介绍。在国内，对它的研究一直是不够的，或者说是缺乏的。

[①] "宝瀚楼刊本"，许多人写作"宝翰楼"，惟刘修业先生写作"宝瀚楼"。刘修业先生是在巴黎见过原书的，当不会写错。兹从刘说。
[②] 《中国文学研究》，作家出版社，1957，下册，第1283页。
[③] 《中国小说戏曲丛考》，作家出版社，1958，第84页至85页。
[④] 《中国文学研究》上册140页、141页、144～149页、150页。

孙楷第先生在《中国通俗小说书目》中，把宝瀚楼刊本和映雪草堂刊本都置于"文杏楼批评《水浒传》三十卷"的标题之下。推测起来，他似乎认为这两个本子除了出版的书坊不同以外，其余都是完全相同的。他在《日本东京所见中国小说书目》中指出，"与郑西谛在巴黎所见宝瀚楼刊本同"；恐怕也是出于同样的见解。其实，宝瀚楼刊本和映雪草堂刊本是不尽相同的。由于没有机会看到宝瀚楼刊本的原书，我一时还不能就两者之间在各个方面，尤其是在小说正文方面的同异逐一做出详细的比较。但从刘修业先生所介绍的几点概况出发，已可看出它们至少有以下几点不同：

（1）书名不同。宝瀚楼刊本题"忠义水浒全传"，而映雪草堂刊本题"水浒全传"。

（2）插图的叶数不同。宝瀚楼刊本有图22叶，而映雪草堂刊本有图20叶。

（3）插图的形式不同。宝瀚楼刊本每半叶两图，而映雪草堂刊本每半叶两图、三图、四图、五图、六图不等。

（4）刊行的书坊不同。一为宝瀚楼，一为映雪草堂。

因此，把它们看作两种互相区别的不同的版本，是符合客观实际情况的。

三 映雪草堂刊本的概况

在映雪草堂刊本的扉页上，方框内分左、中、右三行。中间一行是四个大字："水浒全传"；右面一行的上端："李卓吾先生评"；左面一行的下端："金阊映雪草堂藏板"。方框之上，横排着"施耐庵原本"五个字。

正像扉页所显示的，映雪草堂刊本的正式书名乃是《水浒全传》。序文的标题和这有所照应。标目和全书各卷的版口，以及各卷的卷首，却都印作"水浒传全本"。插图的版口，则印作"水浒传全像"。可以看出，无论出现哪种字样，刊行者的用意始终在于突出一个"全"字。

"映雪草堂"上冠以"金阊"二字，表明这是苏州的一家书坊。古时苏州阊门外有金阊亭，后世遂把"金阊"用作苏州的别称。明末清初的文人周亮工说过：

> 六十年前，白下、吴门、虎林三地，书（按：指《水浒传》）未盛行，世所传者，独建阳本耳。①

可知苏州当时已经成为《水浒传》的出版中心之一了。

映雪草堂刊本有五湖老人的序文，题为"水浒全传序"。序文之后，是标目；标目之后，是插图。插图共 20 叶。每半叶两图至六图不等，具体情况如下：

半叶两图者：16
半叶三图者：9
半叶四图者：5
半叶五图者：7
半叶六图者：3

试各举一例。

两图者："张天师祈禳瘟疫"，"王教头私走延安府"；三图者："九纹龙大闹史家村"，"史大郎夜走华阴县"，"鲁提辖拳打镇关西"；四图者："王婆计啜西门庆"，"郓哥不忿闹茶肆"，"王婆贪贿说风情"，"景阳江（冈）武松打虎"；五图者："张都监血溅鸳鸯楼"，"武行者醉打孔亮"，"武行者醉走蜈蚣岭"，"施恩三入死囚牢"，"武松大闹飞云浦"；六图者："杨雄醉骂潘巧云"，"石秀智杀裴如海"，"锦豹子小径逢戴宗"，"病关索长街遇石秀"，"假李逵剪径劫单身"，"黑旋风沂岭杀四虎"。

图像根据标目绘制，其中没有单独的静态人物画像，描绘的都是正在进行中的生动的故事情节。

孙楷第先生在《中国通俗小说书目》中指出：映雪草堂刊本"绣像覆容与堂本"②。查容与堂刊本插图共两百幅，分插于每回之前，现有单独的影印本③。细察其图，与映雪草堂刊本绝不相同。"覆容与堂本"之说或是出于一时的误记？

正文每半叶 10 行，每行 20 字。

正文不分回，而分作 30 卷。每卷自成起讫。但篇幅长短不一。现将各卷

---

① 《因树屋书影》卷一，按：此书有康熙元年（1662）刊本。由此逆推"六十年"，则为万历三十年（1602）左右。
② 《中国通俗小说书目》，第 186 页。
③ 《明容与堂刊水浒传图》，中华书局上海编辑所，1965。

叶数统计如下：

卷一	20	卷二	22
卷三	24	卷四	29
卷五	22	卷六	18
卷七	34	卷八	32
卷九	29	卷十	37
卷十一	37	卷十二	34
卷十三	23	卷十四	25
卷十五	18	卷十六	39
卷十七	23	卷十八	32
卷十九	18	卷二十	24
卷二十一	22	卷二十二	40
卷二十三	16	卷二十四	22
卷二十五	23	卷二十六	24
卷二十七	25	卷二十八	23
卷二十九	64	卷三十	20

从上述统计可以看出，字数是何等的参差不齐，最少者才16叶（卷23），最多者却达到了它的四倍：64叶（卷29）。

全书基本上完整无损地保存着。唯卷3第1叶和第2叶全缺，第3叶至第8叶残缺。

各卷第1叶的第2行，大部分都署"元施耐庵编"，"明李卓吾评点"，只有小部分例外。"元施耐庵编"五字，在28卷均无异文，而卷13无"明"字；卷10无"李卓吾"三字；卷19"评点"二字上空四字；卷24作"堂主人评点"，上空二字。卷25则无"元施耐庵编"，仅"李卓吾评点"五字。卷3缺叶，题署不详。

映雪草堂刊本扉页和各卷首叶的题署，把《水浒传》的著作权归之施耐庵一人，这是值得注意的。我们知道，目前已知的和已见的明代嘉靖、万历年间的各种《水浒传》刊本中，还没有发现这样题署的。它们几乎全都将施耐庵、罗贯中二人相提并论，视为《水浒传》一书的共同作者。万历年间个别的版本把作者说成是罗贯中一人的。到了崇祯年间，方始有几种版本单题施耐庵。而金圣叹评改的贯华堂刊本问世后，这种说法更为广泛流行。考虑到这样的时代背景，可以揣测，映雪草堂刊本或许有刊行于崇祯年间的可能。

映雪草堂刊本何时流入日本，待考。它的原收藏者为中屋幸三郎。书上钤有"天门通小传马三丁目中屋幸三郎藏书记"长方形印章。东京大学入藏的时间则为明治三十三年（光绪二十六年，1900）10月10日。

四　五湖老人的序文

五湖老人的序文，题名《水浒全传序》，末署"五湖老人题于莲子峰小曼陀精舍"，下有阴文"五湖老人"、阳文"莲子峰"方章各一。序文如下：

夫天地间真人不易得，而真书亦不易数觏。有真人，而后有真事业、真文章。然其人不必文、周、孔、孟也，即好勇斗狠之辈，皆含真气；其书亦不必二典三谟也，即嬉笑怒骂，皆成真境。故真莫真于孩提之性，又莫真于山川之流峙。惟能得而至者，皆天下有心汉。计斯时不无以干戈始，以玉帛终，不谓真相知乃从干戈中得耶？试稽传中诸人，其须眉眼耳，皆肖写照，较今日之伪道学、假名士而不羞东郭者，万万迥别，而谓此辈可易及乎？

兹余于梁山公明等不胜神往，其血性忠义而其人足不朽。及读上下相关处，而冠冕其胸，英雄其胆，又狂豪愤烈其肝肠。嗟嗟，恨不亲炙公明辈，犹喜神遇公明辈也。今天下何人不拟道学，不矜节侠，久之而借公济私，竟成龌龊世界，以污蔑乾坤。此辈血性忠义何在，必其人直未尝读《水浒》者也。何其悲哉！虽然，与其为伪道学、假名节，不若尚友公明辈矣，不若羹墙梁山传矣。且以罡人、煞人，天地之生奇才不数，古今之成异集亦不数，甚矣此传须慧心人参读也。

余近岁得《水浒》正本，较旧刻颇精，而映合处倍有深情。因与同社商其丹铅，佐以评语，洵名山久藏之书，当与宇宙共之。则余诠次之功，庶不负耐庵、贯中良意。如旧什袭亦可，则罪同怀璧。

五　序文的几个值得注意的地方

关于这篇序文，有几个地方是值得注意的。

首先，是作者对《水浒传》一书的评价。作者从"真"这个角度出发，对宋江等人，对《水浒传》进行了热情的赞扬。宋江等人被称誉为"真人"，他们的事迹也被称誉为"真事业"。他们那忠义的血性，冠冕的胸怀，英雄的胆略，狂豪愤烈的肝肠，与充斥在作者所置身的"龌龊世界"中的"伪道学、假名士"之流成为鲜明的对比，令作者神往不已。作者不仅赐给《水浒传》"真书""真文章"的美称，而且还指出，只有慧心人，方能获得阅读《水浒传》的资格。于此可见《水浒传》这部伟大的小说在作者心目中的地位。

映雪草堂刊本的底本，据作者说，是他"近岁"得到的一种"正本"。既称之曰"正本"，当然就不啻表明它和其他的一些版本有所不同。

作者又说这个底本"较旧刻颇精"。这个"精"字是什么含义呢？大约有两种不同的理解。一种理解，"精"可以泛指刊刻的精美。另一种理解，"精"专指文字的精练简洁。我认为，在这里，从上下文看来，以后者为是。紧接着的一句"映合处倍有深情"，当是就叙事的文字而说的。因此，它的上句所评论的对象分明也是《水浒传》的文字。这种理解如果离事实不远，则不妨说，作者的这两句话表明，映雪草堂刊本以及它的底本实际上是一种属于简本系统的版本。

序文中还有这样的两句"因与同社商其丹铅，佐以评语"。从前一句，可知映雪草堂刊本的文字经过了五湖老人和他的"同社"的校订。至于他们的工作，是删节呢，还是润饰，那就需要从其他的方面加以考察，或者细校全书，然后才能得出进一步的结论。另外，从后一句，可知映雪草堂刊本的评语出于五湖老人和他的"同社"的手笔，并不像它在扉页以及在各卷卷首所标明的那样，是大名鼎鼎的李卓吾的作品。

我们知道，明代万历年间以后，托名"李卓吾评"的小说、戏曲一度大量涌现。这个映雪草堂刊本不过是其中的一个例子而已。它的刊行时间不会早于李卓吾逝世的那一年，即万历三十年（1602）。有李卓吾评语的容与堂刊本约刊行于万历三十八年（1610）[①]。袁无涯刊本，据严敦易先生的判断，约

[①] 容与堂刊本李卓吾序后题云"庚戌仲夏日，虎林孙朴题于三生石畔"。

刊行于万历四十二年（1614）①。映雪草堂刊本刊行的时间也不会早于此。

序文最后涉及《水浒传》的作者问题。它说："则余诠次之功，庶不负耐庵、贯中良意。"

说法与扉页、各卷首叶的题署有异。以施耐庵、罗贯中二人并举，原是明代嘉靖、万历年间的《水浒传》刊本常见的现象。因此，我认为，五湖老人的序文可能写于万历年间，它的写成比映雪草堂刊本的刊行要早一些。

六 一篇序文，两个刊本

上文已经指出，映雪草堂刊本和宝瀚楼刊本同样都载有五湖老人的序文。试以两篇序文对校，发现它们虽是同一人撰写的同一篇文章，却存在一些歧异，有繁简的区别。

先将宝瀚楼刊本的序文引映雪草堂刊本录于下②，并用映雪草堂刊本的序文加以校勘。凡加圆括号的字句，系为映雪草堂刊本所无者，凡加方括号的字句，系映雪草堂刊本增添或更改者。未加任何括号的字句，则系两本相同者。

夫天地间真人不易得，而真书亦不易数觏。有真人，而后（一时有真面目、真知己；有真书，而后千载）有真事业、真文章。（虽）然，其人不必（尽皆）文、周、孔、孟也，即好勇斗狠之辈，皆含真气；其书亦不必（尽皆）二典三谟、（周诰殷盘）也，即嬉笑怒骂（之顷），（俱）[皆]成真境。故真莫真于（孩提，乃不能瞬而真已变，惟终不失此）孩提之性（则真矣，真）又莫真于山川之流峙，（烟云之变化，乃一经渲染，而真已失。）惟能得而至者，皆天下有心汉、（娘子军是。）计（亏）[斯]时，不无以干戈始，以玉帛终，不谓真相知乃从干戈中得耶？试稽（施、罗两君所著，凡）传中诸人，其须眉眼耳（鼻），（写照毕肖）[毕肖写照]（不独当年之卢面蒙愧，李口丑，苏舌受惭，即以）较今日之伪道学、假名士，（虚节侠，妆丑笑抹净，）[而]而不羞（莫夜泣而甘）东郭（餍）者，万万迥别，而谓此辈可易及乎？

---

① 《水浒传的演变》，作家出版社，1957，第195页、200页。
② 据刘修业《古典小说戏曲丛考》转引，唯标点稍有改动。

兹余于梁山公明等不胜神往其（血性。总）血性（发）忠义（事）而其人足不朽。（至如血性不朽矣，而须眉眼耳鼻，或不经于著述，如是者易湮，尝见夫《西洋》、《平妖》及《痴婆子》、《双双小传》，甚者《浪史》诸书，非不纷借其名，人函户缄，滋读而味说之为愉快，不知滥筋启窦，只导人怡淫耳。兹余于《水浒》一编，而深赏其血性，总血性有忠义名，而起传亦足不朽。何者？此传一日留宇宙间，即公明辈一日不死宇宙间，披借而得其如虬如戟之须，似蛾似黛之眉，或青白、或慈、或慧、或逃之眼，若儋、若白、若瞩垣之耳，为隆准、为截筒之鼻。读半则笑骂声宛然，读全则而怒痴状宛然。）及读上下相关处，而（细作者）冠冕其胸，（奴隶者）英雄其胆，（仆人渔老，贩子舆夫，每每潜天潜地，忽鬼忽蜮者，）又狂豪（情）[愤] 烈其肝（膈）[肠]。（寓于编不少遗焉。）嗟嗟，恨不亲炙公明辈，犹喜神遇公明辈也。今天下何人不拟道学，（不扮名士，）不矜节侠，久之而借（排解以润）[公济] 私（橐，逗羽翼以剪善类，贤有司惑其公道，仁乡友信其义举，茫茫世界，）竟成（极）龌龊[世界，以]（极）污蔑乾坤。此辈血性（何往，而）忠义何（归）[在]，必其人直未尝读《水浒》者也。（倘公明辈有灵，即读亦不解，况原不会读也。何其悲哉！）何其悲哉！虽然，与其为伪道学、假名士、虚节（侠），不若尚友公明辈矣，（与其哦《西洋》，咏《平妖》，览《双双》、《浪史》，）不若冀墙梁山传矣。且以罡人、煞人，天地之生（奇）[畸] 才不数，（罡传煞传，）古今之成异集亦不数，甚矣此传须慧心人参读[也]，（而徒口者则以为死人之糟粕矣夫。）

余近岁得《水浒》正本（一集），较旧刻颇精（简可嗜），而（其）映合（关生）[处] 倍有深情，（开示良剂）。因与同社（略）商其丹铅，（而）佐以评语，洵名山久藏之书，（尚）[当] 与宇宙共之。（今而后安知全本显而赝本不晦，全本行而繁本不止乎？果尔，）则余（之）诠次（有）[之] 功，（而纸贵决可翘矣）庶不负耐庵、贯中良意。如旧什袭亦可，则罪同怀璧。

对校下来，不难使我们得到比较深刻的印象：宝瀚楼刊本的序文是原文，映雪草堂刊本的序文则是经过删节的。删节的痕迹一目了然。例如，序文三处提到了"道学"、"名士"、"节侠"的问题，在宝瀚楼刊本是：

(1) "即以较今日之伪道学、假名士、虚节侠，妆丑抹净……"

（2）"今天下何人不拟道学，不扮名士，不矜节侠……"

（3）"虽然，与其为伪道学、假名士、虚节侠，不若尚友公明辈矣……"

而在映雪草堂刊本变成了：

（1）"较今日之伪道学、假名士……"

（2）"今天下何人不拟道学，不矜节侠……"

（3）"虽然，与其为伪道学、假名节，不若尚友公明辈矣……"

可以看出，宝瀚楼刊本序文把"道学"、"名士"、"节侠"三者并列，前呼后应，三处完全一致。映雪草堂刊本序文对这三者作了不同的处理，除了三处都保留"道学"之外，第一处删去了"虚节侠"，第二处删去了"不扮名士"，第三处最莫名其妙，把"假名士、虚节侠"删并为"假名节"。结果，三处互相歧异，彼此失去照应。

又如，序文一开始就"人""书"两提，以后一直贯串下去。这在宝瀚楼刊本序文中看得格外清楚。到了映雪草堂刊本，这一点变得模糊起来。不妨对两种刊本进行具体的比较：

宝瀚楼刊本："有真人而后一时有真面目、真知己；有真书而后千载有真事业、真文章。"

映雪草堂刊本："有真人而后有真事业、真文章。"

在这一段文字中，按照五湖老人的原意，"人"是指《水浒传》中的宋江之类的人，"书"是指《水浒传》之类的书。两者之间有清晰的分界线，不容混淆。

宝瀚楼刊本："兹余于梁山宋公明等，不胜神往其血性。总血性发忠义事，而其人足不朽。……兹余于《水浒》一编，而深赏其血性。总血性有忠义名，而其传亦足不朽。……读半则笑骂声宛然，读全则怒痴状宛然，及读上下相关处……"

映雪草堂刊本："兹余于梁山宋公明等，不胜神往其血性忠义，而其人足不朽。及读上下相关处……"

这里更为显豁。映雪草堂刊本删去了宝瀚楼刊本原文中关于"书"的部分的前半，只保留了关于"人"的部分的后半，并把两者的残余强行拼凑在一起，遂使上下文失去了对称，意思也走了样。"及读上下相关处"一句，衔接在哪里，异军突起，令人费解。这些地方，在在都证明了宝瀚楼刊本的序文在前，映雪草堂刊本的序文在后，宝瀚楼刊本的序文是全文，映雪草堂刊本的序文是节录。

在宝瀚楼刊本的序文里，有一句话，"今而后安知全本显而赝本不晦，全本行而繁本不止乎"，对《水浒传》的版本研究说来，是比较重要的。映雪草堂刊本的序文无端加以削弃，十分可惜。这句话表明，五湖老人在替自己的这部《水浒传》做广告，以"全本"标榜，并把它置于和"赝本"、"繁本"对立的地位。繁本当指120回本或100回本。既与繁本对举，则它大约属于简本之类。既是简本，则五湖老人心目中的"赝本"也就可想而知，不外是指其他类型的简本。这一点，在我们研究映雪草堂刊本的标目和正文之后，将会进一步得出明确的结论。

在本文上一节提到了"较旧刻颇精"那句话，并分析了"精"字的含义。宝瀚楼刊本的原文作"较旧刻颇精简可嗜"，果然是指文字的精练简洁。这样，我们就更有理由相信映雪草堂刊本是一种简本了。

七　映雪草堂刊本的标目

映雪草堂刊本的标目置于卷首。每则标目，自六言至九言不等。各卷标目数字不尽相同，有的出入还相当大。现将各卷标目数字统计如下：

卷一	6	卷二	7
卷三	10	卷四	11
卷五	5	卷六	6
卷七	7	卷八	11
卷九	11	卷十	10
卷十一	12	卷十二	6
卷十三	6	卷十四	8
卷十五	4	卷十六	12
卷十七	5	卷十八	8
卷十九	6	卷二十	6

卷二十一	6	卷二十二	15
卷二十三	19	卷二十四	23
卷二十五	23	卷二十六	60
卷二十七	（无）	卷二十八	30
卷二十九	15	卷三十	4

各卷标目数字相加，总共有 355 则。

由于不分回，表面上看起来，标目全是单言，不采用分回回目所具有的那种上下句对偶的形式。但在实际上，它和回目仍是一样的，只不过在大多数情况下把回目的上下联拆成了各自独立的单言两句而已。例如卷一的六则标目：

(1) 张天师祈禳瘟疫

(2) 洪太尉误走妖魔

(3) 王教头私走延安府

(4) 九纹龙大闹史家村

(5) 史大郎夜走华阴县

(6) 鲁提辖拳打镇关西

用以和袁无涯刊 120 回《新镌李氏藏本忠义水浒全传》（下文简称"袁无涯刊本"）或容与堂刊 100 回《李卓吾先生批评忠义水浒传》（下文简称"容与堂刊本"）比较，立刻可以发现，(1) 和 (2) 即第一回的回目；(3) 和 (4) 即第二回的回目；(5) 和 (6) 即第三回的回目。这就找出了规律：映雪草堂刊本标目的两节相当于袁无涯刊本或容与堂刊本的一节。

这条规律，在卷 1 至卷 21 是完全适用的。

八 卷一至卷二十一的标目

卷 1 至卷 21，计有标目 166 则，相当于回目 83 则。也就是说，从标目上看，映雪草堂刊本卷 1 至卷 21 的内容相当于袁无涯刊本或容与堂刊本的第 1 回至第 83 回的内容。第 83 回的回目是"宋公明奉诏破大辽，陈桥驿滴泪斩小卒"，正好处于征辽部分的开端。

映雪草堂刊本这一部分的标目，和繁本中的 100 回的容与堂刊本、120 回的袁无涯刊本，以及简本中的25卷的双峰堂刊《京本增补校正全像忠义水浒志传评林》（下文简称"双峰堂刊本"）、雄飞馆刊《二刻英雄谱》中110回《水浒传》（下文简称"雄飞馆刊本"）等的回目比较起来，有什么异同呢？

映雪草堂刊本的有些标目，例如卷2的"鲁智深大闹五台山"、"赵员外重修五台山"，卷4的"青面兽北京比试"、"急先锋东郭争功"、"宋公明私放晁天王"、"花和尚智稳插翅虎"，卷5的"晁盖梁山小夺泊"、"林冲水寨大并伙"，卷8的"武松醉打蒋门神"、"施恩重霸孟州道"，和其他版本的回目比较后，可以发现，上下句正好互相颠倒。为什么会造成这种现象呢？我想，可能是刊刻时粗枝大叶处理的结果。因为在故事情节叙述的顺序上，正文倒也没有什么特殊异样的地方。

有些标目的异文，则属于映雪草堂刊本独有的情况。卷7"虔婆贪贿说风情"，"虔婆"在其他版本中都作"王婆"；卷12"吴学究双献连环计"，"双献"在容与堂刊本和袁无涯刊本都作"双掌"，双峰堂刊本、雄飞馆刊本则作"双用"；卷19"吴学究布四方五斗旗"，"吴学究"在其他版本中都作"吴加亮"；卷4"青面兽北京比试"，"比试"，在雄飞馆刊本作"演武"，容与堂刊本和袁无涯刊本都作"斗武"。我推测，"斗武"二字在先，"比试"是后改的，大约有人从文字优劣着眼，因而加以更换。

比较特殊的是卷9的"镇三山大战清风镇"。"大战清风镇"，在容与堂刊本和袁无涯刊本都作"大闹青州道"，双峰堂刊本、雄飞馆刊本则无"大"字。细察标目，发现"战清风镇"四字字形略大，而字体也异常，无可掩饰地露出了补刻和窜改的痕迹。

映雪草堂刊本的标目属于简本系统，还是属于繁本系统？它又接近于其中哪一种版本？——这就是我们需要探讨的问题。

首先，让我们来比较它和简本的不同。简本姑且以25卷的双峰堂刊本、110回的雄飞馆刊本为例。

请看下表：

映雪草堂刊本标目	双峰堂刊本回目	雄飞馆刊本回目
史大郎夜走华阴县	大郎走华阴县	史大郎夜走华阴县
鲁提辖拳打镇关西	智深打镇关西	鲁智深打镇关西
汴京城杨志卖刀	汴梁城杨志卖刀	汴梁城杨志卖刀

谈《水浒传》映雪草堂刊本的概况、序文和标目 | 297

续表

映雪草堂刊本标目	双峰堂刊本回目	雄飞馆刊本回目
晁天王认义东溪村	晁天王举义东溪村	晁天王举义东溪村
吴用智取生辰纲	吴用智取生辰纲	吴用智取生辰纲
花和尚智稳插翅虎	花和尚智赚插翅虎	花和尚智赚插翅虎
林冲水寨大并伙	林冲山寨大并伙	林冲山寨大并伙
晁盖梁山小夺泊	晁盖梁山尊为主	晁盖梁山尊为主
偷骨殖何九叔送丧	郓歌报知武松	郓哥报奸与武松
供人头武二郎设祭	武松杀西门庆	武松杀死西门庆
母夜叉孟州道卖人肉	母夜叉坡前卖淋酒	母夜叉坡前卖淋酒
武都头十字坡遇张青	武松遇救得张青	武松遇救得张青
施恩三入死囚牢	施恩三进死囚牢	施恩三进死囚牢
锦豹子小径逢戴宗	锦豹子径逢戴宗	锦豹子径逢戴宗
病关索长街遇石秀	病关索街遇石秀	病关索街遇石秀
拼命三郎火烧祝家店	石秀火烧祝家庄	石秀火烧祝家店
入云龙斗法破高廉	入云龙法破高廉	入云龙法破高廉
黑旋风探穴救柴进	黑旋风探救柴进	黑旋风探救柴进
高太尉大兴三路兵	高太尉兴三路兵	高太尉兴三路兵
呼延灼摆布连环马	呼延灼摆连环马	胡延灼摆连环马
公孙胜芒锡山降魔	公孙胜芒砀降魔	公孙胜芒砀降魔
呼延灼月夜赚关胜	胡延灼计赚关胜	胡延灼计赚关胜
宋公明雪天擒索超	宋公明智擒索超	宋公明智擒索超
托塔天王梦中显圣	晁天王梦中显圣	晁天王梦中显圣
东平府误陷九纹龙	东平误陷九纹龙	东平误陷九纹龙
黑旋风乔捉鬼	黑旋风杀死王小二	黑旋风杀死王小二
梁山泊双献头	四柳村除奸斩淫妇	四柳村除奸斩淫妇
宋公明排九宫八卦阵	宋公明排八卦阵	宋公明排八卦阵
十节度议取梁山泊	十节度议收梁山泊	十节度议收梁山泊

　　以上所选的29个例子，都是双峰堂刊本和雄飞馆刊本回目完全相同或基本相同的，但都有异于映雪草堂刊本的标目。现再选18个例子，都是映雪草堂刊本有标目，而双峰堂刊本和雄飞馆刊本没有的回目：

武行者醉打孔亮	锦毛虎义释宋江
石将军村店寄书	小李广梁山射雁
没遮拦追赶及时雨	船火儿夜闹浔阳江
梁山泊好汉劫法场	白龙庙英雄小聚义
扑天雕双修生死书	宋公明一打祝家庄
一丈青单捉王矮虎	宋公明两打祝家庄
李逵打死殷天锡	柴进失陷高唐州
徐宁教授钩镰枪	宋江大破连环马
宋公明夜打曾头市	卢俊义活捉史文恭

众所周知，双峰堂刊本和雄飞馆刊本作为明代刊行的两种简本，在简本中有一定的代表性。它们的回目和映雪草堂刊本的标目之间存在着如此之多的歧异，这足以说明它们和它不属于同一个版本系统。

《水浒传》的版本有简本、繁本两大类之分。映雪草堂刊本的标目既与简本不同，无疑地它就属于繁本系统了。如果和容与堂刊本、袁无涯刊本等的回目进行比较，我们不难得出这样的结论。

繁本又有100回本和120回本之分。映雪草堂刊本的标目则基本上更接近于120回的袁无涯刊本，而和100回的容与堂刊本距离较远。

它有和容与堂刊本相异的地方。例如，容与堂刊本第26回的回目是："郓哥大闹授官厅，武松斗杀西门庆"。映雪草堂刊本的标目却作"偷骨殖何九叔送丧"、"供人头武二郎设祭"，与袁无涯刊本全同。又如，容与堂刊本第74回回目的下句是："李逵寿昌乔坐衙"。"昌"乃"张"字之误。映雪草堂刊本标目仍作"寿张"。再如，容与堂刊本第81回回目的下句是："戴宗定计赚萧让"。映雪草堂刊本却同于其他一些刊本，作"戴宗定计出乐和"。

大凡映雪草堂刊本标目和容与堂刊本不一致的地方，却和袁无涯刊本吻合。上文已经举出的第26回的回目，就是一个比较突出的例子。又如第75回回目的下句，容与堂刊本是："黑旋风扯诏谤徽宗"。而袁无涯刊本作"黑旋风扯诏骂钦差"，映雪草堂刊本标目和它完全相同。这三个字，在简本系统中的双峰堂刊本作"谤朝廷"。由于涉及最高封建统治者，不得不在原来的基础上稍加调整和改动，以免引起不必要的误解，这恐怕就是产生异文的直接原因。推测起来，径直出现"徽宗"庙号，并把它当作毁谤对象的容与堂刊本的回目大概是原有的。而双峰堂刊本回目的"谤朝廷"，还保留了一个

"谤"字,把毁谤的对象从实指的皇帝改为泛指的包括皇帝在内的中央封建统治集团,应当是出于第一次的修改。至于袁无涯刊本回目和映雪草堂刊本标目的"骂钦差",不仅躲过了皇帝,而且避开了整个的封建统治集团,把矛头只限于指向一位具体的官员,这无疑是经过句斟字酌之后所作的第二次修改。

映雪草堂刊本标目和袁无涯刊本回目基本相同。这个现象表明,映雪草堂刊本的刊行不会早于袁无涯刊本。

本文上节已经指出,容与堂刊本约刊行于万历三十八年(1610),而袁无涯刊本约刊行于万历四十二年(1614),则映雪草堂刊本刊行的时间当在万历四十二年之后[①]。

从以上的种种情况可以看出,映雪草堂刊本卷1至卷21的标目最接近于繁本120回本袁无涯刊本的回目。

九 卷二十二、二十九、三十的标目

映雪草堂刊本卷22至卷30的标目,正是由《水浒传》故事情节中的征辽、征田虎、征王庆、征方腊四个部分构成的。这四个部分的情况各不相同,需要分别对它们进行考察。不妨以征辽和征方腊编为一组,征田虎、征王庆则另编一组。

大体上看来,卷22的标目乃征辽故事,卷29、30的标目乃征方腊故事。

映雪草堂刊本卷22的标目和简本中的双峰堂刊本、雄飞馆刊本的回目有所不同,例如,"宋公明夜渡孟津关"、"吴学究智取文安县",同为两本所无;"宋公明大战幽州"、"呼延灼力擒番将",为双峰堂刊本所无。又如,"陈桥驿滴泪斩小卒","滴泪"在两本都颠倒为"泪滴";"宋公明兵打蓟州城","宋公明"在两本都作"宋江"。

征辽故事在100回本的容与堂刊本和120回本的袁无涯刊本中占据8回的篇幅,为第83回至第90回。它们的回目是基本上相同的。只有一点不同,那就是第90回回目的下句。容与堂刊本作"双林渡燕青射雁",甚至连双峰

[①] 这样说,包含两层意思。第一,这仅仅是指它刊行的时间,而不是指它的底本;第二,这仅仅是就它的标目而论,并非指它的正文。

堂刊本、雄飞馆刊本等简本也莫不如此。袁无涯刊本却与众不同，独作"双林镇燕青遇故"。原来这里正是征辽故事的讫止处，袁无涯刊本更动了100回本的文字和情节，使之成为故事发展的转折关目，以便下文经过改写的征田虎、征王庆两部分的插入有所衔接。因此，它不得不相应地更动了回目。

"双林镇燕青遇故"乃是袁无涯刊本所特有的回目之一。而映雪草堂刊本的标目，竟和它毫无二致。加以映雪草堂刊本卷22的标目，除"宋公明夜渡益津关"的"益"作"孟"、"颜统军阵列混天象"的"混"作"浑"、"宋公明梦授玄女法"的"授"作"受"、"宿太尉颁恩降诏"的"颁"作"颂"外，其余全和袁无涯刊本的回目相同。这雄辩地说明了，映雪草堂刊本卷22的标目是以袁无涯刊本的回目为依据的。

这说的是卷22。那么，卷29、30的情形又怎样呢？

映雪草堂刊本卷29、30的标目和简本也有所不同。例如，"混江龙太湖小结义"、"宋公明苏州大会垓"、"卢俊义大战昱岭关"、"宋公明智取清溪"，为双峰堂刊本、雄飞馆刊本所无，同样是遭到了被删弃的命运。又如，"鲁智深浙江坐化"，地名"浙江"在双峰堂刊本、雄飞馆刊本都作"杭州"。

征方腊故事在容与堂刊本中为第91回至第100回，在袁无涯刊本中为第111回至第120回，共10回。它们的回目也是基本上相同的。而映雪草堂刊本的标目，除"宋公明大战乌龙岭"无目、"宋公明智取清溪洞"夺"洞"字外，其余全和袁无涯刊本、容与堂刊本的回目相同。可见映雪草堂刊本的标目所依据的可能是袁无涯刊本的回目，也可能是容与堂刊本的回目。结合着征辽部分的标目来看，我以为前者的可能性更大。

十　卷二十三至二十八的标目

和卷22、29、30不同，卷23至卷28标目的情形比较复杂。具体而细致地逐卷加以考察，看来是必要的。

卷23有19则标目，再加上卷22末尾的一则标目"宋公明夜渡黄河"，以及卷24开端的两则标目"燕青①琼英双建功"、"陈瓘宋江同献捷"，共22则标目，全部为征田虎故事。它们基本上和袁无涯刊本第91回至第100回的

---

① 此二字乃"张清"之误。

回目相同。只不过映雪草堂刊本有的标目中有遗漏，例如，"魔君术窘五龙山"，"魔君"之前应加"幻"字；有的标目中有错字，例如，"张青缘配琼英"、"吴用计鸩邹梁"、"燕青琼英双建功"，"青"、"梁"、"燕青"分别为"清"、"梨"、"张清"之误；有的标目中的个别地方有异文，例如，"花和尚计脱缘缠井"、"陈瓘宋江同献捷"，"计"、"献"在袁无涯刊本作"解"、"奏"。除此之外，映雪草堂刊本的标目和袁无涯刊本的回目完全相同。

袁无涯刊本这一部分的回目，既不同于已知的其他繁本，也不同于已知的任何简本。所以，可以肯定地说，映雪草堂刊本卷23征田虎部分的标目是以袁无涯刊本的回目为依据的。

袁无涯刊本的征田虎部分，共10回，而映雪草堂刊本标目的这一部分却为22则标目，即11回。这是什么道理呢？原来映雪草堂刊本在卷23的结尾多出了两则标目，"燕青秋林渡射雁"、"宋江东京（城）献俘"。这两则标目，在袁无涯刊本中却是第110回的回目，位于征王庆部分的讫止处。它们之所以被安插在卷23的结尾，不外是两个原因造成的。头一个原因，可能是映雪草堂刊本标目的整理者原先打算从卷24起转入征方腊故事，因此提前安排了这转折的一回；后来不知何故，改变了主意，却又忘记去撤消这两则标目。其次一个原因，也可能是刊印工作失误，使这两则标目放错了位置。

卷24的标目比较奇怪。它一共23则，却截然分为前后两段。前段除开头两则标目外，叙述的是王庆故事，后段则叙述的是田虎故事。这里有两点特别引人注意。第一，征田虎故事已全部出现于卷23的标目，有首有尾，非常完整。现在，在卷24后段，忽然再一次出现，而它的标目却又和卷23完全不同。第二，非常凑巧，卷24前后段的分界处，恰恰是第8叶前半叶和后半叶的分界处。

前段有关征王庆故事的标目，计有10则。它们是：

踏春阳妖艳生奸　　王庆因奸被官司
龚端被打师军犯　　谋坟地险阴产逆
张管营因妾弟丧身　房山寨双并旧强人
宋公明避暑疗军兵　乔道清回风烧贼寇
书生谈笑却强敌　　水军汩没破坚城

这10则标目，相当于袁无涯刊本第101回到第106回的回目，但缺少第103回的下句"范节级为表兄医脸"、第104回的上句"段家庄重招新女婿"。"踏春阳……"、"王庆……"、"龚端……"、"谋坟地……"四者的顺序，在袁无涯刊本却作"谋坟地……"、"王庆……"、"龚端……"、"踏春阳……"。"王庆因奸被官司"中的"被"字,袁无涯刊本作"吃"。此外,两本的标目和回目完全相同。

征王庆故事,在袁无涯刊本中,直到第 110 回才告结束。映雪草堂刊本卷 24 的标目只到"水军汨没破坚城"为止,尚缺 8 则标目,即 4 则回目。为什么在这里断了尾巴?个中原因还有待于继续探讨。

后段的征田虎故事,标目计有 11 则:

宋江迎接琼英郡主	宋江分兵打白虎岭
李逵一斧砍死宗朝	张清飞石打死唐昌
孙安下马活捉田豹	琼英劝田豹降大宋
孙安领军攻魏州	魏州城十将被陷
宋江分兵救陷军	斩魏州十将祭陷将
孙安活捉将玄度	

前段是戛然而止,这里紧接着突兀而起,十分蹊跷。"宋江迎接琼英郡主"之前的标目到哪里去了?这问题同样耐人寻味。

接着,卷 25 的标目仍然全部是征田虎故事。标目共 23 则:

卢俊义计攻狮子岭	汝廷器战败逃回寨
乔道清行雷破城池	宋军入关设宴庆贺
吴用议计战取城内	智深大战余呈先锋
孙立止智深劫寨	宋军拨将跟寻智深
宋江梦中见圣帝	李逵下井跟寻智深
李逵出井说入仙境	乔道清布迷□法阵
宋江亲自出阵大战	马灵金砖打退宋军
宋军佯输收马灵	宋江出师卞祥打话
宋江遣兵守海口	卞祥往沁州见田虎
花荣卞祥出阵大战	史进解押田虎献俘
宋江设宴犒赏三军	宋公明班师回朝
敕命中使安抚河北	

试看这 34 则标目,它们的遣词造句,和前面的风格迥然不同,判若云泥。它们之中,有的似通不通,例如"李逵出井说入仙境";有的出现一些赘

余的字词，分明是为了凑数，例如"智深大战余呈先锋"。大多数显得琐碎细微，不讲究对偶、节奏，而且过于具体，欠缺的是回目文字通常具备的那种概括性、齐整性。诸如"李逵一斧砍死宗朝"、"孙安下马活捉田豹"、"卞祥往沁州见田虎"，等等，大有从正文之中摘录出来的嫌疑。我看，它们根本不像是回目，相反的，倒近似于"上图下文"形式的简本插图所附有的标题。这个看法，同样也适用于卷26至卷28的标目。

卷26至卷28的标目，共90则。其中，卷26有60则，卷28有30则。卷27几乎完全消失了痕迹。估计是漏刻了有"卷二十七"字样的一行，致使它的标目无形中并入了卷26。

这90则标目，包含了征王庆故事的全部内容。卷26的标目，权且援引首6则和末6则如下：

柳世雄参见高太尉　柳世雄与王庆比枪
王庆出营卖药问卜　爵俅临营王庆失点
王庆配军夫妻别泪　王庆使棒乞讨盘缠
……
刘悌伟凯计议行兵　李俊大战危昭德等
昭德水战大胜宋兵　孙安卞祥议论进兵
孙安挥剑斩死毕先　孙安寻觅李胜身尸

卷28也援引同样的各6则标目如下：

孙安寻问老人路径　宋军埋伏贼兵伤败
全忠斩死闻人世崇　孙安病死哀动三军
宋公明大哭孙安等　宋江等龙王庙祈签
……
公孙胜用计破王庆　宋江入城安抚百姓
王庆走流沙河寻船　卢俊义身中捉王庆
宋江卢俊义见天子　公孙胜辞众兄弟归

这些标目一律八言，不像卷24、卷25征田虎部分的标目那样参差不齐。它们由首至尾，完整不缺，这就使我们可以进一步探讨它们的来源了。

现存的征田虎和征王庆部分在《水浒传》版本中有两种不同的回目，同时也相应有两种不同的故事情节，一见于繁本之一的袁无涯刊本，一见于各个简本。映雪草堂刊本卷 26 至卷 28 的标目，不仅有异于袁无涯刊本的回目，而且也有异于一些有回目的简本的回目。而从这些标目所反映的故事情节内容来看，它们实际上属于简本系统，表现出和袁无涯刊本显著不同的特征。因此，我更坚信上文提出的见解：它们是简本插图附有的标题。

在这一方面，双峰堂刊本给了我们很大的启发。双峰堂刊本是典型的"上图下文"的形式。每半叶都有一幅插图①。征王庆部分见于卷 21 至卷 23，共有插图 128 幅上下。插图左右两侧附有标题文字。试把映雪草堂刊本的标目和这些标题对勘，可以发现以下几种情况：

（1）有两本完全相同者，共 24 例，如：

柳世雄参见高太尉
段三娘仝王庆卖肉
天降大雪江岸铺满
独火鬼忘王追赶宋江
林冲刺雷应春下马

其中，特别是"段三娘仝王庆卖肉"，不作"同"，而作"仝"，当非偶然所致，可证它们实为同出一源。

（2）虽不完全相同，但可看出，映雪草堂刊本的标目系自双峰堂刊本插图标题删节而来者，亦 24 例，如：

映雪草堂刊本	双峰堂刊本
仲实计困逵于骆谷	黄仲实计困李逵于骆谷
宿太尉奏旗奖公明	宿太尉表奏旌奖宋公明
孙安卞祥议论进兵	孙安卞祥议论进兵之策
燕青李俊里应外合	燕青书报李俊里应外合
公孙胜马灵往马耳山	公孙胜马灵足踏风火轮往马耳山

不言而喻，删节的目的在于使这一部分的标目全部变成八言的形式。

（3）为了取得整齐划一的效果，有时还在七言标题的基础上增添一个字，共 4 例。如：

---

① 请参阅《水浒志传评林》影印本，文学古籍刊行社，1956。

映雪草堂刊本	双峰堂刊本
李俊大战危昭德等	李俊大战危昭德
宋公明大哭孙安等	宋公明大哭孙安

（4）有个别用字微异者，共3例：

映雪草堂刊本	双峰堂刊本
王庆愤怒打死世开	王庆忿怒打死世开
李逵遣将探听虚实	李俊遣将探听虚实
宋军埋伏贼兵伤败	宋军埋伏贼将伤败

其中第2例，显系误字，弄错了人名。其余两例，区别极小。

上述四种情况，总共55例，在映雪草堂刊本的标目90则中占3/5强。

另外，还有大同小异者12例，小同大异者5例。这17例占1/5弱。其余18例，属于两本全然不同者，占1/5。

从比例不难看出，映雪草堂刊本的标目很可能来自双峰堂刊本（或双峰堂刊本的底本）插图的标题。

当然也有另一种可能性：和双峰堂刊本没有直接的渊源关系，而是来源于其他简本。这可以提出两条理由。第一，映雪草堂刊本的标目有1/5和双峰堂刊本不同。第二，双峰堂刊本这一部分的插图共128幅上下，标题文字和映雪草堂刊本完全相同或基本相同者，仅仅1/2左右。我们知道，《水浒传》简本插图的形式不止一种。有每半叶一幅插图的，如双峰堂刊本就是；也有每叶一幅插图的，现在欧洲还保存着这种刊本的残叶。我怀疑，映雪草堂刊本这一部分的标目也有可能来源于后者插图的标题。

十一　小结

上文介绍了有关映雪草堂刊本的概况，以及它的序文、插图、标目，同时还谈了我的一些看法。这些看法，可以概括如下：

（1）映雪草堂刊本署"元施耐庵编"。因此，它可能刊行于崇祯年间贯华堂刊本问世之后。

（2）五湖老人序认为，《水浒传》作者为施耐庵、罗贯中二人。因此，它可能写于万历年间。

（3）宝瀚楼刊本的五湖老人序刊行在前，映雪草堂刊本的五湖老人序刊行在后。前者是全文，后者是节录。

（4）五湖老人序以"全本"标榜，并和"赝本"、"繁本"对举，可知映雪草堂刊本、宝瀚楼刊本不是繁本，而是简本，且和其他类型的简本有所区别。

（5）映雪草堂刊本卷一至卷二十一的标目，最接近于袁无涯刊本的回目。卷二十二的标目，是以袁无涯刊本的回目为依据的。卷二十九、卷三十的标目所依据的很可能是袁无涯刊本的回目，也有可能是容与堂刊本的回目。

（6）映雪草堂刊本卷二十三至卷二十八的标目，很可能来源于双峰堂刊本插图的标题，也有可能来源于其他简本插图的标题。

十二　年代问题和金圣叹名字的出现

这里分别谈到了几个时间上限的问题。表面上看起来，它们之间有一些抵牾之处。实际上不然。

关于时间的上限，必须分清几个不同内涵的概念：五湖老人序的写作年代、标目的拟定年代、全书的刊行年代，等等。它们是不能混为一谈的。映雪草堂刊本和宝瀚楼刊本所载的五湖老人序文字繁简不同，可以判断宝瀚楼刊本刊行的时间要早于映雪草堂刊本。换句话说，五湖老人序的写作年代肯定要早于映雪草堂刊本刊行的年代。所以，五湖老人序可能作于万历年间，映雪草堂刊本可能刊行于崇祯年间。两者毫无矛盾可言。至于标目，它的拟定，可能在映雪草堂刊本刊行之前，也可能在映雪草堂刊本刊行的同时。现在还没有掌握足够的确凿可信的证据，一时无法下明确的结论。所以，我们说，有些标目的拟定在万历三十八年或四十二年之后，映雪草堂刊本可能刊行于崇祯年间，这两者也不矛盾。

在映雪草堂刊本卷首的标目中，启首第一行刻着八个字："金圣叹评水浒全传"。出现了"金圣叹评"的字样，便无可辩驳地证实此书的刊行当在崇祯年间贯华堂刊本问世之后。金圣叹的大名被平白无故地安置在刺目的地位，正像扉页上的"李卓吾先生评"一样，无非是刊行者的生意经。他的大名被借用，仅仅起到装门面、壮声势的作用，书中的那些评语其实是和他毫不相干的。

金圣叹名字在标目部分的出现，固然证明了映雪草堂刊本的刻书年代较晚，但并不能由此断言映雪草堂刊本的正文也是时代较晚的产物。

标目有相对的独立性，和正文相比，它极可能是后添的。最好的证据在于它和正文的龃龉。例如，从正文来看，征田虎部分为卷23至卷25，征王庆部分为卷26至卷28。但在标目中，正像上文介绍的那样，征田虎部分为卷22的末尾，卷23、卷24的开端，卷24的后段，卷25；征王庆部分为卷24的前段，卷26，卷28。标目上奇怪的重复和交错，在正文中却了无踪影。如果标目不是后添的，不是独立于正文之外的附加物，那对这种标目和正文脱榫的现象便得不到令人满意的解释了。

为什么要后添呢？恐怕仍然是出于那种以"全本"为号召的广告术的驱使。所以，它的许多地方都以繁本中的120回的袁无涯刊本的回目为依据；所以，在征田虎、征王庆部分，它不满足于仅仅因袭袁无涯刊本的回目，而要叠床架屋地移用某些简本插图的标题。

同样的道理，"金圣叹评水浒全传"这一行文字，和标目本身相比，它更有可能是后添的。

至于和映雪草堂刊本正文有关的种种问题，那就需要对它们进行专门的考察和研究了。

《水浒传》映雪草堂刊本——简本和删节本

　　《水浒全传》，30卷，映雪草堂刊本，现藏日本东京大学图书馆。有的学者曾称它为"五湖老人序本"或"三十卷本"。我认为，以"映雪草堂刊本"作为它的简称，更合适和准确些。

　　关于映雪草堂刊本，我已写过一篇论文①。其中，主要谈到了它的概况、插图、序文和标目等问题。现在，在这篇论文里，我准备从对全书正文的考察出发，续谈映雪草堂刊本的性质：它是繁本，还是简本？它是原本，还是删节本？

一　字数：映雪草堂刊本乃是简本

　　《水浒传》的版本，如果仅从文字的繁缛和简约来区别，可以分为繁本和简本两大类②。例如容与堂刊本《李卓吾先生批评忠义水浒传》、天都外臣序本《忠义水浒传》、袁无涯刊本《新镌李氏藏本水浒全传》属于前者，双峰堂刊本《水浒志传评林》、雄飞馆刊本《二刻英雄谱》则属于后者。

　　映雪草堂刊本属于哪一类呢？

　　它的许多标目最接近于袁无涯刊本的回目③。人们也许会以为，它和袁无

---

① 《谈〈水浒传〉映雪草堂刊本的概况、序文和标目》，《水浒争鸣》第3辑。
② 有的学者还进一步细分为"文简事繁本"、"文繁事简本"和"事文均繁本"等。愚见以为，若仅从文字的繁缛和简约来区别，则分为繁本和简本两大类，已足可说明问题和概括所有的版本。
③ 参阅拙文《谈〈水浒传〉映雪草堂刊本的概况、序文和标目》。

涯刊本一样，是一种繁本。实则不然，它乃是一种地地道道的简本。

说它是简本，这在全书的字数上可以得到很好的证明。我曾对全书各卷字数作过初步的统计，结果如下：

卷 1	7639	卷 2	8313
卷 3	9035	卷 4	11617
卷 5	8379	卷 6	6842
卷 7	13180	卷 8	12307
卷 9	11493	卷 10	14263
卷 11	14173	卷 12	12861
卷 13	8581	卷 14	9526
卷 15	6723	卷 16	14975
卷 17	8694	卷 18	12294
卷 19	7031	卷 20	9233
卷 21	8451	卷 22	15452
卷 23	6295	卷 24	8553
卷 25	8713	卷 26	9371
卷 27	9452	卷 28	8377
卷 29	24402	卷 30	7247

总数约为313322字，即全书31.3万余字[1]。

我们知道，在繁本中，容与堂刊本是100回。袁无涯刊本则是120回。试以容与堂刊本的字数来和映雪草堂刊本做一比较。容与堂刊本的总字数约为673917字[2]，即67.3余字。它是映雪草堂刊本总字数的215%左右。袁无涯刊本比容与堂刊本多出20回正文，不言而喻，它的总字数当然比容与堂刊本更多。

映雪草堂刊本的卷1大致上相当于容与堂刊本的第1回至第3回。但映雪草堂刊本的卷1仅7689字，而容与堂刊本的第1回至第3回却多达22917字，后者为前者的298%左右，将近三倍。其余各卷各回可以由此类推。

不妨再举一段有关鲁智深"倒拔垂杨柳"的描写来作对照。

---

[1] 本文所统计的《水浒传》的字数，均不包括标点在内。
[2] 这是笔者初步的粗略的统计。

映雪草堂刊本卷2：

次早，清长老升法座，押下法帖，令智深管菜园。智深到座前领了法旨，拜谢了，即背上包裹，跨了戒刀，提了禅杖，和两个行者一同前去，来到酸枣门外廨宇里。来到房中，安顿了包裹，放下禅杖，挂了戒刀。出到廨宇，那几个种植园公，同旧管理，将一应锁钥，旧主持尽行交割。那两个和尚同旧住持一齐相别，回寺去了。

鲁智深出到菜园地上，看那园圃。只见一班泼皮破落户，为头的一个叫过街老鼠张三，一个叫青草蛇李四，道："俺等特来与和尚作庆。"智深道："既是邻舍街坊，都来廨宇里坐地。"张三、李四道："师父却是那里来的？相国寺里不曾见有师父。"智深道："洒家是关西延安府老种经略相公帐前提辖。只为杀的人多，因此情愿出家，从五台山来到这里。洒家俗姓鲁，法名智深。"

众泼皮商量，凑些钱物，置酒来请智深。吃到半酣，只听得门外老鸦哇哇的叫。众人扣齿的叫："赤口上天，白舌入地。"种地道人笑道："墙角边绿杨树上，新添了一个老鸦巢。每日只聒①到晚。"众人道："把梯子去上面拆了那巢。"李四道："我与你盘上去，不要梯子。"智深相了一相，走到树前，把直裰脱了，用右手向下，把身倒缴着，却把左手扳在上截，把腰只一趁，将那株绿杨树带根拔起。众泼皮见了，一齐拜倒，只叫："师父非是凡人，正是真罗汉！若无千万斤气力，如何拔得起！"②

这里不过是443字。在容与堂刊本里，这故事内容相同的段落位于第6回的结尾和第7回的开端。

次早，清长老升法座，押了法帖，委智深管菜园。智深到座前领了法帖，辞了长老，背上包裹，跨了戒刀、禅杖，和两个行者一同前去，直来酸枣门外廨宇里来住持。

且说菜园左近，有二三十个赌博不成才破落户泼皮，泛常在园内偷盗菜蔬，靠着养身。因来偷菜，看见廨宇门上新挂一道库司榜文，上说：

---

① "聒"，原误，现改正。
② 原文并不分段。现在的分段，系笔者所拟。下同。

"大相国寺仰委管菜园僧人鲁智深前来住持。自明日为始掌管。并不许闲杂人等，入园搅扰。"那几个泼皮看了，便去与众破落户商议道："大相国寺里差一个和尚，什么鲁智深，来管菜园。我们趁他新来，寻一场闹，一顿打下头来，教那厮伏我们。"数中一个道："我有一个道理。他又不曾认的我，我们如何便去寻的闹。等他来时，诱他去粪窖边，只做恭贺他，双手抢住脚，翻筋斗掀那厮下粪窖去，只是小耍他。"众泼皮道："好，好。"商量已定，且看他来。

却说鲁智深来到廨宇退居内房中，安顿了包裹行李，倚了禅杖，挂了戒刀。那数个种地道人都来参拜了。但有一应锁钥，尽行交割。那两个和尚同旧住持老和尚，相别了尽回寺去。

且说智深出到菜园地上，东观西望，看那园圃。只见这二三十个泼皮，拿着些果盒酒礼，都嘻嘻的笑道："闻知和尚新来住持，我们邻舍街坊，都来作庆。"智深不知是计，直走到粪窖边来。那夥泼皮，一齐向前。一个来抢左脚，一个便抢右脚，指望来掀智深。只教智深脚尖起处，山前猛虎心惊；拳头落时，海内蛟龙丧胆。正是："方圆一片闲园圃，目下排成小战场。那夥泼皮怎的来掀智深？且听下回分解。

……

诗曰：在世为人保七旬，何劳日夜弄精神。世事到头终有尽，浮花过眼总非真。贫穷富贵天之命，事业功名隙里尘。得便宜处休欢喜，远在儿孙近在身。

话说那酸枣门外三二十个泼皮破落户中间，有两个为头的，一个叫做过街老鼠张三，一个叫做青草蛇李四。这两个为头接将来，智深也却好去粪窖边，看见这夥人都不走动，只立在窖边，齐道："俺特来与和尚作庆。"智深道："你们既是邻舍街坊，都来廨宇里坐地。"张三、李四，便拜在地上，不肯起来。只指望和尚来扶他，便要动手。智深见了，心里早疑忌道："这夥人不三不四，又不肯近前来，莫不要撇洒家。那厮却是倒来捋虎须。俺且走向前去，教那厮看洒家手脚。"

智深大踏步近前去众人面前来。那张三、李四便道："小人兄弟们特来参拜师父。"口里说，便向前去。一个来抢左脚，一个来抢右脚。智深不等他占身，右脚早起，腾的把李四踢下粪窖里去。张三恰待走，智深左脚早起，两个泼皮都踢在粪窖里挣侧。后头那二三十个破落户，惊的目瞪痴呆，都待要走。智深喝道："一个走的，一个下去，两个走的，两个下去。"众泼皮户都不敢动旦。只见那张三、李四在粪窖里探起头来。原来那座粪窖没底似深，两个一身臭屎，头发上蛆虫盘满，立在粪窖里叫道："师父饶恕我们。"智深喝道："你那众泼皮快扶那鸟上来，我便饶你众人。"众人打一救，搀到葫芦架边，臭秽不可近前。智深呵呵大笑道："兀那蠢物！你且去菜园池子里洗了来，和你众人说话。"两个泼皮洗了一回，众人脱件衣服与他两个穿了。

智深叫道："都来廨宇里坐地说话。"智深先居中坐了，指着众人道："你那夥鸟人，休要瞒洒家。你等都是什么鸟人，俺这里戏弄洒家？"那张三、李四并众火伴一齐跪下说道："小人祖居在这里，都只靠赌博讨钱为生。这片菜园是俺们衣饭碗，大相国寺里几番使钱要奈何我们不得。师父却是那里来的长老？恁的了得！相国寺里不曾见有师父。今日我等愿情伏侍。"智深道："洒家是关西延安府老种经略相公帐前提辖官。只为杀的人多，因此情愿出家，五台山来到这里。洒家俗姓鲁，法名智深。休说你这三二十个人直什么，便是千军万马队中，俺敢直杀的入去出来。"众泼皮喏喏连声，拜谢了去。智深自来廨宇里房内收拾，整顿歇卧。

次日，众泼皮商量，凑些钱物，买了十瓶酒，牵了一个猪，来请智深。都在廨宇内安排了，请鲁智深居中坐了。两边一带，坐定那二三十泼皮饮酒。智深道："什么道理，叫你众人们坏钞。"众人道："我们有福，今日得师父在这里，与我等众人做主。"智深大喜。吃到半酣里，也有唱的，也有说的，也有拍手的，也有笑的。正在那里喧哄，只听得门外老鸦哇哇的叫。众人有扣齿的，齐道："赤口上天，白舌入地。"智深道："你们做什么鸟乱？"众人道："老鸦叫，怕有口舌。"智深道："那里取这话！"那种地道人笑道："墙角边绿杨树上，新添了一个老鸦巢。每日只聒到晚。"众人道："把梯子去上面拆了那巢便了。"有几个道："我们便去。"智深也乘着酒兴，都到外面看时，果然绿杨树上一个老鸦巢。众人道："把梯子上去折了，也得耳根清净。"李四便道："我与你盘上去，不要梯子。"智深相了一相，走到树前，把直裰脱了，用右手向下，把身倒缴着，却把左手拔住上截，把腰只一趁，将那株绿杨树带根拔起。众泼皮见了，一齐拜倒在地，只叫："师父非是凡人！正是真罗汉身体！无千万斤气力，如何拔得起！"

总计有1524字，为映雪草堂刊本同一段落的344%左右。

无论是从全书的总字数，或是从各卷各回的字数，和从局部段落的字数来看，我们都不难在映雪草堂刊本和容与堂刊本之间看出那简本和繁本之间的显著的、巨大的差异来。

因此，把映雪草堂刊本归入简本一类，这完全符合于它的实际情况。

二 对照：映雪草堂刊本乃是删节本

映雪草堂刊本既然是一种简本，那么，它与繁本之间又是怎样的关系呢？

我曾把映雪草堂刊本和容与堂刊本、天都外臣序本、袁无涯刊本三种繁本放在一起，逐字逐句地进行校雠，发现它实际上是一种来源于繁本的删节本。

它的删节，约有以下八种比较重要的、值得注意的情况：

（1）删去了大量的诗词韵语。

繁本有许许多多的诗词韵语。到了映雪草堂刊本，它们绝大部分已不见踪影。例如第7回，除了袁无涯刊本，容与堂刊本与天都外臣序本都有引头诗：

在世为人保七旬，何劳日夜弄精神。世事到头终有尽，浮花过眼总非真。贫穷富贵天之命，事业功名陌里尘。得便宜处休欢喜，远在儿孙近在身。

而映雪草堂刊本却付阙如。上文第1节所引有关鲁智深"倒拔垂杨柳"的描写文字表明，由于不分回，它业已把这类引头诗悉数删去。

又如，第6回"鲁智深火烧瓦罐寺"，鲁智深、史进二人点起火把，烧着佛殿下后檐。这时，容与堂刊本、天都外臣序本有云：

凑巧风紧，刮刮杂杂地火起，竟天价烧起来。怎见的好火？但见：浓烟滚滚，烈焰腾腾。须臾间燎彻天关，顷刻时烧开地户。燎飞禽翅，尽坠云霄；烧走兽毛，焦投涧壑。多无一霎，佛殿尽通红；那有半朝，僧房俱变赤。恰似老君推倒炼丹炉，一块火山连地滚。① 智深与史进看着，等了一回，四下火都着了。二人道："梁园虽好，不是久恋之家。俺二人只好撒开。"二人厮赶着行了一夜。

而映雪草堂刊本卷 2 却删节为：

> 遇风紧，刮刮杂杂，竟天价烧起来。四面八方，烈焰腾。方回，撒开。厮赶着行了一夜。

删节后的文字，还保留了"烈焰腾"的字样。这就向我们透露了个中的消息：它的底本原来是有"浓烟滚滚，烈焰腾腾……"这一段韵语的。

再如，第 72 回"李逵元夜闹东京"，容与堂刊本、天都外臣序本有云：

> 过了一夜，次日正是上元节候。天色晴明得好。看看傍晚，庆赏元宵的人，不知其数。古人有一篇绛都春词，单道元宵景致："融和初报，乍瑞霭霁色，皇都春早。翠憾竞飞，玉勒争驰，都闻道鳌山彩结蓬莱岛。向晚色，双龙衔照。绛霄楼上，彤芝盖底，仰瞻天表。缥缈风传帝乐，庆玉殿共赏，群仙同到。迤逦御香，飘满人间开嬉笑。一点星球小，渐隐隐鸣稍声杳。游人月下归来，洞天未晓。"
>
> 这一篇词，称颂着道君皇帝庆赏元宵，与民同乐。此时国富民安，士农乐业。②

而映雪草堂刊本卷 18 作：

> 次日正是上元节候，天色晴和。道君皇帝庆赏元霄（宵），与民同乐。

[绛都春]词只字不存，却仍沿用了作者解释此词内容的两句话。从原文的叙述看，"道君皇帝庆赏元宵，与民同乐"两句，和[绛都春]词密切相关，不可分割。映雪草堂刊本有了这两句话，从而也就证明，它的底本原来应该是有那首词的。

插入大量的诗词韵语，是长篇小说和短篇小说初期体例的特征之一。

---

① 自"怎见的好火"至"一块火山连地滚"，袁无涯刊本无。
② 自"这一篇词"至"士农乐业"，袁无涯刊本无。

它们大多已成为全书的有机组成部分，曾引起听众和读者们的兴趣。但是，也有一部分诗词韵语的插入，不免呈现出游离的状态，与正文联系不够紧密，反而延缓了故事情节进展的节奏，隔断了行文叙述的气势。因此，诗词韵语就成为简本在繁本上进行删节工作时首先动手的对象了。有没有诗词韵语？是多还是少？——这是我们考察简本和繁本的区别时所必须予以注意的。

映雪草堂刊本已将绝大部分的诗词韵语删去，仅仅保留了这样一些：

卷首　"开词"
卷2　智真长老偈言（"寸草不留"）
　　　（"灵光一点"）
　　　（"遇林而起"）
卷10　宋江［西江月］词（"自幼曾攻经史"）
　　　宋江七绝（"心在山东身在吴"）
　　　小儿谣言（"耗国因家木"）
　　　九天仙女"天言"（"遇宿重重喜"）
卷16　吴用卦歌（"卢龙深处一扁舟"）
卷18　宋江［满江红］词（"喜遇重阳"）
　　　宋江乐府词（"天南地北"）
卷20　梁山泊好汉贴在济州土地庙前的七绝（"生擒杨戬与高俅"）
卷21　燕青所唱［渔家傲］曲（"一别家乡音信杳"）
　　　燕青所唱［减字木兰花］曲（"听哀告"）
卷22　罗真人法语（"忠心者少"）
　　　智真长老偈言（"六根束缚多年"）
　　　　　　　　（"当风雁影翻"）
　　　　　　　　（"逢夏而擒"）
　　　宋江词（"楚天空阔"）
卷30　鲁智深"颂子"（"平生不修善果"）
　　　大慧禅师法语（"鲁智深"）
　　　燕青"口号"（"情愿去将官诰纳"）

其中，除卷首的"开词"以外，这些诗词韵语都为书中人物所写、所说或所唱，显然构成了全书故事情节发展不可或缺的因素。在删节者的手下，它们得以侥幸地存留下来，是完全可以理解的。而所有其他属于附加性质的诗词韵语则一概免除不了被遗弃的命运。其彻底的程度，较之双峰堂刊本、雄飞馆刊本等简本，有过之无不及。

（2）删去了一些登场人物，因之也就省略了不少有关他们的比较完整的故事情节。

例如，繁本第38回和第39回有宋玉莲在琵琶亭上卖唱，被李逵鲁莽地用两个指头点倒的情节，而在映雪草堂刊本卷10，宋江、张顺、戴宗、李逵四人畅饮之时，席前根本没有出现宋玉莲的形象。

（3）删去了无数的细节描写。

这在全书是尤为普遍的情况。为什么映雪草堂刊本的字数不及容与堂刊本字数的一半？主要原因就在这里。

例如"鲁智深大闹五台山"，见于繁本第4回的后半部分，作者笔饱墨浓地刻画了鲁智深一系列的行动和心理，使鲁智深的性格和形象得以生动地凸显在读者的面前。但在映雪草堂刊本里，一些细节描写被割舍了，从而减弱了作品的艺术效果，使作者的艺术手段显得大为逊色。

又如容与堂刊本、天都外臣序本第90回和袁无涯刊本第110回有两段细节描写。一段的内容包括李逵对招安的批判，以及宋江对李逵的斥责。另一段描写宋江和卢俊义路遇调"胡敲"的汉子，宋江遂作咏"胡敲"诗二首。为《水浒传》的广大读者所熟悉的这两个片段，出现在这里，具有重要的意义，断非闲文散笔。他们不仅是全书故事情节的有机组成部分，而且对于完成宋江、李逵这两个人物的思想和性格的刻画，也是不可或缺的。

（4）删去了人物的语言，仅仅保留了表情或动作。

例如，繁本第2回"九纹龙大闹史家村"，陈达下少华山，引领人马攻打史家村，在两军阵前：

> 史进道："你问得我手里这口刀肯，便放你去。"陈达大怒道："赶人不要赶上，休得要逞精神！"史进也怒抢手中刀，骤坐下马，来战陈达。

陈达的两句话却不见于映雪草堂刊本卷1：

> 史进道："你问得我手里这口刀肯，便放你去。"陈达大怒，史进也怒。

（5）把几个人的话合并在一个人的嘴里说。

有把两人的话合并为一人说的。例如，繁本第38回"及时雨会神行太保"，宋江和戴宗在江州城内酒楼上的对话：

> 宋江道："俺们再饮两杯，却去城外闲玩一遭。"戴宗道："小弟也正忘了，和兄长去看江景则个。"

映雪草堂刊本卷10作：

> 戴宗道："俺们再饮两杯，去看江景则个。"

宋江的话被移进了戴宗的话里。

又如繁本第70回"宋公明弃粮擒壮士"，宋江、吴用设计擒捉张清的对话：

> 宋江又道："我看此人全仗龚旺、丁得孙为羽翼，如今手足羽翼被擒，可用良策，捉获此人。"吴用道："兄长放心。小生见了此将出没，已自安排定了。虽然如此，且把中伤头领送回山寨。却叫鲁智深、武松、孙立、黄信、李立尽数引领水军。安排车仗、船只，水陆并进，船骑相迎。赚出张清，便成大事。"

映雪草堂刊本卷17作：

> 吴用道："我看此人全仗龚旺、丁得孙为羽翼，如今羽翼被擒，可教鲁智深、武松、孙立、黄信、李立水陆并进，赚出张清，便成大事。"

宋江的话被移进了吴用的话里。

情形相反的是映雪草堂刊本卷29，吴用的话又被移进了宋江的话里：

> 宋江道："杭州西路靠着湖泊，亦要水军用度，你等不可都去。只张横同阮小七驾船，将引侯健、段景住去。"

其中"只张横"后两句，在繁本第94回或第114回里，乃吴用所说。

还有把三人的话合并为一人说的。例如，映雪草堂刊本卷4：

> 阮小五道："他们不怕天不怕地，如何不快活？我们空有一身本事，

怎地学得他们？若有带挈我们的，水里水里去，火里火里去，受用得一日，便死了，也开眉展眼。只这般英雄豪杰不曾遇得着。"

这段共73字，话都被安排为阮小五一人所说。但在繁本第15回"吴学究说三阮撞筹"，这段长达615字，话却分别出于阮氏三兄弟之口。"他们不怕天不怕地，如何不快活？我们空有一身本事，怎地学得他们"——阮小五说；"若有带挈我们的"——阮小二说；"水里水里去，火里火里去，受用得一日，便死了，也开眉展眼"——阮小七说；"只这般英雄豪杰不曾遇得着"——阮小二说（其中"英雄豪杰"四字为阮小二口中所无，系自吴用的话中借用）。

更有把众人的话合并为一人说的。例如，繁本第17回开端，生辰纲已被吴用等人智取，杨志逃去，老都管和两个虞侯、十一个厢禁军醒来，有这样的对话：

老都管道："你们众人不听杨提辖的好言语，今日送了我也！"众人道："老爷，今日事已做出来了，且通个商量。"

映雪草堂刊本卷4经过删节，取消了众人的话，把"今日事已做出来了"改为"今日做出来了"，归并到老都管的话中去，顶替了原来的那句"今日送了我也"。

（6）把两个人前后说的话删节给两个人同时合说。

例如繁本第60回"晁天王曾头市中箭"，晁盖领兵下山攻打曾头市，宋江等人在金沙滩饯行，饮酒之时，一阵狂风吹折了新制的认军旗，众人见了，尽皆失色：

吴学究谏道："此乃不祥之兆，兄长改日出军。"宋江劝道："哥哥方才出军，风吹折认旗，于军不利。不若停待几时，却去和那厮理会，未为晚矣。"①

这里有吴用和宋江两个人的话语。而映雪草堂刊本卷15作：

吴学究、宋江劝道："风吹折认旗，于军不利。不若停待几时，去和

---

① 袁无涯刊本无"未为晚矣"四字。

那厮理会。"

吴用的话不见了,"吴学究"三字仍保留着。结果,宋江的话变成了宋江、吴用二人合说的话。

把几个人的话合并在一个人嘴里说也好,把两个人前后所说的话删节给两个人同时合说也好,这样做显然含有共同的目的,就是为了删减字数。

(7) 把同一人分两次所说的话拼凑为一次连说的话。

这也同样是为了达到删减字数的目的。例如,繁本第 21 回"虔婆醉打唐牛儿",宋江被阎婆拉进家中,阎婆惜只道是张文远来到,连忙下楼,一看是宋江,翻身又上楼去了;阎婆叫她,她说:"这屋里不远,他不曾来?他又不瞎,如何自不上来,直等我来迎接他?没了当絮絮聒聒地!"于是:

阎婆道:"这贱人真个望不见押司来气苦了,怎地说,也好教押司受他两句儿。"婆子笑道:"押司,我同你上楼去。"

可以看出,阎婆前一番话是对着阎婆惜和宋江二人说的。同情阎婆惜,并为她的无礼行为作解释,以及委婉地希望获得宋江的谅解,在语气上,两者兼而有之。后一番话则是专门对宋江一人赔笑而说的。映雪草堂刊本卷 6 删改为:

阎婆对宋江道:"这贱人望押司不来,闷坏了,受他两句儿。我同你上楼去。"

这样一来,字数少则少矣,上述那种包含着细腻的语气、韵味的内容却荡然无存了。

(8) 把情节的叙述改成人物的对话,或者相反,把人物的对话改成情节的叙述。

例如,繁本第 5 回"花和尚大闹桃花村",鲁智深、李忠二人见面各自叙述了别后的情况之后:

智深道:"既然兄弟在此,刘太公这头亲事再也休题,他止有这个女儿,要养终身,不争被你把了去,教他老人家失所。"太公见说了,大喜,安排酒食出来,管待二位。小喽罗们,每人两个馒头,两块肉,一大碗酒,都教吃饱了。太公将出原定的金子、缎匹,鲁智深道:"李忠兄弟，你与他收了去。这件事都在你身上。"

映雪草堂刊本卷2作：

> 智深道："既然兄弟在此，刘太公这头亲事再也休题，你把原定的金子、缎匹，与他收了去。"

繁本中的"太公将出原定的金子、缎匹"一句，到了这里，被改造为鲁智深的话语。这个改造促成了鲁智深前后不相连属的两段话的归并。

又如，映雪草堂刊本卷29，在情节的叙述中，有两处使用了"柴大官人"和"戴院长"：

> 副先锋卢俊义得了宣州，使柴大官人到来报捷。
> 宋江留下柴大官人，别写军帖，使戴院长回复卢先锋，着令进兵攻打湖州，早至杭州聚会。

作者在叙述语中何以要用敬称来代替柴进、戴宗的名字？令人纳闷。而这在繁本第92回、第93回，或第112回、第113回中，却不成其为问题。因为上述引文的第一段源于戴宗向宋江报说的话语；第二段"宋江"二字以后出自宋江对吴用等人所说的话语。书中人物在戴宗和宋江的口中出现"柴大官人"、"戴院长"之类的称呼，不足为奇。删节者的不慎，遂使映雪草堂刊本留下了这样的瑕疵。

以上列举了映雪草堂刊本删节的八种情况，每种情况又随手各自援引了一两个例证。当然，这八种情况并不足以概括全部的删节工作。在八种之外者，例如，石碣天书108人名单中的星名和绰号的删去；又如，一般文字的节略和内容的压缩，等等，不胜枚举。但这八种情况和例证是比较重要的、值得注意的。

三　为什么说映雪草堂刊本是来源于繁本的删节本？

说映雪草堂刊本乃是简本，道理比较简单，容易理解；说映雪草堂刊本乃是删节本，恐怕要费一番口舌。

在映雪草堂刊本和删节本之间画上等号，意味着映雪草堂刊本是以繁本为底本删节而成的。换句话说，作为一个实例，它证明了先有繁本、后有简本这种看法的正确。

繁本、简本的先后问题，在专家学者之间一直是有争议的。有人认为，先有繁本，后有简本；有人认为，先有简本，后有繁本。我自己则持前一种看法。

关于这个问题，抽象地争论是无济于事的。只有援引具体的例证，才能有坚强的说服力。但是，关键在于援引何等样的例证。如果信手举出繁本和简本中的互相对应的一段，你固然可以说简本是以繁本为底本删节而成的，他也不难辩解为繁本系在简本的基础上增饰而成的。在旁人看来，这有点儿像是：公说公有理，婆说婆有理。这样争辩下去，完全可能会无尽无休地持续进行，而谁也说服不了谁。

怎么办呢？我认为，在有两种看法互相对立的情况下，应该选择和援引这样的例证，它们只能成为一种看法的佐证，而对另一种看法说来，却提供了反证。论证时，不能允许模棱两可，绝对需要的是明确性。我准备着这样做。试从五个方面举例来说明映雪草堂刊本是来源于繁本的删节本。

（1）由于删改了个别的字句，意思模糊起来，语气有了隔断而失去连贯，甚至使读者产生了不知所云或莫名其妙的感觉。

例1，映雪草堂刊本卷4，杨志和周谨比试武艺：

> 梁中书传令，叫周谨射。周谨拿了防牌，拍马望南而走。杨志在马上把腰只一纵，那马勃刺刺的便走的志先把弓虚扯一扯。周谨在马上听得弓弦响，扭转身把牌来迎，却早接个空。

"便走的志"四字，令人不解。一查繁本第13回，原来是"便赶。杨志"四字。这当然是在删改过程中发生的错误。

例2，映雪草堂刊本卷5，火并王伦之后：

> 林冲见各家老小在山，蓦然思念妻子在京，存亡未保，写了一封书，叫两个心腹下山去，直至东京城内殿帅府前，寻到张教头家里，说高太尉威逼亲事，自缢身死，已故半载。止剩得女使锦儿，已招赘丈夫，在家过活。打听的真实，回来报与林冲，林冲见说，潸然泪下，自此杜绝了心中挂念。

其中存在着主语混乱的缺点。"直至……"、"寻到……"以及"打听……"等句的主语,依稀可辨,大约是那"两个心腹"。但,"说……"的主语是什么?谁在"说"?"说"的是林妻一件事,还是包括张教头、锦儿在内的三件事?就这段文字来看,都不太清楚。让我们再看繁本第20回:

> 因此,林冲见晁盖作事宽洪,疏财仗义,安顿各家老小在山,蓦然思念妻子在京师,存亡未保。遂将心腹备细诉与晁盖道:"小人自从上山之后,欲要搬取妻子上山来。因见王伦心术不定,难以过活,一向蹉跎过了。流落东京,不知死活。"晁盖道:"贤弟既有宝眷在京,如何不去取来完聚?你快写书,便教人下山去,星夜搬取上山来,以绝心念,多少是好。"林冲当写下了一封书,叫两个自身边心腹小喽啰,下山去了。不过两个月回来。小喽啰还寨说道:"直到东京城内殿帅府前,寻到张教头家,闻说娘子被高太尉威逼亲事,自缢身死,已故半载。张教头亦为忧疑,半月之前,染患身故。止剩得女使锦儿,已招赘丈夫在家过活。访问邻里,亦是如此说。打听得真实,回来报与头领。"林冲见说了,潸然泪下。自此杜绝了心中挂念。①

几个问题,可以说,全都迎刃而解。由于删去小喽啰还寨、禀报的过程,并把小喽啰禀报的话改为作者的叙述,结果语气含混,主语也隐隐地有所改换。尤其是原文"闻说"删改为"说",本义是听别人说,一下子变成了听别人说。另外,原文"回来报与头领",这"头领"二字,除指林冲外,还应包括晁盖等在内。下文"晁盖等见说了,怅然嗟叹"可证。映雪草堂刊本改为"林冲"二字,显然不妥。

例3,映雪草堂刊本卷12,时迁被捉,李应受伤,杨雄、石秀准备上梁山泊,要求发兵报仇:

> 杨雄、石秀取路投梁山泊来。一处新造的酒店,正是石勇掌管。两个一面吃酒,一头动问上梁山泊路程。

描写十分简略,连这个酒店位于何处,它与梁山泊有何关系,杨、石二人是否进店饮酒,等等,都缺乏必要的交代。而这些在繁本第47回中是写得

---

① 此据天都外臣序本引。容与堂刊本无"心术"二字。袁无涯刊本无"搬"字,无"以绝心念"四字,"当写下了"作"当下写了",无"回来"二字,"见说了"作"见说"。

一清二楚的：

> 且说杨雄、石秀取路投梁山泊来。早望见远远一处新造的酒店，那酒旗儿直挑出来。两个人到店里，买些酒吃，就问路程。这酒店却是梁山泊新添设做眼的酒店，正是石勇掌管。两个一面吃酒，一头动问酒保，上梁山泊路程。

可以看出，种种语病产生的原因在于删节不当。

例4，映雪草堂刊本卷29，燕青、李逵入城看灯：

> 只见一个汉子飞砖掷瓦，去打一户人家，讨钱，说道："即日要跟张招讨下江南出征去。"

这几句，语焉不详，疑窦丛生。那个汉子为什么要"飞砖掷瓦"，去打哪户人家？是谁向谁"讨钱"？他又有什么必要非提"即日要跟张招讨下江南出征去"不可？令人如堕五里雾中。看了繁本第90回或袁无涯刊本第110回，才明白其中的究竟：

> 只见一个汉子飞砖掷瓦，去打一户人家。那人家道："清平世界，荡荡乾坤，散了二次，不肯还钱，颠倒打我屋里。"黑旋风听了，路见不平，便要去劝。燕青务死抱住。李逵睁着双眼，要和他厮打的意思。那汉子便道："俺自和他有帐讨钱，干你甚事？即日要跟张招讨下江南出征去，你休惹我。到那里去也是死，要打便和你厮打，死在这里，也得一口好棺材。"

如果竟指映雪草堂刊本的文字为原文，那么，它为何那样的茫无头绪、脉络难寻？可见这种说法是无法成立的。

例5，映雪草堂刊本卷30，宋徽宗不知宋江消息，常常挂念于怀：

> 一日，在内宫，猛想到李师师卧内，饮酒取乐，才饮过数杯，只见上皇神思困倦……

这里的文句是跳跃式的，缺乏必要的连贯性。主语模糊不清：一开始，承接上文，主语当然是宋徽宗（"上皇"）；下文"饮"和"见"的主语是谁，不见分晓。时间和地点也模糊不清：上一句刚刚"猛想"，下一句就已经在

"饮";上一句的地点是在宫内,下一句却仿佛已不知不觉地移到了李师师家中。对照着繁本的第 100 回或第 120 回"徽宗帝梦游梁山泊"一读,立刻可以断定,映雪草堂刊本的这段存在着巨大缺陷的文字绝非原文,而是一番不高明的删节之后的残余。

(2) 由于删去了人名,致使下文显得突兀。

例 1,映雪草堂刊本卷 4,杨志发配,由两名防送公人监押上路。从开封府出发,到北京大名府呈递公文止,映雪草堂刊本始终没有明确交代这两个人姓甚名谁,而仅仅笼统地称为"两个防送公人"或"两个公人"。而当天汉州桥几个大户敛些钱物,赍发两个公人,嘱托他们途中好生看待杨志的时候,书内写道:

> 张龙、赵虎道:"不必众位分付。"

读到这里,对这两个忽然出现的陌生的人名,读者的脑海里会出现疑问:他们是谁呢?有可能是两个公人的姓名吧,但又仿佛找不到确切的根据。而在繁本第 12 回中,却有着"差两个防送公人,免不得是张龙、赵虎"的话头,下文同样也几次提到张龙、赵虎的名字,根本没有对读者的阅读、理解造成任何的阻碍。

例 2,映雪草堂刊本卷 22:

> 这贺统军是兀颜统军部下副统军。贺重宝道……

这里是第一次向读者介绍贺统军。但第一句只告诉读者,贺统军姓贺。至于贺统军名叫什么,既没有明说,也没有暗示。到了第二句,宛如怪峰突起,忽然出现了"重宝"之名,他和贺统军是否为一人呢?遽难断定。在繁本第 86 回或 96 回开端,这一段却是这样的:

> 话说贺统军姓贺,名重宝,是大辽国中兀颜统军部下副统军之职,身长一丈,力敌万人,善行妖法,使一口三尖两刃刀,见今守住幽州,就行提督诸路军马。当时贺重宝奏狼主道……①

介绍贺统军情况,顺理成章,一丝不乱。这个例子非常明显地告诉人们,

---

① 袁无涯刊本"大辽"作"辽"。

繁本是底本，映雪草堂刊本是删节本。

（3）删改原文，造成了错误的拼接，以致走失原意，于情理不合。

例1，繁本第13回，杨志和索超比武，斗到五十余合，不分胜败：

> 月台上梁中书看的呆了。两边众军官看了，喝采不迭。阵面上军士们递相厮觑道："我们做了许多年军，也曾出了几遭征，何曾见这等一对好汉厮杀！"

这里分作三个层次，描写了梁中书、众军官、军士们各自对这场精彩的比武的反应。他们地位不同，身份不同，经历不同，所以他们的反应也就不同。如果乱点鸳鸯，移甲就乙，那将使文学描写的细致性、深刻性、生动性丧失殆尽，而映雪草堂刊本恰恰犯了这样的错误。

映雪草堂刊本卷4：

> 月台上梁中书看的呆了。两边众军官、阵面上军士们都道："我们做了许多年军，也曾出了几遭征，何曾见这等一对好汉厮杀！"

它和繁本的不同，主要是：

一是它删掉了众军官的反应。

二是它把"众军官"和"军士们"合并起来，使他们有了完全同等的反应。

一般地说，和军士们比较起来，众军官的阅历更深，经验更丰富，武艺也更高强。他们的嘴里何至于吐出"何曾见这等一对好汉厮杀"的言辞！文坛高手如《水浒传》作者的手下，万万不会出现这样拙劣的败笔。

例2，映雪草堂刊本卷5，生辰纲失去后，老都管和几个厢禁军赶回北京，向梁中书禀告，有这样一句话：

> 杨志这人原来是个大贼。

何谓"大贼"？难道在众人的心目中，他有别于一般的"小贼"？须知杨志是经梁中书赏识、提拔和重用的，如果给他扣上"原来是个大贼"的帽子，那岂不等于对梁中书进行间接的批评？老于世故的老都管等人谅必不会这样的冒昧和昏聩。

查繁本第17回，这句原作：

> 这人是个大胆忘恩的贼。

可见已经对它做过剪裁的功夫。从"大胆忘恩的贼"到"大贼",一味追求字数的削减,结果却换来了情理的悖谬。

例3,繁本第64回"呼延灼月夜赚关胜",呼延灼对关胜说:

> 今日先杀此贼,挫灭威风。今晚偷营,必然成事。

"此贼"指小喽啰假扮的黄信。这两句话,前一句乃"过去式",后一句为"未来式",意思清晰,无须再作诠释。但,映雪草堂刊本卷16却删节为:

> 今日先杀此贼,必然成事。

试想,黄信已被打落马下,"事"如指此,则早已成矣,何以云然?这样欠通的语句,不会出于《水浒传》这部远在明代嘉靖年间便已被一些著名的文学家誉为"委曲详尽,血脉贯通,《史记》而下,便是此书"① 的古典名著中,是可以断言的。

例4,映雪草堂刊本卷18,燕青、李逵二人到狄太公庄上投宿:

> 庄主狄太公出来,看见李逵绾着双髽髻,问道:"那里来的师父?"燕青、李逵只不做声。

这不禁令人感到奇怪:为什么他们两个人对狄太公的问话都不做声呢?铁牛的不做声,也许是可以理解的,伶牙俐齿的小乙哥身上会有这种木讷寡言的笨拙表现,实在是出乎意料之外的。再看繁本第73回"黑旋风乔捉鬼":

> 庄主狄太公出来迎接,看见李逵绾着两个丫髻,却不见穿道袍,面貌生得又丑,正不知什么人。太公随口问燕青道:"这位是哪里来的师父?"燕青笑道:"这师父是个跷蹊人,你们都不省得他。胡乱趁些晚饭吃,借宿一夜,明日早行。"李逵只不做声。

这才知道是把燕青的应对全部删掉了,以致使他显露了异样的行动。

---

① 李开先:《一笑散》"时调"。

例 5，繁本第 94 回或第 114 回，攻打杭州时，徐宁颈上中了药箭，送到秀州去养病，半月之后死去；郝思文被活捉，方天定把他碎剐了。后来李俊"听得飞报道，折了郝思文，徐宁中箭而死"。映雪草堂刊本卷 29 全删了徐、郝二人之死的叙事，又把李俊听到的消息省略为：

郝思文、徐宁中箭而死。

徐宁系中箭而死，郝思文之死则与药箭沾不上边。只不过节约"折了"二字，却使两个人名组合在一起，两种不同的死法因之错误地变成了同一种死法。

（4）由于删改文字，出现了移花接木、张冠李戴的错误。

例 1，繁本第 40 回"白龙庙英雄小聚义"，张顺、张横、李俊引着众人赶来，宋江迎出庙前：

张顺见了宋江，喜从天降。

这里写得很明白，感到"喜从天降"的是张顺，不是宋江。张顺感到"喜从天降"的原因，则是意外地发现宋江已被梁山好汉救出牢外。然而在映雪草堂刊本卷 10，删改者竟粗心大意地删去"张顺见了"，文字因而成为："宋江喜从天降"，不仅宾语无端顶替主语，还有乖人情。

例 2，繁本第 42 回，宋江被晁盖等人从还道村救上梁山泊后：

宋江问道："老父何在？"晁盖便叫："请宋太公出来。"不多时，铁扇子宋清策着一乘山轿，抬着宋太公出来。众人扶策下轿，上厅来。宋江见了，喜从天降，笑逐颜开。

其中宋清两句，到了映雪草堂刊本卷 10，竟被压缩为一句："宋清策着宋太公到来。"宋清所策，明明是山轿，却换成了他的父亲。这显然是在删节过程中未暇思考而发生的舛误。

例 3，映雪草堂刊本卷 14，呼延灼、韩滔、彭玘领兵征剿梁山泊，彭玘被捉：

宋江把鞭梢一指，急收转本部军马，退到山西下寨。

这段文字有几处破绽。

两军阵前，主帅"把鞭梢一指"，往往是向部下发出信号，指挥他们向前冲杀。现在紧接着"把鞭梢一指"之后的行动，反而是"急收转本部军马"，岂不南辕而北辙？此不可解者一。

我们知道，梁山泊军马是一支统一的武装队伍，这时正由宋江率领和指挥作战，并无"本部"与"非本部"之分。否则，宋江怎能仅仅"收转本部军马"，坐视那些"非本部"军马在战场上败北以至于覆灭？此不可解者二。

从上文来看，梁山泊军马正处于获胜的状态，乘胜追击乃是下一步理应采取的步骤。为什么坐视失去扩大战果的良机？宋江作为梁山泊军马的统帅，难道他竟是这样的庸才？此不可解者三。

而这三点不可解者在繁本第55回"呼延灼摆布连环马"中全部属于可解者。不可解的造成，是由于繁本中的一些情节和文字的被删除。在彭玘被捉之后，繁本有下列情节：

a. 呼延灼为救彭玘，来与扈三娘交战，扈三娘败走。
b. 孙立迎住呼延灼厮杀，斗到三十余合未明白分胜败。
c. 韩滔率领军马，向前冲杀。
d. 宋江指挥兵士掩杀和夹攻，但被呼延灼用连环马敌住，无法进前。
e. 宋江鸣金收兵。
f. 呼延灼也退二十里下寨。
g. 宋江退到山西下寨。

可以看出，这些情节或者被删，或者被改。"宋江把鞭梢一指"紧接于c之后，原文说的是：

宋江只怕冲将过来，便把鞭梢一指，十个头领引了大小军士冲杀过去。背后四路军兵分作两路，夹攻拢来。

而"急收转本部军马"的是呼延灼，不是宋江。原文为：

呼延灼见了，急收转本部军马，各敌个住。

"本部军马"，用在呼延灼身上，完全通顺。因为呼延灼、韩滔、彭玘三人所率领的军马分别来自汝宁州、陈州、颍州三处。映雪草堂刊本错剪误接，把呼延灼的事安在宋江身上，结果就使情节和文字上暴露出明显的破绽。

例4，映雪草堂刊本卷29，穆弘假扮陈益，李俊假扮陈泰，打着纳粮献兵的旗号，渡江向润州进发，船到岸边，受到客帐司的盘问：

穆弘答道："小人陈益，兄弟陈泰。父亲陈观，特遣某弟兄献纳白米五万石、船三百只。前日枢密相公使来的虞侯如今见在何处？"穆弘道："虞侯和吴成各染时疫，尚在庄上养病，不能前来。今将关防文书在此呈上。"

文中有两点值得注意。

第一，在"穆弘答道"之后，接连又是一个"穆弘道"，句法特别。

第二，"虞侯……呈上"数句，系对"前日……何处"一句的答语，穆弘自问自答，十分古怪。

查繁本第91回或第111回，发现"前日……何处"一句乃客帐司所问，原来是映雪草堂刊本删去"客帐司道"四字，遂使客帐司的问话变成了穆弘自己的问话。

(5) 由于删改而使一些文句出现了不通的现象。

例1，繁本第6回，鲁智深来到东京大相国寺，知客问他从何方来，他回答说：

小徒五台山来。本师真长老有书在此。着小僧来投上刹清大师长老处，讨个职事僧做。

"真长老"指鲁智深的师父、五台山文殊院住持智真，"清大师长老"指智真的师弟、大相国寺主持智清。在提到他们法名的时候，不说出"智"字，是为了表示鲁智深对他们的尊敬。"刹"为梵语"刹多罗"之省，寺庙的意思。"上刹"则是对大相国寺的敬称。映雪草堂刊本的删改者对此可能缺乏了解，竟把第三句"着小僧来投上刹清大师长老处"删改为："特来投上智清大师处。"以"智"易"刹"，而且生拉硬扯地把"投"和"上"搭配在一起了。

例2，繁本第18回"美髯公智稳插翅虎"，有一段作者的插叙：

原来朱仝有心要救晁盖，故意赚雷横去打前门。这雷横亦有心要救晁盖，以此争先要来打后门，却被朱仝说开了，只得去打他前门。

其中"这雷横亦有心要救晁盖"这一句本来是通顺的，在映雪草堂刊本卷5却变成了："这雷横亦有晁盖的心。"推测起来，删改者的本意大概要改为"亦有救晁盖的心"，不料一时疏忽，竟脱去了"救"字。

例3，映雪草堂刊本卷10，宋江到江州牢城营后，管营分派工作说：

  着他本营抄事。

此语费解。查繁本第37回，这句是"着他本营抄事房中做个抄事"。节省了五个字，反而使文义隐晦了。

例4，繁本第47回"扑天雕双修生死书"，祝彪曾用"结连反贼"一语斥责李应。映雪草堂刊本卷12却删去了"结"字。

例5，映雪草堂刊本卷19，御史大夫崔靖奏语中说：

  臣闻梁山泊上，旗书"替天行道"。

"旗书"二字显得生涩和勉强。繁本第73回作：

  臣闻梁山泊上，立一面大旗，上书"替天行道"四字。

这才是《水浒传》作者笔下的流利畅达的原文。

以上从五个方面举了二十个比较有代表性的例子，来说明映雪草堂刊本实际上是来源于繁本的删节本，而不会是繁本的底本或祖本。

确认了映雪草堂刊本是一种删节本之后，我们将进一步探索它所依据的底本究竟是哪一种繁本。由于篇幅的限制，这个任务只有留待另一篇文章来完成了。

谈《水浒传》映雪草堂刊本的底本

一　前言

"映雪草堂刊本"这个简称，指的是现藏于日本东京大学图书馆的《水浒全传》30卷。有的学者曾称它为"五湖老人序本"，或"三十卷本"，我觉得不如"映雪草堂刊本"来得合适和准确，可以躲掉重复，避开误解[①]。

从版本的性质上说，映雪草堂刊本是一种简本，又是一种删节本[②]。在确认了这两点以后，本文准备进一步讨论它的底本问题，探索它所依据的底本究竟是哪一种繁本。

所谓底本问题，在我看来，实际上至少存在着两种可能性。第一种可能性，底本即现存繁本中的一种，映雪草堂刊本以它为依据，直接在上面进行了删改。第二种可能性，现存繁本中的一种并非映雪草堂刊本的底本，但它和映雪草堂刊本都来源于一个共同的底本，而这个底本今天又没有保存和流传下来。为了行文的方便，同时也是为了不使问题过分地复杂化，我在这里姑且对这种可能性不再加以区分。下文论述底本问题时，既含有专指其中一种可能性的意思，也含有兼指两种可能性的意思。这是必须预先申明的。

《水浒传》的繁本，基本上可以分为两大系统。容与堂100回《李卓吾先生批评忠义水浒传》、天都外臣序本100回《忠义水浒传》等组成了一个系统，袁

[①] 参阅拙文《谈〈水浒传〉映雪草堂刊本的概况、序文和标目》，载《水浒争鸣》第3辑，长江文艺出版社，1984。

[②] 参阅拙文《〈水浒传〉映雪草堂刊本——简本和删节本》，载《水浒争鸣》第4辑，长江文艺出版社，1984。

无涯刊本120回《新镌李氏藏本忠义水浒全传》、芥子园刊本100回《李卓吾批评忠义水浒传》等组成了另一个系统。贯华堂刊本《第五才子书施耐庵水浒传》则是从后一系统中嬗变而来的。本文准备首先选取贯华堂刊本和袁无涯刊本作为比较的对象，具体论证它们是或不是映雪草堂刊本的底本。至于芥子园刊本，正文和袁无涯刊本相近，而时代比袁无涯刊本晚，可以略而不论。

二　底本不是贯华堂刊本

在映雪草堂刊本卷首的标目中，起首第一行刻着"金圣叹评水浒全传"八个字。这就不禁使人产生了猜测：映雪草堂刊本会不会是以贯华堂刊本为底本呢？

不是的。映雪草堂刊本的底本不可能是贯华堂刊本。我在另一篇论文中已经指出：

> 金圣叹的人名被平白无故地安置在刺目的地位，正像扉页上的"李卓吾先生评"一样，无非是刊行者的生意经。他的大名的被借用仅仅起到装门面、壮声势的作用，书中的那些评语其实是和他毫不相干的……
>
> 标目有相对的独立性，和正文相比，它极有可能是后添的……
>
> 同样的道理，"金圣叹评水浒全传"这一行文字，和标目本身相比，它更有可能是后添的。

所以，出现了"金圣叹评"的字样，并不足以证明映雪草堂刊本的底本是贯华堂刊本。

贯华堂刊本的许许多多被修改过的独异的文字，以及一些被修改过的独异的情节，在映雪草堂刊本上统统见不到。例子甚多，无烦缕举。贯华堂刊本的故事情节结束在"忠义堂石碣受天文，梁山泊英雄派座次"这一回上。自"柴进簪花入禁苑，李逵元夜闹东京"起，直到征辽、征田虎、征王庆、征方腊，所以这些故事情节，已被金圣叹悉数"腰斩"，而以全本为号召的映雪草堂刊本，却把它们网罗无遗。这都构成了映雪草堂刊本和贯华堂刊本之间的一道显眼的分界线。因此，我们不难得出这样的结论：在《水浒传》版本演变史上，它们没有直接的继承关系。

三 底本不是袁无涯刊本

我在另一篇论文中已经指出，映雪草堂刊本卷 1 至卷 21 的标目最接近于袁无涯刊本的回目，卷 22 的标目是以袁无涯刊本的回目为依据的，卷 29、卷 30 的标目所依据的很可能是袁无涯刊本的回目[①]。仅从标目来看，映雪草堂刊本和袁无涯刊本的关系可以说得上是相当亲密的。这又使人产生了另一个猜测：映雪草堂刊本会不会是以袁无涯刊本为底本的呢？

有的学者对这个问题做出了肯定的回答。例如日本天理大学教授大内田三郎在《水浒传版本考——关于文杏堂批评水浒传三十卷本》一文[②]中认为，"三十卷本（按：即映雪草堂刊本）和一百二十回本（按：即袁无涯刊本）有较多的共通部分"，并得出结论说："它是以一百二十回本为底本而形成的版本"。他还列表说明"三十卷本"、"一百二十回本"、"一百回本"、"一百十五回本"四者在成书过程中的关系：

$$100回本 \begin{cases} 120回本 — 30卷本 \\ 115回本 \end{cases}$$

我的看法却是相反的。我认为，判断袁无涯刊本是不是映雪草堂刊本的底本，应该以考察正文为主。而从正文的比勘来看，袁无涯刊本不是映雪草堂刊本的底本。尽管在"移置阎婆事"上，在征田虎、征王庆的故事情节和文字描写上，映雪草堂刊本和袁无涯刊本是基本上一致的，仍不足以使我们把袁无涯刊本看作是映雪草堂刊本的底本。适得其反，更多的例句、更普遍的情况、更坚实的证据，提供了完全相反的结论。

这可以分作五个方面来谈。

第一，在映雪草堂刊本和袁无涯刊本之间，在一般的描写文字上，个别字词不同的情况极多。可以随手举出不少的例子。试选取 22 个例子，列成简表，加以对照：

[①] 《谈〈水浒传〉映雪草堂刊本的概况、序文和标目》。
[②] 《天理大学学报》（学术研究会志）第 30 卷第 5 号（1979 年 3 月）。

映雪草堂刊本	袁无涯刊本
1卷　四边并无别物	1回　四边并无一物
1卷　路上	2回　途中
1卷　从小不务农业	2回　从小不负农业
6卷　把头掠一掠	21回　把手掠一掠云鬓
6卷　不把盏便怎地了我	21回　不把盏便怎地
6卷　前日	21回　昨日
10卷　名又不成，功又不就	39回　名又不成，利又不就
11卷　皆是二公之德也	44回　皆是晁、宋二兄之德
12卷　敢是锁镴镘了	49回　敢是锁镴锈了
13卷　出身不得	51回　出头不得
14卷　三四百水军	55回　四五十水军
20卷　搅海翻江冲白浪	80回　搅海翻江冲巨浪
22卷　却是辽国洞仙侍郎字董相公	83回　却是辽国洞仙侍郎
22卷　日费何止千万	85回　日费浩繁
22卷　羽檄飞报	86回　火速飞报
29卷　请问丈丈	110回　请问老丈
29卷　打角	111回　打叠
29卷　破大金兀术四太子	112回　大破金兀术四太子
29卷　混江龙李俊的便是	113回　我是混江龙李俊
29卷　主公	114回　主帅
29卷　走不得飞檐走壁的路	118回　做不得飞檐走壁的事
29卷　抗拒者斩首全家	119回　抗拒者全家斩首

仅仅列举映雪草堂刊本和袁无涯刊本正文中个别文词的不同，来论证后者不是前者的底本，或许还存在不足为凭的嫌疑。因为它没有排除掉这样一种可能性：映雪草堂刊本改动了袁无涯刊本的个别文辞。

必须着重指出，上面列举的映雪草堂刊本和袁无涯刊本不同的文辞，都和容与堂刊本相同。例如，映雪草堂刊本："四边并无别物"，容与堂刊本同袁无涯刊本："四边并无一物"。这类例子可以举出不少。因此，映雪草堂刊本的这些异文显然不是改动袁无涯刊本的结果，它们自有版本的依据。

第二，映雪草堂刊本和袁无涯刊本的一些专用名词常有异文。

人名，例如映雪草堂刊本卷 12，乔装改扮捉拿李应时，假扮都头的有"张横"，袁无涯刊本第 50 回却作"张顺"。又如方腊部下有一个镇守宣州经略使，在映雪草堂刊本卷 29 是"家余庆"，在袁无涯刊本第 120 回却是"家徐庆"。

地名，例如映雪草堂刊本卷 18 "取路哄入封赠门来"，这个东京城门的名称，在袁无涯刊本第 72 回却作"封丘门"。

交通工具名，例如袁无涯刊本第 44 回，李逵中计被捉，士兵押解上路，"后面李都头坐在马上"。李云所坐的"马"，在映雪草堂刊本卷 11 却作"兜轿儿"。

兵器名，有两个突出的例子，都见于映雪草堂刊本卷 12 和袁无涯刊本第 48 回。一例为欧鹏的兵器，映雪草堂刊本说他"刀法精熟"，袁无涯刊本不同，说他"枪法精熟"，而且还有"挺枪"、"使得好一条铁枪"的描写。另一例为邓飞的兵器，映雪草堂刊本说是"铁枪"，袁无涯刊本说是"铁链"。容与堂刊本、天都外臣序本，与映雪草堂刊本同。查第 44 回邓飞登场时，杨林曾在戴宗面前称赞邓飞说："能使一条铁链，人皆近他不得。"此语在繁本（包括袁无涯刊本在内）均无异文。不知容与堂刊本、天都外臣序本和映雪草堂刊本何以在二打祝家庄时让他换使了另一种兵器？

其他的专用名词，还可以举出映雪草堂刊本卷 1 的"海捕文书"。袁无涯刊本第 3 回作"广捕文书"；映雪草堂刊本卷 29 的"评话"，袁无涯刊本第 110 回作"平话"，等等。这也同样明晰地显示了它们在版本系统的殊异。

此外，在映雪草堂刊本卷 22 和卷 20，即征辽部分和全书结尾部分，凡正文作"大辽狼主"、"大辽国主"、"大辽"、"大辽军"之处，袁无涯刊本均作"辽国狼主"、"狼主"、"辽主"、"辽国"、"辽军"。属于这样的例子，至少有二十余个。从这里可以归纳出一条规律：对辽国，映雪草堂刊本称呼"大辽"，袁无涯刊本则称呼"辽国"或"辽"。两本截然不同，壁垒分明，毫厘不爽。

第三，有许多文字，在映雪草堂刊本和袁无涯刊本中，整句不同，有时甚至句式也不同。试选取 14 个例子，列成简表，以资比较。

映雪草堂刊本		袁无涯刊本	
1 卷	不敢捉他	1 回	禁他不得
7 卷	安身不得	24 回	过意不去
8 卷	月却明亮，照耀如同白日	31 回	此时却有些月光明亮
10 卷	因此特教下官堤备	39 回	因此嘱付下官紧守地方

续表

	映雪草堂刊本		袁无涯刊本
10 卷	北幽南至睦，两处见奇功	42 回	外夷及内寇，几处见奇功
20 卷	生擒杨戬与高俅，扫荡中原四百州	80 回	帮闲得志一高俅，漫领三军水上游
21 卷	事不由己，当守法律	83 回	所管寸步也由我不得
22 卷	辽兵折了二员大将昧心中惧怯	84 回	辽兵大败
22 卷	渔阳突骑，上谷雄兵	85 回	好兵好将，强人壮马
22 卷	不留一个	89 回	七损八伤
22 卷	伏愿今上天子万岁万万岁，皇后齐眉，太子千秋，金枝茂盛，万民乐业	90 回	伏愿皇上圣寿齐天，玉叶光辉，文武官僚同增禄位
29 卷	仍设三省、六部、台院的官	110 回	独霸一方
30 卷	宋江教把鲁智深衣钵并朝廷赏赐出来，俵散众僧	119 回	宋江自取出金帛，俵散众僧
30 卷	情愿去将官诰纳，不求富贵不求荣。身边自有君王赦，淡饭黄齑过此生	119 回	雁序分飞自可惊，纳还诰纳不求荣。身边自有君王赦，洒脱风尘过此生

从表内所列的几个例子来看，映雪草堂刊本的文字都和容与堂刊本的文字完全相同或大体相同，而和袁无涯刊本的文字不同。

特别引人注目的是，几处关于故事情节中征辽、征田虎、征王庆、征方腊四个部分的提法，映雪草堂刊本和袁无涯刊本有显而易见的区分。例如，映雪草堂刊本卷10或容与堂刊本第42回，九天玄女娘娘赠给宋江"四句天言"：

遇宿重重喜，逢高不是凶。北幽南至睦，两处见奇功。

这里包含着对后事的预言。三、四两句，指征辽及征方腊"两处"的故事，概括了容与堂刊本第82回之后的内容。袁无涯刊本比容与堂刊本多出了二十回的征田虎、征王庆的故事情节，因此自然不能仅仅点出"幽"、"睦"、"两处"，而要将三、四两句改为"外夷及内寇，几处见奇功"，以求把征田虎、征王庆的内容也增添进去。又如，映雪草堂刊本卷30或容与堂刊本第99回卢俊义对燕青所说"北破辽兵，南征方腊"，映雪草堂刊本卷30或容与堂刊本第100回宋徽宗所说"破大辽，收方腊"，宋江对宋徽宗所奏"北退辽兵"，东擒方腊，在袁无涯刊本第119回、第120回分别是"俺兄弟们身经百战"、"征讨四方贼寇"、"先退辽兵，次平三寇"。甚至宋江的职衔，也由映雪草堂刊本卷29、容与堂刊本第90回的"破辽得胜宋先锋"改称为袁无涯刊本第110回的"征西得胜宋先锋"。袁无涯刊本的改动，显然是为了适应征田虎、征王庆两部分的插增。这些不同，正是容与堂刊本和袁无涯刊本不属于同一版本系统的重要标识。而在这一点上，恰恰证明了袁无涯刊本不是映雪草堂刊本的底本。

第四，映雪草堂刊本的许多文句为袁无涯刊本所无。

属于作者交代和叙述故事情节的，例如映雪草堂刊本卷7武松和兄嫂同桌吃酒，"亦不想那妇人一片引人的心"；卷9刘高见花荣带领军汉来到厅前，"花荣见势头不好"；卷11李逵把李鬼尸首拖放屋下，放了把火，"那草屋被风一扇，都烧没了"；卷11戴宗、杨林寻问公孙胜两日，不知下落，准备回去，"要便再来寻访"；卷15宋江等人假扮宿太尉以及随从人等，只听号起行事，"戴宗扮做承局，先去报知"；卷20宋江三败高太尉，周昂、王焕不敢恋战，拖了枪斧，"拨回马，也随项元镇、张开"，夺路而走；卷21宋江奉诏破辽，还山后，祭晁盖，焚化灵牌，"做个会众的筵席管待众将"；卷29正旦节，"天子设朝"；卷29郑彪使用妖法，周遭都是金甲大汉，团团围住，"宋江伏地受死"；卷30柴进推称风疾病患，"不堪为官"——这些引文都不见于袁无涯刊本的第24回、第33回、第43回、第44回、第59回、第80回、第83回、第110回、第117回、第120回。

属于书中人物语言的，有些文句为袁无涯刊本所无。

例如映雪草堂刊本卷4，阮小二向吴用介绍梁山泊的好汉："这伙人都是有本事的"；卷8，武松对酒店主人大叫："偏我不还你钱"；卷10，戴宗和众做公的回复蔡九知府："全无正性"；卷10，朱贵笑对戴宗说："便有利害"；卷14，汤隆对众头领说："现在东京做金枪班教师"；卷14，孔亮对宋江说："万望师父见先父之面，垂救性命，生死不敢忘恩"；卷17，赵鼎奏语："前差蒲东关胜领兵进剿，收捕不得，反至失陷"；卷18，茶博士回答宋江："间壁便是赵元奴家"；卷21，众头领商议，燕青说："亦且容易"；卷22，欧阳侍郎对说："乃小事耳"；卷29，宿太尉听了宋江之语，大喜说："为国为民"——以上文句，在袁无涯刊本第15回、第32回、第39回、第56回、第58回、第67回、第72回、第81回、第85回、第110回中，踪影全无。

还有一些常见的谚语或以对偶句组成的套语，为袁无涯刊本所无。

例如映雪草堂刊本卷6，宋江、宋清兄弟二人离家赴沧州的路上，"饥餐渴饮，夜住晓行"；卷7，西门庆和潘金莲吃罢茶，"自古风流茶说合，酒是色媒人"；卷8，"遮莫酸咸苦涩"的下句"问甚滑辣清香"；卷18，李师师陪宋江、柴进、戴宗、燕青饮茶，"细欺雀舌，香胜龙涎"；卷29，方腊从帮源洞山顶逃走，"忙忙似丧家之狗，急急如漏网之鱼"。它们同样也没有出现在袁无涯刊本的第22回、第24回、第29回、第72回、第119回中。

第五，也有个别的地方，所特有的文句为映雪草堂刊本所无。

例如，映雪草堂刊本卷20，吴用调兵遣将，准备迎敌高俅的水军："却叫时迁、段景住接应。"容与堂刊本"叫"作"教"，其余全同。但袁无涯刊本却作"却叫时迁、段景住相帮，再用张清引军接应，方保万全"。不仅多出了十二个字，意思也随着有了改变。

又如，映雪草堂刊本卷29，叙述方腊起义的原因，说他"原是歙州樵夫，因去溪边净手，水中照见头戴平天冠，身穿衮龙袍，便向人道有天子之分，因而造反"。最后一句"因而造反"，说得比较抽象，把他的造反归结为主观的原因，而袁无涯刊本第110回作：

因朱勔在吴中征取花石纲，百姓大怨，人人思乱，方腊乘机造反。

袁无涯刊本添加了客观的原因，道出了封建社会普遍存在的"乱由上作"的真相。这一点表明了两个版本的重要的不同。

这些例证，在在都向我们指出了这样的事实：映雪草堂刊本和袁无涯刊本在文字上有着一系列比较突出的、比较重要的不同，从而也就向我们提供了这样的结论：袁无涯刊本不是映雪草堂刊本的底本。

四　底本不是天都外臣序本，而是容与堂刊本

上文已提出较多的例证，并对它们进行了考察，确认映雪草堂刊本的底本既不是贯华堂刊本，也不是袁无涯刊本。这意味着，映雪草堂刊本的底本同样不会是芥子园刊本，乃至一切和袁无涯刊本属于同一系统的繁本。从另一方面说，这还意味着，映雪草堂刊本的底本是容与堂刊本、天都外臣序本，或者，和它们属于同一系统的繁本。上文所举大量的例子，凡映雪草堂刊本和袁无涯刊本不一致的地方，都和容与堂刊本、天都外臣序本完全一致或基

本一致，就是极有说服力的明证。

映雪草堂刊本的底本是属于容与堂刊本、天都外臣序本系统的版本。这一点是不容置疑的。但一个系统之内，版本可以有几种之多。问题在于，映雪草堂刊本的底本究竟是这一系统中的何种版本？

譬如说，首先是不是天都外臣序本呢？

当我们进一步把天都外臣序本、容与堂刊本和映雪草堂刊本三者放在一起，逐字逐句地进行校勘之后，发现映雪草堂刊本的底本是容与堂刊本，而不是天都外臣序本。尽管它们属于同一版本系统，但从种种情况看来，在正文上，还是有所歧异的。这些歧异形成了它们之间的明显的区别。这就为探讨它们是或不是映雪草堂刊本的底本问题提供了判断的依据。

试列举五个方面的例子来说明。

第一，容与堂刊本的错字，映雪草堂刊本沿误，而天都外臣序本不误。

例如，映雪草堂刊本卷5，宋江和何涛一同进入衙门：

　　正直知县时文彬在厅上发落事务。

"正直"应作"正值"。"直"、"值"二字在古时是通用的，但在白话通俗小说《水浒传》里，此处应作"值"字。容与堂刊本第18回作"直"，与映雪草堂刊本同。天都外臣序本作"值"，与两本均异。

第二，天都外臣序本的错字，容与堂刊本和映雪草堂刊本均不误。

例如，天都外臣序本第93回，李俊从江阴来到苏州城外，宋江询问沿海消息，李俊答道：

　　自从拨领水军，一同石秀等杀至江阴、太仓、盐海等处……

"盐海"显系"沿海"之误。容与堂刊本正作"沿海"。映雪草堂刊本卷29同。

又如，天都外臣序本同回，李俊和费保等人设计俘获杭州来的官船：

　　当夜星月满天，那十只官船都湾在江东龙王庙前。费保船先到。忽起一声号哨，六七十只鱼船一齐拢来，各自帮助大船。

"帮助"二字费解。细察文义，知乃"帮住"之误。容与堂刊本正作"帮住"。映雪草堂刊本卷29同。

第三，映雪草堂刊本异于天都外臣序本，同于容与堂刊本、袁无涯刊本。例如，映雪草堂刊本卷1，鲁达、史进在渭州相遇，鲁达对史进说：

你且和我上街去吃杯酒。

容与堂刊本第3回、袁无涯刊本并同。而天都外臣序本"你"、"我"对调，作："俺且和你上街去杯酒。"

又如，容与堂刊本第5回，鲁智深离开桃花山后：

约莫走了五六十里多路，肚里又饥，路上又没个打火处。

数字有异文。"五六十里"，映雪草堂刊本卷2、袁无涯刊本并同，而天都外臣序本作"五七十里"。

再如，天都外臣序本第91回，张顺一刀把吴成剁下水里去了：

船尾上装了梢，一径摇到瓜洲。

"梢"，容与堂刊本、映雪草堂刊本卷29、袁无涯刊本第111回均作"橹"。

第四，映雪草堂刊本同于容与堂刊本，异于天都外臣序本、袁无涯刊本，而天都外臣序本和袁无涯刊本各自相异。

例如，天都外臣序本第5回"小霸王醉入销金帐"，周通挨了鲁智深一顿打，逃出门，跳上马：

把马打上两柳条，扑喇喇地驮了大王上山去。

"扑喇喇"，袁无涯刊本作"拨喇喇"，容与堂刊本作"不喇喇"，映雪草堂刊本同。

又如，天都外臣序本第20回"郓城县月夜走刘唐"，宋江对刘唐说：

今夜月色必然明朗，你便可回山寨去，莫在此置阁。

"置阁"，袁无涯刊本作"停阁"，容与堂刊本作"担阁"，映雪草堂刊本卷6同。

第五，映雪草堂刊本同于容与堂刊本，异于天都外臣序本、袁无涯刊本，而天都外臣序本和袁无涯刊本各自相同。

最突出的例子是关于关胜结局的叙述。作为《水浒传》中的重要人物之一，关于他的结局，现存的《水浒传》版本竟有两种不同的说法。一说他遇害而死，一说他病故。这不能不被视为版本演变中的一个重要的现象。映雪草堂刊本卷30，在交代了戴宗、阮小七、柴进、李应等人的结局之后，提到关胜：

> 后来刘豫欲降兀术，关胜执意不从，竟为所害。

容与堂刊本第100回同。而天都外臣序本作：

> 一日操练军马回来，因大醉失脚落马，得病身亡。

袁无涯刊本第120回同。
其他的例子，还有：
天都外臣序本第73回有三处提到了四柳村的地名：

> 且说李逵和燕青两个，在路行到一个去处，地名唤做四柳村。
> 且说李逵和燕青离了四柳村，依前上路。
> 正来到四柳村狄太公庄上，他去做法官捉鬼。

"四柳村"三个字，三处一致而无异文。袁无涯刊本同。但容与堂刊本却有歧异，第一处、第三处作"四柳村"，第二处作"五柳村"；而映雪草堂刊本卷18，则三处俱作"五柳村"。

容与堂刊本第47回"宋公明一打祝家庄"，派石秀、杨林去探听路途曲折，石秀问杨林："我们扮做什么样人入去好？"杨林说：

> 我自打扮了解魇的法师去。

"解魇"，映雪草堂刊本卷12、天都外臣序本、袁无涯刊本均作"解魔"。
天都外臣序本引首有"西岳华山"四字，袁无涯刊本同；映雪草堂刊本卷1和容与堂刊本均作"西岳华山"。
容与堂刊本第81回，燕青唱〔渔家傲〕一曲，其中有两句：

> 一别家乡音信杳，
> 想是当初莫要相逢好。

"家乡"和"想是"，映雪草堂刊本卷21同，天都外臣序本、袁无涯刊本均作"家山"和"想自"。

这方面的例子还很多，且再信手援引 10 个，如下：

例 1：映雪草堂刊本卷 2 "信步踏出山门外"——"踏"，容与堂刊本 4 回同，天都外臣序本、袁无涯刊本作"踱"。

例 2：映雪草堂刊本卷 5 "虐害百姓的脏官"——"脏官"，容与堂刊本 19 回同，天都外臣序本、袁无涯刊本作"贼官"。

例 3：映雪草堂刊本卷 6 "僻静"，容与堂刊本 20 回同，天都外臣序本、袁无涯刊本作"僻净"。

例 4：映雪草堂刊本卷 8 "蒋门神带了家小，不知去向"——"家小"，容与堂刊本 30 回同，天都外臣序本、袁无涯刊本作"老小"。

例 5：映雪草堂刊本卷 20 "都跳下水里去了"——"都"，容与堂刊本 80 回同，天都外臣序本、袁无涯刊本作"齐"。

例 6：映雪草堂刊本卷 22 "向大将宝密圣……等商议道"——"向"，容与堂刊本 84 回同，天都外臣序本、袁无涯刊本作"同"。

例 7：映雪草堂刊本卷 22 "锦衣力士"——"力士"，容与堂刊本 88 回同，天都外臣序本、袁无涯刊本作"卫士"。

例 8：映雪草堂刊本卷 29 "有何小径"——"何"，容与堂刊本 98 回同，天都外臣序本 98 回、袁无涯刊本 118 回作"所"。

例 9：映雪草堂刊本卷 30 "张口弄舌"，容与堂刊本 100 回同，天都外臣序本、袁无涯刊本 120 回作"片口张舌"。

例 10：映雪草堂刊本卷 30 "于我何幸"——"于我"，容与堂刊本 100 回同，天都外臣序本、袁无涯刊本 120 回作"得罪"。

以上共举了五类例子，有的是个别字词不同，有的是整句不同，甚至是故事情节不同，无不表明了这样的现象：凡天都外臣序本和容与堂刊本歧异的地方，映雪草堂刊本都同于容与堂刊本，异于天都外臣序本。这无疑证明了映雪草堂刊本的底本是容与堂刊本，而不是天都外臣序本。

五　底本是容与堂刊本甲本，还是乙本？

我们知道，容与堂刊本存世者不止一种。据目前所知，至少有四种：

（1）国家图书馆藏本

（2）北京大学藏本
（3）中国社会科学院文学研究所藏本
（4）日本内阁文库藏本

孙楷第《中国通俗小说书目》仅仅著录了日本内阁文库藏本，以及国家图书馆所藏的另一容与堂刊本的残本①。完整的国家图书馆藏本，现有中华书局上海编辑所1965年影印本和上海人民出版社1973年翻印本。日本内阁文库藏本，在国内有照片；我用的是周绍良先生1954～1955年所做的校录本②。北京大学藏本，未见，情况不详。中国社会科学院文学研究所藏本接近于日本内阁文库藏本③。

大体上说来，容与堂刊本存世者可以分为甲本和乙本两类。甲本为国家图书馆藏本；乙本为日本内阁文库藏本、中国社会科学院文学研究所藏本。根据我的初步研究，甲本为初刻本，乙本为复刊本；甲本和乙本，在文字上有所歧异④。

而从甲本、乙本的歧异，正好可以看出映雪草堂刊本的底本的归属。

容与堂刊本甲本第98回，史进、石秀等六人被庞万春和他的部下射死后，卢俊义对朱武说：

宋公兄长特分许多将校与我。

天都外臣序本同。"宋公兄长"的称呼比较特别。又是"公"，又是"兄长"，叠床架屋，非常累赘。在全书，卢俊义称宋江为"兄长"有之，称宋江为"公"则罕见。此四字，乙本改称"宋公明兄长"，袁无涯刊本第118回、芥子园刊本同。而映雪草堂刊本卷29此句作：

宋公明分许多将校与我。

增加"明"字，恰恰同于容与堂刊本乙本。

时迁的绰号，初次出现于第46回。容与堂刊本甲本作"鼓上蟁"，天都外臣序本同；袁无涯刊本、芥子园刊本作"鼓上皁"，容与堂刊本乙本、贯华

---

① 《中国通俗小说书目》，人民文学出版社，1982年12月卷6，第212页。
② 校录本，承周绍良惠借，谨在这里向他表示感谢。
③ 两者是否为同一版本，尚有待于对校和研究。
④ 关于容与堂刊本的版本问题，我将另撰专文加以探讨。

堂刊本作"鼓上蚤"。"蜇"、"蚤"本为一个字的不同写法。映雪草堂刊本卷11作"蚤"，而不作"蜇"。

同回，当杨雄、石秀在翠屏山杀死潘巧云，正待离开时，时迁从松树后面走出来，容与堂刊本甲本：

> 当时杨雄喝道，便问时迁："你说什么？"

天都外臣序本同。既已"喝道"，再来一句"便问"，岂不重复？于是出现了两种改法。容与堂刊本乙本删去"便问"二字：

> 当时杨雄喝道："时迁，你说什么？"

袁无涯刊本、芥子园刊本、贯华堂刊本则删去"喝道"二字，改为：

> 当时杨雄便问时迁："你如何在这里？"

映雪草堂刊本卷11同于容与堂刊本乙本，唯已删去句首的"当时"二字。

段景住的须发，在第60回有所描绘。天都外臣序本作"赤发黄须"，袁无涯刊本、芥子园刊本并同。按：下文"有诗为证"，首句云：

> 焦黄头发髭须卷。

黄发卷须和赤发黄须，两处发生了龃龉。尤其是头发，一黄一赤，颜色分明。容与堂刊本甲本改"须"为"发"，"赤发黄发"，矛盾依然存在。到了容与堂刊本乙本，调整为"赤须黄发"，问题方告解决。映雪草堂刊本卷15独同于容与堂刊本乙本。

容与堂刊本甲本第30回，武松刺配恩州，和两个公人上路：

> 行不数十里之上……

天都外臣序本同。用了个"不"字，下面却紧跟着庞大的数字"数十里"，搭配欠妥。袁无涯刊本、芥子园刊本、贯华堂刊本改为"行不到数里之上"，容与堂刊本乙本则改为"行不上数里之路"，都消除了原先的语病。映雪草堂刊本卷8独同于容与堂刊本乙本。

第30回，"血溅鸳鸯楼"，武松劈倒了张都监夫人，上前按住，容与堂刊本甲本：

> 将去割时，刀切偶不入。

天都外臣序本、袁无涯刊本、芥子园刊本并同。唯独容与堂刊本乙本作"将刀去割头时，却切不入"，文字稍觉顺畅些，而映雪草堂刊本卷8正同于容与堂刊本乙本。

容与堂刊本甲本第41回，"张顺活捉黄文炳"，黄文炳急于逃命，望江里踊身便跳，水下早钻过一个人，把黄文炳：

> 匹腰抱住，拦头揪起。

天都外臣序本同。袁无涯刊本亦同，唯"匹"作"劈"。容与堂刊本乙本却"匹"、"拦"互易位置，作：

> 拦腰抱住，匹头揪起。

而映雪草堂刊本卷10同于容与堂刊本乙本，唯"匹"作"劈"。

这些例子无不证明了映雪草堂刊本的底本是容与堂刊本乙本，而不是容与堂刊本甲本。

六　再举五十一例

在映雪草堂刊本里，类似这样的例子是普遍地存在的。试再举出51例：

例1，映雪草堂刊本卷2："一张桌子"——"张"，容与堂刊本乙本第6回同，容与堂刊本甲本作"条"。

例2，映雪草堂刊本卷3："殿上坐着一尊金甲山神"，容与堂刊本乙本第10回同，容与堂刊本甲本作"殿上做着一尊山神"。

例3，映雪草堂刊本卷3："就壁缝里张时"——"张"，容与堂刊本乙本第10回同，容与堂刊本甲本作"看"。

例4，映雪草堂刊本卷4："勃剌剌地风团儿也这般走"——"剌剌"，容与堂刊本乙本第13回同，容与堂刊本甲本作"渊渊"；"这"，容与堂刊本乙本第13回同，容与堂刊本甲本作"似"。

例5，映雪草堂刊本卷4："巡绰"，容与堂刊本乙本第13回同，容与堂刊本甲本作"巡察"。

例6，映雪草堂刊本卷4："都是一般父娘的皮肉"——"娘的"，容与堂刊本乙本第16回同，容与堂刊本甲本作"母"。

例7，映雪草堂刊本卷4："你颠倒问我，我等是小本经纪"——"我，我"，容与堂刊本乙本第16回同，容与堂刊本甲本作"我"。

例8，映雪草堂刊本卷5："我也搠他三二十个透明的窟衕"——"窟衕"，容与堂刊本乙本第19回同，容与堂刊本甲本作"窟窿"。

例9，映雪草堂刊本卷5："吴用就血泊里拽过一把交椅来"——"一把"，容与堂刊本乙本第19回同，容与堂刊本甲本作"头把"。

例10，映雪草堂刊本卷6："与我拽上了门"——"了"，容与堂刊本乙本第21回同，容与堂刊本甲本无。

例11，映雪草堂刊本卷6："怒气直冲起来"——"直冲起来"，容与堂刊本乙本第21回同，容与堂刊本甲本作"直起"。

例12，映雪草堂刊本卷6："正好趁天未明时"——"正好"，容与堂刊本乙本第21回同，容与堂刊本甲本作"只好"。

例13，映雪草堂刊本卷6："昏晕"，容与堂刊本乙本第21回同，容与堂刊本甲本作"昏撒"。

例14，映雪草堂刊本卷6："吃癞子碗"——"子"，容与堂刊本乙本第22回同，容与堂刊本甲本无。

例15，映雪草堂刊本卷6："昏晕"，容与堂刊本乙本第23回同，容与堂刊本甲本作"昏沉"。

例16，映雪草堂刊本卷7："大踏步"，容与堂刊本乙本第23回同，容与堂刊本甲本作"大着步"。

例17，映雪草堂刊本卷7："那两个人道"——"两"，容与堂刊本乙本第23回同，容与堂刊本甲本无。

例18，映雪草堂刊本卷7："我近来娶得一个老小"——"娶"，容与堂刊本乙本第24回同，容与堂刊本甲本作"取"。

例19，映雪草堂刊本卷7："紫胀了面皮"——"胀"，容与堂刊本乙本第24回同，容与堂刊本甲本作"溢"。

例20，映雪草堂刊本卷7："便把这丧门关了"——"这"，容与堂刊本乙本第24回同，容与堂刊本甲本作"着"。

例 21，映雪草堂刊本卷 7："阿也气闷"——"阿"，容与堂刊本乙本第 25 回同，容与堂刊本甲本作"我"。

例 22，映雪草堂刊本卷 7："喘急了一回"——"急"，容与堂刊本乙本第 25 回同，容与堂刊本甲本作"息"。

例 23，映雪草堂刊本卷 7："不敢抵死问他"——"抵"，容与堂刊本乙本第 25 回同，容与堂刊本甲本无。

例 24，映雪草堂刊本卷 7："卷起双袖"——"卷"，容与堂刊本乙本第 26 回同，容与堂刊本甲本作"捋"。

例 25，映雪草堂刊本卷 7："把那妇人头望西门庆脸上打将去"——"打"，容与堂刊本乙本第 26 回同，容与堂刊本甲本作"掼"。

例 26，映雪草堂刊本卷 8："便把些蒙汗药结果了"，容与堂刊本乙本第 27 回作"便把些蒙汗药与他吃，结果了"，容与堂刊本甲本作"便把些蒙汗药吃了，便死"。

例 27，映雪草堂刊本卷 8："一刀一剐的勾当"——"剐"，容与堂刊本乙本第 28 回同，容与堂刊本甲本作"割"。

例 28，映雪草堂刊本卷 8："东潞州"，容与堂刊本乙本第 29 回同，容与堂刊本甲本作"东路州"。

例 29，映雪草堂刊本卷 8："大路上打倒他，好教众人笑一笑"，容与堂刊本乙本第 29 回同，容与堂刊本甲本作"大路上打倒他好看，教众人笑一笑"。

例 30，映雪草堂刊本卷 8："看看六十日限满"，容与堂刊本乙本第 30 回作"不来管，看看捱到六十日限满"，容与堂刊本甲本作"不来管看，捱到六十日限满"。

例 31，映雪草堂刊本卷 8："气忿忿地"——"气"，容与堂刊本乙本第 30 回同，容与堂刊本甲本作"恼"。

例 32，映雪草堂刊本卷 8："武松立住道"——"立"，容与堂刊本乙本第 30 回同，容与堂刊本甲本作"趄"。

例 33，映雪草堂刊本卷 8："只见三五枝画烛高烧"——"烧"，容与堂刊本乙本第 31 回同，容与堂刊本甲本作"明"。

例 34，映雪草堂刊本卷 9："推赶出去"——"赶"，容与堂刊本乙本第 33 回同，容与堂刊本甲本作"抢"。

例 35，映雪草堂刊本卷 9："安葬"，容与堂刊本乙本第 35 回同，容与堂刊本甲本作"迁葬"。

例 36，映雪草堂刊本卷 9："做汉出尖"——"做"，容与堂刊本乙本第 37 回同，容与堂刊本甲本作"好"。

例 37，映雪草堂刊本卷 9："一眯地"，容与堂刊本乙本第 37 回同，容与堂刊本甲本作"一昧地"。

例 38，映雪草堂刊本卷 10："宋江谢道：承贤弟指教"，容与堂刊本乙本第 39 回作"宋江感谢道：承贤弟指教"，容与堂刊本甲本作"宋江感道：谢贤弟指教"。

例 39，映雪草堂刊本卷 11："急急的到里正家里，里正说"，容与堂刊本乙本第 43 回同，容与堂刊本甲本作"急急的到李正家里，正说"。

例 40，映雪草堂刊本卷 11："我却有个道理救他"——"救"，容与堂刊本乙本第 43 回同，容与堂刊本甲本作"教"。

例 41，映雪草堂刊本卷 12："行不到二三里来"——"二三里来"，容与堂刊本乙本第 47 回同，容与堂刊本甲本作"二十来里"。

例 42，映雪草堂刊本卷 12："一行人奔出城去"，容与堂刊本乙本第 49 回作"这一行人先奔出城去"，容与堂刊本甲本作"行步的人先奔出城去"。

例 43，映雪草堂刊本卷 15："就打开库藏，取了禅杖、戒刀，将财帛装载上车"，容与堂刊本乙本第 59 回同，容与堂刊本甲本作"就打开库藏，取了财帛，装载上车"。

例 44，映雪草堂刊本卷 18："御边辐"——"辐"，容与堂刊本乙本第 71 回同，容与堂刊本甲本作"幅"。

例 45，映雪草堂刊本卷 18："辱没了太白学士"——"辱没"，容与堂刊本乙本第 72 回同，容与堂刊本甲本作"辱摸"。

例 46，映雪草堂刊本卷 20："缩做一团"，容与堂刊本乙本第 80 回同，容与堂刊本甲本作"做一快"。

例 47，映雪草堂刊本卷 22："四围尽是高山"，容与堂刊本乙本第 86 回同，容与堂刊本甲本作"尽是四围高山"。

例 48，映雪草堂刊本卷 29："一脚进得城去"——"脚"，容与堂刊本乙本第 95 回同，容与堂刊本甲本作"觉"。

例 49，映雪草堂刊本卷 29："引柴进去清溪大内朝见"——"朝见"，容与堂刊本乙本第 96 回同，容与堂刊本甲本作"朝觐"。

例 50，映雪草堂刊本卷 29："你们颠倒来欺负人"——"人"，容与堂刊本乙本第 99 回同，容与堂刊本甲本无。

例 51，映雪草堂刊本卷 30："不如及早恬退"，容与堂刊本乙本第 100 回同，容与堂刊本甲本作"不如闻早自省"。

总之，从无数的例证来看，容与堂刊本，尤其是容与堂刊本的乙本，乃是映雪草堂刊本的底本。这个结论基本上反映了映雪草堂刊本的客观真实情况。

《水浒传》无穷会藏本初论

一 问题的提起

《水浒传》无穷会藏本，对中国学者来说，一直是个谜。

早在六十年前，日本学者工藤篁已在《织田确斋氏旧藏中国小说之二三》一文①中披露和介绍了此书的概况。可惜的是，《水浒传》无穷会藏本不是他撰文介绍的重点，他仅仅对此书和林九兵卫刊本作了简略的比较，而没有涉及全书正文和批语的内容。

在中国国内，长期以来，此书不为人知。无论是孙楷第的《中国通俗小说书目》、《日本东京所见小说书目》，或是马蹄疾（陈宗棠）的《水浒书录》，都丝毫没有提到此书。

最早把《水浒传》无穷会藏本公开介绍给中国学者的是已故的范宁先生②。他先在论文《〈水浒传〉版本源流考》的末尾说：

> 至于日本无穷会收藏的一个百回不分卷的《李卓吾评点忠义水浒传》，第七十二回中御书屏上四大寇的名字没有出现田虎、王庆，作蓟北辽国，与杨定见《出像评点〈忠义水浒全传〉发凡》所说"郭武定本即旧本移置阎婆事，甚善；其于寇中去王、田而加辽国，犹是小家

---

① 工藤篁：《织田确斋氏旧藏中国小说之二三》，载《汉学会杂志》第6卷第2号（1938年7月20日）。按：此文介绍了八种小说：《锦绣衣》、《忠义水浒传》、《四巧说》、《双凤奇缘》、《封神演义》、《五色石》、《八洞天》、《樵史演义》。

② 范宁（1916～1997），中国社会科学院文学研究所研究员，古代小说研究专家。

照应之法"的那个本子，有人误解这句话，认为"征辽"乃郭勋所加写的，其实错了，杨定见这几句话就是芥子园本七十二回御书屏四大寇上方的眉批，意思是说有一个本子把御书屏上四大寇的名字去掉了王庆、田虎，这样虽然和百回本中没有田虎、王庆故事，互相配合照应，但这样改动只是"小家照应之法"。杨定见的话本来很清楚，由于这些板本不容易见到，以致有人发生误解。还有人在这个误解的情况下更进一步说整个《水浒传》是郭勋或郭勋门客所写，这就离开事实太远了。①

接着，他又在短文《东京所见两部〈水浒传〉》中对无穷会藏本作了专门的介绍：

> 这个本子的特点就是第七十二回中御书屏上四大寇作三大寇，去掉田虎、王庆，加上蓟北辽国。眉头有一批云："□□大寇□□□王庆□□田虎遂□□□究效□□□今改□□□大寇而□□北辽国。"可惜文字磨灭，不能卒读。但大意可猜出，即原有王庆和田虎，改为蓟北辽国，四大寇作三大寇。我在《水浒传版本原（源）流考》一文中说有人误解百二十回本的杨定见《发凡》中"其于寇中去王、田而加辽国，犹是小家照应之法"那句话，认为"征辽"是后加的。其实"发凡"这句话本是大涤余人本第七十二回御书屏句上的眉批，被杨定见移到前面"发凡"中，以致引起误解，今得见此本，则疑虑可以全消了。②

可惜他语焉不详，两次都仅仅提到了一个"三大寇"问题，而没有对无穷会藏本作全面的和比较详细的介绍。甚至他那篇短文所附的"七十二回御书屏上题字照像"也欠清晰，特别是该页的眉批一片模糊，更难以让人认识到无穷会藏本的真实面目。

范宁先生关于无穷会藏本"三大寇"问题的发现和报道十分重要。他的论文和短文有两大贡献。第一，他指出《忠义水浒全书发凡》③中的那段话是从大涤余人序本第72回的眉批上移植过来的；所谓"去王、田而加辽国"，不是指《水浒传》全书故事情节中的征王庆、征田虎、征辽三部分，而是指

---

① 范宁：《〈水浒传〉版本源流考》，载《中华文史论丛》1982年第4辑。
② 范宁：《东京所见两部〈水浒传〉》，载《明清小说研究》第1辑。
③ 《忠义水浒全书发凡》，载于袁无涯刊本卷首。

第72回皇宫屏风上的题字。第二，无穷会藏本第72回皇宫屏风上的题字，和其他版本不同，是"三大寇"，不是"四大寇"，正和"去王、田而加辽国"相符。

范宁先生论文的发表，引起了关心和研究《水浒传》版本的读者、学者们的很大的兴趣。特别是那个"三大寇"问题，更成为注意的焦点。"三大寇"之说，来源何在？无穷会藏本以及作"三大寇"而不作"四大寇"的那种《水浒传》版本是不是刊行于明代？它是不是早于袁无涯刊本等120回本，甚或早于天都外臣序本、容与堂刊本等100回本？换句话说，在《水浒传》最早的或较早的稿本或刊本中，究竟是"三大寇"，还是"四大寇"？——这些，无疑都是《水浒传》版本研究中的重大问题。于是，揭开无穷会藏本的神秘面纱，便成为许多人的迫切的愿望。

范宁先生生前曾对我说："那个无穷会藏本很特别，也很重要。你将来有机会到日本去，一定要去看一看。我那次太匆忙。你一定要深入地研究一下。"他的嘱咐，我一直铭记在心。《水浒传》版本问题是我的古代小说版本学研究的重点内容之一，无穷会藏本的那个"三大寇"问题尤其令我萦怀。

1998年10月访日时，在东京，曾到国会图书馆、东京大学东洋文化研究所等处看书。其间，为看《水浒传》无穷会藏本事，曾托日本学者代为联系。结果，被告知：无穷会的图书馆只有日曜日（星期日）才对外开放，阅览的时间也只限于四个小时（中午12时至下午4时）。因那次在日本停留时间太短，终于未能如愿。

1999年4月我受聘担任日本东北大学客座教授。这时，专门托请东京的友人森本泰行先生去和无穷会联系。在日本，很多人都不知道这个所谓的"无穷会"的存在；很多学者都没有到这个所谓的"无穷会"去看过书。森本泰行先生尽了很大的努力，才辗转打听到无穷会的电话和地址，并亲自驱车前去寻找。结果，他告诉我，无穷会并不在东京，而是在东京都所属的边远的町田市，如果乘火车从东京出发，要换车两三次方能到达；无穷会的图书馆只对该会的会员开放，外人若要入内阅览，必须事先提出申请，并交纳入会费3000日元；无穷会收藏的该《水浒传》版本可以代拍缩微胶片，价格为10万日元，且需迟至三四个月之后方能拿到拍摄的缩微胶片。

6月间，我终于在矶部彰教授夫妇等几位学者的陪同下，专程从仙台赶到东京，再转车前往町田市，经过一番周折，方寻觅到幽静的无穷会图书馆，利用短短的四小时，一睹《水浒传》无穷会藏本的真实面目。

二　无穷会与织田文库

　　《水浒传》无穷会藏本，又称织田藏本、织田小觉（或织田确斋）藏本。该书没有刊行者的任何标记，所以无法使用通常的"某某刊本"之类的名词来称呼它。它原是日本学者织田小觉（1858～1936）的藏书，后归无穷会。无穷会成立于大正四年（1915）春，由平沼骐一郎[①]等人发起。昭和十四年（1939）被批准为财团法人。地址原在东京都新宿区，后于 1966 年迁往町田市。

　　无穷会有三大事业：

　　第一，创办东洋文化研究所。研究所设有"常设讲座"（汉籍讲读，每周四次）、"书道特别讲座"（每周一次）、"东洋文化特殊讲座"（每年 9 月，聘请著名学者讲授）；招收学生，三年为期，约 30 名；编辑、出版《东洋文化研究所纪要》。

　　第二，编辑和发行会刊《东洋文化》，每年两期，发表关于"东洋文化"的学术研究论文。此外，它还出版了《周礼经注疏音义校勘记》、《日本左传研究著述年表并分类目录》、《春秋左氏传杂考》、《贞观政要定本》等专著。

　　第三，管理专门图书馆。图书馆的藏书从最初的 35000 册发展到今天的近 26 万册。图书馆内另辟神习文库、真轩文库、织田文库、架山文库、平沼文库、天渊文库、如石文库、嫌田文库、户村文库、小川文库等。所谓的"《水浒传》无穷会藏本"即珍藏于织田文库。

　　织田文库汇集了日本学者织田小觉的旧藏书籍。织田小觉为无穷会的发起人之一。他从一开始就被推选为无穷会的调查主任。他是石川县金泽市人，字斌叔，号确斋，别号古佛、三所居士，并以带秋草庐为斋名。他性格正直、和善，学识渊博，广泛涉猎、搜集和、汉书籍，嗜读中国古代小说。35 岁受聘在光风雾月舍教授汉学；43 岁任利为侯教育辅导，5 年后改任学事顾问；58 岁任无穷会调查主任；66 岁任什器图书整理委员，并将他的藏书悉数赠予无穷会图书馆；77 岁患脑滋血，半身不遂；79 岁去世。

　　织田文库藏书 2.8 万余册，分为皇道、儒道、佛道、制度政事、史部、

[①] 平沼骐一郎，男爵，法学博士，曾任内阁总理大臣、司法大臣及枢密院议长。

地理部、百家部、集部、小学金石部、文法修辞类、技艺、演史小说等门类。织田小觉治学尊崇崎门学派，平时注意收集崎门学派的讲义笔记之类的有关书籍。有关朱子学，特别是崎门学的文献甚为丰富，是他的藏书的一大特色。另外，他还藏有大量的禅学、书法、谣曲、中国古代小说等方面的书籍。列于演史小说之中的《全像忠义水浒传》（即"《水浒传》无穷会藏本"）尤为引人注目。实际上，织田文库所藏的《水浒传》不止一种，有中国刊本，也有日本刊本①：

(1)《全像忠义水浒传》，"百回，李卓吾评，图百枚。"20册（此即我们所说的"《水浒传》无穷会藏本"）。

(2)《李卓吾先生批点忠义水浒传》，"施耐庵集撰，享保一三，十回至二四，宝历九。"7册。

(3)《金圣叹评第五才子书水浒传》，"施伊达邦成校，小，明治一六铜印。柏悦堂七十五回。"12册。

(4)《评论出像第五才子水浒传》，"圣叹外书，清金人瑞编，七十回，王望如评论，顺治一四。"20册。

(5)《标注训译水浒传》，"平冈龙城译，七十回，读法，大正三~五。"15册。

严格地说，这五种都可以叫做"《水浒传》无穷会藏本"。我们目前仍然把这一不十分准确的代名仅仅加于其中的第一种头上，只不过是为了讨论问题的方便，沿袭了前辈学者使用过的称呼。

三 解剖麻雀：从第七十二回看无穷会藏本

"三大寇"问题出于第72回。因此，第72回成为特殊的、引人注意的一回。

不妨选择第72回，当作一只麻雀，来加以解剖。解剖的目的，在于比较无穷会藏本的文字与诸本的异同，以推测它的底本及其刊行年代的早晚。所谓诸本，只限于我手头所有的天本（天都外臣序本）、容本（容与堂刊本）、

---

① 《织田文库图书目录》（株式会社开明堂，昭和十六年），第166页。

钟本（钟伯敬批本）、袁本（袁无涯刊本）、芥本（芥子园刊本）五种。天本、容本、钟本是 100 回本，袁本是 120 回本；芥本虽是 100 回本，但它的文字绝大部分同于 120 回的袁本。

我先将无穷会藏本的第 72 回和这五种刊本的第 72 回进行逐字逐句的校勘，然后根据校勘的结果，选择三类例句进行分析和判断。第一类是同于袁本、芥本文字而异于天本、容本、钟本文字的例句，第二类是异于袁本、芥本文字而同于天本、容本、钟本文字的例句。第三类则是既不同于袁本、芥本文字，又不同于天本、容本、钟本文字，而文字独异的例句。如果例句全是第一类，那么，这将证明无穷会藏本的底本是个 120 回本系统的版本；如果例句全是第二类，那么，这将证明无穷会藏本的底本是个 100 回本系统的版本；如果例句全是第三类，那么，这将证明无穷会藏本的底本既不可能是袁本、芥本，也不可能是天本、容本、钟本；如果例句既有第一类，也有第二类和第三类，那么，这就需要另作进一步的解释了。

且先看无穷会藏本同于袁本、芥本文字而异于天本、容本、钟本文字的例句。这一类例句的数量最多。

无穷会藏本文字同于袁本、芥本之例

试从文字共无、文字共异这两个角度来观察无穷会藏本和袁本、芥本的关系。

无穷会藏本文字与袁本、芥本共无的例句，有 13 例。

例 1：此回有一首描画东京的赞词，包括赞词前后的文字，如下：

十四日晚，宋江引了一千人，入城看灯。怎见得好个东京？有古乐府一篇，单道东京胜概：一自梁王初分晋地，双鱼正照夷门。……山河社稷，千古忭京尊。故宋时，东京果是天下第一国都，繁华富贵，出在道君皇帝之时。

上述引文，见于天本、容本和钟本（下同）。袁本、芥本无，无穷会藏本亦无。

例 2："这一篇词，称颂着道君皇帝庆赏元宵，与民同乐。此时国富民安，士农乐业"——此五句，袁本、芥本无，无穷会藏本亦无。

例 3："有诗为证：铁锁星桥烂不收，翠华深夜幸青楼。六宫多少如花女，却与倡淫贱辈游"——此诗，袁本、芥本无，无穷会藏本亦无。

例4、例5：此回有一大段文字：

> 与柴进道："今上两个表子，一个李师师，一个赵元奴。虽然见了李师师，何不再去赵元奴家走一遭。"宋江径到茶坊间壁，揭起帘幕。张闲便请赵婆出来说话。燕青道："我这两位官人，是山东巨富客商，要见娘子一面，一百两花银相送。"赵婆道："恰恨我女儿没缘，不快在床，出来相见不得。"宋江道："如此，却再来求见。"赵婆相送出门，作别了。

这一大段，二十余句，袁本、芥本无，无穷会藏本亦无。此外，还有三句"这是东京上厅行首，唤做李师师。间壁便是赵元奴家"——其中"间壁便是赵元奴家"一句，袁本、芥本无，无穷会藏本亦无。不难看出，在本回中，有关赵元奴的叙述纯属旁生的枝节，所以遭到了删弃的命运。

例6："转过东华门外，见酒肆茶坊不计其数，往来锦衣花帽之人，纷纷济济，各有服色"——"酒肆茶坊不计其数"八字，袁本、芥本无，无穷会藏本亦无。

例7："来日，驾幸上清宫，必然不来，却请诸位到此，少叙三杯，以洗泥尘"——"以洗泥尘"四字，袁本、芥本无，无穷会藏本亦无。

例8："只教小人先送黄金一百两，与娘子打些头面、器皿，权当人事。随后别有罕物，再当拜送"——"与娘子打些头面、器皿"九字，袁本、芥本无，无穷会藏本亦无。

例9："若是员外不弃，肯到贫家，少叙片时，不知肯来也不"——"不知肯来也不"六字，袁本、芥本无，无穷会藏本亦无。

例10："求见一面，如登天之难，何况促膝笑谈"——"促膝笑谈"四字，袁本、芥本无，无穷会藏本亦无。

例11："员外见爱，奖誉太过，何敢当此"——"见爱"二字，袁本、芥本无，无穷会藏本亦无。

例12："来到城门下，并是没人阻当"——"并是"二字，袁本、芥本无，无穷会藏本亦无。

例13："小人是张乙儿的儿子，张闲的便是，从小在外，今日方归"——前一个"儿"字，袁本、芥本无，无穷会藏本亦无。

无穷会藏本文字与袁本、芥本共异之例

无穷会藏本文字与袁本、芥本共异的例句，有 14 例。

例 1：此回另有一首天本、容本、钟本与袁本、芥本、无穷会藏本共有的描画东京的赞词：

州名忭水，府号开封。……霭荡祥云笼紫阁，融融瑞气罩楼台。

赞词一共 30 句。但，其中的第 5 句至第 8 句，"周公建国，毕公皋改作京师：两晋春秋，梁惠王称为魏国"，袁本、芥本作"山河形胜，水陆要冲。禹画为豫州，周封为郑地"，无穷会藏本同于袁本、芥本；第 13 句至第 18 句，"王尧九让华夷，太宗一迁基业。元宵景致，鳌山排万盏华灯；夜月楼台，凤辇降三山琼岛"，袁本、芥本无，无穷会藏本亦无；第 23 句至第 28 句，"黎庶尽歌丰稔曲，娇娥齐唱太平词。坐香车佳人仕女，荡金鞭公子王孙。天街上尽列珠玑，小巷内遍盈罗绮"，袁本、芥本无，无穷会藏本亦无。

例 2："酒以合欢，何拘于礼"——此二句八字，袁本、芥本、无穷会藏本均作"各人秉性何伤"。

例 3："他是个燕南、河北第一个有名财主，来此间做些买卖"——"来此间做些买卖"一句，袁本、芥本、无穷会藏本均作"今来此间"。

例 4："花魁娘子风流蕴藉，名播寰宇"——袁本、芥本、无穷会藏本"花魁"下均有"的"字，"蕴藉"均作"声价"，"名播"均作"播传"。

例 5："李师师便邀请坐，又问道"——"又"下，袁本、芥本、无穷会藏本均有"看着柴进"四字。

例 6："山僻之客，孤陋寡闻，得睹花容，生平幸甚"——"之客"，袁本、芥本、无穷会藏本均作"村野"。

例 7："在下眼拙，失望了足下，适蒙呼唤，愿求大名"——"失望"，袁本、芥本、无穷会藏本均作"失忘"。

例 8："当日黄昏，明月从东而起，天上并无云翳"——"当日"，袁本、芥本、无穷会藏本均作"十四日"。按：天本、容本、钟本上文原有"十四日晚，宋江引了一干人……"之语，故此处作"当日"，与上文"十四日"相照应。而袁本、芥本、无穷会藏本因无（删去？）"十四日晚，宋江引了一干人……"一大段文字，故不能允许无着无落的"当日"两个字出现在读者

眼前。

例9："四个且出小御街，径投天汉桥，来看鳌山"——"四个且出"，袁出、芥本、无穷会藏本均作"穿出"。

例10："谁想你这两个兄弟也这般无知粗造"——"粗造"，袁本、芥本、无穷会藏本均作"粗糙"。

例11："则不带我去便了，何消得许多推故"——"则"，袁本、芥本、无穷会藏本均作"只"。

例12："我倒不打紧，辱摸了太白学士"——"辱摸"，袁本、芥本、无穷会藏本均作"辱莫"。

例13："燕青只怕他口出讹言，先打抹他和戴宗依原去门前坐地"——"依原"，袁本、芥本、无穷会藏本均作"依先"。

例14："李师师低唱苏东坡大江西水词"——"西水"，袁本、芥本、无穷会藏本均作"东去"。按：此例可以证明，袁本、芥本、无穷会藏本晚于天本、容本、钟本。

不妨作这样的推测：袁本的整理者认为"大江西水"四字欠通，遂改"西水"为"东去"。他显然认识到，李师师唱的是苏轼的《念奴娇·赤壁怀古》（大江东去）。从不通到通，正符合修饰文辞的规律。

以上，无穷会藏本文字与袁本、芥本文字的共无、共异，共27例。仅从这27例看，无穷会藏本和袁本、芥本的关系，可以说，是相当亲密的。

无穷会藏本文字异于袁本、芥本之例

再来看无穷会藏本文字异于袁本、芥本，而同于天本、容本、钟本的例句。这一方面的例句数量不多，只有五例。

例1：此回回首的引头诗："圣主忧民记四凶，施行端的有神功。等闲冒籍来宫内，造次簪花入禁中。潜向御屏剜姓字，更乘明月展英雄。纵横到处无人敌，谁向斯时竭寸衷。"见于天本、容本、钟本。无穷会藏本有这首引头诗，而袁本、芥本却没有引头诗。

每回回首没有引头诗，正是袁本的特征之一。因此，有或没有引头诗便成为无穷会藏本和袁本的最大的区别。

例2："有诗为证：少年声价冠青楼，玉貌花颜世罕俦。万乘当时垂睿眷，何惭壮士便低头。"见于天本、容本、钟本；无穷会藏本同。袁本、芥本虽然也有这首诗，字句却有歧异："少年"作"芳年"，"世"作"是"，"万乘当时垂睿眷"作"共羡至尊曾体贴"。

例3："听的这一席话，便动其心"——"动其心"，无穷会藏本同，而袁本、芥本作"动了念头"。

例4："灯下看时，端的有沉鱼落雁之容，闭月羞花之貌"——"有沉鱼落雁之容，闭月羞花之貌"，无穷会藏本同，而袁本、芥本作"好容貌"。

例5："尽用定器，摆一春台"——"定"，无穷会藏本同，而袁本、芥本作"锭"。

尽管只有五例，却证明了无穷会藏本的底本不可能是袁本、芥本（或它们的底本）。

当然，这还不能排除另一种可能：无穷会藏本以袁本、芥本（或它们的底本）为底本，但对其中的某些文字作了有意识的改动。

无穷会藏本文字独异之例

接着，让我们来看无穷会藏本文字既不同于袁本、芥本，又不同于天本、容本、钟本，而独异的例句。

造成文字独异的现象，有两个方面的原因。一个方面是由于出现错字而造成的。所谓错字，系相对于诸本的正字而言。这有以下的5例。

例1："若打冲撞，弟兄们不好厮见，难以相聚了"——只有把"打"字改正为"有"字，意义方始显豁。"打"，诸本均作"有"。

例2："莫非足下是张✕察"——"✕"字，后人用墨笔改写为"观"字，原字不清。从诸本可知，此字确为"观"字。

例3："正是教小人流王观察，贪慌忘记了"——"流"字乃"请"字的形讹，诸本均作"请"。

例4："花人揭起帘子，对柴进道"——不知出于何种原因，人名"燕青"二字竟讹外为莫名其妙的"花人"。诸本均作"燕青"，一无例外。

例5："娅婵说道"——从诸本看，"娅婵"理应就是"丫鬟"。古人有时把"丫"字写成"娅"，把"鬟"写成"嬛"。上文"只见屏风背后转出一个娅嬛来"，下文"奶子、娅嬛连忙收拾过了杯盘什物"，都作"娅嬛"而不作"娅婵"，可知这里的"婵"字即"嬛"字的形讹。

造成无穷会藏本文字独异现象的另一个方面原因则是改文的出现。错字和改文的区别在于，前者个别的字词起了阻碍的作用，全句扞格难通，后者个别字词的两歧并不影响全句文意的顺畅。二者所起的作用也不一样。前者常是无意识的，并不能构成判断底本的过硬的证据，因为在任何一个版本上都存在着出现错字的很大的概率。而后者的歧异却是有意识地造成的。

改文有 11 例，引无穷会藏本文字如下：

例 1 便是"四大寇"与"三大寇"的歧异：

> 但见素白屏风上，御书三大寇姓名，写着道：山东宋江蓟北辽国江南方腊。柴进看了三大寇姓名，心中暗忖道……

其中两处的"三大寇"，诸本均作"四大寇"。与此相应的是，"蓟北辽国"，诸本均作"淮西王庆、河北田虎"。

例 2："那人道：'面生，并不曾相识。'"——"并"，诸本作"全"。

例 3："转过文德殿，殿门各有金锁锁着，不能勾进去"——"殿门"之上，诸本有"都看"二字，标点因之有所不同："转过文德殿，都看殿门，各有金锁锁着，不能勾进去"。

例 4："两边几案上，放着文房四宝，象管、花笺、龙墨、端砚"——"象管"之下，诸本有"笔"字；"端砚"，诸本作"端溪砚"。"端溪砚"省略为"端砚"，尚无不可。"象管笔"省略为"象管"，则属于败笔；不能因为追求相邻八个字的整齐一律而牺牲文义的显豁性。

例 5："国家被我们扰害，因此时常记心，写在这里"——"时"，诸本作"如"。"时"字自系后改。盖因"时常"较"如常"为习见也。

例 6："转入天井里面，又是一个大客位，设着三座香楠木雕花玲珑小床"——"设"，诸本作"铺"。"设"和"铺"，在伯仲之间。

例 7："相烦姐姐请妈妈出来，小闲自有话说"——"出"字，诸本在"请"字之后。

例 8："奶子捧茶至，李师师亲手与宋江、柴进、戴宗、燕青换盏"——"捧"，诸本作"奉"。此亦系后改之例，"奉"字更带有文言的味道。"捧"字通俗得多了。但"奉"字和"至"、"换盏"等字并用，是相当协调的。

例 9："古人有一篇《绛都春》，单道元宵景致"——"《绛都春》"下，诸本有"词"字。此字可有可无。

例 10："在下山乡，虽有贯伯浮财，未曾见如此富贵"——"如"，诸本无。

例11:"俺三个何不就此告一道招安赦书,有何不好"——"何不",诸本均无。"何不……"与"有何不好"连用,语义略嫌重复。这恐怕也是一个后起的修饰文辞的例子。

例12:"亲赐杯酒"——"杯酒",诸本均同,而无穷会藏本独作"酒食"。

总之,从对以上例句的分析和判断,可以得出两条结论:

第一,有异于天本、容本、钟本文字,异于袁本、芥本文字,以及独异文字的例句的存在,证明无穷会藏本的底本既不是天本、容本、钟本(或它们的底本),也不是袁本、芥本(或它们的底本)。

无穷会藏本的底本非天本、容本、钟本(或它们的底本),这一点是显而易见的,因为有大量的异于天本、容本、钟本文字的例句的存在。虽然无穷会藏本异于袁本、芥本文字的例句略占少数,却有下引的特殊的例句:

四个人杂在社火队里,取路哄入封赠门来,遍玩六街三市。

"封赠门"三字之下,无穷会藏本有小字注云:"一作封丘门。"而作"封赠门"的正是天本、容本、钟本和无穷会藏本,相反的,作"封丘门"的恰恰是袁本、芥本。注文的说法,意在指明袁本、芥本是参校本,而不是底本。这样一来,等于宣布取消了袁本、芥本是无穷会藏本的底本候选者的资格。

第二,异于天本、容本、钟本文字的例句与异于袁本、芥本文字的例句,一多一少,27比5,这从侧面表明,在版本系统的血缘关系上,无穷会藏本亲于袁本、芥本,疏于天本、容本、钟本。

四 "三大寇"与眉批

关于"三大寇"的眉批,这里有三种引文:

引文甲,共36字:

□□□大寇□□□王庆□□田虎遂□□□究效□□□今改□□□大寇而□□北辽国。

引文乙，7 行，每行 3 字，共 21 字：

　　□□□
　　□王庆
　　田虎遂
　　□究效
　　□今改
　　大寇而
　　北辽国

引文丙，7 行，每行 4 字，共 28 字：

　　□□□□
　　□□王庆
　　□田虎遂
　　□□究效
　　□□今改
　　□大寇而
　　□北辽国

这三种引文，必须分辨清楚。

甲种引文，见于范宁先生那篇短文。乙种引文，见于我所看到的无穷会藏本。无穷会藏本第 72 回中的这段眉批，眼下只有这 21 字，而不是范宁先生移录的那 36 字。

我们称之为"《水浒传》无穷会藏本"的书，只有一种。范宁先生所看到的无穷会藏本，应当就是我看到的那一种无穷会藏本。为什么他移录的这段眉批会比我移录的多出 15 个字？我一时还弄不明白。

不过，这 21 字读起来确乎不够顺畅。尤其是最后三行连读，"今改大寇而北辽国"，简直不知所云，令人如堕五里雾中。可知这段眉批断非每行 3 字。再一检查书中前后所有的眉批，发现它们有个统一的规律，即每行由 4 字组成。若把这段眉批也读成每行 4 字，这样，便可读通了。丙种引文便是我据此推测出来的。

眉批中提到的"四大寇"或"三大寇"，在正文中是书写在皇宫中的屏风上的。"寇"字的使用反映了封建统治阶级的观点。在《水浒传》成书的年代里，作为名词，"寇"字的通用意义是盗贼。它指的是封建统治阶级统治力量所能达到的地域（例如"山东""淮西""河北"）之内的盗贼。在这个范围之外，便不能扣上"寇"的帽子了。

这一点，在当时人的心目中是一清二楚的。例如，宋江在送别武松时说过：

> 兄弟，你只顾自己前程万里，早早的到了彼处。入伙之后，少戒酒性。如得朝廷招安，你便可撺掇鲁智深、杨志投降了。日后但是去边上，一枪一刀，博得个封妻荫子，久后青史上留得一个好名，也不枉了为人一世。（第32回）

他不就是把"入伙"、"招安"和"去边上，一枪一刀，博得个封妻荫子"分开来说吗？

二者的性质完成不同，怎么能用一个"寇"字来概括？

又如，宋江曾上奏说："自从奉陛下敕命招安之后，北退辽兵，东擒方腊，弟兄手足，十损其八。"（第100回）"北退辽兵，东擒方腊"，袁本作"先退辽兵，次平三寇"。"三寇"即指田虎、王庆和方腊。

可知袁本的整理者也并不把辽国包括在"寇"之内。

在《水浒传》作者的笔下，皇帝和朝廷从来不把辽国看作是和宋江、田虎、王庆等同的"寇"。宋徽宗的诏书说："辽兵侵境，逆虏犯边。"（第83回）宋徽宗对蔡京等人说："联想宋江、卢俊义破大辽，征方腊……"（第100回）"破大辽，征方腊"，袁本作"征讨四方虏寇"。"虏"指辽国，"寇"指田虎、王庆、方腊。对辽国，不称"寇"，而称"虏"。不是说他作乱，而是说他侵犯边境。在边境之内和在边境之外，性质完全不同。朝廷大臣把辽国看作是"四夷"之一。宋徽宗的另一诏书则说："虽中华而有主，焉夷狄岂无君。"（第89回）"中华"和"夷狄"是对举的。同样的例子，还有九天玄女娘娘的法旨："北幽难至睦，两处见奇功。"（第42回）前一句，袁本作"外夷及内寇"。这更清楚地表达了"内""外"有别的原则。

至于作者自己的叙述或赞词，作为辽国的代称，进入读者眼帘的往往是"胡"、"胡兵"、"番军"、"番将"，以至"虏"、"北虏"、"逆虏"、"番奴"、"膻奴"等等字眼。所以，他是不会用"寇"来称呼辽国的，他不会给予宋江和辽国平等的地位。更何况，屏风上的那个"寇"字，指的是人或人群。

如果把宋江、方腊、王庆、田虎等领袖人物称为"寇"或"大寇",是适宜的。如果把辽国也包括在"寇"或"大寇"的名单之内,就未免显得有些牵强了。"辽国"和"宋江"、"方腊"不同,它毕竟是"国"而不是"人"。

由此看来,"四大寇"(宋江、王庆、田虎、方腊)之说是合理的,"三大寇"(宋江、辽国、方腊)之说则是不合理的。

眉批中有"今改"二字,我们必须特别注意。它由"今"和"改"相加而成。从上下文看,"改"的对象是"×大寇";"改"的过程是把"王庆"、"田虎"变成了"(蓟)北辽国"。因此,眉批上的"改"字凿凿有据地证明正文中的"三大寇"和"蓟北辽国"是改文,不是原文。也就是说,"四大寇"和"淮西王庆"、"河北田虎"是原文。如果"三大寇"和"蓟北辽国"是原文,那"改"字又从何谈起?

那么"今"字呢?

它有着时间的限制。它到底指的是什么时间?

这无非有两种解释。

一种解释是指批者看到此版本(即无穷会藏本的底本)之时。当他看到这一版本的时候,上面已进行了改动(即已将"四大寇"改为"三大寇")。换言之,批者不是改者,他看到的是旁人的改文。

另一种解释是指批者在此版本上做完改动之时。换言之,批者即改者,他的批语是在阐述改动原文的理由,为自己的改文作辩护。

此外,是不是有第三种解释,甚或第四种解释?我一时还想不出。

改文不可能出现在原文之前——这是一般的常识。"三大寇"的出现不会太早,更不可能在"四大寇"之前。

这样说,可以举出内证来证明。

无穷会藏本和天本、容本、钟本每回回首均有引头诗。引头诗的主要作用在于提示本回的内容要点。第72回引头诗的首句是"圣主忧民记四凶",天本、容本、钟本同,无穷会藏本亦同。"圣主"是指宋徽宗。"记"是指书写在皇宫中的屏风上。而"四凶"则是指"四大寇"宋江、王庆、田虎、方腊。如果是指"三大寇"宋江、辽国、方腊,那就要说成"圣主忧民记三凶"了。

为无穷会藏本所有的这首引头诗中的"记四凶"三字,雄辩地证明了,无穷会藏本《水浒传》底本的原文和诸本一样,确为"四大寇",而非"三大寇"。

改者为什么要把"四大寇"改为"三大寇"呢？这恐怕和他的底本或参校本有关。

上文业已指出，无穷会藏本的底本不是天本、容本、钟本（或它们的底本），而是一个在版本系统的血缘关系上亲于袁本、芥本，疏于天本、容本、钟本的本子。我们知道，许多简本和120回的袁本有征田虎、征王庆的情节，100回的天本、容本、钟本、芥本则没有征田虎、征王庆的情节。改者显然已对二者的差别了然于胸，因之便有了两种可能性。

可能性之一：无穷会藏本的底本有征田虎、征王庆的情节，改者参考100回本删掉了它们。为了和这一行动相"照应"，他把屏风上的"四大寇"改为"三大寇"。

可能性之二：无穷会藏本的底本没有征田虎、征王庆的情节，改者（刊行者）生怕读者误以为他印行的书不是"原"本，不是"全"本（这是当时很多书坊主人常有的心理），就改动屏风上的字，以求与全书情节一致。他想告诉给读者的信息是：原书或全书根本没有征田虎、征王庆的内容。

由此可见，无穷会藏本的刊行当在120回的袁本之后，在有征田虎、征王庆内容的简本之后。

据张凤翼《处实堂集》的《水浒传序》[①]，《水浒传》中的征田虎、征王庆的情节内容是明代万历年间插增进去的。而现存的有征田虎、征王庆情节的袁本和大量的简本也全是万历年间的刊本。因此，不言自明，改"四大寇"为"三大寇"的无穷会藏本，其刊行之时必在万历之后，不是明末，就是清初。

五　纸张、墨色、扉页与序言

巧得很，我们那天在无穷会图书馆看书的时候，在那部《水浒传》之外，还借阅了另外几部书。其中有一部《新刻钟伯敬先生批评封神演义》。我们把这部《水浒传》和那部《封神演义》放在一起，它们立刻在纸张、墨色上显示出巨大的差异。

《封神演义》纸张又黄又旧，《水浒传》则纸张又白又新；《封神演义》

[①] 张凤翼《处实堂集·续集》卷64。

墨色深而浓，字比较清晰，《水浒传》则墨色浅而淡，许多字略显模糊而虚浮。它们不是同一个时代的产物——这就是两部书留给我们的印象。

那部《封神演义》上图下文，是个典型的明代万历年间的建阳刊本。和它相比，这部《水浒传》的刊行年代起码要晚半个世纪。或者说，从种种迹象来看，这部《水浒传》更像是个重刊本。而在它的扉页上，书名列于正中，左栏一片空白。按照刊本的通例，这里的左栏本是刻印书坊名称的所在。这不禁令人猜疑：它在重印的时候，有意挖去了木版上原有的书坊名称，以掩人耳目？

更富有特征意义的是无穷会藏本的序言。无穷会藏本号称是"李卓吾批点"本，卷首载有李卓吾的序言。批语是否李卓吾所加，暂且不论；序言却确是出于李卓吾的手笔。在李卓吾的文集中，可以找到它，题目叫做《忠义水浒传序》。其中有这样几句：

> 《水浒传》者，发愤之所作也。盖自宋室不竞，冠屡到施，大贤处下，不肖处上。驯致夷狄处上，中原处下，一时君相犹然处堂燕鹊，纳币称臣，甘心屈膝于犬羊已矣。①

这几句肯定是李卓吾的原文。在容本②和林九兵卫刊本③中，也有这篇序言，也有这几句。和原文相比，只有两个字的异文："竞"作"兢"，"鹊"作"雀"；其余文字全同。

在无穷会藏本中，同样有这篇序言，同样有这几句，却在关键的四个字上出现了异文：原文"夷狄"，无穷会藏本作"边陲"；原文"犬羊"，无穷会藏本作"时势"。

我们知道，容本是明代万历年间的刊本；林九兵卫刊本虽刊行于宝历九年（1759），它的底本也是一个明刊本。它们的"夷狄"和"犬羊"四字反映了李卓吾序言的文字在明代的原貌。这四个字，在明代，完全可以放心大胆地公然出现在书本上。但，当时间进入清代，它们就触犯了新的封建统治者的忌讳。在残酷的政治高压下，小说的作者、改编者、刊印者不得不另觅安全的字眼来代替它们。这自然就是"夷狄"、"犬羊"消灭，"边陲"、"时

---

① 《焚书·续焚书》，中华书局，1975，第109页。
② 容与堂刊本的日本内阁文库藏本卷首载有李卓吾序言。
③ 林九兵卫刊本卷首载有李卓吾序言。关于林九兵卫刊本的情况，请参阅拙文《论〈水浒传〉林九兵卫刊本》。

势"产生的原因。

上文曾说,无穷会藏本刊行之时不是明末,就是清初。现在,可以进一步断定,其时必在清初。既然无穷会藏本是个刊刻于清初的本子,那么,能不能再进一步缩小范围,推测出一个比较具体的年代呢?

能。这里有两个例子。

一个是:

> 李逵正打之间,撞着穆弘、史进,四人各执枪棒,一起助力,直打到城边。

其中"穆弘"的"弘"字,不缺末笔。可知不避乾隆之讳。因此,无穷会藏本不可能刊行于乾隆之时或乾隆之后。

另一个是:

> 是夜,虽无夜禁,各门头目、军士全付披挂,都是戎装惯带,弓弩上弦,刀剑出鞘,摆布得甚是严整。

其中"弓弩上弦"的"弦"字,同样不缺末笔。可知也不避康熙之讳。这表明,无穷会藏本也不可能刊行于康熙之时或康熙之后。

既不是刊行于康熙之时或乾隆之后,又不是刊行于康熙之时或康熙之后,那就只可能刊行于清初顺治年间了。

顺治年间——这就是无穷会藏本刊行的时代。

六　简短的结论

一、无穷会藏本的底本,不是天本、容本、钟本(或它们的底本),也不是袁本、芥本(或它们的底本)。

二、从版本系统的血缘关系上说,无穷会藏本亲于袁本、芥本,而疏于天本、容本、钟本。

三、从第72回的眉批可知,皇宫屏风上的题字,"四大寇"乃是原文,"三大寇"则是改文。"淮西王庆、河北田虎"乃是原文,"蓟北辽国"则是改文。

四、第 72 回的引头诗证明,"四大寇"乃是无穷会藏本的底本的原文。

五、从纸张、墨色看,无穷会藏本和明代万历年间刊本的距离很大。

六、李卓吾序言中的四个字,"夷狄"被改为"边陲","犬羊"被改为"时势",原因是避讳。只有刊行于清代,才可能出现这样的现象。

七、无穷会藏本是清初顺治年间的刊本。它的"弦"字、"弘"字并不避讳。

《金瓶梅》与《水浒传》：文字的比勘

一　前言

　　《金瓶梅》中的西门庆和潘金莲的故事，是从《水浒传》生发的。

　　《水浒传》中的几个人物形象或姓名，包括西门庆和潘金莲在内，继续在《金瓶梅》中出现。他们的故事显然经过了程度不等的改写。在改写之外，《金瓶梅》中也还有一些地方袭用了《水浒传》大片大段的文字，有一些地方袭用了《水浒传》中的诗词韵文。

　　探讨这种关系，并加以比较和评论，已成为一个令人感兴趣的题目。有的学者已撰文探讨了《金瓶梅》与《水浒传》的关系[1]。读后，受到了有益的启发。

　　在这个基础上，本文将通过校勘《金瓶梅》所引《水浒传》文字在版本上的异同，提供一些参考资料，以便有助于探讨两个问题：从《金瓶梅》所

---

[1]　有的学者已发表了相关的论文来探讨《金瓶梅》和《水浒传》的关系。例如：
　　(1) 大内田三郎：《水浒传与金瓶梅》，《天理大学学报》（学术研究会志）85 期（泽田瑞穗教授还历纪念特集），1973 年，日本天理。
　　(2) 韩南：《金瓶梅所采用的资料》（丁婉贞译），《出版与研究》1978 年 15 期、16 期，台北。
　　(3) 魏子云：《水浒传与金瓶梅词话》，《出版与研究》1978 年 17 期、18 期，台北。按：此文已收入《金瓶梅探原》（台北：巨流图书公司，1979 年）。
　　(4) 黄霖：《忠义水浒传与金瓶梅词话》，《水浒争鸣》第 1 辑，1982 年，湖北。
　　(5) 周钧韬：《金瓶梅抄引水浒传考探》，《金瓶梅新探》（百花文艺出版社，1987 年，天津）。按：此书中还有《金瓶梅成书于明代隆庆前后考探》一文，也涉及《金瓶梅》与《水浒传》关系问题。

引用的《水浒传》文字，能不能判断该《水浒传》属于什么样的版本？从《金瓶梅》所引用的《水浒传》文字，能不能为判断《金瓶梅》的创作年代提供侧面的证据？

二 《水浒传》与《金瓶梅》

本文所使用的《金瓶梅》版本，是现存最早的《金瓶梅词话》①，而不是经过后人修改的"崇祯本"和张竹坡评本等。

《金瓶梅词话》有万历四十五年（1617）东吴弄珠客序。而万历四十五年之前的《水浒传》版本，现存者计有：

（1）郑振铎及朱氏敝帚斋旧藏本。②
（2）天都外臣序本。③
（3）容与堂刊本。④

---

① 本文所使用的《金瓶梅词话》为影印本（日本东京：大安株式会社，1963年）。
② 郑振铎及朱氏敝帚斋旧藏本，残存八回（51~55回，47~49回），嘉靖年间刊本，国家图书馆（北京）藏。此本是否"嘉靖刊本"，学术界存在着不同的意见。郑振铎《〈水浒全传〉序》（《水浒全传》，人民文学出版社，1954）断定，它是"明嘉靖间武定侯郭勋刻本"。对此，有的学者持怀疑态度。例如，聂绀弩《论〈水浒〉的繁本与简本》认为，"大字残本定为嘉靖本或郭勋本无确据"，"郑藏大字残本虽不知应定为何本，但定为嘉靖本或郭勋本，却有可疑之处"（《中国古典小说论集》，上海古籍出版社，1981）。
③ 天都外臣序本，100回，初刻本未见，现存清康熙年间石渠阁补刊本，国家图书馆藏。据郑振铎《〈水浒全传〉序》说，"其中有不少篇页，是清康熙间石渠阁补刻的。有的补刻篇页，似更在其后。在那些补刻的篇页中，还没有发现多大的窜改之迹，可能补刻还是根据了一部补印本的"。天都外臣序署"万历己丑孟冬天都外臣撰"，己丑即万历十七年（1589），一般多以此为天都外臣序本（初刻本）刊刻的年月。聂绀弩《论〈水浒〉的繁本与简本》指出，"我看见过这个本子。看到时，《叙》的末幅年月署题一行已被裁去，所谓'万历己丑孟冬天都外臣撰'等字，已一字不存，仅据未裁净的几点笔画收尾处，看出确实是这几个字。……我看见时，这书已归郑振铎先生所有。有人在归郑所有之前已见过，据说，那时这《叙》的年月署题还未被裁掉，而且年月署题并非最后一行，后面还有一行，刻着'康熙间'的年月及别的字样。这样一说，年月署题被裁而又留下可以辨认的痕迹，道理就很显然了；书贾要灭掉'康熙'字样而留下'万历'字样，以便把清本当明本而卖得高价。本来只需裁掉'康熙'那一行就得，连'万历'这一行也几乎裁得干干净净，是由于一时失手或别种原因，那就不必追问了"。
④ 容与堂刊本，100回，万历年间刊本。卷首载有李贽《忠义水浒传叙》，叙后有一行字云："庚戌仲夏日虎林孙朴书于三生石畔"。庚戌即万历三十八年（1610），一般多以此为容与堂刊本（初刻本）刊刻的年月。

(4) 袁无涯刊本。①
(5) 《京本忠义传》。②
(6) 双峰堂刊本。③
(7) "插增"本。④

其中，(1) 至 (4) 是繁本，(5) 至 (7) 是简本。在繁本中，(1) 至 (3) 是 100 回本，(4) 是 120 回本。

黄霖教授已指出，《金瓶梅》所引用的《水浒传》版本，不是双峰堂刊本一类的简本，因为"两本文字出入太大，根本对不上号"；也不是 120 回的袁无涯本，因为袁无涯刊本曾对 100 回本作了增删和修改，"而这些增删修改之处，在《金瓶梅词话》中都不见踪影，毫无反应"。⑤ 而郑振铎及朱氏敝帚斋旧藏本残存第 47 回至第 49 回，第 51 回至第 55 回，这 8 回中的文字恰恰没有被《金瓶梅》所袭用。因此，可资探讨者，仅仅剩下了天都外臣序本和容与堂刊本两种刊本了。

由于只有两种版本可供比勘，对《金瓶梅》和《水浒传》天都外臣序本（下文简称天本）、容与堂刊本（下文简称容本）三者之间完全相同的字、词、句，我们将略而不论；我们的注意力将集中在《金瓶梅》同于天本而异于容本，或同于容本而异于天本的字、词、句的例证上。这样，或许能从中窥测出《金瓶梅》在文字上与现存《水浒传》两种版本之间的承袭关系。

三 《金瓶梅》文字与《水浒传》天本、容本异同之一

《金瓶梅》的文字，有些地方同于《水浒传》天本而异于容本，举例如下：

---

① 袁无涯刊本，120 回，万历年间刊本，北京大学图书馆藏。袁中道《游居柿录》卷九，万历四十二年 (1614) 日记云："袁无涯来，以新镌卓吾批点《水浒传》见遗，予病中草草视之。"一般多以此为袁无涯刊本刊刻的年月。
② 《京本忠义传》，仅存残叶，上海图书馆藏。我认为，《京本忠义传》刊刻于正德、嘉靖年间，是一种早期的简本。请参阅拙文《论〈京本忠义传〉的时代、性质和地位——〈水浒传〉版本探索之一》，载于《小说戏曲研究》第 4 集（台北：联经出版事业公司，1993）。
③ 双峰堂刊本，25 卷，万历二十二年 (1594) 刊本，日本日光轮王寺慈眼堂、内阁文库藏。
④ "插增"本，残存一卷半（卷 20~21），万历年间刊本，法国国家图书馆（巴黎）藏。
⑤ 《水浒争鸣》第 1 辑，230 页。

例1："你与了我一纸休书，你自留他便了。"（《金瓶梅词话》1/20a）①

"便"，天本同，容本作"便是"。

例2："先便去除了帘子，关上大门，却来屋里动旦。"（2/3b）

"动旦"，天本同，容本作"张主"。

例3："你有这般好的，与我主张一个，便来说也不妨。"（2/8b）

"主张"，天本同，容本作"张主"。

例4："交新年恰九十三岁了。"（2/8b）

"恰"，天本作"恰好"，容本作"却好"。

例5："只凭说六国唇枪，全仗话三齐舌剑。"（2/9a～9b）

"唇"，天本同，容本作"神"；"舌"，天本同，容本作"口"。

例6："才用机关，交李天王搂定鬼子母。"（2/9b）

"定"，天本同，容本作"住"。

例7："老身这条计，虽然入不得武成王庙，端的强似孙武子教女兵，十捉八九着，大官人占用。"（3/2a）

"似"，天本同，容本作"如"。

例8："我却拿银子，临出门时，对他说……"（3/3a）

"却"，天本同，容本作"若"。

例9："你正是马蹄刀水杓里切菜，水泄不漏，半点儿也没多落在地。"（4/7a）

"多"，天本同，容本作"得"。

例10："我先去惹那老狗，他必然来打我。"（5/3a）

"来打我"，天本同，容本作"打我时"。

例11："只见武大从外裸起衣裳，大踏步直抢入茶坊里来。"（5/4a）

"坊"，天本同，容本作"房"。

例12："你若不看顾我时，待他归来，却和你们说话。"（5/5a～5b）

"看顾"，天本作"看觑"，容本作"肯觑"。

例13："王婆把这砒霜用手捻为细末，递与妇人，将去藏了。"（5/6b）

"将"，天本同，容本作"拿"。

例14："骑在武大身上，把手紧紧地按住被角，那里肯放些松宽。"

---

① "1/20a"，即第1回，第20叶、前半叶。这里所注的叶码，系指大安株式会社影印本的叶码。下同。

(5/8a~8b)

"宽",天本同,容本无。

例15:"拙夫因害心疼得慌,不想一日一日越重了。"(6/1a)

"害",天本同,容本无。

例16:"揭起千秋蟠,扯开白绢,用五轮八宝玩着那两点神水,定睛看时……"(6/3a)

"神",天本同,容本作"唇"。

例17:"花开不择贫家地,月照山河处处明。"(19/1a;94/1a)

"地",天本同,容本作"第"。

例18:"我都知了,你赖那个?"(87/9a)

"那个",天本同,容本作"那里"。

以上共举18例,可以看出,在《金瓶梅》袭用《水浒传》文字的地方,其中凡与容本有异文者,均同于天本。

如果仅仅从这些例证来判断,似乎可以得出结论说:《金瓶梅》作者所采用的《水浒传》就是天都外臣序本。

有的学者,例如黄霖教授,就持这样的见解:"我认为,在目前缺乏直接证据的情况下,虽然不能完全肯定,但基本上还是可以推定《金瓶梅词话》所依据的是天都外臣序本";"因此,我推定《金瓶梅词话》所抄的就是万历十七年前后刊印的《忠义水浒传》"[①]。

这样的结论能不能成立呢?

关键在于,它有没有反证?

四 《金瓶梅》文字与《水浒传》天本、容本异同之二

所谓"反证",就是指:同于容本而异于天本的文字。

这样的反证显然是存在的。

也就是说,《金瓶梅》里还有不少文字是袭用了《水浒传》容本,而不是袭用了《水浒传》天本。

这类在文字上同于容本而异于天本的例子,列举于下:

[①] 《水浒争鸣》第1辑,231~232页。

例1："原来使尽了气力，手脚都疏软了。"（1/7a）

"疏"，容本同，天本作"酥"。

例2："虽然上不得凌烟阁，干娘，你这条计端的绝品好妙计！"（3/4a）

"虽然"，容本同，天本作"然虽道"。

例3："金莲心爱西门庆，淫荡春心不自由。"（3/10a）

"淫荡"，容本同，天本作"摇荡"。

例4："罗袜高挑，肩膊上露两湾新月。"（4/2a）

"膊"，容本同，天本作"胛"。

例5："你若负心，一去了不来，我也要对武大说。"（4/2b）

容本作"你若负心，我也要对武大说。"天本作"你若负我心，也要对武大说。"

例6："原来那妇人往常时只是骂武大，百般的欺负他。"（5/3a）

"的"，容本同，天本作"地"。

例7："如今这捣子病得重，趁他狼狈好下手。"（5/6a）

"狼狈"，容本同，天本作"狼狈里"。

例8："十字街荧煌灯火，九曜庙香霭钟声。"（81/3b；100/10b）

"香"，容本同，天本作"杳"。

例9："两廊勇猛，擎王十万铁衣兵。"（84/2a～2b）

"勇猛"，容本同，天本作"猛勇"。

例10："那妇人能有多大气脉，被这汉子隔桌子轻轻提将过来，拖出外间灵桌子前。"（87/8b）

"前"，容本同，天本作"上"。

例11："两两佳人归绣阁，双双士子掩书帏。"（100/10b）

"士子"，容本同，天本作"仕子"。

这些例子表明，《金瓶梅》中袭用《水浒传》容本的文字，不是个别的、偶然的情况。为数不少，只比袭用天本的例子少7个。它们的比例是11∶18。

何况，还不止是11个例子。

五 《金瓶梅》文字与《水浒传》容甲、容乙的异同

《水浒传》容与堂刊本有国家图书馆藏本（下文简称甲种本、容甲本）

和日本内阁文库藏本（下文简称乙种本、容乙本）的区别，它们的文字互有出入①。

上文第四节所举的容与堂刊本的例子，是甲种本和乙种本一致的。

那么，有没有仅同于甲种本而异于乙种本，或仅同于乙种本而异于甲种本的例子呢？

二者都有。

《金瓶梅》袭用《水浒传》的文字，同于容甲本（同时也同于天本）而异于容乙本的例子，列举于下：

例1："把那大虫打死，倘卧着，却似一个布袋，动不得了。"（1/6a）

"倘"，容甲本、天本同，容乙本作"挡"。

例2："使的这汉子，口里儿（兀）自气喘不息。"（1/6b）

"使"，容甲本、天本同，容乙本作"觉"。

例3："于是众乡夫猎户……将一个兜轿抬了武松，径投本处一个土户家。那户、里正都在庄前迎接。"（1/7b～8a）

"户"，容甲本、天本同，容乙本作"上户"。

例4："那妇人听了这几句话，一点公红从耳畔起，须臾紫溅了面皮……"（2/2b）

"溅"，容甲本、天本同，容乙本作"胀"。

例5："只鸾孤凤，霎时间交仗成双。"（2/9b）

"仗"，容甲本、天本同，容乙本作"合"。

例6："大官人，你在房里，便着几句甜话儿说入去，却不可燥爆，便去动手动脚，打搅了事。"（3/3b）

"打搅"，容甲本、天本同，容乙本作"搅坏"。

例7："何妇人道：'不必。将过来做不得？'"（3/6a）

"不必"，容甲本、天本同，容乙本作"何不"。

例8："那妇人道：'干娘免了罢。'却亦不动身。"（3/10b）

"亦"，容甲本、天本同，容乙本无。

例9："话说当下郓哥被王婆子打了，心中正没出气处，提了雪梨篮儿，一径奔来街上寻武大郎。"（5/1a）

---

① 据我所知，《水浒传》容本有甲种本、乙种本、丙种本、丁种本的区别；它们的文字互有或多或少的出入。关于这一点，我另撰有专文《论〈水浒传〉容与堂刊本的甲种本、乙种本、丙种本与丁种本》。此处仅选取其中的甲种本、乙种本比勘，以免枝蔓。

"来"，容甲本、天本同，容乙本作"出"。

例10："你却不要气苦，我自帮你打捉。"（5/2a）

"打捉"，容甲本、天本同，容乙本作"去捉"。

例11："如今武大不对你说交你救活他？你便乘此机，把些小意儿贴恋他。"（5/6b）

"不"，容甲本、天本同，容乙本作"既"。

例12："武大叫道：'我也气闷！'"（5/8a）

"我"，容甲本、天本同，容乙本作"阿"。

例13："那武大当时哎了两声，喘息了一回，肠胃迸断。"（5/8b）

"息"，容甲本、天本同，容乙本作"急"。

例14："这个何须你说费心。"（5/9a）

"费心"，容甲本、天本同，容乙本无。

例15："武二哭罢，将这羹饭酒肴和土兵、迎儿吃了。"（9/5b）

"羹饭"，容甲本、天本同，容乙本作"素饭"。

例16："峰峦倒卓，山鸟声哀。"（84/8a）

"卓"，容甲本、天本同，容乙本作"插"。

与上述16例相反，下列9例表明：《金瓶梅》袭用《水浒传》的文字，有时却同于容乙本而异于容甲本（同时也异于天本）。

例17："三般捉不着时，气力已自没了一半。"（1/5b）

"捉"，容乙本同，容甲本、天本作"提"。

例18："那两个道'不瞒壮士说，我们是本处猎户……'"（1/7b）

"两"，容乙本同，容甲本、天本无。

例19："那众猎户，先把野味将来，与武松把盏……"（1/8a）

"盏"，容乙本同，容甲本、天本作"杯"。

例20："你要便自和他过去，我却做不的这样人。"（1/19b~20a）

"过去"，容乙本做"过活"，容甲本、天本作"道话"。

例21："就是这位，却是间壁武大郎的娘子。"（3/8b）

"间壁"容乙本同，容甲本、天本作"间壁的"。

例22："王婆一面打着挥鼓儿说，西门庆奖了一回。"（3/9a）

"挥"，容乙本同，容甲本、天本作"猎"。

例23："太医交你半夜里吃，吃了倒头一睡。"（5/7b）

"一睡"，容乙本作"便睡"，容甲本、天本无。

例 24："提起刀来，便望那妇人脸上撒两撒。"（87/9a）
"撒"，容乙本同，容甲本作"弊"、天本作"掴"。

例 25："九缕丝绦，系西地买来真紫。"（89/7a）
"西地"，容乙本、天本同，容甲本作"西施"。

这二十五个例子，增加了情况的复杂性，但也使我们可以更清楚地看出了以下的三点：

第一，《金瓶梅》袭用《水浒传》文字，既有同于容甲本的，也有同于容乙本的。

第二，例1至例16列举的文字，同于天本，可以略而不论；但，例17至例25列举的文字，异于天本，却应列入容本的统计范围。这9个例子，再加上上文第四节列举的同于容本的11个例子，一共20个。正好超过了上文第3节列举的同于天本的18个例子的数目。20∶18，二者几乎相等。谁都可以做谁的反证。而且力量几乎一样的大。

第三，例24是个特例。不管在例1至例16中，还是在例17至例25中，天本和容甲本都是相同的。唯独在例24中，天本和容甲本竟是彼此不同的。这有着特殊的意义。

因此，我们不能说，《金瓶梅》作者所使用的《水浒传》版本就是天本，或者说他只使用了天本；同样的道理，我们也不能反过来说，《金瓶梅》作者所使用的《水浒传》版本就是容本（包括甲种本和乙种本），或者说他只使用了容本。

那么，他究竟使用了《水浒传》的什么版本呢？

六 四种答案

要回答这个问题，大非易事。因为我们目前见到的明代万历年间和万历以前的《水浒传》版本还不多，同时，我们所掌握的有关资料也有限。

推测起来，约有以下四种答案，可供抉择：

一、《金瓶梅》作者使用了《水浒传》的某个版本，我们不妨暂且称之为 X 本。这个 X 本具备这样几个条件：

（1）它刊刻于万历十七年（1589）10月或万历三十八年（1610）5月之前。

（2）迄今为止，它尚未被我们发现。

（3）它的文字，有的地方同于天本。

（4）它的文字，有的地方又同于容本。

二、《金瓶梅》作者并没有使用过 X 本。他使用的无非是天本和容本。他既使用了天本，又使用了容本。而在容本中，他使用了甲种本，又使用了乙种本。

三、《金瓶梅》作者手上并没有完整的天本，也没有完整的容本。他使用的是 Y 本。这个 Y 本需具备这样几项条件：

（1）它是一种拼凑本。

（2）它刊刻于万历十七年 10 月或万历三十八年 5 月之后。

（3）它同样尚未被我们发现。

（4）它的某几回，或某几册，属于天本。

（5）它的另外几回，或另外几册，属于容本。

四、《金瓶梅》作者没有使用过 X 本或 Y 本。他的手上有一种 Z 本。这个 Z 本的条件，以及《金瓶梅》作者使用它的情况，不外是：

（1）它可以是任何一种《水浒传》的版本。

（2）但它必须属于 100 回的繁本。也就是说，它不是 120 回本，也不是简本。

（3）它可能是我们已知的任何一种版本（例如天本，或容本）。

（4）作者袭用有关文字，有时是照抄，有时是有所修改增饰或删节。

（5）上文第三节至第五节所列举的例句，有一部分和 Z 本相同。

（6）另一部分例句，与 Z 本不同。这是出于《金瓶梅》作者的随意修改，而不是因为作者另有版本的依据。作者修改的结果，导致一些字、词、句和其他版本相同，这只能算是一种暗合，并且是偶然出现的现象。

这四种答案中，哪一种的可能性最大，哪一种可能性最小呢？

七　剩下两种答案

第四种答案的可能性最小。

试想，要满足它的第六项条件，是多么的困难啊。凡是和 Z 本一致的地方，都出于对 Z 本的袭用——这是完全可以理解的。但，凡是和 Z 本不一致的地方（不一致的地方并不少于一致的地方），一概都是出于《金瓶梅》作者的修改——这却令人难以置信了。把许多异于 Z 本但同于其他版本的例证，仅仅归结为暗合或偶然的现象，显然缺乏说服力。

像下面这两个例子，就很难说是暗合或偶然了：

（1）上文第 3 节所举的例 2："先便去除了帘子，关上大门，却来屋里动旦。"（2/3b）"动旦"二字用在这里，出乎一般读者的意料之外。但此词来源有自。它出自天本。容本作"坐地"。看起来，"坐地"比"动旦"更醒豁，更顺畅。说"动旦"二字的选择不是《金瓶梅》作者师心自用，而是以天本为依据——这恐怕更有说服力。

（2）上文第 5 节所举的例 24："提起刀来，便望那妇人脸上撇两撇。"（87/9a）"撇"字的含义是拂拭、掠过，最早见于《汉书》杨雄传。如果放弃"撇"字不用，那么，该用另外一个什么动词呢？此字出于容乙本，容甲本作"弊"，天本作"挧"。"弊"字可能是"挧"的同音字。"挧"见于《字汇》，是批打的意思。"撇"、"弊"和"挧"三个字，用在这里，基本上都是罕见的。如果说，两个"撇"字不是抄自《水浒传》容乙本，而是《金瓶梅》作者自己凭空设想出来的，那恐怕没有人会相信。

第四种答案的可能性是微乎其微的。所以，对于它，我们不必多加考虑。

第三种答案的可能性也不大。

在古代小说版本中，拼凑本是存在的。譬如说，《红楼梦》的脂本就有不少属于拼凑本的性质。那是抄本流传的一种特殊情况。《水浒传》似乎主要靠刊本流传，清代之前的抄本尚未发现。现今所知的《水浒传》明刊本，都和拼凑本无缘。

况且拼凑本往往是整回或整册拼凑的。现在《金瓶梅》袭用的《水浒传》文字的来源，却在同一回之内，天本、容本兼而有之。这不符合拼凑本一般的规律。

所以，Y 本也可以从四种答案的名单中舍弃。

剩下的只有第一种答案和第二种答案了。

八　只剩下一种答案

试将上文第三节至第五节所列举的《金瓶梅》袭用《水浒传》文字的出

处，按回统计①，列表于下：

	天	天、容甲	天、容乙	容	容甲	容乙
23 回	0	3	0	2	0	2
24 回	0	5	0	5	0	2
25 回	7	6	0	3	0	0
26 回	1	1	0	2	0	0
31 回	0	0	0	3	0	0
32 回	0	1	0	0	0	0
33 回	2	0	0	0	0	0
45 回	0	0	1	0	0	0
74 回	0	0	0	1	0	0

从表中不难看出，袭用的例证主要集中于《水浒传》第 24 回和第 25 回。而这刚巧是《水浒传》描写潘金莲和西门庆故事的主要篇幅之所在。

在这两回之内，天本独有的文字被袭用者 16 例；容本独有的文字被袭用者 8 例；天本、容本相同的文字被袭用者 11 例。

这表明，第二种答案的可能性最大：《金瓶梅》作者袭用《水浒传》文字时，既参考了天本，又参考了容本。

他袭用《水浒传》文字的底本，在同一回中，文字上既有同于天本而异于容本的地方，也有同于容本而异于天本的地方。由于拼凑本的可能性已被排除，这种情况的出现只有一种可能：在写作时，包括天本和容本在内的《水浒传》版本都是他的参考本。他对《水浒传》原文（字、词、句）自然可以有多种的采择。

相比之下，第一种答案的可能性也很小。毕竟 X 本迄今尚未被我们发现。它实际上仅仅存在于我们的假想中。

---

① 这里的"回"，以及表中的"回"，系指《水浒传》中的回数。

九 《金瓶梅》的创作年代

上文已指出，天本约刊行于万历十七年，容本约刊行于万历三十八年。

由于《金瓶梅》袭用了《水浒传》天本的文字，不妨把它的创作年代框定在万历十七年至四十五年左右。

由于《金瓶梅》同时袭用了《水浒传》容本的文字，它的创作年代更可以缩小为万历三十八年之后。

《水浒传》容本约刊行于万历三十八年——这指的是容甲本。容乙本的刊行则晚于容甲本一两年左右。而《金瓶梅》恰恰袭用了《水浒传》容乙本的文字，因此，它的创作年代可以进一步缩小为万历四十年至四十五年左右。

卷四 《水浒》识小录

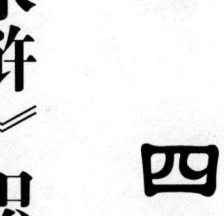

姓王的铁匠

《水浒传》中有五个铁匠。

其中两个,后来成为梁山的头领。

第一个是插翅虎雷横,见于第13回。他是济州郓城县步兵都头,"原是本县打铁匠人出身,后来开张碓房,杀牛放赌"。

第二个是金钱豹子汤隆,见于第50回。他父亲打铁出身,曾在老种经略相公手下做事。汤隆贪赌,流落江湖,在武冈镇打铁度日。他卖艺时,结识了李逵。

第三个至第五个是一伙无姓无名的手艺工匠,见于第4回。他们以打铁为业,在五台山下一个铁匠铺内工作,被人称为"待诏"。

"待诏"的本意,是指待命供奉内廷的人。唐代有"医待诏"、"画待诏"之名。到了宋元时代,"待诏"成为对手艺工匠(包括铁匠在内)的一种尊称。

说他们无姓无名,不够准确。

因为其中的一个人,有的版本说他姓王,叫他"王待诏",有的版本只叫他"待诏",否认他姓王。

这是怎么一回事呢?

当时,鲁智深到铁匠铺去打刀——

　　智深走到铁匠铺门前看时,见三个人打铁。智深便道:"兀那待诏,有好钢铁么?"那打铁的看见鲁智深腮边新剃暴长短须,戗戗地好渗濑人,先有五分怕他。

　　那待诏住了手道:"师父请坐,要打甚么生活?"智深道:"洒家要打条禅杖，一口戒刀，不知有上等好铁么？"

  待诏道："小人这里正有些好铁，不知师父要打多少重的禅杖？戒刀但凭分付。"智深道："洒家只要打一条一百斤重的。"

  待诏笑道："重了，师父，个人打怕不打了，只恐师父如何使得动？便是关王刀，也则只有八十一斤重。"智深焦燥道："俺便不及关王？他也只是个人。"

  王待诏道："小人好心，只可打条四五十斤的，也十分重了。"智深道："便依你说，比关王刀也打八十一斤的。"

  待诏道："师父，肥了不好看，又不中使。依着小人，好生打一条六十二斤的水磨禅杖与师父，使不动时，休怪小人。戒刀已说了，不用分付，小人自用十分好铁打造在此。"智深道："两件家生要几两银子？"

  待诏道："不讨价，实要五两银子。"智深道："俺便依你五两银子，你若打得好时，再有赏你。"

  王待诏接了银两道："小人便打在此。"智深道："俺有些碎银子在这里，和你买碗酒吃。"

  待诏道："师父稳便，小人赶趁些生活，不及相陪。"

这一段文字，既有校勘的问题，又有标点的问题。

先说校勘的问题。

两个100回本（容与堂刊本、天都外臣序本）的文字都和上面的引文一致。120回的袁无涯刊本无"也则"的"则"字；"好心"作"据常说"。

最重要的异文在于前后两个"王待诏"。

前一个"王待诏"，袁无涯刊本作"待诏"，70回的贯华堂刊本作"那待诏"。它们都没有那个"王"字。

后一个"王待诏"，袁无涯刊本、贯华堂刊本均作"那待诏"。

袁无涯刊本、贯华堂刊本的共同特点是，不让那位待诏姓王。

再说标点的问题。

现今流行的许多排印标点本，包括郑振铎的标点本在内，基本上都同于上面的引文。

我们仔细地、反复地玩味这段文字，总觉得有些蹊跷。

问题出在"王待诏"三个字上。

细察上下文，可知这段文字一共出现了九个"待诏"的字样。一个冠以

"兀那"二字，一个冠以"那"字，两个冠以"王"姓，其他五个"待诏"全都是光秃秃的，不戴任何帽子。

在全书之中，在这个场合之外，这位姓"王"的铁匠师傅再也没有露过面。

他可算得上是个小人物。

如此无关紧要的小人物，作者为什么非要不吝惜笔墨地给他一个"王"姓不可呢？

姓张、姓李似乎都可以，作者为什么非要叫他姓"王"呢？

再说，该铁匠铺内三个人，为什么那两个人没有姓，而他却偏要姓"王"不可呢？和那两个人相比，他并没有什么特殊性可言。

正是以上这一连串的疑问，促使袁无涯刊本的整理者把"王待诏"改成了"那待诏"。

他改得对还是不对呢？

不对。他没有必要去做这种多此一举的改动。

问题原来出在标点上。

如果把鲁智深的那句话改换一下标点，变成：

> 智深焦燥道："俺便不及关王？他也只是个人王。"待诏道……

这样一来，此处的"王"字属上读，它便和"待诏"二字剥离了关系。再进一步删掉后面的那一个"王待诏"的"王"字，疑难的问题就迎刃而解了。后面的那个"王"字显然是后人误读了上文而特意添加的。

所谓"人王"，是指由凡人变成了王，以区别于神王。而神王的含义则是：又是神仙，又是王。

在鲁智深的心目中，关公是人王，而不是神王。他更看重的是后者，而不是前者。

林冲娘子之死

林冲娘子的最后结局为自缢身死,这在《水浒传》的不同版本里都是一致的;但对于这一关目的叙述,在《水浒传》的繁本和简本两大系统里却有着不同的安排。

简单地说来,简本是在林冲发配之时交代林冲娘子之死的。例如双峰堂25卷本《水浒志传评林》,在林冲娘子到酒店和林冲哭别后,紧接着写道:

> 当下吩咐锦儿把衣包交与林冲,近前拜了四拜,说道:"丈夫,路上小心,莫只为妾,致有忧损。"道罢,自和锦儿去了。一刻间,只见锦儿走来,报说:"娘子归家自缢身死了。"张教头与林冲听罢,放声大哭,昏绝在地……

而在繁本里,则是另一种处理方式。试以容与堂100回本《忠义水浒传》为例,在第8回酒店哭别之后,仅仅写道:

> 那妇人听得道,心中哽咽,又见了这封书,一时哭倒,声绝在地。……林冲与泰山张教头救得起来,半晌方才苏醒,也自哭不住。林冲把休书与教头收了。众邻舍亦有妇人来劝林冲娘子,搀扶回去。

至于"搀扶回去"下文究竟如何,却在这里未作任何交代和暗示。直到第20回火并王伦之后,林冲坐了第四位交椅,这时才写道:

> 林冲见晁盖作事宽洪,疏财仗义,安顿各家老小在山,蓦然思念妻子在京师,存亡未保,遂将心腹备细诉与晁盖道:"小人自从上山之后,欲要搬取妻子上山来。因见王伦心术不定,难以过活,一向蹉跎过了。

流落东京,不知死活。"晁盖道:"贤弟既有宝眷在京,如何不去取来完聚?你快写书,便教人下山去,星夜搬取上山来,以绝心念,多少是好。"林冲当下写了一封书,叫两个自身边心腹小喽啰下山去了。不过两个月回来,小喽啰还寨,说道:"直至东京城内殿帅府前,寻到张教头家,闻说娘子被高太尉威逼亲事,自缢身死,已故半载。张教头亦为忧疑,半月之前,染患身故,止剩得女使锦儿,已招赘丈夫在家过活。访问邻里,亦是如此说。打听得真实,回来报与头领。"林冲见说了,潸然泪下,自此杜绝了心中挂念。

这两种写法,哪一种好呢?

仔细思索起来,还是繁本较佳。

作为一部长篇小说,有些情节完全可以暂时按下不表,而放在后面再予以补叙或插叙。这样的处理方式,在古今中外的名著中不乏其例。它能避免平铺直叙、枯燥乏味,以增强"悬念"的作用,跌宕多姿,前呼后应,引人入胜。

更重要的是,拿《水浒传》来说,这样的安排完全符合于作者对林冲性格的刻画。

以林冲的反抗道路而论,他是到了"风雪山神庙"的时刻,才杀人报仇,最后下定决心,走上落草之路的。在这之前,他一直处于逆来顺受的状态。促使他这样做的原因固然很多,其中不容忽视的一点是他对妻子的爱。尽管他立了一纸休书,在内心深处,他仍然幻想有朝一日能够"挣扎得回来",再与妻子团聚,过安分守己的生活。这种幻想无疑支配着他当时的行动。如果在发配上路之际就已知晓妻子自缢身死,试想,家已破,人已亡,他还抱什么侥幸的幻想呢?

所以,繁本的描写与林冲性格的逻辑发展是一致的。

至于简本的描写,既删去立休书一事,又使林冲娘子死得未免过于急迫,意欠深,理欠顺,实不足取。

阎婆出场的移置

《水浒传》中有母女二人，作者给她们起的名字很怪，妈妈称为"阎婆"，女儿叫做"阎婆惜"：彼此仅仅相差一个字。

在叙事结构中，阎婆先于阎婆惜出场。

若问阎婆出场于哪一回，则可能会听到两种不同的答案。100回本（天都外臣序本、容与堂刊本）的读者回答说，在第21回。而120回本（袁无涯刊本）或70回本（金圣叹评本）的读者有根有据地争辩说，他们看到的是第20回。

他们的两种说法都是正确的。

这是《水浒传》中的一个比较突出的问题。

阎婆的出场，在不同的版本中，确实有甲、乙两种不同的设置。甲种设置（100回本等），在第21回的开端。乙种设置（120回等、70回本等），则在第20回的中段。

两种不同的设置的差异，不仅涉及回数的不同，更重要的是涉及故事情节内容的挪移。

试给有关的三个情节加上代号：

A. 阎婆出场；

B. 刘唐下书；

C. 宋江怒杀阎婆惜。

它们在不同的版本中的排列次序如下：

甲种设置　　B→A→C

乙种设置　　A → B → C

也就是说，100回本等的阎婆出场被安排在刘唐下书之后，而120回本、70回本等的阎婆出场却被安排在刘唐下书之前。

在100回本第20回的后半回，新任济州府太守到任后，准备收捕梁山泊好汉，命令下属州县守御本境，郓城知县看了公文，教宋江迭成文案：

> 宋江却信步走出县来，去对过茶房里坐定吃茶。只见一个大汉，头戴白范阳毡笠儿，身穿一领黑绿罗袄……

此大汉即是刘唐。刘唐递上了晁盖的书信和一百两黄金。宋江不肯收下黄金，写了一封回书，送走刘唐：

> 再说宋江与刘唐别了，自慢慢行回下处来。一头走，一面肚里寻思道："早是没做公的看见，争些儿惹出一场大事来！"一头想："那晁盖倒去落了草，直如此大弄！"转不过两个弯，只听得背后有人叫一声："押司，那里去来？老身甚处不寻遍了？"
>
> 不是这个人来寻宋押司，有分教：宋江小胆翻为大胆，善心变为恶心。正是：言谈好似钩和线，从头钓出是非来。
>
> 毕竟来叫宋押司的是甚么人？且听下回分解。

这个人是谁呢？她并不是阎婆，而是王婆。请接着看第21回的开端：

> 话说宋江在酒楼上与刘唐说了话，分付了回书，送下楼来。刘唐连夜自回梁山泊去了。
>
> 只说宋江乘着月色满街，信步自回下处来。一头走，一面肚里想："那晁盖却空教刘唐来走这一遭。早是没做公的看见，争些儿露出事来。"走不过三二十步，只听得背后有人叫声押司。宋江转回头来看时，却是做媒的王婆，引着一个婆子，却与他说道："你有缘，做好事的押司来也。"宋江转身来问道："有甚么话说？"王婆拦住，指着阎婆对宋江说道……

被引见的婆子就是阎婆。不难看出，她的出场被安排在刘唐下书之后。

相反的，在120回本（或70回本）第20回中段，郓城知县看了济州府新任太守的公文，教宋江迭成公案：

宋江却信步走出县来。走不过三二十步，只听得背后有人叫声押司。宋江转回头来看时，却是做媒的王婆，引着一个婆子，却与他说道："你有缘，做好事的押司来也。"

宋江转身来问道："有甚么话说？"王婆拦住，指着阎婆对宋江说道……

宋江"信步走出县来"，不是见到刘唐，而是见到了王婆和阎婆。在这之后，便逐步进入阎婆惜登场、王婆做媒、宋江购买楼房安顿阎婆惜母女、阎婆惜和张文远（张三）发生私情等等关目。

那张三和这婆惜如胶似漆，夜去明来。街坊上人也都知了，却有些风声吹在宋江耳朵里。宋江半信不信，自肚里寻思道："又不是我父母匹配的妻室，他若无心恋我，我没来由惹气做甚么。我只不上门便了。"自此有几个月不去。阎婆累使人来请，宋江只推事故，不上门去。正是：

花娘有意随流水，义士无心恋落花。
婆爱钱财娘爱俏，一般行货两家茶。

话分两头。忽一日将晚，宋江从县里出来，去对过茶房里坐定吃茶。只见一个大汉，头戴白范阳毡笠儿……

这个大汉方是刘唐。

以上便是两种不同的设置产生的两种不同的文本。

试问，哪一种设置出自作者的笔下，哪一种设置出于修改者之手呢？

从版本演变的情况看，100回本无疑要早于120回本和70回本，所以，甲种设置自然早于乙种设置。

也就是说，甲种设置出自作者的笔下，乙种设置是后人改动的。

这种改动是在什么时候完成的呢？

70回的金圣叹评本刊行于明末崇祯年间。120回的袁无涯刊本早于金圣叹评本，刊行于万历年间。然而改动并非始于袁无涯刊本。

这有袁无涯刊本的《忠义水浒全书发凡》为证。其中的第六条说：

郭武定本[①]即旧本移置阎婆事，甚善。

[①] 所谓"郭武定本"，是指武定侯郭英刊行的版本。

这表明：

第一，阎婆出场的提前（"移置"），不是出自袁无涯刊本的出版者、编辑者之手，他们只不过是沿袭了郭武定本的做法。

第二，郭武定本以"旧本"为底本，是在"旧本"的基础上改动了原有的阎婆出场的设置。

第三，郭武定本之前的"旧本"更接近于原本的面貌，它的阎婆出场并没有提前而是设置在刘唐下书之后。

所谓"移置"，只不过是动了一个小小的手术。

现将 100 回本和 120 回本的有关叙述文字加以压缩，再分别援引如下：

100 回本：

"宋江却信步走出县来，去对过茶房里坐定吃茶"→刘唐下书→宋江"信步自回下处来"，"走不过三二十步，只听得背后有人叫声押司"→阎婆出场→怒杀阎婆惜

120 回本：

"宋江却信步走出县来。走不过三二十步，只听得背后有人叫声押司"→阎婆出场→"宋江从县里出来，去对过茶房里坐定吃茶"→刘唐下书→怒杀阎婆惜

奥妙就在于 100 回本（原本）的文字有两个"信步"，一个是"信步走出县来"，另一个是"信步自回下处来"。郭武定本（改本）没有动前一句，而是把后一句改为"从县里出来"。在前一句之下，宋江所遇见的人，100 回本是刘唐，120 回本却变成了阎婆。阎婆和刘唐的出场互相调了一个过儿，此外的文字并没有大动。

这可以称为一种"移花接木"的手术。

那么，郭武定本为什么要让阎婆提前出场呢？

在传统的小说创作中，情节的安排应以合乎情理为前提。而像《水浒传》"旧本"或原本那样，把阎婆出场的情节设置在刘唐下书之前，显然是不合乎情理的。

这可以分作三点来说：

第一，从收下刘唐送来的书信起，到把招文袋遗落在阎婆惜床头止，

事隔数月，宋江焉有不把这封不能轻易让外人知晓的重要书信烧毁或秘密收藏起来的道理？宋江是吃衙门饭的老手，他不可能疏忽大意到这样的地步。

第二，招文袋是随身携带的东西，并不是收藏重要书信的好地方。临时放一放，是必要的，长时间地（数月之久）置于其中，用"一向蹉跎忘了"六个字来解释，是不能令人信服的。

第三，从全书塑造的宋江形象看，他事事小心谨慎，绝非那种糊里糊涂、忘性很重的人。

会不会有人分辩说，宋江既然能把招文袋遗忘在阎婆惜的床头，为什么他就不能把书信遗忘在招文袋内呢？

殊不知，这是完全不同的两回事。遗忘招文袋，事出偶然。那是一个特定的环境。他遭到阎婆惜的冷遇，喝了闷酒，生了一肚子的气。他急于离开这是非之地，匆促之间，才发生了那样的事。若放在平日，他不会这样粗心大意。一忘竟达数月之久，发生在李逵之流的身上，也许是可能的。很难想像，它会和宋江的名字联系在一起。

不能不承认，让刘唐先出场，是《水浒传》作者的败笔。

为什么会出现这种败笔呢？

从叙事结构上看，《水浒传》无疑是由很多小故事合成的一个大故事。有的小故事出于作者的创造，有的小故事则是在前人素材的基础上加工而成的。把这许多小故事捏合在一起，并使他们浑然一体，要费一番剪裁的功夫。即使是高明的缝纫师，在细针密线之余，也会有考虑不周而造成的欠缺。欠缺无非是在人、时、地、事四个因素上失却照应，露出了细微的破绽。晁盖的书信之所以在宋江的招文袋中安静地沉睡了几个月的觉，便是由此而来的。

这种现象，其实在早期的长篇小说中不算是罕见的。

阎婆出场的提前或推迟，把《水浒传》版本区分为两种不同的类型。

哪一种类型的版本会引起人们的重视呢？

这会产生两种不同的评价。

一般来说，研究《水浒传》版本的专家学者，比较重视早期的版本，重视那些接近作者原著面貌的版本。这样，他们才能对作者的思想和艺术有更深入的新的认识，进一步考察版本发展的源流，理清版本演变的线索。

而大多数的《水浒传》读者比较重视情节结构的合理、叙事描写的完美。他们不问版本的早晚和贵贱，也不计较原作者和改写者的区分。他们只求在阅读过程中能获得畅快的满意感。

在不同类型的版本之间，各有各的好处。

在研究者和读者之间，各有各的追求。

阎婆惜的居室

在舞台上，没有多余的道具。

记得契诃夫说过，幕一拉开，观众看到墙上挂着一支枪，那么，在闭幕之前，剧中人就必须去动用这支枪。不然，这支枪何必虚摆在那里？

这说的是话剧。其实，在小说中又何尝不如此？

中外古今，不少小说都描写到书中人物的居室，包括居室中的种种陈设。读者想必不会忘记巴尔扎克的《人间喜剧》。它们描写人物的居室，从外部到内部，其细腻和详尽几乎使读者在阅读时已到了失去耐心的程度。别人不知怎样，我自己则往往是感到厌烦，一翻而过。

难得的是《水浒传》。总的来说，它并不着意于人物居室以及居室内部陈设的描写。它对居室陈设的描写也仅仅存在于极少数的篇幅之中——然而就在这极少数的篇幅之中，却有着比较细致而又比较适度的描写。

如果有人问你，《水浒传》所描写的宋江的居室是怎样的，你可能答不上来。因为《水浒传》的作者没有具体地描写过宋公明的"下处"。但是，如果有人问你，《水浒传》所描写的阎婆惜的居室是怎样的，而你仍然哑口无言，那么，就只能怨你没有熟读《水浒传》了。

在我看来，《水浒传》第21回关于阎婆惜居室陈设的描写，乃是一个令人感到回味无穷的例子。

作者始而交代说，宋江"就在县西巷内讨了一所楼房，置办些家火什物，安顿了阎婆惜娘儿两个在那里居住"。继而当宋江那日上楼之时，作者又这样地描写了阎婆惜的居室：

原来是一间六椽楼屋，前半间安一副春台桌凳，后半间铺着卧房。

贴里安一张三面棱花的床,两边都是栏杆,上挂着一顶红罗幔帐。侧首放个衣架,搭着手巾,这边放着个洗手盆。一张金漆桌子上,放一个锡灯台,边厢两个杌子。正面壁上,挂一幅仕女。对床排着四把一字交椅。

你看,一共百余字,它的交代和描写却是多么细致和井然有序。

难道这些是多余的闲文吗?不是的。且听我一一道来。

为什么要写"一张金漆桌子上,放一个锡灯台"呢?

——因为这段故事情节发生在夜间,而不是在大白天。

为什么要写"一间六椽楼屋"呢?

——因为宋江是在楼上怒杀阎婆惜,不能让睡在楼下的阎婆看到和听到。

为什么要写"正面壁上,挂一幅仕女"呢?

——因为这是一位"外室"妇女的卧室。挂仕女图,点缀出她的身份,衬托出她的欣赏趣味和精神境界。

通过居室陈设的描写,再配合着作者自己的叙述,向读者具体介绍了故事情节的时间、地点和女主人公。

至于其余的陈设,也都不是虚摆的,它们无不照应着故事中的人物的一举一动。请看:

阎婆惜的居室,分为"前半间"和"后半间"。

——宋江上楼之后,先进的是"前半间"。前半间仅摆着"一副春台",以及"桌"、"凳"。阎婆弄来的酒菜,就先放在"春台"上,然后再搬到里间去。"后半间",阎婆惜的卧房,方是作者描写的重点所在。

卧房内有一张"床",一张"桌子";桌边放着"两个杌子";对床放着"四把一字交椅"。它们和宋江、阎婆惜二人的关系的微妙变化有着密切联系。

——宋江被阎婆拖进里间,阎婆惜倒在"床"上,不加理睬。宋江只好坐在"杌子"上,脸朝着"床"。阎婆便从"床"上拖起女儿,掇过一把"交椅",放在宋江肩下,叫女儿去坐。阎婆惜不肯过去,只肯坐在宋江对面。她坐的当然就是另外的那个"杌子"。阎婆把酒菜放在"桌子"上,叫女儿陪宋江饮酒,满心想促成二人和好。阎婆惜先是不肯,后来才敷衍地饮了半杯。这时发生了唐牛儿的搅场。

床的两边都是"栏杆",侧首放着"衣架"。这些都映射着招文袋(故事情节中的关键之物)的存在。

——到了二更天气,阎婆惜自上"床"去睡了。宋江除下巾帻,放在

"桌子"上，脱下衣裳，搭在"衣架"上，解下鸾带（鸾带上有压衣刀和招文袋），挂在床边的"栏杆"上，然后上"床"去睡。挨到五更，宋江起身，穿上衣裳，带了巾帻，出门而去。等到想起招文袋遗忘在床头"栏杆"上，才又返身来取。

卧室内不是还有"洗手盆"、"手巾"吗，它们和情节的进展有什么关系？

——书中写道：宋江五更起身之时，先在"面桶"里洗了脸。所谓"面桶"，大概就是那个洗手盆。而"手巾"不就是可以用来擦脸的吗？

宋江上床之前的举动，以及宋江起身之后的举动，书中都有细致的一丝不乱的描写。上床之前，除巾帻，脱衣裳，解鸾带，……起身之后，穿衣裳，带巾帻……。二者构成了明显的对比。宋江自己没有觉得遗漏了什么。作者却向读者暗示，他实际上把系鸾带忘记了，而鸾带上恰恰有招文袋，招文袋内正装着晁盖的书信。

在宋江起身之后，作者一丝不乱地描写了他先洗脸，后穿衣裳、带巾帻的具体过程。这是为了表现宋江的细心。然而细心人有时也会犯粗心的错误，特别是在气愤的状态下，他偏偏犯了这么一个要命的错误。

卧室内不是在"金漆桌子"上放着"一个锡灯台"吗？这灯又和情节的进展有什么关系？

——我已说过，灯是表示故事发生在夜间。此外，也正是凭仗着明亮的"灯"光，阎婆惜才见到并拿到了那宝贵的招文袋，借以掌握住宋江的把柄。

由此可见，短短百余字，并非单纯是为了向读者介绍阎婆惜居室的陈设。它们巧妙地起到了一箭双雕的作用，和人物的举动、情节的层层推进，无不密切相连，一一有所照应。

这百余字，在篇幅中占据着合适的位置，在故事的铺衍中起着合适的作用。它们的简练、干净，尤其值得称赞。

前人曾说，《水浒传》作者笔下无闲文，信然。

阎婆的一声喊

《水浒传》写了一些大英雄，同时也写了一些小人物。它写大英雄相当出色，写小人物也十分传神。

阎婆，即阎婆惜之母，算得上是一个写得比较突出的、比较成功的小人物。

阎婆是个积世的老婆婆。"积世的老婆婆"是元人杂剧里经常用来形容那些深谙人情世故、富有处世经验的老年妇人的一句话。

但，她同时又是一个有人性的有血有肉的形象。

在她的身上，这两个方面是紧密地结合在一起的。

她出场不多。读者最早地、更多地看到的是她前一个方面的表现。

有鉴于宋江多日不上门，她便主动地拦在路上，把宋江生拉硬拽到家中，口口声声说"便是小贱人有些言语高低，伤触了押司，也得看老身薄面，自教训他与押司陪话"。

到了家中，她女儿听说是宋江，不肯下楼来见，还骂了几句难听的话，她又不得不在宋江面前打起了圆场："这贱人真个望不见押司来，气苦了。怎地说，也好叫押司受他两句儿。"

当宋江坐定后，女儿不肯上前陪话，她便掇过一把交椅，非要女儿和宋江并肩坐在一起，说说"有情的话儿"。女儿哪里肯依，只是敷衍地坐在宋江的对面。一个不张口，另一个也不作声。

为了打破僵局，她又下楼去买菜烫酒。怕宋江溜走，她还特意把房门反锁上。宋江不得不叹了一口气："那虔婆倒先算了我。"

她端着酒菜进屋，只见一个低着头，另一个脸朝着别处看，谁也不理谁。她再度施展撮合的本事，劝得一个勉强吃了半杯，另一个则连吃了三五杯。

这时，偏偏又被唐牛儿搅了场。她大骂："破人买卖衣饭，如杀父母妻子！"顿时两掌把唐牛儿直打出帘外。

最后是这样收场的：她一面对宋江说道："押司不要心里见责老身，只恁地知重得了。"一面又对女儿说道："我儿和押司只吃这杯。"然后再对两人说道："我猜着你两个多时不见，一定要早睡，收拾了罢休。"她收拾杯盘，下了楼，又上楼来催促"两口儿早睡"，说是"今夜多欢，明日慢慢地起"。

她利嘴巧舌，在宋江面前低声下气，曲意逢迎，一心一意要笼络住宋江。她的动机无非是：要让女儿过上好日子，也要让自己的后半辈子丰衣足食。

为了达到这个目标，她千方百计地设法弥合女儿和宋江之间开始破裂的缝隙，尽管她清楚地知道女儿另有心上人，也清楚地知道风声已传进宋江的耳朵。然而，她还是想努力扭转乾坤，让事情朝着有利于自己的方向发展。因为她更清楚地知道，有了女儿，也就有了她的一切。

从这个意义上说，女儿就是她的生命。

女儿勾搭上张文远，她采取了眼开眼闭的态度。她并不要求女儿真心实意地去爱宋江，毕竟宋江年纪大了许多，而且"于女色上不十分要紧"，怎能中女儿的意？她只希望女儿能维持和巩固住和宋江表面的关系。只要宋江能按时提供度日的开销，只要在宋江的庇护下，她们娘儿两个能在郓城县内站住脚，她也就心满意足了。

因此，宋江所扮演的角色，在她的心目中，是靠山，而不是女婿。相反，小张三不过是女儿的情人，而不是她们的靠山。

阎婆性格中的两个方面都展现在读者面前，是在她的女儿被杀之后。

女儿之死，是她改变对宋江的态度的转折点。

这个改变首先是从内心深处开始的。她并没有在表面上、在形体动作上有丝毫的流露。

见到女儿惨死之后，她无可奈何地叫了一声："苦也，却是怎地好？"然后，她一面替宋江开脱："这贱人果是不好，押司不错杀了。"一面却把话锋一转："只是老身无人养赡。"仿佛这仅仅是她提出的唯一要求宋江解决的问题。

当宋江答应用"珍馐百味"、"丰衣足食"作保证，要让她"快活过半世"之后，她的感激之情溢于言表："恁地时却是好也，深谢押司。"

她那伪装的若无其事的态度，给慌乱之中的宋江吃了一颗定心丸。

接着，宋江又受到了阎婆的第二次蒙骗，钻进了她精心设计的圈套：竟然跟随着她到陈三郎家去买棺材，而县衙恰恰是他们的必经之路。

于是，阎婆露出了真面目：

> 此时天色尚早，未明，县门却才开，那婆子约莫到县前左侧，把宋江一把结住，发喊叫道："有杀人贼在这里！"吓得宋江慌做一团，连忙掩住口道："不要叫。"那里掩得住。

亏得唐牛儿第二次出场，为宋江解了围，宋江才免去囹圄之灾。

宋江不是答应给阎婆钱，满足她后半辈过好日子的要求吗？为什么要扭住宋江不放呢？

唯一的原因在于母女的亲情。在她看来，这是至高无上的，是金钱买不断的。她宁愿把杀死女儿的仇人送上法庭，也不愿接受仇人的恩赐而活着。

这时，宋江的角色已由她的恩人变成了她的仇人。

小说人物的一个出人意料的动作，往往能入木三分地揭示出他的性格，他的感情世界。

《红楼梦》的读者，谁也忘不了探春在"抄检大观园"时打在王善保家的脸上的那一巴掌。

《水浒传》中阎婆结扭住宋江的一声喊，可以说，与探春的一巴掌有异曲同工之妙。

容与堂刊本第 21 回有"李卓吾"的评语曰：

> 此回文字逼真，化工肖物。摩写宋江、阎婆惜并阎婆处，不惟能画眼前，且画心上。
>
> 不惟能画心上，且并画意外。顾虎头、吴道子安得到此？

它特别适用于作者对阎婆这个小人物的刻画。

从读者的眼里看阎婆，既有意料之中，也有意料之外。

二者的联结，作者处理得巧妙而又和谐。

如果仅有意料之中，便味同嚼蜡。处处在意料之中，就好比是一曲平静的溪水流淌而过。只有流到悬崖边，它突然飞挂而下，变成瀑布，才会给人以惊心动魄的感觉。

阎婆的一声喊，便是这种意料之外的传神的动作。

初看，在意料之外。细想，却又仍在意料之中。

在作者笔下，阎婆不是概念化的人物，而是一个有血有肉的艺术形象。金圣叹评本的评语也不错。它先是指出：

> 写淫妇，便写尽淫妇；写虔婆，便写尽虔婆。妙绝。

淫妇指阎婆惜，虔婆则指阎婆。然后它又进一步说：

> 如何是写虔婆便写尽虔婆？看他先前说得女儿气苦了，又娇惯了，一黄昏嚼出无数说话，句句都是埋怨宋江，怜惜女儿，自非金石为心，亦孰不入其玄中也？明早骤见女儿被杀，又偏不声张，偏用好言反来安放，直到县前门了，然后扭结发喊，盖虔婆真有此等辣手也。

阎婆工于心计。她早不喊，晚不喊，偏偏到了衙门口才发喊，无怪被评点家誉为"辣手"也。她的心机，施展在前半夜，并没有收获；施展在黎明，却取得了成效。她的心机都因女儿而生。

这便令人感到，她仿佛跳出了小说的书卷，变成一个在现实世界中、在我们周围随处可见的活生生的人。

《水浒传》的作者塑造阎婆的形象时，采取了客观的态度，白描的手法。他没有描写阎婆的心理活动，更没有出头露面，突兀地插入自己的介绍和分析，一切都让阎婆自己表演，让她的行动说话。作者没有费很大的力气来塑造阎婆的形象。这充分体现了他深厚的艺术功力。

武松还乡

《水浒传》第 22 回的末尾说：

  有分教：山中猛虎见时魄散魂离，林下强人撞着心惊胆裂。正是：说开星月无光彩，道破江山水倒流。

这说的是谁呢？

好汉武松也。

武松在书中的第一次出场，就在第 22 回的结尾。

当时，柴进在后堂深处设宴招待宋江。二人尽欢到初更左侧，宋江起身要去解手。柴进命庄客点灯引宋江走在东廊上。这时，武松因为害疟疾，正躲在东廊上烤火。宋江走路不小心，一脚踩在火锨把上，火锨里的炭火一下子掀在武松的脸上。武松大怒，把宋江劈胸揪住，举手要打，恰好柴进赶到，解劝开，介绍了二人的姓名。武松连忙下拜。这就是宋江、武松二人缔交的开始。

伴随着宋江在柴进庄上住了十几天，武松"思乡"之情油然而生。他向柴进、宋江告别，离开沧州，踏上了返回故乡的路程。

他的故乡在哪里呢？

清河。

这样说，有根据吗？

有的。根据就在于书中的正文。

书中有六个地方写到了武松的籍贯。五处在第 23 回，另一处在第 24 回。兹列举如下：

第 1 处：

武松思乡，要回清河县看望哥哥。

第2处，柴进向宋江介绍武松说：

这人是清河县人氏，姓武名松，排行第二……

第3处，武松告诉宋江：

小弟在清河县，因酒后醉了……

第4处：

武松在路上行了几日，来到阳谷县地面，此去离那县（清河）还远……

第5处，阳谷知县对武松说：

虽你原是清河县人氏，与我这阳谷县只在咫尺……

最后一处：

因此武大在清河县住不牢，搬来这阳谷县紫石街赁房居住……

以上五处说得明明白白，武松的原籍是清河，打虎之后在阳谷做都头，而他的哥哥武大郎也已从清河搬到阳谷来居住。

然而，《水浒传》对武松原籍的设定却违背了地理方面的常识。

武松此行的起点，是柴进的庄院。终点，则是清河县。

那么，柴进的庄院又在什么地方呢？

第23回回目的上联叫做"横海郡柴进留宾"。横海乃唐代所置之方镇，其治所在沧州。又，第9回"林教头刺配沧州道"，还有第10回"柴进门招天下客"，林冲遇见柴进的地点，书中也说是在沧州。

这意味着，武松的归程应始于沧州，止于清河。

第23回、第26回所写的武松回家的路线就是这样安排的：

沧州→景阳冈→阳谷→清河。

景阳冈是书中虚构的地名，可以置而不论。

沧州、阳谷、清河却是三个实有的地名。

沧州、清河都在今河北省境内，阳谷则在今山东省境内。

清河位于沧州之西南，相距约350里。阳谷呢，它位于清河的更南方，距清河约210里，距沧州约510里。

无论是过去或现在，从沧州到清河，按最直接、最顺便的路线说，都无须经过阳谷。

世上哪有从沧州启程后，先远赴500里之外的阳谷，再绕回200里，赶到清河的大笨伯？

若把这三个地点连成一条线，正常的走法不外是：

  沧州→清河→阳谷。

《水浒传》的这个破绽，说大也不大，说小也不小。

说它不大，是因为弥缝起来并没有多大的困难，不必动很大的手术，只要把"清河"和"阳谷"两个地名互相换位就可以了。

说它不小，则是因为它毕竟影响了故事情节发展的合理性。如果不经过阳谷，武松就不可能在那里做都头，就不可能在那里遇见兄长，更不可能引起下文潘金莲和西门庆的一系列故事，而武松由犯人变成"行者"的经历也就失去了依据。

后出的《金瓶梅》的作者细心地发现了《水浒传》的这个破绽，就进行了修改。

他的修改其实就是我所说的"换位"法。

《金瓶梅》的第1回有三处分别写道：

  这人不是别人，就是应伯爵所说阳谷县的武二郎……
  你虽是阳谷县人民，与我这清河县只在咫尺……
  却说武大自从兄弟分别之后，因时遭饥馑，搬移在清河县紫石街，赁房居住……

写得清清楚楚，武松的原籍变成了阳谷，他做都头的衙门也相应地由阳谷搬到了清河，而武大郎则从阳谷迁到清河来落户。清河和阳谷，正好掉了一个过儿。

应当承认，《金瓶梅》作者的改写是相当巧妙的。这样一来，武松返乡的路程就变成了正常的走法：沧州→清河→阳谷。天衣无缝。

《水浒传》在武松故乡问题上出现纰漏的责任，自然要由两位共同的作者施耐庵和罗贯中来承担。

施耐庵是钱塘（今浙江杭州）人氏，他不了解清河（今属河北）、阳谷（今属山东）的地理位置，情有可原。

罗贯中的籍贯是太原（今属山西）。他对清河、阳谷两地的地理位置不甚熟悉，当然，也情有可原。

但，有人却说罗贯中是东原（今山东东平）人。

罗贯中如果是东平人，他怎么会不知道阳谷的地理位置呢？

要知道，阳谷和东平的关系十分密切。

武松的杀西门庆和判刑，都发生在阳谷县。

第27回写道：武松收监之后，阳谷知县"写一道申解公文，将这一干人犯解本管东平府，申请发落"。再由东平府尹陈文昭向省院报告，申请详审议罪。省院的公文下达后，对武松的处刑仍由东平府执行。

这一审判过程，把阳谷县和东平府的上下级关系向读者作了明确的表达。

在宋、元、明、清四代，东平都是府或路、州，而不是县。北宋宣和元年（1119）改郓州为东平府。这正是书中故事发生的时代。元代改东平府为东平路；明初又降为东平州。这正是罗贯中所生活的时代。而阳谷则一直是东平府或东平路、东平州所辖领的县。

如果罗贯中是东平人，那他只可能是东平路或东平州人，不可能是东平县人（东平设县是民国以后的事）。

当时东平领有汶上、东阿、平阴、阳谷、寿张五县。如果罗贯中果真为东平人，那阳谷县就有五分之一的可能性是他的故乡，起码也在他的故乡的近侧。

在这种情况下，他会对阳谷的地理环境一无所知吗？他会认为，从沧州到清河，阳谷是必经之路吗？

所以，这个例子证明了，罗贯中不可能是山东东平人。

张三、郓城虎与刘丈

人们常说，《水浒传》是一部粗线条的作品。

这话也许有一定的道理。

比起《红楼梦》那种精雕细琢的小说来，它确实显露了今天的读者可以称之为"粗"的一些特征。

然而，安知这些特征的形成，不是由于作品反映和描写的内容不同，作者树立人物形象和组织故事情节的手段不同，不是由于作品的节奏感不同，作者的艺术方法不同？

笼而统之地用一个"粗"字来概括《水浒传》的艺术特点，恐怕反而失之于粗了。

我觉得，《水浒传》有许多细节描写相当细腻和精致。

第33回，刘高捉住了宋江，花荣下书讲情，要求刘高赦免并释放宋江。

这时候，宋江并没有招供出自己的真名实姓。他因杀死阎婆惜而逃走在外，各地衙门中的公人时刻在窥伺着他的行踪，他怎敢公开暴露自己的身份，自投法网？于是，他自报家门，"小人自是郓城县客人张三"。

他扯了谎。但，这是小谎，而不是大谎。

第18回宋江出场时，作者曾交代说，他"祖居郓城县宋家村"，"排行第三"。所以，以"郓城县"为籍贯，以"三"为名，毕竟还保留了两点真实的情况，仅仅改了姓氏而已。

扯谎而终于留下明显的漏洞，是憨厚如宋江者的通病。若换在足智多谋的吴用等人的身上，便会呈现另外的景象。

刘高倒是被宋江瞒住了，但他却有自己的算计。他吩咐手下人，用铁锁锁了宋江，"明日合个囚车，把郓城虎张三解上州里去"。后来，果然把"清风山贼首郓城虎张三"几个字写上了囚车的纸旗。

作为地方官，如果细心一些，刘高抓住"郓城"二字的线索，追查到底，不难发现宋江的真实身份和来历。他没有这样做，因为私心蒙住了他的眼睛。他的妻子被清风山的强人掳去，受了侮辱，他愤怒之极，他咽不下这口气，要寻找机会报仇，因此，他怎肯放过送上门来的宋江？

宋江只说自己是"郓城县客人张三"，刘高却给他捏造了"郓城虎"的绰号。一个地名加上一个"虎"字，就确定了宋江的特殊身份。刘高是吃官司饭出身的，他深知，不如此不足以在宋江和"贼首"之间画上等号。

不问青红皂白，罗织罪名，草菅人命，正是封建社会的贪官污吏平日审官司和对老百姓的态度的反映。

花荣也是官场出身，对官场中的大小关节有所了解和熟悉。他在写给刘高的求情信中称宋江为"刘丈"，目的无非是两个：自己和刘高是同僚，多年共事；"刘丈"和刘高同姓，五百年前是一家。他满以为，仗着这同僚、同姓的情分，刘高总会给他一点面子的。

无奈他是武官，和奸诈的文官刘高一比，立刻显出了粗疏。他根本没有想到，宋江会在此前的供词中招认姓"张"，而刘高一心一意要为妻子报仇雪耻的念头更是重于和同僚之间的情谊。

所以，在救援宋江的行动中，花荣终于尝到了一次失败的痛苦。

在作者的笔下，"张三"、"郓城虎"和"刘丈"只是三个普普通通的人名，但它们却被赋予多重的含义，对故事情节的发展起到了一石三鸟的作用。

三个人名使宋江、刘高、花荣三个人的心机和性格获得了充分表现的机会。

一部伟大的、优秀的文学作品，它的细节描写总是经得起分析的。在这一点上，《水浒传》当之无愧。

梁山头领中有没有四川人？

一次，和一位四川籍友人聊天。

他问，梁山泊头领中有没有四川人？

我回答说，有。

他问，有几人？

我答，一人，赛仁贵郭盛。

我记得书上说，郭盛是"祖贯西川嘉陵人氏"，而西川在当时乃是对川蜀之地的泛称，

四川境内不是恰巧有一条嘉陵江吗？

他说，郭盛确实是四川人；但，此外还有另外一个四川人。

我问，那是谁？

他说，是霹雳火秦明。

我问，何以见得？

他回答说，这是何心（陆澹安）《水浒研究》一书提出的结论。书上说，秦明是开州人，而开州就是今天的四川开县。

听后，我一时无言以对。

正好家中有何心先生的这本书，急忙找来一翻，果然发现在该书的第13章"水浒传中的地名"列有"开州"的条目，其下说：

> 开州：北宋时，开州属夔州路，领开江、清水二县。州治在今四川省开县。

读后，不禁感到纳闷。郭盛"因贩水银货卖，黄河里遭风翻了船"，回不了四川家乡，因而四处流浪。这是可以理解的。而秦明呢，如果他是

四川人，那么，他为什么要千里迢迢地跑到山东来做武官（青州府兵马统制）？

书上说，秦明"原是山后开州人氏"。

请注意"山后"二字。

只有先明了这两个字的解释，才能继而明了"开州"是属于四川，还是属于其他的省份。

"山后"是一个专门名词，并非"山的后面"的泛称。

它对于我们并不陌生。小说和戏曲中的杨家将的故乡就在"山后"。小说《北宋志传》中有"山后杨令公"之称。京剧《四郎探母》中，杨四郎有两句唱词说，"家住在山后磁州郡，火塘寨上有家门"。而磁州就在今天的河北省境内（磁县）。

所谓"山后"，既然包括河北的磁州，它的疆域范围当然也就不可能把远在西南的四川涵盖在内。

那么，山后指的是什么地方呢？

山后之名起于五代之时。刘仁恭始置"山后八军"，以御契丹。至石敬瑭，以割让燕云十八州为代价，借助于契丹的力量，建立了后晋王朝。这时，始有"山后四州"的名目。所谓"山后"，在当时，就是对今山西、河北两省的一部分地区的统称。

由此可见，秦明的"山后"，不可能在四川，"开州"也就跟着不可能在四川。

秦明的开州其实就是今天的河南濮阳。

这个开州，在唐代叫做澶州。金代皇统四年（1144）改称开州，属大名府路。州治在濮阳县。明代洪武初年，以濮阳县省入，仍属大名府。清代沿袭了明代的建制。民国二年（1913）改称开县。民国三年（1914）改称濮阳县，属河北省。今划归河南省管辖。

所以，说秦明是河北人，或说秦明是河南人，都没有错。

至于四川的开州，则设置于唐代武德初年，原来叫做万州。到了明代洪武六年（1373）降为开县。

秦明和四川的开州，可以说，完全沾不上边儿。

在古代，地名相同的现象时常发生。既有同代相同的，也有异代相同的。一看到某个古代的地名就匆忙和另一个今天的地名联系起来，而不考虑具体的情况，不做细心的考证，难免会犯张冠李戴的错误。

有的中国文学史著作不是把宋代词人刘过说成是安徽人吗？刘过是太和人，而在古代，叫做太和的地名就有五六个之多。刘过的太和是江西太和，而不是安徽太和。

这是一个同样的例子。

宋江发配

《水浒传》第 36 回写到了宋江的被捕和发配。

宋江从济州出发，途经梁山泊，再前往江州。

这样一写，就使宋江的行程产生了方向、路线的问题。

书中写道：宋江被捕，先在郓城县下狱，然后被解往济州；济州府尹判处脊杖二十，刺配江州牢城。临行之际，宋太公叮嘱宋江的话语中，有一句说：

  你如今此去，正从梁山泊过。

在路上，宋江也对两个公人说过：

  我们明日此去，正从梁山泊边过。

行到梁山泊附近，宋江一行果然被晁盖、吴用等人接上山去。在山寨住了一夜，宋江不肯停留，终于又踏上了前往江州的路程。

宋江发配的路线，书中写得一清二楚：

  济州→梁山泊→江州。

如果我们把这三个古代的地名换成了相应的今天的地名，再对照着地图观察，立刻就会发现这条路线的不合理性。

先看一头一尾。

济州的治所原在巨野（今山东巨野县南），后移任城（今山东济宁市）。江州治所原在豫章（今江西南昌市），后移浔阳（今江西九江市）。宋代以后，都以浔阳为江州。

而江州在济州的正南方。

因此，从济州前往江州，是由北向南走的路程。

再看中段。

梁山泊在什么地方呢？

书中第 11 回柴进告诉林冲说：

> 是山东济州管下一个水乡，地名梁山泊，方圆八百余里。

原来它在济州的范围之内。难怪作者为宋江设计了一条从济州出发、经过梁山泊、再到江州的路线。

问题在于，梁山泊的方位在哪里？

这必须以济州城为中心来确定它的位置。因为宋江并不是从别的地方，而是从济州城出发的。

梁山泊是在济州城的南面，还是在济州城的北面？

只要梁山泊位于济州城之南，书中为宋江发配所安排的路线就算是合理的。

实际情况却正好相反。

梁山泊在今山东梁山、郓城等县之间。也就是说，它位于济州城之东北，相距约 140 里。

从起点济州城，到终点江州，本是径直南下的行程。令人纳闷的是：宋江一干人为什么偏偏要莫名其妙地绕那么大的圈子，先上东北，再下正南？

按照当时正常的走法，从济州城到江州，根本就不必经过梁山泊的地界。

这可要算得上《水浒传》在地理上所犯的一个不小的明显的错误。

这个错误的产生，是和作者施耐庵、罗贯中分不开的。

这就向我们透露了一个消息：施耐庵、罗贯中不可能是山东人。

更准确些说，他们不可能是山东东平人。

因为他们对山东的地理环境感到陌生，特别是对山东东平一带的地理环境极不熟悉，才导致书中叙述的宋江发配的行程呈现出一条忽而北上、忽而南下的奇怪的曲线。

无论是宋代的东平府，或是元代的东平路、明代的东平州，梁山泊都恰巧位于它的境内。

有人说，罗贯中是东原（即指山东东平）人。

套用时下电视剧中一句流行的话："这就奇了怪了。"

如果罗贯中果真是山东东平人，他怎么会对家乡的山水显得是那样的生疏？他怎么会稀里糊涂一锅粥，竟连梁山泊的地理位置（在济州城之北，还是在济州城之南）也分辨不清呢？

如果罗贯中是山东东平人，而又犯下这种常识性的错误，那是难以想像的。

但是，如果罗贯中是山西太原人，而不是山东东平人，他偶尔在笔下出现这样的差错（假设他是《水浒传》第36回这一段文字的执笔者），或者他偶尔让这样的差错从自己的眼皮底下滑了过去（假设他是全书的修订者），那就是可以理解的，并且也是可以原谅的了。

附录

文学所召开施耐庵文物史料问题座谈会纪要

杨志广整理

中国社会科学院文学研究所于1982年8月21日至23日在北京召开了首都学术界讨论施耐庵文物史料问题座谈会,邀请在京的古典文学、历史学、文物学和文字学专家学者对新近在江苏省兴化县和大丰县发现的有关施耐庵的文物史料进行辨析研究。江苏省社会科学院文学研究所的同志以及兴化、大丰两县的有关同志也参加了座谈会,并在会上展出了有关的文物和文字资料。

长期以来,《水浒传》的作者问题一直是个悬案,施耐庵被认为是《水浒传》的作者或作者之一,自明代以来就见于著录,但对其生平家世向无详尽的记载。自20世纪20年代开始,有人撰文介绍施耐庵是苏北人,活动年代在元末明初,并披露了有关的文字和传说。新中国成立后,1952年,苏北文联和中央文化部先后组织了调查组赴兴化等地进行调查,同年《文艺报》发表了一批有关施耐庵的材料(以下简称1952年材料),但由于这批材料本身存在着不少矛盾和疑点,所以学术界多数人对它持存疑或否定的态度。1979年以来,江苏省兴化、大丰两县又先后发现了一些新的文物史料,其中重要的有《处士施公廷佐墓志铭》(砖刻)和《施氏长门谱》,墓志铭记施廷佐的曾祖为施彦端,元末兵乱时曾流离外迁,后又返回故居兴化;长门谱立施彦端为始祖,在正文"彦端公"外旁加"字耐庵"三字,并称其系远朝辛未科进士。有些同志据此确信施彦端即《水浒传》作者施耐庵,认为"解决了几百年没有解决的悬案",是《水浒》研究上的"重大突破"。江苏省社会科学院文学研究所组织的部分《水浒》研究工作者参加的考察活动,以及这前后发表的一系列文章和报道,引起了国内学术界的重视和海外研究者的关注。除了由于个别报道有失实之处而引起争议以外,大家关注的中心问题是这些材料的真伪问题,也涉及对这些文物史料的意义的不同估价。

为了进一步展开讨论,推动《水浒》研究工作的深入发展,座谈会在文学所副所长余冠英、邓绍基的主持下,本着实事求是的精神和百家争鸣的方针,在认真查看了文物并听取了两县同志的介绍的基础上,与会者各抒己见,交换看法。不少同志认为,两天多的讨论澄清了一些问题,明确了许多看法,使学术研究推进了一步。

一　关于文物史料中几个问题的鉴定

与会者首先考察了新发现的《施氏长门谱》。

1952 年曾发现了清咸丰年间所修的《施氏族谱》,1981 年又发现了清乾隆年间编修的《施氏长门谱》,系民国初年的抄本。此本扉页有"国贻堂"、"中华民国柒年桃月上旬吉立十八世释裔满家字书城手录于丁溪丈室"字样,首有乾隆四十二年施族第十四孙施封《施氏长门谱序》,次为杨新《故处士施公墓志铭》,谱系起自始祖"彦端公"(旁加"字耐庵"),二世讳让,字以谦……至十八世孙止。

北京师范大学启功教授首先指出了抄谱人的一个疏忽,即把始祖彦端的名讳和字号搞错了。从整个家谱的体例看,"彦端"应是字而不是名。这样旁加的"字耐庵"三字就有了疑问:一是为什么字彦端之外又有字耐庵;二是为什么是写在旁边的。从整个家谱看,对其他的人再没有类似的写法。不知抄家谱的人何以这样疏忽?另外,如何把家谱和其他文物联系起来,还是个问题,出土文物中既无"耐庵"字样,更无"《水浒》"字样,这说明了文物与家谱之间的距离。

佛教文物图书馆的周绍良先生认为长门谱基本上是可信的,即承认它是乾隆时编修,民国七年手抄的。但旁边的三个字显然是后加的,既不是本来就有的,也不是因为疏忽抄漏了又添上的;因为始祖是最重要的一代,不可能是粗心疏忽造成的,因此判断是硬加上的。另外,周先生根据家谱的体例分析,认为这本长门谱显然是属于人死之后根据祠堂牌位抄录排列世系的一种家谱。序言里说得很清楚,施家族本寒微,本无家谱,到了九世时才开始修谱，到不久又遭火焚了。所以此谱定是后代根据祠堂的牌位抄录的。"字耐庵"三字大概不是牌位上原有的，所以后人在根据传说加上这三字时，便只能加在谱的旁边。

著名历史学家张政烺则根据年代的推算，指出"耐庵"不应是彦端的字号的设想。他把家谱与出土的施让地照对照，发现如根据1952年材料中施让地照所说的以谦之生年（洪武癸丑即1373年），与《施氏族谱》所载王道生墓志铭中提供的耐庵之卒年（洪武庚戌即1370年）对照，那么，耐庵死后三年，那个叫以谦的才出生。如彦端是耐庵，这矛盾就不好解决。施廷佐墓志铭写了彦端尚有其父叫元德，是不是元德才是耐庵？如果是这样，上面这个矛盾就解决了。

历史博物馆著名文物学家史树青也认为，家谱是真的毋庸置疑，他判断"字耐庵"这三个字是民国七年以后施家人根据传说或其他原因，附会上去的。

对此，也有的同志认为可以理解，并提出种种理由来解释，但基本上都承认家谱中尚有疑点。人民文学出版社王利器教授指出：研究家族谱要采取十分慎重的态度，在中国封建社会里，族谱绝大部分是假的。清初的大文学家黄宗羲就说过，天下最不可信的书之一，就是氏族谱。明代以来，修家谱拉名人的情况很多，作假风气太盛，所以我们格外要慎重对待。

《处士施公廷佐墓志铭》是与会者十分重视的出土材料，1979年8月在兴化发现，砖刻墓志，制作粗糙，字体欠工，刻工亦劣。因出土后未及时征集保管，损伤严重，字多磨灭。大家根据1982年4月在江苏召开的考察会议整理的铭文，又加以仔细的辨认，对墓志铭进行了鉴定。

史树青、张政烺、蔡美彪等多数同志认为：从鉴定文物的角度来看，墓志铭应该是真的，包括出土的陶瓷器皿，也确是明代南方民间的器物。问题的关键是它能证明些什么。墓志铭中"会元季兵起"以下的字，有人说是"播浙"，有人说是"流苏"，有人说是"播流"某地，字已不清，很难辨认。多数同志指出：不管这些字是什么，由于铭文中并没有施耐庵和《水浒》的记载，所以它只能证明这个施家在元末明初之际，在兴化、大丰一带，有四五代人在这里生活过，中间经过兵乱播迁后又返回兴化。它同时可以证明家谱有一定的可靠性，但不能明确地证明施彦端就是施耐庵。另外，关于《水浒传》的作者，北京大学吴组缃教授在书面发言中从文学作品的风格和艺术方法的角度分析说，"我的管见，从思想和艺术方法看，《三国演义》和《水浒传》不是出于同一人之手。从用语和生活环境描写看,《水浒》的作者不像只是一个东南人（续书征四寇是出自南方人）"。北京大学吕乃岩则从历史上宋江故事的流行演变过程分析，认为《水浒传》只能是南方人写的，不可能是北方人所写。他指出无论是从《水浒传》故事南北两支演变流传的历史看，还是从《水浒传》的思想倾向与时代关系看，《水浒传》只能是在元末南北两方流传的宋江故事得以交流、元代的严酷统治已经衰微的时代里产生，只能在宋江故事广为流行的南方中心楚州、杭州、淮南一带产生，而这一切又是与现在这个传说中的兴化施耐庵的材料相吻合，因此，他认为虽然目前还缺乏最过硬的材料，现有的材料中还有不少漏洞，但大方向是可信的，对《水浒传》作者生平问题的解决，是应寄予希望的。此外，对于这次展出的1954年发现于大丰、1981年9月征集的"施子安"残碑，由于"施"字上方残损，故产生了辨认和评价上的分歧。有些同志说施子安就是施耐庵，从而证实了王道生墓志铭的可靠性。对此，史树青同志认为所谓"施子安"残碑应是"代子安"之误，这就从根本上动摇了上述同志的肯定性结论。但也有同志不同意这个判断。对于历来有争议的王道生《施耐庵墓志》和明杨新《故处士施公墓志铭》（1952年材料）中所记"先公耐庵，元至顺辛未进士，高尚不仕。国初，征书下至，坚辞不出。隐居著《水浒》自遣"这两行文字（新材料中没有这两行字），与会同志也继续展开了讨论。多数同志坚持认为王道生墓志是不可信的。史树青同志判断它是近人综合了已广泛流传的传说拟作的一篇游戏文章。但也有些同志指出，王道生墓志另有别的抄本，因此设想是否有真正的初本在。至于杨新的墓志铭，由于新发现的乾隆本族谱里所收的该文没有1952年材料中的那两行话，因此比较一致的看法是这两行话是后人窜入的，不同意某些同志认为是原文固有的、乾隆本删去的说法。

二 关于这些材料的总体研究

在对文物史料进行具体鉴定的基础上尤其要注意对材料间内部联系的探讨以及对这些材料的总评价。北京大学金申熊同志首先提出在材料和结论中间需要搭桥挂钩的问题，认为应对现有可靠的材料同施彦端就是施耐庵这个结论之间的联系作为主攻的研究方向。北京师范大学李修生同志对现有材料作了细致的分类：出土文物作为最可靠的材料，可惜它没有直接与施耐庵联系上；传说中施耐庵的事迹很多，但它属于民间文学的性质，虽自有它本身的价值，但在考据研究中却不可为据；家谱、神主一类的材料能证明一些问题，却有吸收民间传说的可能，有后人附会的嫌疑，加上家谱抄本中的疑点，所以应慎重选用、严格分析区别。至于王道生墓志，《耐庵小史》一类的文字材料，多是民国以后才出现的，来源不甚明了，材料本身也有矛盾之处，故大体上不足凭信。

知名历史学家蔡美彪同志做了系统的分析发言。他认为关键的问题是如何分析利用材料和鉴别所记载的内容。他把此问题的讨论归纳为这样一个命题：施彦端、字子安、作《水浒》。从现有材料看，把这个命题的三部分都明确记载了的，只见于咸丰的族谱，其他资料上都无明确记载。咸丰族谱在1952年就发现了，现在又发现了新的资料，这就有一个如何利用新资料重新认识的问题。施廷佐墓志铭讲始祖是元德，元德生彦端，但两本族谱上却都说一世祖就是彦端，可见修族谱的人并没有利用明代的这个材料，没有见过这个墓志铭，即它们是两个不同来源的材料，否则始祖就不应是彦端了。这样看来，施廷佐的墓志铭是第一次发现。而反过来说就是修族谱时所见到的可利用的明代材料是很不充分的。这是第一点。第二点，墓志铭和族谱同样证明了一个问题，即施彦端的"彦端"是字而不是名。那么又旁加一个"字耐庵"怎么解释？当然可以是又字或号，但两个材料不能用来证明族谱的材料。从比较的结果可以看出，明确地说施彦端字耐庵作《水浒》的，只有一个族谱系统，不见于其他的文物史料和传说。那么现在再来考察族谱。现在有了两个本子，乾隆时修的和咸丰时修的，遗憾的是目前都只有抄本没有原本。比较两个族谱，第一个问题是两谱的序言：乾隆谱的序是施家的后裔自己写的，开头说："族本寒微，谱系未经刊刻，而手抄家录。"此序说施家是寒族。而咸丰谱的序是进士陈广德写的，序的主旨在于论证施家是望族。其根据，一是明朝有个祖先施耐庵是个大文人，二是清康熙时有个施建侯是棋手。所以序中说："然则，施氏，望族也。"第二个问题是明朝杨新写的《故处士施公墓志铭》，咸丰本比乾隆本多了两行字："先公耐庵，元至顺辛未进士，高尚不仕。国初，征书下至，坚辞不出，隐居著《水浒》自遣。"这就产生了两个问题：一是说出了施耐庵的名字，二是说了著《水浒》，前头也有一句"本望族也"。第三个问题是陈广德进士主持修族谱确定了始祖后，就建施氏宗祠（咸丰五年）。咸丰四年修谱定耐庵为始祖，咸丰五年就建祠堂立神主，看来施家当时是作为一件大事来搞的。那么可不可以设想：把《水浒》

作者施耐庵确定为施家的始祖，就是咸丰四年的事情？史树青判断乾隆本民国七年的抄本上的"字耐庵"三个字是后人传抄时加上的，很可能是根据咸丰本（当时已经流传开了）加上的。既然上述那个命题只有在陈广德主持下修的咸丰族谱上存在，咸丰以前，无类似材料；族谱以外，无类似记载，据此我们得出一个印象：确定始祖为《水浒》作者施耐庵，应是咸丰四、五年的事情。至今亦有百余年，故老相传，也是可以流传较广的。

至于咸丰族谱确定耐庵为始祖，根据何在，就有种种可能性了。现在还不能完全科学地确定这个命题，也没有充分的证据否定这个命题。今后要继续收集材料，以实事求是的态度，那么不管将来的结论是肯定的抑或是否定的，都应视为是科研上的成果。

江苏省社会科学院文学所的刘冬和欧阳健同志比较肯定地认为施彦端即是作《水浒》的施耐庵。他们认为所有这些材料虽有种种可疑之点，但都不能全盘否定。其中很多疑点是可以解释的。刘冬同志提出了五点线索材料为理由，说明施彦端就是施耐庵是落实了的：第一，出土的墓志铭，祖传的家谱，祠堂的神主牌位等多处材料上都写着施彦端或施耐庵的名字。而它们的年代、经历甚至儿孙都一样。第二，文物证明彦端在元末明初兵乱之际去过苏杭一带，这就与明人笔记中的"钱塘施耐庵"的说法相吻合。第三，王道生的《施耐庵墓志》、杨新的施让墓志，袁吉人的《耐庵小史》等一系列文字材料，虽有种种疑点，但又可以"互相印证"。第四，兴化、淮南一带有大量的施耐庵传说。第五，又发现了传说是施耐庵作的诗词曲作品。欧阳健同志认为1952年的材料勾勒出了施耐庵生平家世的大轮廓，新发现的材料为这个轮廓找到了几个支撑点，而不是违背了1952年材料勾勒的轮廓。二者在大方向和趋势上是一致的。欧阳健同志认为，应鼓励有些同志发挥想象力去设想，这是符合研究的规律的。

从会议讨论的情况看，大多数同志同意蔡美彪等同志的意见，认为从现有材料本身看，还不能肯定地得出施彦端就是《水浒》作者施耐庵的结论。

三　关于研究方法的一些问题

在讨论过程中，同志们也涉及了研究方法上的一些问题，即方法论问题。中华书局副总编辑傅璇琮说：怎样鉴别史料，进行古典文学中作家的生平的考察，这是个方法论的问题。文物史料考证是研究方法中的一个重要环节：就是要考辨真伪。所谓"相互印证"的方法是不太保险的，容易先有个成见，根据成见再把资料组合起来"相互印证"。从考据方法说，恐怕应有个主要的证据，主要证据必须是可靠的，然后再据此去找其他的印证。不分主次而笼统地采取"互相印证"的方法就可能出差错。

文学研究所的石昌渝同志指出：对材料要区别分析，不能简单地采取综合的办法得出结论。文字材料和口头传说不能与出土文物相提并论。在研究中不能只强调材料之间相同的地方，不注意不同或矛盾的地方。文学所的胡小伟同志也说，有的材料对于考据只有参考价值而没有使用价值，要排除这些材料去做依据。要避免逻辑上循环论证的不当。另外，考据上能不能用假设想象的问题，他认为：在材料充分坚实可靠的基础上，可以有一个假设，但不能在假设中再去求假设，不断推理下去；虽然"言之成理"，但毕竟要"持之有故"。文学所吴晓铃教授在书面发言中说：这些材料已引起国际学者的注意。我们是最有发言权的。但正因如此，我们的发言要十分谨慎。偶一不慎，就会造成十分不利的影响，所以无十分证据，结论不要匆促下。他提出对材料要辨伪、辨疑，辨有关与无关，有用与无用，不能相提并论。材料中有的只是供以参考，有的可提供线索，考证时应以本证为主，旁证为辅，统而观之往往使真伪混杂，减弱了结论的科学性。

经过两天多的讨论，多数同志肯定了部分文物史料的真实性，也肯定了这些材料对施耐庵研究所起的推进作用，同时指出其中尚有疑点，某些关键之处有后人篡改删增之嫌，并且还未找到这些材料与《水浒》作者施耐庵之间的必然联系。大家认为，现在做出施彦端就是施耐庵的结论为时尚早。希望以此次会议为动力，以积极的态度继续抓紧发现和征集新的材料，争取研究工作的深入一步。座谈会对江苏省兴化、大丰两县的领导和群众积极保护收集文物史料所作的努力和贡献表示钦佩和称赞。

《水浒源流新证》序

刘世德

一

给侯会的这本《水浒源流新证》写序,我不禁想起了先师吴组缃教授的二三事。

吴先生每有妙语,令我终生难忘。

记得刚踏进清华大学校门之时,三五个同学结伴到吴先生家中做客。那时,他担任我们的系主任。高年级的老同学介绍说,吴先生善谈,好客。一句"他家的茶叶醇香无比",惹得当时的我们垂涎欲滴。于是提前了几天去拜访吴先生。

落座以后,果然是每人一杯香茗。照例寒暄一番。吴先生对大家说,"你们读中文系,无非是将来想搞文学。搞文学,不管是搞创作,还是搞研究、评论,平日都要注意观察生活,观察越细致越好。"

说到这里,吴先生环顾着我们,说:"我问你们一个问题,看谁能答得上来。"

我们每个人都睁大了眼睛,屏气凝神,惴惴不安地等待着。

只听吴先生问道:"蜘蛛有几只脚?谁回答得出来?"

鸦雀无声,谁也没有开口。

吴先生说:"你们好好想一想吧。"然后,他转移了话题,才打破了尴尬的沉默局面。

尽管事后我并没有尝试去抓住一只蜘蛛细看,也没有去请教有关动物知识的书籍，以致到今天仍然闹不清蜘蛛到底有几只脚，但我却牢牢地记住了吴先生的教导：对客观事物，要细致观察。

后来，我们转到了北京大学，吴先生教过我们"现代文学"课。

在课堂上讲解一些报告文学、短篇小说作品时，还曾细心地指出其中的一些细节上的疏忽，一些违反生活常识的错误，例如，一位老女人的小脚是几尺几寸，在同一篇作品内居然出现了前后不同的数码，又如，用手枪从一个方向射击河中行驶的一条大船，怎么可能在大船的四周都溅起了水花？其例甚多，且这些有微瑕的作品泰半出于名家的笔下，不必缕述。

这又使我受到很大的启发。日后，我在阅读、分析文学作品时，养成了一种习惯，往往会有意识地去注意挑剔书中大大小小的违反生活常识的错误，以及在细节描写上前后缺乏照应的缺点。

大学毕业后，我到中国科学院文学研究所工作。当时的中国科学院文学研究所就设在北京大学校园之内，还挂着一块"北京大学文学研究所"的招牌。

北京大学校园内出现了百家争鸣的热闹气氛。我的两位老师，吴组缃先生和何其芳先生，同时开讲《红楼梦》。他们的观点，在很多问题上，截然不同，尤其是对薛宝钗形象的分析和评价。于是引起了轰动，成为红学史上的一大盛事。有幸的是，我去听了课，并且作了详细的笔记。

多年以后，有一天，为了推荐我的一位学生和吴先生合写《中国大百科全书》中国文学卷的"红楼梦"条目，我专程到西郊去拜访吴先生。

在交谈中，我们回忆起当年吴、何二位先生打擂台，令燕园多少学子倾倒的盛况。

吴先生对我说："我和其芳对薛宝钗的看法不同。你知道是什么原因吗？"

我静听着吴先生的分析，没有搭腔。

他接着说："其芳是诗人。诗人总是热情的、浪漫的，把生活、事物看得很美好。而我是小说家。小说家总是保持一种冷静的态度，用客观的、批判的眼光去解剖人生、社会。所以，其芳更多地看到薛宝钗的好的一面，我呢，更多地看到薛宝钗的坏的一面。"

这番话使我受到了震动。我虽然很了解两位老师的学术观点的异同，却从来没有从他们作为小说家、诗人的身份、气质、风格等方面去追索原因。

回家以后，我想了很久。吴先生的看法有一定的道理。但我并不完全赞同。我认为，二位先生的某些学术观点之所以不同，和他们是不是小说家或诗人在很大的程度上无关。尤其是何先生，在他四十岁以后所写的文学研究论文中，据我的体会，并没有流露出一般诗人常有的气质。他早年写《画梦录》时的那种风格已荡然无存。

我觉得，吴先生的话并不完全准确，也就是说，并不完全符合他们二位（特别是何先生）的《红楼梦》研究的实际情况。

但是，吴先生的话却对我有很大的启发。我的脑海里突然闯进了一个等式："小说家" + "诗人" = 完美的组合。于是我把它和考据工作联系起来。考据的最高境界不也正是如此吗？

考据是古代文学研究中的一个重要的方面。像黑衣法官断案、大侦探破案一样，它需要的是敏锐的头脑，严谨的作风，广泛地搜集证据，结论必须、也只能从客观的证据中引出。——这好比是"小说家"的工作。然而，很多证据是死的，摆在那里，你不一定找得到它们。怎么去寻觅它们呢？甚或即使看见了它们，有时也不知道如何能使它们更好地发挥效用。这就需要开动脑筋，让自己的想像力驰骋起来，飞翔起来。——这好比是"诗人"的工作。

考据必须凭证据说话。但是，考据不能完全排斥合理的推测。推测又必须倚仗证据的支持。于是，出现了另外一个类似的等式：确凿的证据 + 合理的推测 = 成功的考据。

二

先师吴先生的教导，我的关于考据的联想，怎么会和侯会的书发生联系呢？

侯会作的也是考据的功夫。他的考据，从提出问题到解决问题，都和我上面所说的几点暗合。

例子甚多，姑且随手举两个。

他读《水浒传》百回本第15回，发现了"八"、"七"和"六"三个数字的矛盾。回目上说是"七星聚义"；在正文中，参加聚义的人数，明明是八个人，却一会儿说是"七人"，一会儿说是"六人"。经过详细的分析和论证，他断定，在《水浒传》成书过程中，公孙胜是后来加入的。

他读《水浒传》，又发现一条规律：每位梁山好汉首次登场，都应该伴随着一首出场诗。他细心地统计出：91人有出场诗；其中69人在首次登场时有出场诗，22人在第二次、第三次登场时才有出场诗；17人始终没有出场诗，他们的登场相对地集中于第 14 回、第 15 回、第 35 回、第 36 回；在第 13 回之前，有 14 人登场，竟无一人带诗出场。经过深入的研究，他得出的结论是：在今本之前，存在着一个"带诗本"。他更进一步论述了这个"带诗本"的内容和特点。

这些都是十分精彩的考据。

他的考据获得成功，不是偶然的。

其原因在于，他对考据有正确的认识，他运用了正确的考据方法，他的结论因而是有说服力的，也是经得起检验的。

三

初次认识侯会，是从阅读他的论文开始的。

那是在 1986 年底，在《文学遗产》第 4 期上读到了他的《〈水浒〉源流管窥》，深感角度新颖，别具慧眼，分析细腻，论据可信。这是难得一见的研究《水浒传》版本问题的好文章。它有新的视角，新的见解。我为水浒学界冒出了新人而感到欣喜。我在《文学遗产》担任编委，连忙把我的看法告诉给编辑部的朋友们，并且盼望他们继续发现新人，扶植新人，继续发表佳文。后来，果然又在刊物上陆续地出现了侯会的名字。

1992 年起，侯会来中国社会科学院文学研究所，在我的名下进修。我们既是师生，又是挚友，彼此尊重，互相切磋，互相启发。这短短的一年的融洽相处，我们都认为是值得追忆的往事。

说来机缘也真是凑巧，不久以后，侯会竟然搬家，成了我的邻居：我们虽然住的是两栋楼，却在同一个院内。我们见面的机会也就更多了。我也更有幸地得以读到他的几篇待发表的论文。他的好意，是让我多提提意见，以便作进一步的修改。实际上，我却从中汲取到一些营养，对我平日所思考的某些问题从另一个角度、另一个侧面获得了不少的启迪。

侯会是个典型的读书人，温文尔雅，谦谦君子，虚心好学。十余年来，他的治学有了长足的进步。在这一过程中，我并没有给过他多大的帮助。他的成就，可以说，主要是凭仗着他自己的艰苦努力取得的。我不敢有丝毫的冒功。

侯会在大学里教书。课余，孜孜不倦地继续钻研着《水浒传》的版本问题，成书过程问题。几年的辛勤耕耘，终于向读者们献出了这本选题新颖、视野开阔、资料丰富而翔实、论述细致而深入、有扎实功力、有独到见解的专著。

四

很多人对小说版本研究抱有一种误解，总以为必须手上持有多种珍贵的、稀奇的版本，方能搞出名堂来。

实际上并非如此。

侯会就是一个明显的例子。

据我所知，他算不上藏书家，他也并不刻意搜集珍贵的、稀奇的小说版本。他看的是一些比较普通的书。他照样做出了优异的成绩。

关键在于，首先要静下心来，力戒急于求成的浮躁习气，稳坐在书桌旁，细心地读书和做学问。

读书要细心。细心就会有意想不到的收获。要善于从字里行间发现问题。研究的独创性常常是从这里产生的。

一边读书，一边要勤于思考。读书不仅求"深"，还要求"博"，要以某一部小说为中心，旁及上下左右，多方面地努力寻找有关的资料信息。

单有以上所说的几点还不够。考据家不应是"书呆子"，不应是"书篓"。思维能力，对考据家来说，有着重要的意义。对纷至沓来的资料要善于选择。要善于分辨它们的有用与无用，真与伪，主与次，重要与不重要。某一资料能解决什么问题，不能解决什么问题，都要心中有数。这些其实都是对考据工作的基本要求。

我看，侯会是符合并且超越了这些要求的。

五

侯会希望我为他的这本专著写序，我啰啰嗦嗦地说了以上的一大套，不知是否符合他的要求？此序放置在全书的开头，也不知是否合适，是否对各位读者有用？

还是请各位读者跳开这篇序言，直接去阅读这本专著的本文吧。我相信，它将会带给您或多或少的愉快和收获。

后 记

我研究《水浒传》版本其实早于研究《红楼梦》版本和研究《三国志演义》版本。

在《三国志演义作者与版本考论》一书出版后,有位知己对我说:"你的《三国》研究既然已经暂时告一段落,何不写几篇《水浒》的,再把以前已发表的《水浒》论文集合起来,也出一本专著?"十分感谢朋友的劝告和提醒。于是就有了这部《水浒论集》的产生。

《水浒论集》全书分为五卷。

卷1是"《水浒》总论",收录论文两篇。

第1篇《论〈水浒传〉》原是《水浒传》校点本(北方文艺出版社,1994年,哈尔滨)的"前言",写于1994年3月下旬。当时,在北方文艺出版社总编辑陈澂先生的策划下,要推出《三国志演义》、《水浒传》和《西游记》三部小说的校点本,并约请黑龙江大学刘敬圻教授、我和他自己来分别撰写这三部书的"前言"。《水浒传》校点本以容与堂刊本为底本,校点者乃哈尔滨师范大学中文系邹进先教授。这篇"前言"在收入此"论集"时改易此标题。

第2篇《关于〈水浒传〉的几个问题》是一次演讲的录音稿。1984年4月在洛阳举行"第二届全国《三国演义》学术讨论会"。其间,河南省社会科学院文学研究所、河南省文学学会举办了"中国古代小说讲授班",邀请了任访秋、季镇淮、吴小如、袁世硕、李希凡、胡世厚、宁宗一等专家、学者发表演讲,我也忝列其中。我被分配的讲题是《水浒传》。这篇录音讲稿的整理者是河南省社会科学院文学研究所原所长王永宽先生。在这里特向永宽表示感谢。此讲稿后曾收入《中国古代小说十二讲》(中州古籍出版社,1993

年，郑州）一书。

中国社会科学院文学研究所编写的三卷本《中国文学史》（人民文学出版社，1963年，北京）中的《水浒传》一章是由我执笔撰写的。本书原拟收入，后来考虑到内容重复的问题，故而作罢。我还曾为燕山出版社的《水浒传》排印本撰写了"前言"，也由于同样的原因没有收入。

此外，我还于2006年9月在石家庄市，2011年11月26日在国家图书馆，发表过演讲，都是指定的关于《水浒传》的题目。

我也曾在中央电视台"百家讲坛"应邀讲过《水浒传》。本来还准备接下去再讲几次。但是导演同志驾临寒舍，亲口对我说，"刘老师，你不要讲学术，你要讲故事。"我想，我讲的是关于古代小说的题目，而小说本身就是故事。我是做学问的，不要我讲学术，却要我讲故事，那岂不是要我扮演说书人一类的角色？我不屑于做所谓的"学术明星"。话不投机，我只讲了那一次，以后再也没有登上那个讲坛的大门。

卷2是"《水浒》作者论"，共6篇。其中以两篇关于作者施耐庵的为主。另外还顺带收录了两篇介绍张凤翼为《水浒》撰写序言的短文、两篇有关金圣叹生卒年和后人的短文。

第1篇《施耐庵文物史料辨析》，写于1982年7月至8月，刊载于《中国社会科学》1982年第6期，其后被先后收入《施耐庵研究》（江苏古籍出版社，1984年8月，南京）以及《名家解读水浒传》（山东人民出版社，1998年，济南）。此文的摘要，发表于《光明日报》1982年11月22日和《新华文摘》1983年第2期。此外，记得在北京出版的一本英文杂志中也曾发表过此文的英译。

1982年，中国社会科学院文学研究所副所长余冠英先生找到我，说他接到胡乔木同志的通知，要文学研究所派遣一位研究《水浒传》的研究人员到江苏兴化、大丰两地去调查有关新发现的施耐庵的文物资料的真伪问题。

起因是这样的：当时的报纸上集中地发表了几位专家学者应邀访问兴化、大丰之后在一次座谈会上的发言，他们肯定那些新发现的文物资料的价值和真实性，并且肯定施耐庵是当地人。胡乔木同志看到有关报道后，引起了怀疑。他是盐城人，而盐城是兴化、大丰的邻县，他说，他从《水浒》书中看不出作者是兴化人或大丰人的痕迹。

于是我持中宣部给江苏省委宣传部的介绍信，在《中国社会科学》编辑部的杨志广同志的陪同下，于1982年6月22日起程，来到了南京。省委宣传部安排我们在江苏省社会科学院文学研究所住下。江苏省社会科学院文学研究所刘冬先生会见了我们，并详细介绍了有关的情况。该所领导又安排研究员姚政先生（一位令人尊敬的研究语言的学者）陪同我们前往。我们三人先到兴化，后到大丰，了解和亲自观看了当地有关的文物资料。调查于 7 月 3 日结束，随即分别返回南京和北京。

在大丰期间，还有一件事值得追记。邓绍基兄和我同一年进文学研究所，同在一个组内工作，一起合写论文、编书，情同手足。恰巧他的胞弟夫妇二人都在大丰居住和工作，绍基兄的母亲也住在他们家内。我抽空专程去他们家探望，欢聚畅谈，并且拜见了绍基兄的健康爽朗的老母，代致了绍基兄的问候。

返回北京后，我向余副所长汇报了此行的详细情况，并向胡乔木同志写了书面汇报。在给胡乔木同志的信中谈了我的看法和判断，并建议在北京召开座谈会，邀请首都研究古代文学、历史、考古、文物的学者以及江苏、大丰的领导同志和有关人员参加，调集全部有关的文物到北京的会场上展览和鉴定。乔木同志批准了这个建议。座谈会遂于 1982 年 8 月 21 日至 23 日在全国总工会招待所召开。有关的情况详见本书卷 5 "附录"的杨志广同志所写的《文学所召开施耐庵文物史料问题座谈会》一文。此报道刊载于《中国社会科学》1982 年第 6 期。

事隔多年之后，有位在这个问题上和我的观点相左的朋友在"博客"上竟公然讥讽我在会上一言不发，会后却写了文章。这真叫我不知该说什么是好。在座谈会上，我确实没有发言，因为我是会议的主办人员，会上会下忙于会务工作，别人的发言唯恐安排不下，哪里还顾得上自己去抢着发言，难道我会后写的论文就算不得我的发言？

关于这篇文章，还有以下几点可说：

一、本文第 1 节谈到了郭勋。在初稿发表时，由于一时疏忽，未加细考，把郭勋的生卒年写成 "？~1542"。其后，在《中国社会科学》1983 年第 2 期刊载了读者苏州第二毛纺厂金苏同志的来信《郭勋的生年有记载》。金苏同志在信中，一方面称赞拙文 "是一篇持之有故、言之成理的好文章，我很爱读。希望贵刊今后多刊登这样的好文章"，另一方面指出，郭勋生于成化十一年（1475）。因此这次做了相应的补充和改正，并在这里向素未谋面的金苏同志致谢。

二、本文初稿发表时，《中国社会科学》的编辑曾对其中极少数的几处作了文字上的修改。有的修改很好，我十分感谢。有的修改，则不免使我感到遗憾，因此这次没有加以保留，希望能获得那位编辑同志的谅解。还发现有个别的文字误植和注码颠倒的地方，我也一一加以更正。特别需要提出的是，第1节"三次调查的经过和学术界的反响"部分的第7段、第8段，在初稿中，原作：

> 上述事实，无可辩驳地说明。从1952年到1966年之间，关于施耐庵的新材料的真伪问题，尽管存在着不同的意见，但在学术界，怀疑或不相信这些新材料的显然占压倒多数。当时并没有人撰写并公开发表专门的论文来讨论这些新材料的不可靠性和可疑之点。原因很简单，这些材料不能作为论述或研究《水浒传》作者施耐庵的依据——在大家的心目中，以为这是不成其为问题的。
>
> 谁知到了"十年动乱"之时，学术界许多同志失去了发言权。1975年掀起所谓"评论《水浒》"的高潮以后，有的作者找到了1952年《文艺报》，又把这些新材料翻了出来。一些不明底细的同志跟着就把它们视为真实、可靠的史料，而在自己的文章中加以援引了。最突出的是两个例子……

但在发表时，却被编辑同志做了删改。删改主要是两点。第1点，在第7段中，删去了最后的"原因很简单"至"以为这是不成其为问题的"，而在"显然占压倒多数"之后、"当时并没有人撰写"之前，增加了一句："但由于种种原因"。第2点，在第8段中，把"1975年掀起所谓'评论《水浒》'的高潮以后"之后的几句删改为：

> 有的同志又把1952年《文艺报》的新材料找了出来，把它们视为真实、可靠的史料，……

这样的删改，较之初稿的原意，显然有较大的出入，尤其是第2点。因此趁着《水浒论集》出版的机会，恢复了第7段和第8段初稿的原文，并在这里略作必要的说明。

三、本文第5节"施氏家谱能证明什么和不能证明什么"部分的第1段，谈到《施氏家簿谱》中添写在行侧的"字耐庵"三字，提出了我的判断："字形比正文小，墨色较正文淡而浮，笔迹似与正文不同，当非一人一时所写。这不能不令人怀疑到，它们是在民国 7 年（1918）以后羼入的。"从这段文字不难看出，我是从字形、墨色和笔迹三个方面着眼的。在判断的用语上，我还是比较谨慎的。字形和墨色的异同，易于断定，大家自然可以共同得出明确而一致的结论。至于笔迹，则判断的难度要大一些，仁者见仁，智者见智，产生分歧的解释，是可以想见的。因此，我特意使用了一个"似"字和一个"当"字。而在结论的句子之前，我也同样使用了"不能不令人怀疑到"的表述方式，以表示一定程度的保留。大丰县友人王同书同志在《中国社会科学》1983 年第 3 期发表《对〈施氏家簿谱〉中"字耐庵"三字非旁人后加的论证》一文，对拙文提出质难，并引用江苏省公安厅的鉴定，认为"字耐庵"三字"非旁人后加"。在我看来，他的"论证"是不充分的，因而他的结论仍然是缺乏说服力的。他回避了字形和墨色的问题，仅就笔迹一项立论。一直到目前，我仍然坚持认为，与正文相较，这三个添写在行侧的字"当非一人一时所写"。

此文在发表时，文末有一段"附记"。其中说：

> 兴化县的沈恒生、赵振宜、张丙钊同志等，大丰县的陈云飞、姚恩荣、王同书同志等，江苏省社会科学院文学研究所的刘冬、姚政、欧阳健同志等，先后向笔者详细地介绍了情况和背景，赠予各种有关的报刊、文稿和资料。他们对两县发现的施耐庵文物史料的看法，与笔者不尽相同，但他们对笔者的考察工作进行了热情的协助，并且提供了极大的方便。谨在这里向上述诸位同志表示诚挚的谢意。

第 2 篇《施耐庵即施惠说》载于《文汇报》（香港）1979 年 7 月 19 日。严格地说，这只是一篇在报纸上用笔名（寒操）发表的随笔式的文章。

1965 年夏，我在北京图书馆泛阅明代戏曲作家的诗文集。最大的收获是在张凤翼的《处实堂集》中发现了他撰写的《水浒传序》。据我所知，这是一篇前人没有提到过的、研究《水浒传》的中外学者们所不知晓的重要文献。于是先后写出第 3 篇《关于张凤翼的〈水浒传序〉》（《光明日报》1965 年 5 月 9 日《文学遗产》）、第 4 篇《读张凤翼〈水浒传序〉》（《光明日报》1983 年 1 月 4 日《文学遗产》）二文。我在文章中全文发表了张凤翼的这篇序文。张凤翼这篇序文后来又被马蹄疾（陈宗棠）《水浒书录》、朱一玄、刘毓忱《水浒传资料汇编》转载，遗憾的是，他们都没有注明此序文系录自拙文，而且其中一位还误写了"处实堂集"的书名。

第5篇《金圣叹的生年》刊载于《文汇报》(上海)1962年6月20日。

第6篇《金圣叹的后人》刊载于《学林漫录》二集(中华书局,1981年,北京)。1980年,中华书局酝酿出版《学林漫录》丛刊,傅璇琮学兄来约稿,遂写《稗乘脞记》三篇以应。《金圣叹的后人》即是其中的第1篇(其余两篇是《马中锡的生卒年》和《贾雨村的籍贯》)。

卷3是"《水浒》版本论",共收入论文15篇。这也是本书的重点所在。

第1篇《论〈京本忠义传〉的时代、性质和地位》,系应几位台湾友人之约而写,刊载于《小说戏曲研究》第4期(联经出版事业公司,1993年2月,台北)。后又应邀再发表于《明清小说研究》1993年第2期和《诸家汴梁论水浒》(中州古籍出版社,1993年12月,郑州)。

第2篇《〈全像水浒〉残叶考论》一文有初稿与修改稿之分。

初稿曾以《〈水浒传〉牛津残叶试论》为题,提交中国社会科学院文学研究所中国古代小说研究中心、山东省水浒文化研究会、梁山县人民政府主办的"天下水浒论坛"(2010年10月16至19日,山东梁山),并曾以初稿的内容作大会发言。初稿后又应王建同志之约,刊载于《菏泽师范学院学报》2011年第1期。

其后,我对此文进行了大幅度的修改,从内容、文字到结构,与初稿相比,均有较大的不同。2011年5月13日至16日,澳门文献信息学会与北京大学国际汉学家研修基地主办的"海外汉籍与中国文学研究"国际学术研讨会在澳门大学举行。我应邀参加,提交了此文的修改稿,并在研讨会的第一场"海外存藏的中国文学珍稀版本研究"上作了首位发言。

此修改稿曾刊载于《罗学》创刊号(社会科学文献出版社,2012年10月,北京)。

十余年前,当时日本东京大学伊藤漱平教授曾在北京当面赠我《水浒传》黎光堂刊本的复印本。在他的启发下,遂开始《〈水浒传〉黎光堂刊本与双峰堂刊本异同考》一文的写作,但写完前三节后,因有他事而暂时中止。2012年春,重操旧业,补写最后几节,成为本书卷3的第3篇。

第4篇《〈水浒传〉双峰堂刊本:叶孔目改姓与余呈复活》也是十余年前的旧稿,写出后没有公开发表,后应《罗学》编辑部之约,略加补充、修改,发表于该刊的第2期(2013年)。

第5篇《谈〈水浒传〉双峰堂刊本的引头诗问题》,1989年底写出初稿,1991年底改订,发表于《文献》1993年第3期。

第 6 篇《〈水浒传〉袁无涯刊本回目的特征》，系应贾文昭兄之约而写，发表于《古籍研究》（安徽）1995 年第 4 期。贾文昭兄原是文学所的同事。后来他调入中宣部工作，"文化大革命"之后又转到安徽大学古籍研究所工作。他在北京时，与夫人分居两地。那时的文学所，有个优良的传统，逢年过节，我们这些有家室的人，常对所内单身的同事发出邀请，茶酒欢聚。文昭兄常来舍下做客。他善弈，我那调皮的幼女成为向他挑战的棋友。至今我还怀念着远方豪爽、淳朴的他。

说起第 7 篇《钟批本〈水浒传〉的刊行年代和版本问题》，我首先要感谢美国普林斯顿大学浦安迪教授。他是我的老友。此文的撰写，和他有关。

当年钱钟书先生访美归来后，和我有一次长谈。我向他请教："当前美国的汉学家中，研究《红楼梦》而有成绩的有些什么人？"钱先生向我介绍了两位。一位是毕晓普，可惜他已作古；另一位则是浦安迪，说他年纪不大，用结构主义的方法研究《红楼梦》，很有名气。从此我就记住了浦安迪的名字。后来，浦安迪几次来华参加学术会议，我得以结识、缔交，有机会和他深入地谈论对中国古代小说的某些看法，并曾在北京的"功德林"几次共进素食。

有一次，美国哈佛大学韩南教授来舍间小聚，我在席间说起我坚持的一个看法，即几部古代小说名著都是作家的创作，而不是什么集体作品，也不是积累型作品。韩南教授说，你的观点和浦安迪类似，他是你的同道。

浦安迪教授知道我当时正在研究《水浒传》的版本问题，就慷慨地把日本收藏的钟伯敬批本的缩微胶卷赠送给我，我在他的鼓舞之下写出了这篇论文。此文写于 1985 年 6 月，发表于《文献》1989 年第 2 期。发表后，浦安迪教授又把它推荐给他的学生、《三国演义版本考》的作者魏安。

写第 8 篇《谈〈水浒传〉刘兴我刊本》的起因是这样的：1980 年，应日本学术振兴会的邀请，中国社会科学院文学研究所派出了"中国古典文学研究工作者访问团"，团员五人：吴世昌、曹道衡、蒋荷生（和森）、邓绍基和我。我们访问了东京大学、京都大学、东北大学等，参观了东洋文化研究所、静嘉堂文库、内阁文库等。其间，我们还在东京参加了一次公开演讲会（我作了题为"明初诗人高启"的演讲），在京都大学参加了一次座谈会（我作了"中国国内古代小说研究界近况"的专题发言）。此次访日之行，带回来接待方赠送的一些明清小说、戏曲的复印本和缩微胶卷；其中有《水浒传》刘兴我刊本的复印本。其后遂在 1989 年出版的《古本小说丛刊》第二辑中影印了此书。我于 1986 年 2 月写出《谈〈水浒传〉刘兴我刊本》，此文刊载于

《中华文史论丛》1986年第4辑。

在写完第3篇《〈水浒传〉黎光堂刊本与双峰堂刊本异同考》之后，紧接着又在2012年夏写了第9篇《〈水浒传〉刘兴我刊本与黎光堂刊本异同考》。其间接受了友人的建议，将这两篇冠以"《水浒传》简本异同考"的总名，以《〈水浒传〉黎光堂刊本与双峰堂刊本异同考》为上篇，以《〈水浒传〉刘兴我刊本与黎光堂刊本异同考》为下篇，连续刊载于《文学遗产》2013年第1期和第3期。

第10篇《雄飞馆刊本〈英雄谱〉与〈二刻英雄谱〉的区别》，系应卢兴基兄之约而写，刊载于《阴山学刊》1988年第1期。卢兄是我北大的同学，比我低一班，又是我在文学研究所的同事。他长期在《文学遗产》编辑部工作，中间一度因故调往包头师专教书。那年，包头师专创办了《阴山学刊》，卢兄返回文学所后，仍不忘旧情，积极为《阴山学刊》约稿。妻嫌刊物的名称不雅而一度力阻此事。我终于以卢兄的情谊为重，交出了此文。

《二刻英雄谱》有崇祯年间雄飞馆刊本，为一般学者所熟悉；日本京都大学还出版了该书的影印本。既有"二刻"，必有"初刻"。但《英雄谱》（初刻）其书却少为人知。胡小伟同志知道我当时正在研究《水浒传》版本问题，就把他从一位朋友那里借到的《英雄谱》（初刻）残本转借给我。我细读了这个珍本，然后写成此文。在这里，谨再次向胡小伟同志致谢。胡小伟同志曾嘱咐我，发表此文时不要透露此书藏主的身份，我遵守了诺言。

《英雄谱》"初刻"和"二刻"是崇祯年间的《三国》和《水浒》的合刊本，每叶的上栏为《水浒》，下栏为《三国》，用不同的字体（一为楷体，一为宋体）印成。《雄飞馆刊本〈英雄谱〉与〈二刻英雄谱〉的区别》一文所谈的内容只涉及《水浒》，而没有提到《三国》。

日本东北大学的矶部彰教授是著名的研究《西游记》的专家。据我所知，在研究《西游记》的学者中，以掌握的文献资料之丰富与见解之独到、学识之深厚而论，当代无出其右者。他曾邀请我到东北大学去做客座教授。在生活上，他和他的夫人矶部祐子教授给予我很多的帮助。其实，我认识矶部祐子教授还在认识矶部彰教授之前。那时，她叫熊谷祐子，在复旦大学进修，师从陆树仑教授。树仑兄介绍她到北京来见我。我和妻子接待了她。她的汉语说得相当熟练。我们谈了很久，话很投机。她很谦逊，一再坚持亲切地叫我的妻子为"妈妈"。

正是她在其后为我带来了《水浒传》映雪草堂刊本的复印本。复印件装满了一个纸箱。纸箱之沉重，令我感到意外。我受到了很大的感动。一直到现在我还清晰地记得她把那纸箱递交到我手中的情景。是她引发了我研究映雪草堂刊本的热情。于是我连续撰写了三篇论文。这就是第11篇《谈〈水浒传〉映雪草堂刊本的概况、序文和标目》、第12篇《〈水浒传〉映雪草堂刊本——简本和删节本》和第13篇《谈〈水浒传〉映雪草堂刊本的底本》。本来还要继续写下去，却因有他事插入而告中断。事过境迁，就再也没有机会和兴趣去接触映雪草堂刊本了。

第11篇《谈〈水浒传〉映雪草堂刊本的概况、序文和标目》写于1982年11月、12月间，原载于《水浒争鸣》第3辑（长江文艺出版社，1984年，武汉）。

第12篇《〈水浒传〉映雪草堂刊本——简本和删节本》写于1983年5月，原载于《水浒争鸣》第4辑（长江文艺出版社，1985年，武汉）。

第13篇《谈〈水浒传〉映雪草堂刊本的底本》一文写于1983年冬，原载于《明清小说研究》1985年第2期。该文原长一万余字。编辑部说，该刊登载的论文必须不能超过一万字；于是只得奉命删去第五节之后的部分。现已补充复原。

第14篇《〈水浒传〉无穷会藏本初论》刊载于《文学遗产》2000年第1期。此文的写作的缘起以及我和日本学者前往无穷会看书的情况，文中已有比较详细的交代，这里不再赘述。

第15篇《〈金瓶梅〉与〈水浒传〉：文字的比勘》写于2000年，是提交由新加坡国立大学文学与社会科学院、复旦大学中国语言文学研究所主办的"明代小说国际学术研讨会"（2001年8月11日至12日，新加坡）的论文，曾应孙逊兄之约，刊载于《上海师范大学学报》2001年第5期，后又应辜美高教授之约，刊载于"明代小说国际学术研讨会论文集"《明代小说面面观》（学林出版社，2002年9月，上海）。

卷4是"《水浒》识小录"。

这一卷所收的都是一些有关《水浒》的短文。1998年应《文史知识》厚艳芬同志之约，为该刊的"名著名家谈"专栏写了六篇关于《水浒传》的札记，并冠以"《水浒》识小录"的副标题：

"张三"、"郓城虎"与"刘丈"——《水浒》识小录之一
《文史知识》1998/3

《水浒传》的作者——《水浒》识小录之二

《文史知识》1998/4

"山后"与梁山头领中的四川人——《水浒》识小录之三

《文史知识》1998/5

阎婆惜的居室——《水浒》识小录之四

《文史知识》1998/7

阎婆出场的移置——《水浒》识小录之五

《文史知识》1998/8

阎婆的一声喊——《水浒》识小录之六

《文史知识》1998/10

后因他事,而半途中止了此项写作的计划,我至今仍对厚艳芬同志抱有歉意。现除了那篇《〈水浒传〉的作者》以及另一篇《〈水浒传〉作者之谜》(《中国电视报》1998年第5期)外,均已收入本书。

卷5是"附录"。

这一卷收录了《文学所召开施耐庵文物史料座谈会纪要》和《〈水浒源流新证〉序》两篇文章。

第一篇《文学所召开施耐庵文物史料座谈会纪要》是《中国社会科学》的杨志广同志所写。他曾亲自陪我赴兴化、大丰两地考察,对我进行了细心的照顾;座谈会后又撰写了这篇重要的"纪要"(发表于《中国社会科学》1982年第6期)。多年以前,他已病故。我一直怀念着他。

第二篇《〈水浒源流新证〉序》,写于2000年12月28日,为首都师范大学教授侯会的专著而写。那时,我已离开和侯会教授共同居住的劲松九区中国社会科学院宿舍大院(他住901楼,我住902楼),暂时移居于方庄芳星园。

我的两本专著,《红楼梦眉本研究》和《三国与红楼论集》,在赠送给朋友时,我在签名之下分别钤印了四枚不同的图章。有两位韩国朋友问我,这印文有何含义?我答说:阳文和阴文的两枚名章,印文明白易晓,不必再作解释。至于另外两枚,一是"三梦水榭",一是"平阳生"。"三梦水榭","三"指《三国志演义》,"梦"指《红楼梦》,"水"指"《水浒传》",这代表了我近二三十年来的研究重点之所在;我的寓所在北京护城河畔的"华城小区",有"水上花园"之称,所以借用了一个"榭"字。"平阳生"则意味着,我乃原籍山西临汾的读书人,平阳是临汾的古称。朋友听了,不免会心一笑。

书中有几篇论文之得以录入,实有赖于几位好友的力助。我在这里要特别表达对于鹏、周文业、马丽、卢兴基几位的感谢。

封面书名乃琪婿所题。他勤习书法,提笔临池不辍,他那坚持、钻研、追求的精神,使我想起了一句古语:有志者事竟成!

十分感谢社会科学文献出版社将拙著收入"中国社会科学院老年学者文库";十分感谢社会科学文献出版社的周丽同志,若没有她的青睐,此书焉能得到如此顺利地和读者早日见面的机会;也十分感谢高雁同志,作为责任编辑,她的认真、细致的工作态度,令我敬佩不已。

2013年3月喜迎春雪之日

时年八十有一

永定河畔,孔雀城,荣园

图书在版编目（CIP）数据

水浒论集/刘世德著.—北京：社会科学文献出版社，2014.7
（中国社会科学院老年学者文库）
ISBN 978 - 7 - 5097 - 5598 - 3

Ⅰ.①水… Ⅱ.①刘… Ⅲ.①《水浒》研究 - 文集
Ⅳ.①I207.412 - 53

中国版本图书馆 CIP 数据核字（2014）第 012389 号

·中国社会科学院老年学者文库·

水浒论集

著　　　者 / 刘世德	
出 版 人 / 谢寿光	
出 版 者 / 社会科学文献出版社	
地　　　址 / 北京市西城区北三环中路甲 29 号院 3 号楼华龙大厦	
邮政编码 / 100029	
电子信箱 / caijingbu@ssap.cn	责任编辑 / 高　雁　梁　雁
项目统筹 / 恽　薇　高　雁	责任校对 / 李文明　师敏革
经　　　销 / 社会科学文献出版社市场营销中心	责任印制 / 岳　阳
（010）59367081　59367089	
读者服务 / 读者服务中心（010）59367028	
印　　装 / 三河市东方印刷有限公司	
开　　本 / 787mm × 1092mm　1/16	印　张 / 28.25
版　　次 / 2014 年 7 月第 1 版	字　数 / 483 千字
印　　次 / 2014 年 7 月第 1 次印刷	
书　　号 / ISBN 978 - 7 - 5097 - 5598 - 3	
定　　价 / 148.00 元	

本书如有破损、缺页、装订错误，请与本社读者服务中心联系更换
▲ 版权所有　翻印必究